사냥꾼의 수기

세계문학전집
243

Иван Тургенев : Записки охотника

사냥꾼의 수기

이반 투르게네프 소설

이종현 옮김

문학동네

일러두기

1. 번역 대본으로는 '문학의 기념비(Литературные памятники)' 시리즈에서 출간된 И. С. Тургенев. Записки охотника. М.: НАУКА, 1991을 사용했다.
2. 주석은 위 대본의 편집자주를 활용하거나 옮긴이가 달았고, 원주는 별도로 표시했다.
3. 외래어의 표기는 국립국어원 외래어표기법에 준했으나 일부는 현지 발음이나 관용에 따랐다.
4. 러시아어 외 언어는 이탤릭체로, 강조 부분은 고딕체로 처리했다.
5. 성서의 인용은 공동번역 개정판에 따랐다.

차례

호리와 칼리니치

볼홉스키군郡에서 지즈드린스키군으로 넘어가본 적이 있는 사람이라면 오를롭스카야도道 사람과 칼루시스카야도 사람이 너무나 다르다는 데 놀랐을 것이다. 오룔 지방 농부는 구부정한 자세에 키가 작고, 우울하고, 눈에는 의심이 가득하고, 사시나무로 지은 형편없는 오두막에 살면서 지주댁 부역을 하러 다니고, 장사는 하지 않으며, 먹는 음식이 형편없고, 짚신을 신는다. 칼루가 지방에서 소작료를 바치는 농부는 소나무로 지은 널찍한 농가에 살고, 키가 크고, 눈에는 자신감과 생기가 넘치고, 얼굴은 희고 깨끗하고, 버터와 타르를 팔러 다니며, 축일에는 장화를 신는다. 오룔 지방의 마을들은(우리는 오를롭스카야도 동쪽 지방에 관해 이야기하고 있다) 주로 개간된 경작지 한가운데에 위치하는데 가까운 곳에는 꼭 더러운 연못처럼 변해버린 골짜기가 있다. 마을을 중심으로 반경 1베르스타*에는 쓸 만한 버드나무 약간, 비리비리한 자작나무 두세 그루 말고는 나무란 보이지 않는다. 오두막들이 다닥다닥 붙어 있고 지붕에는 썩은 짚이 아무렇게나 덮여 있다…… 반대로 칼루가 지방의 마을들은 대부분 숲에 둘러싸여 있다. 널찍널찍 거리를 두고 자유분방하게 늘어선 집들은 널빤지로 덮여 있다. 대문은 단단히 잠기고 뒤뜰에 말쑥하게 둘러놓은 바자울은 쓰러진 곳이 없어 동네를 떠도는 돼지들이 기웃거리지 못한다…… 사냥꾼에게도 칼루가 지방은 최적의 장소다. 오룔 지방은 한 오 년만 지나면 숲이며 광장**이 싹 사라지고 늪이 있었는지도 모를 테지만, 칼루가는 마을을 보호하는 숲이 수백 베르스타나 이어지고 늪 하나하나가 수십 베르스타씩 펼쳐져 있고, 점잖고 기품 있는 멧닭들이 여전히 번성하고, 선량한 큰도요가 늘 여유롭게 거닐며, 언제나 분주한 자고새는 갑자기 하늘로 날아오르며 사냥꾼과 개를 즐겁게 해주기도 하고 깜짝 놀래주기도 한다.

사냥꾼으로 지즈드린스키군에 갔던 나는 칼루가에 작은 영지를 가진 한 지주를 들판에서 알게 되었는데, 성이 폴루티킨인 그는 대단히 열정적인 사냥꾼, 고로 아주 훌륭한 사람이었다. 그런 그에게도 몇 가지 약점이 있었다. 예를 들어 그는 도의 모든 부유한 신붓감들에게 청혼을 했다가 퇴짜를 맞았고, 참담한 심정에 친구들과 지인들에게 슬픔을 털어놓고 그 신붓감들의 부모에게 시어빠진 복숭아를 비롯해 정원에서 갓 수확한 것들을 계속 보냈다. 그리고 똑같은 이야기를 매번 되

* 러시아의 옛 거리 단위로, 1베르스타는 1.067킬로미터다.

** 오를롭스카야도에서는 덤불이 넓게 펼쳐진 곳을 '광장'이라 부른다. 오룔 지방 방언에는 때로는 매우 적확하고, 때로는 무척 꼴사나운 독특한 표현이 꽤 많다. —원주

풀이하길 좋아했는데, 폴루티킨 씨의 다른 장점을 존중하는 차원에서 아무리 주의깊게 들어보려 해도 그 이야기들은 조금도 웃기지 않았다. 그는 아킴 나히모프*의 여러 작품과 단편소설 「핀나」**를 예찬했다. 또, 말을 더듬었다. 자신이 기르는 개를 아스트로놈***이라고 불렀다. 그런데를 근디라고 말하는가 하면 집에서는 프랑스 요리를 즐겨 먹었고, 그 집 요리사의 철학에 따르면 요리의 비결이란 모든 음식의 본래 맛을 완전히 바꿔버리는 것이었다. 이 대가의 손만 거치면 고기는 생선 맛이 나고, 생선은 버섯 맛이, 마카로니는 화약 맛이 났다. 한편 당근은 마름모꼴이나 사다리꼴로 썰지 않으면 수프에 들어갈 수 없었다. 그러나 이런 몇 가지 사소한 결점을 제외하면 폴루티킨 씨는 말했다시피 대단히 훌륭한 사람이었다.

처음 인사를 나눈 날 폴루티킨 씨가 나를 저녁식사에 초대했다.

"우리집까지는 5베르스타쯤 됩니다." 그가 덧붙였다. "걸어가기에는 먼 거리죠. 가는 길에 오른편으로 꺾어 호리에게 들릅시다." (그의 더듬는 말투를 전달하지 못하는 점, 독자의 양해를 구한다.)

"호리가 누굽니까?"

"제 농부입니다…… 여기서 가까운 곳에 살지요."

우리는 그의 집으로 향했다. 숲 한가운데 나무를 베어 잘 개간한 초지에 호리의 농가가 홀로 우뚝 솟아 있었다. 소나무 통나무집들이 담장으로 연결되어 있고, 중심이 되는 통나무집 앞에는 가느다란 기둥들로

---

* 우화와 풍자시로 유명한 러시아 작가(1783~1815).

** 러시아 작가 미하일 마르코프(1810~1876)의 작품.

*** '천문학자'라는 뜻.

받친 처마가 드리워져 있었다. 우리는 들어갔다. 스무 살쯤 된 키 크고 잘생긴 젊은이가 우리를 맞이했다.

"아, 페댜*! 호리 집에 있나?" 폴루티킨 씨가 그에게 물었다.

"아니요, 읍내에 나갔습니다." 젊은이가 미소 지으며 입을 열자 눈처럼 하얗고 가지런한 이가 보였다. "달구지에 말을 매어둘까요?"

"그래주면 좋겠구나. 크바스**도 좀 부탁하자."

우리는 통나무집으로 들어갔다. 통나무 벽은 수즈달*** 풍경화 하나 없이 깨끗했다. 구석에 모신, 은제 장식 덮개에 가려진 육중한 성화 앞 현수등이 온기를 내뿜었다. 보리수나무 탁자는 매끈하게 깎아 광을 낸 지 얼마 안 된 듯했다. 통나무 틈새와 창틀을 배회하는 발빠른 노랑 바퀴벌레도 없었고 생각에 잠기길 좋아하는 검정 바퀴벌레도 보이지 않았다. 잠시 뒤 젊은이는 맛좋은 크바스가 가득 담긴 커다란 하얀 컵들과 무지막지하게 크게 자른 흰 빵 한 조각, 소금에 절인 오이 열두 개가 담긴 나무 사발을 내왔다. 그는 전부 탁자에 올려두고는 문가에 기댄 채 미소를 머금고 우리를 바라보았다. 우리가 음식을 다 먹기도 전에 현관 계단 앞에서 달구지 덜거덕거리는 소리가 들렸다. 우리는 밖으로 나갔다. 곱슬머리에 볼이 빨간, 열다섯 살쯤 먹은 사내아이가 마부랍시고 앉아서는 든든히 먹어 힘이 넘치는 얼룩빼기 수말을 간신히 붙들고 있었다. 달구지 주변에 기골이 장대한 젊은 사내 여섯이 서 있는데 하나같이 서로 닮고 페댜와도 닮아 보였다. "호리의 아들들입니다!" 폴루

---

* 표도르의 애칭.

** 호밀빵을 발효시켜 만드는 동유럽의 대표적 청량음료.

*** 모스크바 북동쪽의 오래된 도시로, 동화 같은 풍경으로 유명하다.

티킨이 말했다. "작은 족제비*들이지요," 페댜가 우리를 따라 현관 계단으로 나오며 덧붙였다. "전부 다 있는 것도 아니랍니다. 포타프는 숲에 갔고, 시도르는 늙은 족제비를 따라 읍내에 나갔지요…… 야, 바샤," 그가 마부에게 말했다. "나리를 잽싸게 모셔다드려야 한다. 길이 험해서 덜컹거릴 때는 살살 몰아야 해. 안 그러면 달구지도 상하고 나리들도 불편하셔!" 나머지 작은 족제비들은 페댜가 불쑥 나대는 모습에 싱글거렸다. "아스트로놈을 태워라!" 폴루티킨 씨가 엄숙하게 외쳤다. 페댜는 억지미소를 쥐어짜고 있던 개를 번쩍 들어올려 달구지 바닥에 앉히며 '고놈 참 재밌네' 하는 표정을 지었다. 바샤가 고삐를 잡았다. 우리는 출발했다. "이곳이 제 사무소입니다." 폴루티킨 씨가 나지막한 건물을 가리키며 말했다. "들어가보시겠습니까?"—"그럴까요."—"지금은 아예 문을 닫았습니다만," 그가 달구지에서 내리며 덧붙였다. "한번씩 둘러볼 필요가 있죠." 사무소는 빈방 두 개로 이루어져 있었다. 수위인 애꾸눈 늙은이가 뒤뜰에서 뛰어나왔다. "안녕하신가, 미냐이치," 폴루티킨 씨가 말했다. "물 좀 마실 수 있겠나?" 애꾸눈 늙은이는 사라졌다가 곧장 물이 든 병과 유리잔을 두 개 들고 왔다. "한번 맛보십시오," 폴루티킨이 내게 말했다. "제 영지에 있는 아주 훌륭한 샘의 물입니다." 우리는 물을 한 잔씩 들이켰고, 늙은이는 우리에게 허리 굽혀 절했다. "자, 이제 계속 길을 갈 수 있겠군요." 나의 새 친구가 말했다. "이 사무소에서 상인 알릴루예프에게 4데샤티나**짜리 숲을 꽤 괜찮은 값에 팔기도 했죠." 우리는 달구지에 올라 다시 출발했고 삼십 분 후 지주댁 마

* 호리(хорь)는 '족제비'를 뜻한다.

** 미터법 이전의 러시아 토지 면적 단위로, 1데샤티나는 1.092헥타르에 해당한다.

당에 들어섰다.

“하나 여쭤보지요,” 저녁식사 자리에서 내가 폴루티킨에게 물었다. “어째서 당신네 호리는 다른 농부들과 따로 떨어져 사는 겁니까?”

“그건 말입니다, 아주 영리한 농부이기 때문이죠. 이십오 년 전쯤 그자의 오두막이 불타버린 일이 있었습니다. 그때 그자가 지금은 돌아가신 우리 아버지에게 와서는 ‘니콜라이 쿠지미치, 나리 숲에 있는 늪지대에 살게 해주십시오, 소작료는 두둑하게 드리겠습니다’ 하더란 말입니다. 그래서 아버지가 물으셨죠. ‘어째서 늪지대에 살려고 하느냐?’—‘니콜라이 쿠지미치, 저에게 부역만 시키지 말아주십시오, 소작료는 달라시는 대로 내겠습니다.’—‘일 년에 50루블이다!’—‘분부대로 합죠.’—‘밀리는 일이 있어서는 안 된다!’—‘제가 어디 그런 적 있습니까……’ 그렇게 그자는 늪지대에 살게 되었지요. 그때부터 호리라는 별명이 붙었습니다.”

“살림이 아주 넉넉해진 모양입니다?” 내가 물었다.

“그렇고말고요. 지금은 소작료로 100루블씩 내는데, 여차하면 더 올려볼까 합니다. 제가 여러 번 말했지요. ‘여보게, 호리, 돈을 내고 면천을 하게나, 그게 낫지 않나!……’ 그럼 그 교활한 놈이 오히려 능청을 떠는 겁니다. ‘제가 돈이 어딨습니까, 나리, 한푼도 없습니다……’ 돈이 없다니 당치도 않은 말이죠!……”

다음날 우리는 차를 마시자마자 사냥터로 갔다. 어느 마을을 지나자 폴루티킨 씨가 마부에게 야트막한 오두막 앞에 마차를 멈추라 하고 낭랑한 목소리로 외쳤다. “칼리니치!”—“갑니다, 나리,” 뜰에서 목소리가 들렸다. “짚신을 삼고 있습니다요.” 우리가 탄 마차는 아주 천천히 움직였다. 키가 크고 마른 마흔 살쯤 되어 보이는 남자가 조그만 머리를 뒤로 젖힌 채 우리를 좇아왔다. 이 사람이 칼리니치였다. 여기저기 얽은 그의 선량한 검은 얼굴이 나는 첫눈에 마음에 들었다. 칼리니치는(나도 나중에 알게 되었는데) 매일 주인과 사냥을 다녔고 사냥 가방을 들고, 때로는 사냥총을 챙기고, 새가 어디 앉는지 알아내고 물을 구해오고 산딸기를 따 모으고 움막을 치고 드로시키*를 따라 뛰는 등 종횡무진이었다. 그가 없으면 폴루티킨 씨는 한 발짝도 뗄 수 없었다. 칼리니치는 참으로 유쾌하고 참으로 유순한 사람으로, 끊임없이 낮은 목소리로 흥얼거리는가 하면 세상 태평스럽게 사방을 둘러보고, 말할 때는 약간 콧소리가 섞이고 벙긋 웃으면 밝은 하늘색 눈이 가늘어졌으며, 쐐기 모양의 성긴 수염을 손으로 자주 움켜쥐었다. 그는 기다란 장대에 살짝 몸을 기대면서 빠르지 않게 성큼성큼 걸었다. 하루를 같이 보내며 우리는 여러 차례 이야기를 나누었고, 굽실거림 없이 나를 섬겼지만 주인 나리를 모실 때는 꼭 어린아이 다루듯 했다. 한낮이 되어 견딜 수 없을 정도로 더워지자 더위 피할 곳을 찾게 되었고 그는 깊은 숲속에 있는 자기 양봉장으로 우리를 데려갔다. 칼리니치는 향긋한 마른 풀들이 잔뜩 걸려 있는 오두막 문을 열어 신선한 건초 위에 우리를 앉히더니, 망이 달린 주머니 같은 것을 머리에 뒤집어쓰고는 칼과 단지와 잉걸불을 들고 벌집을 따다주겠다며 양봉장으로 향했다. 우리는 샘물처럼 맑은 따뜻한 꿀을 들이켜고는 벌들이 붕붕 단조롭게 날아다니는 소리와 잎사귀들이 수다스레 지껄이는 소리를 들으며 잠이 들었다.

---

* 바퀴가 네 개 달린 가벼운 무개 승용마차로, 좌석에 용수철이 달렸다.

가벼운 바람이 불어들어와 우리를 깨웠다…… 눈을 뜨니 칼리니치가 보였다. 그는 반쯤 열린 문가에 앉아 나무를 깎아 숟가락을 만들고 있었다. 나는 저녁 하늘처럼 유순하고 맑은 그의 얼굴을 한참 동안 즐거이 바라보았다. 폴루티킨 씨도 잠에서 깨어났다. 우리는 곧바로 자리에서 일어나지 않았다. 오랜 시간 걸은 날, 푹 자고 일어나 꼼짝도 하지 않고 건초에 누워 있으면 기분이 참 좋아진다. 몸은 노글노글해지고 얼굴에는 가벼운 열감이 오르고 눈은 달콤하니 나른해진다. 마침내 우리는 자리를 털고 일어나 저녁까지 다시 수풀을 헤치며 다녔다. 저녁식사를 하면서 나는 호리와 칼리니치에 대해 또 말을 꺼냈다. "칼리니치는 참 착한 사람이지요." 폴루티킨 씨가 나에게 말했다. "무슨 일이든 마다 않고 열심히 도와주지요. 농사도 열심히 짓는데 당최 재산을 모으질 못합니다. 내가 항상 끌고 다니니 그렇겠지요. 이렇게 매일 나와 사냥터로 나다니니…… 농사일에 어떻게 신경쓰겠습니까, 당연한 일이지요." 나는 그의 말에 동의했고 우리는 잠자리에 들었다.

다음날 폴루티킨 씨는 이웃 피추코프와의 일로 읍내에 가야 했다. 이웃에 사는 피추코프가 그의 땅을 갈아엎은 것도 모자라 그 땅에서 그의 마을 아낙을 채찍질했던 것이다. 나는 혼자서 사냥을 떠났고 날이 저물기 전 호리의 집으로 발걸음을 돌렸다. 농가의 문가에서 나를 맞이한 사람은 대머리에 키가 작고 어깨가 딱 바라진 노인, 바로 호리였다. 나는 호기심어린 눈길로 이 호리라는 사람을 살펴보았다. 얼굴은 어딘가 소크라테스를 떠올리게 했는데, 솔방울같이 울퉁불퉁하고 툭 튀어나온 이마, 작은 눈, 들창코가 특히 닮았다. 우리는 함께 농가 안으로 들어갔다. 전에 본 페댜가 우유와 흑빵을 내왔다. 호리는 긴 의자에 앉아 곱슬곱슬한 턱수염을 느긋하게 쓰다듬으며 나와 이야기를 나누었다. 자존감이 꽤 높아 보이는 그는 천천히 말하고 움직였으며 기다란 콧수염 아래로 이따금 웃음을 내비치기도 했다.

우리는 파종, 수확 등 농가의 일상에 관해 이야기했다…… 그는 연신 내 말에 동의하는 것같이 보였다. 그런데 나중에 가서야 나는 내가 헛소리를 지껄였다는 걸 깨닫고 부끄러워졌다…… 이상하게도 그런 헛소리가 절로 흘러나왔던 것이다. 호리는 지혜롭고 신중하게, 해야 할 말만 했다…… 대화는 대략 이런 식이었다.

"호리, 들어보시게," 내가 그에게 말했다. "어째서 자네는 주인에게 돈을 주고 면천하지 않는가?"

"뭐하러 면천을 합니까? 저는 주인 나리도 잘 모시고 소작료도 잘 내는 걸요…… 우리 나리는 참 좋으신 분입니다."

"그래도 자유롭게 사는 게 좋지 않나?" 내가 꼬집어 말했다.

호리는 나를 힐끗 보았다.

"당연한 말씀입죠." 그가 말했다.

"그걸 알면서 어째서 면천을 하지 않는 건가?"

호리는 고개를 저었다.

"나리, 무슨 돈으로 면천을 한단 말씀입니까?"

"여보게, 노인장, 엄살 부리지 마시게……"

"이 호리가 자유민이 되었다 쳐보죠," 그가 혼잣말하듯 목소리를 낮췄다. "그럼 이제 이 호리에게는 턱수염 없는 사람이 높은 사람입니다."*

* 농노 신분에서 벗어나면 관리들에게 휘둘리게 된다는 뜻. 1837년 4월 니콜라이 1세의 칙령에 따라 관리는 콧수염과 턱수염을 기르는 것이 금지되었다.

"그럼 자네도 턱수염을 깎게나."

"턱수염이 문제겠습니까? 턱수염이야 풀처럼 얼마든지 벨 수 있지요."

"그래, 그런데?"

"이 호리가 장사꾼이 된다고 쳐봅시다. 장사꾼들은 잘 먹고 잘살지요, 턱수염도 기르고요."

"아니, 자네도 장사를 하는가?" 내가 물었다.

"장사랄 건 없고 버터하고 타르를 조금씩 팔고 있습죠…… 그건 그렇고, 나리, 달구지에 말을 매라고 할까요?"

'입이 무겁고, 생각을 잘 드러내지 않는 사람이구나.' 나는 생각했다.

"아닐세," 내가 큰 소리로 말했다. "달구지는 필요 없네. 내일 자네 집 근처를 다녀볼 생각이라 괜찮다면 자네 집 헛간에서 하룻밤 묵고 싶네만."

"얼마든지 그러시지요. 그나저나 헛간에서 편하시겠습니까? 여자들에게 요와 베개를 준비하라 이르겠습니다. 어이, 여봐," 그가 자리에서 일어나며 외쳤다. "이리 와봐, 어이!…… 얘, 페댜야, 네가 좀 가봐라. 여편네들은 영 멍청해빠져서."

십오 분쯤 지나 페댜가 등불을 들고 나를 헛간으로 안내했다. 나는 향긋한 건초 위에 몸을 던졌고, 개는 내 발치에 누워 동그랗게 몸을 웅크렸다. 페댜는 내게 잘 주무시라 인사했고 문이 끼익 소리를 내더니 쾅 닫혔다. 나는 꽤 오랫동안 잠들지 못했다. 암소가 문가에 다가가 큰 소리로 두 번 숨을 내쉬었고, 개는 암소에게 점잖게 컹컹 짖었다. 돼지는 깊은 생각에 잠긴 듯 꿀꿀거리며 내 곁을 지나갔다. 말은 가까운 곳 어디선가 건초를 씹으며 콧김을 내뿜었다…… 마침내 나는 곯아떨어졌다.

동이 트자 페댜가 나를 깨웠다. 활기차고 민첩한 이 젊은이가 참 마음에 들었다. 보아하니 호리 노인도 페댜를 가장 아끼는 듯했다. 그들이 농을 치며 서로 놀리는 모습을 보면 애정이 뚝뚝 흘렀다. 노인이 나와서 나를 맞았다. 내가 그의 지붕 아래서 하룻밤을 보냈기 때문인지, 아니면 다른 이유 때문인지 호리는 어제보다 훨씬 친절했다.

"사모바르*를 올려놓았습니다." 그가 싱긋 웃으며 말했다. "차 드시러 가시지요."

우리는 탁자 앞에 앉았다. 며느리 중 하나인 건강한 아낙이 우유 단지를 내왔다. 아들들이 차례로 집안에 들어왔다.

"아들들이 다들 훤칠하구먼!" 내가 노인에게 말했다.

"그럼요," 설탕 조각을 갉아먹으며** 노인이 말했다. "이렇게 낳아놨으니 이놈들도 저하고 우리 할멈한테 불만은 없을 겁니다."

"모두 자네하고 사나?"

"네. 다들 원해서 이렇게 삽니다."

"모두 장가는 갔고?"

"요 녀석 하나만 나이가 찼는데도 장가갈 생각을 안 하네요." 지난번처럼 문가에 기대선 페댜를 가리키며 그가 대답했다. "바시카 놈은 아직 어리지만 장가보내도 될 것 같고."

"장가가서 뭐해요?" 페댜가 받아쳤다. "이대로도 좋은데. 아내가 왜

---

* 러시아의 가정에서 물 끓이는 데 쓰는 주전자.

** 러시아에서는 차에 설탕을 넣는 대신 단단한 설탕덩어리를 따로 갉아먹기도 했다.

필요해요? 서로 으르렁거리기나 하지, 안 그래요?"

"이놈이 아주…… 내가 다 알고 있다! 은반지를 꿍쳐놓고 다니면서…… 주인댁 하녀들한테 잘 보이려고 수작 부리잖아…… '어휴, 지겨워, 뻰뻰하기 짝이 없네!'" 노인이 하녀들을 흉내내며 말했다. "네놈 속셈 다 안다, 편한 일만 하려는 거!"

"여자가 있으면 뭐가 좋은데요?"

"여편네가 있으면 부려먹지." 호리가 근엄하게 말했다. "여편네는 남편의 종이야."

"나한테 일하는 사람이 도대체 왜 필요해요?"

"말 잘했다, 너는 남이 일한 걸로 먹고사는 걸 좋아하지. 너 같은 놈들 내 잘 안다."

"그럼, 장가보내줘요, 그렇게 원이라면. 엉? 어라! 왜 아무 말씀이 없어요?"

"됐다, 됐어, 떠버리 놈. 나리가 시끄럽다 하시겠다. 장가보내주고말고, 아무렴…… 나리, 죄송합니다. 녀석이 어려서 아직 뭘 모릅니다."

페댜가 고개를 저었다……

"호리 집에 있는가?" 문밖에서 귀에 익은 목소리가 들렸다. 칼리니치가 친구 호리에게 주려고 들에서 딴 딸기를 한아름 안고 집으로 들어섰다. 노인은 기쁘게 맞이했다. 나는 경탄하며 칼리니치를 바라보았다. 정말이지 농부에게서 그런 '다정함'을 보리라고는 꿈에도 생각지 못했다.

나는 이날 평소보다 네 시간 정도 늦게 사냥에 나섰고, 사흘을 더 호리의 집에서 지냈다. 새로 사귄 벗들은 나를 즐겁게 해주었다. 내가 어떻게 그들의 신뢰를 얻었는지 모르겠지만 그들은 나에게 격의 없이 말을 걸어주었다. 나는 그들의 이야기를 듣고 그들을 관찰하는 것이 즐거웠다. 두 친구는 서로 닮은 점이 없었다. 호리는 세상 물정에 밝고 일머리를 빨리 파악하는 합리주의자였다. 반대로 칼리니치는 쉽게 환희에 차고 몽상을 즐기는 이상주의자이자 낭만주의자였다. 호리는 세상 굴러가는 일을 잘 알아서 큰살림을 꾸리고 돈을 모으고 지주를 비롯한 윗사람들과 요령 있게 잘 지냈다. 한편 칼리니치는 짚신을 신고 다녔고, 그냥 되는대로 지냈다. 호리는 항상 그의 말을 잘 따르고 마음이 서로 맞는 대가족을 이루었다. 칼리니치도 한때 그가 두려워하던 아내가 있었지만, 아이는 없었다. 호리는 폴루티킨 씨를 꿰뚫어보았다. 칼리니치는 주인 나리를 받들어 모셨다. 호리는 칼리니치를 좋아하고 그를 보호해줬다. 칼리니치도 호리를 좋아하고 존경했다. 호리는 말수가 적었고 가끔 웃었고 자기 분수를 알았다. 칼리니치는 꾀꼬리처럼 지저귈 정도는 아니더라도 발랄한 직공처럼 사람들과 항상 밝게 대화했다…… 그런데 칼리니치에게는 호리가 매우 소중하게 여기는 장점이 있었다. 예를 들어 주문을 걸어 피를 멈추게 한다거나, 깜짝 놀란 사람이나 분을 못 참고 날뛰는 사람을 진정시킨다거나, 벌레들을 잘 내쫓았다. 그뿐만 아니라 벌을 잘 키웠고 무슨 일이든 수월하게 했다. 하루는 내가 보는 앞에서 호리가 새로 산 말을 마구간에 들여보내달라고 부탁하자 칼리니치는 늙은 회의론자의 부탁을 착실히 들어주었다. 칼리니치가 자연에 가까운 사람이라면 호리는 인간과 사회에 가까운 사람이었다. 칼리니치는 요모조모 따지길 좋아하지 않았고 뭐든 덮어놓고 믿었다. 호리는 삶을 아이러니하게 볼 수 있는 경지까지 이른 사람이었다. 그는 많은 것을 보았고 많은 것을 알았고 나도 그에게서 많은 것을 배울 수 있었다. 예를 들어 매년 여름 풀을 베기 전 괴상한 모양의 작은 달구지가 마을에 나타난다는 것을 그를 통해 알게 되었다. 달구지에는 카프탄*을 입은 사내가 앉아 자루가 긴 낫을 판다. 은화로는 1루블 25코페이카, 지폐로는 1루블 50코페이카, 외상으로는 3루블 하고도 1루블을 더 받는다. 농부들은 당연히 외상으로 산다. 두세 주 정도 지나면 장사꾼이 다시 나타나 돈을 요구한다. 농부들은 이제 막 귀리를 벤 참이라 돈이 있을 턱이 없다. 그들은 장사꾼을 선술집으로 데려가 한턱내는 것으로 외상값을 갈음한다. 그래서 어떤 지주들은 자기가 직접 은화로 낫을 산 뒤에 같은 값으로 농부들에게 외상으로 주려고 한다. 그러나 농부들은 지주에게 고마워하기는커녕 불만을 품고 낙담한다. 낫을 손끝으로 튕겨 그 소리를 귀기울여 들어보고 손에 쥐어 요리조리 휘두르거나 영악한 장사꾼에게 "이봐, 친구, 더 좋은 물건은 없나?"라고 스무 번도 더 물어보는 기쁨을 빼앗긴 탓이다. 자루가 짧은 낫을 사고 팔 때도 똑같은 속임수가 판치는데, 차이가 있다면 아낙들이 끼어들어 장사꾼이 자기도 모르게 손찌검을 하게 될 정도로 그를 몰아세운다는 것이다. 아낙들은 특히 다음과 같은 수난을 겪는다. 종이 공장에 원료를 납품하는 업자들은 여러 고을에서 '독수리'라고 불리는 사람들에게 누더기 사들이는 일을 맡긴다. '독수리'는 업자로부터 지폐 200루블쯤 받아들고 사냥감을 찾아 떠난다. 그러나 별명이 가리키는 고결한 새와는 반대로 그는 솔직하고 대담하게 공격하지 않는다. '독수리'는 온

* 옷자락이 긴 겉옷으로, 유라시아 여러 민족이 평상복으로 즐겨 입었다.

갖 교활한 속임수를 서슴지 않는다. 그는 동구 밖 덤불에다 달구지를 세워두고 빈손으로 농가 뒤뜰이나 뒷골목으로 가서 그냥 지나가는 사람인 양 어슬렁어슬렁 걸어다닌다. 아낙들은 그가 마을에 왔다는 것을 육감으로 알아채고 슬그머니 다가간다. 거래는 서둘러 성사된다. 동전 몇 닢에 아낙은 필요 없는 온갖 헝겊은 물론 남편의 루바시카*나 자기가 입던 파뇨바**까지 '독수리'에게 넘겨버리는 것이다. 근래에는 아낙들이 일하는 중간중간 몰래 대마를 조금씩 모아두었다가 파는 데서 쏠쏠한 재미를 보았는데, 특히 '수대마'가 그랬다. 이처럼 '독수리'들의 산업은 널리 보급되어 발전에 발전을 거듭하고 있다! 한편 남자들도 나름대로 촉을 길러 조금이라도 의심이 들면, 혹은 먼 마을에 '독수리'가 나타났다는 소문이 들리기라도 하면 신속하게 교정 및 예방 조치를 취했다. 참으로 서글픈 일이 아닌가? 대마를 파는 일은 그들의 업이고 그들은 정말로 대마를 팔고 있다. 다만 도시에서 팔지 않을 뿐이다. 도시까지 가는 수고를 던답시고 마을을 찾아오는 장사치들에게, 저울도 없이 대충 마흔 줌을 1푸드***로 치는 장사치들에게 파는 것이다. 그러나 여러분도 알겠지만, 러시아 사람이, 그것도 '돈독이 올라 득달같이 달려드는' 러시아 사람이 재는 한 줌이란, 그 한 뼘이란 과연 어떤 것이겠는가!

어리숙한데다 시골 일에 '잔뼈가 굵지도'(우리 오룔 지방에서 말하듯) 않은 나는 그런 이야기를 수도 없이 들어왔다. 그런데 호리는 계속

---

* 러시아 남성이 입는, 블라우스와 비슷한 상의.

** 러시아 전통 여성 의상으로, 모직으로 짠 줄무늬 치마.

*** 러시아의 옛 무게 단위로, 1푸드는 16.38킬로그램이다.

자기 이야기만 하지는 않았고 나에게 많은 것을 물어보았다. 내가 외국에 가본 적이 있다는 얘기를 하자 그는 호기심에 몸이 달았다…… 칼리니치의 호기심도 호리 못지않았다. 칼리니치는 산과 폭포 같은 자연 풍경이나 불가사의한 건축물, 거대한 도시들 이야기에 훨씬 관심을 보였다. 반면 호리는 행정이나 정치 문제를 재미있어했다. 그는 이런 문제를 나름의 질서에 따라 다루었다. "그네들도 우리와 똑같습디까, 아니면 다릅디까?…… 말씀해주십시오, 나리, 어떻습디까?……" 한편 칼리니치는 내 이야기를 들으면서 "아! 세상에, 그럴 수가!" 하고 연달아 외쳐댔다. 호리는 아무 말 없이 무성한 눈썹만 찌푸리다가 이따금 한마디씩 했다. "그러니까 우리 나라에는 그럴 일이 없다는 거군요, 좋은 일입니다. 이게 법도지요." 그가 내게 물어본 것을 여러분에게 전부 전달할 수도 없고 그럴 필요도 없다고 생각한다. 그러나 이야기를 나누면서 나는 하나의 독특한 신념, 아마 독자 여러분은 전혀 기대하지 않았을 신념을 발견했다. 그 신념인즉슨, 표트르대제는 그야말로 러시아 사람이라는 것, 특히 온갖 개혁을 단행한 방식에서도 러시아 사람다웠다는 것이었다. 러시아 사람은 자신의 능력과 강인함을 뼛속 깊이 믿기에 스스로를 파괴하는 행동도 서슴지 않으며, 과거에 얽매이지 않고 대담하게 앞날을 내다본다. 러시아 사람은 좋은 것이라면 무엇이든 좋아하고 이치에 맞는 것이라면 무엇이든 받아들이는데 그것이 어디에서 온 것인지는 중요하지 않다. 러시아 사람의 건전한 분별력은 독일 사람의 말라빠진 이성을 얼마든지 조롱할 수 있다. 그러나 호리는 독일 사람들은 어쨌든 꽤 흥미로운 족속이기 때문에 그들에게 배울 의향이 있다고 말하기도 했다. 호리는 사실상 자유민에 가까운 예외적인 처지 덕분에 농부들이 흔히 말하듯 '지렛대로 뒤집을 것도 없이'—'맷돌로 갈 것도 없이' 아주 편하게 나와 이야기를 나누었다. 그는 자신의 처지를 잘 알았다. 호리와 이야기하면서 나는 처음으로 러시아 농부 특유의 소박하면서도 재기 넘치는 말을 들어볼 수 있었다. 그는 나름대로 견문이 넓었지만, 글을 읽을 줄 몰랐다. 칼리니치는 글을 알았다. "이 농땡이꾼은 일찍이 글을 깨쳤지요." 호리가 말했다. "벌도 얼마나 잘 키우는지 죽는 법이 없습죠."—"아이들에게는 글을 가르쳤나?" 호리는 잠자코 있었다. "페댜는 압니다."—"다른 아들들은?"—"다른 놈들은 모릅니다."—"어째서?" 노인은 대답하지 않고 화제를 돌렸다. 그는 대단히 영리했지만, 그 이면에 편견이나 선입견도 많았다. 예를 들어 지독히도 여자들을 경멸했는데 기분이 좋을 때면 여자들을 조롱하면서 시간을 보냈다. 늙고 심술궂은 그의 아내는 온종일 페치카*를 떠나지 않고 끊임없이 불평을 늘어놓거나 남 욕을 했다. 아들들은 그런 그녀를 별로 신경쓰지 않았으나 며느리들은 그녀 앞에서 입도 뻥긋 못했다. 러시아 민요에서 시어머니가 괜히 이렇게 노래하는 게 아니다. "네가 무슨 내 아들이냐, 네가 무슨 가장이냐! 어린 마누라도 두들겨패지 못하면서……" 한번은 내가 며느리들 편을 들어줘야겠다는 생각에 호리에게 측은지심을 일으켜보려 했다. 그는 태연하게 말했다. "나리도 참…… 별 쓸데없는 일에 취미가 있으십니다. 여편네들끼리 티격태격하라죠…… 괜히 말리다간 일만 더 키우는 법이니 이럴 땐 가만있어야 합니다." 사나운 노파는 이따금 페치카에서 내려와 현관에 기댄 채 "에구, 에구, 요 강아지!" 하며 지

---

* 러시아 가옥에서 벽에 돌이나 벽돌 등을 붙여 만든 난로로, 위에 누울 수 있는 공간이 있다.

나가는 똥개를 구슬려내고는 쇠 부지깽이로 야윈 등짝을 여지없이 내리치거나, 처마밑에 서서 지나가는 사람만 보이면, 호리가 말하듯, 영락없이 '짖어댔다'. 그런 그녀도 남편만큼은 무서워해서 그가 한마디만 하면 다시 페치카로 기어올라갔다. 한번은 화제가 폴루티킨 씨에 이르자 칼리니치와 호리가 말다툼을 벌였는데 듣자니 대단히 재미있었다. "이봐, 호리, 그분만은 건드리지 말게." 칼리니치가 말했다. "어디 그자가 네놈한테 장화라도 한 짝 맞춰주더냐?" 호리가 받아쳤다. "장화 같은 소리 하네!…… 나한테 장화가 무슨 소용이야? 나 같은 농투성이한테……" 그러자 호리가 발을 번쩍 들어올려 매머드가죽으로 만든 것처럼 튼튼한 장화를 칼리니치에게 보여주었다. "사람 참, 자네가 어디 우리랑 같나!" 칼리니치가 대답했다. "네놈은 흠씬 두들겨맞아도 사냥을 나간다면 졸졸 따라 나가니까. 매일같이 짚신이 한 짝씩은 닳을 거야."—"그래도 나리가 짚신 값은 주시네."—"그래, 작년에는 10코페이카 하나 던져줬지." 칼리니치가 짜증난 듯 몸을 홱 돌렸고 호리는 자지러지게 웃느라 가뜩이나 작은 눈이 얼굴에 파묻혀 완전히 사라졌다.

칼리니치는 노래를 썩 잘 불렀고 발랄라이카도 칠 줄 알았다. 호리는 친구의 노래를 가만히 듣다가 갑자기 고개를 비뚜름히 꺾고는 구슬픈 목소리로 가락을 맞췄다. 특히 〈이놈의 팔자, 내 팔자야!〉라는 노래를 좋아했다. 페댜는 때를 놓치지 않고 아버지를 놀려댔다. "이보쇼, 영감, 뭐 그리 한이 많으셔?" 그러나 호리는 손으로 턱을 괸 채 눈을 감고 팔자 한탄을 이어갔다…… 다른 때는 누구보다 세상 물정에 밝은 사람이 말이다. 그는 사부작사부작 일을 손에서 놓지 않았다. 달구지를 고치거나 담장을 세우거나 마구를 살펴보았다. 그렇다고 집이 대단히 깔끔한 것도 아니었는데, 한번은 내가 한마디하자 이렇게 대꾸했다. "자고로 집은 사람 사는 냄새가 나야 합죠."

"아니 이보게," 내가 받아쳤다. "칼리니치네 양봉장은 얼마나 깨끗한가 말이야."

"더러우면 벌들이 안 사니까 그렇습죠, 나리." 그가 한숨을 내쉬며 말했다.

하루는 그가 나에게 물었다. "저, 나리는 집안 대대로 물려받은 땅이 있습니까?"—"있지."—"여기서 먼가요?"—"100베르스타쯤."—"근데 어째서 나리는 자기 땅에 안 사십니까?"—"내 땅에서 살고 있다네."—"총이나 들고 설렁설렁 사시는 것 같은데요?"—"사실 그런 셈이지."—"참 잘하시는 일입니다, 나리. 멧닭 사냥을 실컷 즐기시더라도 촌장은 꼭 자주 바꾸십시오."

나흘째 되던 날 저녁, 폴루티킨 씨가 자기 집으로 오라고 내게 사람을 보냈다. 나는 호리 노인과 헤어지는 것이 안타까웠다. 나는 칼리니치와 함께 달구지에 올랐다. "그럼, 잘 지내게, 호리, 건강하시고," 내가 말했다…… "페댜도 잘 있어라."—"살펴 가세요, 나리, 잘 지내시고 저희를 잊지 마세요." 우리는 출발했다. 노을이 막 타올랐다. "내일은 날씨가 참 좋겠군." 밝은 하늘을 보며 내가 말했다. "웬걸요, 비가 올 겁니다." 칼리니치가 말했다. "저기 오리들이 푸드덕거리고 풀냄새가 진동하니까요." 우리는 덤불이 무성한 곳에 이르렀다. 칼리니치는 마부석에서 털썩거리며 가만히 노래를 불렀고 하염없이 노을을 바라보고 또 바라보았다……

다음날 나는 폴루티킨 씨의 환대를 뒤로하고 길을 나섰다.

에르몰라이와 방앗간 여주인

저녁이 되자 나와 사냥꾼 예르몰라이는 '탸가'*에 나섰다…… 그런데 독자들 가운데 탸가가 무엇인지 모르는 이도 있을 듯싶다. 그렇다면 한번 들어보시라.

어느 봄날, 일몰까지 남은 시간 십오 분, 사냥개도 없이 총 한 자루 메고 숲으로 들어간다. 숲 가장자리 여기저기 둘러보며 적당한 장소를 찾고 뇌관도 살펴보고 동료와 눈짓을 주고받는다. 십오 분이 흐른다. 해는 졌지만 숲속은 아직 밝고, 공기는 맑고 투명하다. 새들이 재잘거린다. 어린 풀들은 에메랄드빛으로 반짝거린다…… 계속 기다린다. 숲은 안쪽부터 조금씩 어두워진다. 저녁노을의 붉은빛이 나무뿌리와 줄

* 원래 '끌어당기기' '견인' 등을 의미하지만, 사냥 용어로는 멧도요 등의 새가 짝짓기 철에 이동하는 것 또는 이동하는 장소, 또 이때 하는 사냥을 일컫는다.

기를 따라 천천히 미끄러지듯 점점 높이 올라가고, 여전히 헐벗은 아래쪽 가지에서부터 미동도 없이 잠든 우듬지로 넘어간다…… 이제 나무 꼭대기까지 어둠에 잠겼다. 붉던 하늘이 푸르스름해진다. 숲의 냄새가 더욱 진해지고 따뜻한 습기가 살짝 감돈다. 훅 불어온 바람이 곁에서 멈칫한다. 새들은 한꺼번에 잠들지 않고 종에 따라 잠드는 순서가 있다. 먼저 푸른머리되새가 잠잠해지고, 얼마 지나지 않아 울새가, 뒤이어 노랑멧새가 잠든다. 숲속은 계속 어두워진다. 나무들은 한데 뭉쳐져 거대하고 시커먼 덩어리가 된다. 푸르스름한 하늘에 첫 별이 수줍게 얼굴을 내민다. 새들은 자고 있다. 붉은꼬리딱새와 쇠오색딱따구리만 잠꼬대하듯 휘파람을 분다…… 이제는 녀석들도 조용해졌다. 머리 위로 다시 한번 솔새의 카랑카랑한 목소리가 울려퍼진다. 어디선가 노란 꾀꼬리가 서글피 울고 밤꾀꼬리가 오늘 저녁 처음으로 울대를 두드려댄다. 기대감에 애가 탄다. 갑자기(사냥꾼들은 내 맘을 알 것이다), 갑자기 깊은 정적 속으로 깍깍 쉭쉭 괴이한 소리가 들려오고 날랜 날갯짓 소리가 박자를 탄다. 기다란 코를 멋지게 드리운 멧도요가 컴컴한 자작나무숲에서 매끄럽게 솟아올라 당신의 발포를 맞이한다.

이것이 바로 '탸가에 선다'는 것이다.

그렇게 나와 예르몰라이는 탸가를 서러 길을 나섰다. 이런, 용서하시라, 독자들이여. 우선은 여러분에게 예르몰라이를 소개하는 것이 도리겠다.

나이는 마흔다섯쯤, 큰 키에 마른 체형, 길고 가느다란 코, 좁은 이마, 회색 눈, 헝클어진 머리칼, 남을 놀리기 좋아하는 듯 입술이 넓게 퍼진 사내를 떠올려보시라. 그는 겨울이고 여름이고 할 것 없이 남경목면을 독일식으로 재단해서 지은 누르스름한 카프탄을 걸치고 허리춤에 넓은 띠를 둘렀다. 발목은 좁고 위는 벙벙한 파란색 아랍풍 바지를 입고 머리에는 어느 파산한 지주가 기분에 취해 선물한, 어린 양의 털이 둘린 모자를 썼다. 넓은 허리띠에 달린 자루 두 개 가운데 앞의 자루는 반으로 나뉘도록 솜씨 있게 비틀어 한쪽에는 화약을, 다른 한쪽에는 산탄을 넣는 데 쓰고, 허리춤 뒤에 달린 자루는 사냥감을 담는 데 쓴다. 예르몰라이는 모자에서 양털을 뽑아 사냥총 심지로 썼는데 양털은 아무리 뽑아도 계속 자라나는 듯했다. 사냥감을 판 돈으로 탄약갑과 사냥가방을 살 수도 있으련만 그런 데 돈 쓰는 건 생각도 안 해봤다는 듯 언제나 자기 방식대로 총을 장전했다. 또한 산탄과 화약을 직접 뿌리거나 섞는 위험천만한 일을 어찌나 훌륭하고 믿음직하게 해치우는지 보는 사람마다 경탄해 마지않았다. 부싯돌이 달린 총신 하나짜리 총은 발사하고 나면 그 충격을 '되갚는' 아주 고약한 버릇이 있어서 예르몰라이의 오른쪽 뺨은 왼쪽보다 항상 약간 부어 있다. 그따위 총으로 어떻게 백발백중하는지 귀신도 모를 일이지만 그의 총알은 언제나 명중했다. 세터 한 마리가 그를 따라다니며 컹컹거렸는데 발렛카라 불리는 아주 요물인 녀석이었다. 예르몰라이는 개에게 먹을 것을 주지 않았다. "요 수캐 놈한테 밥을 주려 해도," 그의 논리는 이랬다. "개는 본디 영리한 짐승이라 먹이를 스스로 찾지요." 정말 그런 모양이었다. 아무리 무관심한 행인이라도 발렛카의 지나치게 야윈 모습을 보면 깜짝 놀랐는데 그래도 개는 멀쩡했고, 아주 오래 살았다. 발렛카는 자기 처지가 아무리 고약해도 도망치지 않았고 주인을 버리려는 기미는 조금도 보이지 않았다. 딱 한 번, 피 끓던 시절 사랑에 눈이 멀어 이틀 정도 사라진 적이 있긴 하나 미련한 암캐가 곧 수캐를 버리고 내빼버렸다. 발렛카의 가장 놀라운 특성은 세상만사에 대한 무관심이었다…… 개가 아니라면 환멸이라는 단어가 어울렸으리라. 평소 이 수캐는 짧게 잘린 꼬리를 뒷다리 밑으로 말고 앉아 얼굴을 찌푸리거나 이따금 부르르 떨 뿐 결코 웃지 않았다. (잘 알려져 있듯 개들도 웃을 줄 안다. 그것도 대단히 사랑스럽게.) 또 지독히도 못생겨서 지주댁 짓궂은 하인들은 기회다 싶을 때마다 그 생김새를 놀리며 고약한 장난을 치곤 했다. 그러나 발렛카는 놀라울 정도로 냉담하게 온갖 조소와 폭행을 견뎌냈다. 이 수캐는 요리사들에게도 특별한 즐거움을 선사했는데, 개뿐 아니라 모든 생명체가 그렇듯 훈훈하니 좋은 냄새를 풍기는 매혹적인 주방 문틈으로 제 나약함에 굴복한 채 굶주린 주둥이를 슬며시 들이밀면 요리사들이 하던 일을 내팽개치고 욕을 퍼부으며 개에게 달려들었다. 사냥터에서 발렛카는 지칠 줄 모르는 체력을 자랑했고 후각이 아주 훌륭했다. 간혹 가벼운 상처를 입은 토끼를 뒤쫓을 때면 어느새 사라져 주인에게서 멀찌감치 떨어진 무성한 덤불의 서늘한 그늘에 앉아 토끼의 마지막 뼛조각까지 먹어치우며 식도락을 즐겼다. 그러는 사이 예르몰라이는 수캐를 찾으며 사투리로 있는 욕 없는 욕을 퍼부어댔다.

예르몰라이는 옛날 방식을 고수하는 이웃 지주의 농노였다. 옛날 방식대로 사는 지주들은 이른바 '물새'를 좋아하지 않고 무조건 가축을 고집한다. 이를테면 생일이나 명명일, 선거일 같은 특별한 날에 구식 지주의 요리사들은 자기가 무슨 짓을 하는지 모르면서도 곧잘 열을 올리는 러시아인 특유의 열정을 보이며 주둥이가 기다란 새들을 과감하게 요리하려 드는데 어찌나 기기묘묘한 양념을 생각해내는지 손님 대다수는 잘 차려진 일품요리를 호기심에 유심히 바라볼 뿐 맛볼 엄두를 내지 못한다. 한 달에 한 번 예르몰라이는 지주댁 상차림에 쓸 멧닭과 자고새를 두 마리씩 잡아오라는 명령을 받았고 나머지 때는 아무데서나 살고 싶은 대로 살아도 좋았다. 다들 그가 아무짝에도 쓸모없는 사람, 우리 오룔 지방 말로 하자면 '등충이'라도 되는 듯 멀리했다. 당연히 그에게는 화약과 산탄도 내어주지 않았는데, 그가 자기 개에게 먹이를 주지 않는 것과 똑같은 원칙이었다. 예르몰라이는 괴상야릇한 사람이었다. 새처럼 태평하고 말수가 많은데다 산만하며, 겉모습이 형편없었다. 술을 굉장히 좋아하고 한곳에 머물지 못하며 걸을 때는 다리를 끌며 뒤뚱뒤뚱했는데, 그렇게 질질 끌고 뒤뚱거리면서도 하룻밤에 60베르스타는 너끈히 내달렸다. 그는 또 산전수전을 다 겪었다. 늪지대, 나무 위, 지붕 위, 다리 아래서 밤을 보내기도 했고 다락방, 움, 헛간에 갇힌 적은 한두 번이 아니었다. 총과 개는 물론 가장 없어서는 안 될 옷가지를 빼앗기는 것은 예사요, 몇 시간이고 흠씬 두들겨맞기도 했는데 어쨌든 얼마쯤 지나면 옷을 멀쩡히 입은 채 총을 들고 개와 함께 집으로 돌아왔다. 그는 거의 항상 기분이 좋았으나 그렇다고 유쾌한 사람은 아니었다. 한마디로 괴짜였다. 특히 술을 한잔 걸칠 때는 사람 좋아 보이는 패와 어울려 이야기 나누기를 좋아했지만 그것도 잠깐일 뿐, 대뜸 일어나서는 밖으로 나가버렸다. "이봐, 어딜 가는 게야? 한밤이구먼."—"차플리노에 가야 해."—"차플리노에는 뭐하러 가나, 10베르스타나 되는 길인데?"—"거기 소프론이라는 농부네서 자야 하거든."—"그러지 말고 여기서 자게나."—"아니야, 그럼 안 돼." 그렇게 예르몰라이는 발렛카와 어두운 밤길을 나서서 덤불이며 도랑을 지나지만, 그의 친구라는 농부 소프론은 그를 집에 들이지 않을 것이며, 목덜미나 후려치지 않으면 다행일 것이었다. 가만있는 사람 성가시게 하지 좀 말라면서. 그래도 예르몰라이만큼 봄에 불어난 강물에 들어가 맨손으로 물고기나 가재를 잡거나 들새가 있는 곳을 촉으로 찾거나 메추라기떼를 꾀어내거나 매를 길들이거나 '레시*의 피리 소리' 또는 '뻐꾸기 날갯짓'** 소리로 꾀꼬리를 잘 잡는 사람은 없었다…… 그런 그가 못하는 것이 딱 하나 있었다. 개를 훈련하는 일인데, 그는 인내심이 부족했다. 그에게도 아내가 있었다. 아내에게는 일주일에 한 번씩 갔다. 그녀는 반쯤 무너진 허름한 오두막에서 내일 당장 먹을 것도 없이 어떻게든 살아가며 고약한 팔자를 꾸역꾸역 견뎠다. 예르몰라이, 이 무사태평하고 선량한 사내도 그녀에게는 무례하고 거칠게 대했고 집에서는 위압적이고 엄격했으며, 가여운 아내는 그의 비위를 어떻게 맞출지 몰라 그가 쳐다보기라도 하면 벌벌 떨었고 마지막 한푼까지 탈탈 털어 술을 사다주었다. 그리고 그가 페치카에 대자로 뻗어 용사처럼 곤히 잠들면 비굴하게도 그에게 자신의 털외투를 덮어주었다. 그가 자기도 모르게 침울하고 살벌한 기세를 드러내는 모습을 나도 몇 차례 본 적이 있다. 그가 쏘아 잡은 새를 물어뜯을 때 짓는 표정은 썩 마음에 들지 않았다. 그런데 예르몰라이는 하루 이상 집에 머무는 법이 없었다. 집밖에서 그는 다시

---

* 슬라브 민속에서 숲의 정령을 가리킨다. 투르게네프는 「꾀꼬리에 대하여」라는 글에서 꾀꼬리의 노래를 열 소절로 나누어 설명하는데, 그중 '레시의 피리 소리'는 일곱번째 소절로 '고-고-고-고' 길게 늘이며 노래하다가 갑자기 짧게 '뚜' 소리로 끝나고, '뻐꾸기 날갯짓'소리는 가장 듣기 드문 소절로 뻐꾸기가 날 때 우는 소리와 비슷하다고 썼다.

** 꾀꼬리 사냥꾼들은 무슨 말인지 잘 알 것이다. 꾀꼬리의 노래에서 가장 훌륭한 '소절'을 가리킨다.—원주

'예르몰카'*, 근방 100베르스타 내에 사는 모든 이가 부르듯, 또 자기 자신도 그렇게 부르듯 '예르몰카'가 되었다. 하인 중 가장 막내인 자도 이 떠돌이보다는 자기가 높다고 느꼈고 그래선지 그를 편하게 대했다. 농부들도 처음에는 그를 들판의 토끼처럼 신나게 몰아대다가 너그럽게 놓아주곤 했는데, 괴짜라는 것을 알고는 더이상 건드리지 않았고 빵을 주며 이야기를 나눴다…… 바로 이런 사람을 나는 사냥꾼으로 대동하고 너른 자작나무숲으로, 이스타강으로 탸가에 나섰던 것이다.

러시아의 많은 강은 볼가강과 마찬가지로 한쪽 강변은 언덕이고 다른 한쪽은 들판이다. 이스타강도 그렇다. 이 작은 강은 뱀이 기어가는 것처럼 희한하게 구불구불해서 반 베르스타도 곧게 흐르지 않으며, 강변의 가파른 언덕에서 보면 강둑이며 연못이며 방앗간이며 텃밭이 갈대와 거위떼에 둘러싸인 채 강가에 늘어선 모습을 10베르스타 정도 볼 수 있다. 이스타강에는 고기가 많이 살고 황어가 특히 많다(더운 날이면 농부들은 강변의 덤불 밑에서 황어를 맨손으로 잡기도 한다). 작은 삑삑도요들은 차가운 샘들이 반짝이는 돌 많은 강변을 휘파람을 불며 날아다닌다. 들오리들은 연못 한가운데 물밑에서 솟아올라 조심스레 주변을 둘러본다. 왜가리들이 강가 절벽 밑 그늘에서 불쑥 튀어나오곤 한다…… 우리는 한 시간 정도 탸가에 서서 멧도요 두 쌍을 잡았고, 해가 뜨기 전 또 한번 우리의 운을 시험해보고자(아침 일찍 탸가에 서는 것도 얼마든지 가능하다) 근처 방앗간에서 밤을 보내기로 했다. 우리는 숲에서 나와 언덕을 내려갔다. 강에는 짙푸른 색 파도가 넘실거렸

* 예르몰라이의 애칭이자, 유대인이 쓰는 작은 모자 '키파'를 가리키기도 한다.

다. 밤의 습기를 머금어 공기가 무거웠다. 우리가 대문을 두드리자 마당에서 개들이 카랑카랑하게 짖어댔다. "누구요?" 잠에 취한 누군가가 목쉰 소리로 물었다. "사냥꾼들이오. 하룻밤 신세 좀 집시다." 답이 없었다. "돈을 내겠소."—"주인한테 물어보고요…… 쉿, 망할 놈들!…… 뒈지지도 않는구나!" 일꾼이 농가에 들어가는 소리가 들렸다. 얼마 지나지 않아 그가 대문으로 돌아왔다. "안 됩니다," 그가 말했다. "주인이 들이지 말랍니다."—"어째서요?"—"사냥꾼들이라 겁나는 모양입니다. 총알을 가지고 있어서 방앗간에 불을 낼지도 모르니까요."—"그 무슨 말도 안 되는 소리요!"—"재작년에도 불이 난 적 있습니다. 가축 파는 사람들을 들였는데 무슨 영문인지 불을 냈었지요."—"그래도, 여보쇼, 어떻게 한데서 자란 말이오!"—"그야 당신들 사정이지……" 그는 장화를 절벅거리며 가버렸다.

예르몰라이는 온갖 악담을 퍼부었다. "마을로 가보십시다." 마침내 그가 한숨을 내쉬며 말했다. 하지만 마을까지는 2베르스타나 가야 했다…… "그냥 여기서 자기로 하지." 내가 말했다. "오늘밤은 그래도 따뜻하군. 방앗간 주인한테 돈을 좀 쥐여주면 지푸라기라도 내주겠지." 예르몰라이도 두말없이 좋다고 했다. 우리는 다시 대문을 두드렸다. "대체 뭘 또 바라쇼?" 다시 일꾼의 목소리가 들렸다. "안 된다니까요." 우리가 바라는 바를 열심히 설명했다. 그는 다시 말해보겠다고 갔다가 주인과 함께 돌아왔다. 쪽문이 끼익 열렸다. 방앗간 주인이 나타났는데 키가 크고 얼굴에 기름기가 흐르고 목덜미가 황소처럼 굵으며 배는 크고 둥글었다. 그는 나의 제안을 수락했다. 방앗간에서 백 걸음 떨어진 곳에 사방이 뚫린 작은 원두막이 있었다. 그들이 짚과 건초를 가져다주었다. 일꾼은 강물 바로 옆 풀밭에 사모바르를 앉혔고 쪼그려앉아 연통에 열심히 바람을 불어넣기 시작했다…… 석탄이 타오르며 그의 젊은 얼굴을 환히 비췄다. 방앗간 주인은 아내를 깨우러 가기 전 마침내 내게는 집으로 들어와 자라고 권했다. 그러나 나는 탁 트인 야외가 더 좋았다. 방앗간 여주인이 우유와 달걀, 감자, 빵을 내왔다. 곧 사모바르가 끓기 시작했고 우리는 차를 마셨다. 강에서 김이 피어올랐고 바람은 없었다. 사방에서 뜸부기들이 울었다. 물레바퀴 쪽에서 희미한 소리가 들려왔다. 물레바퀴 날개에서 물방울이 떨어지거나 제방 수문에서 물이 흘러나오는 소리였다. 우리는 모닥불을 피웠다. 예르몰라이가 재에 감자를 굽는 사이 나는 잠이 들었다…… 어렴풋이 들리는 조심스러운 속삭임 소리에 잠에서 깼다. 고개를 들어보니 불 앞에 엎어놓은 나무통에 방앗간 여주인이 앉아 나의 사냥꾼과 이야기를 나누고 있었다. 나는 옷매무새와 몸가짐, 말투에서 그녀가 농부나 소시민이 아니라 귀족 출신일 거라 생각했다. 그러고서 그녀를 요모조모 살펴보았다. 서른 살쯤 되어 보이는 야위고 해쓱한 얼굴에는 여전히 뛰어난 미모의 흔적이 있었다. 특히 커다랗고 슬픈 눈이 마음에 들었다. 그녀는 팔꿈치를 무릎에 올리고 두 손에 턱을 괴었다. 예르몰라이는 내게 등을 돌리고 앉아 불에 나뭇조각을 보태고 있었다.

"젤투히나에 또 병이 돈다고 하네요." 방앗간 여주인이 말했다. "이반의 아버지가 기르는 암소 두 마리도 병에 걸렸대요…… 주님, 자비를 베푸소서!"

"이 집 돼지들은 어때?" 가만있다가 예르몰라이가 물었다.

"멀쩡해요."

"나한테 새끼돼지 한 마리라도 주면 좋겠군."

방앗간 여주인은 잠시 말이 없다가 한숨을 내쉬었다.

"같이 오신 분은 누구예요?" 그녀가 물었다.

"코스트로마에서 온 나리야."

예르몰라이가 전나무 가지 몇 개를 불에 던져넣었다. 나뭇가지들은 곧장 사이좋게 타닥타닥 소리 내며 탔고 짙은 하얀 연기가 그의 얼굴을 덮쳤다.

"당신 남편은 어째서 우리를 집으로 들이지 않은 거야?"

"두려워서요."

"배불뚝이 자식…… 저기, 아리나 티모페예브나, 술 한 잔만 갖다줘!"

방앗간 여주인은 자리에서 일어나 어둠 속으로 사라졌다. 예르몰라이는 낮은 목소리로 노래를 흥얼거렸다.

내 사랑 보러 다니느라
장화가 다 닳았다네……

아리나가 목이 긴 작은 유리병과 컵을 들고 돌아왔다. 예르몰라이는 잠시 일어서서 성호를 긋더니 단숨에 들이켰다. "좋다!" 그가 덧붙였다.

방앗간 여주인은 다시 나무통에 앉았다.

"그래, 아리나 티모페예브나, 어디 몸이 안 좋아?"

"안 좋아요."

"어떤데?"

"밤마다 기침 때문에 괴로워요."

"나리는 주무시나보군." 예르몰라이가 잠시 침묵했다가 말했다. "그래도 의원한테는 절대 다니지 마, 아리나. 더 나빠질 거야."

"안 다녀요."

"그래도 나한테는 놀러와."

아리나는 고개를 숙였다.

"지금 있는 여편네는 당장이라도 쫓아낼게," 예르몰라이가 계속했다…… "정말이야."

"나리를 깨우는 게 좋겠군요, 예르몰라이 페트로비치. 봐요, 감자도 다 익었어요."

"자빠져 자게 놔둬," 나의 충복이 심드렁하게 말했다. "종일 뛰어다녔으니 곤히 잘 거야."

나는 건초 더미에서 몸을 뒤척였다. 예르몰라이가 일어나 내게 다가왔다.

"감자가 다 익었습니다, 나리, 드셔도 되겠습니다."

내가 원두막에서 나가자 방앗간 여주인은 나무통에서 일어나 자리를 피하려 했다. 나는 그녀에게 말을 걸었다.

"방앗간을 임대한 지 오래되었나?"

"삼위일체 날*이 지나면 두 해째예요."

"남편은 어디 출신인가?"

아리나는 내 질문을 알아듣지 못했다.

"남편이 어디서 왔냐고." 예르몰라이가 목소리를 높여 되풀이했다.

---

* 러시아 민속에서 가장 중요한 축일 중 하나로, 부활절 이후 쉰번째 날에 기념한다.

"벨료보요. 벨료보의 소시민이에요."

"자네도 벨료보 출신이고?"

"아니요, 전 하녀요…… 지주댁 하녀였어요."

"어느 댁?"

"즈베르코프 나리 댁요. 지금은 면천되었습니다."

"어느 즈베르코프를 말하는 거지?"

"알렉산드르 실리치* 나리요."

"그 댁 부인의 몸종이었나?"

"어떻게 그걸 아세요? 맞습니다."

나는 더욱 호기심과 동정심이 발동해 유심히 아리나를 바라보았다.

"자네 나리를 알지." 내가 말을 이었다.

"그러세요?" 그녀가 낮은 목소리로 대답하고 고개를 숙였다.

내가 왜 그렇게 동정심을 느끼며 아리나를 유심히 바라보았는지 독자 여러분에게 이야기해야겠다. 페테르부르크에 머물 때 나는 우연히 즈베르코프 씨를 알게 되었다. 꽤 중요한 자리에 있던 그는 견문이 넓은 수완가로 통했다. 그에게는 통통하고 예민하고 눈물이 잦지만 성정이 사나운 아내가 있었는데, 특별하달 것은 없지만 대하기 꽤 쉽지 않은 존재였다. 아들은 그야말로 도련님, 아주 버릇없고 멍청한 도련님이었다. 즈베르코프 씨의 외모도 잘난 것은 아니었다. 거의 사각형에 가까운 넓적한 얼굴에는 쥐눈 같은 두 눈이 능글맞게 반짝였고, 콧구멍이 훤히 보이는 커다랗고 뾰족한 코가 불쑥 튀어나와 있었다. 주름 많은

---

* 러시아의 인명은 이름과 부칭(父稱)과 성으로 구성되며, 다양한 애칭과 별칭이 있고 친한 사이에는 이름이나 애칭으로 부르고, 격식을 갖출 때는 이름과 부칭을 같이 부른다.

이마 위로는 짧은 흰머리가 삐죽삐죽 솟아 있고 얇은 입술은 끊임없이 꼼지락거리며 거짓 웃음을 만들어냈다. 즈베르코프 씨는 늘 두꺼운 두 손을 주머니에 넣은 채 두 다리를 쩍 벌리고 섰다. 한번은 그와 둘이서 마차를 타고 교외에 가야 했다. 우리는 어느새 대화에 열중하게 되었다. 경험 많고 수완 좋은 즈베르코프 씨는 내게 '진리의 길'을 일깨우고자 했다.

"감히 훈계 하나 드려보지요." 그가 찍찍거리는 목소리로 말했다. "당신네 젊은이들은 모든 것을 되는대로 판단하고 해석하는 경향이 있습니다. 당신들은 조국을 잘 몰라요. 러시아를 잘 모릅니다, 그게 바로 문제예요!…… 당신들은 주구장창 독일 책만 읽지요. 예를 들어 당신네가 이런저런 것들, 가령 하인들에 대해 이야기한다고 칩시다…… 좋아요, 이견 없습니다, 훌륭해요. 그런데 당신네는 하인들을 모릅니다, 그들이 어떤 족속인지 몰라요. (즈베르코프 씨는 요란하게 코를 풀고는 코담배를 코에 갖다대고 킁킁거렸다.) 한 가지 재미난 이야기를 해 드리지요, 아주 짧은 일화입니다. 흥미로울 겁니다. (즈베르코프 씨는 목을 가다듬었다.) 내게 어떤 아내가 있는지 아시지요. 아마 세상에 그보다 착한 여자는 없을 겁니다, 선생도 알다시피. 그런 착한 여자의 몸종한테는 우리집이 천국 같을 테지요…… 그런데 집사람에게는 결혼한 몸종은 집에 두지 않는다는 원칙이 있습니다. 이게 참 맞는 말인 게, 아이라도 태어나면 마님을 어떻게 모시며 마님의 습관을 어떻게 알아서 잘 맞춰주겠습니까, 머릿속에 항상 딴생각이 있을 텐데요. 사람이란 게 그렇습니다. 한번은 마차를 타고 우리 마을을 가로질러가던 중이었습니다. 어디 보자, 거짓말이 아니라 십오 년 전쯤 일이로군요. 그때 촌장에게 예쁘장한 딸이 하나 있었습니다. 몸가짐에 고분고분함이 배어 있더군요. 집사람이 내게 말합디다. '코코,' 아, 이건 아내가 나를 부르는 이름입니다. '코코, 우리 저 계집애를 페테르부르크로 데려가요. 참한 것이 마음에 들어요, 코코……' 그래서 내가 말했습니다. '데려가고말고, 당신이 좋다면야.' 촌장은 당연히 좋아 죽지요, 그렇게 큰 행운은, 그래요, 기대도 못했을 겁니다…… 계집애는 뭣도 모르고 울기만 했지만요. 사실 처음에는 겁이 났겠지요, 부모와 살던 집을 떠나야 하니…… 요컨대…… 놀랄 일은 아니었단 말입니다. 그래도 곧 우리집 생활에 적응했습니다. 우선, 하녀 방에 보내 일을 가르쳤어요. 그애가 어땠을 것 같습니까?…… 아주 놀라우리만치 일을 잘해냈습니다. 집사람은 그애한테 홀딱 반해서 항상 챙겨주었고 결국 자기 몸종으로 들였지요…… 아시겠습니까!…… 그애가 얼마나 훌륭한지 정말 알아줘야 합니다. 집사람한테 그런 몸종은 한 번도, 한 번도 없었거든요. 말 잘 듣고, 공손하고, 또 맡은 일은 얼마나 잘하던지요. 한마디로 몸종에게 요구되는 미덕은 다 갖췄더란 말입니다. 근데 터놓고 말하자면 집사람이 그애를 너무 오냐오냐했지요. 옷도 더할 나위 없이 잘 입혀주고 주인댁 음식을 먹이고 차까지 마시게 해줬습니다…… 그러니 말 다 했지요! 그렇게 그애는 집사람을 십 년쯤 섬겼어요. 그런데 화창한 어느 아침 아리나가 느닷없이—그애 이름이 아리나였습니다—갑자기 말도 없이 내 서재에 들어오더니 발밑에 풀썩 엎드리더란 말입니다…… 나는 말이죠, 솔직히 말하면, 그런 걸 참지 못합니다. 사람이라면 존엄성을 지킬 줄 알아야지요, 안 그렇습니까? '무슨 일이냐?'—'알렉산드르 실리치 나리, 간청드립니다.'—'무슨 일인데?'—'제가 시집갈 수 있도록 해주십시오.' 정말이지, 나는 대경실색했습니다. '이 어리석은 것아, 마님에게 다른 몸종이 없다는 걸 모르느냐?'—'예전과 마찬가지로 마님을 잘 섬기겠습니다.'—'말도 안 되는 소리! 말도 안 돼! 마님은 결혼한 몸종은 곁에 두지 않으신다.'—'말라냐가 저를 대신할 수 있을 거예요.'—'이 얘긴 다시 꺼내지도 마라!'—'나리 뜻에 따르겠습니다……' 솔직히 나는 망연자실했습니다. 선생에게 터놓자면, 난 말입니다, 딱 한 가지에 대단히 모욕감을 느낍니다. 배은망덕만큼 나를 모욕하는 건 없다고 단언할 수 있겠습니다…… 뭐라 더 말하겠습니까, 내 집사람이 어떤 사람인지 잘 아시지 않습니까. 지상에 내려온 천사요 입에 올리기도 황송한 선량함 그 자체지요…… 아무리 악당이라도 그녀를 불쌍하게 생각했을 겁니다. 일단 아리나를 방에서 내보냈습니다. 정신 차리지 않을까 싶었지요. 사실 나는 인간에게 배은망덕이라는 시커먼 악이 존재한다는 것을 믿고 싶지 않았거든요. 어떻게 생각하십니까? 반년이 지나 그애가 똑같이 간청합니다. 나는 불같이 화를 내면서 겁을 좀 주었으나 집사람에게 얘기는 해보겠다고 약속했습니다. 아주 난처했습니다…… 그런데 내가 얼마나 놀랐는 줄 아십니까, 조금 있으니 아내가 눈물을 흘리며 흥분한 채 서재로 왔는데 너무 놀라 겁이 나기까지 했지요. '무슨 일이오?'—'아리나가 글쎄……' 아시겠지요…… 입 밖에 내기도 거북스럽습니다. '세상에!…… 도대체 누구를?'—'하인 페트루시카랍니다.' 폭발하지 않을 수 없었지요. 난 말입니다…… 일을 적당히 끝내는 걸 좋아하지 않아요!…… 페트루시카는…… 사실 죄가 없어요. 벌을 주려면 줄 수도 있지만 내가 보기에 그놈은 죄가 없었습니다. 아리나 요것이…… 음, 뭐랄까요, 음, 음, 뭐랄까, 무슨 말이 더 필요하겠습니까? 나는 그 즉시 그애 머리를 깎고 푸른색 줄무늬 죄수옷을 입혀 시골로 보내라고 명령했습니다. 집사람은 훌륭한 몸종을 잃었지만 달리 도리가 없었죠. 집안의 무질서를 가만둘 수는 없었으니까요. 병든 팔다리는 단칼에 잘라내는 게 상책입니다…… 자, 자, 생각해보십시오, 내 집사람을 잘 아시니까요. 그야말로, 그, 그…… 그야말로 천사 아닙니까!…… 그 사람은 아리나에게 너무 얽매여 있었고, 아리나도 그걸 알았기 때문에 부끄러운 줄도 몰랐던 겁니다…… 안 그렇습니까? 어떻게 생각하십니까…… 네? 가타부타할 것 없지요! 어느 모로 보나 도리가 없었습니다. 이 계집애의 배은망덕 때문에 나도, 바로 나까지도 오랫동안 상심하고 분노했습니다. 이러니저러니 해도…… 하인 족속에게서 마음, 감정이란 것은 찾지 마십시오! 늑대 새끼는 아무리 정성스레 먹이고 길러도 숲만 바라봅니다…… 앞날에 좋은 가르침이 될 겁니다! 당신에게 내 생각을 좀 밝히고 싶었습니다……"

즈베르코프 씨는 말을 마치지 않은 채 고개를 돌려 자기 망토 속으로, 마치 숨길 수 없는 흥분을 대장부답게 억누르려는 듯이 망토 속으로 파고들었다.

독자 여러분은 이제 내가 어째서 아리나를 동정심을 가지고 유심히 바라보았는지 이해했을 것이다.

"방앗간 주인과 결혼한 지는 얼마나 되었나?" 내가 마침내 그녀에게 물었다.

"두 해 되었습니다."

"그래, 나리가 자네를 풀어준 건가?"

"다른 분이 제 몸값을 치러주셨습니다."

"누가?"

"사벨리 알렉세예비치요."

"그게 누구지?"

"제 남편입니다. (예르몰라이는 혼자서 소리 없이 웃었다.) 혹시 우리 나리가 제 얘기를 하신 적 있었나요?" 아리나가 잠시 말을 않다가 덧붙였다.

나는 뭐라 대답할지 몰랐다. "아리나!" 멀리서 방앗간 주인이 외쳤다. 그녀는 벌떡 일어나 갔다.

"저 여자 남편은 좋은 사람인가?" 내가 예르몰라이에게 물었다.

"나쁘지 않습죠."

"자식은 있나?"

"하나 있었는데 죽었습니다."

"음, 방앗간 주인이 저 여자를 마음에 들어했나, 아니면 뭐였지?…… 몸값을 많이 치렀나?"

"모릅니다. 저 여잔 글을 알거든요. 이런 장사엔…… 글을 아는 게…… 도움이 되니까요. 꽤 마음에 들었던 모양입니다."

"알고 지낸 지 오래됐나?"

"오래됐습죠. 예전에 저 여자 주인댁에 일하러 다녔으니까요. 그 댁 저택이 여기서 멀지 않습니다."

"하인 페트루시카도 알고?"

"표트르 바실리예비치 말씀인가요? 그럼요, 알다마다요."

"그 사람은 지금 어딨지?"

"군대에 갔습니다."

우리는 잠시 말이 없었다.

"저 여자는 건강이 안 좋은 건가?" 내가 침묵 끝에 예르몰라이에게 물었다.

"건강이고 뭐고!…… 아무튼 내일은 타가가 참 잘되겠습니다. 푹 주무시는 게 좋겠어요."

들오리떼가 휘파람소리를 내며 우리 머리 위로 빠르게 날아갔고, 멀지 않은 강가에 내려앉는 소리가 들렸다. 사위가 어두워지자 한기가 느껴졌다. 숲에서 꾀꼬리가 낭랑하게 노래했다. 우리는 건초 더미로 기어들었고 이내 곯아떨어졌다.

산딸기샘

8월 초의 날씨는 견딜 수 없이 덥다. 이맘때 낮 열두시부터 세시까지는 가장 결단력 있고 집중력 좋은 사람도 선뜻 사냥에 나서지 못하고, 가장 충실한 개도 '사냥꾼의 박차를 깨끗이 닦아준다'. 즉 병에 걸린 듯 눈을 희끄무레하게 뜨고는 일부러 보란듯이 혀를 쑥 내밀고, 주인이 꾸짖는 말에 자존심도 버린 채 꼬리를 흔들며 난처하다는 낯빛으로 한 걸음 뒤에서 주인의 꽁무니만 따를 뿐 결코 먼저 나아가지 않는 것이다. 바로 그런 날 사냥에 나선 적이 있다. 잠깐이라도 그늘에 가서 눕고 싶은 마음을 꾹 눌러야 했다. 지칠 줄 모르는 나의 개는 덤불마다 샅샅이 뒤지며 오랫동안 부산을 떨었지만 그 열광적인 탐색 활동에서 무언가 건지리라 기대하는 것 같지는 않았다. 결국 우리는 숨막히는 더위에 굴복해 남은 힘과 능력을 아껴두는 게 낫겠다고 생각하게 되었다. 우리는 너그러운 독자 여러분도 이미 알고 있는 이스타강에 간신히 이르러 벼랑을 타고 내려갔고, 근방에서 '산딸기샘'이라고 알려진 샘으로 가기 위해 축축하고 샛노란 모래밭을 걸었다. 이 샘은 강변 벼랑이 움푹 파여 갈라지는 곳, 크진 않지만 깊숙한 골짜기로 변해가는 곳에서 솟아나와 재잘재잘 즐거운 소리를 내며 스무 걸음 떨어진 강으로 흘러들었다. 키 작은 참나무들이 골짜기 비탈 여기저기서 무성히 자랐고 샘 근처에는 벨벳처럼 부드러운 키 작은 풀들이 푸르렀다. 햇살은 차가운 은빛 샘물을 건드리지 못했다. 샘에 가보니 지나가던 사람이 다른 이들도 쓰라고 남겨둔, 자작나무 껍질로 만든 바가지가 풀밭에 놓여 있었다. 나는 샘물을 벌컥벌컥 들이켜고 그늘에 드러누워 사방을 둘러보았다. 샘물이 강으로 흘러들어 생긴, 그래서 항상 잔물결에 뒤덮여 있는 어귀에 두 노인이 내 쪽으로 등을 보이며 앉아 있었다. 다부진 체격에 키가 큰 한 사람은 말쑥한 진녹색 카프탄을 입고 솜을 기운 챙 없는 모자를 쓴 채 낚시에 여념이 없었다. 빼빼 마르고 키가 작은 다른 한 사람은 무호야르* 프록코트를 누덕누덕 기워 입고 모자는 쓰지 않았는데 지렁이가 가득 담긴 단지를 무릎에 올려놓고는 하얗게 센 머리칼을 햇볕으로부터 보호하려는 듯 이따금 머리에 손을 얹었다. 나는 그를 더욱 유심히 보았고 그가 슈미히노 마을의 스툐푸시카라는 것을 알아보았다. 그가 누구인지 독자 여러분에게 잠시 소개하겠다.

내 마을에서 몇 베르스타 떨어진 곳에 성 코지마와 성 다미안을 수호성인으로 하는 석조 교회가 우뚝 솟은 슈미히노라는 큰 마을이 있다.

---

* 부하라산(産) 면포와 양털실, 혹은 비단실을 섞어 짠, 이반 뇌제의 재산 목록에서 처음 등장했을 정도로 역사가 오래된 직물.

교회 반대편에는 한때 위용을 자랑하던 대저택이 살림 용도의 건물, 공방, 마구간, 추위에 약한 과실수를 키우거나 마차를 보관하는 창고, 바냐*, 임시 주방, 손님과 관리인을 위한 별채, 화초를 키우는 온실, 동네 사람들이 언제든 탈 수 있는 그네 등 온갖 것에 둘러싸여 있었다. 이 저택에는 부유한 지주들이 살았고 모든 것은 질서에 따라 이루어졌는데, 어느 화창한 아침 그 모든 부귀영화가 모조리 불타버렸다. 주인들은 다른 둥지로 옮겨갔고 저택은 버려졌다. 거대한 잿더미는 채소밭으로 변했고, 군데군데 벽돌과 주춧돌 잔해들만 쌓여 있었다. 조금이라도 멀쩡한 대들보로 오두막이 지어졌고, 고딕풍 누각을 짓기 위해 십 년 전쯤 사들였던 널빤지를 덮은 이 오두막에 정원사 미트로판과 그의 아내 악시냐, 그리고 일곱 아이가 살게 되었다. 미트로판은 이곳에서 밭을 일궈 150베르스타 떨어진 주인댁 식탁에 향신채며 채소를 갖다 바치라는 명을 받았다. 악시냐에게는 거액을 주고 모스크바에서 구입한 티롤산産 암소를 돌보는 임무가 주어졌지만 안타깝게도 암소는 새끼를 배지 못했고 이 집에 올 때부터 이미 젖이 말라 있었다. 또 그녀는 '장원莊園'의 유일한 새인 도가머리가 멋진 잿빛 수오리도 돌봐야 했다. 아이들은 어리다는 이유로 아무 일도 주어지지 않았고, 덕분에 맘껏 뛰어놀 수 있었다. 나는 우연히 이 정원사의 집에서 두어 번 신세를 졌다. 그럴 때마다 그의 밭에서 한여름에도 거대하게 자라 맛은 물처럼 맹숭맹숭하고 껍질은 두껍고 누런 오이를 따곤 했다. 바로 그의 집에서 스툐푸시카를 처음 보았다. 미트로판과 그의 가족, 그리고 애꾸눈 군인의 마누라

* 러시아식 사우나로, 땀을 내며 자작나무 가지로 몸을 두드린다.

가 내준 헛간에서 사람들의 도움을 받으며 살아가던 귀머거리 교회지기 게라심 노인 말고는 지주댁 하인이 아무도 남지 않았다고 할 수 있는데, 왜냐하면 내가 독자 여러분에게 소개할 스툐푸시카는 일단 하인이 아니고, 지주댁에서 일하는 하인은 더더욱 아니기 때문이었다.

하인이라면 누구나 하인 집단에서 모종의 지위, 모종의 관계를 가지며, 지주에게 봉급을 받거나 아니면 하다못해 매월 '생필품'이라는 것을 받는다. 스툐푸시카는 어떤 물질적 대가도 받지 않았고 누구와도 혈연관계가 없었을 뿐 아니라 아무도 그가 누군지 몰랐다. 심지어 과거도 없었다. 그에 대해서는 아무도 말하지 않았고 그는 가호조사*에도 등재되지 않았다. 그가 한때 어느 댁 시종으로 일했다는 알 수 없는 소문만 돌았다. 하지만 그가 누구인지, 어디 출신인지, 누구의 아들인지, 어쩌다가 슈미히노 사람이 되었는지, 무슨 수로 언제부터 입고 다녔을지 모를 무호야르 카프탄을 구했는지, 어디에 사는지, 무슨 돈으로 먹고사는지 등등 아무도 알지 못했고, 사실 아무도 궁금해하지 않았다. 하인들 족보라면 4대까지 꿰뚫고 있는 트로피미치 할아범이 그에 대해 입을 연 적이 있었는데, 할아범의 말에 따르면 스테판**은 돌아가신 나리, 여단장으로 봉직했던 알렉세이 로마니치가 원정을 나갔다가 짐마차로 데려온 터키 여자의 혈육이었다. 그래선지 축일이나 하인들 봉급날, 또는 옛 러시아 풍습대로 빵과 소금, 메밀 피로크***, 약초와 곡물로 담

* 18세기부터 19세기 중반까지 러시아에서는 주기적으로 농촌과 도시의 인구조사를 실시했다. 이때 남성 인구의 명단이 작성되었다.

** 스툐푸시카는 스테판의 애칭이다.

*** 과일이나 고기 등을 넣어 만든 러시아식 파이.

은 술로 손님을 대접하는 날, 이처럼 흥겨운 날에도 스툐푸시카는 음식을 차려놓은 상이나 술통 근처에 얼씬도 하지 않았고 주인나리의 안부를 묻지도, 주인나리의 손에 입을 맞추지도, 집사가 주인나리의 건강을 기원하며 주인나리가 보는 앞에서 기름진 손으로 가득 따라주는 술잔을 시원하게 비워낼 수도 없었다. 그냥 지나치지 않고 이 딱한 사람에게 남은 피로크 한 조각이라도 챙겨주는 집사의 영혼은 얼마나 선량한가. 부활절 일요일에 사람들이 그에게 축하인사를 건네도 그는 기름때 묻은 소매를 걷지도 않았고 뒷주머니에서 빨갛게 물들인 달걀을 꺼내지도 않았으며, 숨을 헐떡이고 눈만 깜박일 뿐 젊은 주인마님 내외는커녕 아기씨에게도 달걀을 주는 법이 없었다. 여름에는 닭장 뒤 창고에서, 겨울에는 바냐의 탈의실에서 지냈다. 아주 매섭게 추울 때는 건초창고에서 밤을 보냈다. 다들 여기저기서 보이는 그에게 익숙해졌고 심지어 그를 한 번씩 걷어차기도 했지만 아무도 그와 말을 섞지 않았고 그 자신도 태어나 한 번도 입을 열어본 일이 없는 것처럼 보였다. 화재가 일어나고 오갈 데 없어진 스툐푸시카는 정원사 미트로판에게 몸을 맡기게 되었는데, 오룔 사람들 말로 하자면 '기어들었다'. 정원사는 그를 괜히 건드리지도 않고 같이 살자고 말하지도 않았지만 그렇다고 그를 내쫓지도 않았다. 그는 채소밭에 살며 보이는 듯 안 보이는 듯 어슬렁거릴 뿐이었다. 아무 소리도 내지 않고 걸어다녔고, 재채기나 기침을 할 때는 다소 두려운 듯 입을 손으로 가렸다. 꼼지락꼼지락 계속 무언가를 했고 개미처럼 남모르게 부산스러웠는데, 그건 모두 먹을 것, 오로지 먹을 것을 구하기 위해서였다. 아침부터 저녁까지 먹을 것을 구하러 다니지 않았더라면 우리의 스툐푸시카는 벌써 굶어죽고 말았으리

라. 저녁에 무엇으로 배를 채울지 아침에 미리 알지 못한다는 것은 참으로 서글픈 일이다! 스툐푸시카는 울타리 아래 앉아 무를 갉아먹거나 당근을 핥거나 더러운 양배추 한 통을 먹기 좋게 자른다. 그런 다음 낑낑거리며 어디선가 물 한 양동이를 지고 온다. 불을 피워 단지를 올려놓고 품에서 시커먼 덩어리들을 꺼내 단지에 넣는다. 보금자리인 헛간에 앉아 뚝딱뚝딱 나무를 다듬고 못을 박아 빵조가리를 올려둘 선반을 만들기도 한다. 모든 것을 말없이, 마치 구석에 숨어서 하듯 한다. 뭘 하나 싶어 돌아보면 이미 숨어버리고 없다. 그러다 갑자기 이틀씩 사라지기도 한다. 물론 그가 사라졌다는 것을 알아차리는 사람은 없다…… 어디라도 갔나 싶으면, 어느새 다시 그 자리, 울타리께에 앉아 아무도 모르게 삼발이 아래 불쏘시개를 집어넣고 있다. 조막만한 얼굴, 노란 두 눈, 눈썹까지 내려오는 머리, 뾰족한 코, 박쥐처럼 커다랗고 투명한 귀, 두 주 전에나 깎았을 것 같은 길지도 짧지도 않은 딱 그만큼의 수염. 바로 이 스툐푸시카가 다른 노인과 함께 있는 것을 이스타강가에서 발견한 것이다.

나는 그들에게 다가가 인사를 건네고 곁에 앉았다. 스툐푸시카의 동무도 아는 얼굴이었다. 그는 표트르 일리치 * * * 백작이 면천시켜준 미하일로 사벨리예프*, 일명 투만**이었다. 그는 볼호프 출신 폐병쟁이 소시민이 운영하는 여관에서 지냈는데, 나도 꽤 자주 투숙하는 곳이다. 오룔 가도街道를 즐겨 달리는 젊은 관리들이나 그 밖에 한가한 사람들이라면(줄무늬 깃털이불에 정신이 팔린 상인들은 한가할 틈이 없겠지

* '오프/예프' 등은 부칭 어미 '오비치/예비치'의 옛 형태다.

** '안개'라는 뜻.

만) 규모가 꽤 큰 트로이츠코예 마을에서 그리 멀리 떨어지지 않은 곳에 서 있는 이층짜리 거대한 목조 주택을 지금도 쉽게 볼 수 있을 텐데, 지붕이 주저앉고 창문도 판자로 덮인 채 내버려져 길가로 툭 튀어나와 있기 때문이다. 햇살 좋고 청명한 날에 보아도 이 폐허는 대단히 불길해 보인다. 한때 이 집에는 그 옛날 부유한 고관대작, 손님 좋아하기로 명성이 자자하던 표트르 일리치 백작이 살았다. 도에 사는 모든 사람이 그의 집에 몰려들었고, 농노악단이 귀청이 터질 듯 우렁차게 연주하는 노랫소리, 탄탄한 가죽 장화가 서로 부딪치는 소리, 불꽃 터지는 소리에 맞춰 춤을 추며 멋지게 한바탕 놀곤 했다. 아마 대귀족의 황폐해진 저택을 지나치다가 지난 날들과 흘러간 청춘을 떠올리며 한숨짓는 노파가 한둘이 아니리라. 백작은 오랜 세월 연회를 베풀었고 환대하는 미소를 지으며 아첨쟁이 손님들 사이를 한참이나 휘적거리고 다녔다. 그러나 안타깝게도 부는 평생 가지 않았다. 완전히 파산한 백작은 일자리를 구하러 페테르부르크로 떠났고 원하던 바를 이루지 못한 채 호텔방에서 죽었다. 투만은 백작 댁 청지기로 일했고 백작이 살아 있을 때 이미 면천증서를 받았다. 일흔 살쯤 된 이 노인은 균형 잡힌 이목구비에 인상이 좋았다. 거의 항상 미소 짓고 있는데, 요즘에는 예카테리나 여제 시대 사람들만이 그렇게 친절하면서도 위풍당당하게 미소 지을 줄 안다. 말을 할 때는 입술을 천천히 열었다가 다물었고 애교를 부리듯 실눈을 떴으며 약간 콧소리를 냈다. 코를 풀거나 코담배를 맡을 때도 중대한 일이라도 하는 듯 서두르지 않았다.

"어이, 미하일로 사벨리치," 내가 말을 걸었다. "고기는 많이 잡으셨는가?"

"바구니 한번 보시지요. 농어 두 마리와 황어새끼 댓 마리 잡았습니다…… 스탸파*, 보여드려."

스탸푸시카가 내게 바구니를 내밀었다.

"자네는 어떻게 지내나, 스테판?" 내가 그에게 물었다.

"에…… 에…… 그…… 그…… 그럭저럭 지냅니다요, 나리." 입속에서 무거운 추라도 굴리는 듯 스테판이 더듬거리며 대답했다.

"미트로판은 잘 있고?"

"잘 있, 있……고말고요, 나리."

가여운 그가 몸을 돌렸다.

"어째 고기가 미끼를 물지 않는군요." 투만이 입을 열었다. "끔찍이도 덥습니다. 고기도 덤불 아래 숨어서 자는 모양이에요…… 스탸파, 지렁이 좀 끼워주게. (스탸푸시카는 지렁이를 꺼내 무릎에 올려놓고 한두 번 손바닥으로 치더니 바늘에 끼웠고, 침을 퉤퉤 뱉더니 투만에게 건네주었다.) 고맙네, 스탸파…… 그런데 나리," 그가 나를 돌아보며 말을 이었다. "사냥중이십니까?"

"보다시피."

"그렇군요…… 요 수캐는 앵국 놈입니까 후를란트 놈입니까**?"

노인은 기회 있을 때마다 뭘 좀 안다는 걸 드러내기 좋아했다. 자기나 나나 사교계에 좀 있어봤다는 것이다!

"글쎄, 품종은 모르겠네만 훌륭한 녀석이야."

* 스테판의 애칭.

** 나라 이름을 틀리게 발음한 것. 영국 품종, 발트해 연안 쿠를란트-젬갈렌 공국 품종의 사냥개는 한때 명성이 자자했다.

"그렇군요…… 보통 개를 여러 마리 데리고 다니십니까?"

"두 패를 데리고 다닌다네."

투만은 미소 지으며 고개를 끄덕였다.

"그래야 합죠. 어떤 치들은 개를 아주 좋아하지만 또다른 치들은 개는 필요 없다 그러죠. 제 짧은 생각으로는 말입니다, 품위를 위해서라도 사냥개는 많을수록 좋습니다…… 뭐든 제대로 갖춰야 하는 법이니까요. 말도 제대로, 사냥개지기도 제대로, 모든 걸 제대로 갖춰야 합니다. 돌아가신 백작은, 그분이 하늘나라에 드시길! 천성이 사냥꾼은 아니셨습니다만, 한 해에 두 번쯤 개들을 몰고 사냥을 나가셨습죠. 붉은색 카프탄을 입고 금줄을 쥔 사냥개지기들이 마당에 모이면 사냥나팔을 붑니다. 그러면 각하가 나오시고 각하에게로 말을 몰아오죠. 각하가 안장에 오르시면 수석 엽사가 그분의 발을 등자에 얹혀드리고 머리에서 모자를 벗겨 거기에 말고삐를 담아드립니다. 각하가 기다란 가죽 채찍을 요렇게 찰싹 휘두르시면 사냥개지기들이 신나게 웃으면서 마당에서 몰려나갑니다. 사냥 시종이 말을 타고 각하 뒤를 따르는데 이 사람은 각하가 총애하시는 개 두 마리를 비단줄로 매어 보살핍니다, 아시겠습니까…… 뺨도 붉고 눈도 커다란 사냥 시종은 카자크식 안장에 높이 꼿꼿하게 앉아 개들을 몰아갑니다…… 당연히 손님들도 있고요. 재미면 재미, 격식이면 격식 다 갖췄지요…… 아이고, 놓쳤네, 요 망할 놈!" 그가 낚싯대를 당기며 덧붙였다.

"사람들 말로는 백작이 한세상 멋지게 사셨다지?" 내가 물었다.

노인은 지렁이에 침을 탁 뱉더니 낚싯대를 던졌다.

"대단한 고관대작이셨죠, 유명하셨습니다. 페테르부르크의 일류 명사들이 모두 다녀가셨습니다. 식탁에 앉아 식사할 때도 다들 파란색 리본*을 두르셨습니다. 아무튼 손님 접대에 도가 튼 분이셨습니다. 저를 불러서 이렇게 말씀하십니다. '투만, 내일 살아 있는 철갑상어가 필요하다네. 주문해두게, 알겠나?'—'알겠습니다, 각하.' 자수를 놓은 카프탄, 가발, 단장短杖, 향수, 최고급 라데콜론**, 담뱃갑, 어마어마하게 큰 그림들, 모든 걸 파리에다 주문하셨죠. 만찬은 또 얼마나 성대하게 여셨는지, 세상에! 불꽃놀이며 썰매 경주며, 대단했습니다! 축포까지 쏘셨다니까요. 악사들은 항상 마흔 명이나 자리를 지켰습죠. 악장은 독일 사람으로 두셨는데, 그 독일 놈은 어찌나 거만하던지. 귀족 나리들이랑 한 식탁에서 밥을 먹으려 들더군요. 각하는 냉큼 그놈을 쫓아버리셨지요. '우리집 악사는 분수를 알아야 한다'고 하시면서요. 주인나리의 권세는 그야말로 어마어마했습니다. 다들 춤을 추기 시작하면 동틀 때까지 췄고 라코세즈-마트라두라***까지 췄지요…… 어…… 어…… 어…… 잡았다, 요놈! (노인은 작은 농어를 잡아올렸다.) 자, 받게, 스툐파. 주인나리는 진짜 귀족다우셨습니다." 노인이 다시 낚싯대를 던지고 말을 이었다. "마음은 또 얼마나 고우셨는데요. 아랫사람을 때리는 일이 있더라도 뒤돌아서면 곧장 잊으셨습니다. 그런데 한 가지 흠이 있다면 마트레스카****를 여럿 두셨습니다. 오, 이 마트레스카들, 주여 용서

---

* 러시아제국의 성 안드레이 훈장.

** '오드콜로뉴'를 틀리게 발음한 것.

*** 무도회 춤 에코세즈와 구식 춤 마트라두르를 섞어 만들어낸 말.

**** 정부(情婦)를 뜻하는 프랑스어 메트레스(maîtresse)를 농민들이 러시아식으로 부르는 명칭.

하소서! 그것들 때문에 주인나리는 파산하셨어요. 계속 천한 것들 가운데서 마트레스카를 고르시더란 말입니다. 그것들이 뭘 달라고 하겠습니까? 구라파에서 제일 비싼 걸 줘보십시오, 어디 만족하나! 하긴 따지고 보면 즐겁게 살아서 안 된다는 법은 없지요, 어디까지나 주인나리의 일이니까요…… 그래도 아주 흔적도 없이 파산하셨습니다. 아쿨리나라는 마트레스카 하나가 유별났습니다. 지금은 이미 죽고 없지요, 그녀가 하늘나라에 들기를! 시토보 마을 순경의 딸인데 특출한 데도 없으면서 어찌나 악랄했는지! 백작의 뺨을 때린 적도 있습니다. 주인나리 혼을 다 빼놓은 거죠. 제 조카놈이 그년 새 옷에 셰콜라트*를 좀 흘렸는데 앞머리를 다 밀리는 벌을 받았습니다…… 그렇게 앞머리가 밀린 사람이 한둘이 아닙니다. 그랬지요…… 그래도 참 좋은 시절이었습니다!" 노인이 깊은 한숨을 내쉬며 덧붙이고는 눈을 내리깔고 입을 꼭 다물었다.

"자네 주인도 꽤 엄했던 모양이지?" 잠시 후 내가 침묵을 깨고 말했다.

"그때는 그게 유행이었습니다, 나리." 노인이 고개를 저으며 대꾸했다.

"이제는 그렇지 않지." 그에게서 눈을 떼지 않고 내가 한마디했다.

그가 나를 힐끔 돌아봤다.

"그야 요새는 좀 나아지긴 했죠." 그가 중얼거리고는 낚싯대를 멀리 던졌다.

---

* 초콜릿을 뜻하는 '쇼콜라'를 틀리게 발음한 것.

그늘에 앉아 있어도 숨이 턱턱 막혔다. 갑갑하고 뜨거운 공기가 한곳에 고인 듯했다. 시름에 잠긴 달아오른 얼굴이 바람을 찾았지만 바람은 없었다. 조금씩 짙어지는 푸른 하늘에 뜬 태양이 사정없이 지상을 때려댔다. 우리 바로 앞 건너편 강변에는 듬성듬성 쑥이 섞인 귀리밭이 샛노랬고, 이삭 하나라도 바람에 흔들리길 바랐지만 그렇지 않았다. 조금 아래쪽에는 무릎까지 강물에 잠긴 농가의 말이 젖은 꼬리를 한가롭게 털고 있었다. 축 늘어진 수풀 아래 커다란 고기가 이따금 수면 위로 올라와 물거품을 내뿜고는 가벼운 잔물결을 남긴 채 조용히 강바닥으로 가라앉았다. 색 바랜 풀밭에서 여치가 씨르륵댔다. 메추라기들은 마지못해 운다는 듯 꽥꽥거렸다. 매 두어 마리가 들판 위를 매끄럽게 날다가 빠르게 날개를 퍼덕거리고 부채처럼 꼬리를 활짝 펼치며 공중에서 멈추기도 했다. 우리는 더위에 짓눌린 채 가만히 앉아 있었다. 느닷없이 뒤쪽 골짜기가 요란스러워졌다. 누군가 샘 쪽으로 내려오고 있었다. 뒤돌아보자 루바시카를 걸치고 짚신을 신은 쉰 살쯤 먹은 농부가 어깨에 망태기와 아르먀크*를 둘러메고 먼지를 뒤집어쓴 채 걸어오는 것이 보였다. 그는 샘으로 가서 허겁지겁 물을 마시고 일어섰다.

"자네, 블라스 아닌가?" 그를 뚫어져라 보던 투만이 외쳤다. "잘 지냈나, 친구. 어디 다녀오는 길이야?"

"안녕하신가, 미하일로 사벨리치." 멀리서 우리에게 다가오며 농부가 말했다.

"어디로 사라졌던 게야?" 투만이 물었다.

---

* 거친 모직으로 만든 후드 달린 긴 외투로, 단추가 없어서 허리띠를 두른다. 주로 상인이나 농민이 입었다.

"주인나리 뵈러 모스크바에 다녀왔어."

"무슨 일로?"

"청을 드릴 것이 있어서."

"뭘 말인가?"

"소작료를 줄이고 대신 부역을 하게 해주십사, 다른 마을로 가서 살게 해주십사 말이지…… 아들놈이 죽었으니, 이제 나 혼자서는 감당할 수가 없구먼."

"자네 아들이 죽었나?"

"응. 죽은 사람이 되었다네." 잠시 말이 없던 농부가 덧붙였다. "모스크바에서 마부 일을 해서 먹고살았었지. 사실 나 대신 소작료를 내주기도 했고."

"자네 지금도 내야 하나?"

"내야 하고말고."

"자네 주인나리는 뭐라시던가?"

"뭐라시더냐고? 날 냉큼 쫓아내셨지! 이러시더군, 네놈이 어디 감히 나한테 곧장 올 수 있냐, 집사가 괜히 있는 것이냐, 우선 집사한테 알리는 게 도리지…… 다른 마을로 가서 살 수 있냐고? 일단 밀린 소작료부터 내거라 이놈. 아주 호통을 치셨네."

"그래서 그길로 되돌아나왔나?"

"그럴 수밖에. 죽은 아들이 돈을 좀 남겼나 알아보러도 갔었지. 아들이 마부로 일하던 곳 주인에게 가서 '내가 필리프의 애비요' 했더니 '그게 나하고 뭔 상관이요? 당신 아들이 남긴 건 아무것도 없소. 게다가 나한테 빚까지 있소' 하는 걸세. 그렇게 다시 돌아나왔지."

농부는 마치 남 이야기 하듯 내내 비웃는 투로 말했지만 주름진 작은 눈에 눈물이 고이고 입술이 실룩거렸다.

"그래서 지금 집에 가는 길인가?"

"아니면 어딜 가겠나? 당연히 집으로 가야지. 마누라가 먹을 것도 없이 손가락만 빨고 있을 텐데."

"자네 그…… 마……" 갑자기 스툐푸시카가 입을 열더니 당황한 듯 다시 다물고 단지 속을 후벼팠다.

"집사한테 안 가보고?" 투만이 제법 놀랐다는 듯 스툐파를 쳐다보고는 말을 이었다.

"가서 뭐하겠나?…… 소작료가 밀려 있는데. 아들놈이 죽기 전 한 일 년을 앓는 바람에 자기 소작료도 다 못 내고 죽었다네…… 일단 내 코가 석자지. 탈탈 털어봐야 한푼도 없어…… 이보게, 아무리 머리를 굴려봐도 안 돼, 답이 안 나와! (농부가 껄껄 웃었다.) 그 킨틸리얀 세묘니치가 아무리 똑똑하다 해도 어쩌지 못할 거야……"

블라스는 다시 웃었다.

"어떡하나? 이보게 블라스, 딱하게 됐네." 투만이 띄엄띄엄 말했다.

"딱하긴 뭐가 딱해? 아니야…… (블라스의 목소리가 끊겼다.) 뭔 놈의 더위가 이런가." 소매로 얼굴을 훔치며 그가 말했다.

"자네 주인이 누군가?" 내가 물었다.

"발레리안 페트로비치 *** 백작이십니다."

"표트르 일리치의 아들 말인가?"

"표트르 일리치의 아드님입죠," 투만이 대답했다. "표트르 일리치는 살아 계실 적에 아드님에게 블라스가 사는 마을을 떼어주셨습니다."

"그래, 그 사람은 잘 지내나?"

"다행히 잘 지내십니다," 블라스가 대답했다. "아주 멋쟁이가 되셨더군요, 얼굴도 두둑해지고요."

"있잖습니까, 나리," 투만이 나를 향해 말을 이었다. "모스크바 근방에 살면 좀 나은가봅니다, 여기서는 부역을 안 하는 대신 소작료를 내야 하니 말입니다."

"나라에 내는 세금은 얼마나 되나?"

"95루블입니다." 블라스가 웅얼거렸다.

"보시다시피 땅뙈기가 적습니다, 온통 주인나리 숲이다보니."

"아들이 저 숲을 팔았다던데." 농부가 말했다.

"그렇구먼…… 스툐파, 지렁이 좀 주게…… 어이, 스툐파? 잠든 건가, 엉?"

스툐푸시카가 부르르 떨었다. 농부도 우리 곁에 바싹 앉았다. 우리는 다시 말이 없었다. 건너편 강가에서 누군가 노래를 한 곡조 뽑고 있었다. 애처로웠다…… 우리의 불쌍한 블라스는 퍽 울적해졌다……

반시간쯤 앉아 있다 우리는 각자 길을 나섰다.

시골 의사

어느 가을날, 먼 곳의 사냥터에서 며칠을 보내고 돌아오던 나는 감기에 걸려 몸져눕고 말았다. 다행히도 열병은 어느 읍에 들러 호텔에 묵었을 때 덮쳤고, 나는 의사를 불렀다. 반시간쯤 지나자 읍내에서 개원한 의사가 나타났는데, 중키에 몸이 마른 검은 머리 사내였다. 그는 내게 일반적인 발한제와 겨자씨 연고를 처방해주고는 매우 날쌘 동작으로 5루블짜리 지폐를 소맷부리 접은 데로 감추었고, 마른기침을 내뱉고 애먼 곳으로 눈길을 돌리며 서둘러 돌아갈 채비를 하다가 어째선지 슬슬 이야기를 꺼내며 머물렀다. 나는 고열로 괴로웠다. 밤에 잠이 오지 않을 게 이미 뻔한 터에 나는 선량한 사람과 대화하게 되자 다소 즐겁기까지 했다. 차를 내왔다. 나의 의사는 이야기 속으로 푹 빠져들었다. 꽤 젊은 그는 머리가 둔하지 않았고 대담하게, 그것도 꽤 유쾌하게 자기 생각을 표현할 줄 알았다. 세상에는 참 희한한 일들이 일어난다. 어떤 사람과는 오랫동안 친근한 관계를 유지해도 결코 속을 드러내며 이야기를 나누지 않지만, 어떤 사람과는 통성명도 마치기 전에 당신이 그에게, 또는 그가 당신에게 마치 고해라도 하듯 손톱 밑 이야기까지 늘어놓게 된다. 내가 어떻게 새 친구의 신뢰를 얻었는지는 모르겠지만 그는 이런저런 이유 다 제쳐놓고 말 그대로 '덥석' 나를 사로잡아 대단히 흥미로운 이야기를 들려주었다. 그리하여 그 이야기를 나의 친절한 독자 여러분에게 선보이려 한다. 의사의 말을 그대로 옮기려고 애써 보겠다.

"선생은 혹시," 그가 살짝 떨리며 기어들어가는 목소리로(아무것도 섞지 않은 자작나무 담배를 피우면 그렇듯이) 시작했다. "선생은 혹시 이곳 판사인 파벨 루키치 밀로프 씨를 아시는지요?…… 모르신다고요…… 아, 상관없습니다. (그는 기침을 몇 번 하더니 눈가를 훔쳤다.) 어떤 일이 있었는지 알려드리지요, 일은 이랬습니다. 뭐라고 말씀드려야 할까요, 거룩한 대사순절을 지내는 이때에, 눈이 녹아 봄물이 넘치는 이때에, 거짓말을 해서는 안 되니까요. 제가 그 판사 댁에 앉아 프레페랑스*를 하고 있을 때였습니다. 우리 판사 나리는 사람도 참 좋은데다 프레페랑스의 명수지요. 갑자기(나의 의사는 '갑자기'라는 말을 자주 했다) 그 댁 하인이 제게 와서 말하더군요. '나리댁 하인이 선생님을 찾아왔습니다.' 저는 무슨 일인가? 하고 물었죠. 환자가 보낸 것 같은 쪽지를 가져왔습니다. '쪽지를 줘보게.' 정말 그랬습니다. 환자에게

* 카드놀이의 일종으로, 운보다는 실력에 결과가 좌지우지된다.

서 온 것이었어요…… 뭐, 어쩌겠습니까, 아시다시피 이게 우리의 밥벌이인 걸요…… 쪽지의 내용은 이랬습니다. 과부인 지주가 딸이 죽어가고 있다면서 우리 주님을 위해서라도 제발 와달라고, 타고 올 말을 보내놓았다고 적었더군요. 사실 그다지 먼 거리는 아니었습니다…… 읍내에서 20베르스타 떨어진 곳인데, 이미 한밤중인데다 길이 무척 험했지요! 게다가 그 여지주는 이미 영락한 처지라 2루블도 기대할 수 없었습니다. 아마포나 그 비슷한 헝겊쪼가리 정도로 만족해야 할 판이었죠. 허나 선생도 아시겠지만 사람이 죽어가는데 의무가 먼저지요. 우리 카드 판의 상임회원인 칼리오핀에게 제 카드 패를 넘기고 집으로 향했습니다. 밖으로 나가보니 현관 앞에 작은 수레 하나가 서 있었는데, 농부나 쓸 법한 수레에, 배가 불뚝 튀어나온 말들은 털이 꼭 펠트처럼 거칠었고 마부는 존경을 표한답시고 모자도 안 쓴 채 앉아 있더군요. 그래, 형제여, 자네 나리들은 황금마차를 타고 다니지는 못하는 모양이야 하는 생각이 들었습니다…… 지금 말씀드리는 대목에서는 아마 웃게 되실 겁니다. 이 가련한 우리의 형제가 말이죠, 아무리 생각해봐도 거참…… 이 마부가 공작처럼 앉아서는 허리 굽혀 큰절을 올리지도 않고 턱수염 사이로 실실 쪼개면서 채찍이나 흔들고 있더란 말입니다, 10루블짜리 지폐 두 장을 걸어도 좋습니다! 보아하니 일이 글러먹었다 싶습디다. 그래도 별수 있나요, 의무가 먼저지요. 가장 필수적인 약들만 챙겨 길을 떠났습니다. 믿기실지 모르겠지만 아주 간신히 도착했습니다. 길이 아주 지옥 같았거든요, 냇물이며 눈이며 진흙탕이며 도랑에, 갑자기 둑이 넘치지 뭡니까, 아주 끔찍했지요! 어쨌든 도착하긴 했습니다. 아주 작은 집이었고, 지붕에는 짚을 얹었더군요. 창문에 불이 켜져 있는 걸 보니 저를 기다리는 모양이었습니다. 들어가자 머릿수건을 쓴 아주 품위 있는 노부인이 맞이하며 말했습니다. '살려주세요, 아이가 죽어가고 있습니다.' 저는 말했지요. '너무 심려치 마십시오…… 환자는 어디 있습니까?'—'이쪽으로 오시지요.' 둘러보니 말끔한 방 한구석에 현수등이 켜져 있고 침대에 스무 살쯤 된 처녀가 의식을 잃고 누워 있었습니다. 열이 펄펄 끓고 힘겹게 숨쉬는 걸 보니 딱 열병이더군요. 그 자리에는 눈물범벅이 된 채 잔뜩 겁을 집어먹은 처녀가 둘 더 있었습니다. 그들이 말했습니다. '어제는 정말 건강하고 음식도 아주 맛있게 먹었답니다. 그런데 오늘 아침에 머리가 아프다더니 저녁부터 갑자기 이렇게 알 수 없는 상태가 됐어요……' 저는 다시 말했습니다. '너무 심려치 마십시오.' 아시다시피 이렇게 말하는 것이야말로 의사의 본분입니다. 그리고 저는 일에 착수했습니다. 우선 피를 빼고, 겨자씨 연고를 붙이라고 이른 뒤 물약을 처방해주었습니다. 그런데 환자의 얼굴을 흘끗 보니, 세상에, 그런 얼굴은…… 한마디로, 그렇게 아름다운 얼굴은 여태껏 본 적이 없을 정도였습니다! 너무 가여워지더군요. 이목구비가 다 어찌나 예쁘던지…… 정말 다행히도 환자는 안정을 되찾았습니다. 땀을 내고 나자 정신이 돌아온 듯 사방을 둘러보더니 방긋 미소 짓고 손으로 얼굴을 쓰다듬었지요. 자매들이 몸을 기울여 물어봤습니다. '이제 좀 어때?'—'괜찮아.' 그녀가 대답하고는 돌아누웠습니다…… 그리고 보았는데 잠이 들었더군요. 그래요, 저는 환자가 혼자 안정을 취하도록 해야 한다고 말했습니다. 모두 까치발로 걸어나왔지요. 하녀 하나만 만일의 사태를 대비해 방에 남았습니다. 응접실 식탁 위에는 이미 사모바르를 올려두고 자메이카산 럼주도 한 병 내놓

왔더군요. 우리 일에서 술을 빼놓으면 얘기가 안 되거든요. 그들은 내게 차를 대접하더니 하룻밤 묵고 가라고 청하더군요…… 나는 그러겠다고 했습니다. 그 시간에 어딜 가겠습니까! 노부인은 연신 한숨을 쉬었습니다. 제가 물었습니다. '왜 그러십니까? 따님은 살아날 테니 너무 심려치 마십시오. 그러지 말고 좀 쉬시지요, 벌써 한시가 넘었습니다.'—'그럼 혹시 무슨 일이 생기면 저를 깨워주시겠어요?'—'네, 그러고말고요.' 노부인이 나갔고 자매들도 각자 방으로 돌아갔습니다. 제 잠자리는 응접실에 마련되었고요. 자리에 눕자 어찌된 일인지 도무지 잠이 오지 않는 겁니다! 정말이지 대단히 피곤했는데도 말입니다. 한순간도 내 환자가 머릿속에서 떠나지 않았습니다. 마침내 참지 못하고 벌떡 일어나서는 생각했지요. 그래, 환자가 좀 어떤지 가서 볼까? 그녀의 침실은 응접실과 붙어 있었습니다. 그렇게 자리에서 일어나 문을 살며시 열자 심장이 미친듯이 뛰었습니다. 들여다보니 하녀는 입을 헤벌리고 코까지 골며 잠든 꼴이 아주 악당이 따로 없었습니다! 환자는 얼굴을 내 쪽으로 향한 채 누워 두 팔을 허우적거렸습니다. 얼마나 안쓰럽던지! 저는 가까이 다가갔습니다…… 그런데 그녀가 갑자기 눈을 번쩍 뜨더니 저를 뚫어지게 쳐다보는 겁니다!…… '누구세요? 누구시죠?' 저야말로 당황했지요. '놀라지 마세요, 아가씨, 나는 의사고, 아가씨가 어떤지 살펴보러 왔습니다.'—'의사시라고요?'—'네, 의사입니다, 의사…… 당신 어머니가 나를 부르러 사람을 읍내로 보내셨지요. 피를 뽑았으니 이제 푹 자면 됩니다. 하느님이 도우신다면, 이틀쯤 뒤에 두 발로 일어설 수 있을 겁니다.'—'아, 그렇군요. 선생님, 제발 제가 죽도록 내버려두지 마세요…… 정말 부탁드려요, 제발요.'—'무슨 말입니까, 하느님이 함께하실 겁니다.' 환자는 다시 열이 오른 것 같았습니다. 맥박을 짚어보니 정말 그랬습니다. 그녀는 저를 바라보더니 제 손을 잡았습니다. '제가 왜 죽고 싶지 않은지 말씀드릴게요, 선생님에게 다 말씀드릴게요…… 선생님하고 저밖에 없으니까요. 부탁이니 아무에게도 얘기하지만 말아주세요…… 잘 들어보세요……' 저는 몸을 굽혔습니다. 그녀는 제 귀에 입술을 바싹 갖다댔고 머리칼이 제 뺨을 건드렸습니다. 고백하건대, 정말 어찌해야 할지 모르겠더군요. 그녀는 속삭였습니다…… 저는 한마디도 알아듣지 못했고요…… 아, 그녀는 열에 들떠 헛소리를 하는 것이었습니다…… 속삭이고 또 속삭이더니, 그것도 아주 빠른 속도로 러시아어가 아닌 말을 늘어놓더니 부르르 떨고는 베개에 머리를 떨어뜨린 채 제게 손가락질하며 협박했습니다. '의사 선생님, 절대 아무에게도……' 저는 아무튼 그녀를 진정시키고 물을 충분히 마시게 한 다음 하녀를 깨우고 방을 나왔습니다."

의사는 다시 코담배를 격렬히 맡더니 잠깐 멍해졌다.

"하지만," 그가 말을 이었다. "다음날에도 제 기대와 달리 환자의 상태는 좋아지지 않았습니다. 저는 한동안 생각에 잠겼다가 돌연 결정을 내렸습니다. 다른 환자들이 저를 기다리고 있었지만 이곳에 남겠다고요…… 도저히 모른 척할 수 없더란 말입니다. 의사로 일하다보면 이런 일로 괴로울 때가 있습니다. 그러나 첫째, 환자는 정말이지 절망에 빠져 있었습니다. 또한 둘째, 실토하자면, 저 자신이 그녀에게 강한 호감을 느끼고 있었습니다. 그 집안 식구들도 마음에 들었고요. 가진 것은 변변치 않지만 요즘 세상에 보기 드물 정도로 교양 있는 사람들이었습니다…… 학자이자 저술가였던 아버지는 가난하게 죽었지만, 그래도 딸들에게 훌륭한 교육을 베풀 수 있었지요. 책도 많이 남겨주었고요. 제가 환자를 살리기 위해 온 마음으로 애쓴 탓인지, 아니면 다른 까닭에서인지 그 집안 식구들은 저를 친지처럼 사랑해주었다고 감히 말할 수 있습니다…… 그런데 봄이 되자 아주 끔찍한 진창길이 생겨났고, 교통이 완전히 끊어졌습니다. 심지어 읍내에서 약도 겨우 가져올 수 있었고요…… 환자는 차도가 없었습니다…… 하루가 지나고 또 하루가 지나도…… 여전히…… 그게 참…… (의사는 잠시 말을 멈췄다.) 그 이야기를 어떻게 해야 할지 모르겠습니다만…… (그는 다시 코담배를 맡고는 캑캑거리더니 차를 한 모금 마셨다.) 에두르지 않고 말씀드리자면, 저의 환자는 말입니다…… 뭐랄까요…… 음, 저를 사랑했습니다…… 아니었을 수도 있고요, 사랑한 것까지는 아니라 해도…… 그렇기는 해도…… 정말입니다, 이걸 어떻게 말씀드려야 할지…… (의사는 눈길을 떨구고 얼굴을 붉혔다.)"

"아닙니다," 그가 다시 활기를 띠며 말을 이었다. "그녀가 저를 사랑했다니요! 제 주제를 알아야지요. 그녀는 교양 있고 지혜롭고 책도 많이 읽은 숙녀인 반면, 저는 라틴어도 이제 가물가물합니다. 아니, 깡그리 잊었습니다. 외모 역시(의사는 미소 지으며 자기 자신을 바라보았다) 자랑할 것이 못 되지요. 그래도 신이 아주 바보로 만들지는 않으셔서 저는 흰 것을 검다고 말하지는 않습니다. 어느 정도 눈치는 있단 말입니다. 예를 들어 알렉산드라 안드레예브나가—그녀의 이름입니다—제게 사랑이 아니라, 말하자면 우정과 같은 느낌, 아니면 존경에 가까운 무언가를 느낀다는 것을 깨달은 적이 있지요. 그녀가 착각했을 수도 있지만 그때 그녀의 처지가 어땠는지 한번 생각해보십시오……

그런데," 이 갑작스러운 이야기를 숨 한 번 돌리지 않고 곤혹스러운 표정으로 내뱉은 의사는 이렇게 덧붙였다. "제가 그만 허튼소리를 잔뜩 지껄이고 말았군요…… 이렇게 해서는 한 마디도 알아듣지 못하실 것 같습니다…… 괜찮으시다면, 순서에 따라 이야기해드리겠습니다."

그는 차를 마저 마시더니 한결 안정된 목소리로 이야기하기 시작했다.

"바로 이렇습니다. 제 환자의 상태는 날로 나빠지기만 했습니다. 당신은 의사가 아니시니 우리 의사라는 족속의 마음속에서 어떤 일이 일어나는지, 특히 병을 도저히 이겨낼 수 없다는 느낌이 생겨나기 시작할 때 어떤 일이 일어나는지 모르실 겁니다. 그 자신감은 어디로 사라지는 걸까요! 갑자기 겁을 먹고 말도 하지 못하게 됩니다. 알고 있던 모든 지식을 잊어버렸다는 생각, 환자가 나를 더는 신뢰하지 않는다는 생각, 내가 방향을 잃었다는 것을 다른 사람들도 이미 눈치채기 시작했다는 생각, 사람들이 모든 증상을 떨떠름하게 전하면서 나에게 눈을 흘기며 속삭인다는 생각이 몰려옵니다…… 아, 얼마나 고약한 기분인지 모르실 겁니다! 이런 생각도 들지요. 그래, 이 병을 낫게 할 약은 분명 존재하니 그것만 찾으면 된다. 이것이 바로 그 약이 아닐까? 환자에게 써보자, 아니다, 이건 아니구나! 그렇게 약이 작용할 시간을 충분히 기다리지 못하고…… 이걸 써보고 저걸 써보는 겁니다. 어떨 때는 온갖 처방이 적힌 의학책을 펼쳐보기도 하고요…… 그럴 때면 내가 찾던 약이 바로 여기 있다고 생각하기도 하지요! 정말이지, 그냥 아무 페이지나 펼칠 때도 있습니다. 혹시 운명이 내게 알려주지 않을까…… 그러는 동안 환자는 죽어갑니다. 다른 의사였다면 살릴 수도 있었을 텐데 말이죠. 협진이 필요하다고 말하기도 합니다, 나는 책임을 지지 않겠다는 거죠. 그럴 때면 자기 자신이 얼마나 바보같이 느껴지는지 아십니까! 음, 시간이 지나면서 무뎌집니다, 아무렇지 않아져요. 사람이 죽어도 네 탓이 아니다, 너는 할 만큼 했다, 이렇게 생각하게 됩니다. 이럴 때는 더욱 고통스러워집니다. 환자가 의사에게 맹목적인 신뢰를 보내지만, 의사 자신은 그를 도울 수 없다는 것을 잘 알고 있을 때 말입니다. 알렉산드라 안드레예브나의 가족은 저를 무한히 신뢰하고 있었습니다. 그러면서 그들의 딸이 위험에 놓여 있다는 생각은 조금도 하지 못했습니다. 저도 그들에게 아무 일도 없을 거라고 안심시켰지만, 사실 저 자신은 머리칼이 곤두설 정도로 잔뜩 겁을 먹고 있었지요. 불행의 결말이 가까워졌을 바로 그 무렵, 끔찍한 진창길 때문에 마부가 약을 가지러 읍내에 다녀오는 데 며칠이나 걸렸던 것입니다. 한편, 저는 환자의 방에서 한 발짝도 벗어나지 않은 채 이런저런 웃긴 이야기나 하면서 그녀와 카드놀이를 했습니다. 밤새 그렇게 그녀와 앉아 있었습니다. 그녀의 나이든 어머니는 눈물을 흘리며 저에게 고마워했고 저는 혼자 이렇게 생각했습니다. '저는 당신의 감사를 받을 자격이 없습니다.' 사실 고백하자면—이제 와서 제 마음을 숨겨봤자 뭐하겠습니까마는—저는 저의 환자를 사랑하고 말았습니다. 알렉산드라 안드레예브나도 저에게 애착을 느끼고 있었습니다. 저 말고는 방에 아무도 들이지 않았으니까요. 그녀는 저와 이야기를 나누면서 제가 어디서 공부했는지, 지금은 어떻게 살고 있는지, 우리 가족이 어떤 사람들인지, 제가 어떤 환자들을 보러 다니는지 물었습니다. 말을 너무 많이 하면 해롭다는 걸 잘 알면서도 저는 그녀에게 말을 많이 하지 말라고 의사로서 단호하게 얘기할 수 없었습니다. 저 스스로 머리를 쥐어뜯으며 속으로 이렇게 말할 때도 있었지요. '도대체 뭔 짓을 하고 있냐, 이 강도 놈아?……' 그녀는 이따금 제 손을 잡고 한참 동안, 아주 한참 동안 바라보고는 뒤돌아서 한숨지으며 이렇게 말했죠. '선생님은 정말 좋은 분이에요!' 그녀의 손은 정말 뜨겁고, 커다란 두 눈은 그윽했습니다. '그래요, 선생님은 정말 착하고 좋은 분이에요, 우리 이웃들과는 아주 다른 분이에요…… 정말로, 선생님은 아주 다른 분이에요…… 어째서 저는 여태껏 당신을 모르고 지냈던 걸까요!' 저는 이렇게 말했습니다. '알렉산드라 안드레예브나, 진정해요…… 나는 말입니다, 느끼고 있어요, 나는 그런 칭찬을 들을 만한 일을 아무것도 하지 않았습니다…… 자, 이제 진정해요, 부디 진정해요…… 앞으로 좋은 일만 있을 것이고 당신은 건강해질 겁니다.' 아, 그런데 이건 꼭 말씀드려야겠습니다." 앞으로 몸을 숙인 채 눈썹을 치켜올리며 의사가 덧붙였다. "그 집안 사람들은 신분이 낮은 사람들과는 어울리기를 꺼렸기 때문에 이웃들과 교류가 없었습니다. 부유한 사람들과 어울리는 것은 자존심이 허락지 않았고요. 다시 말씀드리지만, 대단히 교양 있는 가족이었습니다. 바로 그 점 때문에 저까지도 우쭐해졌지요. 그녀는 오직 제 손으로 지은 약만 복용했습니다…… 가여운 그녀는 제 부축을 받아 자리에서 일어나 앉아 약을 받아들고는 저를 바라보곤 했습니다…… 그럴 때면 가슴이 터질 것 같았죠. 아무리 애써도 그녀의 상태는 계속 나빠질 뿐이었습니다. 결국 죽고 말리란 생각이 들었습니다. 믿으실지 모르겠지만, 차라리 제가 관에 들어가 눕고 싶었습니다. 그녀의 어머니와 자매들은 항상 유심히 살피며 제 눈을 바라보았고…… 저에 대한 신뢰는 사그라지고 있었습니다.

'우리 아이는 좀 어떤가요?'—'걱정 마십시오, 아무런 문제 없습니다!' 아무런 문제가 없다니, 제가 제정신이 아니었지요. 어느 밤, 저는 환자 옆에 다시 홀로 앉아 있었습니다. 하녀는 한편에 앉아 대차게 코를 골더군요…… 그 불행한 하녀를 흠잡을 일도 아니었죠, 환자를 돌보느라 녹초가 되었으니까요. 알렉산드라 안드레예브나는 또 고열에 시달려 저녁 내내 상태가 좋지 않았습니다. 한밤이 되도록 몸부림치더니 마침내 잠이 든 듯 보였죠. 적어도 꼼짝도 하지 않고 누워 있었거든요. 구석에 모신 성상 앞에는 등불이 타오르고 있었습니다. 저도 앉아서 고개를 숙인 채 졸고 있었죠. 갑자기 누군가가 제 옆구리를 밀치는 것 같아 뒤를 돌아보았습니다…… 세상에, 맙소사! 알렉산드라 안드레예브나가 두 눈을 크게 뜨고 저를 바라보는 것이었습니다…… 입술은 활짝 벌어져 있고 뺨은 불에 덴 듯 뜨거웠습니다. '좀 어때요?'—'선생님, 저는 정말 죽는 걸까요?'—'하느님, 자비를 베푸소서!'—'아니에요, 선생님, 제발 부탁이니, 제가 살 거라는 말은 하지 말아주세요…… 그런 말은 말아주세요…… 당신이 이것을 아신다면…… 있잖아요, 제발 부탁이니 제 상태가 어떤지 숨기지 말아주세요!' 그녀는 매우 가쁘게 숨을 내뱉고 있었습니다. '제가 죽을 운명이라는 것을 확실하게 알 수 있다면…… 선생님에게, 모든 것을 말씀드리겠어요, 모든 걸요!'—'알렉산드라 안드레예브나, 부탁입니다!'—'선생님, 사실 전 조금도 자지 않았어요, 오래전부터 당신을 바라보고 있었어요…… 제발, 제발…… 전 선생님을 믿어요, 선생님은 착하고 정직한 분이에요, 세상에 있는 모든 성스러운 것에 맹세하며 이렇게 간청드려요, 진실을 말해주세요! 그것이 저에게 얼마나 중요한 건지 당신이 아신다면…… 선생님, 말해주세요, 제 상태가 위중하지요?'—'내가 뭐라 말해야겠습니까, 알렉산드라 안드레예브나, 부탁입니다!'—'제발, 제가 이렇게 애원하잖아요!'—'도저히 숨길 수 없겠군요, 알렉산드라 안드레예브나, 당신의 병은 정말 위중합니다, 그러나 하느님은 자비로우시니……'—'나는 죽을 거예요, 죽고 말 거예요……' 그녀는 꼭 기뻐하는 듯했습니다. 얼굴이 그토록 기뻐 보일 수 없었거든요. 저는 덜컥 겁이 났습니다. '두려워 말아요, 아무렴요, 두려워 말아요, 죽음은 조금도 겁나지 않아요.' 갑자기 그녀가 자리에서 일어나더니 팔꿈치로 기댔습니다. '이제…… 음, 이제 제가 당신에게 얼마나 고마워하는지, 당신은 정말 착하고 좋은 분이라고, 그리고 저는 당신을 사랑한다고 말할 수 있게 됐어요……' 저는 실성한 사람처럼 그녀를 바라보았습니다. 소름이 돋는 것 같았습니다…… '제 말 들리세요, 저는 당신을 사랑해요……'—'알렉산드라 안드레예브나, 나는 그 사랑을 받을 자격이 없습니다!'—'아니, 아니, 당신은 나를 이해하지 못해요…… 당신은 날 이해하지 못한다고……' 갑자기 그녀가 두 손을 뻗더니 제 머리를 끌어안고 키스를 퍼부었습니다…… 믿기실지 모르겠지만, 저는 하마터면 소리를 지를 뻔했습니다…… 저는 털썩 무릎을 꿇고 베개에 머리를 파묻었습니다. 그녀는 아무 말이 없었고, 그녀의 손가락이 제 머리칼 속에서 파르르 떨렸습니다. 우는 소리가 들렸습니다. 저는 그녀를 위로하고 다독였습니다…… 그때 제가 무슨 말을 했는지 모르겠습니다. '알렉산드라 안드레예브나, 하녀가 깨겠어요…… 고마워요…… 내 말을 믿고…… 안정을 취해요.'—'됐어요, 이제 됐다고요.' 그녀가 고집을 부렸습니다. '알 게 뭐예요, 다들 잠에서 깨서 여기로 오든 말든 상관없어요. 어쨌든 나는 죽을 거니까……

그런데 당신은 왜 그렇게 겁먹었지, 뭐가 그렇게 두려운 거지? 고개를 들어봐…… 어쩌면 당신은 나를 사랑하지 않는 건지도 모르겠군요, 나는 바보같이 속았고…… 그런 거라면 나를 용서해줘요.'—'알렉산드라 안드레예브나, 무슨 말을 하는 겁니까?…… 나는 당신을 사랑합니다, 알렉산드라 안드레예브나.' 그녀가 내 눈을 똑바로 보더니 두 팔을 벌렸습니다. '그럼 나를 안아줘……' 솔직히 말씀드리겠습니다. 저는 제가 어떻게 그날 밤 미치지 않을 수 있었는지 도저히 모르겠습니다. 저는 제 환자가 스스로를 파멸시키려 하는 것을 똑똑히 보았습니다. 그녀가 제정신이 아니었다는 것도 알고 있었고요. 죽음의 순간이 가까이 다가왔다는 생각이 들지 않았더라면 그녀가 저 따위를 거들떠볼 리 없다는 것도 잘 알고 있었습니다. 사실 아무도 사랑해보지 못하고 스물다섯에 죽는다는 건 정말 무서운 일 아니겠습니까. 바로 이것이 그녀를 고통스럽게 했고, 바로 그 까닭에 그녀는 절망의 상태에서 아쉬운 대로 저라도 끌어안았던 겁니다, 아시겠습니까? 그녀는 저를 자신의 품에서 놔주지 않았습니다. '나를 불쌍히 여겨줘요, 알렉산드라 안드레예브나, 그리고 당신 자신도 불쌍히 여기고요.'—'어째서 불쌍히 여겨야 하지? 죽고 말 건데……' 그녀는 이 말을 끊임없이 되풀이했습니다. '내가 살아나서 다시 정숙한 숙녀들과 어울리게 된다면 정말 부끄럽겠지, 그래, 그렇겠지…… 그런데 이제 와서 왜 그래야 하지?'—'도대체 누가 당신이 죽는다고 했습니까?'—'에이, 아니야, 그만해, 당신은 이제 나를 속이지 못해, 당신은 조금도 거짓말할 줄 모르거든, 당신 꼴이 어떤지 봐.'—'당신은 꼭 살 겁니다, 알렉산드라 안드레예브나, 내가 당신을 꼭 낫게 하겠습니다. 그리고 나와 함께 당신 어머니에게 축복을 청합시다…… 우리는 인연을 맺어 하나가 되고 행복하게 살 수 있을 겁니다.'—'아니, 아니, 당신들이 내게 진실이라고 맹세했잖아, 나는 죽을 거라고…… 당신도 내게 맹세했고…… 당신이 나한테 말했어……' 여러 가지 이유로 마음이 쓰라렸습니다, 정말로 쓰라렸어요. 생각해보십시오, 이따금 세상에서 어떤 일들이 벌어지는지. 아무것도 아닌 것처럼 여겨지지만 정말 고통스러운 일들이 벌어지지요. 불현듯 그녀는 제 이름을, 그러니까 성이 아니라 이름을 꼭 알아야겠다는 생각이 들었던 모양입니다. 저는 불행하게도 트리폰이라는 이름을 가지고 있지요. 네, 네, 트리폰, 트리폰 이바니치입니다.* 그녀의 식구들은 저를 모두 의사 선생님이라고 불렀지요. 저는 하는 수 없이 말했습니다. '트리폰입니다, 아가씨.' 그녀는 눈살을 찌푸리더니 고개를 젓고 프랑스어로 뭐라고 혼잣말했습니다—오, 뭔가 좋지 않은 말이었던 게 분명합니다—그러고는 웃기 시작했는데, 역시 유쾌하지 않았습니다. 저는 그녀와 그날 밤을 그렇게 보냈습니다. 아침이 되어 저는 탄산가스에 중독된 사람 꼴이 되어 방에서 나왔습니다. 그리고 낮에 차를 마신 뒤 다시 그녀의 방에 들어가보았습니다. 세상에, 맙소사! 그녀는 몰골을 전혀 알아볼 수 없을 정도였고 어서 관에 눕혀주는 편이 낫겠다 싶었습니다. 맹세컨대, 제가 그 시련을 어떻게 견뎌냈는지 도무지 모르겠습니다. 제 환자는 꼬박 사흘 밤낮으로 괴성을 질러댔습니다…… 정말 끔찍한 밤들이었습니다! 그녀가 제게 어떤 말들을 했는지 아십니까! 마지막날 밤이었습니다, 상상해보십시오. 저는 그녀 곁에 앉아 있고 신에

* '아쿨리나'나 '트리폰'은 농민과 상인이 많이 썼고 상류층은 꺼리는 이름이었다.

게 오직 하나만을 빌었습니다. 그녀를 어서 데려가주소서, 그리고 저도 어서 데려가주소서…… 갑자기 그녀의 늙은 어머니가 방으로 들어왔습니다…… 저는 이미 전날 밤 그녀의 어머니에게 이제 도저히 가망이 없으니 신부님을 부르는 것도 나쁘지 않겠다고 말해두었지요. 환자는 어머니를 보자 말했습니다. '이렇게 와주셔서 너무 기뻐요…… 우리를 한번 보세요, 우리는 서로 사랑해요, 그리고 영원히 사랑하겠다고 맹세했답니다.'—'아니, 선생님, 이 아이가 무슨 소리를 하는 거죠?' 저는 죽은 사람처럼 뻣뻣하게 굳어버렸습니다. '열병으로 헛소리를 하는 겁니다……' 그러자 그녀가 말했습니다. '그만, 지겨워, 당신 지금 또 말을 바꾸는군, 나한테 반지도 받아놓고선…… 왜 거짓 연기를 하는 거지? 우리 어머니는 정말 착한 분이니까 다 용서하고 받아주실 거야. 나는 죽어가는 몸이니까 거짓말할 이유가 없잖아, 내게 손을 줘……' 저는 벌떡 일어나 도망쳤습니다. 노부인은 당연히 사태를 눈치챘지요.

하지만 선생을 계속 괴롭히지 않겠습니다, 저 역시도 이 모든 것을 떠올리기가 괴롭고요. 제 환자는 다음날 세상을 떠났습니다. 부디 그녀가 하늘나라에 들기를(의사는 한숨을 내쉬며 재빨리 덧붙였다)! 죽기 직전 그녀는 저와 단둘이 있고 싶다며 모두에게 나가달라고 부탁했습니다. 그녀가 말했습니다. '저를 용서하세요, 제가 당신에게 죄를 지었네요…… 병 때문에 그런 것이니 부디…… 하지만 정말 믿어주세요, 저는 그 누구도 당신만큼 사랑하지 않았어요…… 저를 잊지 말아주세요…… 제 반지를 간직해주세요……'"

의사는 몸을 뒤로 돌렸고, 나는 그의 손을 잡았다.

"아!" 그가 말했다. "이제 다른 이야기를 하시죠. 아니면 잔돈 내기로

프레페랑스 한판 하시겠습니까? 아실지 모르겠지만, 우리 같은 족속은 고상한 감정에 몸을 내맡겨서는 안 됩니다. 우리 같은 사람들은 한 가지만 생각하면 되죠. 어떻게 하면 아이들이 빽빽거리지 않게 하고 아내에게 욕을 먹지 않을까. 전 그 일이 있고 난 후로 어찌어찌하여 합법적으로 결혼할 수 있었습니다…… 그랬지요…… 상인의 딸을 아내로 맞았습니다. 지참금으로 7천 루블이나 받았지요. 아내의 이름은 아쿨리나입니다. 트리폰에게 딱 어울리는 이름이지요. 솔직히 말씀드리자면, 성미가 아주 고약한 마누라지만 다행히도 온종일 잠만 잔답니다…… 그럼, 프레페랑스 한판 하실까요?"

우리는 1코페이카씩 걸고 프레페랑스를 시작했다. 트리폰 이바니치는 내게서 2루블 하고도 50코페이카를 땄고, 승리에 꽤 만족스러워하며 늦은 밤이 되어서야 돌아갔다.

나의 이웃 라딜로프

가을이 되면 멧도요들은 오래된 보리수 정원에 자주 모여든다. 우리 오를롭스카야도에는 그런 정원이 제법 많다. 우리 선조들은 살 곳을 마련할 때 반드시 2데샤티나 정도의 좋은 땅을 과실수 정원으로 하고 그 주변에 보리수 가로숫길을 만들곤 했다. 오십 년, 칠십 년이 지나자 이 영지들, 이른바 '귀족의 둥지들'은 대지의 표면에서 사라져갔다. 집들은 썩게 내버려두거나 철거해서 자재로 팔았고, 돌로 지은 부속건물들은 무너져 거대한 폐허 더미로 변했다. 또 사과나무들은 죽어가거나 땔감으로 잘려나갔고, 담장과 바자울은 송두리째 무너져내렸다. 보리수들만이 예전 모습 그대로 멋지게 자라났고 이제는 개간된 들판에 둘러싸여 경박한 우리 종족*에게 "지난날 영면에 든 아버지들과 형제들"**에 대해 이야기할 뿐이었다. 이처럼 오래된 보리수는 참으로 멋진 나무다…… 자비를 모르는 러시아 농부의 도끼조차도 보리수만큼은 아낀다. 잎사귀는 가녀리지만 힘세고 굵은 가지는 사방으로 넓게 뻗으며 자라서 그 아래로 영원한 그늘을 드리운다.

한번은 자고새를 쫓아 예르몰라이와 함께 들판을 누비다가 버려진 정원을 발견하고 다가가보았다. 그 가장자리에 들어서자마자 멧도요 한 마리가 딱딱 소리를 내며 덤불에서 솟아올랐다. 나는 때를 놓치지 않고 사격했으나, 그 순간 몇 걸음 떨어진 곳에서 비명이 울려퍼졌다. 겁먹은 젊은 처녀의 얼굴이 나무들 사이에서 튀어나왔다가 곧장 사라졌다. 예르몰라이가 내 곁으로 달려오며 외쳤다. "여기서 총을 쏘시면 어떡합니까. 이곳에 지주가 삽니다."

내가 그에게 답하기도 전에, 나의 사냥개가 고귀한 자태로 거드름을 피우며 죽은 새를 물어오기도 전에 날쌘 발소리가 들리더니 콧수염을 기른 키 큰 남자가 숲에서 나와 불쾌한 듯한 표정으로 내 앞에 섰다. 나는 최대한 정중히 사과했고 이름을 밝힌 뒤 그의 소유지에서 쏘아 죽인 새를 그에게 건넸다.

"괜찮으시다면," 그가 미소 지으며 말했다. "당신의 사냥감을 받기는 하겠습니다만, 조건이 있소. 우리집에 가서 식사를 같이합시다."

털어놓자면, 나는 그의 제안이 그다지 반갑지 않았지만 거절하기도 난감했다.

"나는 이 지역 지주이자 당신의 이웃인 라딜로프라고 합니다, 들어보셨을지 모르겠지만," 나의 새로운 지인이 말을 이었다. "오늘은 마침

---

* 알렉산드르 푸시킨의 운문소설 『예브게니 오네긴』 2장 38연의 일부.

** 정교회의 죽은 자를 위한 기도에 나오는 한 구절.

일요일이라 우리집 식탁이 제대로 차려졌을 겁니다. 안 그러면 당신을 초대하지도 않았을 겁니다."

나는 그럴 때 으레 하는 식대로 대답했고 그를 따라나섰다. 새로 낸 지 얼마 안 된 듯한 작은길을 따라 우리는 곧장 보리수숲에서 나와 텃밭으로 들어섰다. 오래된 사과나무들과 무성히 자란 구스베리 덤불들 사이로 창백한 초록색 양배추들이 어른거렸다. 홉 넝쿨은 높다란 수꽃들을 나사 모양으로 빙빙 감쌌고, 이랑에는 말라비틀어진 완두콩 줄기에 휘감긴 갈색 장대들이 빽빽이 솟아올라 있었다. 먼지를 잔뜩 뒤집어쓴 각진 잎사귀들 아래로 오이들이 노랗게 익어갔고, 바자울을 따라서는 키 큰 엉겅퀴가 건들거렸다. 텃밭 두서너 군데에는 과거 '화단'이었음을 알리듯 타타르 인동덩굴, 딱총나무, 들장미 등이 무리 지어 자랐다. 불그죽죽하고 끈적끈적한 물이 가득한 크지 않은 인공 연못 옆에 등포풀로 둘러싸인 우물이 보였다. 오리들이 부산스레 물장구를 치거나 등포풀 사이를 헤집고 다녔다. 초지에는 개 한 마리가 온몸을 부르르 떨며 잔뜩 인상을 쓴 채 뼈다귀를 갉는 데 열중했고, 그 곁에서 점박이 암소는 이따금 앙상한 등짝 위로 꼬리를 휘두르며 게으르게 풀을 뜯었다. 작은길은 한쪽으로 꺾였는데, 뚱뚱한 버드나무들과 자작나무들 사이로 널빤지 지붕을 얼기설기 올리고 현관 계단이 비스듬히 굽은, 낡아빠진 작은 회색 집 한 채가 우리를 훔쳐보았다. 라딜로프가 걸음을 멈추었다.

"그런데 말이오," 그가 사람 좋은 표정으로 내 얼굴을 똑바로 바라보며 말했다. "내가 다시 생각해보니, 당신은 우리집에 가고 싶어하지 않을 수도 있을 것 같군요. 만약 그렇다면……"

나는 그가 말을 마치기 전에 가로막으며 오히려 반대로 그의 집에서 식사하게 되어 대단히 기쁘다고 안심시켰다.

"뭐, 당신이 가장 잘 아시겠지요."

우리는 집으로 들어갔다. 푸른색 두꺼운 나사로 지은 기다란 카프탄을 입은 젊은 하인이 현관 계단에서 우리를 맞이했다. 라딜로프는 예르몰라이에게 보드카를 가져다주라고 곧장 하인에게 일렀다. 나의 사냥꾼은 관대한 집주인에게 허리를 굽혔다. 우리는 알록달록한 그림들이 벽에 다닥다닥 붙어 있고 온갖 새장이 걸려 있는 현관방을 지나 라딜로프가 서재로 쓰는 작은 방으로 들어갔다. 나는 사냥꾼의 갑주를 벗고 사냥총은 한구석에 세웠다. 긴 프록코트를 입은 하인이 분주히 내 옷의 먼지를 떨어주었다.

"자, 응접실로 가시지요." 라딜로프가 상냥하게 말했다. "어머니를 소개해드리겠소."

나는 그를 따라갔다. 응접실 가운데에 놓인 소파에 갈색 옷을 입고 하얀 모브캡*을 쓴, 중키의 노부인이 선하고 야윈 얼굴에 소심하고 슬픈 눈빛을 띤 채 앉아 있었다.

"어머니, 인사하시지요. 이웃에 사시는 *** 입니다."

노부인은 바싹 마른 두 손에서 주머니 모양의 소모사 손가방을 내려놓지 않은 채 반쯤 자리에서 일어나 내게 인사했다.

"우리 지방에 온 지 오래되셨나요?" 그녀가 눈을 깜박이며 나른하고 조용한 목소리로 물었다.

---

* 18~19세기 여성용 실내모의 일종.

"아닙니다, 오래되지 않았습니다."

"오래 머무실 계획인가요?"

"겨울 전까지는 있을까 합니다."

노부인은 말이 없었다.

"여기 이 사람은," 응접실에 들어올 때 내가 미처 알아채지 못한 키 크고 마른 남자를 가리키며 라딜로프가 말을 이었다. "표도르 미헤이치라고 합니다…… 어이, 페댜, 손님에게 자네 솜씨를 한번 보여주게. 구석에 처박혀 뭐하고 있는 건가?"

표도르 미헤이치는 바로 의자에서 일어나 창가에서 낡은 바이올린을 가져왔고, 제대로 연주할 때처럼 활 끝이 아니라 중간을 쥐고서 바이올린을 가슴 쪽으로 기울인 채 눈을 감고 노래를 흥얼거리기도 하고 현을 서투르게 뚱땅거리며 춤을 추기 시작했다. 그는 일흔 살쯤 되어 보였다. 남경목면으로 지은 기다란 프록코트는 뼈가 툭 불거진 그의 마른 사지 위에서 애처롭게 팔랑거렸다. 그는 대담하게 몸을 흔들기도 하고 마치 연주를 멈추려는 듯 벗어진 작은 머리를 가볍게 움직이다가 굵은 힘줄이 드러난 목을 길게 내뽑고 제자리에서 발을 구르는가 하면 이따금 매우 힘겨운 자세로 무릎을 구부리면서 춤을 추었다. 이가 없는 그의 입은 노쇠한 목소리를 간신히 뽑아냈다. 라딜로프는 내 표정을 보고 페댜의 '솜씨'가 내게 큰 기쁨을 주지 못한다는 것을 깨달은 듯했다.

"좋아, 영감, 그만큼 했으면 됐어," 그가 말했다. "이제 가서 자신에게 상을 주도록."

표도르 미헤이치는 바로 바이올린을 창가에 올려놓고는 우선 손님인 내게, 그다음에 노부인에게, 그다음에 라딜로프에게 인사하고 응접실을 나갔다.

"저 사람도 지주였지요." 나의 새로운 친구가 말을 계속했다. "그것도 아주 부자였는데, 파산해버렸습니다. 그후로 내 집에서 지내고 있습니다…… 한때는 도를 통틀어 내로라하는 대장부였어요. 농부들한테서 아낙 둘을 빼앗기도 했고, 노래꾼들을 집에 두기도 했죠. 자신도 가무에 능했고요…… 보드카 한잔 하시겠습니까? 식사는 이미 차려놓았습니다."

젊은 처녀, 내가 정원에서 얼핏 보았던 그 처녀가 방에 들어왔다.

"아, 저 아이는 올랴*입니다!" 라딜로프가 고개를 약간 돌려 한마디했다. "부디 귀여워해주시기 바랍니다…… 자, 식사하러 가시지요."

우리는 식당으로 가서 자리에 앉았다. 우리가 응접실에서 걸어나와 식탁에 앉는 동안 '상'을 받은 덕에 작은 두 눈이 반짝이고 코가 살짝 빨개진 표도르 미헤이치가 〈승리의 우렛소리, 크게 울려라!〉를 불렀다. 그에게는 구석에 놓인 작은 식탁에 냅킨도 없이 별도의 식기가 차려졌다. 불쌍한 노인은 깔끔함과는 거리가 멀었기 때문에 언제나 사람들로부터 일정한 거리를 두게 해야 했다. 그는 성호를 긋고 한숨을 내쉬더니 상어처럼 먹기 시작했다. 음식은 정말로 흠잡을 데 없었고 일요일 만찬답게 말캉말캉하고 바르르 떨리는 젤리와 에스파냐의 바람(작은 파이)도 빠지지 않았다. 십 년 정도 보병 부대에 근무하면서 튀르키예에도 다녀온 라딜로프는 식사하면서 이야기를 늘어놓기 시작했다. 나는 그의 말을 주의깊게 들으면서도 슬쩍슬쩍 올가 쪽을 바라보며 관찰

* 올가의 애칭.

했다. 그다지 예쁘지는 않지만 누구든 내 입장이 되었더라면 그녀의 단호하면서도 평온한 표정, 시원하고 새하얀 이마, 풍성한 머리칼, 유달리 크지는 않지만 영리하고 밝고 생기 있는 갈색 눈에 경탄했을 것이다. 그녀는 라딜로프의 한마디 한마디를 좇아가는 듯했는데, 공감이라기보다 아주 열렬한 관심이 얼굴에 드러났다. 나이로 치자면 라딜로프는 그녀의 아버지뻘이었다. 그는 그녀에게 반말을 했으나 나는 그녀가 딸이 아니라는 것을 곧장 눈치챘다. 대화중에 그는 자신의 죽은 아내를 언급했고, 올가를 가리키며 "이 아이의 언니"라고 덧붙였다. 식사 내내 한마디도 없던 노부인은 자신도 거의 아무것도 먹지 않고 내게 무얼 권하지도 않았다. 그녀의 외모와 행동거지는 소심하고 가망 없는 기대감, 보는 사람의 가슴을 안쓰럽게 하는 노인의 슬픔에 젖어 있었다. 식사가 끝날 무렵 표도르 미헤이치가 집주인들과 손님을 '예찬'하기 시작했는데, 라딜로프는 나를 쓱 바라보더니 그에게 조용히 해달라고 청했다. 노인은 손으로 입술을 닦고는 두 눈을 끔벅였고, 꾸벅 인사하고 다시 자리에 앉았는데 이번에는 의자 끄트머리에 걸터앉았다. 식사를 마친 뒤 나와 라딜로프는 서재로 갔다.

하나의 생각이나 하나의 열정에 항상 사로잡혀 있는 이들에게서는 사람을 대하는 어떤 공통된 태도를 관찰할 수 있는데, 그들의 성격, 재능, 사회적 지위, 교육 수준이 아무리 다르더라도 그렇다. 나는 라딜로프가 볼수록 그런 부류의 사람 같다는 생각이 들었다. 그는 영지 경영에 대해, 곡물 수확과 풀베기에 대해, 전쟁, 군郡 전체에 퍼진 험담, 그리고 곧 있을 선거에 대해 격의 없이, 심지어 남의 일이 아니라는 태도로 이야기하더니 무슨 일인지 갑자기 힘겨운 노동으로 기진맥진한 사람처럼 숨을 들이쉬고는 안락의자에 털썩 주저앉아 손바닥으로 얼굴을 쓸어내렸다. 그의 선하고 따뜻한 영혼은 온통 하나의 감정에 흠뻑 적셔진 듯했다. 음식, 포도주, 사냥, 쿠르스크의 꾀꼬리, 간질 걸린 비둘기들, 러시아문학, 측대보 말*, 벤게르카**, 카드놀이나 당구, 무도회, 도의 여러 도시와 수도로 떠나는 여행, 제지 공장이나 사탕무 제당 공장, 알록달록하게 칠한 정자, 향이 좋은 차, 고개를 삐뚜름히 들고 다닐 정도로 버릇 나빠진 겯말들, 겨드랑이 아래까지 허리띠를 바싹 맨 뚱뚱한 마부들, 어째서인지 목을 움직일 때마다 눈을 흘기고 튀어나올 정도로 눈을 부릅뜨는 그 위풍당당한 마부들 이야기까지, 그가 어떤 주제에도 관심을 보이지 않자 나는 매우 놀랐다…… '이 작자는 도대체 어떤 자인가!' 나는 생각했다. 그런데도 그는 전혀 침울한 사람처럼 보이지 않았고 자신의 운명에 불만이 많은 사람처럼 보이지도 않았다. 반대로 그에게서는 알 수 없으나 기분좋은 호의가, 따뜻한 진심이, 만나거나 마주치는 모든 사람에게 다가가려는 준비가 된, 거의 불쾌하달 만한 성의가 느껴졌다. 그러나 동시에 그가 그 누구와도 벗이 되거나 진실로 가까워질 수 없다는 것을, 그건 그가 다른 사람들을 필요로 하지 않아서가 아니라 그의 모든 삶이 일순간 내면으로 떠나버렸기 때문이라는 것을 여러분 역시 느꼈을 것이다. 라딜로프의 마음속을 유심히 들여다보면서 나는 그가 지금도, 그리고 앞으로도 행복하리라 상상할 수가 없었다. 미남은 아니지만 그의 시선, 미소, 그의 존재 자체에 대단히 매력적인 무언가가 숨겨져 있었다. 말 그대로 숨겨져 있었다. 그래서 그를 더

---

* 같은 쪽 앞뒤 다리가 동시에 동일한 방향으로 움직이는 보법을 가진 말.

** 허리가 높고 가슴 부분에서 끈이 교차되는, 헝가리 기병대 제복을 본뜬 재킷.

잘 알고 사랑하고 싶어지는 것 같았다. 물론 그에게서도 지주의 면모나 초원에 사는 거친 족속의 특성이 언뜻언뜻 보였으나 어찌됐든 정말 멋진 사람이었다.

군의 새로운 귀족단장에 대해 품평하려던 참이었는데, 갑자기 문가에서 "차가 준비되었습니다"라는 올가의 목소리가 들렸다. 우리는 응접실로 갔다. 표도르 미헤이치는 창문과 문 사이에 있는 자기만의 구석에서 두 다리를 겸손히 모은 채 예의 그 자세로 앉아 있었다. 라딜로프의 어머니는 긴 양말을 뜨고 있었다. 열린 창문을 통해 정원에서 신선한 가을 공기와 사과 향기가 흘러들었다. 올가는 부산스레 차를 따랐다. 나는 식사할 때보다 이때 더 그녀를 유심히 바라보게 되었다. 군 단위 지방에 사는 처녀들이 흔히 그렇듯 그녀 역시 말수가 적었으나 그녀에게는 적어도 고통스러운 공허감과 무력감이 섞인, 무언가 훌륭한 말을 해야겠다는 욕망은 보이지 않았다. 말로 전하지 못할 감정이 넘친다는 듯 한숨을 내쉬지도 않았고, 흰자가 보이게 눈을 치뜨지도 않았으며, 공상에 잠긴 듯 알 수 없는 표정으로 미소 짓지도 않았다. 그녀는 커다란 행복 혹은 커다란 근심에서 벗어나 휴식을 취하는 사람처럼 평온하고 무심하게 앞만 바라보았다. 걸음걸이와 몸짓은 단호하고 자유로웠다. 나는 그녀가 정말 마음에 들었다.

나와 라딜로프는 다시 이야기에 열중했다. 나는 어쩌다가 우리의 대화가 가장 중요한 것들보다 오히려 가장 보잘것없는 것들이 인간에게 더 큰 인상을 주는가 하는 널리 알려진 주제에 도달했는지 잘 기억나지 않는다.

"그렇습니다," 라딜로프가 말했다. "그것을 직접 느낀 적이 있습니다.

아시다시피 나는 한때 결혼한 몸이었지요. 그다지 오래는 아니고…… 딱 삼 년 동안요. 아내는 아이를 낳다가 죽었습니다. 나는 아내의 죽음을 견뎌내지 못할 것 같았습니다. 내가 죽임을 당한 것처럼 끔찍한 비탄에 빠졌지만 울지는 못하고 그저 미친 사람처럼 돌아다녔습니다. 예법에 따라 그녀에게 수의를 입히고 바로 이 방 탁자 위에 올려두었죠. 사제가 왔고 부제들도 와서 노래 부르고 기도하고 향을 피웠습니다. 나는 땅바닥에 닿을 정도로 허리 굽혀 절했고 그러면 한 방울이라도 눈물이 흐를 줄 알았죠. 심장이 돌이 된 것 같았습니다. 머리도 그렇고요. 내 존재 전체가 딱딱하게 굳어버린 겁니다. 그렇게 첫날이 지나갔습니다, 믿어지십니까? 밤에는 심지어 잠도 잤어요. 다음날 아침 아내가 누워 있는 방으로 들어갔는데, 여름이라 해가 발끝부터 머리끝까지 그녀를 비추고 있더군요, 그것도 아주 환하게요. 그때 난 보았습니다…… (라딜로프는 자기도 모르게 부르르 떨었다.) 내가 뭘 보았을 것 같습니까? 완전히 감기지 않은 그녀의 한쪽 눈에, 그 한쪽 눈동자에 파리 한 마리가 기어다니고 있는 겁니다…… 나는 볏단처럼 나동그라졌고 정신을 차리고는 울기 시작했습니다, 정말 엉엉 울었습니다. 도저히 주체할 수가 없더군요……"

라딜로프는 침묵했다. 나는 그를 바라보았고, 그리고 올가를 바라보았다…… 이때의 그녀 표정은 영원히 잊지 못할 것이다. 노부인은 뜨던 양말을 무릎에 올려두고는 손가방에서 손수건을 꺼내 남몰래 눈물을 훔쳤다. 표도르 미헤이치가 갑자기 벌떡 일어나 바이올린을 쥐더니 거친 목소리로 노래를 불렀다. 우리를 즐겁게 해주려는 모양이었다. 그러나 우리는 그가 내는 첫번째 소리에 움찔했고 라딜로프는 그에게 조용히 해달라고 부탁했다.

"어찌됐든," 그가 말을 이었다. "과거는 과거입니다. 지나간 일을 되돌릴 순 없는 법이지요. 종국에는…… 지상 모든 것이 더 나은 방향으로 나아갈 겁니다,* 거 누굽니까, 볼테르가 말했듯이 말입니다." 그가 서둘러 덧붙였다.

"그럼요," 내가 말했다. "물론입니다. 게다가 어떤 불행도 견딜 수 있을 만한 정도로 일어나는 법이며 절대 빠져나올 수 없을 만큼 고약한 상황은 없습니다."

"그렇게 생각하십니까?" 라딜로프가 말했다. "뭐, 당신 말이 맞을지도 모르겠군요. 내가 튀르키예에서 반쯤 죽은 상태로 병원에 누워 있던 일이 떠오릅니다. 티푸스에 시달리고 있었죠.** 막사가 근사하진 않았습니다, 전시 상황이었으니 당연하죠, 그나마 있다는 게 다행이었습니다! 그런데 갑자기 환자들을 더 데려오는 겁니다. 도대체 어디다 눕히겠다는 건지, 원. 의사는 이리저리 돌아다니느라 바빴고 남는 자리는 없었습니다. 의사가 내 쪽으로 와서 조수에게 묻더군요. '살아 있나?' 조수가 대답했습니다. '아침에는 살아 있었습니다.' 의사는 몸을 굽혀 숨소리를 들어보았습니다. 나는 숨을 쉬고 있었고요. 그자가 참지 못하고 한마디하더군요. '이런 답답한 경우를 봤나. 이자는 죽을 거야, 틀림없이 죽는다고, 이렇게 쌕쌕거리면서 바로 죽지도 않고 질질 끌면서 자리나 차지할 뿐이야.' 나는 혼자 이렇게 생각했죠. '네놈도 끝이 좋지

---

* 볼테르의 『캉디드』에서 철학자 팡글로스가 하는 말.

** 1828~1829년 러시아-튀르키예 전쟁 때 러시아는 원정에서 전염병으로 커다란 타격을 입었다.

않을 거다, 미하일 미하일리치……' 그러나 나는 회복해서 보시다시피 지금까지 살아 있습니다. 그러니 당신 말이 맞는 것 같군요."

"어떻게 되었든 간에 제 말이 맞습니다." 내가 대답했다. "설사 선생이 죽었더라도 고약한 상황에서 빠져나온 것이었을 테니까요."

"당연하죠, 당연합니다." 그가 갑자기 세게 탁자를 내리치면서 덧붙였다…… "결단을 내리는 게 중요하지요…… 고약한 상황에 계속 머무는 게 무슨 의미가 있겠소?…… 뭐하러 머뭇거리고, 미루는지……"

올가가 잽싸게 일어나 정원으로 나갔다.

"어이, 페댜, 춤이나 한번 춰볼까!" 라딜로프가 소리쳤다.

페댜는 벌떡 일어나 조련된 곰 주위에서 재주를 부리는 그 유명한 '염소'*의 걸음걸이라고 할 법한 세련되고 독특한 걸음으로 방을 휘젓고 다니며 〈우리집 대문가에……〉를 불렀다.

현관에서 경주용 드로시키가 땅을 두드리는 소리가 나더니 잠시 뒤 키 크고 넓은 어깨에 통통한 오두막농민** 옵샤니코프가 방으로 들어왔다…… 그런데 옵샤니코프는 대단히 주목할 만하고 특이한 인물이기에 독자 여러분의 허락을 얻어 다른 곳에서 그에 대해 이야기하려 한다. 지금은 우선 다음날 나와 예르몰라이가 동틀 무렵 사냥을 떠났다가 집으로 돌아갔고, 그로부터 일주일이 지나 라딜로프의 집에 들렀으나 그도 올가도 만나지 못했다는 사실을, 그가 어머니를 버리고 처제와 함

---

* 러시아 민속 유희에서 길들인 곰을 데리고 다니는 조련사와 염소 분장을 한 소년을 가리킨다.

** 17세기 후반부터 19세기 중반까지 존재한 계층으로 농노와 달리 자기 소유의 농지를 일구며 하인을 두고 살기도 했다. 1866년 공식적인 계층으로 인정받지 못하게 되었으나 20세기 초까지 고유의 풍습과 질서를 간직했다.

께 돌연 사라졌다는 것을 두 주 뒤에야 알게 되었다는 사실을 전해야겠다. 도 전체가 들썩이며 이 일에 대해 수군거렸고 그제야 나는 라딜로프가 이야기하는 동안 올가가 보인 표정의 의미를 이해하게 되었다. 그때 그녀의 표정은 연민으로만 살아 숨쉬고 있던 것이 아니었다. 질투심으로도 불타오르고 있었다.

마을을 떠나기 직전 나는 라딜로프의 노모에게 들렀다. 그녀는 응접실에서 표도르 미헤이치와 두라크*를 하고 있었다.

"아드님에게 소식이 있습니까?" 떠나면서 마지막으로 내가 물었다.

노모는 울음을 터뜨렸다. 나는 라딜로프에 대해 더 묻지 않았다.

* 카드놀이의 일종으로, 패를 먼저 내려놓아야 이기며 마지막 남은 사람이 '두라크', 즉 바보가 된다.

오두막농민 옵샤니코프

친애하는 독자 여러분, 큰 키와 뚱뚱한 몸, 어딘가 크릴로프*를 떠올리게 하는 얼굴, 앞으로 길게 드리운 눈썹 아래 빛나는 영리한 눈빛, 그리고 박자감 있게 말을 내뱉으며 당당한 자세로 느릿느릿 걷는 일흔 살쯤 먹은 사내를 머릿속으로 그려보시라. 자, 여러분 앞에 나타난 옵샤니코프는 정말 그런 사람이었다. 소매가 길고 품이 넉넉한 푸른색 프록코트를 목깃까지 단추를 채워 입고 목에는 라일락색 비단 스카프를 두르고 광이 나도록 잘 닦인 술 달린 장화를 신은 모습은 영락없이 부유한 상인이었다. 멋진 손은 부드럽고 새하얬으며 대화를 나누면서 프록코트의 단추를 자주 만지작거렸다. 옵샤니코프의 위풍당당하

* 러시아 우화 작가 이반 크릴로프(1769~1844).

고 요지부동한 태도, 총명함과 게으름, 솔직함과 완고함은 표트르대제 이전 시절을 주름잡던 러시아 대귀족을 생각나게 했다…… 그는 페랴시*가 참으로 잘 어울렸을 것이다. 그야말로 마지막 남은 지난 세기 사람들 중 하나였다. 다른 오두막농민들 모두 그를 대단히 존경했고 멀리서도 모자를 벗어 인사할 정도로 그를 자랑스러워했다. 대체로 지금까지도 오두막농민과 보통 농부를 구분하기는 어렵다. 오두막농민의 농사 규모는 으레 농부에 비해 형편없고, 송아지들은 비쩍 마르고 말은 겨우 목숨이 붙어 있으며, 마구는 새끼줄로 만든 것이 고작이었다. 옵샤니코프는 부자로 소문날 정도는 아니었지만 통상의 법칙에서 벗어났다. 아내와 작지만 안락하고 깨끗한 집에 살았고 하인도 몇 명 두었는데, 그들은 러시아식으로 옷을 입었고 일꾼들이라고 불렸다. 이 하인들은 그의 땅을 경작하기도 했다. 그는 자신이 귀족처럼 보이길 바라지 않았고, 지주 흉내를 내지도 않았고, 즉 흔히 말하듯 언제나 '본분을 잃지 않았으며', 누가 권해도 먼저 자리에 앉지 않았고 손님이 들어오면 그대로 앉아 있는 법이 없었다. 그 태도가 어찌나 품위 있으면서도 상냥한지 손님 역시 자기도 모르게 더욱 허리를 굽히게 되었다. 옵샤니코프는 미신 때문이 아니라(그는 퍽 자유로운 영혼의 소유자였다) 오랜 습관에 따라 옛 관습을 고수했다. 예를 들어 그는 용수철 달린 마차를 좋아하지 않았는데, 그저 불편하기 때문이었고, 경주용 드로시키나 가죽 쿠션이 깔린 작고 예쁜 수레를 타고 다니면서 순한 구렁말을 직접 몰았다. (그는 오직 구렁말만 키웠다.) 볼이 새빨간 젊은 마부는 옆

---

* 고대 러시아의 의복으로, 옷깃이 없고 소매가 길며 옷자락이 널찍하다. 1680년 법령에 따라 대귀족을 비롯한 상류 계층은 차르를 알현할 때 이 옷을 입어야 했다.

머리는 하얗게 밀고 윗머리는 둥글게 깎았는데, 운두가 낮은 양털 모자를 쓰고 푸르스름한 아르먀크를 허리띠로 졸라맨 채 언제나 공손하게 그의 옆에 앉아 있었다. 옵샤니코프는 점심식사 후에 항상 낮잠을 잤고, 토요일마다 바냐에 갔으며, 종교 서적만 읽었고(그럴 때면 근엄한 모습으로 코에 둥근 은제 안경을 걸쳤다), 일찍 일어나고 일찍 잠자리에 들었다. 언제나 깔끔하게 면도했고 머리도 독일식으로 깎았다. 언제나 손님을 대단히 친절하고 정중하게 맞이했지만 허리 굽혀 인사하거나, 괜스레 부산을 떨거나, 온갖 말린 과일이며 절인 채소를 내오며 권하는 법이 없었다. "여보!" 그가 자리에서 일어나지 않은 채 고개만 살짝 돌리며 천천히 말한다. "손님들에게 맛난 것 좀 가져다주시구려." 그는 또 곡물을 신이 내린 선물로 여겨 함부로 매매하는 것을 죄로 여겼고, 1840년, 그러니까 큰 기근이 들어 곡물값이 무시무시하게 올랐을 때는 주변 지주들과 농부들에게 자신이 비축해둔 것을 나누어주었다. 다음해에 그들은 감사를 표하며 빚진 것을 현물로 갚았다. 이웃들은 종종 다툼이 벌어지면 잘잘못을 가려달라며 옵샤니코프에게 달려왔고, 그들은 언제나 그의 판결에 복종하고 그의 조언을 따랐다. 그 덕분에 많은 이가 땅의 경계를 제대로 긋고 더이상 다투지 않게 되었다…… 그런데 여지주들과 두세 번 다투고 난 후로 그는 여자들 사이 중재는 하지 않겠다고 선언했다. 그는 온갖 서두름, 불안에 찬 성급함, 부인네의 재잘거림과 '야단법석'을 참기 힘들어했다. 한번은 그의 집에 불이 났다. 일꾼 하나가 서둘러 그에게 달려와 외쳤다. "불이 났습니다! 불이 났어요!"—"그런데, 왜 그리 소리를 지르는 게냐?" 옵샤니코프가 차분하게 말했다. "모자와 지팡이를 가져오너라……" 또한 그는 어린 말을 직접 길들이기를 좋아했다. 하루는 아주 날쌘 비튜크* 한 마리가 그를 태우고 골짜기 아래로 미친듯이 달려갔다. "어허, 그만, 그만, 어린 망아지야, 그러다 다치겠다." 옵샤니코프는 말에게 상냥하게 한마디했고, 그 순간 그와 애송이 마부가 타고 있던 경주용 드로시키가 말과 함께 골짜기로 굴러떨어졌다. 다행히도 골짜기 바닥에는 모래 더미가 쌓여 있었다. 아무도 다치지 않았고 비튜크만 다리를 삐었다. "어허, 거봐라," 옵샤니코프가 땅에서 일어나면서 태평스럽게 말했다. "내가 말하지 않았느냐." 그뿐만 아니라 그는 아내도 자기에게 딱 어울리는 사람으로 찾았다. 역시 키가 큰 타티야나 일리니치나 옵샤니코바는 차분하고 말수가 적었으며 언제나 갈색 비단 머릿수건을 두르고 다녔다. 어딘가 냉기가 감돌았지만, 아무도 그녀가 엄하다고 불평하지 않았고, 오히려 가난한 사람들은 그녀를 어머니 또는 은인이라고 불렀다. 반듯한 얼굴선, 커다랗고 검은 눈, 얇은 입술은 그녀가 한때 미인으로 유명했음을 증명했다. 옵샤니코프 부부 사이에 아이는 없었다.

독자 여러분도 알다시피, 나는 라딜로프의 집에서 그와 알게 되었고 이틀 정도 지나 그의 집에 찾아갔다. 마침 그는 집에 있었다. 커다란 가죽 안락의자에 앉아 『체티-미네이』**를 읽고 있었다. 회색 고양이가 그의 어깨에 앉아 가르랑거렸다. 그는 언제나 그랬듯 나를 상냥하고 위엄 있게 맞이했다. 우리는 대화를 시작했다.

"루카 페트로비치, 사실대로 말씀해주시오." 내가 대뜸 그에게 물었

---

* 보로네시스카야도의 유명한 마을 '흐레노보예'(과거 오를로바 백작부인의 종마장)에서 사육된 독특한 말 품종을 가리켜 '비튜크'라 부른다. — 원주

** 성자들의 생애와 교훈적인 이야기를 담은 정교회 서적.

다. "정말로 당신들이 살던 옛 시절이 더 좋았습니까?"

"어떤 점에서는 분명히 더 좋았다고 말씀드리겠습니다." 옵샤니코프가 말을 받았다. "평안하게들 살았지요. 더 풍족했으니까요, 정말 그랬습니다…… 그래도 지금이 더 좋긴 하죠. 나리의 아이들이 사는 세상은 더 좋아질 겁니다. 하느님이 그런 세상을 주실 겁니다."

"루카 페트로비치, 나는 당신이 옛 시절을 칭송할 거라고 기대했습니다."

"아닙니다, 옛 시절이라고 특별히 칭송할 일은 없습니다. 예를 들어봐도 그렇죠, 지금 나리는 돌아가신 할아버님처럼 지주시지만 이제 그런 권세는 지닐 수 없을 겁니다! 나리 본인이 이미 그런 사람이 아니시니 말이지요. 요즘도 저희는 지주님들 때문에 괴롭습니다만, 별수 있겠습니까. 방아를 돌리면 밀가루가 나오는 것처럼 시절이 흐르면 다 괜찮아질 겁니다. 아니, 그래도 제가 젊을 때 실컷 보았던 것들을 앞으로는 보지 못할 겁니다."

"이를테면 뭐가 그렇겠소?"

"예를 들어, 다시 나리 할아버님 얘기를 해보지요. 아주 대단하신 분이었습니다! 저희를 아주 많이 욕보이셨죠. 아마 잘 아실 겁니다—하긴 나리 땅이니 모르실 리가 있나요—차플리기노에서 말리니노로 가는 길에 말뚝 모양으로 생긴 땅 있잖습니까? 지금 나리는 그 땅에 귀리를 키우고 계십니다만…… 음, 그 땅은 사실 저희 땅입니다, 전체가 저희 땅이죠. 나리의 할아버님이 빼앗으신 겁니다. 말을 타고 가다 손으로 가리키며 말씀하셨습니다. '이제 여긴 내 땅이다.' 그러고선 그대로 가져가셨어요. 돌아가신 제 아버지는(그분이 하늘나라에 드시기를!)

대쪽 같은 분이지만 다혈질이기도 하셔서 참지 못하고 그만—누가 자기 재산을 빼앗기길 좋아하겠습니까?—법원에 청원서를 내셨습니다. 네, 혼자서 내셨습니다, 다른 사람들은 두려워서 엄두도 못 냈지요. 그렇게 해서 표트르 옵샤니코프가 땅을 빼앗겨 당신 앞으로 소송을 걸었다는 얘기가 나리 할아버님 귀에까지 들어갔습니다…… 나리 할아버님은 그 즉시 사냥꾼 바우시와 졸개들을 저희 집에 보내셨고요…… 그렇게 저희 아버지를 데려다가 당신 영지에다 처박아넣으셨습니다. 아직 어리던 저는 맨발로 그들 뒤를 쫓아갔지요. 그리고 무슨 일이 일어났을까요?…… 아버지를 당신 집에 데려다가 창가 밑에서 채찍질하더란 말입니다. 나리 할아버님은 발코니에 서서 바라보시고, 할머님은 창가 밑에 앉아 역시 구경하고 계시더군요. 저희 아버지는 비명을 질렀습니다. '마리야 바실리예브나 마님, 마님이라도 절 좀 구해주십시오, 절 좀 살려주십시오!' 하지만 할머님은 몸을 조금 일으킨 채 계속 구경만 하셨습니다. 할아버님은 결국 땅을 포기한다는 약속을 아버지로부터 받아내고는 살려 돌려보내주는 데 감사 인사를 바치라고 강요까지 하셨습니다. 그렇게 해서 그 땅은 나리네 것이 되었습니다. 가서 나리네 농부들에게 물어보십시오. 그 땅을 뭐라고 부르는지요. 몽둥이로 빼앗은 땅이라고 해서 두봅시나*라고 부릅니다. 사정이 이러하니 저희같이 미천한 사람들은 옛날 법도를 아쉬워할 리가 없지요."

나는 옵샤니코프에게 뭐라 대답해야 할지 몰랐고 감히 그의 얼굴을 바라보지도 못했다.

---

* '참나무'를 뜻하는 두프(дуб)와 여기서 파생된 단어로서 '몽둥이'를 뜻하는 두비나(дубина)를 활용하여 만든 별칭.

"그런데 우리에게는 또다른 이웃이 있었습니다, 스테판 닉토폴리오니치 코모프라는 사람이었습죠. 그 작자도 이러저러한 방식으로 저희 아버지를 적잖이 괴롭혔습니다. 어마어마한 술꾼이었는데, 대접하기를 좋아했습니다. 그리고 얼큰하게 취하면 프랑스어로 '세 봉'*이라고 말하고는 입술을 핥는 것이 아주 꼴불견이었지요! 또한 이웃들에게 사람을 보내 자기 집 잔치에 와달라고 사정했습니다. 그래서 그자 집에는 삼두마차가 항상 대기중이었고, 초대에 응하지 않으면 자기가 직접 쳐들어갔습니다…… 세상에 그렇게 이상한 사람이 있다지요! '코가 비뚤어지지 않을' 때는 거짓부렁을 않다가 일단 한잔 들어가면 피테르의 폰탄카**에 자기 집이 세 채라는 둥 횡설수설합니다. 한 채는 굴뚝 하나에 붉은색이고, 다른 한 채는 굴뚝 두 개에 노란색이고, 나머지 한 채는 굴뚝은 없고 파란색이라는 둥, 아들이 셋 있는데(그는 미혼이었습니다) 하나는 보병대에, 다른 하나는 기병대에 근무하고, 나머지 하나는 아무데서도 근무하지 않는다는 둥…… 또 아들들이 저마다 집 한 채씩 차지하고 살고 있는데, 첫째에게는 해군 제독들이, 둘째에게는 장군들이, 막내에게는 영국인들이 놀러온다는 겁니다! 자리에서 일어나서는 또 이렇게도 말하지요. '가장 예의바른 큰아들의 건강을 위하여!' 그러고는 훌쩍거리며 울기까지 합니다. 누가 술잔을 거절하기라도 하면 난리를 칩니다. '쏴 죽이겠어! 땅에 묻지도 못하게 해줄 테다!……' 벌떡 일어나 고래고래 소리지르기도 합니다. '백성들이여, 춤을 추어라, 너

* '좋다'는 뜻.

** '피테르'는 페테르부르크를 가리키는 구어이고, '폰탄카'는 페테르부르크에 흐르는 네바강 지류로, 주변에 귀족 저택가가 있다.

희도 즐기고 나도 즐겁게 해다오!' 음, 사람이 죽을 지경이라도 춤을 춰야 합니다. 농노 처녀들도 아주 괴롭혔습니다. 날이 밝도록 밤새 합창대가 노래하면 누구 목소리가 더 높이 올라가는지 경쟁시키고 그 사람에게 상을 주는 겁니다. 다들 지치면 그자는 머리를 두 손에 파묻고 슬퍼합니다. '오, 나는 고아 중의 고아다! 사랑스러운 비둘기 같은 나는 버림받았구나!' 그러면 마구간지기들이 처녀들의 흥을 북돋습니다. 그런데 저희 아버지가 그자 마음에 들었으니 어땠겠습니까? 아버지는 제발로 관에 들어가겠다고 애원할 정도로 들볶이셨지요, 정말 아버지가 관에 들어갈 판이었는데, 고맙게도, 그자가 먼저 죽어버렸지요. 술에 취해 새장에서 떨어졌답니다…… 이것이 우리의 이웃사촌이란 자들이었습니다!"

"세상이 정말 많이 변했군요!" 내가 한마디 거들었다.

"그렇고말고요," 옵샤니코프가 맞장구쳤다. "말하자면 이렇습니다, 옛날에는 귀족들이 지금보다 훨씬 화려하게 살았지요. 고관대작들은 말할 것도 없고요, 저는 모스크바에서 그런 분들을 수도 없이 봤습니다. 그런데 이제는 그곳에서도 그런 분들을 보기 힘들어졌다는군요."

"모스크바에 가보셨소?"

"가봤지요, 오래전에, 아주 오래전에 가봤습니다. 제가 올해로 일흔셋인데, 모스크바에 갔을 때가 열여섯이었습죠."

옵샤니코프는 한숨을 지었다.

"그곳에서 누구를 보셨소?"

"온갖 고관대작을 보았습죠, 그분들은 어디서나 눈에 띄니까요. 그분들은 아주 멋지고 놀랍게, 그것도 숨김없이 살았답니다. 그런데 단 한

분, 돌아가신 알렉세이 그리고리예비치 오를로프-체스멘스키 백작만큼은 아무도 견줄 자가 없었죠. 저는 알렉세이 그리고리예비치를 자주 뵈었습니다, 저희 숙부가 그 댁에 집사로 계셨거든요. 백작은 칼루시스키예 관문 근처 샤볼롭카 거리에 사셨습니다. 그야말로 고관대작이셨습니다! 그 멋진 자세며 인자한 말투는 상상할 수도, 뭐라 말로 표현할 수도 없을 정도입니다. 풍채는 비길 자가 없을 정도고, 완력이며 눈빛이며 얼마나 훌륭하셨는지 모릅니다! 그분에 대해 잘 모른 채 그분 방에 들어가면 겁을 집어먹게 됩니다, 정말로 기가 죽을 정도로요. 그런가 하면 마치 해가 빛나며 따뜻하게 데워주는 듯 기분이 사뭇 좋아지기도 합니다. 그분은 누구든 저택에 들이셨고 또 모든 것에 취미가 있으셨습니다. 말을 직접 몰았고 모든 이와 실력을 겨루었는데 상대가 모욕을 느껴 도중에 포기하지 않도록 처음부터 앞지르지 않고 경주 끝에 가서야 추월하곤 하셨습니다. 어찌나 마음이 온유했는지 경쟁상대를 위로하면서 상대방의 말을 칭찬하시는 겁니다. 또 투르만 비둘기*들도 키우셨습니다. 마당에 나가 안락의자에 앉고는 비둘기들을 새장에서 꺼내어 날리라 명하곤 하셨습니다. 마당 주변과 지붕 위에서는 하인들이 총을 들고 서서 매가 달려드는 것을 경계하지요. 백작의 발치에는 물이 든 커다란 은제 대야를 가져다놓습니다. 백작은 날아가는 비둘기들을 물속으로 들여다보셨죠. 가난한 자들이며 거지들이며 수백 명이 그분 자비 덕에 먹고살 수 있었습니다…… 어찌나 인심 좋게 돈을 나누어주셨는지! 그런데 한번 화를 내시면 목소리가 우레 같았습

* 투르만 종 비둘기는 높이 날고 다양한 묘기를 보이는 능력 덕분에 애호가들의 사랑을 독차지했다.

니다. 끔찍이도 무서우셨지만, 눈물을 흘릴 정도는 아니었습니다. 두려워하다가도 어느새 바라보면 미소 짓고 계셨으니까요. 연회를 한번 베푸시면 온 모스크바가 먹고 마셨습니다!…… 게다가 대단히 명석한 분이었습니다! 튀르키예도 무릎 꿇게 하신 적이 있지요. 격투기도 좋아하셔서 툴라며 하리코프며 탐보프며 온갖 곳에서 힘센 장사들을 데려오라고 명하시기도 했습니다. 백작은 상대를 때려눕히면 꼭 그에게 상을 내리셨고, 누가 백작을 이기기라도 하면 온갖 선물을 주며 그에게 입을 맞춰주셨답니다…… 한번은 제가 모스크바에 있을 땐데, 루시에서 전례 없는 규모로 사냥대회를 여셨습니다. 날짜를 정해 전국 방방곡곡 사냥 좋아하는 사람들을 초대하곤 석 달의 시간을 주셨습니다. 그렇게 다들 백작 댁에 모였지요. 하나같이 사냥개와 엽사들을 데리고 오는 바람에 말 그대로 군대가 모인 듯했습니다! 다들 우선 신나게 잔치를 즐기고서 관문 너머 사냥터로 떠났죠. 사냥꾼들이 어찌나 많던지 달려가는 모습이 아주 새까맣게 보일 정도였습니다!…… 어땠는지 아십니까?…… 나리 할아버님의 사냥개가 일등을 했답니다."

"밀로빗카 말이오?" 내가 물었다.

"네, 밀로빗카, 그 밀로빗카 말입니다…… 백작이 할아버님에게 부탁하셨죠. '자네 개를 나한테 팔게, 돈은 얼마든 주지.'—'아닙니다, 백작, 저는 상인이 아닙니다. 쓸모없는 헝겊 쪼가리 하나라도 팔지 않겠습니다. 백작을 존경하는 마음에서 아내를 양보할지언정 밀로빗카는 드릴 수 없습니다…… 차라리 저 자신을 포로로 내놓겠습니다.' 알렉세이 그리고리예비치는 할아버님을 칭찬하셨죠. '자네 참 마음에 드는군.' 나리의 할아버님은 개를 마차에 태워 집으로 돌아오셨고, 밀로빗카가 죽자 진혼곡을 울리며 정원에 묻어주셨습니다. 개를 장례 지내면서 비석까지 세워주셨죠."

"그 알렉세이 그리고리예비치라는 분은 아무도 욕보이지 않으신 셈이군요." 내가 말했다.

"네, 나리, 항상 그런 법이지요. 얕게 헤엄치는 것들이 항상 잘난 체하는 법입니다."

"그건 그렇고, 바우시라는 자는 어떤 사람이었소?" 내가 잠시 침묵한 뒤 물었다.

"아니, 밀로빗카는 아시면서 어떻게 바우시를 모르십니까?…… 나리 할아버님의 사냥꾼 대장이자 사냥개지기였습니다. 나리 할아버님은 그자를 밀로빗카 못지않게 아끼셨죠. 아주 무서울 게 없는 사람이었고, 할아버님이 어떤 명을 내리셔도, 칼 위를 기어가라고 하셔도, 눈 깜짝할 사이에 해치웠습니다…… 그가 사냥개들에게 신호를 주기라도 하면 온 숲에 끙끙대는 소리가 가득했죠. 그러다가도 한번 고집을 부리기 시작하면 말에서 내려 냅다 드러누워버렸지요…… 사냥개들이 그 사람 목소리를 듣지 못하면 그 사냥은 망한 셈이었지요! 그럴 때 개들은 짐승이 남긴 따끈따끈한 흔적도 나 몰라라 하고 죽었다 깨도 뒤쫓지 않습니다. 어이구, 그러니 나리 할아버님이 얼마나 역정이 나셨겠습니까! '저 놈팡이를 매달아 죽이지 않고는 내가 명대로 못 살겠다! 저 적그리스도 놈 껍질을 벗겨놓고 말 테다! 저 살인귀의 발뒤꿈치를 목구멍으로 빼낼 테다!' 결국 할아버님이 그자에게 사람을 보내 무엇이 필요한지, 어째서 개들에게 신호를 주지 않는지 알아보라고 하시는 걸로 일이 마무리됩니다. 그러면 바우시는 보통 술을 달라고 해서는 쭉 들이

켜고, 자리에서 일어나 다시 멋지게 개들에게 소리를 질렀지요."

"당신도 사냥을 좋아하시오, 루카 페트로비치?"

"저도 사냥이란 걸 좋아했을 겁니다…… 분명 그랬을 테죠, 어쨌든 이제 제 시대는 지났습니다. 젊었을 때는…… 신분이 신분인지라 여간 거북한 게 아니었죠. 우리 같은 족속은 귀족 나리들을 쫓아다녀서는 안 되는 법입니다. 우리 신분인 자가 술이나 마셔대면서 주제넘게 나리들과 어울린다 해도…… 즐거울 게 뭐 있겠습니까! 자기 자신만 욕보일 뿐이지요. 제일 형편없고 절룩거리는 말이나 얻어 타고, 귀족들 장난질에 모자는 계속 땅에 떨어지고, 말에게 휘두른다는 채찍에 얻어맞아도 저는 좋다고 싱글벙글 웃으니 다른 사람들한테도 웃음거리가 되지요. 암요, 신분이 미천할수록 더욱 행동거지를 조심해야 합니다. 그러지 않으면 제 얼굴에 먹칠만 할 뿐입니다."

"그렇고말고요." 옵샤니코프가 한숨을 내쉬며 말을 이었다. "제가 세상에 나온 이래로 강산이 여러 번 바뀌었습니다. 이제 시대가 바뀌었어요. 특히 귀족들 사이에서 변화가 가장 큰 것 같습니다. 영지가 보잘것없는 이들은 한 번이라도 공직에 나가거나, 아니면 제자리에 가만 못 있습니다. 한편, 영지가 큰 이들은 예전의 모습을 알아보기 어렵습니다. 토지 측정을 다시 하던 때*, 그런 분들, 그러니까 큰 영지를 가진 분들을 많이도 봤습니다. 이 말씀은 꼭 드려야겠군요. 그분들을 보면서

---

* 1836년 지주들이 자신의 땅과 농민들의 분유지 사이의 경계를 확정하도록 하기 위해 특별중개위원회들이 설립되었다. 목적은 토지를 겹치지 않게 정리하고, 서로 멀리 떨어진 농민들 땅을 마을 쪽으로 모으는 데 있었지만 그 과정이 순탄치 않았고, 위원회 활동 임기는 계속 연장되었다. 오를롭스카야도는 특히 반발이 거세 이 도의 위원회는 1884년에야 러시아에서 활동을 마치게 되었다.

참으로 기뻤습니다. 그 대단하던 분들이 아주 붙임성 있고 예의가 바르시더군요. 한 가지 놀라운 게 있다면, 어디서 배웠는지 다들 모든 학문에 능통하고, 말도 어찌나 조리 있게 하던지 마음이 다 동할 정도였지만 현실의 일에 대해서는 조금도 따질 줄 모르고 자기 이익도 분별 못 하더라는 것입니다. 그분들을 화살대처럼 맘대로 구부렸다 폈다 하는 것은 다른 이가 아니라 그분들의 농노인 집사들이었습니다. 혹시 알렉산드르 블라디미리치 코롤료프를 아십니까. 그분이 어디 귀족으로서 빠질 데가 있습니까? 인물 좋고, 부자에다 대학도 나왔고, 보아하니 외국도 다녀온 것 같고, 말도 유창한데다 겸손하기까지 합니다. 저희 손도 하나하나 잡아주시고요. 이미 알고 계시겠지요?…… 음, 그런데 어땠는지 들어보십시오. 지난주에 저희는 중개인 니키포르 일리치가 부르는 바람에 베료좁카에 다녀왔습니다. 그 중개인이라는 니키포르 일리치가 우리에게 이렇게 말하는 겁니다. '여러분, 땅에 경계를 그어야 합니다. 다른 지역은 이미 일을 마쳤다는데 우리만 뒤처지고 있으니 참으로 부끄러운 일입니다. 토지 경계 사업에 착수하십시다.' 그래서 우리도 일을 시작했지요. 이것저것 따지고 말다툼이 일어나고 우리 쪽 대리인은 끝까지 버티며 우겼습니다. 그런데 가장 먼저 난폭하게 굴기 시작한 건 포르피리 옵친니코프였습죠…… 도대체 그자는 왜 그렇게 거칠게 나왔던 걸까요?…… 자기는 땅 한 뙈기 없는 주제인데 형의 위임을 받아 좌지우지하더란 말입니다. 이렇게 고래고래 소리를 지르더군요. '안 돼! 나는 못 속인다! 이놈들, 사람을 잘못 골랐어! 도면을 당장 가져와! 측량사를 데려와, 그 그리스도를 팔아먹은 놈을 데려오란 말이야!'—'그래, 도대체 당신이 원하는 게 뭐요?'—'속여먹을 바보천치를 찾았다 이건가! 내가 원하는 걸 순순히 얘기할 거라고 생각하는 모양이지?…… 그렇게는 안 되지, 도면을 당장 내놔!' 그러면서 주먹으로 도면을 내리치는 겁니다. 마르파 드미트리예브나까지 지독히도 욕보이더군요. 그분이 외치셨습니다. '어째서 당신은 내 명예를 이토록 실추시키는 겁니까?' 그자가 말했습니다. '당신 명예 따위는 내 구렁말에게도 쓸모없을 거요.' 결국 그자에게 억지로 마데이라 포도주를 마시게 했지요. 그렇게 그자를 진정시켜놓으니 이제는 다른 자들이 날뛰는 겁니다. 그 알렉산드르 블라디미리치 코롤료프라는 가여운 분은 그저 구석에 앉아서 단장短杖의 손잡이 장식만 잘근잘근 씹으며 고개만 저을 뿐이었습니다. 저는 문득 부끄러워져서 어디로든 도망치고 싶었습니다. 저분은 우리에 대해 어떻게 생각하고 계실까? 그런데 갑자기 나의 알렉산드르 블라디미리치가 일어나더니 할말이 있다는 몸짓을 하셨습니다. 중개인이 설레발치며 말했습니다. '여러분, 여러분, 알렉산드르 블라디미리치가 하실 말씀이 있답니다.' 역시 귀족은 귀족이더군요, 모두가 당장 잠잠해졌습니다. 알렉산드르 블라디미리치가 입을 여셨는데, 말씀인즉슨 우리는 이렇게 모인 목적을 잊었다, 물론 토지에 경계를 긋는 것은 소유주에게 이득이 되기는 하지만 그 제도는 대체 무엇 때문에 도입되었는가, 농노들의 편의를 위해, 즉 농노들이 일을 더 편리하게 하고 내야 할 것을 잘 낼 수 있도록 하자는 것이다, 그런데 지금은 농노들이 자기가 일굴 땅을 잘 모르고 5베르스타나 멀리 가서 땅을 경작하는 경우가 왕왕 있다, 그렇다면 그들을 탓할 수 없다는 것이었습니다. 또 알렉산드르 블라디미리치는 이렇게 말씀하셨습니다. 농노들의 복지를 보살피지 않는 것은 지주로서 죄다, 농노들은 하느님이 맡기신 것이다, 그러니 상식적으로 생각해본다면, 그들의 이익이 우리의 이익인 것처럼 모든 것은 하나이며, 그들에게 좋으면 우리에게도 좋을 것이고, 그들에게 나쁘면 우리에게도 나쁠 것이다, 따라서 사소한 것들 때문에 토지 경계 사업에 동의하지 않는 것은 죄스럽고 이치에 맞지 않는다…… 또 이것은 이렇고, 저것은 저렇고 계속 말씀하셨습니다…… 어찌나 맞는 말씀만 하시던지! 사람 마음을 파고들더란 말입니다…… 귀족이라는 자들은 모두 화가 나서 입을 삐죽거렸지만, 저는 참 눈물까지 흘릴 뻔했습니다. 사실 그렇게 훌륭한 말은 고서에도 나오지 않습니다…… 일이 어떻게 끝난 줄 아십니까? 정작 그분은 이끼 낀 늪 4데샤티나를 양보하지도 않고 팔려고도 하지 않으셨습니다. 이렇게 말씀하시면서요. '나는 우리집 사람들을 시켜 이 늪에서 물을 빼내고 그 위에 방직 공장을 세울 것이오. 모든 설비를 갖춰서. 나는 이곳을 이미 공장 부지로 선택했고 거기에 맞게 생각해둔 바가 있소……' 그것도 정당한 까닭이라면 모르겠는데, 사실 알렉산드르 블라디미리치의 이웃인 안톤 카라시코프라는 사람이 코롤료프 댁의 집사에게 아깝다고 지폐 100루블을 덜 냈다는 게 이유였습니다. 그렇게 우리는 아무런 결론도 없이 흩어졌습니다. 알렉산드르 블라디미리치는 아직까지도 자기가 옳다고 여기면서 방직 공장 얘기만 늘어놓고 늪에서 물 빼는 일은 시작도 안 하십니다."

"그는 자기 영지를 어떻게 관리합니까?"

"온갖 새로운 법도를 들이십니다. 농부들은 좋은 소리 안 하죠, 하긴 그들 말은 들을 것도 없지만요. 알렉산드르 블라디미리치는 잘하고 계신 겁니다."

"아니, 어째서 그렇소, 루카 페트로비치? 나는 당신이 옛 법도를 고수하고 있다고 생각했는데요?"

"저야 다른 문제입죠. 저는 귀족도, 지주도 아니니 말입니다. 제 농사랄 게 있습니까?…… 그러니 저는 다른 수가 없습니다. 그저 정당하게 법에 따라 사는 수밖에요, 그것도 감사한 일입니다! 젊은 나리들은 옛 법도를 좋아하지 않으시죠. 저는 그분들 생각이 맞는다고 봅니다…… 이제 머리를 써야 할 때지요. 다만 안타까운 게 있다면, 젊은 나리들이 지나치게 머리를 굴리신단 말입니다. 농부를 대할 때 꼭 인형 다루듯 하십니다. 이래저래 부리고 써먹다가 고장이 나면 버리십니다. 그러면 농노 출신 집사나 독일인 관리인이 농노들을 손아귀에 넣죠. 젊은 나리들 가운데 한 분이라도 영지를 관리하는 모범을 보여주신다면 얼마나 좋겠습니까!…… 사정이 이러하니 일이 어떻게 되겠습니까? 저는 그저 살다가 새로운 법도를 보지 못한 채 죽지 않을까 싶습니다…… 옛말에도 있잖습니까? 늙은 것이 죽고 사라졌는데도 젊은 것이 태어나지 않는구나!"

나는 옵샤니코프에게 대답할 말을 찾지 못했다. 그는 주변을 둘러보더니 내게 가까이 다가와 낮은 목소리로 말을 이었다.

"바실리 니콜라이치 류보즈보노프 얘기 들으셨습니까?"

"아니, 듣지 못했소."

"어찌된 일인지 의견 한 말씀 청해도 되겠습니까? 제 머리로는 도저히 이해할 수가 없어서 말이죠. 그분의 농부들이 이런저런 얘기를 하는데 저는 무슨 소린지 하나도 모르겠습니다. 아시다시피 그분은 젊은데다 얼마 전 어머니가 돌아가시고 재산을 물려받았지요. 그분이 영지로 돌아오신다고 하니 농부들이 자기네 주인 나리를 보겠다고 모였죠. 바실리 니콜라이치가 농부들을 만나러 나가셨습니다. 농부들은 주인 나리를 보고 입이 떡 벌어졌습니다! 나리는 꼭 마부처럼 우단 바지를 입고 테두리가 장식된 장화를 신고 계셨습죠. 빨간 루바시카에 걸친 카프탄도 꼭 마부나 입을 법한 것이었고요. 턱수염을 길게 기르고 머리에는 아주 희한한 모자를 쓰셨는데, 얼굴도 아주 희한했습니다. 술에 취한 것도 아니고 안 취한 것도 아니고 아무튼 제정신이 아닌 듯 보이더랍니다. 그리고 이렇게 인사하셨다지요. '다들 안녕하신가! 하느님이 자네들을 도우시길.' 농부들은 그저 말없이 허리 굽혀 인사했고요, 아시다시피 다들 겁먹은 게죠. 그리고 이렇게 말씀하시더랍니다. '나도 러시아 사람이고, 여러분도 러시아 사람이오. 그래서 나는 러시아의 것은 무엇이든 좋아하오…… 내 영혼도 러시아 사람 영혼이고 피도 러시아 사람 피니까……' 그리고 갑자기 명령을 내리셨죠. '자, 다들 러시아 민요를 불러보시구려.' 농부들 하는 말이 무릎이 다 떨리더랍니다. 그래도 용감한 농부 하나가 노래를 부르기 시작했는데, 이내 땅에 쭈그려 앉더니 다른 이들 뒤로 숨어버렸지요…… 정말 놀라운 일은 따로 있습니다. 우리 고장에도 한 살배기 송아지처럼 펄펄 날뛰는 지주 나리들이 있습니다. 그분들은 마부처럼 옷을 입고 춤추고 노래 부르고 기타도 치면서 하인들, 농노들하고 먹고 마시며 잔치를 벌입니다. 그런데 이 바실리 니콜라이치라는 분은 예쁘장한 처녀 같단 말입니다. 책을 읽고 시를 쓰거나 소리 내서 외우고, 아무하고도 말을 섞지 않고 사람을 피하면서 정원을 거니는 모습이 꼭 슬픔에 빠진 것 같습죠. 집사로 있던 자도 처음에는 겁을 냈지요. 바실리 니콜라이치가 영지로 오시기 전에 그

자는 농노들 집을 하나하나 찾아다니며 인사를 했는데, 도둑이 제 발 저렸던 것이지요. 농부들도 이렇게 생각하면서 나름 기대를 했답니다. '이놈아, 어디 한번 해봐라! 단단히 대가를 치러야 할 거다. 그러니 벌써 저렇게 발버둥치고 있지, 노랑이 같은 놈!……' 그런데 실제로는 어떤 일이 일어났느냐 하면, 뭐랄까요, 나리가 직접 일을 처리하지 않겠다고 하신 겁니다. 바실리 니콜라이치가 집사를 부르더니 얼굴이 새빨개져서는 숨을 몰아쉬며 말씀하시더랍니다. '공정하게 일해주길 바라네, 아무도 힘들게 하지 말고, 알겠나?' 그후로는 집사를 부르지도 않으시더랍니다. 그리고 그분은 자기 영지에서 살면서 꼭 객식구처럼 지내십니다. 그 집사는 한숨 돌렸지요. 농부들은 바실리 니콜라이치를 감히 찾아뵐 엄두도 못 내면서 두려워합니다. 그런데 이것도 참 놀라운 일입니다. 지주 나리가 농부들에게 몸소 허리 굽혀 인사하고 상냥하게 바라보실 때면 농부들은 겁이 나 죽을 지경입니다. 나리, 이게 대체 무슨 영문입니까, 말씀 좀 해주시겠습니까?…… 제가 늙어서 우둔해진 탓인지 당최 알아먹질 못하겠습니다."

나는 옵샤니코프에게 아마도 류보즈보노프 씨는 어딘가 편찮은 모양이라고 답했다.

"편찮다니요! 투실투실하고 얼굴에 수염도 빽빽하고 팔팔하기만 하시던데요…… 그래도 누가 알겠습니까!" (옵샤니코프는 깊이 한숨지었다.)

"자, 귀족들 이야기는 이만하고," 내가 말했다. "오두막농민들 얘기나 해주시겠소, 루카 페트로비치?"

"아니요, 그 얘기만큼은 못하겠습니다." 그가 서둘러 말했다. "실은…… 나리에게 말씀드리고 싶습니다만…… 무슨 소용이 있겠습니까! (옵샤니코프는 손을 내저었다.) 차나 한잔 하시지요…… 이러나저러나 농투성이는 농투성이입니다. 저희가 달리 살길이 있겠습니까?"

그는 말을 멈췄다. 일꾼들이 차를 내왔다. 타티야나 일리니치나는 앉아 있던 자리에서 일어나 우리 가까이에 앉았다. 저녁 내내 그녀는 몇 차례 소리 없이 방에서 나갔다가 다시 조용히 돌아오곤 했다. 방안에 침묵이 깃들었다. 옵샤니코프는 위엄 있는 모습으로 천천히 연달아 찻잔을 비웠다.

"오늘 미탸가 다녀갔어요." 타티야나 일리니치나가 속삭이듯 말했다.

옵샤니코프는 눈살을 찌푸렸다.

"무엇이 필요하다던가?"

"용서를 구하러 왔대요."

옵샤니코프는 고개를 저었다.

"저, 나리," 그가 내게 고개를 돌리며 말했다. "도대체 친지들과 어떻게 지내는 것이 좋을지 말씀해주시겠습니까? 아주 연을 끊어버릴 수도 없는 노릇이라서요…… 하느님이 제게 조카 녀석 하나를 남겨주셨지요. 머리는 꽤 영리한 녀석입니다, 그건 말할 것도 없죠. 게다가 배울 만큼 배웠습니다. 저는 녀석에게 뭔가 바라지도 않습니다. 관청에서 근무했는데, 돌연 일을 그만두지 뭡니까. 딱히 출세할 길이 있는 것도 아니면서요…… 어찌됐든 녀석은 귀족도 아니지 않습니까? 귀족의 자제라고 해도 당장 장군이 될 수 있는 것도 아니고요. 그런데 녀석은 지금 아무 일도 하지 않고 지냅니다…… 차라리 그러기라도 하면 좋으련만, 온갖 송사에 휘말리고 다닙니다! 농부를 대신해 청원서나 보고서를 써주기도 하고, 마을 순경에게 훈계를 늘어놓기도 하고, 측량사의 꿍꿍이를 사람들한테 알리기도 합니다. 또 술집을 다니며 무기한 휴가를 받은 군인이나 도시에 사는 소시민과 어울리고 여관에서 문지기하고 너나들이한답니다. 그러니 사고가 나는 것은 시간문제 아니겠습니까? 파출소장이며 경찰서장이며 그 녀석에게 으름장 놓은 것이 한두 번이 아닙니다. 게다가 제법 장난을 잘 쳐서 처음에는 그 사람들에게 웃음을 주다가 나중에는 아주 골탕을 먹여버리지요…… 혹시 그놈이 지금 당신 방에 있는 건 아니지?" 그가 아내에게 말했다. "내 당신을 잘 알지, 마음이 굳세지 못해서 그놈을 항상 감싸고도니까."

타티야나 일리니치나는 눈을 내리깔더니 가만히 웃고는 얼굴을 붉혔다.

"음, 결국 또 그렇구먼." 옵샤니코프가 말을 이었다…… "그러니 그놈이 그 모양이지! 자, 어서 들어오라고 해, 귀한 손님이 계시니 용서해 줄 수밖에…… 자, 어서 오라 그래……"

타티야나 일리니치나가 문가로 다가가서 외쳤다. "미탸!"

곱슬머리에 훤칠하고 스물여덟 살쯤 되어 보이는 청년 미탸가 방으로 들어왔고, 나를 보자 문턱에서 멈춰 섰다. 그는 독일풍 옷을 입고 있었는데, 어깨에 잡힌 부자연스럽게 커다란 주름 장식으로 보아 그냥 러시아 사람이 아니라 러시아제국 재단사가 만든 게 틀림없었다.

"그래, 이리 와보거라, 이리 가까이," 노인이 말을 꺼냈다. "뭘 쑥스러워하는 게냐? 내 너를 용서할 테니 숙모에게 감사한 줄 알아라…… 나리, 소개해 올립니다." 그가 미탸를 가리켜 보이며 계속 말했다. "제 조카놈입니다만, 영 감당이 안 되는군요. 말세입니다, 말세! (우리는 인사를 나누었다.) 자, 네가 무슨 짓을 했는지 말해보아라! 사람들이 왜 네 놈에 대해 불평하는지 말해보라고."

미탸는 내 앞에서 해명도 변명도 하고 싶지 않은 모양이었다.

"나중에 말씀드릴게요, 삼촌." 그가 웅얼거렸다.

"안 돼, 나중은 없다, 지금 말하거라." 노인은 밀고나갔다…… "지주 나리가 앞에 계시니 양심에 켕기는 게 있나보구나. 그렇다면 더 잘됐다, 그게 벌인 줄 알아라. 자, 어서 말해보래도…… 우리가 한번 들어보자."

"양심에 켕기는 건 없습니다." 미탸가 생기를 띠며 말을 시작했고, 고개를 흔들었다. "삼촌도 한번 직접 생각해보세요. 레셰틸로보 마을 오두막농민들이 제게 와서 이렇게 말하더군요. '이보게, 우리 좀 도와주게나.'—'무슨 일인데?'—'그게 말이지, 우리 마을 곡물 상점은 더할 나위 없이 잘되고 있었어. 그런데 갑자기 관리가 와서는 상점들을 둘러봐야겠다는 거야. 둘러보고는 이렇게 말했다네. '당신네 상점들은 엉망이군, 아주 중요한 것들이 갖춰지지 않았으니 상부에 보고해야겠어.'—'아니 뭐가 갖추어지지 않았단 말입니까?'—'그건 내가 판단할 문제야,' 이러는 걸세…… 우리는 모여서 회의를 했고, 그 관리에게 사례를 두둑이 하기로 결정했지. 그런데 프로호리치 노인이 그래 봤자 그놈들 입맛만 돋울 뿐이라며 우리를 막아섰어. 시시비비 가릴 방법이 분명 있지 않느냐는 거지…… 우리는 노인의 말을 들었고, 그러자 관리는 크게 화를 내고 온갖 불만을 내세우며 상부에 보고를 올렸어. 그렇게 해서 우리가 그 보고에 책임을 지게 된 거라네.'—'정말 자네들 상점은 잘 운영되고 있었나?' 제가 물었습니다. '하늘이 다 보고 계시는 걸, 철저히 운영하고 있었네, 법에서 정한 양에 따라 곡식도 비축해두었고……'—'음, 그렇다면 자네들은 겁낼 거 없네.' 저는 이렇게 말하고 그들에게 서류를 써주었지요…… 일이 어느 쪽에 유리하게 해결될지는 아직 몰라요…… 그런데 어째서 사람들이 저에 대한 불만을 삼촌에게도 털어놓는지 알 만하네요. 누구나 자기 이득을 가장 소중히 여기는 법이니까."

"누구나 다 그렇다는 건 알겠다만, 너는 예외인 모양이다." 노인이 목소리를 낮춰 말했다…… "그런데 도대체 왜 슈톨로모보 농부들하고 어울리며 간계를 꾸미는 게냐?"

"그걸 어떻게 아셨어요?"

"다 아는 수가 있다."

"그 일에서도 제가 옳아요, 직접 판단해보시죠. 슈톨로모보 농부들의 땅과 이웃한 곳에서 베스판딘이라는 지주가 4데샤티나를 경작했다고 해요. 자기 땅이라고 우기면서요. 슈톨로모보 농부들은 소작료를 바치는 몸이고 그들의 지주는 외국으로 떠나버린 마당에 누가 그들 편을 들 수 있겠어요, 안 그렇습니까? 당연히 그 땅은 그 마을 농부들이 옛날 옛적부터 부치던 땅이지요. 농부들이 제게 와서 청원서를 써달라고 하더군요. 그래서 써주었죠. 그런데 베스판딘이라는 자가 이 사실을 알더니 협박하기 시작했어요. '내 그 미티카라는 놈의 어깨뼈를 분질러놓든지 대가리를 어깨에서 뽑아놓고 말겠다……' 그자가 제 머리를 어떻게 뽑을지는 두고 봐야겠지만 아직까지는 멀쩡해요."

"흥, 잘난 척 마라, 자칫하다간 머리통이 성치 못할 거야." 노인이 말했다. "너란 놈은 정신이 나가도 아주 단단히 나갔구나!"

"삼촌이 직접 제게 하신 말씀이 있잖아요……"

"안다, 네가 뭐라고 말할지 알고 있어." 옵샤니코프가 그의 말을 가로챘다. "맞는 말이긴 하지, 사람은 정의롭게 살고 이웃을 도와야 하는 거다. 자기 자신을 아끼지 않아야 할 때도 있는 법이지…… 그래, 너는 항상 그렇게 행동하느냐? 사람들이 너를 술집으로 끌고 가지 않더냐? 술을 먹이고 너에게 굽실거리지 않느냔 말이다. '드미트리 알렉세이치, 좀 도와주시게, 사례는 섭섭지 않게 하겠네.' 1루블짜리 은화나 5루블짜리 새파란 지폐를 옷자락에서 꺼내 슬쩍 손에 쥐여주지 않더냐? 응? 그런 일이 정말 없단 말이냐? 말해보거라, 없어?"

"물론 그 점에서는 제가 잘못했죠." 미탸가 눈을 내리깔며 대답했다. "그래도 저는 가난한 사람들한테는 돈을 안 받습니다. 양심을 더럽히는 일은 안 해요."

"지금이야 그렇겠지만, 네 사정이 안 좋아지면 받게 될 거다. 양심을 더럽히지 않는다라…… 예끼, 이놈아! 누가 들으면 네놈이 성자 같은 사람들만 돕는 줄 알겠구나!…… 그래, 보리카 페레호도프를 잊었단 말이냐?…… 누가 그자를 돕겠다고 팔을 걷고 나섰지? 누가 그자를 비호해주었느냔 말이다, 응?"

"페레호도프는 자기 잘못 때문에 고생한 거죠, 그건 사실이에요……"

"나랏돈을 빼돌렸으니…… 말도 안 되는 소리지!"

"삼촌도 아시잖아요, 찢어지게 가난한데다 딸린 식구도 많으니……"

"가난, 가난이라…… 그자는 술이나 퍼마시고 걸핏하면 싸움질이나 하는 놈팡이일 뿐이다!"

"사는 게 힘들어서 술을 마시게 된 거죠." 미탸가 목소리를 낮추며 한

마디했다.

"사는 게 힘들어서라니! 그래, 네놈이 그렇게 진심이었다면 그 술꾼하고 술집에 앉아 있을 게 아니라 도움을 줬어야지. 말은 어쩌나 그럴싸한지, 아주 대단하구나!"

"그래도 참 좋은 사람입니다……"

"너한테는 이놈저놈 다 좋은 사람이겠지…… 그 뭐냐," 옵샤니코프가 아내를 돌아보며 말했다. "이놈한테 그걸 보냈던가…… 당신이 알잖아……"

타티야나 일리니치나는 고개를 저었다.

"너는 요새 어디로 사라졌던 게냐?" 노인이 다시 말을 꺼냈다.

"읍내에 있었습니다."

"당구 치고 찻집에 들락거리면서 기타나 뚱땅거렸겠지. 관청에 들락날락하며 뒷방에서 청원서나 써주고 상인 놈들하고 빼기면서 말이야, 그렇지 않느냐?…… 말해보란 말이다!"

"그건 뭐 그렇습니다," 미탸가 미소 지으며 말했다…… "아, 맞아요! 하마터면 깜빡할 뻔했네요. 안톤 파르표니치 푼티코프가 일요일에 자기 집에서 같이 식사하시자고 삼촌을 초대하던데요."

"그 배불뚝이 놈 집에는 절대 안 간다. 100루블짜리 물고기를 내놓고도 썩은 버터를 끼얹을 놈이지. 아주 보기도 싫다!"

"그리고 페도시야 미하일로브나도 마주쳤어요."

"어떤 페도시야 말이냐?"

"그 미쿨리노 마을을 경매로 산 지주 가르펜첸코의 여자요. 미쿨리노 마을 출신 페도시야. 모스크바에서 삯바느질을 해서 한 해에 182루블 하고 50코페이카나 되는 신공을 꼬박꼬박 바치며 살았대요…… 일을 아주 잘해서 모스크바에서도 괜찮은 주문들만 받았다고 하고요. 지금은 가르펜첸코가 그 여자를 다시 시골로 불러서는 아무 일도 주지 않고 그냥 데리고 있어요. 그 여자는 언제라도 돈을 내고 면천할 준비가 되어 있고, 주인에게도 그렇게 말했지만, 가르펜첸코는 가타부타 답이 없죠. 삼촌, 그 가르펜첸코라는 자하고 아는 사이니까 귀띔 좀 해주실래요?…… 페도시야도 자기 몸값을 아주 잘 쳐드릴 겁니다."

"그 돈이 네놈 돈은 아니겠지? 응? 음, 그래, 알겠다, 내 한번 말해보지. 다만 모르겠다," 노인은 뭔가 마뜩잖은 표정으로 말을 이었다. "이 가르펜첸코라는 자가 또 아주 대단한 구두쇠야. 채권을 사들이고, 이자놀이도 제법 하는데다 경매에서 영지를 마구 사들이거든…… 누가 그 자를 우리 고장으로 데려온 건지 원. 오, 이런 뜨내기들은 아주 질색이다! 그자에게서 답을 속히 들을 수 있을지는 모르겠다만, 한번 두고 보자꾸나."

"손 좀 써주세요, 삼촌."

"그래, 내 손써보마. 그런데 일단 네 앞가림을 잘해야 한다! 음, 변명할 생각은 말고…… 하느님이 너와 함께하시길, 부디!…… 어찌됐든 앞을 잘 살펴야 한다, 미탸, 그러잖으면 너도 험한 꼴을 보게 될 거야. 내가 항상 너를 어깨에 태우고 다닐 순 없지 않니…… 나도 아무런 힘이 없으니 말이다. 그럼, 가보거라."

미탸는 나갔다. 타티야나 일리니치나가 그를 따라 나갔다.

"차라도 주구려, 마음 약한 숙모님." 옵샤니코프가 그녀의 뒤에 대고 소리쳤다…… "멍청한 아이는 아닙니다." 그가 말을 이었다. "심성이

고운 아이죠, 다만 걱정이 좀 됩니다…… 아무튼 죄송합니다, 별것 아닌 일로 나리의 시간을 너무 뺏었습니다."

현관방 문이 열렸다. 땅딸막하고 머리가 허옇게 센 남자가 벨벳 프록코트를 입은 채 들어왔다.

"아, 프란츠 이바니치!" 옵샤니코프가 외쳤다. "안녕하십니까! 어떻게 지내십니까?"

친애하는 독자들이여, 잠시 여러분에게 이 신사를 소개하겠다.

프란츠 이바니치 레죤(Lejeune)은 오룔도에 사는 나의 이웃 지주로, 그리 평범하지 않은 방식으로 러시아 귀족이라는 영예로운 칭호를 얻게 되었다. 그는 오를레앙에서 프랑스인 부모에게서 태어났고 고수鼓手 자격으로 나폴레옹을 따라 러시아 원정에 나섰다. 처음에는 모든 일이 기름 친 듯 잘 굴러가서 우리의 이 프랑스인은 모스크바에 고개를 꼿꼿이 쳐들고 입성하였다. 그러나 고국으로 돌아가는 길에 우리 가여운 *므슈 르쥔*은 추위에 얼어붙고 북도 잃어버린 채 스몰렌스크도 농부들 손아귀에 걸려들었다. 스몰렌스크도 농부들은 그를 텅 빈 방직 공장에 밤새 가둬두었고, 다음날 아침 제방 옆에 뚫어둔 얼음 구멍으로 데려가 '*위위위대한 군대*'의 고수에게 자신들에 대한 존경을 보이라며, 즉 얼음장 밑으로 뛰어들라며 강청했다. *므슈 르쥔*은 그들의 제안을 결코 받아들일 수 없어서 자기 딴에는 애쓴답시고 프랑스 방언으로 자기를 오를레앙으로 보내달라고 스몰렌스크도 농부들을 설득하려 했다. "그곳에는, *므슈들*," 그가 말했다. "나의 어머니가 살고 계십니다, *나의 정겨운 어머니가*." 그러나 농부들은, 아마도 오를레앙이라는 도시의 지리적 위치를 몰라서였겠지만, 그에게 그닐로툐르카강의 굽이치는 물결 아래로 수중 여행을 권했고, 그의 목뼈며 등뼈를 슬쩍슬쩍 치면서 용기를 북돋웠으나, 그 순간 레죤에게 지복의 기쁨이 하늘에서 내려오며 종소리가 울려퍼졌고, 지나치다 싶을 정도로 높이 세운 뒷좌석에 알록달록한 양탄자를 깐, 종아리와 꼬리는 검고 몸통은 갈색인 말 세 필을 매단 거대한 썰매가 둑 위로 달려왔다. 썰매에는 늑대가죽 외투를 입은 뚱뚱하고 빰이 붉은 지주가 앉아 있었다.

"거기서 뭣들 하고 있는가?" 그가 농부들에게 물었다.

"후랑스놈을 물에 담그려고 합니다요, 나리."

"아하!" 지주는 무관심하게 대꾸하고는 썰매를 돌렸다.

"*므슈! 므슈!*" 불쌍한 프랑스인이 외쳤다.

"아하!" 늑대가죽 외투가 비난조로 말을 내뱉었다. "열두 나라 말을 가진 놈들*하고 러시아를 치러 와서 모스크바를 불태운 것도 모자라, 이 저주받을 놈이, 이반대제 종루에서 십자가를 끌어내리더니 이제 와서는 므슈, 므슈 하고 있구먼! 꼬리를 바짝 내리고 말이지! 당해도 싸다 이놈아…… 가자, 필카-아!"

말들이 길을 박차고 떠나려 했다.

"아, 잠깐, 멈춰봐!" 지주가 한마디했다…… "그래, 이 므슈야, 음악을 좀 하나?"

"*제발 저를 구해주십쇼, 구해주십쇼, 착하신 나리!*" 레죤이 되풀이했다.

"어쩔 수 없는 족속이로구먼! 한 놈도 러시아말을 할 줄 모르니! 뮤

---

* 나폴레옹이 러시아를 침략한 1812년 전쟁을 가리켜 '열두 나라 말의 침략'이라고도 불렀다.

지크, 뮤지크, 사베 뮤지크 부? 사베? 에잇, 어서 대답을 해라 이놈아! 콤프르네? 사베 뮤지크 부? 피아노 주에 사베?"*

마침내 레존은 지주가 원하는 걸 깨달았고 할 줄 안다고 고개를 끄덕였다.

"*네, 므슈, 그렇고말고요, 저는 음악가입니다, 저는 모든 악기를 다룰 줄 압니다! 네, 므슈…… 저를 구해주십쇼, 므슈!*"

"음, 운이 억수로 좋은 줄 알아라," 지주가 말했다…… "여보게들, 그 자를 풀어주게, 자, 보드카 값으로 20코페이카를 주지."

"고맙습니다, 나리, 고맙습니다요. 자, 데려가시지요."

레존은 썰매에 탔다. 그는 기쁨에 겨워 숨을 헐떡였고, 울었고, 벌벌 떨었고, 연신 고개를 숙였고, 지주에게, 마부에게, 농부들에게 감사인사를 올렸다. 그는 분홍색 리본이 달린 녹색 모직셔츠만 입고 있었고 추위는 위세가 대단했다. 지주는 새파래진 채 굳어 있는 그의 사지를 말없이 바라보았고 가여운 프랑스인을 자신의 외투로 감싸 집으로 데려갔다. 하인들이 뛰어나왔다. 곧장 프랑스인의 몸을 데워주었고, 음식을 먹이고 옷을 입혔다. 지주는 그를 딸들에게 데려갔다.

"자, 우리 아가들," 그가 말했다. "너희를 위해 선생을 데려왔다. 항상 나한테 조르지 않았느냐, 음악을 가르쳐달라고, 프랑스 사투리를 가르쳐달라고 말이야. 여기 프랑스인을 데려왔다, 피아노도 칠 줄 안다는구나…… 자, 므슈," 그는 오드콜로뉴를 팔러 다니던 유대인에게서 오 년 전에 산 형편없는 피아노를 가리키며 말했다. "자네의 예술을 보여주

---

* 빰이 붉은 지주는 엉터리 프랑스어를 러시아어와 섞어 쓰고 있다. 대략 뜻은 다음과 같다. 음악을 아는가? 무슨 말인지 알겠나? 음악을 아느냐고? 피아노 칠 줄 아나?

게, 주에!"

레죤은 가슴 졸이며 의자에 앉았다. 그는 평생 피아노를 만져본 적도 없었다.

"주에, 하래도, 주에, 주에!" 지주가 계속 외쳤다.

우리의 가여운 프랑스인은 절망하며 북을 두드리듯 건반을 두드렸고 되는대로 치기 시작했다…… "나는 이런 생각이 들었죠." 훗날 그가 말했다. "나의 은인이 내 목덜미를 붙잡고 집에서 내쫓고 말 거라고요." 그러나 어쩔 수 없이 즉흥곡을 치게 된 우리의 가여운 프랑스인 입장에서 참으로 놀랍게도, 지주는 잠시 가만있더니 격려하듯 그의 어깨를 토닥였다. "좋아, 좋아," 그가 말했다. "피아노를 칠 줄 아는군, 그래, 이제 가서 쉬게."

두 주쯤 지나 레죤은 이 지주의 집에서 다른 지주의 집으로 옮겨가게 되었다. 그 지주는 부자에 많이 배운 사람으로, 레죤은 유쾌하고 온순한 성격 덕분에 단박에 그의 호감을 사 그의 양녀와 결혼했고, 나름의 직책을 맡아 귀족이 되었다. 레죤은 딸을 오룔 지방의 지주 로비자니예프에게 시집보냈고, 지금은 아예 오룔로 옮겨와 살고 있었다.

바로 이 레죤, 그러니까 지금 프란츠 이바니치라고 불리는 이 사람이 오랫동안 우정어린 관계를 유지하던 옵샤니코프의 방으로, 하필 내가 있을 때 들어섰던 것이다……

허나 독자 여러분은 오두막농민 옵샤니코프의 집에 계속 죽치고 있는 것이 필시 지루할 터이니, 나는 의미심장하게 입을 닫는 바이다.

리고프

"리고프에나 가보실까요." 독자 여러분도 이미 잘 아는 예르몰라이가 내게 말했다. "거기 가면 오리는 실컷 잡을 수 있을 겁니다."

진정으로 사냥을 좋아하는 사람에게 들오리는 그다지 매력적이지 않지만, 당분간 잡을 수 있는 들새들이 딱히 있는 것도 아니라서(9월 초순이라 멧도요가 아직 없었고 자고새를 잡자고 들판을 헤매는 것도 이젠 지겨웠다) 나는 내 사냥꾼의 말대로 리고프로 출발했다.

리고프는 꽤 오래된 둥근 지붕 하나짜리 석조 교회와 두 개의 방앗간이 있는 커다란 마을로, 늪지대가 많은 로소타강변의 초원에 있다. 이 강은 리고프에서 5베르스타 정도 떨어진 곳에서 널찍한 연못으로 흘러드는데, 이 연못의 가장자리와 한가운데에는 오룔 지방 사투리로 '마이에르'라고 부르는 것, 즉 갈대가 무성히 자란다. 연못의 물살이 잔잔한 곳 갈대들 사이에는 청둥오리, 청둥오리 비슷한 것, 고방오리, 쇠오리, 잠수오리 등등 온갖 종류의 오리들이 둥지를 틀고 알을 깐다. 몇몇이 무리 지어 이리저리 물위를 곧잘 날아다닌다. 그러다 총소리에 놀란 무리가 먹구름처럼 날아오르면 사냥꾼은 자기도 모르게 한 손으로 모자를 쥐고는 길게 내뱉는다. 젠-장! 나와 예르몰라이는 연못가를 따라 걸었으나, 첫째, 오리는 조심성 많은 새라 물가로 잘 나오지 않았고, 둘째, 어떤 덜떨어지고 경험 없는 쇠오리가 우리가 쏜 총에 맞아 목숨을 잃는다 해도, 마이에르가 천지에 깔린 곳에서 우리 개들은 사냥감을 끌어올 수 있는 상태가 아니었다. 고결한 희생정신을 지녔지만 개들은 헤엄을 칠 수도, 연못 바닥을 걸을 수도 없었고, 날카로운 갈대 줄기에 귀하디귀한 코만 공연히 베일 것이었다.

"안 되겠습니다," 마침내 예르몰라이가 말을 꺼냈다. "이래서는 되질 않겠습니다. 나룻배를 구해야 합니다…… 그냥 계속 리고프로 가시죠."

우리는 길을 나섰다. 그런데 몇 걸음 가기도 전에 무성한 버드나무 뒤에서 몰골이 말이 아닌 사냥개 한 마리가 튀어나왔고, 다 해진 푸른 프록코트 안에 누르스름한 조끼를 걸치고 그리 드 랭 또는 블뢰 다무르* 빛깔 바지를 구멍이 숭숭 뚫린 장화에 건성으로 쑤셔넣은 중키의 남자가 목에 빨간 스카프를 두르고 어깨에 단신총을 멘 채 뒤이어 나타났다. 우리 개들이 관례에 따라 종種 특유의 중국식 예법을 지키며 새로운 견공 주변을 킁킁거리자 이 견공은 겁을 먹은 듯 꼬리를 다리 사이로 말고 귀를 뒤로 눕혔으나 그래도 무릎은 굽히지 않은 채 이빨

* 회색의 다양한 색조를 가리키는 프랑스어 표현으로, 장밋빛 도는 회색(gris de lin)과 부드러운 하늘색(bleu d'amour)을 가리킨다.

을 보이며 이리저리 몸을 홱홱 돌렸고, 그러는 사이 미지의 남자는 우리 쪽으로 다가와 지극히 공손한 태도로 인사했다. 겉보기에는 스물다섯쯤 된 듯했다. 크바스에 푹 절인 듯한 긴 아마색 머리칼은 움직이지 않게 한 갈래로 땋아 삐죽 튀어나왔고, 크지 않은 갈색 두 눈은 상냥하게 깜박였다. 치통 때문인 듯 검은 스카프를 질끈 묶은 얼굴은 무엇이 그리 기쁜지 미소 짓고 있었다.

"소개 올리겠습니다." 그가 부드럽고 싹싹한 목소리로 말을 꺼냈다. "저는 이곳에 사는 사냥꾼 블라디미르라고 합니다…… 나리가 저희 마을에 와서 연못가로 떠나셨다는 얘기를 듣고 실례가 되지 않는다면 나리를 물심양면으로 도와드려야겠다고 생각했습니다."

사냥꾼 블라디미르는 정말이지 지방 극단의 젊은 배우처럼, 그것도 제일가는 사랑꾼 역할을 맡은 배우처럼 말했다. 나는 그의 제안을 기꺼이 받아들였고, 리고프에 도착하기도 전에 그의 인생사를 알게 되었다. 그는 면천된 하인 출신이었다. 어린 시절에는 음악을 배웠고, 커서는 시종으로 일했으며, 내가 파악한 바로는, 글도 알아서 이런저런 책도 좀 읽은 모양이었다. 지금은 루시의 많은 이가 그렇듯 가진 돈 한푼 없이, 일정한 직업도 없이, 오로지 하늘이 내려주는 만나를 먹으며 살아가고 있었다. 그는 말투가 대단히 세련되었고, 자신도 그 점을 자랑스러워하는 듯했다. 여자를 무척이나 밝히는 게 분명했고, 승률이 꽤 좋았을 것인데, 왜냐하면 러시아의 처자들은 말 잘하는 남자를 좋아하기 때문이다. 그건 그렇고, 그는 자신이 이웃 지주들을 종종 방문하고, 읍내로도 종종 초대받아 다니고, 프레페랑스도 즐기고, 수도에 사는 사람들과도 알고 지낸다는 사실을 내비쳤다. 또 아주 기가 막히게, 대단히 다양한 방식으로 미소 짓는 법을 알았다. 특히 겸손하면서도 절제하는 듯한 미소가 잘 어울렸는데, 다른 사람의 말을 경청할 때마다 이런 미소가 그의 입술에 어렸다. 그는 상대의 말을 귀기울여 듣고 전적으로 동의하면서도 자존감을 잃지 않았는데, 경우에 따라서는 자신도 의견을 내세울 수 있다는 것을 상대에게 알리려는 것 같았다. 그다지 교양 있지도 않고 '세련됨'과는 거리가 먼 예르몰라이는 처음부터 그를 '너'라 부르며 반말을 했다. 블라디미르가 얼마나 미묘한 조소를 띠며 그에게 '당신은……'이라고 말했는지 여러분이 직접 보지 못해 참으로 아쉽다.

"어째서 얼굴을 스카프로 묶고 계시나?" 내가 그에게 물었다. "이가 아프신가?"

"아닙니다, 나리," 그가 말했다. "이것은 다만 부주의함이 불러온 파탄의 결과일 뿐입니다. 저에게는 아주 훌륭한 친구가 한 명 있었습죠, 사냥을 좋아하는 사람은 아니었고요. 하루는 제게 이렇게 말하는 겁니다. '사랑하는 친구여, 나를 사냥터에 데려가주게. 사냥의 재미가 어떤 건지 알고 싶군.' 저는 당연히 벗의 청을 내치지 않았습니다. 나름 애를 써서 친구에게 총을 구해다주었고, 사냥터로 데리고 나갔죠. 저희는 아주 멋지게 사냥을 즐겼습니다. 그리고 마침내 좀 쉬어야겠다는 생각이 들었죠. 저는 나무 아래 앉아 있었습니다. 그런데 그가 제 반대편에 앉아서 총을 이리저리 조작해보더니 저를 겨누는 겁니다. 저는 당장 그만두라고 애원했지만, 미숙하게도 그는 제 말을 듣지 않았습니다. 총성이 울렸고 저는 그렇게 아래턱과 오른손 검지를 잃게 되었습니다."

우리는 리고프에 도착했다. 블라디미르도 예르몰라이도 나룻배 없이는 사냥이 불가능하다는 결론을 내렸다.

"수초크에게 너벅배*가 있습니다." 블라디미르가 말했다. "그자가 배를 어디다 숨겨놓았는지는 모르겠습니다. 우선 그자에게 가봐야겠어요."

"누구에게 간다고?" 내가 물었다.

"이 마을에 사는 사람인데, 별명이 수초크**입니다."

블라디미르는 예르몰라이와 함께 수초크에게 갔다. 나는 교회 근처에서 그들을 기다리고 있겠다고 말했다. 나는 묘지의 무덤들을 둘러보다가 새카매진 사각형 유골함을 발견하게 되었는데, 다음과 같이 적혀 있었다. 프랑스어로 한 면에는 "*블랑지 백작, 테오필 앙리, 여기 잠들다*", 다른 한 면에는 "돌 아래 프랑스 국민 블랑지 백작의 몸이 묻혀 있다. 1737년에 태어나 1799년에 세상을 떠났으며 향년 62세였다", 세번째 면에는 "고이 잠드소서", 마지막으로 네번째 면에는 다음의 시가 새겨져 있었다.

이 돌 아래 프랑스인 망명객이 누워 있도다.
고귀한 출신에 재능이 넘쳤으나,
죽임당한 부인과 가족을 먼저 보내고,
폭정에 짓밟힌 정든 조국을 떠나,
러시아제국의 땅에 이르렀고,
노년에야 사랑이 넘치는 가정을 얻었도다.

---

* 오래된 바지선을 쪼갠 널빤지로 만든 평평한 나룻배.—원주

** '나무에 파인 옹이'라는 뜻.

아이들을 가르쳤고, 부모들을 평안케 했으며,
지극히 높으신 판관이 그를 여기 편히 누이셨도다……

예르몰라이와 블라디미르, 그리고 수초크라는 기이한 별명으로 불리는 남자가 도착하는 바람에 나의 상념이 끊겼다.

맨발에 누더기를 입고 머리가 헝클어진 수초크는 겉보기에 예순 살쯤 됐고 과거에 지주댁에서 하인으로 일했던 모양이었다.

"자네 집에 나룻배가 있는가?" 내가 물었다.

"나룻배야 있습죠." 그가 갈라진 목소리로 웅얼거리며 대답했다. "그런데 상태가 아주 좋지 않습니다요."

"어째서 그런가?"

"잇닿은 널빤지들이 들뜬데다 이음매에 꺾쇠가 다 빠졌습니다."

"그게 무슨 큰일이라고!" 예르몰라이가 받아쳤다. "뱃밥으로 메울 수 있잖나."

"그야, 그럴 수 있지." 수초크가 동의했다.

"자네 직업이 뭔가?"

"지주댁 어부입니다."

"자네는 어부라면서 어떻게 나룻배를 그 지경으로 내버려두었나?"

"저희 마을 강에는 고기라곤 찾아볼 수 없어서입죠."

"녹이 낀 늪은 고기들이 좋아하지 않습니다." 나의 사냥꾼이 거들먹거리며 한마디했다.

"그렇다면," 내가 예르몰라이에게 말했다. "가서 뱃밥을 가져다가 어서 나룻배를 손보게."

예르몰라이가 자리를 떴다.

"그 상태로 가면 우리는 필시 바닥에 가라앉고 말겠지?" 내가 블라디미르에게 말했다.

"하늘이 보우하시길," 그가 대답했다. "어쨌든 연못은 그리 깊지 않을 겁니다."

"맞습니다요, 별로 깊지 않습니다." 잠이 아직 덜 깬 듯한 목소리로 말하던 수초크가 거들었다. "게다가 바닥은 온통 진흙과 물풀입지요, 연못 전체에 풀이 무성합니다. 웅파리*도 있긴 하지만요."

"그나저나 풀이 저렇게 억세게 자란 걸 보니," 블라디미르가 말했다. "노를 저을 순 없을 듯합니다."

"아니, 누가 너벅배를 타고 노를 젓는단 말이오? 바닥을 밀치면서 나아가야지. 내가 같이 타지요, 장대가 저기 있습니다요. 아니면 삽으로도 밀칠 수 있어요."

"삽으로는 불편해서 안 되지, 분명 어떤 곳은 바닥이 깊어서 삽이 안 닿을 거야." 블라디미르가 말했다.

"삽으로 밀치면 불편하기야 합죠."

나는 예르몰라이를 기다리며 무덤가에 앉았다. 블라디미르는 예의를 차리려는 듯 조금 떨어져 앉았다. 수초크는 울적해진 것처럼 고개를 숙이고 오랜 습관인 듯 뒷짐을 진 채 한자리에 계속 서 있었다.

"여보게," 내가 말을 꺼냈다. "자네는 이곳에서 어부로 일한 지 오래 되었나?"

---

* 연못이나 강에 깊게 파인 구덩이. —원주

"일곱 해째입지요." 그가 몸을 부르르 떨더니 대답했다.

"그전에는 무슨 일을 했나?"

"마부 일을 했습니다."

"그런데 누가 자네를 마부로 안 쓰겠다고 하던가?"

"새로 오신 마님이 그러셨습니다."

"어느 마님?"

"저희를 사신 분입죠. 혹시 알료나 티모페브나라고 아실지 모르겠습니다, 아주 뚱뚱하고…… 이미 젊지 않은 분이십니다."

"어째서 그분은 자네를 어부로 써야겠다고 생각하신 건가?"

"어찌 알겠습니까. 탐보프에 있는 영지에서 이 고장으로 오시더니 저택에서 일하는 저희 하인들을 다 불러모으고는 한 사람씩 둘러보려고 나오셨지요. 우선 저희는 그분 손에 입을 맞추며 인사드렸는데 아무렇지도 않은 기색이셨습니다. 화도 내지 않으셨고요…… 그러고 나서 순서대로 물으셨습니다, 무슨 일을 했는지, 직책이 뭐였는지 말입죠. 제 차례가 왔고, 저한테 물으셨습니다. '너는 무슨 일을 했느냐?' 제가 말씀드렸죠. '마부였습니다.'—'마부? 음, 네놈이 무슨 마부냐, 네놈 꼴을 보아라. 흥, 마부는 무슨 마부! 마부다운 구석이라곤 조금도 없구나, 너는 수염을 깎고 어부로 일하도록 해라. 내가 이곳 영지에 올 때마다 내 식탁에 생선을 올리도록, 알겠나?……' 그때부터 저는 어부가 되었습죠. '그리고 내 연못의 물을 깨끗하게 유지하도록……' 아니, 이 물을 대체 어떻게 깨끗하게 만든답니까?"

"더 예전에는 누굴 주인으로 모셨나?"

"세르게이 세르게이치 페흐테레프를 모셨습니다. 그분이 저희를 상속받으셨지요. 그런데 저희를 오래 소유하지는 않으셨습니다, 다 해봤자 육 년이었습니다. 저는 그분 밑에서 마부로 일했습죠…… 읍내에는 다른 마부들이 있었고, 저는 시골에서 일했습니다."

"그럼 자네는 아주 어려서부터 마부로 일한 건가?"

"항상 마부였던 건 아닙니다요! 세르게이 세르게이치가 주인 나리일 때 마부가 되었고, 그전에는 요리사였습니다, 그것도 물론 읍내가 아니라 시골에서 일했습죠."

"자네가 요리사였을 때는 누가 주인이셨나?"

"그전 나리이신 아파나시 네표디치였습니다, 세르게이 세르게이치의 숙부 되시지요. 그분이 리고프를 사셨습니다, 그 아파나시 네표디치가요. 그리고 세르게이 세르게이치는 리고프를 상속받으신 겁니다."

"그럼 그분은 누구에게서 리고프를 사셨나?"

"타티야나 바실리예브나에게서 사셨습니다."

"어떤 타티야나 바실리예브나?"

"재작년에 볼호프 근교에서 돌아가신 분이십니다…… 아니다, 카라체프 근교에서 처녀로 돌아가신 분이군요…… 평생 시집가지 않으셨지요. 그분을 혹시 알지 않으십니까? 저희는 그분의 아버님 바실리 세묘니치로부터 그분에게 상속되었습니다. 그 마님은 저희를 꽤 오랫동안 소유하셨습죠…… 이십 년도 넘을 겁니다."

"그래, 자네는 그분을 모실 때도 요리사였나?"

"처음에는 요리사였다가 나중에는 코피셴크*가 되었습니다."

---

* 커피 담당관(Kaffeeschenk)이라는 뜻의 독일어를 러시아어로 잘못 음차한 것.

"뭐가 되었다고?"

"코피셴크 말입니다."

"그건 또 무슨 직책인가?"

"저도 잘 모르겠습니다, 나리. 식기나 차를 보관하는 방에서 일하는 것인데, 그때는 쿠지마가 아니라 안톤이라고 불렀습니다. 마님이 그렇게 부르라고 시키셨죠."

"자네 진짜 이름이 쿠지마인가?"

"쿠지마입죠."

"그럼, 그때 이후로 계속 코피셴크였나?"

"아닙니다, 항상 그런 건 아니었습니다. 아흐툐르*이기도 했습니다."

"정말?"

"그럼요, 그랬고말고요…… 케야트르**에서 놀았습죠. 우리 마님은 케야트르를 가지고 계셨거든요."

"어떤 배역들을 맡았나?"

"무슨 말씀이신지요?"

"극장에서 어떤 일을 했었나?"

"정말 모르셔서 하는 말씀입니까? 저를 데려다가 근사하게 입혀놓으면, 저는 멋쟁이가 되어 서거나 앉거나, 시키는 대로 했습죠. 말도 시키는 대로 하고요. 장님 흉내를 낸 적도 있습니다요…… 두 눈꺼풀 밑에 완두콩을 넣고 말이죠…… 정말 그랬습죠!"

---

* '배우'를 뜻하는 악툐르(актёр)를 틀리게 발음한 것. 수초크는 외래어를 모두 엉뚱하게 발음한다.

** '극장'을 뜻하는 테아트르(театр)를 틀리게 발음한 것.

"그다음에는 무슨 일을 했나?"

"다시 요리사가 되었습니다."

"어째서 다시 요리사를 시킨 거지?"

"동생놈이 도망쳤습죠."

"음, 자네 첫번째 주인마님의 아버지를 모실 때는 무슨 일을 했나?"

"여러 가지 일을 했습죠. 처음에는 심부름꾼으로 있다가 마부가 되기도 하고 동산바치가 되기도 하고, 또 어떤 때는 몰이꾼이 되기도 했습니다."

"몰이꾼?…… 개들을 몰고 다녔나?"

"개들을 몰고 다녔지요, 근데 한번은 제가 말에서 떨어지면서 말을 다치게 해 아주 죽을 뻔했습니다. 노마님이 아주 엄하셨거든요. 회초리질을 시키시더니 모스크바에 있는 구두장이의 도제로 저를 쫓아내셨습니다."

"도제라니? 설마 어린 나이에 이미 몰이꾼이었던 건가?"

"스무 살이 조금 넘었을 때였습니다."

"스무 살이나 먹었는데 도제가 되었다고?"

"도리 있습니까, 마님이 명하시는데. 그래도 다행히 마님이 일찍 돌아가시는 바람에 저는 시골로 다시 내려올 수 있었습니다."

"요리는 언제 배웠나?"

수초크는 핼쑥하고 누르께한 얼굴을 들더니 피식 웃었다.

"그런 걸 다 배운답니까?…… 여편네들은 저절로 알아서 합니다요!"

"그렇군," 내가 말했다. "쿠지마, 자네는 살면서 볼 꼴 못 볼 꼴 다 봤겠군! 그런데 요새 고기가 없다면서 어부 노릇은 어떻게 하는가?"

"나리, 그래도 저는 아쉬운 게 없습니다요. 어부라 천만다행입니다. 제 또래 안드레이 푸피리라는 늙은이는 종이 공장에서 물 푸는 일만 하라고 마님이 시키셨지요. 공짜로 놀고먹는 건 죄라면서요…… 그 푸피리는 이제나저제나 마님이 자비를 베푸시기만 바라고 있었습죠. 그 자에게 지주댁 사무소에서 서기로 일하는 조카가 있는데, 그 조카가 마님에게 삼촌 얘기를 해보겠다고 약속했답니다. 근데 마침내 마님에게 말씀을 드린 겁니다!…… 푸피리는 제가 보는 앞에서 자기 조카한테 이마가 땅에 닿도록 절을 했습지요."

"자네, 가족은 있나? 결혼은?"

"안 했습니다, 나리. 돌아가신 타티야나 바실리예브나는—그분이 하늘나라에 드시길!—아무도 결혼하지 못하게 하셨습니다. 아주 경을 칠 일이었죠! 마님은 이렇게 말씀하셨습니다. '아니, 나도 이렇게 처녀로 살고 있는데, 결혼이라니 무슨 건방이냐! 그놈들이 뭘 더 바라는 거야?'"

"지금은 무슨 돈으로 살아가나? 봉급을 받는가?"

"세상에, 나리, 봉급이 다 뭡니까!…… 먹을 것이 좀 나오니, 그것만으로도 감사할 일입니다! 저는 더 바라는 게 없습니다요. 마님이 부디 무병장수하시길!"

예르몰라이가 돌아왔다.

"나룻배가 쓸 만해졌습니다." 그가 근엄하게 말했다. "자네는 가서 장대를 가져와!……"

수초크는 장대를 가지러 내달렸다. 내가 가여운 노인과 이야기를 나누는 내내 블라디미르는 경멸조의 미소를 띤 채 그를 이따금 쳐다봤다.

"어리석기 짝이 없는 자입니다." 수초크가 자리를 뜨자 그가 말했다. "교양이라곤 조금도 찾아볼 수 없는, 말 그대로 농투성이입니다. 저런 자는 하인이라고 할 수도 없습니다…… 그런데도 으스대는 꼴이라니…… 한번 생각해보십시오, 저자가 어딜 봐서 배우일 수 있겠습니까! 저런 자와 대화를 나누다니 괜한 고생을 하셨습니다!"

십오 분쯤 지나 우리는 이미 수초크의 너벅배에 앉아 있었다. (개들은 마부 이에구딜에게 봐달라며 오두막에 두고 왔다.) 기분이 썩 상쾌하지는 않았으나 사냥꾼이란 이것저것 따져서는 안 되는 법이다. 배의 뭉툭한 끄트머리에서는 수초크가 서서 '밀치고' 있었다. 나와 블라디미르는 나룻배 가로대에 앉았고, 예르몰라이는 뱃머리에 자리잡았다. 뱃밥을 채워넣었는데도 물은 금방 발아래 고이기 시작했다. 다행히 바람이 잔잔했고 연못은 깊이 잠든 듯했다.

우리는 배를 타고 천천히 나아갔다. 노인은 물풀의 초록 실들에 휘감긴 기다란 장대를 끈적끈적한 진흙에서 힘겹게 빼냈다. 사방에 깔린 수련의 둥근 잎들도 우리가 탄 나룻배가 나아가는 걸 방해했다. 마침내 갈대밭에 이르렀고, 재미있는 일이 펼쳐졌다. 예상치 못하게 자신들의 영역에 등장한 우리를 보고 잔뜩 겁을 먹은 오리들이 소란스럽게 날아오르며 말 그대로 연못에서 '떨어져나갔고', 사격 소리가 우애 좋게 연이어 울리는 가운데 몸뚱이가 짤막한 새들이 공중제비를 하다가 무겁게 수면을 철썩 때리는 광경을 바라보는 것은 즐겁기 그지없었다. 물론 우리는 총으로 맞힌 오리들을 죄다 거둘 수 없었다. 가벼운 상처를 입은 것들은 물속으로 뛰어들었고, 정통으로 맞아 죽은 것들은 무성한 마이에르 틈새로 떨어지는 바람에 심지어 예르몰라이의 살쾡이 같은 눈도 찾아내지 못했다. 어찌됐든 점심 무렵 우리의 나룻배는 노획물로 가득차게 되었다.

예르몰라이에게는 참으로 기쁜 일이게도, 블라디미르는 결코 훌륭한 사수가 아니었고 총알이 빗맞을 때마다 놀라면서 총구를 살피거나 후후 불어대며 어리둥절했고, 마침내 어째서 총알이 헛맞는지 변명을 늘어놓았다. 예르몰라이는 언제나처럼 쏘는 대로 신나게 적중시켰고, 나는 역시나 평소와 같이 서툴기만 했다. 수초크는 어린 시절부터 지주댁에서 일한 사람의 눈길로 우리를 바라보며 이따금 외쳤다. "오, 저기 또 오리입니다요!" 그런가 하면 등이 가려울 때는 손이 아니라 어깨를 들썩거렸다. 화창한 날씨였다. 둥근 흰구름들은 우리 머리 위로 높이 조용히 흘러가며 물에 선명하게 비쳤다. 갈대들이 사방에서 소곤거렸고, 연못은 군데군데 햇빛을 받아 강철같이 반짝였다. 우리가 마을로 돌아갈 채비를 하던 차에 갑자기 유쾌하지 않은 일이 일어나고 말았다.

우리는 이미 한참 전에 너벅배에 물이 조금씩 차오르고 있다는 것을 눈치채고 있었다. 블라디미르에게는 나의 세심한 사냥꾼이 하릴없이 멍하니 있던 아낙에게서 만약을 대비해 훔쳐온 바가지로 물을 퍼내는 임무가 주어졌었다. 블라디미르가 자신의 할일을 잊지 않았을 때까지는 모든 일이 순조로웠다. 그러나 사냥이 막바지에 이르자 마치 작별인사라도 하듯 셀 수 없이 많은 오리가 날아올랐고 우리는 총을 장전할 틈도 없이 쏘아댔다. 사격이 절정에 달하는 사이 우리는 너벅배의 상태에 주의를 기울이지 않았고, 그러다 갑자기 예르몰라이의 세찬 움직임에(그는 죽은 새를 애써 끌어올리려다 온몸으로 배의 끄트머리에 기대고 말았다) 우리의 노후한 범선은 기우뚱하더니 물을 흠뻑 길어올리며 웅장한 모습으로 바닥에 처박혔으나, 참으로 다행히도 물이 아주 깊지는 않았다. 우리는 외마디소리를 질렀으나 때는 이미 늦었다. 한순간에 우리는 둥둥 뜬 죽은 오리들에 둘러싸여 턱밑까지 차오르는 물속에 서 있었다. 겁에 질린 동지들의 창백한 얼굴을 이제 와서 떠올리노라면 킥킥거리며 웃지 않을 수 없으나(분명 그때의 내 얼굴도 여전히 혈색 좋은 홍안이었다고 할 수는 없겠다), 고백하건대, 그 순간 웃는 건 생각조차 할 수 없었다. 우리는 저마다 총을 머리 위로 들었고, 수초크도 나리들을 똑같이 따라 하던 버릇인지 애지중지하는 장대를 높이 쳐들었다. 첫번째로 침묵을 깬 자는 예르몰라이였다.

"제기랄, 망할!" 물에 침을 뱉으며 그가 말했다. "이런 어리석은 일이 다 있나! 야, 이 늙다리 악마 자식아!" 그가 수초크에게 잔뜩 성을 내며 말했다. "네놈의 배는 어떻게 돼먹은 거냐?"

"미안하네." 노인이 웅얼거렸다.

"이 허울좋은 자식아," 나의 사냥꾼은 블라디미르가 있는 쪽으로 고개를 돌리며 계속했다. "뭘 멀뚱히 쳐다보고 있었던 거야? 물을 퍼내지 않고? 이런, 망할……"

그러나 블라디미르는 반박할 여유도 없었다. 그는 윗니와 아랫니가 서로 부딪치지도 않을 정도로 나뭇잎처럼 바들바들 떨었고, 완전히 넋이 나간 듯한 미소만 짓고 있었다. 그 유창한 말솜씨, 세련된 몸가짐, 자존감은 모두 어디로 사라졌단 말인가!

저주스러운 너벅배는 우리 발아래서 울렁거릴 뿐이었다…… 침몰하는 순간에는 물이 극도로 차갑게 느껴졌으나 우리는 곧 익숙해졌다. 첫 순간의 공포가 가시자 나는 주변을 둘러보았다. 우리로부터 열 걸음 떨어진 곳에는 온통 갈대가 자라 있었고, 갈대들 위로 더 멀리 눈을 들어야 기슭이 보였다. '틀렸다!' 나는 생각했다.

"이제 어째야 하나?" 내가 예르몰라이에게 물었다.

"살펴봐야죠, 여기서 밤을 보낼 순 없으니까요." 그가 대답했다. "야, 너, 총 잘 들고 있어." 그가 블라디미르에게 말했다.

블라디미르는 찍소리 않고 그의 말을 따랐다.

"가서 여울이 있는지 찾아보겠습니다." 마치 모든 연못에는 얕은 곳이 있기 마련이라는 듯 예르몰라이가 확신에 차서 말했고, 수초크에게서 받아든 장대로 바닥을 더듬으며 기슭 쪽으로 나아갔다.

"자네 헤엄칠 줄 아나?" 내가 그에게 물었다.

"아뇨, 모릅니다." 갈대숲 저편에서 그의 목소리가 들렸다.

"음, 저러다 물에 빠져 죽을 텐데." 조금 전만 해도 위험한 상황이 아니라 우리의 분노 때문에 잔뜩 겁에 질려 있었으나 이제는 사뭇 평안해져 이따금 숨만 크게 내쉬던 수초크가 사태를 바꿀 필요성을 못 느낀다는 듯 태평스레 말했다.

"저자는 아무런 소득도 없이 내빼고 말 겁니다." 블라디미르가 퉅퉅대며 덧붙였다.

한 시간이 넘도록 예르몰라이는 돌아오지 않았다. 이 한 시간이 우리에게는 영원 같았다. 처음에는 우리도 열심히 소리치며 그와 말을 주고받았으나, 나중에는 그가 우리의 외침에 점점 뜨문뜨문 대답을 보냈고, 끝에 가서는 완전히 침묵해버렸다. 마을에서는 저녁 예배를 알리는 종소리가 울렸다. 물속에 남은 우리는 아무 말도 하지 않았고 심지어 서로를 보지 않으려 노력했다. 오리들은 여전히 우리 머리 위로 날아다

넜다. 몇몇 놈이 우리 곁에 앉으려다가 흔히들 말하듯 '말뚝' 모양으로 갑자기 솟아올라 꽥꽥 고함을 지르며 날아가버렸다. 우리는 몸이 굳기 시작했다. 수초크는 잠이 들려는 듯 눈꺼풀을 연신 붙였다 뗐다 했다.

마침내, 말할 수 없이 기쁘게도 예르몰라이가 돌아왔다.

"그래, 어떤가?"

"기슭에 올라갔다 왔습니다. 얕은 곳을 찾았어요…… 가십시다."

우리는 곧장 그를 따라 떠나고 싶었으나 그는 우선 물아래로 손을 넣어 주머니에서 꺼낸 밧줄을 죽은 오리들의 물갈퀴에 묶었고 밧줄 양 끝을 이에 물고는 비적비적 앞장섰다. 블라디미르가 그의 뒤를 따랐고, 나는 블라디미르의 뒤를 따랐다. 수초크는 행렬의 후미를 맡았다. 기슭까지는 이백 걸음 정도 되었고, 예르몰라이는 주저 없이 성큼성큼 나아가며 이따금 소리쳤다. "더 왼쪽으로, 오른쪽은 깊어요!" 또는 "더 오른쪽으로, 왼쪽으로 가면 수렁이야……" 물이 턱밑까지 차오를 때도 있었는데, 우리 가운데 키가 가장 작은 가여운 수초크는 두 번인가 물에 잠겨 헐떡이고 거품을 내뱉었다. "어이, 어이, 이봐!" 예르몰라이가 험악스레 외칠라치면 그는 어느새 기어올라와 발버둥치며 물이 얕은 곳에 버티고 섰는데, 최악의 상황에도 내 프록코트 자락을 잡는 것만큼은 한사코 거절했다. 녹초가 된데다 더러워지고 흠씬 젖은 우리는 마침내 기슭에 이르렀다.

두 시간쯤 지났을까, 우리는 저마다 할 수 있는 대로 몸을 말리고 건초를 쌓아둔 커다란 헛간에 자리잡고 앉아 저녁을 들려 했다. 마부 이에구딜은 엉덩이가 무겁고 지독히도 굼뜬데다 뭐든 이것저것 따지고 항상 잠에 취해 있는 듯 멍한 사람이었는데, 그가 문가에서 수초크에게

담배를 권하고 있었다. (나는 러시아 마부들이 누구와도 금세 친구가 된다는 것을 이때 알았다.) 수초크는 헛구역질이 날 정도로 격렬히 담배를 들이마시고는 침을 내뱉으며 기침했는데, 보아하니 무척이나 만족스러운 모양이었다. 블라디미르는 애련한 표정을 띤 채 고개를 비뚜름히 숙이고 말을 아꼈다. 예르몰라이는 총을 살뜰히 닦고 있었다. 개들은 지나치다 싶을 정도로 빠르게 꼬리를 흔들며 귀리를 달라고 졸랐다. 말들은 처마 아래서 발을 구르며 울부짖었다⋯⋯ 해가 저물고 있었다. 마지막 햇살은 널찍한 적자색 선이 되어 이리저리 내달렸고, 금빛 구름은 말끔히 씻어 곱게 빗질한 파도처럼 하늘에 잘게 깔렸다⋯⋯ 저멀리 마을에서 노랫소리가 울려퍼졌다.

베진초원

7월의 어느 아름다운 날, 날씨가 변하지 않고 오랫동안 지속될 때만 만날 수 있는 멋진 날이었다. 그런 날에는 이른아침부터 하늘이 맑고, 아침놀은 불난 것처럼 붉게 타오르지 않고 수줍은 홍조만 띤다. 해는 폭염에 가뭄이 겹칠 때처럼 활활 타오르지도 않고, 시뻘겋게 달궈지지도 않고, 폭풍 전야 때처럼 탁하게 검붉지도 않다. 밝게 빛나며 상냥한 볕을 내려주는 해는 좁다랗고 긴 먹구름 위를 평화로이 떠가며 싱싱하게 반짝이고, 연보랏빛 안개 속으로 곧장 뛰어들 것 같다. 길게 잡아 늘인 듯한 구름의 얇은 위쪽 윤곽은 작은 뱀처럼 빛나며, 그 광채는 단조鍛造한 은의 광채와 유사하다…… 그러나 다시 유희하는 광선들이 흘러들면, 기세등등한 천체天體는 쾌활하고도 장엄한 모습으로 솟아오른다. 한낮이 가까워지면 둥글고 높다란 구름, 금빛에 잿빛을 띤 구름이 하얗고 부드러운 띠를 두른 채 몰려든다. 끝없이 사방으로 흐르는 강 여기저기에 흩어져 고르게 푸르면서도 깊은 곳까지 투명한 소맷자락에 휘감긴 작은 섬들처럼 구름들은 제자리에서 움직일 줄 모른다. 구름들이 저멀리 지평선에서 서로 몸을 딱 붙이고 움직이기 시작하면 그들 사이를 흐르던 푸름은 이제 보이지 않는다. 그러나 구름들은 하늘과 마찬가지로 이미 그 자체로 쪽빛을 띤다. 빛과 온기에 흠뻑 물든 까닭이다. 지평선 부근의 경쾌하고 옅은 연보랏빛은 온종일 변할 줄 모르고 어디나 고르다. 어두워지는 곳도 없고 뇌우로 짙어지는 곳도 없다. 위에서 아래로 향하는 푸르스름한 선들이 어디에선가 뻗쳐 있다면, 그것은 거의 눈치챌 수 없을 정도로 가는 빗줄기가 틀림없다. 저녁 무렵에는 이 구름들도 점점 사라지고, 그 가운데 거무스름한 빛깔에 연기처럼 알 수 없는 형태의 구름들만 남아 저물어가는 해의 반대편에서 장밋빛 덩어리가 되어 드러눕는다. 해가 떠오를 때만큼이나 고요하게 넘어가는 곳에는 어두워진 대지 위로 붉은 광휘가 잠깐 머물고, 그 광휘 위에는 조심스레 옮기는 촛불처럼 저녁별이 조용히 눈을 깜박이며 희미하게 타오를 것이다. 그런 날이면 모든 색채가 부드러워진다. 밝으나 선명하지는 않은 것이다. 어떤 감격스러운 온화함의 흔적이 만물에 깃든다. 그런 날이면 가끔 더위가 기승을 부린다. 아니 모든 들판의 경사면을 증기로 '쪄낸다'. 그러나 바람은 켜켜이 쌓인 열기를 흐트러뜨리고 회오리바람은—날씨가 며칠씩 지속되리라는 확실한 징후다—높고 흰 기둥이 되어 경작지 너머 길에까지 나가 거닌다. 메마르고 깨끗한 공기에서는 쑥이며 베어낸 호밀이며 메밀 냄새가 난다. 한 시간만 지나면 밤이 되는데도 습기를 느낄 수 없다. 땅을 일구는 사람은 곡식을 거두는 철에 바로 그런 날씨를 바란다……

언젠가 꼭 그런 날에 나는 멧닭을 사냥하러 툴스카야도의 체른스키 군으로 향했다. 나는 사냥감을 많이 발견했고 총질도 실컷 했다. 속이 가득한 사냥 자루는 지독하게도 내 어깨를 베어들었다. 그런데 마침내 내가 집에 돌아가야겠다고 마음먹었을 때, 저녁놀은 이미 빛을 잃었고, 저무는 해의 광선을 받는 것은 아니지만 여전히 밝은 기운이 남아 있던 대기에 차가운 그림자들이 짙어지고 넘실거리기 시작했다. 덤불이 펼쳐진 길고 긴 '광장'을 빠른 걸음으로 뚫고 나온 나는 언덕에 올랐는데, 오른쪽으로 참나무숲이 펼쳐지고 더 멀리는 나지막한 하얀 교회가 있는, 즉 내가 기대하던 잘 아는 평지 대신 전혀 모르는 다른 곳이 보였다. 두 다리 밑으로는 좁은 골짜기가 뻗어 있고 반대편에는 빽빽한 사시나무숲이 가파른 벽처럼 솟아 있었다. 나는 망연자실하여 걸음을 멈추고 주위를 둘러보았다…… '이런!' 나는 생각했다. '길을 완전히 잘못 들었구나. 너무 오른쪽으로 들어섰어.' 실수에 자못 놀라면서 나는 날쌔게 언덕을 내려갔다. 바로 그때, 마치 움 안에 들어선 듯 꿈쩍도 하지 않는 기분 나쁜 습기가 덮쳤다. 골짜기 아래 키 큰 풀들이 축축이 젖어 평평한 식탁보처럼 하얗게 빛나고 있었다. 어째선지 그 풀들 사이를 걸어가자니 섬뜩했다. 나는 서둘러 다른 쪽으로 기어나와 사시나무숲을 따라 왼쪽으로 꺾었다. 박쥐들은 벌써 깊이 잠든 사시나무숲 우듬지 위로 날아다니며 신비롭게 뱅글뱅글 돌았고 뿌옇고 밝은 하늘로 날아올라 부르르 떨기도 했다. 작은 매 한 마리가 뒤늦게 둥지를 향해 서두르며 잽싸게 일직선으로 날아갔다. '저 가장자리로만 나가면,' 나는 속으로 말했다. '길이 나올 것이고, 그렇다면 나는 1베르스타 돌아온 셈

이다.'

드디어 나는 숲 가장자리에 이르렀으나 그곳에는 길이 없었다. 베지 않은 땅딸막한 덤불만 내 앞에 넓게 깔려 있었고, 그 뒤로 멀리, 아주 멀리 텅 빈 들판이 보였다. 나는 다시 멈춰 섰다. '이게 무슨 일인가?…… 도대체 나는 어디에 있는가?' 나는 하루 동안 돌아다닌 곳들을 떠올려보기 시작했다…… '아! 그래, 이건 파라힌스키에 덤불숲이구나!' 마침내 나는 환성을 질렀다. '맞아! 그렇다면 저건 신데옙스카야 숲일 테고…… 그런데 내가 어쩌다 여기로 오게 됐을까? 이렇게나 멀리?…… 이상한 일이다! 다시 오른쪽으로 가야 한다.'

나는 덤불숲을 지나 오른쪽으로 갔다. 그러는 사이 밤이 다가와 뇌우를 품은 먹구름처럼 커다랗게 자라났다. 저녁 안개와 함께 사방에서 어둠이 피어올랐고 심지어 높은 곳에서 흘러내려오기도 했다. 나는 사람이 잘 다니지 않아 풀이 무성하게 자란, 낯선 오솔길로 들어섰다. 주의깊게 앞을 바라보며 그 길을 따라갔다. 사위는 빠르게 컴컴해지고 잠잠해졌고, 메추라기들만 이따금 울부짖었다. 부드러운 날개로 아무 소리 내지 않고 낮게 날던 크지 않은 밤새 하나가 나와 부닥칠 뻔했으나 저도 겁먹은 듯 한쪽으로 모습을 감추었다. 나는 덤불숲 가장자리로 나와 두둑을 따라 들판을 걸어갔다. 멀리 있는 사물들을 분간하기 어려워졌다. 주변의 들판은 희뿌옇게 보였다. 들판 뒤로는 육중한 부피의 음울한 암흑이 매 순간 닥쳐오며 몸을 일으키고 있었다. 차가운 대기 중에 내 발소리만 둔탁하게 울렸다. 창백했던 하늘은 다시 새파래지기 시작했으나 이미 그것은 밤의 푸름이었다. 하늘에는 작은 별들이 반짝이며 꼼지락거렸다.

내가 숲이라고 여겼던 것은 어둡고 둥근 언덕이었다. '그렇다면 여긴 대체 어딜까?' 나는 소리 내어 같은 말을 되풀이했고 세번째로 멈춰 서서 나의 영국산 노란 점박이 개 디안카, 즉 다리 넷 달린 모든 것 가운데 단연코 가장 영리한 짐승에게 질문하듯 바라보았다. 그러나 다리 넷 달린 모든 것 가운데 가장 영리한 짐승도 꼬리를 흔들며 지친 두 눈을 침울하게 깜빡일 뿐 내게 그 어떤 유익한 조언도 주지 못했다. 나는 개 앞에서 부끄러워져 마치 어디로 가야 할지 돌연 알아냈다는 듯 필사적으로 전진했고, 언덕을 우회하자 한 군데도 빠짐없이 개간한, 깊지 않은 분지에 들어서게 되었다. 그때 이상한 기분에 사로잡혔다. 이 분지는 옆구리가 완만하게 경사진, 반듯한 솥 모양을 하고 있었다. 바닥에는 커다란 흰 바위 몇 개가 곧추서 있었는데, 마치 비밀 모의라도 하려고 그곳에 기어든 듯했다. 분지는 너무나도 조용하고 고요했고, 그 위에 걸린 하늘은 너무나도 평평하고 침울해서 심장이 다 죄어들었다. 바위틈에서 작은 짐승 하나가 불평하듯 힘없이 찍찍거렸다. 나는 언덕으로 돌아가려고 서둘렀다. 그때까지도 집으로 가는 길을 찾을 수 있으리라는 희망을 버리지 않고 있었다. 그러나 바로 그곳에서 내가 완전히 길을 잃었음을 최종적으로 확인했고, 이제는 어둠에 푹 잠긴 주변 장소들을 알아보려는 노력은 조금도 하지 않은 채 그저 앞으로만, 될 대로 되라며 별들만 의지하며 걸어갔다. 그렇게 황량한 곳에는 태어나서 한 번도 가본 적이 없었다. 불빛 하나 깜빡이지 않았고, 아무런 소리도 들리지 않았다. 경사가 완만한 언덕들만 차례로 등장했고, 하나를 지나면 또하나 나타나는 들판은 끝없이 펼쳐졌으며, 덤불은 바로 내 코앞에서 갑자기 땅을 뚫고 솟아난 듯했다. 계속 걷던 나는 아침이 될 때까지 어디에든 누웠다 가야겠다고 생각했고, 바로 그때 나는 무시무시한 절벽 위에 서 있었다.

내가 앞으로 내디디려던 한 다리를 황급히 거두자 거의 아무것도 내비치지 않는 밤의 어둠 사이로 저 아래 펼쳐진 거대한 평원이 보였다. 너른 강은 내가 있는 곳에서부터 반원을 그리며 평원을 감쌌다. 물에 반사된 빛은 이따금 강철처럼 흐릿하게 번쩍이며 강의 흐름을 가리켰다. 내가 서 있는 절벽은 수직에 가까운 급경사를 이루었다. 그 거대한 윤곽은 푸르스름한 허공에서 분리되어 검은 선을 그렸고, 내 바로 아래 절벽과 평원이 만나는 지점에 생긴 모퉁이, 그러니까 어두운 거울처럼 절벽 바로 밑에 부동자세로 서 있던 강 근처에 불빛 두 개가 사이좋게 빨간 불꽃으로 타오르며 연기를 내뿜고 있었다. 불빛 주변에는 사람들이 꿈틀거리고 그들의 그림자가 어른거렸다. 작은 곱슬머리 두상의 앞쪽이 이따금 선명하게 불빛에 비치기도 했다……

드디어 내가 어디에 들어섰는지 알게 되었다. 이 목초지는 우리 고장에서 '베진초원'이라는 이름으로 유명한 곳이었다…… 집으로 돌아가자니 도무지 방법이 없었고 게다가 깊은 밤중이었다. 지친 두 다리는 벌써 맥이 풀려버렸다. 나는 불빛에 다가가 가축 상인들로 보이는 사람들 곁에서 날이 새길 기다리기로 했다. 나는 아주 수월하게 아래로 내려갔으나 쥐고 있던 나뭇가지를 손에서 놓기도 전에 하얀 털이 북슬북슬한 큰 개 두 마리가 표독스럽게 나를 향해 짖어댔다. 모닥불 주변에서 아이들의 낭랑한 목소리가 울렸다. 소년 두셋이 자리에서 급히 일어났다. 나는 그들이 외치며 묻는 말에 답했다. 그들은 내 쪽으로 달려오며 나의 디안카의 등장에 매우 놀란 다른 개들을 불러들였고, 나도 그들에게 다가갔다.

모닥불 근처에 앉아 있던 이들을 가축 상인들로 파악했던 것은 착각이었다. 그들은 말들을 지키고 있던, 근처 농촌 마을에서 온 아이들이었다. 우리 고장에서는 몹시 더운 여름날이면 말들을 목초지로 몰아 풀을 뜯으며 밤을 보내게 한다. 낮에는 파리며 등에가 말들을 가만히 내버려두지 않기 때문이다. 저녁이 되기 전에 말들을 몰아가고 아침놀이 질 무렵 말들을 다시 몰아오는 일은 농촌 소년들에게 큰 축제와도 같았다. 여위었지만 생기 넘치는 몸에 모자도 쓰지 않은 채 낡은 반외투만 걸친 그들은 즐겁게 함성을 지르며 내달리고, 두 다리와 팔을 요란히 놀리기도 하고 높이 뛰어오르기도 하면서 쩌렁쩌렁 웃어댄다. 가벼운 먼지가 노란 기둥을 이루며 솟아오르고 길을 따라 날아다닌다. 저멀리 앞쪽에서 화기애애한 말발굽소리가 들리는데, 말들이 하나같이 귀를 쫑긋 세우고 달려간다. 맨 앞은 꼬리를 곧추세우고 끊임없이 발을 바꾸며 달리는 봉두난발의 붉은 말일 것이고, 그 갈기에 우엉꽃이 뒤엉켜 있다.

나는 소년들에게 길을 잃었다고 말하고는 옆에 앉았다. 그들은 내가 어디서 왔는지 묻고는 입을 다물었고 나를 어려워했다. 그래도 조금은 대화를 나눴다. 나는 말들이 뜯어먹다 남긴 덤불 아래 누워 주위를 둘러보았다. 정말 멋진 풍경이었다. 불가에는 둥그렇고 불그스름한 영상이 진동하다가도 어둠에 파묻히며 잠잠해졌다. 날름거리는 불꽃은 이따금 그 둥근 물체의 윤곽 너머로 날쌘 반사광을 내던졌다. 불빛의 가느다란 혀는 굵은 버드나무 가지들을 핥다가 금세 사라졌다. 날카롭고 기다란 그림자가 틈새를 놓치지 않고 불이 있는 곳까지 달음박질쳤다.

어둠은 빛과 싸우고 있었다. 불꽃이 기세를 잃고 빛의 원이 줄어들 때면 와락 몰려온 어둠 속에서 갑자기 이마에 구불구불한 흰 반점이 있는 구렁말, 아니면 온통 하얀 말이 머리를 불쑥 내밀고 묵직한 시선으로 우리를 주의깊게 바라봤고, 긴 풀들을 빠르게 씹다가는 다시 고개를 내리고 이내 사라지곤 했다. 말들이 질겅질겅 풀을 씹고 요란하게 콧김 내뿜는 소리만 들렸다. 불빛이 닿는 곳에서는 어둠 속에서 일어나는 일이 보이지 않았고, 그래서 주변 모든 것에 검은 장막이 둘러쳐진 듯했다. 그러나 멀리 지평선 부근에는 언덕들과 숲들이 길쭉한 얼룩처럼 흐릿하게 보였다. 어둡고 깨끗한 하늘은 신비로운 아름다움을 뽐내며 닿을 수 없이 높은 곳에 장엄한 모습으로 서 있었다. 약간은 사람을 나른하게 하는 그 독특하고도 신선한 냄새, 즉 러시아 여름밤의 냄새를 들이마시노라면 가슴은 달콤한 기분으로 갑갑해졌다. 거의 아무런 소리도 들리지 않았다…… 가까이 있는 강에서 갑작스레 큰 소리를 내며 커다란 물고기가 이따금 펄떡이면 기슭의 갈대는 밀려드는 물결에 미동도 없이 들릴락 말락 소곤댈 뿐이다…… 조용히 모닥불 타는 소리만 들렸다.

소년들은 모닥불에 둘러앉아 있다. 나를 잡아먹으려는 듯 으르렁대던 개 두 마리도 함께 앉아 있다. 개들은 내가 그곳에 있다는 사실과 한참이나 타협하지 못한 채 졸린 듯 실눈을 뜨고 불을 힐끔거리다가 한 번씩 비범한 자존감을 담아 컹컹거렸다. 처음에는 컹컹거리다가도 나중에는 자신들이 바라는 바를 실현할 수 없어서 유감이라는 듯 낑낑거렸다. 소년들은 모두 다섯이었다. 페댜, 파블루샤, 일류샤, 코스탸 그리고 바냐. (나는 그들이 나누는 대화를 통해 이름을 알게 된 그들을 지금 바로 독자 여러분에게 소개하려 한다.)

다섯 중 나이가 가장 많은 첫번째 소년 페댜는 열네 살쯤 되어 보였다. 아주 늘씬한 소년으로 아름답고 섬세한, 조금은 잘다고 할 수 있는 이목구비에 금발 곱슬머리, 밝은색 눈을 가졌고 반쯤은 즐거워하는 듯, 반쯤은 얼이 나간 듯 항상 미소를 머금고 있었다. 모든 특징으로 짐작건대 그 아이는 부유한 집안에서 태어났고, 들에 나온 것도 누가 시켜서가 아니라 그냥 재미 때문인 듯했다. 옥양목으로 지어 테두리를 노랗게 장식한 알록달록한 루바시카를 입고 있었다. 그 위로 크지 않은 새 아르먀크를 어깨에 걸쳤는데 그 좁다란 어깨에서 간신히 흘러내리지 않는 듯했고, 파란색 허리띠에는 작은 빗이 달려 있었다. 목 낮은 장화는 아버지 것을 얻어 신은 것이 아니라 정확히 발에 맞는 그 소년의 것이었다. 두번째 소년 파블루샤는 텁수룩한 검은 머리에 회색 눈, 넓은 광대, 창백하고 얽은 얼굴, 커다랗지만 반듯한 입을 가졌고, 흔히 말하듯 맥주 들통만큼이나 머리통이 컸고, 몸매는 땅딸막하고 볼품없었다. 소년은 정말 못생겼으나—말해 뭐하랴!—나는 이 아이가 마음에 들었다. 그는 나를 영리한 눈으로 똑바로 바라보았고 목소리에 힘이 있었다. 옷차림도 결코 자랑할 만한 것이 못 되었다. 옷이라고 해봐야 거친 마로 지은 루바시카와 덕지덕지 누더기를 덧댄 아래통 좁은 바지가 전부였다. 세번째 소년 일류샤의 얼굴은 그다지 눈에 띄지 않았다. 들창코에 근시인 듯한 눈을 지닌 얼굴은 어딘가 둔하고 병적으로 남을 배려하는 성격을 드러내주었다. 또 굳게 다문 입술은 조금도 움직이지 않고 찌푸린 미간 양옆의 눈썹은 딱 붙은 듯 떨어지질 않아서 마치 불빛 때문에 계속 눈을 찡그리는 것처럼 보였다. 거의 하얗다고 할 수 있는 노란 머리칼은 운두가 낮은 펠트 모자 아래로 삐죽삐죽 튀어나와 있었고, 그는 모자를 두 손으로 잡아 귀에 닿을 정도로 연신 잡아내렸다. 새로 지은 짚신을 신고 각반을 차고, 몸통에는 두꺼운 밧줄이 세 번 감겨 말끔한 검은 스비타*를 꽉 조이고 있었다. 그와 파블루샤는 열두 살을 넘지 않을 것 같았다. 네번째 소년 코스탸는 열 살쯤 되어 보였는데, 생각에 잠긴 듯한 슬픈 눈동자 때문에 특히 나의 호기심을 자극했다. 작고 여윈 얼굴은 주근깨투성이에 청설모처럼 아래턱이 날카로웠다. 입술이 어디에 있는지 분간하기 어려웠으나 촉촉하게 빛나는 커다랗고 검은 두 눈만은 기이한 인상을 주었다. 그의 눈은 무언가를 말하고 싶어했으나, 그것은 사람의 말로는—적어도 그의 말로는—적당한 단어를 찾을 수 없는 것이었다. 약골인 그는 키가 작고 옷도 변변치 않았다. 마지막 소년인 바냐는 사실 처음에는 있는지도 몰랐다. 그는 거친 멍석 아래 가만히 웅크려 누워 있었고 그 밑에서 가끔 아마색 머리를 내밀었다. 기껏해야 일곱 살이 될까 말까 한 어린아이였다.

그렇게 나는 한쪽 덤불 아래 누워 소년들을 건너다보았다. 모닥불 두 개 가운데 하나에는 크지 않은 솥이 걸렸고, 그 안에 '알감자'를 넣어 삶고 있었다. 파블루샤는 무릎으로 서서 끓는 물 속으로 나무막대기를 넣어 감자를 찔러보았다. 페댜는 아르먀크 옷자락을 활짝 펼치고 팔꿈치를 괸 채 누워 있었다. 일류샤는 코스탸와 나란히 앉아 계속 긴장한 듯 눈살을 찌푸렸다. 코스탸는 고개를 살짝 숙이고는 먼 데를 바라

* 앞이 트인 상의로, 집에서 짠 직물로 지은 남녀용 카프탄의 일종.

보았다. 바냐는 멍석 아래 누워 꼼짝도 하지 않았다. 나는 자는 척했다. 아이들은 다시 조금씩 말을 꺼내기 시작했다.

우선 그들은 내일 해야 할 일이나 말에 관해 이런저런 이야기를 나누었다. 그러다 갑자기 페댜가 일류샤를 돌아보며 마치 끊어졌던 대화를 재개하는 듯이 물었다.

"너 있잖아, 도모보이* 본 적 있어?"

"아니, 없어, 그건 눈에 안 보이잖아." 일류샤가 목쉰 소리로 조용히 말했는데, 그의 표정에 더없이 어울리는 목소리였다. "도모보이가 다니는 소리는 들어본 적 있어…… 나 말고도 그 소리 들어본 사람이 많아."

"근데 도모보이는 집의 어디서 살아?" 파블루샤가 물었다.

"오래된 종이풀방**에 살아."

"너네 혹시 종이 공장에 다니니?"

"그럼, 다니고말고. 나랑 우리 압듀시카*** 형은 광택꾼****으로 일해."

"세상에, 네가 직공이라니!"

"근데 도모보이 소리는 어떻게 들은 거야?" 페댜가 물었다.

"그건 이렇게 된 거야. 나랑 압듀시카 형이랑, 표도르 미헤옙스키랑, 이바시카***** 코소이랑, 크라스니예 홀미에서 온 또다른 이바시카랑,

---

* 슬라브신화에 나오는 집의 정령으로, 가족의 평안과 다산과 건강을 다스린다.

** 제지 공장에서 '종이풀방'은 큰 나무통으로 종이를 뜨는 건물을 가리킨다. 이 건물은 제방 바로 옆 물레바퀴 바로 밑에 있다.—원주

*** 압데이의 애칭.

**** '광택꾼'은 종이를 평평하게 다듬고 깎는 일을 한다.—원주

***** 이반의 애칭.

또 이바시카 수호루코프랑 있을 때였어. 그러고 보니 다른 애들도 더 있었다. 다 해서 열 명 정도 됐으니까 교대반이 다 모였던 셈이네. 그날 우리는 종이풀방에서 하룻밤 자게 됐어. 원래 그러려던 건 아닌데, 감독인 나자로프가 집에 못 가게 하는 거야. '이놈들, 오늘은 집에 갈 생각도 마라, 내일 일이 아주 많아. 집에 가면 큰일날 줄 알아라.' 그렇게 우리가 종이풀방에 다 같이 누웠는데, 압듀시카 형이 이러는 거야. '도모보이가 어떻게 하면 오는지 알아?……' 근데 압데이가 말을 마치기도 전에 누군가 우리 머리 위에서 걸어다니기 시작했어. 우리는 아래에 누워 있는데, 그놈이 위에서, 물레바퀴 옆을 걸어다니는 거야. 우리는 가만히 들었지. 그놈이 걸으면 밑에 깔린 널빤지가 휘어지면서 삐걱댔어. 우리 머리맡을 지나쳐가기도 했다고. 물이 갑자기 물레바퀴를 타고 흘러내리며 소리를 내면, 물레바퀴도 돌아가면서 쿵쿵거렸어. 궁*으로 통하는 수문은 내려져 있는데 말이지. 우리는 도대체 누가 수문을 들어올려서 물을 흘려보냈을까 궁금해했지. 물레바퀴는 돌고, 돌고, 계속 돌았어. 그놈이 다시 문가로 올라갔다가 계단을 따라 내려오기 시작했는데, 조금도 서두르지 않는 듯 내려오더라고. 그놈이 발을 디딜 때마다 계단은 고통스러워하는 소리를 냈어…… 음, 그놈이 우리가 있는 방의 문으로 다가와서는 가만히 뭔가를 계속 기다렸고, 그러더니 갑자기 문이 확 열렸어. 우리는 깜짝 놀라서 그쪽을 봤는데, 아무것도 없었어…… 갑자기 나무통 하나에 있던 틀**이 저절로 슬금슬금 움직이더니 공중에 떴다가 물에 잠기고 앞으로 갔다 뒤로 갔다 하고는 다시 공

* '궁'은 우리 고장에서 물이 물레바퀴로 흘러들 때 거치는 곳을 가리키는 말이다.—원주
** 종이를 뜨는 체를 가리킨다.—원주

중에 떠서는 누가 그것을 헹구기라도 했는지 다시 제자리로 가는 거야. 그러고 나서 다른 나무통에 있던 갈고리가 못에서 풀리더니 다시 못에 걸리고, 누군가 문으로 다가가 갑자기 기침하고 그랬어, 꼭 암양처럼 목에 뭐가 걸렸는지 요란하게 기침하더라고, 어찌나 요란하던지…… 우리는 전부 바닥에 나자빠져서 서로의 밑으로 파고들었어…… 얼마나 무서웠는지 몰라!"

"세상에!" 파벨이 말했다. "그놈이 기침은 왜 그렇게 해댄 거야?"

"나야 모르지, 공기가 습해서 그랬나봐."

다들 말이 없었다.

"그건 그렇고," 페댜가 물었다. "감자는 다 익었어?"

파블루샤가 감자를 찔러보았다.

"아니, 아직 덜 익었어…… 저것 봐, 물고기가 철썩한다." 그가 강 쪽으로 고개를 돌리며 덧붙였다. "분명 꼬치고기일 거야…… 저기 별이 떨어져."

"아니, 얘들아, 내가 있잖아, 얘기 하나 들려줄게." 코스탸가 가녀린 목소리로 말을 꺼냈다. "잘 들어봐, 며칠 전에 우리 아버지한테 들은 거야."

"그래, 어디 들어보자." 페댜가 어른스러운 척하며 말했다.

"너네, 마을에서 목수로 일하는 가브릴라 아저씨 알지?"

"그럼, 알지."

"그 아저씨가 왜 그렇게 항상 슬프고 말도 없는지 알아? 아저씨가 항상 슬픈 건 이래서야. 아버지가 얘기해줬는데 말이지, 아저씨는 숲에 호두를 따러 갔었대. 그렇게 호두를 따러 숲에 갔는데 길을 잃은 거야.

어딘가로 들어섰는데 대체 어딘지를 알 수가 있어야지. 그렇게 계속 걷고 또 걸었는데, 세상에! 길을 찾을 수가 없는 거야. 게다가 벌써 밤이었어. 그래서 아저씨는 나무 밑에 앉아, '그래, 아침까지 기다려보자' 하고 앉은 채 잠이 들었대. 그렇게 잠이 들었는데 갑자기 누군가 아저씨를 부르는 소리가 들리더래. 주변을 둘러봐도 아무도 없고 말이지. 그렇게 다시 잠이 들면, 또 부르고. 그래서 다시 살펴보고, 또 보았더니, 그 앞에 루살카가 나뭇가지에 앉아서는 몸을 살랑살랑 흔들며 이리 오라고 부르더라는 거야. 제딴은 웃겨 죽겠다며 깔깔 웃어대면서…… 달이 그렇게 밝더래, 어찌나 밝게 빛나던지, 얘들아, 모든 게 다 보이더래. 그렇게 루살카가 나뭇가지에 앉아 아저씨를 부르는데, 아주 새하얗고 반짝반짝 빛나는 것이 꼭 잉어 아니면 모샘치 같았대. 붕어도 그렇게 희멀겋고 은빛이긴 하지…… 가브릴라 목수 아저씨는 돌처럼 굳어버렸는데, 루살카는 계속 손짓을 하면서 아저씨를 부르는 거야. 가브릴라 아저씨가 일어나서 루살카의 말대로 하려던 순간, 세상에 얘들아, 하느님이 아저씨 정신을 번쩍 들게 하셨는지 아저씨가 성호를 그었대…… 그 상황에서 얼마나 성호를 긋기가 힘들었을까, 아무튼 아저씨 말로는, 손이 돌이라도 된 듯 움직이지 않더래…… 아, 이런 제기랄!…… 그렇게 성호를 그었는데, 얘들아, 아니 루살카가 웃음을 멈추고 갑자기 울기 시작한 거야…… 엉엉 울면서 머리칼로 눈을 닦아냈고, 머리칼은 삼처럼 초록색이었대. 가브릴라 아저씨가 루살카를 잠시 바라보고는 물었어. '숲 귀신아, 뭐 때문에 우는 거냐?' 루살카가 하는 말이, '사람아, 네가 성호를 긋지만 않았어도 죽을 때까지 넌 나와 함께 즐겁게 살 수 있었을 거야. 네가 성호를 그었기 때문에 울며 슬퍼하는 거지. 그런데 나만 홀로 슬퍼하진 않을 거야. 너도 죽는 날까지 슬퍼해야 해' 이러더라는 거야. 그렇게, 얘들아, 루살카는 온데간데없이 사라졌고 가브릴라 아저씨는 곧장 숲에서 나가는 길을 찾았대…… 그때부터 항상 슬퍼하게 된 거야."

"어휴!" 페댜가 잠시 말을 않다가 내뱉었다. "아니 어떻게 그런 숲 귀신이 그리스도인의 영혼을 망칠 수 있느냔 말이야, 어쨌든 아저씨는 루살카의 말을 안 들은 거잖아."

"못 믿어도 어쩔 수 없어!" 코스탸가 말했다. "가브릴라 아저씨 말로는, 루살카의 목소리는 아주아주 가늘고 애처로운 게 꼭 두꺼비 소리 같대."

"너희 아버지가 직접 해주신 이야기야?" 페댜가 말을 이었다.

"응, 직접. 내가 페치카 마루에 누워서 다 들었어."

"진짜 이상한 일이다! 어째서 아저씨는 그렇게 슬퍼하는 걸까?…… 루살카가 아저씨를 좋아해서 부른 모양이야."

"맞아, 마음에 들었던 거야!" 일류샤가 말했다. "그렇고말고! 루살카는 아저씨를 간지럽히고 싶었던 거야, 바로 그걸 원했다고. 그게 루살카들이 하는 일이니까."

"여기에도 분명 루살카들이 있을 텐데." 페댜가 한마디했다.

"아니," 코스탸가 답했다. "여긴 깨끗하고 탁 트인 곳이라 없어. 강이 근처에 있다는 것 말고는, 있을 리가 없어."

다들 조용해졌다. 갑자기 멀리 어디선가 길게 끄는 듯한, 깊이 울리는 신음이 들려왔고, 그것은 종종 깊은 정적을 뚫고 터져나와 대기로 떠올랐다가 마침내 사그라들듯 천천히 퍼져나가는 알 수 없는 밤의 소리들 가운데 하나였다. 그런 소리를 잘 들어보면 아무것도 없는 것 같지만 무언가 분명 울리고 있다. 누군가 지평선 바로 밑에서 오랫동안, 아주 오랫동안 고함을 지르는 것 같기도 하고, 또다른 누군가가 숲에서 가느다랗고 날카로운 웃음소리로 그에게 응답하는 것 같기도 하고, 희미하게 쉭쉭거리는 휘파람소리가 강을 따라 내달리는 것 같기도 하다. 소년들은 서로에게 눈짓을 보내고 부르르 떨었다……

"십자가의 힘으로 저희를 지켜주소서!" 일리야가 속삭였다.

"어이구, 이 얼간이들!" 파벨이 외쳤다. "뭐 그렇게 잔뜩 얼어붙었어? 자, 여길 봐, 감자가 다 익었다고. (모두 솥으로 몰려들어 김이 모락모락 나는 감자를 먹기 시작했다. 바냐 혼자 꼼짝도 하지 않았다.) 넌 안 먹어?" 파벨이 말했다.

그러나 그는 멍석에서 기어나오지 않았다. 감자는 금방 동이 났다.

"얘들아, 이 얘기 들어봤니?" 일류샤가 말을 꺼냈다. "며칠 전에 바르나비치 마을에서 일어난 일인데."

"둑에서 일어난 일 말이야?" 페댜가 물었다.

"그래, 그래, 그 터진 둑에서 일어난 일이야. 아무도 안 찾는 아주 부정한 곳이지. 사방에 온통 골짜기뿐이고 뱀도 얼마나 많은지 몰라."

"음, 무슨 일이 일어났대? 얘기해줘……"

"이런 일이 일어났어. 페댜, 너는 아마 모를 거야, 그곳에는 우리 마을에서 물에 빠져 죽은 사람이 묻혀 있거든. 그 사람은 아주, 아주 오래전 연못이 아직 깊을 때 죽었어. 그 사람 무덤이 지금도 있긴 한데 거의 잘 안 보여, 흙더미만 조금 남았거든…… 아무튼, 요 며칠 전에 집사가 사냥개지기 예르밀을 불러서 말했대. '예르밀, 우체국에 가서 편지를 좀 가져오게.' 예르밀은 우체국에 다니는 일을 맡았어. 그 사람이 맡은 개들이 모조리 죽어버렸거든. 어찌된 건지 개들이 도무지 살아남지를 못해, 사실 그 사람은 개도 잘 다루고 할 줄 아는 것도 많았어. 그렇게 예르밀은 편지를 가지러 떠났고, 읍내에서 꾸물거리다가 돌아올 때 되어서는 거나하게 취했지. 밤이었어, 그것도 아주 밝은 밤. 달이 빛나고 있었지…… 예르밀은 말을 타고 둑을 건너려 했어. 거기로 난 길이 있거든. 사냥개지기 예르밀이 지나가는데 물에 빠져 죽은 사람의 무덤가에 노니는 아주 하얗고 곱슬곱슬하고 예쁜 새끼 양 한 마리가 보이는 거야. 그래서 예르밀은 생각했지. '저렇게 있다가는 누구라도 데려갈 테니 내가 데려가야겠다.' 그리고 말에서 내려 새끼 양을 끌어안았대…… 그런데 새끼 양이 가만히 있더라는 거야. 그렇게 예르밀이 말 쪽으로 다가가는데, 말이 자꾸 그를 피하면서 콧김을 내뿜고 머리를 흔들더래. 그래도 워워 하며 말을 진정시키고 양 안장에 올라 다시 길을 나섰지. 양은 품에 안고. 그가 양을 바라보니까 양도 그의 눈을 빤히 쳐다보더래. 사냥개지기 예르밀은 뭔가 오싹해졌는데, 그가 하는 말이, 양이 사람 눈을 그렇게 빤히 쳐다본단 소린 생전 들어본 적이 없다는 거지. 어쨌든 아무 일도 일어나지 않아서 그는 양의 털을 쓰다듬으면서 '바샤, 바샤!'* 하고 불렀어. 그랬더니 양도 갑자기 이를 드러내며 이렇게 말하더라는 거야. '바샤, 바샤……'"

소년이 마지막 말을 내뱉기도 전에 갑자기 개 두 마리가 동시에 일

* 러시아에서 양을 흔히 부르는 말.

어나 경련이 일 정도로 짖으며 불가에서 멀어져 어둠 속으로 사라졌다. 소년들은 모두 겁을 먹었다. 바냐는 멍석 아래서 벌떡 일어났다. 파블루샤는 소리를 지르며 개들의 뒤를 쫓았다. 개 짖는 소리는 빠르게 멀어져갔다…… 말들이 불안해하며 뛰는 소리가 들렸다. 파블루샤가 크게 외쳤다. "세리! 주치카!……"* 얼마 지나지 않아 짖는 소리가 잦아들었다. 파벨의 목소리는 이미 먼 곳에서 들려왔다…… 시간이 조금 더 흘렀다. 소년들은 당황하며 서로를 바라봤고, 앞으로 일어날 일을 초조하게 기다리는 듯했다…… 갑자기 내달리는 말발굽소리가 들렸다. 말은 모닥불 바로 앞에서 급히 멈췄고 갈기를 움켜쥐고 붙어 있던 파블루샤는 민첩하게 말에서 내렸다. 두 마리 개 역시 빛의 원으로 달려들더니 새빨간 혀를 내밀고는 곧장 자리에 앉았다.

"무슨 일이야? 응?" 소년들이 물었다.

"아무 일도 아니야," 말 쪽으로 손을 내저으며 파벨이 대답했다. "개들이 무슨 냄새를 맡은 모양이야. 나는 늑대인 줄 알았어." 그가 가슴으로 크게 숨을 내쉬며 무심하게 덧붙였다.

나는 파블루샤에게 반하고 말았다. 그 순간의 그는 정말 잘생겨 보였다. 그의 못생긴 얼굴은 쾌속의 승마를 마친 뒤라 더욱 생기가 돌았고 대담함과 굳은 결단력으로 타오르고 있었다. 나무 회초리도 손에 쥐지 않은 채, 그것도 한밤중에, 그는 조금도 흔들림 없이 혼자서 늑대를 향해 달려나갔던 것이다…… '정말 멋진 소년이구나!' 나는 그를 바라보며 생각했다.

---

* 세리(Серый)는 '잿빛'을 뜻하고, 주치카(Жучка)는 집 지키는 개를 흔히 부르는 말이다.

"얘들아, 늑대를 진짜로 본 적 있어?" 겁쟁이 코스탸가 물었다.

"이쪽에 늑대가 엄청 많아." 파벨이 대답했다. "그래도 겨울이나 되어야 설칠 거야."

그는 다시 불 앞에 웅크려 앉았다. 땅바닥에 앉으면서 그는 개의 덥수룩한 뒤통수에 손을 얹었고, 기쁨에 겨운 짐승은 황송해하면서도 자신만만한 모습으로 파블루샤를 곁눈질할 뿐 한참 동안 고개를 돌리지 않았다.

바냐는 다시 멍석 아래로 기어들어갔다.

"일류샤, 네가 해준 얘기 정말 무서웠어." 부유한 농민의 아들답게 무리를 이끄는 페댜가 말을 꺼냈다. (체면이 깎일까봐 걱정되는지 그 자신은 말수가 적었다.) "분명 어떤 귀신 때문에 개들이 짖기 시작했을 거야…… 맞아, 나는 여기가 아주 부정한 장소라는 얘기를 들은 적 있어."

"바르나비치 말이야?…… 그럼! 아주 부정한 장소지! 사람들이 그러는데, 거기서 늙은 나리를 본 게 한두 번이 아니래. 긴 카프탄을 입고 한숨을 푹푹 내쉬면서 땅에서 뭘 찾는다는 거야. 트로피미치 할아버지가 한번은 마주쳐서 이렇게 물었대. '이반 이바니치 나리, 땅에서 뭘 그리 찾으십니까?'"

"트로피미치 할아버지가 죽은 나리한테 물어봤다고?" 깜짝 놀란 페댜가 말을 끊었다.

"응, 물어봤대."

"이야, 트로피미치 할아버지도 참 대단하구나…… 그래, 뭐라고 하더래?"

"'쇠자름풀*을 찾는다' 이러더라는 거야. 그것도 아주 음침한 목소리로, 아주 음침하게 말이지. 쇠자름풀. 그래서 할아버지가 다시, '이반 이바니치 나리, 쇠자름풀이 왜 필요하신지요?' 하고 물으니 나리가 하는 말이 '무덤이 짓눌려 답답하다, 트로피미치, 여기서 나가고 싶구나……' 하더래."

"어휴, 세상에!" 페댜가 말했다. "더 살고 싶었나보구나."

"이상한 일이네!" 코스탸가 말했다. "나는 죽은 사람은 영혼의 토요일**에나 볼 수 있는 줄 알았거든."

"죽은 사람들은 언제든 볼 수 있어." 일류샤가 확신을 담아 말했는데, 내가 보기에 그는 소년 중에서 농촌의 미신에 대해 가장 잘 아는 듯했다…… "그런데 영혼의 토요일에는 아직은 살아 있지만 그해에 죽게 될 사람도 볼 수 있어. 밤에 교회 현관에 앉아 길을 바라보기만 하면 돼. 그럼 그해에 죽을 운명인 사람들이 너를 지나쳐 길을 따라 걸어갈 거야. 작년에 우리 울리야나 할머니도 교회 현관에 다녀온 적 있어."

"그래, 누굴 보기라도 했다던?" 코스탸가 흥미로워하며 물었다.

"보고말고. 처음에는 아주아주 오랫동안 앉아 있기만 하고 아무도 보지 못하고, 듣지도 못했대…… 그런데 어디선가 개 짖는 소리 같은 게 들려오고…… 문득 앞을 봤더니 루바시카만 입은 남자애 하나가 길을 따라 걸어가고 있더래. 잘 들여다보니까, 이바시카 페도세예프였다

---

* 슬라브신화에서 어떤 자물쇠도 열리게 해준다는 식물.

** 정교회 전통에서 세상을 떠난 정교회 신자, 그중에서도 부모와 조상을 추모하는 날. 대사순절 직전 두 번의 토요일, 대사순절 첫번째 토요일, 성령강림축일 직전 토요일이 이에 해당한다.

는 거야."

"올봄에 죽은 애 말이야?" 페댜가 끼어들었다.

"바로 그애야. 그렇게 걸어가면서 고개를 들지 않더래…… 그래도 울리야나 할머니는 그애를 알아볼 수 있었대…… 또 조금 지나니까 늙은 여자가 지나가는 거야. 눈이 빠질세라 들여다봤는데, 세상에, 울리야나 할머니 자신이 길을 가고 있더래."

"정말 할머니였대?" 페댜가 물었다.

"맹세할 수 있어, 할머니였대."

"근데 어째서 할머니는 아직 안 죽었지?"

"그야 아직 일 년이 안 지났으니까 그렇지. 할머니가 어떤 지경인지 봐봐, 숨만 간신히 붙어 있다고."

다들 다시금 잠잠해졌다. 파벨은 삭정이 한줌을 불에 던졌다. 나뭇가지들은 확 타오르는 불길에 급격히 검게 변하더니 타닥타닥 타오르며 연기를 냈고, 마침내 불씨가 남은 끄트머리를 살짝 들어올리면서 몸을 뒤틀었다. 빛은 격렬히 요동치더니 사방으로, 특히 위쪽으로 세차게 퍼졌다. 갑자기 어디서 왔는지 하얀 비둘기 한 마리가 날아들더니 온몸에 뜨거운 빛을 적시며 두려운 듯 한자리에서 맴돌다 날개를 푸덕이며 사라졌다.

"집으로 가는 길을 잊었나봐." 파벨이 말했다. "이제 뭔가에 또 부딪힐 때까지 날아가다가 그곳에서 하룻밤 보내겠지."

"근데 파블루샤," 코스탸가 말했다. "혹시 비둘기가 아니라 착한 사람의 영혼이 하늘로 날아가고 있던 것 아니었을까?"

파벨은 불속으로 삭정이 한줌을 더 던졌다.

"그럴지도 모르지." 그가 한참 후에 말했다.

"파블루샤, 그 얘기 좀 해주라." 페댜가 말을 꺼냈다. "너희 샬라모보 마을에서도 하늘의 계시*가 보였어?"

"해가 사라지는 거 말이야? 보였고말고."

"너희 마을 사람들도 엄청 놀랐겠지?"

"우리만 놀란 게 아니야. 지주 나리는 우리한테 '자네들은 계시를 보게 될 거야'라고 아무렇지 않게 말씀하셨는데 막상 해가 어두워지니까 아주 혼비백산하셨다더라. 바깥채에 있던 찬모 할머니는 해가 지자마자 단지들을 싹 모아다 부수고서 페치카에 던져넣었대. '세상이 망하게 생겼는데 밥이 목구멍에 넘어가겠냐' 하면서. 그래서 양배추 수프가 사방에 흐르고 난리였지. 얘들아, 우리 마을에선 이런 소문도 돌았어, 하얀 늑대들이 날뛰면서 사람들을 잡아먹고 사나운 날짐승이 날아들면 트리시카**가 나타날 거라고."

"트리시카가 뭐야?" 코스탸가 물었다.

"아니, 그걸 모른다고?" 일류샤가 열을 내며 거들었다. "이런 밥통 같으니, 트리시카를 어떻게 모를 수 있어? 너희 마을에는 아주 방안퉁수들만 사는구나, 으이그, 답답해! 트리시카라는 건 말이지, 훗날 세상에 나타난다고 하는 아주 희한한 놈이야. 그자는 세상이 끝날 때 온다고 해. 왜 희한하냐면 아무도 그놈을 잡을 수 없고, 그놈에게 해코지할 수 없거든. 아무튼 아주 희한한 놈이야. 그리스도인들이 그놈을 잡으려고 몽둥이를 들고 나서서 쇠사슬로 묶는다 해도 트리시카는 그 사

* 우리 고장 농부들은 일식을 이렇게 불렀다.—원주

** 트리시카 미신은 적그리스도에 대한 이야기가 반영된 것으로 보인다.—원주

람들의 눈을 멀게 만들어버려. 앞을 아주 못 보게 만들어서 그 사람들이 자기들끼리 두드려패도록 하지. 그놈은 감옥에 처넣으면 물 한 바가지만 달라고 애원하고, 물바가지를 가져다주면 그 속으로 뛰어들어서 감쪽같이 사라진다고 해. 쇠사슬로 꼼짝 못하게 해도 그놈이 두 손바닥을 맞부딪치기만 하면 쇠사슬이 스르르 풀어진대. 음, 또 이 트리시카라는 자는 마을과 도시를 돌아다니면서 그리스도를 믿는 사람들을 아주 영악하게 유혹할 거래…… 그놈이 아무리 날뛰어도 손쓸 방법이 없다니, 참…… 아무튼 그 정도로 트리시카는 희한하고 영악한 놈이야."

"맞아," 파벨이 서두르지 않는 말투로 말을 이었다. "정말 그런 자야. 우리 마을에서는 바로 그런 자를 기다리고 있었지 뭐야. 영감들이 그러는데, 하늘의 계시가 시작되면 트리시카가 온다는 거야. 그날 그렇게 계시가 시작되었지. 그러자 온 마을 사람들이 길거리며 들판으로 나가서는 무슨 일이 일어날지 기다렸어. 너희도 알겠지만, 우리 마을은 넓어서 어디서나 잘 보이고 탁 트여 있잖아. 다들 지켜보고 있는데, 갑자기 장인바치들 사는 마을에서 산비탈을 타고 어떤 사람이 걸어내려오는 거야. 아주 알 수 없는 사람이었어. 머리가 희한하게 생겼더라고…… 다들 외쳤지. '아이고, 트리시카가 온다! 트리시카가 온다!' 다들 도망치느라 바빴어. 마을 촌장은 도랑으로 숨었고, 촌장 부인은 대문 밑을 파고들었지. 그러면서 욕을 해대는데 어찌나 무섭던지, 마당에서 키우던 개가 깜짝 놀라 목줄을 끊고는 울타리를 넘어 숲으로 도망쳐버렸어. 쿠지카네 아버지 도로페이치는 귀리밭으로 뛰어들어서는 메추라기 소리를 냈대. '아무리 살인귀라도 새는 살려주겠지' 하면서.

아무튼 다들 난리였어!…… 그런데 알고 보니 우리 마을 통장이* 바빌라였던 거야. 그 사람이 새 항아리를 하나 사서 속이 빈 그걸 머리에 이고 왔던 거였지 뭐야."

소년들은 한바탕 웃어댔고 다시 잠시 아무 말도 없었는데, 이건 사람들이 야외에서 이야기를 나눌 때 종종 있는 일이다. 나는 주변을 둘러보았다. 밤은 제왕과도 같이 장엄했다. 늦저녁의 신선하고 축축한 공기가 지나가고 한밤의 메마른 온기가 찾아왔다. 이 온기는 잠든 들판 위로 부드러운 휘장처럼 드리워져 오래 머물 참이었다. 아침의 첫 지저귐, 첫 살랑임, 첫 바스락거림이 들리기까지는, 아침놀의 첫 이슬이 맺히기까지는 시간이 많이 남아 있었다. 셀 수 없이 많은 금빛 별들이 서로 질세라 반짝거리며 은하수를 향해 조용히 흘러갔고, 누구라도 그것들을 보고 있노라면 대지의 멈출 줄 모르는 정력적인 질주를 어렴풋이나마 느꼈으리라……

괴이하고 날카롭고 병적인 비명이 갑자기 강 위로 두 번 울렸고 얼마 지나지 않아 더 먼 곳에서 반복되었다……

코스탸가 몸을 떨었다. "이게 무슨 소리지?"

"왜가리가 우는 소리야." 파벨이 차분히 말했다.

"왜가리라," 코스탸가 되풀이했다…… "파블루샤, 내가 어제저녁에 들은 건 뭘까." 그가 잠시 말이 없더니 덧붙였다. "너는 알 것 같은데……"

"무슨 소리를 들었는데?"

---

* 통을 만드는 장인.

"이런 소리를 들었어. 나는 카멘나야 그랴다에서 샤시키노로 가고 있었어, 처음에는 우리 호두나무숲을 따라 걸었고, 그다음에는 초지를 따라 갔지. 너도 알다시피, 거기로 가면 모랭이* 같은 곳이 나오고 움벙**이 있잖아. 갈밭이 우거지고 말이야. 그 움벙을 지나가는데, 얘들아, 갑자기 그 움벙에서 누군가 신음하는 소리가 들리는 거야, 그 소리가 얼마나 짠하던지, 우-우…… 우-우…… 우-우! 그렇게 무서울 수가 없었어, 얘들아. 늦은 시간에 그런 앓는 소리가 들리다니. 나도 막 울어버릴 것 같더라니까…… 도대체 그게 무슨 소리였을까? 응?"

"재작년 여름에 강도들이 산지기 아킴을 그 움벙에 빠뜨려 죽인 일이 있었어." 파블루샤가 말했다. "그 사람 영혼이 하소연하는 소리 같아."

"맞아, 맞아, 진짜 그런 것 같다, 얘들아," 코스탸가 안 그래도 커다란 두 눈을 더 크게 뜨면서 말했다…… "나는 아킴이 그 움벙에 빠져 죽은 걸 모르고 있었어. 알았더라면 그렇게 무서워하지는 않았을 텐데."

"사람들이 그러는데, 거기에 아주 쪼그만 개구리들이 산다더라고." 파벨이 말을 이었다. "그 개구리들 우는 소리가 그렇게 짠하대."

"개구리? 아냐, 개구리는 아니었어…… 무슨 개구리가……" (왜가리가 또 한번 강 위에서 울었다.) "으악!" 코스탸가 자기도 모르게 소리질렀다. "레시가 우는 것 같아."

"레시는 울지 못해, 말을 못하거든." 일류샤가 말을 받았다. "레시는

---

* '모랭이'는 골짜기에서 날카롭게 꺾이는 곳을 말한다.—원주

** '움벙'은 하천이 넘친 뒤에 남은 봄물이 가득 고인 곳으로 여름에도 마르지 않는다.—원주

손뼉을 치거나 딱딱거리는 소리만 낼 수 있어."

"너는 레시를 본 적이나 있냐?" 폐댜가 비웃듯 그의 말을 끊었다.

"아니, 본 적 없어, 제발 앞으로도 안 보기를. 근데 본 사람들이 있대. 며칠 전 우리 마을에 어떤 농부가 레시에 홀려서 숲을 헤맸다고 하더라고. 나무를 벤 공터 한 군데를 계속 돌았다지…… 날이 밝기 직전에야 집에 올 수 있었대."

"그래서 그 사람이 레시를 보긴 봤대?"

"봤고말고. 그 사람 말이, 어마어마하게 커다랗고 시커멓고 뭘 칭칭 두르고 있어서 나무 뒤에 숨어 있는 것처럼 잘 알아볼 수가 없더래, 달을 안 보려고 숨은 것처럼. 그리고 그저 바라보면서 커다란 눈을 끔벅끔벅하더라는 거야……"

"그만!" 폐댜가 몸을 살짝 떨고는 어깨를 움츠리며 소리쳤다. "어휴!……"

"어째서 그런 더러운 것이 세상에 나와 돌아다니는 걸까?" 파벨이 말했다. "진짜 알 수가 없어."

"욕하지 마, 다 들어." 일리야가 한마디했다.

다시 침묵이 찾아왔다.

"형아, 형아, 저거 봐봐," 갑자기 바냐의 어린 목소리가 들렸다. "별님들 좀 봐봐, 꼭 벌떼가 모여든 것 같아!"

아이는 작은 주먹으로 턱을 괸 채 싱둥한 얼굴을 멍석 밖으로 내밀고는 크고 얌전한 눈을 들어올렸다. 소년들의 눈은 하늘을 향했고 한참 동안 내려오지 않았다.

"바냐," 폐댜가 부드러운 말투로 말했다. "너희 누나 아늇카는 잘 지내니?"

"잘 지내." 바냐가 약간 혀짤배기소리를 내며 말했다.

"누나한테 우리집에 놀러오라고 얘기해줘, 요즘은 왜 놀러오지 않는 거지?……"

"나도 몰라."

"그래, 아무튼 놀러오라고 전해줘."

"그럴게."

"내가 선물도 준다고 얘기해줘."

"나도 줄 거야?"

"주고말고."

바냐가 한숨을 내쉬었다.

"음, 아냐, 나는 안 줘도 돼. 누나한테 줘. 우리 누나는 진짜 착해."

바냐는 다시 고개를 땅바닥에 얹었다. 파벨이 일어나서 빈 솥을 들었다.

"어디 가게?" 페댜가 물었다.

"강에 가서 물 좀 떠오려고. 목말라."

개들도 일어나 그의 뒤를 따랐다.

"강에 안 빠지게 조심해!" 일류샤가 그의 뒤에 대고 외쳤다.

"파블루샤가 퍽이나 물에 빠지겠다." 페댜가 말했다. "조심할 거야."

"그래, 조심하겠지. 그래도 혹시 모르니까. 몸을 숙여서 물을 뜰 때 보댜노이*가 팔을 잡아당길지도 모르잖아. 그럼 사람들은 어린애가 물

---

* 슬라브신화에 등장하는 물의 정령. 개구리 같은 얼굴에 녹색 수염, 물고기 꼬리를 가진 벌거벗은 노인의 몸을 하고 있다.

에 빠져 죽었다고 말하겠지…… 근데 그걸 물에 빠져 죽었다고 할 수 있을까?…… 저기 봐, 갈대밭으로 들어갔어." 그가 귀기울이며 덧붙였다.

갈대들은 정말로 이리저리 움직였고 우리 고장에서 말하듯 '슉슉거리는' 소리를 냈다.

"근데 그거 진짜야?" 코스탸가 물었다. "그 바보 아쿨리나가 물에 들어갔다 나온 뒤로 정신이 나갔다는 게?"

"바로 그때 그렇게 된 거야…… 지금 그 여자 꼴이 어떤가 봐! 옛날에는 아주 예뻤대. 보댜노이가 그 여자를 망쳐놓은 거지. 보댜노이도 사람들이 아쿨리나를 그렇게 빨리 물에서 건져낼 줄은 몰랐던 모양이야. 그러니까 보댜노이는 자기가 사는 강물 바닥에서 그 여자를 망쳐놓은 셈이지."

(나도 이 아쿨리나와 몇 번 마주친 적 있다. 끔찍이도 비쩍 마른 그녀는 누더기를 걸친 채 석탄처럼 시커먼 얼굴에서 흐릿한 눈빛을 쏘아대며 언제나 허연 이를 드러내고 있는데, 길바닥 한곳에 서서 몇 시간이나 서성거리며 뼈만 남은 두 팔을 가슴에 꼭 웅크린 채 한 발 한 발 디디며 기우뚱거리는 모습이 꼭 우리에 든 들짐승 같았다. 무슨 말을 해도 그녀는 알아듣지 못했고 이따금 발작적으로 웃을 뿐이었다.)

"사람들이 그러는데," 코스탸가 말을 이었다. "아쿨리나는 애인한테 버림받아서 물에 뛰어든 거래."

"맞아, 바로 그 때문이야."

"바샤 기억나?" 코스탸가 슬픈 말투로 덧붙였다.

"어떤 바샤?" 페댜가 물었다.

"그, 물에 빠져 죽은 바샤 있잖아." 코스탸가 대답했다. "바로 이 강에서 말이야. 정말 착한 애였는데! 에휴, 정말 착했어! 걔네 어머니 페클리스타 아주머니가 바샤를 얼마나 예뻐했는지 몰라! 근데 페클리스타 아주머니는 바샤가 물에서 죽을 걸 미리 느끼고 있었던 모양이야. 여름에 바샤가 우리랑 강에 물놀이하러 가는데, 아주머니가 온몸을 덜덜 떨더라고. 다른 아주머니들은 아무렇지도 않게 빨래통을 이고서 뒤뚱뒤뚱 걸어가는데 말이지. 페클리스타 아주머니가 빨래통을 바닥에 내팽개치더니 부르짖었어. '돌아와라, 돌아와, 우리 새끼! 오, 꼭 돌아와야 한다, 우리 작은 매*!' 그애가 어떻게 물에 빠져 죽었는지는 아무도 몰라. 바샤는 강가에서 놀고 있었고, 그애 어머니도 건초를 긁어모으면서 바로 옆에 있었어. 갑자기 누가 물속에서 거품을 뿜는 소리가 들리는 거야. 그래서 돌아봤더니 바샤가 썼던 모자만 물에 둥둥 떠 있더래. 그때부터 페클리스타 아주머니도 정신이 나가버렸지. 아들이 물에 빠져 죽은 곳에 와서는 드러눕는 거야. 드러누워서는 노래를 불러, 바샤가 항상 부르던 노래가 있거든, 아주머니도 그 노래를 그렇게 불러, 계속 울며불며 하느님에게 하소연하면서……"

"저기 파블루샤가 온다." 페댜가 말했다.

파벨이 물이 가득 담긴 솥을 들고 모닥불로 다가왔다.

"얘들아, 있잖아." 잠시 말을 않다가 그가 말했다. "이상한 일이 있었어."

"무슨 일?" 코스탸가 서둘러 물었다.

---

* '작은 매'를 뜻하는 소콜리크(соколик)는 상대방을 사랑스럽게 부르는 구어적 표현이다.

"나 바샤의 목소리를 들었어."

모두 움찔했다.

"뭐, 그게 무슨 소리야?" 코스탸가 웅얼거렸다.

"진짜야. 내가 물위로 몸을 구부리자마자 갑자기 물아래서 바샤의 목소리 같은 게 나를 부르는 거야. '파블루샤, 파블루샤!' 내가 다시 가만 들어보니까, 또 불렀어. '파블루샤, 이리 와봐.' 나는 얼른 뛰쳐나왔어. 그래도 물은 이렇게 떠왔지."

"세상에! 하느님 아버지!" 아이들은 계속 이렇게 말하면서 성호를 그었다.

"파벨, 그거 보댜노이가 너를 부른 걸 거야." 페댜가 덧붙였다…… "사실 우리 방금 바샤 얘기 하고 있었거든."

"어휴, 정말 나쁜 징조야." 일류샤가 띄엄띄엄 말했다.

"뭐, 괜찮아, 냅둬!" 파벨이 단호하게 말하고는 다시 앉았다. "운명은 피할 수 없는 법이야."

소년들은 말이 없었다. 파벨의 말이 그들에게 깊은 인상을 남긴 모양이었다. 그들은 잠자리에 들려는지 모닥불 근처에 저마다 편하게 드러누웠다.

"이게 무슨 소리일까?" 갑자기 코스탸가 고개를 살짝 들며 물었다.

파벨이 귀를 기울였다.

"물떼새들이 휘파람 불면서 날아가는 소리야."

"저 새들은 어디로 가는 걸까?"

"겨울이 없는 곳으로 가겠지."

"정말 그런 곳이 있어?"

"있지."

"멀까?"

"아주 멀어, 따뜻한 바다도 건너야 해."

코스탸는 한숨을 내쉬고 눈을 감았다.

내가 소년들 무리에 끼어든 지 세 시간이 훌쩍 지난 시각이었다. 마침내 초승달이 떠올랐다. 사실 나는 달이 뜬 것을 곧바로 알아채지 못했다. 달이 너무나도 작고 얇았기 때문이다. 달이 없는 것이나 마찬가지인 이 밤은 언제나처럼 훌륭했다…… 그런데 조금 전까지만 해도 하늘 높이 떠 있던 별들은 벌써 대지의 어두운 가장자리 쪽으로 기울었다. 사방 모든 것의 소리는 아침이 가까워져올 때 으레 그렇듯 완전히 잦아들었다. 모든 것은 미동도 없이 동트기 직전의 깊은 잠을 자고 있었다. 대기는 더이상 그 강한 냄새를 풍기지 않았고, 다시금 습기가 퍼진 듯했다…… 개들마저 잠이 들었다. 희미하게 흐르는 별빛으로 간신히 분간해보건대, 말들도 고개를 숙인 채 누워 있었다…… 달콤한 의식불명의 상태가 나를 덮쳤다. 그리고 곁잠으로 이어졌다.

맑은 빛줄기가 내 얼굴을 스쳤다. 나는 눈을 떴다. 아침이 시작되고 있었다. 연지를 바른 듯한 아침놀은 온데간데없고 동쪽이 벌써 하얬다. 흐릿하긴 해도 주변의 모든 것이 보였다. 창백한 잿빛 하늘은 밝아지면서 차가워지고 푸르러졌다. 별들은 희미한 빛을 깜빡이고는 하나둘 사라져갔다. 땅이 축축한 만큼 잎사귀들은 땀을 흘렸고, 생기 있는 소리들과 목소리들이 어디선가 울렸으며, 이른아침의 산들바람은 벌써 땅 위를 돌아다니며 파닥였다. 내 몸은 가볍고 즐거운 떨림으로 산들바람에 응답했다. 나는 재빨리 일어나 소년들에게 다가갔다. 그들은 사그라져가는 모닥불 주위에서 여전히 죽은 듯 잠들어 있었다. 파벨 혼자만 반쯤 몸을 일으켜 나를 뚫어져라 보았다.

나는 그에게 고개를 끄덕이고는 안개가 피어오르는 강을 따라 집으로 향했다. 2베르스타쯤 갔을까, 나를 둘러싸고 펼쳐진 넓고 축축한 초지를 따라, 앞에 우뚝 선 채 녹음이 짙어지던 언덕을 따라, 이 숲에서 저 숲으로, 내가 지나온 먼지 풀풀 날리는 기나긴 길을 따라, 반짝이며 붉어진 덤불마다, 그리고 흩어져가는 안개 아래 부끄러운 듯 새파랗게 흐르는 강물을 따라 처음에는 발그레하더니, 나중에는 붉어지고 마침내 금빛을 두른, 어리고 뜨거운 빛의 흐름이 갑자기 흘러넘쳤다…… 모든 것이 움직이고 깨어나고 노래하고 웅성거리며 말하기 시작했다. 여기저기 매달린 커다란 이슬방울들이 번쩍이는 다이아몬드처럼 붉었다. 순수하고 선명한, 마치 아침의 서늘한 공기에 깨끗이 씻긴 듯한 종소리가 나를 맞이하며 울렸고, 익숙한 얼굴의 소년들이 몰아대는, 실컷 휴식을 취한 말들이 갑자기 나를 지나쳐 달려갔다……

유감스럽게도, 바로 그해에 파벨이 세상을 떠났다는 것을 덧붙여야겠다. 그는 물에 빠져 죽은 것이 아니라 말에서 떨어져 죽었다. 안됐다, 정말 멋진 녀석이었는데!

크라시바야 메차의 카시얀

덜컹거리는 수레를 타고 사냥터에서 집으로 돌아가는 길, 구름 낀 여름날의 갑갑한 더위에 짓눌린 나는(바람까지 없는 그런 날의 더위가 맑을 때보다 훨씬 더 견디기 힘들다는 건 잘 알려진 사실이다) 덜덜거리는 바퀴에 짓이겨진 길에서 끊임없이 올라오는 하얀 먼지가 마음대로 날리도록 내버려둔 채 이 모든 것을 억지로 견디다 침울해진 얼굴로 꾸벅꾸벅 졸며 흔들거리고 있었다. 그런데 그때까지 나보다 더 달콤하게 졸던 내 마부의 평소답지 않은 안절부절못하는 불안한 몸놀림에 나는 갑자기 주의를 기울이게 되었다. 그는 고삐를 당기더니 마부석에서 부스럭거렸고 한쪽을 연신 바라보며 말들에게 소리쳤다. 나는 주변을 둘러보았다. 우리는 잘 개간된 넓은 평원을 질러가고 있었다. 대단히 완만하고 파도처럼 굽이치는 모양의 높지 않은, 역시 개간된 언덕들이 평원으로 몰려들었다. 시야에 들어오는 것이라고는 5베르스타 남짓의 황량한 공간이 전부였다. 저멀리 작은 자작나무숲만 끝이 둥글둥글한 톱니 모양 우듬지로 직선에 가까운 지평선의 윤곽을 울퉁불퉁하게 만들고 있었다. 좁은 오솔길들은 들판을 따라 이어지다가 우묵한 곳에서 사라지거나 조금 높은 곳에서 휘어졌고, 앞쪽으로 오백 걸음 정도 떨어진 지점에서 이 길과 교차하는 오솔길에 한 행렬이 보였다. 나의 마부가 바라보던 것도 바로 그 행렬이었다.

장례 행렬이었다. 맨 앞에서 말 한 필을 맨 수레는 사제를 태우고 거의 걷는 속도로 나아갔다. 부제는 사제 옆에 앉아 마차를 몰았다. 수레 뒤로는 모자를 쓰지 않은 농부 넷이 하얀 천이 덮인 관을 나르고 있었다. 아낙 둘이 관을 뒤따랐다. 그중 한 아낙이 내는 가녀리고 애처로운 목소리가 갑자기 내 귀에도 닿았다. 나는 귀를 기울였고, 그녀는 슬프게 곡을 했다. 꺾임이 있으면서도 단조로운, 속절없이 구슬픈 선율이 텅 빈 들판에 쓸쓸히 울려퍼졌다. 마부가 말들을 몰아댔다. 우리가 지나간다는 것을 알리고 싶은 듯했다. 길에서 죽은 사람을 마주치는 것은 불길한 징조다. 마부는 죽은 사람이 큰길에 이르기 전에 지나가려 했으나 백 걸음도 채 못 가 갑자기 수레가 심하게 덜컹거렸고 뒤집히지만 않았을 뿐 옆으로 심하게 기울고 말았다. 마부는 내달리려는 말들을 멈추고 마부석에서 몸을 숙여 살펴보더니 손을 내저으며 침을 뱉었다.

"무슨 일인가?" 내가 물었다.

나의 마부는 서두르지 않고 말없이 수레에서 내렸다.

"굴대가 부러졌습니다요…… 닳다못해 타버렸습니다." 그는 음울하게 대답했고 어찌나 짜증스러운 태도로 곁마의 밀치끈을 손보던지 말이 한쪽으로 휘청할 뻔했으나 말은 이내 버티고 서서는 콧김을 내뿜고 몸을 흔들고 퍽 무사태평하게 앞다리 무릎 아래쪽을 이빨로 긁어댔다.

나도 수레에서 내렸고 불쾌한 당혹감에 멍해진 채 길가에 한동안 서 있었다. 오른쪽 바퀴는 수레 몸체 밑으로 구부러져 들어가서는 말없이 절망감을 내비치며 바큇살을 위로 삐죽이 들어올렸다.

"이제 어떡해야 하나?" 내가 마침내 물었다.

"저놈들 탓입니다!" 그는 벌써 큰길로 들어서 우리 쪽으로 다가오는 행렬을 채찍으로 가리키며 말했다. "익히 알고 있기는 합니다만," 그가 말을 이었다. "죽은 사람을 마주친다는 건 역시나 불길한 징조입죠…… 그렇고말고요."

그가 지금 기분이 매우 좋지 않고 그래서 더욱 무자비하다는 것을 눈치챈 곁마는 꼼짝도 하지 않고 제자리에 서서 이따금 꼬리만 흔들 뿐이었으나, 마부는 다시 말을 못살게 굴었다. 나는 앞으로 뒤로 조금 걸어다니다가 다시 바퀴 앞에 멈춰 섰다.

그러는 사이 죽은 자가 우리를 앞질렀다. 비탄에 잠긴 행렬은 조용히 길에서 벗어나 풀밭으로 가더니 우리 수레를 지나쳐 길게 뻗어나갔다. 나와 마부는 모자를 벗고 허리 굽혀 사제와 절을 했고 관을 나르던 농부들과 눈인사를 주고받았다. 넓은 가슴팍을 높이 치켜든 채 그들은 힘겹게 앞으로 나아가고 있었다. 관을 뒤따르던 두 아낙 중 한 사람은 나이가 아주 많고 얼굴이 창백했다. 조금도 동요하지 않는 듯하나 슬픔으로 모질게 일그러진 그녀의 얼굴은 엄격하면서도 장중한 품위를 지니고 있었다. 그녀는 이따금 여윈 손을 푹 꺼진 가는 입술로 가져가며 말없이 걸어갔다. 스물다섯 살쯤 되어 보이는 젊은 아낙의 눈은 붉게 젖어 있고, 얼굴은 하도 울어 부어 있었다. 우리 옆을 지나가게 되자 그녀는 곡을 멈추고 얼굴을 소매로 가렸다…… 그러나 죽은 자는 우리를 지나치자 다시 큰길로 나갔고 마음을 찢는 애처로운 노랫소리가 다시 들리기 시작했다. 일정한 박자로 흔들리는 관을 말없이 눈으로 배웅하며 나의 마부가 말했다.

"목수 마르틴을 묻으러 가는 길인가봅니다." 그가 말했다. "랴바야 마을 사람이죠."

"자네가 그걸 어떻게 아나?"

"아낙들을 보고 알았습죠. 늙은 아낙은 그의 어머니고, 젊은 아낙은 마누라입니다."

"병을 앓았던가?"

"그렇습니다…… 열병이었습죠…… 앓은 지 사흘째 되던 날 관리인이 의원을 부르러 사람을 보냈지만 의원이 집에 없었답니다…… 훌륭한 목수였지요. 술을 좀 좋아하긴 했어도 솜씨 좋은 목수였어요. 마누라가 얼마나 슬퍼하는지 보십시오…… 뭐, 그래도 여편네들 눈물만큼 값싼 것도 없는 법입지요. 그저 물처럼 주룩주룩 흐르니 말입니다…… 암요."

그는 몸을 굽혀 곁마의 굴레 아래로 기어들어가 두 손으로 멍에를 움켜쥐었다.

나의 마부는 우선 끌채를 멘 주마의 어깨에 올라가 무릎으로 디딘 채 두어 번 멍에를 털고서 안장을 바로잡더니 다시 곁마의 굴레 밑으로 들어가 말의 콧등을 한 대 툭 치고 바퀴 쪽으로 갔다. 그리고 바퀴에서 눈을 떼지 않은 채 카프탄 자락에서 나무 담뱃갑을 꺼내 천천히 가죽끈을 풀어 뚜껑을 열었고, 역시 또 천천히 담뱃갑에 뚱뚱한 손가락 두 개를 쑤셔넣어(손가락들은 간신히 담뱃갑에 들어갔다) 담배를 조몰락조몰락하고는 미리 준비라도 하듯 코를 한껏 찡그리더니 간격을 두며 빨아들였는데, 담배를 빨아들일 때마다 한참을 낑낑거리고 어디가 아픈 듯 인상을 썼고, 눈물이 찔끔 흐른 두 눈을 껌벅이며 깊은 상념에 젖어들었다.

"그래, 어떻게 하는 게 좋겠나?"

나의 마부는 조심스레 담뱃갑을 다시 주머니에 넣었고 손의 도움 없이 머리의 움직임만으로 눈썹까지 모자를 눌러쓰더니 생각에 잠긴 듯 마부석에 올라탔다.

"어딜 가는 건가?" 내가 적잖이 놀라며 그에게 물었다.

"타시지요." 그는 차분히 말하고는 고삐를 쥐었다.

"이 상태로 어떻게 간단 말인가?"

"갈 수 있습니다."

"아니 굴대가……"

"자리에 앉으시지요."

"굴대가 망가졌지 않은가……"

"굴대야 망가졌습죠, 뭐, 그래도 정착촌까지는 갈 수 있을 겁니다…… 살살 가면 충분합지요. 저기 숲 뒤에서 오른쪽으로 가면 유디니라는 마을이 있습니다."

"정말 마을까지 갈 수 있다고 생각하나?"

나의 마부는 어떤 답도 주지 않았다.

"나는 차라리 걸어서 가겠네." 내가 말했다.

"편하신 대로 하십시오……"

그리고 그는 채찍을 휘둘렀다. 말들이 움직였다.

오른쪽 앞바퀴는 수레에 간신히 매달린 채 아주 기묘한 모양새로 굴러갔지만 우리는 정말로 마을에 이르렀다. 낮은 언덕에서는 하마터면 바퀴가 떨어져나갈 뻔하기도 했다. 하지만 나의 마부가 성난 목소리로 바퀴에 대고 고함을 쳤고, 우리는 무사히 언덕을 내려갔다.

유디니 정착촌은 생긴 지 얼마 안 되었지만 벌써 비스듬히 기울어져가는 낮은 지붕의 오두막 여섯 채로 이루어진 마을이었다. 집마다 전부 바자울을 두른 것도 아니었다. 이 정착촌에 들어서면서 우리는 한 사람도 마주치지 못했다. 심지어 개나 닭도 보이지 않았다. 우리를 보자 꼬리가 짤막한 검둥개 한 마리만, 분명 갈증을 달래려고 들어갔을 것이나 물 한 방울 찾지 못한 채 바싹 마른 구유에 있다가 튀어나와 짖지도 않고 곧장 대문 아래로 몸을 던졌다. 나는 첫번째 오두막에 들어가 현관문을 열고 주인을 불러보았으나 아무 대답이 없었다. 나는 한번 더 불렀다. 다른 문 너머에서 배고픈 고양이가 야옹거리는 소리가 들렸다. 나는 방에 고개를 들이밀고 둘러보았다. 어둡고 매캐하고 쓸쓸했다. 나는 마당으로 나왔고, 역시 아무도 없었다…… 외양간에서는 송아지가 울고 있었다. 다리를 절룩이는 잿빛 거위는 비척거리며 한쪽으로 물러섰다. 두번째 오두막으로 건너가보았으나 역시 아무도 없었다. 나는 마당으로 나왔다……

볕이 좋은 마당 한가운데, 말하자면 아주 양지바른 곳에 소년으로 보이는 누군가가 땅바닥에 얼굴을 처박고 머리에 아르먀크를 덮어쓴 채 누워 있었다. 그로부터 몇 걸음 떨어지지 않은 곳에 꼴이 말이 아닌 수레가 한 대 있고 그 곁에는 다 부서진 마구를 둘러쓴 야윈 말 한 마리가 짚으로 이은 처마 아래 서 있었다. 햇살은 그물 모양으로 엮인 낡은 지푸라기들 틈새로 물줄기처럼 흘러내렸고 텁수룩한 말의 적갈색 털에 반짝이는 작은 얼룩들을 만들어냈다. 높이 매단 새장에서 찌르레기들이 재잘거리며 공중의 집에서 평온하고도 호기심어린 눈으로 아래를 내려다보았다. 나는 자는 듯한 그에게 다가가 깨워보았다……

그가 고개를 들어 나를 보더니 벌떡 일어섰다…… "뭐야, 뭘 원해? 무슨 일이야?" 그가 잠에 취해 중얼거렸다.

나는 곧바로 답할 수 없었다. 그만큼 그의 모습에 깜짝 놀랐기 때문이다. 작고 거무스름한 주름투성이 얼굴, 날카로운 코, 보일락 말락 하는 갈색 눈, 아주 작은 두상 위에 빽빽하고 검은 곱슬머리를 버섯 머리처럼 널찍하게 얹은 오십 정도 된 난쟁이를 떠올려보시라. 몸통은 지나치다 싶을 정도로 말랐고, 시선은 뭐라 말할 수 없을 정도로 불가사의하고 기이했다.

"뭘 원하느냐니까?" 그가 나에게 다시 물었다.

나는 우리의 문제에 관해 설명했고, 그는 느릿느릿 끔벅이는 눈을 나에게서 떼지 않은 채 이야기를 들었다.

"혹시 우리가 새 굴대를 구할 수 없겠나?" 마침내 나는 용건을 말했다. "값은 얼마든지 치르겠네."

"당신들 누군데? 사냥꾼들인가?" 그가 나를 머리끝에서 발끝까지 훑어보며 말했다.

"사냥꾼들이네."

"하늘을 나는 새들에게 총질해대는 자들이군, 그렇지?…… 숲에 사는 짐승들도 죽이고?…… 당신들은 하느님의 새들을 죽이고 죄 없는 피를 흘리는 게 죄스럽지도 않나?"

기이한 노인은 매우 천천히 말했다. 그의 목소리 역시 놀라웠다. 목소리에 조금도 노쇠한 구석이 없었을 뿐 아니라, 놀라울 정도로 감미롭고, 젊고, 거의 여성의 목소리라 할 정도로 부드러웠다.

"나한테는 굴대가 없어." 그가 잠시 말을 않더니 덧붙였다. "저건 적당치 않을 테고(그는 자신의 수레를 가리켰다), 당신네 수레는 훨씬 크니까 말이야."

"마을에서 찾을 수 있겠나?"

"마을은 무슨 마을!…… 여긴 아무도 없어…… 집에도 아무도 없을 거야, 다들 일하러 나갔으니까. 돌아가게들." 그는 갑자기 이렇게 말하고는 다시 땅에 드러누웠다.

이런 식의 결말은 전혀 예상하지 못했다.

"잠깐, 노인장," 내가 그의 어깨를 살짝 건드리며 말했다. "제발 부탁이니, 좀 도와주시게."

"썩 가라는데도! 나는 읍내에 다녀오느라 지쳤어." 그가 내게 말하고는 머리에 뒤집어쓰려고 아르먀크를 끌어당겼다.

"제발 부탁하네," 내가 말을 계속했다. "내…… 내 꼭 사례하지."

"사례 같은 건 필요 없어."

그는 반쯤 몸을 일으켜 가는 두 다리를 포개고 앉았다.

"벌목장에 데려다줄 순 있을 것 같군. 상인들이 우리 마을 숲을 사서는 하늘이 두렵지도 않은지 나무를 베고 사무소를 세웠단 말이야, 천벌 받을 놈들이. 거기서 굴대를 주문하거나 이미 만들어놓은 걸 살 수 있을 거야."

"훌륭하군!" 내가 기뻐서 외쳤다. "아주 좋아!…… 자, 가세."

"참나무로 만든 아주 좋은 굴대가 있을 거야." 그는 자리에서 일어나지 않은 채 말했다.

"벌목장까지 먼가?"

"3베르스타."

"음, 그렇군! 당신 수레를 타고 가면 될 것 같은데."

"아니, 잠깐……"

"자, 어서 가세," 내가 말했다. "노인장, 가세나! 길에서 마부가 우리를 기다리고 있어."

노인은 마지못해 일어나 나를 따라 길로 나왔다. 나의 마부는 단단히 짜증이 나 있는 상태였다. 말들에게 물을 먹이려 했으나 우물에 물이 너무 적고 물맛도 별로였기 때문인데, 마부들 말에 따르면 물만큼 중요한 것이 없었다…… 그런데 노인을 보자 그는 이를 드러내며 히죽 웃고 고개를 끄덕이며 외쳤다.

"오, 카시야누시카! 안녕하신가!"

"안녕하네, 예로페이, 의로운 친구!" 카시얀이 침울한 목소리로 대답했다.

나는 곧장 마부에게 그의 제안을 들려줬다. 예로페이는 동의하는 뜻을 내비치고 마당으로 들어섰다. 그가 신중한 모습으로 분주히 말들을 수레에서 푸는 동안 노인은 대문에 어깨를 기대선 채 불쾌한 듯 그와 나를 번갈아 바라보았다. 노인은 어리둥절해 보였다. 내가 보기에는 우리의 갑작스러운 방문이 별로 달갑지 않은 모양이었다.

"그런데 자네한테는 다른 곳으로 옮겨 살라고 하지 않던가?" 예로페이가 멍에를 벗겨내며 갑자기 그에게 물었다.

"나한테도 그랬지."

"휴!" 나의 마부가 잇새로 내뱉었다. "그 알잖나, 마르틴이라고 하는 목수…… 랴바야 마을 마르틴 알지?"

"알고말고."

"음, 근데 그자가 죽었어. 오는 길에 그자의 관을 마주쳤다네."

카시얀이 움찔했다.

"죽어?" 그가 말을 내뱉고는 고개를 푹 숙였다.

"응, 죽었어. 아니, 자네도 그자를 고치지 못한 건가, 응? 사람들 하는 말이, 자네한테 온갖 병을 고치는 힘이 있다던데."

보아하니 나의 마부는 노인을 놀리면서 즐거워하고 있었다.

"이게 자네 수레인가?" 그는 어깨로 수레를 가리키며 덧붙였다.

"내 수레야."

"음, 수레라…… 이게 수레라!" 그는 채를 잡더니 말을 되풀이하며 수레를 거의 엎다시피 했다…… "수레라니!…… 그런데 뭘 타고 벌목장에 갈 건가?…… 채가 이래서는 우리 말에 못 매. 말들이 커서. 수레가 어째 이 모양인가?"

"내 알 바 아니지," 카시얀이 대답했다. "당신들이 무슨 말을 타고 갈지는. 아니면 이 쪼그만 녀석이라도 타고 가든가." 그가 한숨을 쉬며 덧붙였다.

"이걸 타고 가라고?" 예로페이가 받아치고는 카시얀의 약골 말에게 다가가 경멸스럽다는 듯 오른손 중지로 말의 목을 찔렀다. "이봐," 그가 비난조로 덧붙였다. "이런 망할, 잠들었군!"

나는 서둘러 그 말에 마구를 씌우라고 예로페이에게 부탁했다. 나는 카시얀과 함께 벌목장에 다녀오고 싶었다. 그런 곳에는 보통 멧닭이 많이 살기 때문이다. 수레가 다 준비되자, 나는 으스러진 나무껍질이 흩어져 있는 수레 바닥에 사냥개와 함께 자리를 잡았고, 몸을 웅크린 채 여전히 침울한 표정을 띤 카시얀은 앞쪽 끄트머리에 앉았다. 예로페이는 내게 다가와 비밀을 알려준다는 몸짓으로 속삭였다.

"나리도 같이 가신다니 다행입니다. 사실 저자는 유로디비*거든요. 게다가 별명은 블로하**고요. 나리가 저자의 말을 어떻게 알아들으셨는지 알다가도 모르겠습니다."

나는 예로페이에게 카시얀이 아직까지는 아주 분별력 있는 사람으로 보인다고 말하려 했으나 나의 마부는 비슷한 목소리로 말을 이었다.

"저자가 나리를 제대로 모시고 가는지 잘 보셔야 합니다. 그리고 굴대는 직접 고르십시오, 아주 튼튼한 걸로…… 어이, 블로하," 그가 큰 목소리로 덧붙였다. "자네 마을에서 빵을 좀 구할 수 있을까?"

"가서 보게나, 구할 수 있을 거야." 카시얀이 대답하고 고삐를 당겼고 우리는 출발했다.

대단히 놀랍게도 그의 말은 꽤 괜찮게 달렸다. 가는 내내 카시얀은 굳게 입을 다물었고 내가 묻는 말에만 마지못해 띄엄띄엄 대답했다. 우리는 금세 벌목장에 도착했고, 골짜기 위에 홀로 선 높은 오두막 사무

---

* 세속의 모든 가치를 거부하고 금욕적으로 살아가고, 겉으로는 광인처럼 보이지만 지혜를 지닌 성스러운 바보를 뜻한다.

** '벼룩'이라는 뜻.

소로 갔다. 골짜기는 아무렇게나 둑을 둘러 거의 연못으로 변하다시피 했다. 나는 이 사무소에서 눈처럼 새하얀 치아, 알랑거리는 듯한 눈매, 달콤하고도 재기 넘치는 언변, 사근사근하면서도 어딘가 사기꾼 같은 미소를 지닌 점원 둘을 만났고, 그들과 굴대값을 흥정하고는 벌목장으로 떠났다. 카시얀이 말과 함께 남아 나를 기다리리라 생각했는데 그가 갑자기 내게 다가왔다.

"새들에게 총질하러 가는 건가?" 그가 말했다. "응?"

"그렇지, 새를 찾게 된다면."

"나도 같이 가세…… 괜찮지?"

"당연하지, 괜찮고말고."

우리는 떠났다. 나무를 벤 곳은 다 해서 1베르스타 정도 되었다. 고백하건대, 나는 나의 사냥개보다 카시얀을 더 유심히 보았다. 그의 별명은 괜히 블로하가 아니었다. 무엇으로도 가리지 않은 검은 두상은(그의 머리칼은 그 어떤 모자도 대신할 수 있었다) 덤불 속에서 불쑥 나타나곤 했다. 그는 유난히도 재빨리 걸었는데, 폴짝폴짝 뛰듯이 걸었고, 계속 몸을 숙이며 풀들을 뜯어내고는 품에 쑤셔넣었다. 또 그는 콧소리로 뭐라뭐라 웅얼거리며 그 호기심 많은 기이한 눈길로 나와 개를 번갈아 보았다. '자잘한' 키 작은 덤불들과 벌목장에는 작은 회색 새들이 많이 살았고, 이 새들은 이 나무에서 저 나무로 날아다니다가 갑자기 곤두박질치면서 휘파람소리를 내곤 했다. 카시얀은 그들의 소리를 흉내내며 대화를 주고받는 듯했다. 새끼 메추라기가 그의 다리 밑에서 지저귀며 날아가면 그도 새를 따라 지저귀었다. 종달새가 날개를 퍼덕이고 낭랑한 목소리로 노래 부르며 그의 머리 위로 내려오면 카시얀도 따라 불렀다. 하지만 나와는 이야기를 나누는 법이 없었다……

날씨가 참 좋았다. 아니, 그 어느 날보다도 좋았다. 그러나 더위는 여전히 수그러들 줄 몰랐다. 맑은 하늘에는 막 띄운 돛단배처럼 평평한 직사각형 모양에 노란빛을 띤 하얀 구름들이 듬성듬성 높이 떠서 겨우 앞으로 나아가고 있었다. 목화처럼 보송보송하고 가벼운 구름의 윤곽은 여러 가지 무늬를 그린 듯 매 순간 천천히, 그러나 눈에 띌 정도로 모양을 바꿨다. 구름들은 조금씩 녹아가고 있었고, 땅에 그림자를 드리우지 않았다. 나와 카시얀은 오랫동안 벌목장을 돌아다녔다. 아직 1아르신*도 뻗어나가지 못한 어린 가지들은 가녀리고 매끈한 줄기로 새카매진 낮은 그루터기들을 에워쌌다. 테두리가 잿빛인 둥글고 해면 같은 옹이들, 그러니까 삶아서 심지를 만드는 바로 그 옹이들은 그루터기들에 덕지덕지 붙어 있었다. 뱀딸기가 그루터기들을 타고 가면서 가는 분홍색 수염들을 뻗쳐내고, 바로 옆에 버섯들이 식구대로 옹기종기 자리잡고 있었다. 뜨거운 햇볕을 담뿍 받은 키 큰 풀들에 두 다리가 계속 엉켜 걸리적거렸다. 어린나무들에서 막 솟아난 불그스름한 잎사귀들이 사방에서 날카로운 금속처럼 반짝이자 눈앞이 어른거렸다. 등갈퀴나물의 푸른 꽃송이, 미나리아재비의 금빛 꽃받침, 절반은 보라색, 절반은 노란색인 이반-다-마리야**의 꽃망울 등으로 천지가 알록달록 어지러웠다. 또 붉은 잡풀이 이루는 선들만이 한때 이곳에 바퀴가 굴러

---

* 러시아의 옛 길이 단위로, 1아르신은 71.12센티미터다.

** 서로 뚜렷이 대비되는 두 색깔을 꽃 한 송이에 지닌 몇몇 식물을 가리키는 말. 가장 흔히 보이는 것은 보라색과 노란색을 지닌 밥풀나무의 일종인데, 이 풀은 슬라브 민속 축제 '이반 쿠팔라'의 상징이기도 하다.

다녔음을 알려주는 황폐한 오솔길 근처 어딘가에는 바람과 비에 시커메진 장작들이 몇 사젠*이나 쌓여 있었다. 이 장작더미만 비스듬한 사각형 모양으로 희미한 그림자를 드리웠을 뿐 다른 그림자는 보이지 않았다. 가벼운 바람이 일었다가 잠잠해지기를 반복했다. 바람이 얼굴에 휙 불어들어 활기를 띨 때면 웅성웅성 주변 모든 것이 고개를 흔들며 움직이고, 고사리의 유연한 꽁지마저 우아하게 흔들릴 때면 그 바람이 그렇게 반가울 수가 없다…… 그러나 바람이 멎으면 모든 것도 다시 고요해진다. 성난 여치들만 목소리를 모아 찌르륵거리고 이 멈출 줄 모르는 시큼하고 메마른 소리는 사람을 지치게 한다. 이 소리는 물러설 줄 모르는 한낮의 더위에 어울린다. 그리고 이 소리는 바로 그 더위에서 태어나고, 달구어진 대지로부터 나오라는 그 더위의 부름을 받는다.

결국 우리는 새끼 새 한 마리도 마주치지 못한 채 새로 생긴 벌목장에 이르렀다. 잘린 지 얼마 안 된 사시나무들이 풀과 잔 덤불을 짓누르며 땅에 늘어져 있었다. 그중 몇 그루는 움직이지 않는 죽은 가지에 아직 푸른 잎사귀가 힘없이 대롱거렸다. 촉촉하고 선명한 그루터기들 주변 여기저기에 쌓인, 금빛을 띤 하얀색 신선한 나뭇조각들에서는 아주 독특한, 무척이나 기분좋으면서도 씁쓸한 냄새가 풍겼다. 저 멀리 숲 가까운 곳에서 둔중한 도끼 소리가 들렸고, 잎이 무성한 나무는 마치 두 팔을 벌린 채 인사하듯 엄숙하고도 고요히 땅으로 무너져 내렸다.

* 러시아의 옛 길이 단위로, 1사젠은 2.13미터다.

나는 오랫동안 사냥감을 전혀 찾을 수 없었다. 마침내 참나무가 무성한 곳에 빽빽이 자라난 쑥들 사이로 흰눈썹뜸부기가 휙 날아갔다. 나는 쏘아 맞혔고 새는 공중에서 몸이 뒤집힌 채 땅으로 떨어졌다. 총성을 들은 카시얀은 손으로 급히 두 눈을 가렸고, 내가 총을 장전하고 새를 주워드는 동안 제자리에서 꼼짝도 하지 않았다. 내가 앞으로 더 나아가자 그는 죽은 새가 떨어진 곳으로 다가가 핏방울이 튄 풀 위로 몸을 숙이더니 고개를 젓고는 겁먹은 눈으로 나를 쳐다보았다…… 조금 뒤 나는 그의 혼잣말을 들었다. "죄야!…… 아, 이건 정말 죄야!"

결국 우리는 더위에 지쳐 숲속으로 기어들어갔다. 나는 가지를 넓게 펼친 채 높이 자란 호두나무 아래로 들어갔는데, 그 위로 늘씬한 단풍나무가 가벼운 가지들을 아름답게 드리우고 있었다. 카시얀은 벌채된 자작나무의 두툼한 밑동에 걸터앉았다. 나는 그를 가만히 바라보았다. 높은 곳에 매달려 살랑거리는 잎들이 만든 옅은 초록색 그늘은 시커먼 아르먀크로 아무렇게나 감싼 그의 보잘것없는 몸 위에서, 그의 작은 얼굴 위에서 앞뒤로 조용히 미끄러졌다. 그는 고개를 들지 않았다. 그의 침묵에 지루해진 나는 등을 대고 누워 저멀리 밝은 하늘을 배경으로 뒤엉킨 잎사귀들이 선보이는 평화로운 유희를 감상했다. 숲에서 드러누워 위를 바라보는 것은 굉장히 기분좋은 일이다! 깊이를 모를 바다가 그대 눈앞에 보이고, 그 바다는 그대 아래 넓게 펼쳐지고, 나무들은 땅에서 솟아오르는 것이 아니라 마치 거대한 식물의 뿌리처럼 내려가 유리처럼 맑은 파도 속으로 수직으로 떨어지는 것 같다. 나무에 달린 잎들은 그 파도 사이에서 에메랄드빛을 띠기도 하고, 한데 뭉쳐져 금빛으로, 거의 검은색에 가까운 수초 빛을 띠기도 한다. 저멀리 어딘가 가느다란 나뭇가지 끄트머리에는 잎사귀 하나가 투명한 하늘의 푸른 한 조각에 움직임 없이 매달려 있고, 그 옆에는 물고기가 꼬리자루로 장난치는 모습을 연상케 하며 잎사귀가 살랑거리는데, 마치 바람의 도움 없이 저절로 움직이는 듯 보인다. 하얗고 둥근 구름들이 물아래 가라앉은 마법의 섬들처럼 조용히 떠왔다가 조용히 떠나는 가운데, 갑자기 이 바다 전체, 이 찬란한 공기, 햇빛에 흠뻑 젖은 나뭇가지들과 잎사귀들, 이 모든 것이 민첩한 광선이 되어 흘러가며 진동할 것이다. 느닷없이 몰려온 파도의 무한한 잔물결을 닮은 소리, 생기 넘치고 파르르 떨리는 소리가 재잘거리며 몰아쳐 오를 것이다. 그대는 미동도 없이 그저 바라보고 있다. 가슴속이 얼마나 기쁘고 고요하고 달콤해지는지 이루 말할 수 없다. 그대는 바라본다. 그 깊고 깨끗한 쪽빛이 그대의 입가에 저 쪽빛과도 같은, 하늘에 떠가는 저 구름과도 같은 천진한 미소를 머금게 하고, 행복한 추억이 저 모든 것과 대오를 이루어 느릿느릿 그대 마음을 스쳐지나가고, 더 멀리 나아가려는 그대의 시선은 저 고요하고 빛나는 심연으로 그대를 끌어당겨 이 창공, 이 심해로부터 영영 벗어날 수 없게 된다.

"이봐, 귀족 나리!" 갑자기 카시얀이 낭랑한 목소리로 말했다.

나는 깜짝 놀라 몸을 일으켰다. 그때까지는 내가 묻는 말에 거의 답을 하지 않던 그가 돌연 내게 말을 건 것이다.

"무슨 일인가?" 내가 물었다.

"음, 어째서 그 작은 새를 죽였나?" 그가 내 얼굴을 똑바로 쳐다보며 말을 꺼냈다.

"어째서라니? 뜸부기는 사냥감이고, 먹을 수 있으니 그랬네."

"먹으려고 죽인 게 아니잖아! 당신은 그냥 재미로 새를 죽였어."

"그러는 영감은 거위나 닭을 먹지 않는가?"

"그런 새들이야 하느님이 사람들에게 먹으라고 정해주신 것이고, 뜸부기는 숲에 사는 자유로운 새란 말이야. 뜸부기뿐만이 아니야. 숲에 사는 모든 짐승, 들에, 강에, 늪에, 풀밭에, 높은 곳에, 낮은 곳에 사는 모든 짐승을 죽이는 건 죄라고. 그것들이 제 명대로 땅에서 살 수 있게 놔둬야 해…… 사람의 양식은 따로 정해져 있어. 사람은 다른 걸 먹고 마셔야 하는 법이야. 하늘이 은총으로 내려주신 곡식이 있고, 역시 하늘에서 내려오는 물이 있고, 조상 대대로 키운 짐승들이 있잖아."

나는 놀라운 눈으로 카시얀을 바라보았다. 그의 말은 아주 자유로이 흘렀다. 그는 단어를 애써 찾지 않았다. 이따금 눈을 감으며 고요한 영감을 받는 듯 온유하고 존엄 가득한 목소리로 말했다.

"그러면 물고기를 죽이는 것도 죄스러운 일이란 말인가?" 내가 물었다.

"물고기는 피가 차가워." 그가 확신에 차서 대꾸했다. "물고기는 말을 못하는 짐승이야. 무서워하는 법도 없고, 즐거워하는 법도 없어. 말을 할 줄 모르기 때문이지. 물고기는 아무것도 못 느끼는데, 그건 피가 살아 있지 않기 때문이야…… 피는 말이지," 그가 잠시 멈추었다가 계속했다. "피야말로 가장 거룩한 것이거든! 피는 해님을 보지 못하고, 피는 빛으로부터 숨어…… 그런 피에게 빛을 보게 하는 건 아주 큰 죄야, 아주 큰 죄라고…… 어이구, 무서운 죄야!"

그는 한숨을 내쉬고는 고개를 숙였다. 나는 대단히 놀라서 이 기이한 노인을 그저 바라보기만 했다. 그의 말은 평범한 농투성이가 하는 말이 아니었다. 보통 사람은커녕 미사여구를 좋아하는 사람도 그렇게는 말하지 못할 것이었다. 그의 말은 사려 깊으면서도 엄숙하고 기묘했다…… 나는 여태껏 그런 말을 한 번도 들어본 적이 없었다.

"카시얀, 말해주시게." 살짝 붉어진 그의 얼굴에서 눈을 떼지 않은 채 내가 말했다. "자네는 무엇을 하며 먹고사는가?"

그는 내 질문에 곧장 대답하지 않았다. 그의 눈이 순간 불안하게 빛났다.

"하느님이 명하신 대로 살지." 그가 마침내 입을 열었다. "무엇을 하며 먹고사느냐 묻는다면, 딱히 하는 건 없어. 어릴 때부터 나는 아주 둔해빠져서 되는대로 일하며 살았지. 일꾼으로서는 영 써먹을 데가 없거든…… 어디서 나를 쓰겠어! 몸이 튼튼한 것도 아니고, 손재주도 없으니. 음, 봄이면 꾀꼬리를 잡아."

"꾀꼬리를 잡는다고?…… 아니, 자네가 숲에 살든 들에 살든 어떤 짐승도 해쳐서는 안 된다고 말하지 않았나?"

"죽여서는 안 되지, 암. 죽음은 때가 되어야 목숨을 거두어 가니까. 목수 마르틴만 해도 그래. 목수 마르틴은 오래 살지 못하고 죽었지. 그의 마누라는 남편과 어린아이들 때문에 창자가 끊어질 듯 슬퍼하고…… 사람도 짐승도 죽음 앞에서는 수를 못 써. 죽음은 달려서 오지 않고, 누구도 죽음으로부터 도망칠 수 없어. 게다가 죽음을 도울 수도 없는 법이고…… 나는 꾀꼬리들을 죽이지 않아, 천벌받을 일이지! 나는 꾀꼬리들을 괴롭히려고 잡는 것도 아니고 죽이려고 잡는 것도 아니야, 그저 사람들을 즐겁게 하려고, 달래고 기쁘게 하려고 잡는 거지."

"자네는 꾀꼬리를 잡으러 쿠르스크에도 가나?"

"쿠르스크에도 가고 어떨 때는 더 멀리도 가지. 늪에서 잘 때도 있고, 숲에서 잘 때도 있고, 들에서 잘 때도 있어. 아무도 없는 아주 외진 곳에서 말이지. 물떼새들이 휘파람을 불기도 하고, 산토끼들이 울기도 하고, 수오리들이 꽥꽥대기도 해…… 저녁에는 소리가 어디서 나는지 대충 알아두고 아침이 되면 유심히 들어두었다가 노을이 질 때 덤불에 그물을 치는 거야…… 어떤 꾀꼬리들은 아주 애가 끓게 노래해, 달콤할 정도로…… 그래도 애처롭긴 하지."

"잡은 꾀꼬리들은 내다파나?"

"착한 사람들에게 나눠줘."

"그리고 또 어떤 일을 하나?"

"일이라니?"

"무슨 일을 하며 시간을 보내지?"

노인은 잠시 말이 없었다.

"아무것도 하지 않아…… 나는 일하는 재주가 없다니까. 그래도 글은 좀 알지."

"자네가 글을 안다고?"

"알고말고. 하느님과 착한 사람들 덕분에 배웠어."

"가족은 있나?"

"없어, 아무도 없어."

"어째서 그렇지?…… 다들 세상을 떠난 건가?"

"아니, 그렇지 않아. 그저 가족은 세상에서 내가 받을 몫이 아닌 게지. 모든 건 하느님에게 달린 법이야, 우리는 모두 하느님이 보살피셔서 이렇게 걸어다닌다고. 사람은 자고로 의로워야 해, 암! 그러니까 하느님이 보시기에 마땅해야 한다 이거야."

"일가붙이가 아무도 없단 말인가?"

"있기야 하지…… 근데…… 그……"

노인이 말을 얼버무렸다.

"그건 그렇고, 말해주게." 내가 말을 꺼냈다. "듣자 하니, 나의 마부가 자네한테 어째서 마르틴의 병을 고치지 못했느냐고 묻던데. 자네는 정말로 병을 고칠 줄 아는가?"

"당신의 마부는 의로운 사람이야." 카시얀이 신중하게 대답했다. "하지만 그렇다고 죄가 없는 사람은 또 아니야. 사람들은 내게 병을 고치는 능력이 있다고 말하지…… 어디 내가 그런 힘이 있나!…… 대체 누가 누굴 고친단 말인가! 다 하느님에게 달린 일인 것을. 하기야 있긴 하지…… 그런 풀이나 꽃이 있긴 있어, 정말 병을 고치는 데 도움이 되기도 하고. 도깨비바늘만 해도 사람한테 이로운 풀이지. 질경이도 그렇고. 그런 풀들에 대해 말하는 건 부끄러운 일이 아니야. 아주 깨끗한 하느님의 풀들이거든. 음, 그런데 다른 풀들은 그렇지 않아. 병을 고치는 데 도움은 되지만 죄스러운 것들도 있거든. 그것들에 대해 말하는 건 그 자체로 죄야. 기도를 올리면서 쓴다면야 괜찮을 수도 있지…… 암, 그렇고말고, 그런 풀들도 있지…… 어찌됐든 믿음만 있으면 살아날 수 있는 법이니까." 그가 목소리를 낮추며 덧붙였다.

"마르틴한테는 아무것도 주지 않았나?" 내가 물었다.

"너무 늦게 알았어." 노인이 대답했다. "어쩌겠나! 누구나 태어날 때부터 정해진 명이 있는 것을. 목수 마르틴은 애초에 아니었어, 이 세상에 살 사람이 아니었어. 그러니 그렇게 되었지. 아니었고말고. 이 세상에 살 사람이 아니면 해님도 데워주질 않아, 먹을 복도 타고나지 못하고. 꼭 뭔가가 그 사람을 불러내는 것 같지…… 아이고, 하느님, 그의 영혼을 돌보소서!"

"자네들을 우리 고장으로 옮겨 살게 한 지 오래되었나?" 내가 잠시 침묵하다가 물었다.

카시얀은 움찔했다.

"아니, 얼마 안 됐어. 한 사 년 됐나. 늙은 나리가 있을 때는 우리 모두 계속 살던 곳에 살았는데, 후견인이라는 자가 와서는 우리를 옮겨 살게 했지. 늙은 나리는 마음이 순하고 고운 분이었어, 그분이 하늘나라에 드시기를! 뭐, 후견인도 제딴은 옳게 생각한 셈이지, 아무튼 이렇게 될 팔자였던 거야."

"예전에는 다들 어디 살았나?"

"우리는 크라시바야 메차*에 살았어."

"여기서 먼 곳인가?"

"100베르스타쯤 되려나."

"그래, 거기서 살 때가 더 좋았나?"

"좋았지…… 훨씬 좋았어. 땅도 넓고 강도 있고, 아무튼 그곳이야말로 우리의 둥지였어. 여긴 터가 좁고 너무 가물어…… 여기서 우리는 고아 신세가 되어버렸어. 우리 크라시바야 메차에서는 언덕에 올라가면 말이지, 아이고 하느님, 세상에 안 보이는 게 없었어……! 강이며 풀밭이며 숲이며 없는 게 없었지. 교회도 하나 있었고, 거기서 더 가면 또

* 현재 툴스카야주와 리페츠카야주를 흐르는 강으로, 돈강의 오른쪽 지류다.

풀밭이 나왔어. 아주 먼 곳도 훤히 보였어. 먼 곳도 아주 잘 보였다고. 눈을 크게 뜨고 탁 트인 데를 바라보면, 허, 얼마나 좋았는지 몰라! 물론 여기 흙이 더 좋긴 하지. 농부들 말마따나 아주 옥토야, 옥토. 그런데 사실 어디서든 나 하나 먹고사는 거야 충분해."

"노인장, 그래도 태어난 고향에서 살고 싶겠지?"

"응, 가서 한번 둘러보고 싶어. 그렇기는 해도 어디든 다 좋아. 나는 홀몸인데다 어디 한 군데서 살 사람도 아니니까. 온종일 집에 있어봤자 뭘 하겠어? 여기저기 돌아다니는 게," 그가 목소리를 높였다. "마음이 더 편하지, 암. 해가 밝게 비춰주니 하느님에게도 내가 더 잘 보일 테고, 그러니 노래도 절로 나오지. 여길 봐, 어떤 풀이 자라는지. 이렇게 풀들을 잘 봐뒀다가 조금씩 뜯어서 모으는 거야. 여기 샘이 하나 있는데, 아주 깨끗한 샘물이 졸졸 흘러. 이 물도 꿀꺽꿀꺽 마시고는 잘 기억해두는 거야. 하늘을 나는 새들은 또 어찌나 노래를 잘 부르는지…… 초원은 쿠르스크 넘어서까지 이어지는데, 참으로 사람을 놀라게 하고 기쁘게 하니 이야말로 자유요, 하느님의 은총 아니겠어! 사람들 하는 말이, 이 초원을 끝까지 따라가다보면 따뜻한 바다가 나온다고 해. 그리고 그곳에는 목소리가 달콤한 가마윤*이라는 새가 살고, 겨울에도 가을에도 나무에서 잎이 떨어지지 않는다지. 또 은빛 가지에서 금빛 사과들이 자라니 그곳 사람들은 부족한 것 없이 의롭게 살아간다는 거야…… 그곳에 한번 가보고 싶어…… 나는 이미 온갖 곳을 돌아다녔는데도 말이지! 로몬에도 가봤고, 아주 멋진 신비르스크에도 가봤고, 정

* 러시아 민속에서 지혜를 상징하는 새. 낙원에 가까운 동쪽에 살며 이 새가 떨어지면 나라의 큰 인물이 죽음을 맞이할 징조라고 믿었다.

수리가 황금으로 된 모스크바에도 가봤지. 만물에 젖을 먹이는 오카강도 다녀왔고, 비둘기같이 예쁜 츠나강도, 어머니 볼가강도 이 두 눈으로 봤어. 별의별 사람들, 선한 그리스도인들도 수없이 봤고, 의로운 도시들에도 가봤지…… 그래도 그곳은 꼭 가보고 싶어…… 물론…… 이미…… 죄 많은 나뿐만 아니라…… 수많은 그리스도인이 짚신을 신고 세상을 돌아다니면서 진리를 찾고 있지…… 암!…… 그러니 집에만 틀어박혀 있는 게 무슨 소용이냔 말이야, 안 그래? 사람 안에는 의로움이 없어, 그건 말이지……"

카시얀이 마지막 말을 너무 빠르게 하는 바람에 거의 알아들을 수 없었다. 그러고 나서 또 무슨 말을 했는데, 역시 나는 알아듣지 못했고, 그의 기묘한 얼굴에는 예로페이가 그에게 붙여준 '유로디비'라는 말을 떠올릴 수밖에 없는 표정이 나타났다. 그는 고개를 숙이고 몇 번 기침했고 그제야 정신이 드는 듯했다.

"이 해님 좀 보게!" 그가 낮은 목소리로 말했다. "아이고 하느님, 얼마나 거룩한 은총인가! 이 숲의 온기하며!"

그는 어깨를 움찔거리더니 말을 멈추고 멍하니 앞을 바라보며 조용히 노래하기 시작했다. 그가 길게 뽑아내는 노래 가사를 모두 알아들을 수는 없었다. 다음과 같은 말이 들렸을 뿐이다.

내 이름은 카시얀이라네,
내 별명은 블로하……

'아!' 나는 생각했다. '노래를 짓고 있구나……'

그가 갑자기 몸을 떨더니 무성한 숲을 유심히 바라보며 노래를 멈췄다. 뒤를 돌아보니 여덟 살쯤 된, 몸집이 작은 농촌 소녀가 보였다. 새파란 사라판*을 입은 아이는 격자무늬 머릿수건을 쓰고 볕에 그을린 맨팔에 고리버들 바구니를 들고 있었다. 아이는 우리와 마주치리라고는 전혀 예상하지 못한 모양이었다. 말 그대로 우리를 맞닥뜨린 아이는 두려움 가득한 새카만 눈으로 나를 바라보며 초록이 무성한 호두나무 아래 그늘진 풀밭에 미동도 없이 서 있었다. 곧장 나무 뒤로 숨어버려 나는 아이를 제대로 관찰할 수 없었다.

"안누시카! 안누시카! 이리 와, 무서워할 것 없다." 노인이 정답게 말했다.

"무서워요." 가느다란 목소리가 들렸다.

"겁먹지 마라. 어서 이리 오래도."

안누시카는 말없이 고개를 뒤로 젖히고 조용히 주변을 한 바퀴 돌더니—아이의 어린 발은 우거진 풀밭 위에서 거의 아무 소리도 내지 않았다—노인 근처에 서 있는 나무들 사이에서 나왔다. 작은 키를 보고 판단했던 것과 달리 아이는 여덟 살이 아니라 열서너 살쯤 된 소녀였다. 소녀는 모든 것이 작고 몸이 야위었으나 매우 균형 잡혀 있었고 민첩했다. 카시얀은 결코 미남이 아니었으나 소녀의 아름다운 얼굴은 놀랍게도 카시얀의 얼굴과 닮아 보였다. 날카로운 얼굴선, 영악해 보이면서도 쉽게 남을 믿을 것 같고, 생각이 깊어 보이면서도 사람을 꿰뚫어 보는 듯한 기묘한 눈빛, 움직임 하나하나가 전부 닮아 보였다…… 카

* 러시아 농촌 여성이 입는 민속 의상. 소매가 없고 긴 치마가 가슴 부분까지 이어져 있으며 루바시카 위에 걸쳐입는다.

시야은 소녀를 훑어보았고, 소녀는 그 옆에 꼭 붙어 있었다.

"버섯을 따고 있었구나?" 그가 물었다.

"네, 그랬어요." 소녀가 수줍은 미소를 띠며 대답했다.

"그래, 많이 땄니?"

"아주 많이요." (소녀는 재빠르게 그를 바라보고는 다시 미소 지었다.)

"하얀 것들도 있던?"

"하얀 것들도 있었어요."

"그래, 어디 한번 보자……" (소녀는 손에서 바구니를 내려놓고 버섯을 덮고 있던 널찍한 우엉잎을 조금 들어올렸다.) "세상에!" 카시얀이 바구니 위로 몸을 숙이며 말했다. "버섯이 참 좋구나! 아주 좋다, 안누시카!"

"자네 딸인가, 카시얀?" 내가 물었다. (안누시카가 얼굴을 살짝 붉혔다.)

"아니, 친척이야." 카시얀이 짐짓 태연한 척하며 말했다. "그럼, 안누시카, 이제 가보려무나." 그가 곧장 덧붙였다. "이제 가보렴. 길 조심하고……"

"아이를 어째서 걸어가게 놔두는가?" 내가 그의 말을 가로챘다. "우리 수레로 태워다주면 될 텐데……"

안누시카는 얼굴이 양귀비꽃처럼 새빨개졌고, 두 손으로 바구니에 달린 밧줄을 꼭 쥔 채 불안한 눈으로 노인을 바라보았다.

"아니, 혼자서 잘 갈 거야." 그가 예의 태평하고 나른한 목소리로 말했다. "무슨 일 있겠어?…… 무사히 갈 거야…… 가보렴."

안누시카는 숲으로 냅다 달렸다. 카시얀은 소녀 뒤를 눈으로 좇더니 고개를 숙이고 피식 웃었다. 한참이나 그의 입에 머물던 웃음, 그가 안누시카에게 했던 몇 마디 말, 그리고 소녀와 대화를 나누던 목소리에는 뭐라 설명할 수 없는 지극한 사랑과 다정함이 녹아 있었다. 그는 소녀가 떠난 방향을 또 한번 바라보더니 다시 미소를 지었고, 얼굴을 손으로 문지르며 고개를 두어 번 저었다.

"어째서 노인장은 아이를 그렇게 빨리 보내셨는가?" 내가 물었다. "내가 버섯이라도 좀 사줄까 했는데……"

"나리는 원하실 때 언제든 집에서 살 수 있잖습니까." 그가 처음으로 내게 존댓말을 하며 대답했다.

"아이가 아주 예쁘군."

"아닙니다…… 예쁘긴…… 무슨." 그는 마지못해 대답하고는 예의 침묵으로 다시 빠져들었다.

다시 그의 입을 열게 하려는 모든 노력이 헛된 것 같아 나는 벌목장으로 되돌아갔다. 더위는 조금 누그러졌다. 그러나 나의 실패는, 혹은 우리 고장에서 흔히 하는 말로 하자면, 나의 '낭패'는 멈출 줄 모르고 계속되었고, 나는 뜸부기 한 마리와 새 굴대 하나를 들고 마을로 돌아왔다. 마당에 들어설 쯤에야 카시얀이 갑자기 나를 돌아보았다.

"나리, 저, 사실은," 그가 입을 열었다. "나리한테 내가 잘못을 저질렀어. 나리가 못 잡게 사냥감들을 다 딴 데로 흩뜨려놓았거든."

"그게 무슨 말인가?"

"다 하는 법이 있거든. 나리의 사냥개는 훈련이 잘된 훌륭한 개인데도 아무것도 할 수 없었잖아. 생각해봐, 사람은 어디까지나 사람이야, 안 그래? 이 개도 짐승인데, 사람들이 짐승인 개를 어떻게 만들어놓았나?"

사냥감들에 '주문을 거는 것'은 불가능하다고 카시얀을 설득해봤자 아무런 소득이 없을 것 같아 나는 아무런 대꾸도 하지 않았다. 게다가 마침 우리는 대문으로 들어서던 참이었다.

안누시카는 오두막에 없었다. 벌써 도착해서 버섯 바구니를 남겨두고 가버린 것이다. 예로페이는 억울하게도 새 굴대에 아주 엄격한 평을 하더니 결국 수레에 끼웠다. 한 시간쯤 뒤 나는 카시얀에게 약간의 돈을 쥐여주고 수레에 올라 길을 나섰다. 그는 한사코 돈을 받지 않으려 했으나 잠깐 생각하더니 손바닥 위에 돈을 올려놓았다가 품속에 집어넣었다. 수레를 타고 오는 한 시간 동안 그는 아무 말도 하지 않았다. 그는 처음 봤을 때처럼 대문에 기대서서 나의 마부가 내뱉는 힐난에도 대꾸하지 않았고 나와 퍽 차갑게 작별인사를 나눴다.

마을에 돌아오자마자 나는 예로페이가 또다시 침울해진 것을 눈치챘다…… 사실 그는 마을에서 먹을 것을 전혀 구하지 못했고, 말에게 먹일 물도 형편없었던 것이다. 우리는 길을 나섰다. 뒤통수에서도 느껴질 만큼 불만을 드러낸 채 그는 마부석에 앉아 있었고, 나와 이야기를 하고 싶어 안달이 나 있었지만, 나의 첫 질문을 기다리며 괜히 혼자 낮은 목소리로 툴툴거리기도 하고 말들에게 이러쿵저러쿵 잔소리에 독살스러운 말을 내뱉었다. "시골이라!" 그가 중얼댔다. "이런 게 시골이라니! 크바스 좀 마시자고 하면 크바스는 없다고 하고…… 이런 제기랄! 물은 입만 대도 퉤퉤! (그는 소리 내어 침을 뱉었다.) 오이도 없다, 크바스도 없다, 대체 있는 게 뭐야. 이놈아," 그가 오른쪽 곁마에게 큰 소리로 한마디했다. "내가 네놈을 알지, 이 막돼먹은 놈! 말을 하면 듣는 척만 하지…… (그는 채찍으로 말을 한 대 때렸다.) 약아빠져서는, 예전에는 고분고분 말만 잘 듣더니만…… 워워, 앞을 잘 보란 말이다!"

"여보게, 예로페이," 내가 말을 꺼냈다. "카시얀은 어떤 사람인가?"

예로페이는 곧바로 대답하지 않았다. 그는 언제나 신중하고 결코 서두르는 법이 없는 사람이었다. 그런데 나는 내 질문이 그를 기쁘고 편안하게 만들었다는 것을 바로 알아챌 수 있었다.

"블로하 말씀입니까?" 그가 고삐를 당기며 드디어 입을 열었다. "참 신기한 사람입죠. 진짜 유로디비예요, 그렇게 신기한 사람은 다른 데선 못 찾을 겁니다. 그자는 우리네 구렁말 그 자체다 이 말씀입니다. 손쓰는 일하고는 아주 거리가 멀지요…… 아예 일이란 것과는 거리가 멉니다. 그러니까 일꾼으로 살 팔자가 아니라는 겁니다, 그저 마음가는 대로 살지요…… 어려서부터 그랬습니다. 처음에는 집안 아저씨들을 따라 짐마차를 몰았어요. 삼두마차가 있었거든요. 그런데 일하는 게 지겨워졌는지 그만두더군요. 그렇게 그냥 집에서 빈둥거리게 되었지만, 그렇다고 집에 가만히 있지도 못했습니다. 꼭 벼룩같이 한곳에 붙어 있는 성격이 못 되어서요. 다행히도 좋은 지주 나리 밑에 있어서 일을 꼭 해야 하는 것도 아니었습니다. 그래서 그후로 그렇게 풀어놓은 암양처럼 일없이 그저 돌아다니는 겁니다. 그런데 도무지 알 수 없는, 참 놀라운 사람입니다. 그루터기같이 입을 꼭 다물고 있다가도 갑자기 입만 열면 당최 알 수 없는 소리를 늘어놓거든요. 그게 그 사람이 사는 방식 아니냐고요? 그건 아닐 겁니다. 그냥 미련한 거죠. 그래도 노래는 제법 잘합니다! 너무 젠체하며 부르긴 합니다만 그래도 나쁘지 않아요."

"근데 병을 낫게 한다던데, 정말인가?"

"낫게 하기는요, 무슨!…… 어디서 그런 신통력을 얻었겠습니까! 그냥 평범한 자입니다. 그래도 제가 연주창*이 돋았을 때 고쳐주었지요…… 아무리 그렇다고 해도! 그냥 미련한 자입니다." 그가 잠시 말을 않다가 덧붙였다.

"자네는 그를 안 지 오래되었나?"

"오래되었습죠. 우리는 크라시바야 메차에 있는 시춉카에 살 때 이웃이었습니다."

"숲에서 안누시카라는 여자애를 마주쳤는데, 그자의 친척인가?"

예로페이는 어깨 너머로 나를 흘끔 보더니 이를 보이며 히죽 웃었다.

"허허!…… 네, 비슷합죠. 그 아이는 고아입니다. 어미가 없고, 누가 어미인지 아무도 모르지요. 음, 분명 그자와 한 핏줄일 겁니다. 둘이 빼다박은 듯이 닮았으니까요…… 카시얀의 집에서 지내지요. 아주 영특한 아이란 건 두말하면 잔소리입니다. 훌륭한 아이예요, 늙은이도 아이를 끔찍이 아끼지요. 아주 착한 아이입니다. 안 믿기시겠지만, 그자는 안누시카한테 글을 가르치려는 모양입니다. 뭐, 그자라면 그러고도 남지요, 워낙 괴짜라서요. 항상 가만있지를 못하는데다 종잡을 수 없는 치입니다요…… 워워!" 나의 마부는 갑자기 하던 이야기를 끊고 말들을 멈추고는 몸을 한쪽으로 숙여 공기 냄새를 맡기 시작했다. "타는 냄새가 나는데? 틀림없어! 이 새 굴대가 또…… 기름칠을 충분히 했는데

* 목 부위에 발생한 멍울들이 곪아터져서 생긴 부스럼.

도…… 물 좀 떠 와야겠습니다, 마침 근처에 연못이 있거든요."

그렇게 예로페이는 느릿느릿 마부석에서 내려와 수레에 묶인 양동이를 풀어 들고 연못으로 갔다. 그리고 돌아와서는 굴대통이 갑자기 물을 뒤집어쓰고 쉭쉭거리는 소리를 만족스럽다는 듯 들었다…… 10베르스타 갈 때마다 그는 달아오른 굴대에 여섯 번 정도 물을 끼얹어야 했고, 집에 도착할 무렵에는 벌써 저녁이 깊어갔다.

마름

내 영지에서 15베르스타쯤 떨어진 곳에 아르카디 파블리치 페노치킨이라는 지인이 사는데, 그는 퇴역한 근위대 장교이자 젊은 지주였다. 사냥감이 많은 그의 영지에는 프랑스 건축가가 설계한 저택이 서 있고 하인들은 영국식 제복을 입는다. 그는 언제나 훌륭한 만찬을 대접하며 손님을 정답게 맞이하지만 그를 방문하는 일은 늘 내키지 않는다. 사리분별이 확실하고 재력도 있는 그는 교육도 남들 받는 만큼 훌륭히 받았고 군에 봉직하며 한때 상류사회에도 꽤 드나들었으나 이제는 영지 경영에만 전념하여 큰 성과를 거두고 있다. 아르카디 파블리치가 자신에 대해 하는 말에 따르자면, 그는 성품이 엄격하나 공정하여 아랫사람들의 복리에 마음을 쓰면서도 다름 아닌 그들의 복리를 위해 그들을 벌하기도 한다. "그들은 아이들처럼 다뤄야 합니다." 그리고 그는 이렇게 말한다. "그들이 잘못을 저지르는 건 무지하기 때문이거든요, *친애하는 벗이여, 이 점을 반드시 고려해야 합니다.*" 그런데 이른바 애석하지만 불가피한 조처를 해야 할 때면 돌발적이고 성급한 행동을 최대한 피하고 목소리 높이는 것을 꺼리면서 손을 똑바로 내민 채 차분하게 말하는 것이다. "이 사람아, 내가 그렇게 부탁하지 않았나" 또는 "친구, 이게 무슨 일인가, 정신 차리시게." 그러면서 이를 살짝 악물어 입 모양을 일그러뜨린다. 그는 키가 그다지 크지 않으나 균형 잡힌 체격에 얼굴도 꽤 잘생겼고, 손과 손톱을 언제나 깔끔하게 유지한다. 불그레한 입술과 두 뺨에는 건강미가 흐른다. 항상 소탈하게 소리 내어 웃고 밝은 갈색 눈을 다정하게 찡그리기도 한다. 또 그는 훌륭한 안목으로 고른 옷을 잘 차려입고 다닌다. 프랑스 서적, 그림, 신문 등을 주문해서 받아보기도 하는데 독서에는 그다지 취미가 없는 듯해 보여 『방랑하는 유대인』*이나마 완독했을지 의심스럽다. 한편 카드놀이에서는 명수가 틀림없다. 요컨대 아르카디 파블리치는 우리 도에서 가장 교양 있는 귀족이자 가장 탐나는 신랑감 중 하나로 통한다. 숙녀들은 정신이 나갈 정도로 그를 갈망하고, 특히 그의 세련된 몸가짐을 높이 산다. 그는 놀라울 정도로 말과 행동이 점잖고, 고양이만큼이나 조심성 있으며 여태껏 어떤 추문에도 휘말린 적이 없다. 물론 때에 따라서는 자신의 영향력을 드러내기도 하고 어리숙한 상대를 당황스럽게 하거나 쏘아붙이기를 좋아한다. 평판이 좋지 않은 무리와 어울리기를 극도로 싫어하고 이름을 더럽히는 것을 무척 두려워하지만, 기분이 좋을 때면 에

* 프랑스 작가 외젠 쉬의 두 권짜리 소설(1844~1845)로, 당대에 큰 성공을 거두었다.

피쿠로스 추종자를 자처하기도 한다. 평소에는 철학을 독일 지성의 뜬 구름 같은 양식이라고 부르거나 때로는 그저 헛소리라고 혹평하기는 하지만 말이다. 카드놀이를 하면서 흥얼거리며 아무렇게나 부르는데도 풍부한 감정이 느껴진다. 〈루치아〉와 〈몽유병 여인〉*의 몇 대목을 외우고 있는데 어째선지 음정을 늘 높게 잡는다. 겨울이면 그는 페테르부르크에 가서 지낸다. 그의 저택은 유별나다 싶을 정도로 질서정연해서, 심지어 마부들마저 그의 영향을 받아 매일같이 멍에를 닦고, 아르먀크를 손질하고 얼굴까지 챙겨 씻는다. 아르카디 파블리치의 하인들은 항상 사람을 볼 때 흘겨보는 버릇이 있는데, 사실 우리 루시에서는 대체로 시무룩한 얼굴과 잠에 취한 얼굴을 구분하기 쉽지 않다. 아르카디 파블리치는 부드럽고 듣기 좋은 목소리로 띄엄띄엄 말하는데 마치 향수를 뿌린 멋진 콧수염 사이로 단어를 하나씩 내뱉기를 무척 즐기는 듯하다. 또한 '*그것참 우습군!*'—'*아니 그럴 수가!*' 같은 프랑스어 표현을 즐겨 쓴다. 이 모든 것을 고려해도 나는 그를 방문하는 일이 썩 내키지 않았는데, 그의 영지에 멧닭이나 자고새가 많지 않았다면 그와 아예 절교했을지도 모른다. 그의 집에 있으면 뭔지 모를 불안감이 엄습하기 때문이다. 심지어 적재적소에 갖추어진 모든 편의도 달갑지 않고, 저녁이 되어 머리를 곱슬곱슬하게 지진 시종이 문장紋章이 새겨진 단추를 단 푸른 제복을 입고 나타나 비굴한 태도로 장화를 벗겨줄 때면, 이 창백하고 수척한 인물보다는 밭에서 쟁기를 끌다가 바로 얼마 전 주인의 명으로 나리들을 모시게 된, 그러나 근래에 주인 나리가 하사한 무명

* 이탈리아 작곡가 가에타노 도니체티와 빈첸초 벨리니의 오페라.

카프탄을 벌써 열 군데나 찢어먹은 젊고 튼튼한 사내의 놀라울 정도로 넓은 광대뼈와 믿기지 않을 정도로 뭉툭한 코가 등장하기를 바라게 되고, 그런다면 이루 말할 수 없이 기뻐하며 장화와 함께 넓적다리까지 잃게 될 위험도 마다하지 않을 것이다……

아르카디 파블리치를 되도록 피하고픈 마음에도 불구하고 나는 그의 집에서 하룻밤을 보낼 수밖에 없게 되었다. 나는 다음날 아침 일찍 사륜마차에 말을 매어두라고 지시했으나 그가 영국식 아침식사를 대접하지 않고는 보낼 수 없다며 나를 자기 서재로 끌고 갔다. 차와 함께 커틀릿, 반숙 달걀, 버터, 꿀, 치즈 등을 내왔다. 깨끗하고 새하얀 장갑을 낀 두 시종이 우리가 원하는 것들을 소소한 것까지도 미리 말없이 재빠르게 챙겨주었다. 우리는 페르시아풍 소파에 앉았다. 아르카디 파블리치는 폭 넓은 아랍풍 비단 바지에 검은 벨벳 재킷을 입고, 머리에는 파란색 술이 달린 아름다운 튀르키예 모자를 쓰고 뒤축 없는 중국식 구두를 신고 있었다. 그는 차를 마시고, 웃고, 손톱을 바라보며 담배를 피우고, 옆구리에 쿠션을 받치기도 하는 것이 무척 기분좋아 보였다. 대단히 만족해하며 아침식사를 든든히 한 아르카디 파블리치는 적포도주 잔을 입에 갖다대더니 돌연 얼굴을 찌푸렸다.

"어째서 포도주를 데우지 않았지?" 그가 꽤 날카로운 목소리로 시종에게 물었다.

시종은 당황하며 말뚝처럼 동작을 멈춘 채 창백해졌다.

"내가 자네에게 부탁하지 않았던가?" 아르카디 파블리치가 그에게서 눈을 떼지 않고 차분히 말을 이었다.

불쌍한 시종은 자리에 선 채 우물쭈물하며 냅킨만 쥐어틀 뿐 한마디도 하지 못했다. 아르카디 파블리치는 고개를 숙이고 생각에 잠긴 듯 그를 힐끗 쳐다보았다.

"*죄송합니다, 친애하는 벗이여.*" 그가 내 무릎을 친근하게 툭 치고는 기분좋은 미소를 짓더니 다시 시종에게 시선을 고정했다. "음, 그럼 가 보게." 그는 잠시 침묵한 뒤 이렇게 덧붙였고 눈썹을 치켜뜨고는 벨을 울렸다.

좁은 이마에 머리칼이 검고 눈두덩이 두둑한, 가무잡잡한 얼굴의 뚱뚱한 사내가 들어왔다.

"표도르 일은…… 알아서 처리하시게." 아르카디 파블리치가 낮은 목소리로 매우 침착하게 말했다.

"알겠습니다, 나리." 뚱뚱한 사내가 대답하고 나갔다.

"*보시다시피, 친애하는 벗이여, 이런 게 바로 시골 생활의 성가심이겠지요.*" 아르카디 파블리치가 유쾌하게 말했다. "아니 어디 가시려고요? 좀더 앉았다 가시지요."

"아닙니다," 내가 대답했다. "이제 가봐야 합니다."

"또 사냥하러 가시려는 거군요! 오, 당신들 사냥꾼들이란! 이번에는 어디로 가십니까?"

"여기서 40베르스타 떨어진 랴보보로 갑니다."

"랴보보 말씀입니까? 오, 세상에, 그렇다면 저도 당신과 함께 가야겠습니다. 랴보보라면 제 영지 시필롭카에서 5베르스타밖에 안 되는 곳이지요. 그러고 보니 저도 시필롭카에 가본 지 오래되었습니다. 도무지 짬이 나야 말이죠. 마침 이렇게 되었으니 당신은 오늘 랴보보에서 사냥을 즐기시고 저녁에는 제가 있는 곳으로 오십시오. *참 잘됐습니다*. 함께 식사하고—요리사도 데려갈까 합니다—우리집에서 주무십시오. 완벽해요! 아주 완벽한 계획입니다!" 그는 내 대답을 기다리지 않고 덧붙였다. "*그럼 그렇게 하기로 한 겁니다*…… 어이, 거기 누구 없나? 사륜마차에 말을 매어두라 이르게, 어서. 시필롭카에 가보신 적 있습니까? 제 마름의 오두막에서 하룻밤을 같이 보내자고 권하기가 부끄럽습니다만, 당신은 까다로운 분이 아니셔서 오히려 헛간에서 주무시려 하시겠지요……자, 가시지요, 어서요!"

아르카디 파블리치는 웬 프랑스 가곡까지 흥얼거리기 시작했다.

"아마 모르실 테지만," 그가 선 채 건들거리며 말을 이었다. "그곳에는 제게 소작료를 바치는 농부들이 살고 있습니다. 법도가 그러하니 별수 있습니까? 그래도 다들 소작료를 성실히 내고 있습니다. 솔직히 말하자면, 오래전부터 부역을 시키고 싶었습니다만, 일할 땅 자체가 워낙 적어서요! 그들이 그럭저럭 먹고사는 것을 보면 참 놀라울 따름입니다. 어쨌든, *그건 그들의 일이고요*. 그곳에서 일하는 마름이 하나 있는데, 그 친구 *머리가 참 좋습니다*, 나랏일을 해도 좋을 사람입니다!* 보시면 알게 될 겁니다…… 아무튼 참 잘됐습니다!"

어쩔 수 없었다. 아침 아홉시에 떠나려던 우리는 두시가 되어서야 길을 나섰다. 사냥꾼이라면 내가 얼마나 마음을 졸였는지 알 것이다. 아르카디 파블리치는, 그 자신의 표현에 따르자면, 이따금 약간의 어리

---

* 1846년부터 1847년까지 러시아의 잡지들에서는 이상적인 영지 경영에 대한 논의가 이루어졌고, 보수적인 문필가들은 훌륭한 관리인이 국가에 이익을 가져온다고 주장했다. 알렉산드르 보데 남작은 『러시아 영지의 관리인』(1847)에서 관리인들을 가리켜 심지어 "국가적인 인물들"이라 칭했다.

광부리기를 좋아해서 온갖 속옷, 만약을 대비한 별의별 물건, 옷, 향수, 쿠션, 이런저런 화장 도구가 담긴 함을 끝도 없이 챙겼는데, 알뜰하고 절제할 줄 아는 독일인에게는 일 년을 써도 충분할 양이었다. 내리막을 갈 때면 아르카디 파블리치는 마부에게 간결하고도 힘찬 연설을 늘어놓았고, 미루어 짐작하건대, 나의 지인은 상당한 겁쟁이가 틀림없었다. 아무튼 여행은 꽤 성공적이었다. 수리된 지 얼마 안 된 다리에서 요리사를 태운 수레가 기울어 자빠지는 바람에 그의 배가 바퀴에 좀 눌렸다는 것만 빼면 말이다.

집에서 애지중지하는 카렘*이 수레에서 떨어지는 것을 보자 아르카디 파블리치는 진심으로 놀라 그의 두 손이 멀쩡한지 사람을 보내 물었다. 괜찮다는 확답을 듣자 곧 마음을 놓았다. 이 모든 역경을 뚫고 우리는 꽤 먼 곳까지 갔다. 아르카디 파블리치와 같은 마차에 탔던 나는 여행이 끝날 무렵 지독한 지루함을 느꼈는데, 그 몇 시간 동안 나의 지인이 짐짓 자유주의자인 척하며 사람 맥빠지게 하는 이야기를 늘어놓는 바람에 더욱 그랬다. 마침내 우리는 랴보보가 아니라 시필롭카로 곧장 왔다. 어쩌다 보니 일이 그렇게 되어버렸다. 그날 나는 그렇지 않아도 사냥을 나설 상태가 아니었으므로 쓰린 가슴을 부여잡고 운명에 복종하기로 했다.

요리사는 우리보다 몇 분 일찍 도착해 이것저것 지시를 내리고 주요 인사들에게 우리의 도착을 미리 알린 모양이었다. 마을 어귀로 들

---

* 프랑스 요리사 마리앙투안 카렘(1784~1833). 탈레랑의 요리사로 있다가 러시아와 오스트리아 황실의 요리사로도 일했다. 이후 러시아에서 '카렘'이라는 이름은 유명 요리사의 대명사로 통했다.

어서자마자 촌장(마름의 아들)이 우리를 맞았기 때문이다. 그는 튼튼하고 큰 키에 어깨가 떡 벌어진 머리가 붉은 농부로 모자는 쓰지 않고 새 아르먀크를 걸친 채 말에 앉아 있었다. "소프론은 어디 있나?" 아르카디 파블리치가 그에게 물었다. 촌장은 우선 말에서 민첩하게 내리더니 주인 나리에게 허리 굽혀 인사를 올리고 말했다. "안녕하십니까, 아르카디 파블리치 나리." 그는 고개를 들고 몸을 흔들더니 소프론은 일이 있어 페로프에 갔으나 마을로 곧 돌아오도록 사람을 보냈다고 알렸다. "자, 그럼 자네도 우리와 함께 가지." 아르카디 파블리치가 말했다. 촌장은 예의상 말을 한쪽으로 몰다가 다시 올라타 한 손에 모자를 쥔 채 사륜마차를 따라 속보로 달렸다. 농부 몇 사람이 탄 짐 없는 수레가 맞은편에 나타났다. 그들은 탈곡장에서 오는 길로 온몸을 들썩이고 다리를 허공에 놀리면서 노래를 부르고 있었다. 그들은 우리 사륜마차와 촌장을 보더니 곧장 노래를 멈춘 다음 쓰고 있던 겨울 모자를 벗고(때는 한여름이었다) 분부를 기다리듯 자리에서 일어났다. 아르카디 파블리치도 호의를 담아 그들에게 고개 숙여 인사했다. 마을 전체에 걱정과 흥분이 퍼진 모양이었다. 줄무늬 파뇨바를 입은 아낙들은 눈치 없는, 아니 지나치게 열심이어서 짖어대는 개들에게 나뭇조각을 던져댔다. 눈 바로 밑에서부터 시작되는 턱수염을 길게 기른 절름발이 노인은 물을 채 다 마시지도 못한 말을 우물가에서 떼어내며 닥치는 대로 말의 옆구리를 때렸다. 긴 루바시카를 걸친 남자아이들은 고함을 지르며 저마다 오두막으로 달려가 높은 문턱에 배를 깔고 누워 머리는 아래로 하고 두 발은 위로 쳐든 채 제법 날쌔게 문안으로, 어두운 현관으로 굴러들어가고는 모습을 드러내지 않았다. 암탉들마저 서두르며 개구멍 밑으로 달려갔다. 용감한 수탉 한 마리만 새틴 조끼를 닮은 검은 가슴팍을 내밀고 벼슬에 이르기까지 붉은 꼬리를 휘휘 늘인 채 길 한복판에 서서 울어대려 했으나 이내 쩔쩔매며 도망쳐버렸다. 마름의 오두막은 새파란 삼밭 한가운데 다른 집들과 따로 떨어져 있었다. 우리가 탄 마차는 대문 앞에서 멈췄다. 페노치킨 씨는 자리에서 일어나 그림처럼 아름다운 모습으로 망토를 벗고 상냥하게 주변을 둘러보며 마차에서 내렸다. 마름의 아내는 허리 굽혀 우리를 맞이했고 주인 나리의 손 쪽으로 다가갔다. 아르카디 파블리치는 실컷 입을 맞추라는 듯 그녀에게 손을 내밀었고 현관 층계참에 올라섰다. 현관 어두운 한구석에는 촌장의 부인이 서서 역시 인사를 올렸으나 감히 손 쪽으로 다가올 엄두는 내지 못했다. 이른바 차가운 오두막이라고 불리는 곳, 즉 현관 오른쪽에 있는 방에서는 다른 아낙 둘이 부산스레 일하고 있었다. 그들은 그곳에서 온갖 잡동사니, 빈 항아리, 나무토막처럼 굳은 털외투, 기름 항아리, 겹겹이 헝겊으로 감싼 아기가 누워 있는 알록달록한 요람 등을 치우고 바냐에서 쓰는 빗자루로 먼지를 쓸어내기에 바빴다. 아르카디 파블리치는 그들을 내보내고 성상 아래 긴 의자에 자리를 잡았다. 마부들은 자신들의 둔중한 장화 소리를 박자 맞추려고 애쓰며 여러 궤짝과 작은 함을 포함한 여행용품들을 들이기 시작했다.

그사이 아르카디 파블리치는 촌장에게 수확, 파종 등 농사일에 대해 이것저것 물었다. 촌장은 만족스러운 대답을 내놓았으나 어딘지 모르게 기운이 없었고 꽁꽁 언 손가락으로 카프탄을 여밀 때 그렇듯 거북스러운 데가 있었다. 문가에 서 있던 그는 기민하게 움직이던 시종에게 길을 내어주며 한쪽으로 비키기도 하고 주변을 둘러보기도 했다. 나는 그의 강건한 어깨 너머로 마름의 아내가 현관에서 어떤 아낙을 아무도 모르게 때리는 것을 보고야 말았다. 갑자기 수레 소리가 들리더니 현관 앞에서 멈추었다. 마름이 들어왔다.

아르카디 파블리치의 말마따나 나랏일을 해도 좋을 이 사람은 크지 않은 키에 어깨가 넓고 머리가 하얗게 세고 튼튼해 보였다. 코는 붉고 눈은 작고 푸른색이며 턱수염은 부채처럼 활짝 펼쳐져 있었다. 말이 나온 김에 한 가지 짚고 넘어가자면, 루시가 이 땅에 존재한 이래 재산이 넉넉하고 풍채 당당한 사람들 가운데 턱수염이 무성하지 않은 이는 없었다. 평생 말뚝 모양으로 성긴 수염만 매달고 살던 이도, 어느 순간 돌아보면 사방의 광휘에 휩싸인 듯 수염이 무성해지는데, 어디서 그 털들이 생겨나는지 알 수 없는 일이다! 보아하니 마름은 페로보에서 여흥을 즐기고 왔는지 얼굴은 통통하게 부풀어오르고 술냄새를 풍겼다.

"아이고, 우리의 아버지시며 은인이신 나리," 그가 말끝을 길게 늘이며 말을 꺼냈는데, 얼굴에 어찌나 감동이 넘쳐흘렀던지 금방이라도 눈물이 뿜어져나올 듯했다. "몸소 어려운 길을 납셔주셨군요!…… 나리, 손을 주십시오, 손을." 그는 미리 입술을 내밀며 덧붙였다.

아르카디 파블리치는 그의 바람을 충족시켜주었다.

"음, 여보게 소프론, 일은 어떻게 잘 되어가나?" 그가 부드러운 목소리로 물었다.

"아이고, 나리," 소프론이 외쳤다. "일이 안 될 턱이 있겠습니까! 우리의 아버지시며 은인이신 나리가 이 누추한 마을까지 직접 왕림하시어 무덤에 가는 날까지 복되게 해주셨습니다. 하느님 영광 받으소서, 아이고, 아르카디 파블리치, 주여, 영광 받으소서! 모든 일이 나리가 베풀어주신 자비 덕분에 잘 굴러가고 있습니다."

소프론은 주인 나리를 바라보며 잠시 말을 멈췄고, 다시금 격동하는 감정에 휩싸인 듯(여기에 술도 한몫했다) 한번 더 손을 청했고 이전보다 한층 더 노래하듯 말했다.

"아이고, 우리의 아버지시며 은인이신 나리…… 이런…… 이 무슨 추태입니까! 제가 너무 기뻐서 바보천치가 되었나봅니다…… 아이고, 하느님 아버지, 눈앞에 두고도 못 믿겠습니다…… 아이고, 우리의 아버지이신 분!……"

아르카디 파블리치는 나를 바라보고는 픽 웃으며 물었다. "*정말 감동적이지 않습니까?*"

"한데, 아르카디 파블리치 나리," 마름이 지칠 줄 모르고 말을 이었다. "어찌하여 그러셨습니까? 온다는 전갈도 주지 않고 오시니 저를 아주 망신 주셨습니다. 어디서 주무시려는지요? 여기는 더럽고 먼지도 많아서……"

"괜찮네, 소프론, 괜찮아," 아르카디 파블리치가 미소 지으며 말했다. "여기도 좋다네."

"아니, 우리의 아버지이신 분, 여기가 좋다는 말씀입니까? 저희 같은 농투성이들한테는 좋겠지요. 그래도 나리는…… 아이고, 나리는 우리의 아버지시며 은인이신데, 아이고, 우리 나리!…… 이 늙은 바보를 용서하십시오, 아주 정신이 나간 모양입니다, 천치가 되어버렸어요."

그러는 동안 저녁식사가 차려졌고, 아르카디 파블리치는 음식을 들기 시작했다. 노인은 좁은 방을 갑갑하게 만든다며 아들을 내쫓았다.

"음, 그래, 땅에 경계는 그었는가, 노인장?" 농부들 말투를 따라 하려는 듯 페노치킨 씨가 이렇게 말하고는 내게 눈짓을 보냈다.

"그럼요, 나리, 그었습죠, 다 나리가 자비로우신 덕택입니다. 셋째 날에는 땅문서에 서명도 했습니다. 흘리노프 놈들이 처음에는 한 치도 물러서지 않으려 했지만요…… 네, 아주 조금도 물러서지 않았습니다, 나리. 이걸 내놔라…… 저걸 내놔라…… 도대체 뭘 원하는지 알 수가 있어야죠. 그놈들은 말입니다, 나리, 아주 얼빠진 족속입니다. 그래도 저희는, 나리의 자비 덕분에 성의 표시를 좀 해서 중개인 미콜라이 미콜라이치를 만족스럽게 해줬지요. 나리가 분부하신 대로 일이 착착 되었습니다, 나리. 나리가 시키신 대로 했더니만 예고르 드미트리치도 동의를 해서 일이 다 잘 풀렸습니다."

"예고르가 내게 알려줬다네." 아르카디 파블리치가 우쭐거리며 한마디했다.

"아이고, 나리, 예고르 드미트리치가 벌써 전해드렸군요."

"자, 그렇다면 자네들도 이제 만족스럽겠지?"

소프론은 바로 이 말을 기다리고 있었다.

"아이고, 우리의 아버지시며 은인이신 나리!" 그가 다시 노래를 부르듯 말하기 시작했다…… "이몸에게 은혜를 베푸소서…… 저희는 항상 우리의 아버지이신 나리를 위해 밤낮으로 하느님에게 기도를 올린답니다…… 물론 땅이야 좀 적습니다만……"

페노치킨이 그의 말을 끊었다.

"음, 좋아, 좋아, 소프론, 자네가 충직한 사람이라는 걸 알고 있지…… 그래, 탈곡한 곡식이 얼마나 되나?"

소프론은 한숨을 내쉬었다.

"저, 우리의 아버지이신 나리, 그 양이 얼마 되지 않습니다. 아르카디 파블리치 나리, 일이 어찌된 것인지 몇 말씀 올리겠습니다. (그가 두 발을 벌리며 페노치킨 씨에게 가까이 왔고 몸을 굽히며 한쪽 눈을 찡끗했다.) 우리 땅에서 죽은 사람이 발견됐지 뭡니까."

"어찌된 일인가?"

"저도 도통 알 수가 없습니다만, 우리의 아버지이신 나리, 분명 적들의 소행 같습니다. 다행히도 우리 밭과 다른 밭의 경계에서 발견됐습죠. 그래도 어찌됐든 우리 땅 위에서라는 걸 숨기는 건 죄가 될 듯합니다. 저는 그 즉시 최대한 다른 밭 말뚝 쪽으로 시체를 끌어다두라고 이른 뒤 보초를 세웠고 우리 사람들에게 어디 가서 절대 입을 열지 말라고 단속해두었습니다. 군 경찰서장에게도 혹시 몰라 미리 일이 이러이러하다고 얘기해놓았지요, 차 한잔 대접하면서 성의도 살짝 표시했고요…… 나리, 어떻게 생각하십니까? 어찌됐든 시체는 이제 저쪽 놈들 목덜미에 걸려 있는 셈입죠. 흰 가락지빵 하나 사는 데도 돈이 드는데 죽은 몸뚱이 치우는 데는 어떻겠습니까, 200루블이나 듭니다."

페노치킨 씨는 관리인의 수완에 혀를 내두르며 웃었고, 그를 고개로 가리키며 몇 번이나 말했다. "*정말 대단한 자 아닙니까?*"

그러는 사이 바깥이 완전히 어두워졌다. 아르카디 파블리치는 탁자 위를 치우고 건초를 가져오라고 지시했다. 시종은 우리에게 시트를 깔아주고 쿠션도 받쳐주었다. 우리는 잠자리에 들었다. 소프론은 다음날 할일을 지시받은 뒤 자기 방으로 갔다. 아르카디 파블리치는 누워서 러시아 농부의 훌륭한 점에 대해 이런저런 얘기를 하다가 소프론이 영지 관리를 맡은 이후로 시필롭카 농부들이 소작료를 한푼도 밀리지 않고 있다고 말했다…… 야경꾼이 야탁 두드리는 소리가 들렸다. 자기 자신을 내려놓아야만 맛볼 수 있는 감정에 아직 푹 젖어들지 못한 듯 아이가 오두막 어디선가 빽빽 울었다…… 우리는 잠이 들었다.

다음날 아침 우리는 꽤 일찍 일어났다. 나는 랴보보로 사냥 갈 채비를 서둘렀으나, 아르카디 파블리치가 영지를 구경시켜주겠다며 조금만 더 있다 가라고 애원했고 결국 목적을 달성했다. 나랏일을 해도 좋을 사람, 즉 소프론의 뛰어난 점들은 내 눈에도 너무나 분명해 보였다. 마름이 우리에게 왔다. 파란색 아르먀크를 걸치고 그 위에 붉은 허리띠를 매고 있었다. 그는 어제보다 말수가 훨씬 적었고, 명철한 눈으로 자기 주인을 주의깊게 바라보았으며, 대답도 조리 있고 요령 있게 잘했다. 우리는 그와 함께 탈곡장으로 갔다. 소프론의 아들, 즉 키가 3아르신이나 되지만 여러모로 보아 아둔한 사람이 틀림없는 촌장도 우리 뒤를 따랐고, 마을 서기 페도세이치도 합류했다. 그는 거대한 콧수염과 대단히 특이한 표정을 지닌 퇴역 군인이었는데, 분명 아주 오래전 무언가에 대경실색한 뒤로 아직 정신이 돌아오지 못한 사람 같았다. 우리는 탈곡장, 곡물 창고, 건조장, 창고, 풍차, 축사, 채소밭, 삼밭 등을 둘러보았다. 어느 곳이나 실로 흠잡을 데 없었으나 다만 하나같이 시무룩해 보이는 농부들 얼굴이 나를 어리둥절하게 했다. 실질적인 이득이 있는 것 외에 소프론은 기분좋게 하는 데도 신경을 써두었다. 수로마다 버드나무를 심어놓았고, 탈곡장에는 낟가리 사이로 작은길을 내서 모래를 뿌렸는가 하면, 풍차가 있는 제분소에는 아가리를 벌리고 시뻘건 혀를 내놓은 곰 모양의 풍향계를 세워두었으며, 벽돌로 지은 축사에는 고대그리스 신전 지붕의 박공 같은 것을 올려놓았고 그 박공 밑에는 회반죽으로 다음과 같이 적었다. "이추크사는 천팔백사십연 시필로 푸카 마으레 새어져따." 아르카디 파블리치는 감상적인 기분에 젖어 소작료를 받는 것이 얼마나 유익한지 내게 프랑스어로 설명했고, 그러나 부역을 시키는 것이 사실 지주로서는 더 이득이라는 점도 놓치지 않고 언급했다. 그뿐만이 아니었다!…… 그는 마름에게 감자는 어떻게 심어야 하는지, 가축 사료는 어떻게 비축해야 하는지 등등 조언하기 시작했다. 소프론은 주인 나리의 말을 주의깊게 듣다가 이따금 반론을 내놓기도 했으나 이제는 아르카디 파블리치를 가리켜 아버지라는 둥 은인이라는 둥 찬가를 불러대지 않았고 오직 그들에게는 땅이 부족하다는 것, 땅을 더 사들여서 나쁠 게 없다는 것만 강조했다. "그렇다면 사들이시게," 아르카디 파블리치가 말했다. "내 이름으로 말이야,* 나는 반대 안 함세." 이 말에 소프론은 아무 대답 없이 턱수염만 쓰다듬었다. "그건 그렇고, 지금 숲에 다녀오는 것도 좋겠는데." 페노치킨 씨가 말했다. 즉시 우리에게 승마용 말들을 데려오게 했고, 우리는 숲으로, 그러니까 우리 고장에서 '금지림'이라고 불리는 숲으로 갔다. 이 '금지림'에서 우리는 우거진 초목과 어마어마한 사냥감을 발견했고, 아르카디 파블리치는 소프론을 칭찬하고 그의 어깨를 두드렸다. 페노치킨 씨는 숲을 가꾸는 일에서만큼은 러시아에서 통용되는 견해를 견지했고, 그 자리에서 내게 퍽 흥미로운 이야기를 해주었다. 익살부리기 좋아하는 어느 지주가 산지기를 불러 그의 턱수염 절반을 뽑았는데, 나무를 솎아낸답시고 베어내다가는 숲이 무성해지지 않는다는 것을 보여주기 위해서였

* 농노는 토지 소유권이 없어 땅을 사는 것도 지주의 이름으로만 할 수 있었다.

다는 이야기였다…… 그런데 다른 분야에서는 소프론도, 아르카디 파블리치도 새로운 방식을 절대 꺼리지 않았다. 마을로 돌아가자마자 마름은 얼마 전 모스크바에서 들여온 풍구風具를 보여주겠다며 우리를 창고로 데려갔다. 풍구는 정말로 잘 작동했으나 이 마지막 산책길에 어떤 불쾌한 일이 마름과 주인 나리를 기다리고 있는지 알았더라면 소프론은 분명 우리와 함께 그냥 집에 남았으리라.

그 일은 이러했다. 창고에서 나가는 길에 우리는 다음과 같은 광경을 보았다. 문에서 몇 걸음 떨어진 곳에 오리 세 마리가 아무 걱정 없이 헤엄치고 있는 더러운 웅덩이가 보였고, 그 웅덩이 옆에는 농부 둘이 무릎을 꿇고 있었다. 한 사람은 예순 살쯤 된 노인이고, 다른 한 사람은 스무 살쯤 된 청년인데, 두 사람 모두 맨발에 여기저기 누더기를 덧댄 집에서 만든 루바시카를 입고 허리띠 대신 밧줄을 둘렀다. 마을 서기 페도세이치가 그들 주변에서 야단법석을 부렸는데, 아마도 우리가 창고에서 좀더 꾸물거렸더라면 돌아가라고 그들을 설득하는 데 성공했을 수도 있었겠지만, 그는 우리를 보자 차렷 자세를 하고 제자리에 굳어버렸다. 촌장도 거기 있었는데, 그는 입을 쩍 벌린 채 두 주먹을 어쩔 줄 몰라했다. 아르카디 파블리치는 눈살을 찌푸리고 입술을 깨물며 청원자들에게 다가갔다. 둘 다 아무 말 없이 코가 그의 발에 닿도록 절했다.

"무슨 일인가? 무엇을 청원하는 건가?" 그가 약간 콧소리가 섞인 근엄한 목소리로 물었다. (농부들은 서로를 쳐다볼 뿐 아무 말도 하지 못했고, 마치 햇빛에 눈이 부시다는 듯 실눈을 뜨고 가쁜 숨을 내뱉기 시작했다.)

"그래, 무슨 일인가?" 아르카디 파블리치가 계속 물었고, 곧바로 소프론에게 고개를 돌렸다. "어느 집안 사람들인가?"

"토볼레예프 사람들입니다." 마름이 서두르지 않고 답했다.

"그래, 자네들은 무슨 일로 왔나?" 페노치킨 씨가 다시 입을 열었다. "말을 할 줄 모르는가? 무엇이 필요한지 자네가 말해보게." 그가 노인에게 고개를 까닥하며 덧붙였다. "바보같이 두려워하지 말고."

노인은 시커멓고 불그죽죽한 주름투성이 목을 길게 잡아 빼고는 시퍼렇게 변한 입술을 일그러뜨리며 목쉰 소리로 말했다. "도와주십시오, 나리!" 그러고서 다시 엎드려 땅에 이마를 찧었다. 젊은 농부 역시 절을 올렸다. 아르카디 파블리치는 위엄 있는 눈길로 그들의 뒷덜미를 바라보았고 고개를 든 채 두 발을 널찍이 벌렸다.

"무슨 일이냐? 누구 때문에 청원하는 것이냐?"

"나리, 은혜를 베풀어주십시오! 제발 숨통 좀 트여주십시오…… 아주 죽을 맛입니다." (노인이 힘겹게 말했다.)

"누가 자네를 못살게 구는가?"

"소프론 야코블리치입니다, 나리."

아르카디 파블리치는 침묵했다.

"자네 이름이 어떻게 되나?"

"안티프라고 합니다, 나리."

"이 사람은 누군가?"

"제 아들놈입니다, 나리."

아르카디 파블리치는 다시 침묵하더니 콧수염을 씰룩였다.

"그래, 그 사람이 자네를 어떻게 괴롭히는가?" 그가 콧수염 너머로 노인을 바라보며 말했다.

"나리, 그자가 저희 집안을 아주 풍비박산냈습니다. 순번이 아닌데도, 나리, 아들 녀석 둘을 군대로 보내버리고 이제는 셋째마저 앗아가려고 합니다. 어제만 해도, 나리, 마지막 남은 암소를 마당에서 끌고 갔고 제 마누라를 죽어라 팼습니다. 바로 저자가 그런 은혜를 베풀었습니다." (그는 촌장을 가리켰다.)

"흠!" 아르카디 파블리치가 소리를 냈다.

"저희를 먹여 살리시는 나리, 제발 저희 집안을 결딴내지 못하도록 해주십시오."

페노치킨 씨가 어두운 표정을 지었다.

"이게 다 무슨 소린가?" 그가 목소리를 낮춰 못마땅한 표정으로 마름에게 물었다.

"주정뱅이입니다, 주인마님," 마름이 처음으로 '주인마님'이라는 말을 쓰면서 대답했다. "일도 안 하는 놈팡이입지요. 소작료를 바치지 않은 지 벌써 다섯 해째입니다, 주인마님."

"소프론 야코블리치가 저 대신 밀린 소작료를 바쳤습니다, 나리," 노인이 계속 말했다. "그렇게 된 지 벌써 다섯 해가 흘렀습니다, 그때부터 저는 아주 노예 신세가 되었습니다, 나리, 그리고 이렇게……"

"그럼 자네는 어째서 연공을 밀렸는가?" 페노치킨 씨가 험악하게 물었다. (노인은 고개를 푹 숙였다.) "술집에 드나들며 주정 부리기를 좋아하는 것 아닌가? (노인은 입을 쩍 벌리려고 했다.) 너희 같은 놈들을 내 잘 알지," 아르카디 파블리치가 발끈하며 말을 이었다. "하는 일이라고는 술 마시고 페치카에 드러누워 착실한 농부에게 너희 몫까지 떠안

게 하는 것이잖아."

"버릇없기까지 합죠." 마름이 주인의 말에 끼어들었다.

"그건 이미 자명한 일이지. 항상 그렇고말고, 내가 한두 번 겪은 것이 아니야. 일 년 내내 방탕하게 살면서 무례하게 굴고 결국 이렇게 찾아와 발밑을 기는 꼴이라니."

"아르카디 파블리치 나리," 노인이 절망에 빠져 말했다. "제발 저희 좀 살려주십시오, 저희가 어째서 버릇이 없단 말씀입니까? 하느님께 맹세코 말씀드립니다, 저는 절대로 그렇지 않습니다. 소프론 야코블리치가 저를 미워해서 저러는 겁니다, 왜 미워하는지는 하느님만 아실 일이지요! 아주 집안을 결딴내려고 합니다, 나리…… 이 막내아들마저…… 이놈마저…… (누렇고 주름이 자글자글한 노인의 눈가에 눈물 방울이 맺혔다.) 제발 살려주십시오, 나리……"

"저희뿐만이 아닙니다." 젊은 농부가 말을 꺼내려 했다……

아르카디 파블리치가 돌연 불같이 화를 냈다.

"누가 네놈한테 물었느냐? 네놈에게 묻지 않았으니 입 다물어라…… 이게 다 무슨 일이야! 입 다물라고 했다! 입 다물어!…… 어이구, 세상에! 이거 완전 폭동이군! 그렇게는 안 되지, 친구, 내 땅에서 폭동은 안 돼…… (아르카디 파블리치는 몇 걸음 앞으로 나아갔다가 내가 그 자리에 있는 것을 떠올리고는 뒤돌아 주머니에 손을 넣었다.) *이거 죄송하게 됐습니다, 친애하는 벗이여,*" 그가 목소리를 한층 낮추고 억지미소를 지으며 말했다. "*이건 동전의 또다른 면입니다*…… 음, 좋아, 좋아," 그가 농부들을 바라보지 않은 채 계속 말했다. "곧 지시를 내리겠다…… 그럼, 가봐. (농부들은 일어서지 않았다.) 내가 말하지 않았나…… 됐어. 자 이제 가봐, 지시를 내릴 테니."

아르카디 파블리치는 그들로부터 몸을 돌렸다. "불쾌한 일이 끝이 없군." 그가 잇새로 말하고는 큰 보폭으로 집을 향해 걸어갔다. 소프론이 그의 뒤를 따랐다. 마을 서기는 어디 멀리 뛰어오르기라도 하려는 듯 눈을 부릅떴다. 촌장은 웅덩이에서 노닐던 오리들을 괜히 겁주어 쫓아냈다. 청원자들은 한동안 제자리에 서 있다가 서로를 바라보고는 뒤도 보지 않고 집으로 터벅터벅 걸어갔다.

두 시간쯤 지나 나는 이미 랴보보에 있었고 잘 아는 농부 안파디스트와 함께 사냥을 떠날 채비를 했다. 내가 떠나기 직전까지 페노치킨은 소프론에게 화를 냈다. 나는 시필롭카 농부들과 페노치킨 씨에 대해 안파디스트와 이야기를 나누게 되었고, 그곳 마름을 아느냐고 그에게 물었다.

"소프론 야코블리치 말씀입니까?…… 알다마다요!"

"어떤 사람인가?"

"사람이 아니라 아주 개새끼입니다. 그런 개자식은 쿠르스크에 이르기까지 찾아볼 수 없을 겁니다."

"왜 그런가?"

"사실 시필롭카는 그 펜킨이라는 분의 땅으로 등록만 되어 있다 뿐이지 사실 진짜 주인은 소프론입니다."

"정말?"

"자기 재산인 것처럼 행세하지요. 농부들은 모두 그자에게 빚을 지고 있고요. 다들 머슴이라도 된 듯 그 집 일을 하고 있습니다. 그자는 자기 마음대로 누구는 짐수레와 함께 일을 보내고, 누구는 또 어디로 보내고 그럽니다…… 아주 못살게 굴지요."

"그곳 땅이 많지 않은 모양이지?"

"많지 않다고요? 그자는 흘리노프 농부들한테서만 80데샤티나를 빌리고 저희한테서는 120데샤티나를 빌리고 있습니다. 또 자기네 땅으로 150데샤티나를 가지고 있습니다. 게다가 땅만 일구는 것이 아닙니다. 말이며 소며 가축도 키우고, 역청도 만들어 팔고, 버터며 삼이며 손대지 않는 것이 없습니다…… 똑똑하기는 얼마나 똑똑하고, 또 얼마나 부자인지 모릅니다, 한마디로 아주 약아빠진 자입니다. 사람을 어찌나 혹사시키는지 그게 아주 고약합니다. 사람이 아니라 짐승이지요, 괜히 사람들이 개나 수캐라고 부르는 것이 아닙니다."

"그런데 어째서 사람들은 그에 대해 불만을 드러내지 않는 건가?"

"휴! 주인 나리가 신경쓸 게 뭐 있겠습니까! 소작료만 밀리지 않으면 됐지, 뭘 더 원하겠습니까? 또 어디 한번 죽는소리라도 할라치면," 그는 잠시 말을 멈춘 뒤에 덧붙였다. "온 마을이 뒤집어집니다. 아이고, 난리가 납니다…… 사람을 잡아다 아주 족칠 겁니다……"

나는 안티프의 일이 떠올라 그에게 내가 본 것을 이야기했다.

"저런," 안파디스트가 말했다. "이제 그 사람을 잡아먹으려 들겠죠. 그렇고말고요. 그 촌장이라는 자가 우선 흠씬 두들겨팰 겁니다. 그 사람도 참 팔자가 사납군요, 정말 안됐어요. 이게 다 무슨 봉변인지…… 사실은 그가 마을 모임에서 마름이라는 자와 참다못해 말다툼을 했다는군요. 그게 뭔 큰일이라고! 그래서 그 안티프라는 사람을 쪼아대기 시작했죠. 얼마 안 가 아주 통째로 잡아먹고 말 겁니다. 그자가 그렇게 고약한 수캐에 개자식입니다, 주여, 저의 죄를 용서하소서, 그자는 누구에게 달려들어야 하는지 잘 알고 달려듭니다. 돈 좀 있고 식구가 많은 노인은 건드리지 않습니다, 그 대머리 악마 놈이 말이죠, 그런데 이번에는 유난히 더 날뛰는 것 같습니다. 그놈이 안티프의 아들들을 순번이 아닌데도 군대에 보냈습니다, 용서 못할 사기꾼 놈, 수캐 자식, 주여, 저의 죄를 용서하소서!"

우리는 사냥터로 떠났다.

실레시아의 잘츠브룬에서

1847년 7월

사무소

때는 가을이었다. 나는 벌써 몇 시간째 총을 든 채 들판을 헤맸다. 이른아침부터 지치지도 않는지 노처녀 못지않게 조금도 쉬지 않고 성가시게 하는 가늘고 차가운 빗줄기 때문에 잠시나마 몸을 피할 피난처를 찾아 나서게 되지 않았더라면, 나는 삼두마차가 기다리고 있는, 쿠르스카야 가도의 여관으로 저녁도 되기 전에 돌아가지 않았을 것이다. 어느 쪽으로 가야 할지 고민하던 순간 완두콩을 심은 밭 한쪽 구석의 막사가 나의 눈에 들어왔다. 나는 막사로 다가가 짚으로 이은 지붕 아래를 들여다보았다. 한 늙은이가 보였는데, 어찌나 노쇠하던지 나는 로빈슨이 무인도의 어느 동굴에서 발견한 그 죽어가던 염소를 떠올렸다. 노인은 쪼그리고 앉아 앞이 잘 보이지 않는 작은 눈을 게슴츠레 뜨고서 마치 산토끼와도 같이 분주하게, 그러나 조심스레(불쌍하게도 그는 이가 하나도 없었다) 바싹 말라 딱딱한 콩알을 연신 입안 한쪽에서 다른 한쪽으로 굴리며 씹고 있었다. 자기 일에 몰두한 나머지 내가 온 것도 눈치채지 못했다.

"할아범! 할아범!" 내가 말했다.

그는 씹기를 멈추고 눈썹을 높이 쳐들며 있는 힘을 다해 눈을 떴다.

"뭐요?" 그가 목쉰 소리로 우물댔다.

"여기 가까운 마을이 어디요?" 내가 물었다.

노인은 다시 콩을 씹는 데 열중했다. 내 말을 못 알아들은 것이다. 나는 더 크게 질문을 되풀이했다.

"마을?…… 뭐가 필요해서 그러시나?"

"비를 좀 피하려고 하오."

"뭐요?"

"비를 피하고 싶소."

"아하! (그는 자신의 그을린 목덜미를 긁었다.) 그럼, 저쪽으로 한번 가보시오." 그가 갑자기 두 손을 아무렇게나 흔들면서 말했다. "그…… 저기 숲을 지나서 가면, 계속 길을 가면 길이 나올 거요. 그런 다음 길을 벗어나 오른쪽으로 꺾으시오, 계속 오른쪽으로, 오른쪽으로 가면…… 아나니예보가 나올 거요. 아니면 시톱카로 빠질 수도 있고."

나는 노인의 말을 이해하기 어려웠다. 콧수염이 그가 말하는 데 방해가 되었고 혀도 말을 잘 듣지 않았다.

"노인장은 어디서 오셨소?" 내가 그에게 물었다.

"뭐요?"

"어디서 오셨소?"

"아나니예보에서 왔소."

"여기서 뭘 하고 계신 거요?"

"보초를 서고 있지."

"무슨 보초를 서시오?"

"콩을 지켜야 하잖소."

나는 크게 웃지 않을 수 없었다.

"연세가 어떻게 되오?"

"하느님이나 아실까."

"앞이 잘 안 보이는 모양인가보오?"

"뭐요?"

"눈이 잘 안 보이나보오?"

"잘 안 보이지. 어떨 때는 아무것도 안 들리기도 하고."

"아니 그런데 어떻게 보초를 선단 말이오?"

"그야 높으신 분들이 알겠지."

'높으신 분들이라!' 나는 이렇게 생각하고 안타까움이 없지 않은 눈길로 불쌍한 노인을 바라보았다. 그는 손을 더듬더니 품에서 딱딱하게 굳은 빵 한 조각을 꺼내 아이처럼 빨아먹기 시작했는데, 안 그래도 푹 꺼진 볼로 힘겹게 빵을 빨았다.

나는 숲이 있는 방향으로 갔고, 오른쪽으로 꺾었으며 노인이 알려준 대로 계속 오른쪽으로, 오른쪽으로 가서 마침내 새로운 양식으로 건축된, 즉 원주로 세워진 석조 교회, 그리고 역시 원주가 늘어선 지주의 널찍한 저택이 있는 큰 마을에 이르렀다. 더 먼 곳에는 촘촘한 빗줄기가 만든 그물 사이로 널빤지 지붕을 얹고 굴뚝이 두 개 있는, 다른 집들보다 높은 오두막이 보였고, 분명 촌장이 사는 곳일 것 같아 거기 가면 사모바르며 차, 설탕, 그리고 적절히 시큼한 크림을 대접받을 수 있으리라 기대하며 걸음을 재촉했다. 추워서 와들와들 떠는 사냥개를 대동하고 현관 층계참에 올라 문을 활짝 열었으나 오두막에 있어야 할 살림살이 대신에 서류가 널브러진 책상 몇 개, 붉은색 책장 두 개, 잉크가 여기저기 튄 잉크병들, 1푸드는 나감직한 주석 사판沙板, 대단히 기다란 깃털 펜 몇 자루 등과 마주했다. 한 책상에는 어디가 아픈지 잔뜩 부은 얼굴에 아주 작은 눈이 박힌 스무 살 남짓한 젊은이가 기름진 이마와 끝없이 긴 관자놀이 머리칼을 흔들며 앉아 있었다. 그는 옷을 제대로 갖춰 입고 있었으나 회색 무명 카프탄의 옷깃과 가슴팍이 때에 절어 반질반질했다.

"무슨 일로 오셨습니까?" 마치 주둥이가 잡힐 걸 예상 못하던 말처럼 그가 고개를 위로 홱 움직이며 물었다.

"여기는 집사가 사는 곳인가…… 아니면……"

"지주댁 영지를 관리하는 사무소 본부입니다." 그가 내 말을 끊었다. "저는 오늘 당직을 서고 있고요…… 간판 못 보셨습니까? 간판이 괜히 걸려 있는 것이 아닐 텐데요."

"혹시 여기 몸을 좀 말릴 곳이 있소? 아니면 마을에 사모바르가 있는 집이 있겠소?"

"사모바르가 없을 리 있나요." 회색 카프탄 젊은이가 젠체하며 받아쳤다. "티모페이 신부 댁에 가보시거나 아니면 하인들 지내는 곳, 그것도 아니면 나자르 타라시치 댁에 가보시지요. 거기에도 없으면 닭을 키우는 아그라페나에게 가보시든지요."

"누구하고 지껄이는 게냐, 이 떠버리 놈아? 당최 눈을 못 붙이게 하네, 시끄러운 놈!"

"여기 어떤 나리가 오셔서 몸을 말릴 곳이 있는지 물으십니다."

"어떤 나리가 말이냐?"

"모르겠습니다. 개를 데리고 오셨고 총을 메셨습니다."

옆방에서 침대가 삐걱거렸다. 문이 열리고 쉰 살쯤 먹은 키가 작고 뚱뚱한 남자가 들어왔다. 황소처럼 목이 굵고 퉁방울눈에 두 뺨은 범상치 않을 정도로 둥글었으며 얼굴 전체에 윤기가 흘렀다.

"무슨 일이십니까?"

"몸을 좀 말렸으면 합니다."

"그렇다면 잘못 찾아오셨습니다."

"이곳이 사무소인 줄 몰랐습니다. 사례금도 드리리다……"

"정 그러시다면 편히 계십시오." 뚱뚱한 남자가 말을 받았다. "이리로 오시지요. (그는 나를 자신이 나온 방이 아니라 다른 방으로 데려갔다.) 이 방 괜찮으시겠습니까?"

"훌륭합니다…… 혹시 크림 넣은 차 좀 마실 수 있겠소?"

"그럼요, 지금 대령하겠습니다. 그동안 옷을 벗고 쉬고 계시지요, 곧 차를 갖다드리리다."

"그런데 여긴 어느 분 영지인지요?"

"옐레나 니콜라예브나 로스냐코바 마님 영지입니다."

그가 나갔다. 나는 주변을 둘러보았다. 내가 있는 방과 사무소를 구분짓는 칸막이를 따라 거대한 가죽소파가 놓여 있었다. 역시 가죽을 덧댄 등받이가 아주 높은 의자 두 개가 거리로 난 유일한 창문 양옆에 불쑥 튀어나와 있었다. 분홍색 무늬가 그려진 녹색 벽지를 바른 벽에는 커다란 유화 세 점이 걸려 있었다. 그 가운데 한 점에는 푸른 목걸이를 한 포인터가 그려져 있는데, 목걸이에 다음과 같은 문구가 눈에 띄었다. '이것이 나의 기쁨.' 개의 발치에는 강물이 흐르고, 강 건너편 소나무 아래 터무니없이 큰 토끼가 귀를 쫑긋하고 앉아 있다. 두번째 그림에서는 두 노인이 수박을 먹고 있다. 수박 뒤로 저멀리 그리스식 주랑이 보이고 거기에는 이렇게 적혀 있다. '만족의 사원.' 세번째 그림에는 누운 자세의 반쯤 벌거벗은 여인이 축소도로 그려져 있고, 그 무릎은 붉고 발뒤꿈치는 매우 통통했다. 나의 개는 조금도 지체하지 않고 초자연적 힘을 발휘해 소파 밑으로 기어들어가더니 엄청난 먼지를 발견했는지 지독하게도 재채기를 했다. 나는 창가에 다가갔다. 지주의 저택에서 사무소로 향하는 길을 가로질러 비스듬한 방향으로 널빤지들이 놓여 있었다. 이것은 매우 유용한 예방 조치로서 비가 오는 날이면 우리의 비옥한 흑토 때문에 사방이 무시무시한 진창으로 변하기 때문이다. 후면이 길에 면한 저택 부근에서는 지주의 저택 근처에서 일어날 법한 일들이 일어나고 있었다. 빛바랜 옥양목 옷을 입은 하녀들이 여기저기 뛰어다니고, 하인들은 진창 위를 어슬렁어슬렁하다가 이따금 멈춰 서서 생각에 잠긴 듯 등을 긁어댄다. 마을 순경의 말이 말뚝에 매인 채 게으르게 꼬리를 흔들고 주둥이를 쳐들어 담장을 갉아댄다. 암탉들은 꼬꼬댁거리며 난리고, 폐병에 걸린 듯한 소리로 칠면조들이 잇따라 서로를 불러댄다. 바냐임이 틀림없을 시커멓고 축축한 건물의 현관에는 건장한 청년이 기타를 끌어안고 앉아 제법 패기 있는 목소리로 유명한 가곡을 부른다.

나아 화앙야로오 나아가네
이고옷 머엇진 곳드를 떠어나……*
그리고 어쩌고저쩌고.

뚱뚱한 사내가 내가 있는 방으로 들어왔다.

"여기 차 대령했습니다." 그가 기분좋은 미소를 지으며 말했다.

회색 카프탄을 입은 젊은이, 그러니까 사무소 당직은 사모바르와 찻주전자, 깨진 받침 접시와 유리잔, 크림이 든 단지, 볼호프의 유명한 특산물인, 부싯돌처럼 단단한 코텔키** 한 묶음을 낡은 카드놀이용 탁자에 내려놓았다.

뚱뚱한 사내는 나갔다.

"저분은 누군가?" 내가 당직에게 물었다. "집사인가?"

"아닙니다, 나리. 주임 회계였다가 지금은 주임 서기이십니다."

"그럼 당신네 영지에는 집사가 없나?"

"없습니다, 나리. 미하일라 비쿨로프라는 마름은 있지만 집사는 없습니다."

"그럼 관리인은?"

"있고말고요. 카를로 카를리치 린다만돌이라는 독일인이 있습니다. 그가 지시를 내리지는 않습니다만."

"그럼 누가 지시를 내리지?"

---

* 18세기 민요 가수 마리야 주보바의 로망스 〈나 황야로 나가네〉의 첫 구절. 이 로망스는 19세기까지도 인기가 있었다.

** '코톨', 즉 솥에서 익힌 팔자 모양의 빵.

"마님이 직접 내리십니다."

"그렇군!…… 당신네 사무소에는 일하는 사람이 많은가?"

젊은이는 잠깐 생각해보는 듯했다.

"여섯 명이 일하고 있습니다."

"어떤 사람들이지?"

"우선 주임 회계 바실리 니콜라예비치, 서기 표트르, 역시 서기인 표트르의 동생 이반, 또 역시 서기인 다른 이반, 또 서기인 코스켄킨* 나르키조프, 그리고 저입니다. 사실 몇 명 있는지도 잘 모르겠습니다."

"당신네 마님은 하인이 많은가보군?"

"아닙니다, 많다고 할 수는 없습니다……"

"몇 명이나 되나?"

"아마 다 해서 백오십은 족히 될 듯합니다."

우리는 둘 다 잠시 말이 없었다.

"그래, 자네 글은 잘 쓰나?" 내가 다시 말을 꺼냈다.

젊은이는 입을 활짝 벌리고 웃으며 고개를 끄덕였고, 사무소에 가서 글자가 한가득 적힌 종이를 한 장 가져왔다.

"제가 쓴 겁니다." 그가 연신 미소 지으며 말했다.

나는 들여다보았다. 회색빛 도는 사절지에 아름답고 커다란 필체로 다음과 같이 적혀 있었다.

아나니예보 저택 사무소 본부가 마름 미하일라 비쿨로프에게 내

* 러시아 민중은 오래전부터 '콘스탄틴'을 '코스켄킨'이라 불렀다.

리는 지령서 제209호

이 문서를 받는 즉시 다음 사항들을 조사할 것을 지시한다. 누가 지난밤에 술에 취해 저속한 노래를 부르며 앵국* 정원을 지나 프랑스인 가정교사 마담 엔제니**를 깨우고 불안하게 하였는가? 야경꾼들은 무엇을 보았으며 정원의 야경꾼은 누구였길래 이러한 무질서를 가만 놔두었는가? 상기한 모든 것을 소상히 밝혀 신속하게 사무소에 보고할 것.

주임 서기 니콜라이 호보스토프

지령서에는 문장과 함께 '아나니예보 저택 사무소 본부 직인'이라 적힌 도장이 찍혀 있었고 그 밑에는 추기가 있었다. "정확히 수행할 것. 옐레나 로스냐코바."

"이건 마님이 직접 적으신 건가?" 내가 물었다.

"당연하지요, 손수 적으셨습니다. 항상 직접 다 하시지요. 그러지 않으면 지령서가 효력이 없습죠."

"그럼, 이제 이 지령서를 마름에게 보내나?"

"아닙니다, 나리. 마름이 직접 와서 읽습니다. 아니, 그 사람에게 읽어줍니다. 왜냐면 그 사람은 글을 모르거든요. (당직이 다시 침묵했다.) 어떻습니까," 그가 배시시 웃으며 덧붙였다. "잘 쓰지 않았습니까, 나

* 농민들과 서민들은 영국을 가리키는 앙글리스키(английский)를 '아글리츠키'라고 잘못 부른다.

** 프랑스 이름 외제니(Eugénie)를 잘못 부른 것.

리?"

"잘 썼군, 그래."

"사실 제가 내용을 만든 건 아닙니다. 그런 일에는 또 코스켄킨이 선수입죠."

"뭐라고?…… 그러니까 우선 다른 사람이 지령서 내용을 만든다는 말인가?"

"그러지 않으면 어떻게 합니까, 나리? 백지에다 바로 깨끗이 쓸 순 없는 법입니다."

"자네, 봉급은 얼마 받나?" 내가 물었다.

"35루블 하고 장화 값으로 5루블 더 받습니다."

"만족하는가?"

"그럼요, 만족하고말고요. 사무소에 아무나 들어올 수 있는 게 아닙니다. 실은 저도 위에서 꽂아주신 겁니다. 저희 친척 아저씨가 저택에서 청지기로 일하거든요."

"자네한테는 잘된 일이로군?"

"잘되다마다요, 나리. 사실대로 말하자면," 그가 한숨지으며 말했다. "저희 같은 사람들은 상인 밑에 있는 게 더 낫긴 합니다. 상인 밑에서 일하면 대우가 더 좋습니다. 어제저녁만 해도 베뇨프에서 상인이 한 사람 왔는데, 그 사람 밑에서 일하는 일꾼이 얘기해주더군요…… 좋다고요, 그냥 이러고저러고 할 것 없이, 아주 좋다더군요."

"상인이 봉급을 더 많이 줘서 그런가?"

"천만의 말씀입니다! 봉급 얘기를 꺼냈다가는 당장 쫓겨납니다. 안될 말이지요, 상인 밑에서는 적당히 믿고 적당히 겁내며 살아야 합니다. 알아서 다 밥도 먹여주고, 술도 주고, 옷도 주고 하거든요. 마음에 들면 더한 것도 해줍니다…… 봉급이 다 뭐랍니까! 사실 그딴 건 없어도 됩죠…… 상인들은 아주 소박하게, 진짜 러시아 사람답게, 진짜 우리 식대로 삽니다. 함께 길을 떠나게 되어 그가 차를 마시면 같이 마시고, 그가 밥을 먹으면 같이 먹고요. 상인은…… 뭐랄까요, 상인은 어쨌든 귀족 나리는 아니니 말입니다. 상인은 적어도 막무가내로 고집을 부리지는 않습니다. 화가 나면 두들겨패고, 그걸로 끝이지 뒤끝이 없습니다. 자꾸 징징거리면서 이기죽거리지는 않지요…… 그런데 귀족 나리를 모시면 아주 골이 아픕니다! 도무지 맞출 수가 없습니다. 이것도 안 좋다, 저것도 마음에 안 든다 하시니까요. 물잔이나 음식을 드리면 '아, 물이 비리구나! 아, 음식에서 고약한 냄새가 나는구나!' 하시죠. 문밖으로 나와서 잠깐 서 있다가 다시 가져가면 '음 그래, 이제 괜찮다, 이제는 냄새가 안 나' 하시는 식입니다. 마나님들을 모실 때는 두 손 두 발 다 듭니다!…… 그러니 아씨들은 또 어떻겠습니까!……"

"페듀시카!" 사무소에서 뚱뚱한 사내가 부르는 소리가 들렸다.

당직이 날쌔게 나갔다. 나는 차를 한 컵 다 마시고 소파에 누워 잠이 들었다. 두 시간쯤 잔 듯하다.

잠에서 깨어나보려 했지만 나른함이 덮쳐왔다. 눈을 감았으나 그렇다고 잠이 들지도 않았다. 칸막이 너머 사무소에서는 두 사람이 조용히 대화를 나누고 있었다. 나는 그 대화를 엿듣지 않을 수 없었다.

"네, 그렇습니다, 니콜라이 예레메이치," 누군가의 목소리가 말했다. "지당한 말씀이십니다. 그걸 고려하지 않을 수 없습죠. 그래서는 안 되고말고요…… 흠흠!" (말하는 이가 기침을 했다.)

"저를 믿어보세요, 가브릴라 안토니치," 뚱뚱한 사내의 목소리가 말했다. "제가 이곳 일 돌아가는 방식을 모를 리 있겠습니까, 한번 잘 생각해보세요."

"누가 당신보다 더 잘 알겠습니까, 니콜라이 예레메이치, 당신은 이런 일에서 둘째가라면 서러울 분이신 걸요. 안 그렇습니까?" 낯선 목소리가 계속 말했다. "어떻게 얘기를 매듭지을까요, 니콜라이 예레메이치? 이제는 참으로 알아야겠습니다."

"어떻게 매듭짓느냐니요, 가브릴라 안토니치? 말하자면 이 일은 당신에게 달렸습니다. 그런데 보아하니 당신이 그다지 원치 않으시는 것 같군요."

"아이고, 니콜라이 예레메이치, 무슨 말씀이십니까? 흥정하고 물건을 사는 게 우리 상인이 하는 일입니다. 니콜라이 예레메이치, 말하자면, 바로 그래서 우리가 여기 있는 것이고요."

"그럼 8루블로 합시다." 뚱뚱한 사내가 띄엄띄엄 말했다.

한숨 소리가 들렸다.

"니콜라이 예레메이치, 너무 많은 걸 바라십니다."

"안 됩니다, 가브릴라 안토니치, 다르게는 안 돼요. 하느님 아버지 맹세컨대, 절대 안 됩니다."

침묵이 뒤따랐다.

나는 조용히 일어나서 칸막이 틈으로 바라보았다. 뚱뚱한 사내는 내 쪽으로 등지고 있었다. 그와 얼굴을 마주하는 자리에 마흔 살쯤 먹은 상인이 꼭 사순절에 먹는 기름을 바른 것처럼 수척하고 창백한 얼굴로 앉아 있었다. 그는 계속 턱수염을 만지작거리면서 잽싸게 눈을 깜박이기도 하고 입술을 실룩이기도 했다.

"올해는 가을에 심은 것들이 참 잘됐다 이겁니다." 그가 다시 말하기 시작했다. "제가 오는 길에 보면서 얼마나 즐거워했는지 모릅니다. 보로네시에서부터 최상품만 있더란 말입니다."

"맞는 말씀이에요, 가을에 심은 것들 작황이 나쁘지 않죠." 주임 서기가 대답했다. "잘 아시다시피, 가브릴라 안토니치, 가을에 심은 새싹이야 어떻든 봄 날씨가 좋아야 하는 법이지요."

"참으로 그렇습니다, 니콜라이 예레메이치. 모든 것은 다 하느님의 뜻에 달린 것이니 말입니다. 참으로 진리를 말씀하셨습니다…… 그건 그렇고 손님으로 오셨다는 분이 깨신 것 같은데요."

뚱뚱한 사내가 뒤돌아보았다…… 그리고 유심히 소리를 들었다……

"아니요, 주무시고 계십니다. 그건 그렇고, 어쨌든……"

그가 문가로 다가왔다.

"아니요, 주무십니다." 그가 되풀이하고는 자리로 돌아갔다.

"음, 그럼 이제 어떻게 한답니까, 니콜라이 예레메이치?" 상인이 다시 시작했다. "어쨌든 일을 마무리지어야 하지 않겠습니까…… 그럼 이렇게 하시죠, 니콜라이 예레메이치, 이렇게 말입니다." 그가 잇따라 눈을 깜박이며 말을 이었다. "회색 두 장하고 흰색 한 장*을 당신에게 드리고, 저기 있는 것은 (그가 고갯짓으로 지주댁 마당을 가리켰다) 6루블 하고 50코페이카로 하십시다. 이렇게 결론 내는 것입죠?"

"회색 넉 장." 주임 서기가 답했다.

---

* 회색은 50루블짜리, 흰색은 25루블짜리 지폐다.

"그럼, 석 장!"

"흰색 없이 회색 넉 장."

"석 장입니다, 니콜라이 예레메이치!"

"석 장하고 반, 그 밑으로는 1코페이카도 못 깎아요."

"석 장으로 하시죠, 니콜라이 예레메이치."

"더는 말씀 마쇼, 가브릴라 안토니치."

"원 이렇게 말이 안 통해서야," 상인이 중얼거렸다. "차라리 마님하고 일을 끝내겠소이다."

"원하시는 대로." 뚱뚱한 사내가 답했다. "진작 그럴 것이지. 대체 두려울 게 뭐가 있습니까?…… 그편이 훨씬 낫지요!"

"휴, 됐습니다, 됐어요, 니콜라이 예레메이치. 내가 성미를 못 참고 말았군요! 그래서 말이 그렇게 튀어나오고 말았어요."

"아니요, 원래 나도……"

"됐다 그러잖습니까…… 제가 농친 겁니다. 자, 그러면 석 장하고 반을 가져가시죠, 당신을 당해낼 재간이 없습니다."

"넉 장을 받아야 했는데, 내가 바보같이 너무 서둘렀구먼." 뚱뚱한 사내가 투덜댔다.

"그럼, 저기 댁에 있는 것은 6루블 하고 반으로, 그러니까 니콜라이 예레메이치, 1푸드에 6루블 하고 반으로 하는 것이지요?"

"6루블 하고 반, 이미 그렇게 말했잖소."

"자, 그럼 악수하십시다, 니콜라이 예레메이치(상인은 손가락들을 활짝 펴 서기의 손바닥에 쳤다). 하느님이 함께하시길! (상인이 일어섰다.) 이제 나는, 니콜라이 예레메이치, 마님께 가서 보고 올리며 말씀드리겠습니다. 니콜라이 예레메이치가 6루블하고 반으로 결정했다고 말입니다."

"그렇게 하쇼, 가브릴라 안토니치."

"여기 받으시지요."

상인은 주임 서기에게 크지 않은 종이 다발을 건넨 후 절을 하고는 고개를 흔들었고, 두 손가락으로 모자를 집어들더니 어깨를 으쓱하고 몸통을 물결처럼 한 번 움직이고는 적당히 장화 삐걱거리는 소리를 내며 나갔다. 니콜라이 예레메이치는 벽 쪽으로 가서, 내가 관찰한 바에 따르면, 상인에게서 받은 돈을 세기 시작했다. 불쑥 문에서 진한 구레나룻에 머리칼이 붉은 고개가 쑥 들어왔다.

"어떻게 됐어요?" 고개를 들이민 이가 물었다. "제대로 되고 있죠?"

"그렇고말고."

"얼마에 팔았어요?"

뚱뚱한 사내는 귀찮다는 듯 손을 내젓고는 내가 있는 방을 가리켰다.

"아, 알겠습니다!" 고개를 들이민 이가 말하고는 사라졌다.

뚱뚱한 사내는 책상으로 가서 앉아 장부를 펼쳤고 주판을 끌어다가 오른손 검지가 아니라 중지로 주판알을 튕기기 시작했다. 그러는 것이 더 고상해 보이기 때문이었다.

당직이 들어왔다.

"무슨 일이냐?"

"골로플료키에서 시도르가 도착했습니다."

"오! 이리 오라 해라. 잠깐, 잠깐…… 우선 가서 아까 오신 나리가 아직 주무시는지 깨어나셨는지 보고 오너라."

당직은 조심스레 내가 있는 방으로 들어왔다. 나는 베개를 대신하는 사냥 자루에 고개를 얹고 눈을 감았다.

"주무십니다." 당직이 사무소로 돌아가 소곤거렸다.

뚱뚱한 사내가 잇새로 투덜거렸다.

"그럼, 시도르를 부르거라." 그가 마침내 소리 내어 말했다.

나는 다시 몸을 조금 일으켰다. 서른 살쯤 된 키가 장대한 농부가 들어왔다. 아마색 머리칼에 곱슬곱슬한 턱수염이 조금 난 그는 뺨이 붉은 것이 아주 건강해 보였다. 그는 성상에 기도를 올리고는 주임 서기에게 허리 굽혀 인사하고 두 손에 모자를 쥔 채 몸을 쭉 폈다.

"안녕하신가, 시도르." 주판을 두드리며 뚱뚱한 사내가 말했다.

"안녕하십니까, 니콜라이 예레메이치."

"그래, 오는 길은 편안했는가?"

"아주 좋았습니다, 니콜라이 예레메이치. 진창도 별로 없었습니다. (농부는 빠르지 않게, 크지 않은 목소리로 말했다.)"

"부인도 잘 지내나?"

"덕분에 잘 지냅니다!"

농부는 한숨 돌리고는 한쪽 다리를 쭉 뻗었다. 니콜라이 예레메이치는 펜을 귓등에 꽂고 코를 풀었다.

"그래, 어쩐 일로 왔나?" 그가 격자무늬 손수건을 주머니에 집어넣으며 계속 물었다.

"저기, 니콜라이 예레메이치, 저희 마을에 목수가 필요합니다."

"자네 마을에는 목수가 없나?"

"없을 리가 있나요, 니콜라이 예레메이치. 아시다시피 저희 마님 다차*가 나무로 지어지지 않았습니까. 그런데 목수들이 한창 바쁜 철이라 말입니다, 니콜라이 예레메이치."

"한창 바쁜 철이라니! 아니, 다른 집에 가서는 일하면서 자기네 마님 일은 안 하려 한단 말인가…… 다 똑같은 일인데!"

"일이야 다 똑같습죠, 맞는 말씀입니다, 니콜라이 예레메이치…… 그런데 그게……"

"그게?"

"품삯이 워낙…… 그러니까……"

"참 별일이 다 있군! 자네들 버릇이 어지간히 잘못 든 게 아니구먼. 썩 가게!"

"저기 또 말씀드릴 게 있습니다, 니콜라이 예레메이치, 사실 일주일이면 다 할 일을 한 달을 잡아두고 있습니다. 자재가 부족하다는 둥, 정원에 가서 길을 치워야 하니 사람을 보내야 한다는 둥 말입니다."

"살다 살다 별일 다 보겠구먼! 마님이 직접 지시하신 일이야, 자네가 이러쿵저러쿵 따질 일이 아니네."

시도르는 다시 입을 닫았고 한쪽 다리에서 다른 쪽 다리로 무게를 옮기며 서 있었다.

니콜라이 예레메이치는 고개를 비뚜름히 하고 열심히 주판알을 튕겼다.

"저희 마을…… 농부들이 말입니다…… 니콜라이 예레메이치……"

---

* 도시에 사는 사람들이 여름과 주말 등을 보내는 시골의 작은 별장.

마침내 시도르가 단어 하나하나를 더듬거리면서 말을 꺼냈다. "잘 말씀드려달라고…… 이걸…… 저기…… (그가 커다란 손을 아르먀크 품으로 집어넣어 붉은 무늬가 새겨진 수건으로 감싼 무언가를 꺼냈다.)"

"이게 무슨 짓인가 도대체, 자네 정신이 나갔나?" 뚱뚱한 사내가 급하게 그의 말을 끊었다. "나중에, 우리집으로 오게." 그는 망연자실한 농부를 거의 밀치다시피 하며 계속 말했다. "우리 마누라한테 물어보게나…… 가서 차나 한잔 하고 있으면 내가 곧 가겠네, 어서 가. 아니, 어서 가래도."

시도르가 나갔다.

"이런…… 곰 같은 놈을 봤나!" 그의 뒤에 대고 주임 서기가 중얼거리고 고개를 젓더니 다시 계산에 몰두했다.

갑자기 외치는 소리가 들렸다. "쿠프랴! 쿠프랴! 이제 아무도 쿠프랴를 못 건드린다!" 길에서, 현관 층계참에서 외치는 소리가 울려퍼졌고, 얼마 뒤 사무소로 작달막한 키에 폐병을 앓는 듯한 사내가 들어왔다. 그의 코는 비정상적일 만큼 길쭉했고, 커다란 두 눈은 미동도 하지 않았으며, 몸가짐이 거리낌없고 거만했다. 그는 아델라이다*, 또는 우리 고장에서 말하듯 오델라이다 빛깔의 낡고 여기저기 찢어진 프록코트를 입고 있었는데, 옷깃은 벨베틴으로 마감되고 아주 작은 단추들이 달려 있었다. 그가 어깨에 장작 한 묶음을 지고 들어왔다. 그의 주변으로 하인 너덧 명이 몰려들었고 다들 외쳐댔다. "쿠프랴! 쿠프랴는 아무도 못 건드려! 쿠프랴가 화부火夫가 되었거든, 화부로 출세했어!" 그러나

* 붉은빛이 도는 보라색을 가리키는 옛말로, 19세기 초반 러시아문학에 자주 등장한다.

벨베틴 옷깃을 단 프록코트의 사내는 동료들의 소란에 조금도 관심을 두지 않았고 표정에도 아무 변화가 없었다. 규칙적인 발걸음으로 그는 페치카 앞까지 와서는 지고 온 것을 내려놓았고, 몸을 일으켜 뒷주머니에서 담뱃갑을 꺼내 눈을 부릅뜨더니 재와 함께 뭉갠 전동싸리를 코에 쑤셔넣기 시작했다.

시끌벅적한 무리가 들어오자 뚱뚱한 사내는 눈썹을 잔뜩 찌푸리더니 자리에서 일어났다. 그러나 무슨 일인지 파악하자 미소를 짓고는 그저 소리만 지르지 말아달라고 부탁했다. 옆방에 사냥꾼 손님이 자고 있다는 이유에서였다.

"무슨 사냥꾼?" 두 사람이 한목소리로 물었다.

"지주 나리셔."

"아!"

"좀 시끄러우면 어때서." 벨베틴 옷깃을 단 사내가 두 팔을 활짝 벌리며 말했다. "그게 나하고 무슨 상관인가! 이 몸을 건드리지만 않는다면야. 이 몸이 화부가 되셨다 이거야……"

"화부가 되었어! 화부로 출세했다고!" 무리가 기쁜 목소리로 맞장구쳤다.

"마님이 분부를 내리셨어." 그가 어깨를 으쓱하더니 말했다. "너희는 아무리 기다려봤자…… 돼지몰이나 되겠지. 이 몸은 재단사다 이 말씀이야, 그것도 아주 훌륭한 재단사지, 모스크바 일급 장인들 밑에서 배우고 장군님들 옷을 만들었지…… 아무도 이 재능을 앗아가지 못한다고. 자네들은 뭐가 있다고 그렇게 뻐기는 건가?…… 뭐 대단하다고? 너희는 식충이, 놈팡이에 지나지 않아. 나는 면천된다 해도 굶어죽지 않지, 길바닥에서 뒈지지 않을 거라고. 이제 신분증명서만 받으면 나는 신공도 두둑이 바치고 주인마님들을 만족시켜드릴 테지. 그런데 너희들은 어찌될까? 파리처럼 뒈지고 말겠지, 암, 그렇고말고."

"저거 다 거짓말이야." 붉은 넥타이를 매고 팔꿈치가 다 찢어진 윗도리를 걸친, 얼굴이 얽고 허연 금발의 젊은 사내가 그의 말을 끊었다. "네놈은 신분증명서를 받아서 한참을 싸돌아다녔지만, 주인마님들은 네가 내는 신공은 1코페이카도 못 보셨어. 네놈 스스로가 한푼도 못 벌었으니 당연한 일이지. 다리를 질질 끌며 겨우 돌아와서는 카프탄 하나로 일 년을 버티는 주제에 무슨."

"어쩌겠나, 콘스탄틴 나르키지치!" 쿠프리야안이 반박했다. "남자가 사랑에 빠지면 신세도 망치고 끝장나는 법이야. 콘스탄틴 나르키지치, 자네도 나 같은 일을 겪어보고서 나를 이러쿵저러쿵 씹어대라고."

"대체 누구와 사랑에 빠지셨나! 등신 같은 것하고나 그랬겠지!"

"아니야, 그런 말 말게, 콘스탄틴 나르키지치."

"누굴 바보로 아나? 내가 누군지 다 봤어. 작년에 모스크바에서 두 눈으로 똑똑히 봤다고."

"작년이라면 그 여자가 조금 상태가 안 좋을 때긴 했지." 쿠프리야안이 말했다.

"아니, 여보게," 여드름투성이 얼굴에 머리칼은 곱슬곱슬 지지고 기름을 한껏 바른, 분명 시종이 틀림없을 키 크고 마른 사내가 깔보는 듯한 어투로 격의 없이 말했다. "쿠프리야안 아파나시치한테 노래나 한 곡 시켜봐. 자, 하나 둘, 시작하시게, 쿠프리야안 아파나시치!"

"그래, 그게 좋겠다!" 다른 이들이 맞받았다. "잘했어, 알렉산드라! 쿠프라를 아주 말도 못하게 곤란하게 만들었구먼…… 노래해보라고, 쿠프라!…… 역시 알렉산드라야! (하인들은 서로를 더욱 정겹게 부를 때 남자에게도 여성명사 어미를 사용하곤 한다.)* 노래하라니까!"

"여긴 노래를 부를 곳이 아니야." 쿠프리얀이 고집을 부렸다. "여긴 주인마님 사무소라고."

"그게 너랑 무슨 상관이냐? 혹시 서기라도 되고 싶은 게냐!" 콘스탄틴이 거칠게 웃으며 응수했다. "정말 그런가보구나!"

"다 주인마님의 뜻에 달려 있을 뿐." 불쌍한 사내가 간신히 한마디 했다.

"이거 봐라, 어딜 감히, 응? 우! 우! 우!"

다들 자지러지게 웃었고 어떤 이들은 폴짝폴짝 뛰기까지 했다. 열다섯 살쯤 된 소년은 누구보다 큰 소리로 웃었는데, 하인들 틈에 낀 귀족 자제인 듯했다. 청동 단추가 달린 조끼를 입고 연보라색 넥타이를 맨 소년은 벌써 배가 나오기 시작했다.

"어이 쿠프랴, 어디 한번 솔직히 얘기해보게," 아주 즐거워 감상적인 기분까지 느끼게 된 니콜라이 예레메이치가 건들거리며 말했다. "화부 일이 그렇게 좋지만은 않지? 별 볼 일 없지 않은가 말이야?"

"무슨 말이에요, 니콜라이 예레메이치," 쿠프리얀이 말했다. "아저씨가 지금 주임 서기라는 건 가타부타할 것 없는 사실이죠. 하지만 아저씨도 한때 주인마님 미움을 사서 농부네 오두막에 살았잖아요."

"말조심해라, 주제넘게 까불지 말고." 뚱뚱한 사내가 갑자기 버럭하

* 원래 이름은 '알렉산드르'다.

며 그의 말을 끊었다. "네놈이 바보니까 우리가 지금 농담 따먹기라도 해주는 줄 알아. 너 같은 바보랑 어울려주는 걸 고맙게 생각해야지."

"어쩌다보니 그냥 튀어나온 말이에요, 니콜라이 예레메이치, 용서하세요……"

"말조심하는 게 좋을 거다."

문이 열리고 심부름꾼 소년이 뛰어들어왔다.

"니콜라이 예레메이치, 마님이 부르세요."

"마님이 누구와 계시냐?" 그가 소년에게 물었다.

"악시냐 니키티시나와 베뇨프에서 온 상인과 계세요."

"지금 당장 가마. 어이, 형제들," 그가 설득하는 어조로 말을 이었다. "어서 다들 신임 화부님과 함께 여기서 나가게. 독일 사람이 와서 보기라도 하면 또 다 일러바칠 테니."

뚱뚱한 사내는 자기 방에서 머리를 정돈하고 프록코트 소매에 거의 가려진 손에 대고 기침을 한 번 하고는 단추를 채웠고, 성큼성큼 주인 마님에게 갔다. 잠시 뒤 하인 무리도 쿠프랴와 함께 그의 뒤를 따랐다. 나의 오랜 벗, 당직만 남게 되었다. 그는 자리에 앉아 펜을 다듬기 시작하더니 이내 잠들어버렸다. 파리 몇 마리가 절호의 기회를 놓치지 않고 그의 입에 달라붙었다. 모기도 그의 이마에 앉아 여섯 개의 다리를 반듯하게 위치시키고는 부드러운 살에 천천히 침을 꽂아넣었다. 아까 왔었던, 짙은 구레나룻의 붉은 머리가 문가에 다시 나타나 살며시 들여다보고, 또 들여다보고는 그다지 아름답지 않은 몸뚱이를 사무소로 들이밀었다.

"페듀시카! 페듀시카! 만날 잠만 자냐!" 붉은 머리가 말했다.

당직이 눈을 뜨고 의자에서 일어났다.

"니콜라이 예레메이치는 마님에게 가셨나?"

"마님에게 가셨어요, 바실리 니콜라이치."

'아! 그렇군!' 나는 생각했다. '저 사람이 주임 회계구나.'

주임 회계는 방안을 이리저리 걷기 시작했다. 그런데 제대로 걷는다기보다는 살금살금 돌아다녔고, 그 모습이 영락없는 고양이였다. 그의 어깨에서 뒷자락이 매우 좁은 낡은 검은색 연미복이 팔락였다. 그는 한 손을 가슴 위에 얹었고, 다른 한 손으로는 너무 꽉 매어서 높이 튀어나온, 말털로 짠 넥타이를 계속 만지작거렸으며 잔뜩 긴장한 고개를 빙글빙글 돌려댔다. 장화는 염소가죽으로 지은 걸 신었는데 삐걱거리는 소리가 나지 않고 걸음걸이가 매우 부드러웠다.

"오늘 지주 야구시킨 씨가 찾아오셨었습니다." 당직이 덧붙였다.

"흠, 그래? 뭐라고 하던가?"

"저녁에 튜튜레보 마을에 들러서 기다리겠다고 하셨습니다. 바실리 니콜라이치와 나눌 얘기가 있다고 하셨고요. 어떤 얘기인지는 말씀하지 않으셨습니다. 바실리 니콜라이치가 다 알고 계실 거라면서요."

"흠!" 주임 회계가 대꾸하고는 창가로 갔다.

"니콜라이 예레메예프 사무소에 계신가?" 현관에서 커다란 목소리가 들렸고, 큰 키에 우락부락하나 표현력이 풍부하고 대담해 보이는 얼굴의 남자가 꽤 점잖게 차려입고는 대단히 화가 난 모습으로 문턱을 넘어섰다.

"계신가?" 그가 재빨리 주변을 둘러보고 물었다.

"니콜라이 예레메이치는 주인마님 뵈러 가셨습니다." 회계가 답했다.

"무슨 일이십니까, 제게 말씀하시지요, 파벨 안드레이치, 제게 말씀하셔도 됩니다…… 무슨 일로 오셨습니까?"

"무슨 일이냐고? 내가 무슨 일로 왔는지 알고 싶은가? (회계는 병적으로 고개를 끄덕였다.) 그 아무짝에도 쓸모없는 배불뚝이 놈, 비열한 고자질쟁이를 만나고 싶네…… 어디 또 고자질해보라지!"

파벨이 의자에 몸을 내던지듯 앉았다.

"아니, 대체 무슨 일입니까, 파벨 안드레이치? 진정하세요…… 부끄럽지도 않으십니까? 누구에 대해 그렇게 험하게 말씀하시는지 아셔야지요, 파벨 안드레이치!" 회계가 벌벌 떨며 말했다.

"누구에 대해? 그놈이 주임 서기가 되었다는 게 나랑 무슨 상관이야! 아주 대단한 분을 모셔다 자리에 앉혀놨군. 고양이한테 어물전을 맡긴 셈이지!"

"그만하십시오, 그만, 파벨 안드레이치, 그만하시래도요! 말을 삼가세요…… 이 무슨 망발입니까?"

"흠, 리사 파트리케예브나*가 꼬리를 흔든다 이거지!…… 여기서 그놈을 기다릴 테다." 파벨은 잔뜩 성을 내며 말하고는 손으로 책상을 쾅 내리쳤다. "아, 마침 오는구먼." 그가 창밖을 내다보더니 덧붙였다. "양반은 못 되는군. 어서 납시오!" (그가 자리에서 일어섰다.)

니콜라이 예레메예프가 사무소로 들어왔다. 그는 만족감에 얼굴이 빛났으나 파벨을 보자 다소 평정을 잃었다.

"안녕하신가, 니콜라이 예레메이치," 파벨이 느릿느릿 그를 맞이하러

* 러시아 민담 속 여우를 의인화한 인물로, 영리하고 교활하게 그려진다.

나가며 의미심장하게 말했다. "안녕하신가."

주임 서기는 아무 대답도 못했다. 문가에 상인의 얼굴도 나타났다.

"뭐라고든 대답을 하셔야지?" 파벨이 계속 말했다. "그건 그렇고, 아니…… 아니지," 그가 덧붙였다. "그게 문제는 아니지. 소리지르고 욕지거리해봤자 얻는 건 아무것도 없는 법이니까. 그래, 당신이 직접 얘기해주시오, 니콜라이 예레메이치, 어째서 나를 못살게 구는 거요? 어째서 나를 망하게 하려 하느냔 말이오? 자, 어서 말해보시오, 어서."

"여기서 얘기할 일은 아닌 것 같은데," 동요하는 기색이 없지 않은 목소리로 주임 서기가 대꾸했다. "때도 적당치 않고. 근데 한 가지가 참 놀랄 노 자로군. 어째서 내가 당신을 망하게 하려 하고 못살게 군다고 생각하는 거요? 아니, 말이 나왔으니 말인데, 내가 당신을 괴롭힐 수 있기나 하오? 당신은 내 사무소 사람도 아니잖소."

"그야 당연하지," 파벨이 대답했다. "앞으로도 그럴 일은 절대 없을 테고. 그런데 어째서 그렇게 딱 잡아떼는 거요, 니콜라이 예레메이치?…… 내가 무슨 말 하는지 잘 알면서."

"아니, 무슨 말인지 모르겠소."

"아니, 당연히 알 텐데요."

"그럴 리가, 맹세코 전혀 모르겠소."

"맹세코라! 그런 식으로 나갈 거면 차라리 하느님도 두렵지 않다고 말해보시지! 어째서 그렇게 불쌍한 처녀를 못살게 들볶는 거요? 도대체 그 아이한테 원하는 게 뭐길래?"

"누구 얘기를 하는 거요, 파벨 안드레이치?" 짐짓 놀란 척하며 뚱뚱한 사내가 물었다.

"이야! 정말 모르신다고? 타티야나 얘기를 하고 있잖소. 하늘 무서운 줄 아시오, 대체 무슨 앙심을 품어 그러느냔 말이오? 부끄러운 줄 알아야지, 마누라도 있고 나만큼 다 큰 자식들도 있으면서, 나는 다른 얘기를 하는 게 아니오…… 나도 장가를 가고 싶단 말이오, 그런 만큼 나는 염치 있게 처신하고 있소."

"아니, 근데 내가 무슨 죄가 있다고 이러시오, 파벨 안드레이치? 주인마님이 당신이 혼인하는 걸 허락하지 않으시는데, 주인마님 뜻이 그렇지 않소? 근데 왜 나를 걸고넘어지시나?"

"뭐라고? 당신이 그 가정부 늙은 마녀랑 꿍꿍이를 꾸미지 않았단 말이오? 고자질해대고, 응? 말해보시오, 그 의지할 곳 없는 처자를 두고 온갖 없는 말을 지어내지 않았소? 바로 당신 때문에 그 아이가 세탁부에서 설거지나 하는 부엌데기가 되지 않았느냐고! 그 아이를 두들겨패고 누더기나 입게 만든 게 당신 때문 아니냔 말이야!…… 나이깨나 먹었으면 부끄러운 줄 아시오, 제발 부끄러운 줄 아시오! 그렇게 살다가는 풍을 맞고 말 테니…… 하느님 앞에서 대가를 치르게 될 거요."

"실컷 욕하시게, 파벨 안드레이치, 실컷 욕해…… 욕하는 것도 그리 오래가진 못할 테니!"

파벨이 갑자기 버럭했다.

"뭐? 협박하는 건가?" 그가 성을 내며 말했다. "내가 네놈을 두려워할 줄 알아? 아니야, 이 양반아, 잘못 짚었어! 내가 두려울 게 뭔가?…… 나는 어딜 가도 나 먹고살 건 벌어. 그런데 네놈은 얘기가 다르지! 여기 퍼질러 살면서 고자질하고 도둑질이나 하는 주제에……"

"보자 보자 했더니 아주 오만방자하군." 역시 인내심을 잃어가던 서기가 그의 말을 끊었다. "준의사*, 준의사밖에 안 되는 놈이, 약이나 짓는 별 볼 일 없는 놈이 떠드는 꼴 좀 보게, 퉤, 아주 대단한 의원 나리 나셨네!"

"그래, 나는 준의사다, 이 준의사라도 없었더라면 네놈 몸뚱이도 벌써 공동묘지에서 썩고 있었을걸…… 내가 뭐에 씌어서 저런 놈을 다 고쳐줬나." 그가 잇새로 말하며 덧붙였다.

"네가 나를 고쳐줬다고?…… 말은 똑바로 하자, 네놈은 날 독살하려고 했어, 나한테 사부르**를 먹였잖아." 서기가 받아쳤다.

"아니, 사부르 말고는 네놈 병에 아무것도 안 듣는데 나라고 별수 있나?"

"사부르는 나라에서 금지한 약이야." 니콜라이가 계속 말했다. "그러니 나는 네놈을 고소할 거야. 날 죽이려 했다고 말이야! 하지만 하느님 덕분에 네놈 맘대로 되진 않았지."

"다들 그만하세요, 그만해, 아이고 주여……" 회계가 말리려 했다.

"저리 가!" 서기가 고함을 질렀다. "저놈이 날 독살하려 했다고! 무슨 말인지 알겠나?"

"나는 절박하네…… 들어보게, 니콜라이 예레메예프," 자포자기한 파벨이 말했다. "당신한테 마지막으로 부탁하는 거야…… 당신이 날 몰아세우는 바람에 나도 참다못해 이렇게 된 거고. 제발 우리를 가만 놔

---

* 중등 수준의 의학 전문 교육을 받은 의료인으로, 독자적으로 진단해 치료하거나 환자를 의사에게 보내는 역할을 한다.

** 알로에 즙을 말린 것으로, 약용이지만 지나치면 독이 된다.

두게, 응? 내 다시 말하지만, 안 그러면 우리 둘 중 하나가 화를 피하지 못해."

뚱뚱한 사내는 더 길길이 날뛰었다.

"나는 네놈 따윈 두렵지 않아." 그가 꽥 소리질렀다. "내 말 들리나, 이 젖비린내나는 놈아! 나는 네 아비도 단번에 해치운 몸이야, 아주 다리몽둥이를 분질러놨지. 네놈도 똑같이 만들어줄 테니, 까불지 마!"

"아버지 얘기는 제발 하지 말게, 니콜라이 예레메예프, 제발 하지 마!"

"어라! 네놈이 뭔데 나한테 이래라저래라 해?"

"그 얘기는 하지 말라고!"

"내가 말했지, 주제넘게 까불지 말라고……네놈은 마님이 널 대단히 필요로 하신다고 생각하는지 몰라도, 우리 둘 중에서 하나를 고르신다면 네놈은 당장 쫓겨날 신세야, 이 친구야! 그러니 대들어서는 안 된단 말이지, 조심해! (파벨은 분을 참지 못해 부르르 떨었다.) 타티야나는 저지른 죄가 있으니 더 혼나야 해…… 두고 봐, 그애한테는 더한 일도 일어날 거야."

파벨은 두 손을 번쩍 들고 앞으로 달려들었고 서기의 육중한 몸은 마룻바닥에 굴렀다.

"족쇄를 가져와, 이놈을 족쇄에 채워." 니콜라이 예레메예프가 신음했다……

이 광경의 결말은 묘사하지 않으련다. 독자 여러분의 감정을 상하게 할까봐 심히 저어되기 때문이다.

그날 나는 바로 집으로 돌아왔다. 일주일이 흐른 뒤 나는 로스냐코바 부인이 파벨과 니콜라이는 계속 일하도록 곁에 남겨두었으나 하녀 타티야나는 벽촌으로 보내버렸다는 사실을 알게 되었다. 그녀에게 타티야나는 그리도 쓸모가 없었던 모양이다.

비류크

어느 저녁, 나는 경주용 드로시키를 타고 사냥터에서 돌아가던 중이었다. 집까지는 아직 8베르스타나 남아 있었다. 잘 달리는 내 순한 암말은 먼지 풀풀 날리는 길을 따라 활기차게 달렸고 이따금 컹컹거리며 귀를 실룩였다. 사냥개는 녹초가 되었어도 마치 바퀴에 묶여 있기라도 한 듯 뒷바퀴 움직임에 조금도 뒤처지지 않았다. 뇌우가 몰려오고 있었다. 앞쪽에는 벌써 거대한 연보라색 먹구름이 숲에서부터 천천히 떠올랐고, 머리 위로는 길쭉한 잿빛 구름이 나를 맞이하며 다가왔다. 버드나무들은 불안한 듯 살랑거리며 저들끼리 웅얼거렸다. 숨막히는 열기가 돌연 축축한 냉기로 변해버렸고, 그늘이 빠르게 짙어졌다. 나는 고삐로 말을 때려 골짜기 아래로 내려갔고 버들이 무성히 자란 마른 시내를 건너고 언덕을 올라 숲에 들어갔다. 앞에 펼쳐진 길은 이미 어둠에 푹 잠긴 짙은 호두나무들 사이로 구부러져 있었다. 나는 힘겹게 앞으로 나아갔다. 드로시키는 수백 년 된 참나무와 보리수의 단단한 뿌리에 걸려 통통 튀었고, 뿌리들은 세로로 난 깊은 바큇자국, 즉 수레바퀴의 흔적 위로 중단 없이 횡단하고 있었다. 나의 말은 뿌리에 걸려 자꾸 비척댔다. 높은 곳에서 갑자기 강한 바람이 윙윙거리자 나무들이 날뛰기 시작했고, 굵은 빗방울이 잎사귀들을 격렬히 두드리며 후려쳤다. 번개가 번쩍이고 천둥이 터져나왔다. 비는 어느새 작은 시내가 되어 흘렀다. 나는 거의 걷는 속도로 말을 몰았으나 얼마 못 가 마차를 세워야 했다. 말은 진창에 다리를 못 썼고, 나는 한 치 앞도 보이지 않았다. 넓게 펴진 관목 아래로 일단 몸을 피했다. 몸을 웅크리고 얼굴을 감싼 나는 악천후가 끝나기를 참을성 있게 기다렸다. 그런데 번개가 번쩍이는 순간 키 큰 인물의 형상이 갑자기 길에 나타났다. 나는 그쪽을 뚫어져라 보았는데, 그 형상은 마치 나의 드로시키 근처 땅에서 이제 막 솟아난 것 같았다.

"누구냐?" 우렁찬 목소리가 물었다.

"그러는 너는 누구냐?"

"나는 이곳 산지기다."

나도 신원을 밝혔다.

"아, 나리시군요! 집으로 가시는 길입니까?"

"집으로 가고 있다네. 그런데 뇌우를 만난 바람에……"

"그러게요, 대단한 뇌우입니다." 그 목소리가 대답했다.

하얀 번개가 산지기를 머리끝부터 발끝까지 비추었다. 쩍하고 갈라지는 듯한 천둥의 짧은 일격이 곧장 번개를 뒤따라 울렸다. 비가 갑절로 더 강하게 쏟아졌다.

"금방 그칠 비가 아닙니다." 산지기가 말을 이었다.

"이를 어쩌나!"

"괜찮으시다면 제 오두막으로 모실까요?" 그가 무뚝뚝하게 말했다.

"그럼, 신세 좀 지겠네."

"여기 타시지요."

그는 말의 머리 쪽으로 다가가 굴레를 잡고 끌어당겼다. 우리는 출발했다. 나는 '바다에 뜬 뗏목처럼'* 흔들리는 드로시키에 앉아 쿠션을 붙잡고 개를 불렀다. 나의 불쌍한 암말은 진창에서 절벅거리며 무거운 다리를 떼다 미끄러지기도 하고 휘청하기도 했다. 산지기는 끌채 앞에 앉아 오른쪽으로 왼쪽으로 몸을 건들건들하는 것이 꼭 유령 같아 보였다. 우리는 꽤 오랫동안 갔다. 마침내 나의 길잡이가 마차를 세웠다. "다 왔습니다, 나리." 그가 침착한 목소리로 말했다. 쪽문이 끼익 열리자 강아지 몇 마리가 화목하게 짖어댔다. 고개를 들어보니 바자울을 두른 너른 마당 한가운데에 크지 않은 오두막이 번개 불빛에 비쳐 보였다. 창문 하나에서 희미한 불빛이 흘러나왔다. 산지기가 말을 현관 층계참까지 몰고 가서 문을 두드렸다. "지금 나가요!" 가녀린 목소리와 함께 맨발로 콩콩 뛰는 소리가 들렸고 빗장이 철렁이더니 루바시카를 입고 허리띠 대신 기다란 천조각으로 허리를 조여맨 열두 살쯤 된 소녀가 등불을 들고 문가에 나타났다.

"나리를 안으로 모시거라," 그가 아이에게 말했다. "나는 드로시키를

---

* 레르몬토프의 시 「종려나무 세 그루」(1838)의 일부.

처마밑에 댈 테니."

소녀는 나를 한 번 바라보더니 오두막으로 들어갔다. 나는 그 뒤를 따랐다.

산지기의 오두막에는 방이 하나밖에 없었는데, 그마저도 천장이 낮고 텅 빈데다 그을음이 끼고, 페치카와 벽 사이에 눕는 곳도, 칸막이도 없었다. 다 뜯어진 털외투만 벽에 걸려 있었다. 긴 의자에는 단신총이 놓여 있고, 구석에는 헝겊 뭉치가 뒹굴었다. 페치카 옆에는 커다란 항아리 두 개가 자리했다. 오두막 한가운데에는 기다란 장대 끝에 요람이 매달려 있었다. 소녀는 등불을 끄고 작은 의자에 앉아 오른손으로는 요람을 흔들고, 왼손으로는 관솔불을 살폈다. 주변을 둘러보던 나는 가슴이 미어졌다. 깊은 밤 농부의 오두막에 들어가는 것은 그다지 기쁜 일이 아니다. 요람에 누운 아기는 가쁜 숨을 내쉬며 힘겨워했다.

"여기 혼자 있니?" 내가 소녀에게 물었다.

"혼자예요." 소녀가 들릴락 말락 한 소리로 말했다.

"아버지가 산지기이고?"

"네, 산지기예요." 소녀가 소곤거렸다.

문이 삐걱 열리고 산지기가 고개를 숙인 채 문턱을 넘어왔다. 그는 바닥에서 등불을 들고 탁자 쪽으로 가 관솔에 불을 켰다.

"관솔불은 익숙지 않으시죠?" 그가 말하고는 곱슬곱슬한 머리칼을 흔들었다.

나는 그를 바라보았다. 그처럼 잘생긴 사람은 여태껏 본 적이 없는 것 같았다. 큰 키에 어깨가 떡 벌어지고 균형 잡힌 체격이었다. 젖은 삼베 루바시카 아래 탄탄한 근육이 불룩 튀어나왔다. 곱슬곱슬한 검은 턱수염은 그의 근엄하고도 남자다운 얼굴 절반을 가렸다. 짙은 눈썹 밑에서 크지 않은 갈색의 대담한 눈동자가 앞을 주시했다. 그는 두 손으로 옆구리를 살짝 짚더니 내 앞에 멈춰 섰다.

나는 그에게 고맙다고 인사하고 이름을 물었다.

"포마라고 합니다." 그가 대답했다. "별명은 비류크*입죠."

"아, 자네가 그 비류크인가?"

그에 대해 더 알고 싶어진 나는 그를 유심히 바라보았다. 나의 예르몰라이를 비롯한 다른 사람들에게서 산지기 비류크 이야기를 자주 들었는데, 주변의 모든 농부가 그를 불처럼 두려워한다고 했다. 그들의 말에 따르면, 세상에 자기 일을 그처럼 능히 해내는 사람도 없을 것이었다. "마른 나뭇가지 한 단도 못 지고 나가게 합니다. 어느 때가 됐든, 심지어 한밤중에라도 쏟아지는 눈처럼 나타나는데, 찍소리도 못합지요. 힘이 장사에다가 날쌔기로는 도깨비 저리 가라입니다…… 그자는 무슨 수를 써도 당최 구워삶을 수가 없어요. 술로도 안 되고, 돈으로도 안 됩니다. 미끼를 전혀 물지 않는단 말입니다. 마음씨 좋은 몇 사람이 그자를 해치우려고 수를 썼습니다만, 전혀 먹히지 않았죠."

이웃 마을 농부들이 비류크에 대해 하는 이야기였다.

"여보게, 비류크," 내가 다시 말했다. "자네 이야기를 많이 들었네. 무슨 일이든 그냥 지나가는 법이 없다던데."

"제 할일을 하는 것뿐입니다." 그가 침울하게 대답했다. "주인댁 밥을 공짜로 먹을 수는 없지요."

---

* 오를롭스카야도에서 '비류크'는 침울한 모습으로 홀로 다니는 사람을 일컫는다.—원주('무리와 떨어져 홀로 다니는 늑대'라는 뜻이다.)

그는 바닥에 앉아 허리띠에 매여 있던 도끼로 관솔을 쪼개기 시작했다.

"안사람은 없나?" 내가 그에게 물었다.

"없습니다." 그가 대답하고는 도끼를 세차게 내둘렀다.

"이 세상 사람이 아닌 모양이지?"

"아닙니다…… 네…… 죽었습니다." 그가 이렇게 덧붙이고는 뒤로 돌았다.

나는 침묵했다. 그는 눈을 들어 나를 바라보았다.

"지나가던 소시민과 도망쳤습니다." 그가 씁쓸한 미소를 지으며 말했다.

소녀는 고개를 숙였다. 아이가 잠에서 깨어 울기 시작했다. 소녀가 요람으로 다가갔다…… "자, 이걸 줘봐." 비류크가 말하고 소녀 손에 지저분한 젖병을 쥐여주었다. "이 녀석을 버리고 갔습죠." 그가 아이를 가리키며 낮은 목소리로 말을 이었다. 그는 문가로 다가가 제자리에 서더니 뒤를 돌아봤다.

"나리, 아무래도," 그가 입을 뗐다. "저희가 먹는 빵은 드시지 않겠지요, 집에 빵 말고는……"

"배가 고프지 않군."

"그럼, 드시고 싶을 때 말씀하십시오. 사모바르라도 앉히면 좋겠습니다만 송구하게도 차가 없어서…… 나리의 말이 잘 있는지 가서 보고 오겠습니다."

그는 밖으로 나가며 문을 쾅 닫았다. 나는 한번 더 주변을 둘러보았다. 오두막이 이전보다 더 처량해 보였다. 식은 연기의 매캐한 냄새가 기분 나쁘게 호흡을 방해했다. 소녀는 자리에서 움직이지도 않고 눈을 들어 바라보지도 않았다. 이따금 요람을 흔들면서 자꾸만 흘러내리는 루바시카를 부끄러운 듯 어깨로 끌어올렸다. 신발을 신지 않은 두 발이 꼼지락거리지 않고 허공에 걸려 있었다.

"이름이 뭐니?" 내가 물었다.

"울리타요." 소녀가 슬퍼 보이는 얼굴을 더 수그리며 말했다.

산지기가 들어와 긴 의자에 앉았다.

"뇌우가 지나가고 있습니다." 그가 잠시 침묵한 뒤 말했다. "말씀만 하시면 숲에서 나가는 길로 모시겠습니다."

나는 자리에서 일어났다. 비류크가 총을 챙기고 선반을 살펴보았다.

"그건 어디에 쓰려는 건가?" 내가 물었다.

"숲에서 장난을 치는 놈들이 있어서요…… 코빌리 베르흐*에서 나무를 몰래 베어 갑니다." 그가 궁금해하는 내 눈길을 보고 덧붙였다.

"여기서도 그런 소리가 들리나?"

"마당에서는 들립니다."

우리는 함께 나갔다. 비는 멈췄다. 먼 하늘에서 무거운 먹구름떼가 와글거렸고 이따금 길쭉한 번개가 번쩍였다. 그러나 벌써 우리 머리 위로는 짙푸른 하늘이 조금씩 보였고 빠르게 흘러가는 성긴 구름들 틈으로 별들이 반짝였다. 비에 흠씬 젖고 바람이 들쑤셔놓은 나무들 윤곽이 어둠 속에서 드러나기 시작했다. 우리는 가만히 귀를 기울였다. 산지기가 모자를 벗고 고개를 수그렸다. "저…… 저기입니다." 그가 불쑥 내

* 오룔 지방에서는 골짜기를 '베르흐'라고 부른다.—원주(코빌리[кобылий]는 암말을 뜻하고, 베르흐[верх]는 원래 꼭대기를 뜻한다.)

뱉고는 손을 뻗었다. "아주 기가 막힌 밤을 골랐군요." 나에게는 나뭇잎 살랑거리는 소리 외에 아무 소리도 들리지 않았다. 비류크는 처마밑에 있던 말을 끌고 나왔다. "아무래도," 그가 큰 소리로 말했다. "못 잡을 것 같습니다."—"나도 자네랑 가겠네…… 괜찮겠나?"—"좋습니다," 그가 대답하고는 말을 뒷걸음질치게 했다. "나리와 함께 놈을 단숨에 잡고, 그런 다음 나리를 모셔다드리겠습니다. 가시지요."

우리는 길을 나섰다. 비류크가 앞장서고 나는 뒤따랐다. 그가 그 길을 어떻게 다 아는지 신기할 따름이었다. 그런 그도 가끔은 발을 멈췄는데 그건 어디까지나 도끼 소리에 귀를 기울이기 위해서였다. "저기," 그가 잇새로 웅얼거렸다. "들리십니까? 들리세요?"—"어디 말인가?" 비류크가 어깨를 으쓱했다. 우리는 골짜기로 내려갔고 바람이 잠시 잦아들었다. 박자에 맞춰 도끼 찍는 소리가 내 귀에도 선명히 들렸다. 비류크는 나를 바라보더니 고개를 끄덕였다. 우리는 젖은 고사리와 엉겅퀴를 헤치며 더 나아갔다. 희미하나 끊이지 않는 울림이 들렸다……

"나무를 쓰러뜨렸습니다……" 비류크가 웅얼거렸다.

그러는 사이 하늘은 계속 맑아졌다. 숲에도 빛이 새어들어왔다. 우리는 마침내 골짜기에서 벗어났다. "여기서 잠시 기다리십시오." 산지기가 내게 속삭이고는 몸을 숙였고 총구를 위로 향하게 든 채 덤불 사이로 사라졌다. 나는 잔뜩 긴장하며 주의깊게 소리를 들었다. 멈추지 않는 바람 소리 사이로 멀지 않은 곳에서 울리는 희미한 소리가 들려왔다. 도끼로 나뭇가지를 쳐내고 바퀴가 삐걱거리고 말이 투레질하는 소리였다…… "어디 가? 거기 서!" 갑자기 비류크의 쇳덩이 같은 목소리가 울려퍼졌다. 다른 목소리는 토끼처럼 하소연하며 빽빽거렸다……

다툼이 벌어졌다. "거짓말이야, 거짓말," 비류크가 숨을 헐떡이며 되풀이했다. "어딜 도망가려고……" 나는 걸음마다 걸려 넘어지며 소란이 벌어진 곳으로 달려갔다. 베어진 나무 곁에서 산지기가 땅바닥에 엎드려 낑낑대고 있었다. 산지기는 도둑을 온몸으로 짓누른 채 그의 손을 등뒤로 돌려 허리띠로 묶으려 했다. 내가 다가갔다. 비류크는 땅에서 일어나 그를 일으켜세웠다. 긴 수염이 헝클어진 농부는 누더기가 흠뻑 젖어 있었다. 비쩍 마른 말은 몸뚱이 절반이 네모난 거적으로 가려진 채 짐칸을 벗겨낸 수레 옆에 서 있었다. 산지기는 아무 말도 하지 않았다. 농부도 말이 없었고 고개만 덜덜 떨 뿐이었다.

"그자를 놓아주게," 내가 비류크의 귀에 대고 속삭였다. "내가 나무값을 내지."

비류크는 말없이 왼손으로는 말의 갈기를, 오른손으로는 도둑의 허리춤을 잡았다. "어서 가, 이 얼빠진 놈아!" 그가 매섭게 말했다. "저기 도끼 좀." 농부가 웅얼거렸다. "이런 걸 잃어버려선 안 되지!" 산지기가 이렇게 말하고 도끼를 주워 올렸다. 우리는 다시 길을 나섰다. 나는 뒤에서 갔다…… 비가 다시 후드득 떨어지기 시작하더니 이내 퍼붓듯 쏟아졌다. 우리는 간신히 오두막에 이르렀다. 비류크는 잡아온 말을 마당 한가운데에 내버려두고는 농부를 집안으로 들였고, 그의 손을 묶은 허리띠를 느슨하게 해주며 그를 구석에 앉혔다. 페치카 옆에서 잠들었던 소녀가 팔딱 일어나 겁먹은 눈길로 말없이 우리를 쳐다봤다. 나는 긴 의자에 앉았다.

"무슨 비가 이렇게 오나." 산지기가 말했다. "또 기다리셔야겠습니다. 좀 누우시겠습니까?"

"고맙네."

"나리에게 방해되지 않게 저놈을 헛간에라도 가둘까 싶습니다만," 그가 농부를 가리키며 말했다. "빗장이 영……"

"여기 두게, 괜찮네." 내가 비류크의 말을 끊었다.

농부는 나를 힐끔 쳐다봤다. 나는 이 가련한 자를 무슨 수를 써서라도 풀려나게 해주어야겠다고 속으로 다짐했다. 농부는 미동도 없이 긴 의자에 앉아 있었다. 등불에 그의 초췌하고 주름진 얼굴, 길게 드리운 노란 눈썹, 불안한 두 눈, 야윈 팔다리 하나하나가 눈에 들어왔다…… 소녀는 그의 발치에 드러누워 다시 잠이 들었다. 비류크는 두 손으로 턱을 괸 채 탁자 옆에 앉아 있었다. 귀뚜라미가 한쪽 구석에서 울었고…… 빗줄기는 지붕을 두드리고 창문으로 흘러내렸다. 우리는 말이 없었다.

"포마 쿠지미치," 농부가 녹초가 되어 다 죽어가는 목소리로 돌연 입을 열었다. "이봐, 포마 쿠지미치."

"왜?"

"날 좀 풀어주게."

비류크는 답이 없었다.

"풀어주게나…… 배가 고파 그랬네…… 풀어줘."

"너 같은 놈들을 내 잘 알지," 산지기가 침울한 목소리로 말했다. "자네 마을 전체가 도둑놈 소굴이야."

"풀어주게," 농부가 되풀이했다. "집사 놈 때문에…… 다들 죽을 지경이네, 알잖나…… 풀어주게!"

"죽을 지경이래도!…… 도둑질은 안 되지."

"풀어주게, 포마 쿠지미치…… 살려주게나. 자네도 알다시피, 자네 주인이 날 잡아먹을 걸세."

비류크가 몸을 돌렸다. 농부는 열병이라도 덮친 듯 부르르 떨었다. 그는 고개를 흔들면서 고르지 않은 숨을 내쉬었다.

"풀어줘," 그가 절망에 빠져 애처롭게 되풀이했다. "풀어주게, 제발, 풀어줘! 돈으로 갚을게, 맹세하네. 정말로 먹을 게 없어서 그랬어…… 애들은 빽빽 울어대고. 어쩔 도리가 없었네."

"아무리 그래도 도둑질은 안 되는 법이야."

"그럼 저 말이라도," 농부가 말을 이었다. "저 말이라도 놓아주게…… 집구석에 저거 말고는 아무것도 없어…… 풀어줘!"

"안 된다고 했잖나. 나도 매인 몸이라고. 나를 들들 볶을 거야. 너 같은 놈들 사정 다 봐줘서도 안 되고."

"풀어줘! 먹고살 게 없었다고, 포마 쿠지미치, 너무 힘들어서 그랬네…… 그러니 놓아주게!"

"너 같은 놈들을 내가 모를 줄 알아!"

"풀어줘!"

"네놈이랑 입씨름할 생각 없어. 그러니 꼼짝 말고 앉아 있어, 안 그러면 어떻게 되는지 알지? 여기 나리도 계신 게 안 보이나?"

가련한 자는 눈을 내리깔았다…… 비류크는 하품을 하고는 탁자에 엎드렸다. 비는 멈출 줄 몰랐다. 나는 무슨 일이 벌어질지 잠자코 기다렸다.

농부가 돌연 몸을 쭉 폈다. 눈은 이글거렸고 얼굴에 피가 쏠렸다. "그래, 죽여라. 죽여, 자," 그가 눈을 게슴츠레 뜨고 입을 일그러뜨리며 말했다. "자, 이 저주받을 살인귀야, 그리스도인의 피를 빨아 마셔라, 빨아 마시라고……"

산지기가 몸을 돌렸다.

"네놈한테 하는 말이다, 이 피에 굶주린 아시아 놈아!"

"술에 취하기라도 했나, 왜 욕지거리야?" 깜짝 놀란 산지기가 말했다. "미친 건가?"

"그래, 취했다!…… 이 저주받을 살인귀야, 네놈이 술을 사준 것도 아니잖아, 짐승만도 못한 놈 같으니라고!"

"이놈이…… 네놈을 당장!……"

"이제 나한테 뭐가 있나? 다 마찬가지야, 끝장났다고. 내가 말도 없이 어딜 가겠어? 차라리 날 죽여, 어차피 굶어죽나 이렇게 죽나 뒈지는 건 매한가지야. 다 끝장났어, 마누라고 애들이고, 다 뒈져라…… 얼마 안 있어 네놈한테 꼭 찾아올 테니!"

비류크가 몸을 일으켰다.

"쳐, 치라고," 농부가 날선 목소리로 받아쳤다. "자, 때려, 때리라고……" (소녀는 서둘러 바닥에서 일어나 그에게 시선을 못박았다.) "때려! 때리라고!"

"닥쳐!" 산지기가 으르렁거리고는 두 걸음 나아갔다.

"그만하게, 그만해, 포마," 내가 외쳤다. "그를 놔두게…… 그냥 놔둬."

"그런다고 내가 입을 닫을 줄 아나." 불쌍한 그가 계속 말했다. "뒈지는 건 매한가지야. 이 살인귀, 짐승, 네놈은 안 뒈질 줄 알지…… 기다려라, 네놈이 권세 부릴 날도 얼마 안 남았어! 그놈들이 네놈 목도 조르고 말 테니, 두고 보라고!"

비류크가 그의 어깨를 움켜쥐었다…… 나는 농부를 구하려고 달려들었다……

"상관 마십시오, 나리!" 산지기가 나에게 고함을 질렀다.

나는 그의 위협에도 아랑곳 않고 손을 뻗으려 했으나 놀랍게도 그는 단 한 번의 동작으로 농부의 팔꿈치에서 허리띠를 풀어낸 뒤 그의 멱살을 잡고는 눈이 가릴 정도로 모자를 푹 눌러 씌웠고, 문을 활짝 열어 그를 밖으로 내동댕이쳤다.

"네놈 말 데리고 썩 꺼져!" 그가 농부의 뒤에 대고 외쳤다. "조심해, 또 나한테 걸리면……"

그는 오두막으로 들어와 구석에서 무언가를 찾았다.

"저기, 비류크," 내가 마침내 입을 열었다. "정말 놀랐네, 자네 참 좋은 사람이군."

"휴, 됐습니다, 나리," 그가 성가시다는 듯 내 말을 끊었다. "말씀 마십시오. 지금 모셔다드리는 게 좋겠습니다." 그리고 덧붙였다. "비가 멈추기를 마냥 기다릴 수는 없을 듯합니다……"

마당에서 농부의 수레가 굴러가는 소리가 들렸다.

"이제야 꺼지는군요!" 그가 투덜댔다. "내 저놈을 아주!……"

반시간이 흐르고 숲이 끝나는 곳에서 그는 내게 작별인사를 했다.

두 지주

호의 넘치는 독자들이여, 나는 벌써 여러분에게 나의 이웃 지주들을 소개하는 영예를 누린 바 있다. 그러나 이렇게 된 김에(우리 작가 족속은 '이렇게 된 김에'라는 말이면 만사가 해결된다) 여러분에게 지주 두 명을 더 소개할 수 있도록 허락해주시라. 나는 그들의 영지에서 자주 사냥을 즐기는데, 그들은 충분히 존경받을 만한 사람들이고 언제나 선의가 넘치며 실제로도 몇몇 군에서 모두의 존경을 받고 있다.

우선 여러분에게 퇴역 소장 뱌체슬라프 일라리오노비치 흐발린스키를 그려 보이겠다. 그 옛날에는 균형 잡힌 몸매였을 것 같으나 지금은 약간 살이 처져 흐늘흐늘해진, 그렇다고 늙은 건 아니고 결코 구태의연하지도 않은, 성숙의 나이에 이른, 말하자면 그야말로 한창때인 키 큰 사내를 떠올려보시라. 한때 아주 번듯했고 이제는 전보다 더욱 호감을 주는 얼굴선도 어쨌든 약간의 변화를 겪었는데, 볼살은 늘어지고 자잘한 주름살이 광선 모양으로 눈가에 자리잡은데다, 언젠가 사디가 말하고 푸시킨이 확인했듯* 이도 벌써 몇 개는 없다. 아마색이던 머리칼은, 그러니까 그나마 남은 머리칼은 로멘스카야 마시장에서 아르메니아인을 사칭한 유대인에게서 구매한 명약 덕분에 연보라색으로 변해버렸다. 그러나 뱌체슬라프 일라리오노비치는 어디서든 남들 앞에서 활기차게 말하고 호방하게 웃는다. 또 박차 소리를 울리며 콧수염을 뱅뱅 꼴 뿐 아니라 자신을 노기병이라 소개하기까지 하는데, 사실 누구나 알다시피 진짜 늙은이들은 결코 자신을 늙은이라고 부르지 않는 법이다. 평소에 그는 프록코트를 목 아래까지 단추를 채워 입고 한껏 풀을 먹인 옷깃에 툭 튀어나올 정도로 부풀린 넥타이를 매며 얼룩무늬가 있는 군복 스타일의 회색 바지를 입고 다닌다. 게다가 모자는 뒤통수가 드러날 정도로 이마 쪽으로 당겨 쓴다. 그는 천성이 선하나 꽤 기이한 생각과 습관을 지녔다. 예를 들어 그는 재산이 없거나 관직에 있지 않은 귀족은 자신과 동등한 사람으로 취급하지 않았다. 그들과 대화할 때는 보통 한쪽 뺨을 빳빳하고 새하얀 옷깃에 기댄 채 비스듬히 바라보거나, 아니면 돌연 미동도 없는 맑은 눈초리로 그들을 쏘아보고는 말없이 머리칼 아래의 온 피부를 움찔거린다. 아무 말을 하지 않거나 때로는 어떤 말을 다른 식으로 발음하는데, 가령 "감사하오, 파벨 바실리치"나 "여기로 오시지요, 미하일로 이바니치"라는 말을 "감샤오, 팔 아실리치" 또는 "여길로시오, 미할 바니치"라

* 푸시킨의 『예브게니 오네긴』 8장 마지막 연 중 "언젠가 사디가 말했듯이,/ 누구는 이제 없고 또 누구는 먼 곳에 있다" 구절을 조금 변형해서 인용한 것.

고 말한다. 사회 하층부 사람들에게는 더 이상하게 군다. 아예 쳐다보지 않기도 하고, 자신이 원하는 바를 표명하거나 지시를 내리기도 전에 근심스럽고 몽상에 잠긴 표정으로 같은 말을 되풀이한다. "자네 이름은 뭔가?…… 자네 이름이 어떻게 되지?" 그런데 이때 '어떻게'라는 단어에 유난히 힘을 주고 다른 단어들은 지나치게 빨리 발음하는 바람에 이 평범한 어구에는 수컷 메추라기 울음소리와 매우 유사한 특성을 부여하고 마는 것이다. 그는 무슨 일에든 부산떨고 인색하기가 이루 말할 수 없는데다 영지 주인으로서도 형편없다. 소러시아 출신 퇴역 기병 부사관을, 어디서 찾아보기도 힘들 정도로 아둔한 자를 집사로 고용했다. 아무리 그래도, 영지 경영에서만큼은 페테르부르크의 어느 고위 관료를 능가할 수 없는데, 한번은 영지 건조장에 불이 난 바람에 이러저러해서 곡물 손실이 크다 어쩌다 등등 집사의 보고를 받고는 지엄한 명령을 내렸다. 불길이 완전히 잡히기 전까지는 건조장에 낟가리를 쌓지 말 것. 언젠가 이 고관은 다음과 같은 매우 단순한 셈법 때문에 모든 밭에 양귀비를 심겠다는 야망을 품은 적도 있다. 호밀보다 비싼 양귀비를 심어야 이문이 더 남는 법이로다. 그런가 하면 그는 모든 농노 아낙들에게 페테르부르크에서 가져온 견본에 따라 만든 코코시니크*를 쓰라고 지시하기도 했다. 그런데 사실 그의 영지에 사는 아낙들은 이미 그전부터 코코시니크를 쓰고 있었다…… 다만 키치카** 위에 쓰고 다녔을 뿐이었다…… 그건 그렇고, 다시 뱌체슬라프 일라리오노비치에게로 돌아가보자. 뱌체슬라프 일라리오노비치는 아름

---

* 러시아 기혼 여성이 쓰던 둥근 모양의 화려한 머리장식.

** 러시아 기혼 여성이 쓰던 뿔이 두 개 달린 모양의 모자.

다운 성性*을 지독히도 좋아해서 읍내의 가로숫길에서 예쁘장한 처자만 보이면 어느새 뒤를 쫓는데, 무엇보다 그가 다리를 절뚝이며 그런다는 점이 주목할 만한 대목이다. 그는 카드놀이를 좋아하지만 어디까지나 자기보다 계급이 낮은 사람들과 할 때만 그렇다. 그들은 그를 '각하'라고 부르며 높여주고, 그는 그들을 얼마든지 짓누르고 탓할 수 있기 때문이다. 도지사나 어느 정도 관등이 높은 사람과 카드놀이를 할 때면 그의 내면에서 놀라운 변화가 일어난다. 슬며시 미소 짓기도 하고, 고개를 갸웃거리기도 하고, 사람들 눈을 그윽이 바라보기도 하는 것이 아주 꿀이 뚝뚝 떨어진다…… 심지어 지더라도 아무런 불만이 없다. 뱌체슬라프 일라리오노비치는 책과 가까운 사람은 아니나 독서라는 것을 할 때면 그칠 줄 모르고 콧수염과 눈썹을 씰룩이는데, 처음에는 콧수염을, 그다음에는 눈썹을 꿈틀거리는 것이 마치 얼굴 아래서 위로 파도가 치는 듯하다. 이런 파도의 움직임이 뱌체슬라프 일라리오노비치의 얼굴에서 특히 눈에 띌 때는 바로 그가 〈주르날 데 데바〉**의 칼럼을 눈으로 훑을 때다(물론 손님들 앞에 있을 때 그런다). 선거에서 그는 꽤 중요한 역할을 하지만 귀족단장이라는 명예로운 직함은 그 인색한 성정 때문에 단칼에 거절했다. "신사 여러분," 그는 어떤 사안에 대해 자신에게 의견을 구하는 귀족들에게 보통 이렇게 말하는데, 그 목소리에 포용력과 자신감이 가득하다. "베풀어주신 영예를 대단히 감사하게 여기나 저는 이미 제 여가를 고독 속에 보내겠다고 결심했습니다." 이 말을 내뱉고서 고개를 오른쪽 왼쪽으로 몇 번 돌리고는 품위

---

* 육체적, 정신적 아름다움을 특징으로 삼아 여성을 통칭하던 옛말.

** 1789년부터 1944년까지 발간된 파리의 일간지.

있는 모습으로 턱과 두 볼을 넥타이 위에 얹는다. 그는 젊은 시절 어느 유력 인사의 부관으로 복무했다는데 그 유력 인사에 대해선 이름과 부칭만 언급할 뿐이다. 그가 부관의 임무 외에 다른 일들도 맡았다는 둥, 가령 정복을 갖춰 입고 단추까지 다 채운 채 바냐에서 유력 인사의 몸을 자작나무 빗자루로 두드렸다는 둥 여러 말이 많지만, 무릇 소문은 다 믿을 수 없는 법이다. 또 흐발린스키 장군 자신도 자신의 복무 경험에 대해서는 말하기를 꺼리는데, 꽤 이상한 일이 아니라 할 수 없다. 그 역시 전쟁에 나가본 적이 없어서 그런 듯하다. 흐발린스키 장군은 크지 않은 집에서 혼자 산다. 그는 아직 인생에서 부부생활의 행복을 누려보지 못한 까닭에 지금까지도 신랑감으로, 그것도 일등 신랑감으로 통한다. 대신 그에게는 눈이 검고 머리도 검은, 뚱뚱하나 생기가 넘치고, 언뜻언뜻 코밑수염이 보이는 서른다섯 살쯤 된 가정부가 있다. 그녀는 평일에는 빳빳하게 풀 먹인 옷을 입고, 일요일에는 여기에 모슬린 소매를 단다. 뱌체슬라프 일라리오노비치는 도지사를 비롯해 권세 있는 이들을 위해 지주들이 성대하게 여는 만찬 자리에서 퍽 훌륭해진다. 말하자면 이 자리에서 그는 물 만난 물고기가 된다. 그런 때면 그는 보통 도지사 오른편, 아니면 그로부터 멀지 않은 곳에 자리잡는다. 만찬이 시작될 무렵에는 나름의 품위를 유지하는데, 상체를 뒤로 젖히고 고개는 어느 쪽으로도 돌리지 않은 채 시선만 비스듬히 하여 손님들의 둥근 뒤통수나 곧추선 옷깃을 위아래로 훑어본다. 그러나 만찬이 파할 때쯤이면 너무 들뜬 나머지 사방으로 미소를 날리고(물론 도지사 쪽으로는 만찬이 시작될 때부터 미소 짓는다), 심지어 아름다운 성, 즉 그의 표현을 빌리자면 우리 행성을 아름답게 꾸며주는 존재들을 위한 건배사까지 제안한다. 마찬가지로 흐발린스키 장군은 여러 경축회 및 공공 행사, 심문, 회의, 전람회 등에서도 처신이 나쁘지 않다. 그뿐만 아니라 사제의 축복을 받으러 나가는 일에서도 거장이라 할 수 있다. 말을 타고 길을 갈 때나, 배를 타고 강을 건널 때, 그리고 다른 유사한 때에도 뱌체슬라프 일라리오노비치의 하인들은 소란스럽거나 큰 소리를 내지 않는다. 오히려 사람들 사이를 헤치거나 마차를 부르면서 듣기 좋은 바리톤으로 이렇게 말한다. "실례합니다, 실례합니다, 흐발린스키 장군이 지나가십니다" 또는 "흐발린스키 장군의 마차입니다……" 사실 흐발린스키의 마차는 구닥다리다. 하인들이 입은 제복은 낡아빠졌고(제복의 회색 바탕에 붉은 테두리가 있다는 점은 굳이 언급하지 않아도 되겠다), 말들 역시 한 시절 성실히 종사한 상태이고 나이가 지긋하나, 뱌체슬라프 일라리오노비치는 겉멋 부리는 데 그다지 관심도 없고 사람들 눈에 그릇된 환상을 심어주는 것은 자신의 신분에 점잖지 못한 일이라고 여긴다. 흐발린스키는 딱히 말재주를 타고나지도 않았거니와 자신의 능변을 드러낼 기회를 얻지 못했는데, 왜냐하면 논쟁은 말할 것도 없고 반박이라는 것 자체를 견디지 못하며 대체로 긴 대화, 특히 젊은 사람들과의 대화를 철저히 피하기 때문이다. 실로 이것은 믿음직한 처신 방법이다. 특히 요즘 사람들은 그렇게 대하지 않으면 꼭 재앙을 일으키고 만다. 그들은 순종적인 태도를 내팽개치는 순간 존경심이라는 것을 아예 잃어버린다. 흐발린스키는 대체로 신분이 높은 인물들 앞에서는 입을 다물고, 신분이 낮은 인물들, 즉 경멸적으로 대하나 어쨌든 알고는 지내는 인물들에게는 다음과 같은 표현을 쉴새없이 사용하면서 신랄한 언사를 띄엄띄엄 내뱉는다. "어쨌든 당신은 헛-소-리를 늘어놓는군" 또는 "나의 친절한 벗이여, 나는 마침 내 당신에게 한마디할 수밖에 없는 궁지에 몰렸구려" 또는 "어찌됐든 당신은 누구를 상대하고 있는지 알아야 하오" 등등. 그를 특히 두려워하는 이들은 우체국장, 상임 배심원, 역장 등이다. 그는 집에서는 아무도 맞이하지 않는데 소문에 따르면 대단한 구두쇠로 살기 때문이다. 이 모든 결점에도 불구하고 그는 훌륭한 지주다. "성실히 복무한 늙은 일꾼이자 사심 없고 원칙 있는 인간이며 *나이든 투덜이*." 이웃들은 그에 대해 이렇게 말한다. 도에서 근무하는 어느 검사는 자기 앞에서 사람들이 흐발린스키 장군의 훌륭함과 위풍당당함을 언급할 때면 얄궂게 미소 짓기까지 한다. 질투나 죽겠는데 무슨 짓인들 못하랴!……

그건 그렇고, 이제 또다른 지주를 만나보자.

마르다리 아폴로니치 스테구노프는 흐발린스키와 닮은 구석이 조금도 없다. 그는 어디서 근무했던 것 같지도 않고 미남이라는 소리를 들은 적도 결코 없다. 마르다리 아폴로니치는 땅딸막하고 통통한 대머리 늙은이로 두 겹으로 접힌 턱살, 부드럽고 작은 손, 의젓하게 볼록 튀어나온 배 등이 특징이다. 그는 손님 접대를 좋아하고 농담도 잘한다. 한마디로 자기 좋을 대로 사는 사람이다. 겨울이고 여름이고 솜을 넣은 실내용 가운을 입고 다닌다. 그러나 흐발린스키 장군과 유일한 공통점이 있다. 그 역시 총각이라는 점이다. 그는 농노 오백 명을 거느린 지주다. 그런데 영지를 수박 겉핥기식으로 경영한다. 시대에 뒤처지지 않기 위해 십 년쯤 전엔가 모스크바의 부테노프*에서 탈곡기를 사들였으

---

* 부테노프 형제가 1832년 모스크바에 설립한 농기구 및 농기계 공장.

나 창고에 얌전히 모셔두기만 하면서 자신은 시대에 발맞춰가고 있다고 안심한다. 날씨 좋은 여름날이면 경주용 드로시키를 준비하라 이르고 곡식 자라는 것도 보고 수레국화도 따 모으겠다며 들판으로 나간다. 마르다리 아폴로니치는 완전히 옛날 방식 그대로 생활한다. 집은 아주 오래전에 지은 것으로 으레 그렇듯 현관에서는 시큼한 크바스 냄새, 수지초 냄새, 가죽 냄새가 난다. 여기서 오른쪽으로 가면 파이프와 손 닦는 수건이 걸려 있는 식료품 저장실이 나온다. 식당에는 가족들의 초상화, 파리떼, 커다란 제라늄 화분, 그리고 시무룩해 보이는 포르테피아노 한 대가 있다. 응접실로 가면 소파 세 개, 탁자 세 개, 거울 두 개, 에나멜 장식이 오래되어 시커멓게 변하긴 했으나 정교한 조각으로 꾸민 청동 바늘 달린 목쉰 시계가 서 있다. 서재에는 서류가 잔뜩 쌓인 책상, 지난 시절의 여러 작품에서 오려낸 그림들을 덕지덕지 붙인 푸르스름한 빛깔의 병풍, 냄새 풍기는 책들뿐만 아니라 거미들과 검은 먼지도 가득한 책장, 도톰하게 부푼 안락의자, 이탈리아풍 창문, 그리고 정원으로 났으나 빈틈없이 막아버린 문 등이 보인다…… 한마디로 있을 건 다 있는 셈이다. 마르다리 아폴로니치에게는 하인이 꽤 많은데, 죄다 구식 제복을 입혀놓았다. 옷깃이 높은 파란색 긴 카프탄, 탁한 색깔 바지, 누리끼리하고 짤막한 조끼가 그것이다. 그는 손님들을 부를 때 항상 '나리'라고 말한다. 그의 영지는 털외투 전체를 덮을 정도로 턱수염을 길게 기른, 농부 출신의 마름이 관리한다. 집안일은 갈색 머릿수건을 동여맨 주름살투성이 구두쇠 노파가 돌본다. 마르다리 아폴로니치의 마구간에는 잡다한 종의 말이 서른 필쯤 있다. 외출할 때 그는 무게가 150푸드나 나가는, 직접 설계하고 만든 마차를 탄다. 그는 손님들을 매우 기쁜 마음으로 맞이하고 극진히 대접한다. 이 말인즉슨 신경을 마비시키는 러시아 요리의 특성을 빌려 손님들을 저녁 늦게까지 붙잡아두고 프레페랑스 말고는 다른 짓을 못하게 한다는 것이다. 혼자 있을 때는 아무 일도 하지 않는데 심지어 『해몽서解夢書』 읽는 것도 관두었다. 그러나 우리 루시에는 그와 같은 지주들이 대단히 많다. 이런 질문이 나올 법도 하다. 무슨 이야기를 하다가 그를 묘사하기에 이르렀으며 이 잡설은 다 무엇을 이야기하기 위함인가?…… 자, 대답 대신 내가 마르다리 아폴로니치를 방문했던 이야기를 해드리도록 하겠다.

내가 그에게 갔던 것은 어느 여름날 저녁 일곱시쯤이었다. 그의 집에서는 저녁기도가 막 끝난 참이었고 사제라는 사람, 그러니까 신학교를 갓 졸업한 수줍음 많은 젊은이가 응접실 문 옆에 있는 의자 끄트머리에 걸터앉아 있었다. 마르다리 아폴로니치는 평소처럼 나를 대단히 상냥하게 맞아주었다. 그는 모든 손님을 항상 꾸밈없이 반가워하는데 그의 천성 자체가 매우 선하기 때문이다. 사제는 일어나서 모자를 집어 들었다.

"잠깐, 잠깐만, 신부님," 마르다리 아폴로니치가 내 손을 놓아주지 않으며 말했다. "가지 마시게…… 보드카를 내오라고 일러두었어."

"저는 술을 마시지 않습니다." 사제가 당황하며 웅얼거렸고, 그의 얼굴이 귀까지 새빨개졌다.

"별말씀을 다 하시는군! 그런 직함을 달고서 어떻게 마시지 않을 수 있나!" 마르다리 아폴로니치가 대꾸했다. "미시카! 유시카! 신부님에게 보드카를 드리거라!"

키가 크고 깡마른, 여든 살쯤 되어 보이는 유시카가 바탕은 칙칙하고 군데군데 살구색 얼룩이 보이는 쟁반에 보드카가 담긴 잔을 들고 왔다.

사제는 사양하기 시작했다.

"드시게, 신부님, 빼지 마시게, 너무 그러는 것도 안 좋아." 지주가 살짝 꾸짖으며 한마디했다.

불쌍한 젊은이는 그의 말대로 했다.

"그렇지, 그렇지, 신부님, 이제 가보셔도 좋네."

사제는 허리 굽혀 인사했다.

"그래, 좋아, 좋아, 잘 가시게…… 아주 좋은 사람이야." 마르다리 아폴로니치가 그의 뒤를 바라보며 말을 이었다. "나는 저 사람이 아주 마음에 들어. 한 가지 흠이라면 너무 젊다는 거지. 설교하고 다니는 게 일인데 술도 안 마신다니. 그건 그렇고, 어떻게 지내십니까, 나리?…… 어찌 지내시나요? 발코니로 나갑시다. 보십시오, 아주 멋진 저녁입니다."

우리는 발코니에 앉아 이야기를 나누기 시작했다. 마르다리 아폴로니치는 아래쪽을 바라보더니 갑자기 무서울 정도로 흥분했다.

"거기 누구 닭들이야? 누구 닭들이냐고!" 그가 고함을 질렀다. "누구 닭들이길래 정원을 돌아다녀?…… 유시카! 유시카! 어느 놈 닭이 정원을 돌아다니는 건지 냉큼 알아와!…… 아니 저게 누구 닭들이지? 내가 몇 번이나 못 들어오게 하라고 일렀건만, 몇 번이나 말을 했는데!"

유시카가 달려갔다.

"엉망진창이구먼!" 마르다리 아폴로니치가 되풀이했다. "아주 지긋지긋해!"

돌이켜 떠올려보니 그 불쌍한 닭들은 반점이 있는 녀석 두 마리, 벼슬이 있는 하얀 녀석이 한 마리로 사과나무 아래를 한가로이 거닐며 이따금 길게 꼬끼오 울며 나름의 감정을 표현하고 있었는데, 돌연 모자도 쓰지 않고 손에 장대를 든 유시카와 장정 셋이 일제히 달려든 것이었다. 즐거운 소동이 벌어졌다. 닭들은 날개를 퍼덕이며 폴짝폴짝 뛰어다녔고 귀가 먹먹할 정도로 꼬꼬댁거렸다. 하인들은 사방팔방으로 뛰어다니면서 서로 걸려 넘어지고 난리였다. 발코니에서 주인 나리는 광기에 사로잡혀 외쳐댔다. "잡아, 잡아! 잡으라고, 잡아! 잡아, 잡아, 잡으라고!…… 대체 누구 닭들이냐, 어느 놈 닭들이냐?" 마침내 하인 한 사람이 땅바닥에 엎드려 닭을 가슴으로 짓누르며 벼슬 달린 놈을 잡았고, 바로 그때 봉두난발을 하고 손에 나뭇가지를 쥔 열한 살쯤 된 여자아이가 길에서 바자울을 뛰어넘어 정원으로 들어왔다.

"아, 그놈 닭들이로구나!" 지주가 의기양양하게 외쳤다. "마부 예르밀의 닭이야! 딸내미 나탈카에게 닭을 몰아오라고 시킨 게로군…… 파라샤를 보낼 수는 없을 테니까." 지주가 낮은 목소리로 이렇게 저렇게 상황을 해석했고 의미심장한 미소를 지어 보였다. "어이, 유시카! 닭들은 놔두고 나탈카를 잡아오너라."

그러나 헐떡거리는 유시카가 겁먹은 소녀를 따라잡으려는 찰나 어디서 나타났는지 가정부가 나타나 소녀의 손목을 낚아채더니 불쌍한 아이의 등짝을 몇 대 후려쳤다.

"옳지, 어이구, 잘한다." 지주가 거들었다. "저, 저, 저! 저, 저, 저!…… 압도티야, 저 닭들 좀 잡아." 그가 큰 소리로 덧붙이고는 밝은 낯으로 나에게 말했다. "나리, 이 얼마나 멋진 사냥이었습니까? 땀이 다 나는구려."

그리고 마르다리 아폴로니치는 깔깔깔 웃어댔다.

우리는 발코니에 남았다. 그날 저녁은 유난히 아름다웠다.

차를 내왔다.

"말씀해주십시오," 내가 말을 꺼냈다. "마르다리 아폴로니치, 저기 골짜기 넘어 길가에 옮겨가 사는 사람들이 당신 사람들인가요?"

"내 사람들이오만…… 왜 그러시오?"

"세상에 어찌 그러셨습니까, 마르다리 아폴로니치? 천벌받을 짓입니다. 농부들한테 좁고 형편없는 오두막만 내어주셨잖습니까. 주변에 나무라고는 찾아볼 수 없고, 심지어 작은 연못조차 없습니다. 우물이 하나 있기는 해도 아무짝에도 쓸모가 없어요. 다른 곳을 정말 찾지 못하신 겁니까?…… 사람들 말로는 그 농부들한테서 오래된 삼밭도 빼앗으셨다던데요?"

"땅에 경계를 그어야 하는데 어찌합니까?" 마르다리 아폴로니치가 대답했다. "나한테도 농지정리에 관한 생각이 여기 다 있습니다. (그는 자신의 뒤통수를 가리켰다.) 나는 이 농지정리라는 것에서 무슨 이득을 얻을 수 있는지 당최 모르겠습니다. 내가 그놈들 삼밭을 빼앗고 연못 하나도 파주지 않았다고 하셨습니다만, 나리, 나도 다 생각이 있습니다. 나는 원체 단순한 사람이라 옛 방식대로 할 뿐입니다. 주인이면 주인답게, 농부면 농부답게 살아야지요…… 암, 그렇고말고요."

워낙 명료하고 설득력 있는 논증이라 뭐라 대꾸할 말이 없었다.

"게다가," 그가 말을 이었다. "그 농부 놈들은 지독히도 말을 안 들어서 내게 미움을 샀소이다. 특히 두 집이 그렇지요. 돌아가신 아버님도, 부디 하늘나라에 드소서, 그 집 사람들을 안 좋아하셨어요, 정말 안 좋아하셨습니다. 내가 관찰한 특징을 하나 말씀드리자면, 아비가 도둑이면 아들도 도둑입니다. 어떻게 생각하실지 모르겠습니다만…… 오, 피, 피는 못 속입니다, 피야말로 중요한 것이지요! 솔직히 얘기하자면, 두 집 사내놈들을 순번과 상관없이 군대에 보내버렸습니다, 누구는 여기로, 누구는 저기로 멀리 떨어뜨려 보냈지요. 그렇게 해도 계속 새끼를 깔 겁니다, 안 그렇겠습니까? 끔찍이도 애를 많이 낳는 놈들이니까요."

그사이 대기는 아주 차분해졌다. 이따금 물줄기처럼 불어오는 바람도 저택 근처에 이르면 잠잠해졌고 마구간 쪽에서 무언가를 빠른 박자로 두드리는 소리가 바람을 타고 우리 귀에 들려왔다. 마르다리 아폴로니치는 차를 부은 찻잔 받침을 입술에 갖다대고는 콧구멍을 크게 넓혔는데, 다들 알다시피 근본 있는 러시아인이라면 이런 의식을 치르지 않고는 차를 마시지 않는다. 그러나 그는 동작을 멈추더니 귀를 기울이며 고개를 갸우뚱했다. 그리고 한 모금 마시고 찻잔 받침을 탁자에 올려놓고는 지극히 선량한 미소를 지으면서 무언가 두드리는 소리를 자기도 모르게 따라 하며 말했다. "추키-추키-추크! 추키-추크! 추키-추크!"

"이게 무슨 소리입니까?" 내가 놀라서 물었다.

"내 지시에 따라 개구쟁이를 벌주고 있는 걸 겁니다…… 식료품 저장실에서 일하는 급사 바샤 아시지요?"

"어느 바샤 말입니까?"

"요전에 식사를 돕던 아이 말입니다. 구레나룻을 대단하게 기르고 다니는 녀석이죠."

아무리 분노한 사람이라도 마르다리 아폴로니치의 맑고 유순한 눈길을 마주치면 수그러들고 말리라.

"이보시오, 젊은 양반, 왜 그러시오?" 그가 고개를 저으며 말했다. "내가 무슨 악당이라도 된다는 듯이 왜 그리 빤히 쳐다보시는 거요? 사랑하는 자를 꾸짖으시되,* 이 말씀을 잘 아시잖소."

십오 분쯤 지나 나는 마르다리 아폴로니치와 작별인사를 나눴다. 마을을 가로질러가는데 급사 바샤가 보였다. 그는 길을 가며 호두를 깨먹고 있었다. 나는 마부에게 말을 멈추라 이르고 그를 불렀다.

"여보게, 오늘 자네는 벌을 받지 않았는가?" 내가 그에게 물었다.

"나리가 어떻게 아십니까?" 바샤가 대답했다.

"자네 주인 나리가 말씀해주셨네."

"주인 나리가 직접요?"

"그런데 어쩌다 벌을 받은 거지?"

"저는 벌을 받아도 쌉니다, 나리, 그렇고말고요. 우리 주인 나리는 작은 일로는 벌하시지 않습니다. 우리 법도가 그렇지 않습니다, 아무렴요. 우리 주인 나리는 그런 분이 아니십니다. 우리 주인 나리 같은 분은 도 전체를 다 뒤져도 못 찾습니다."

"가자!" 내가 마부에게 말했다. '그야말로 전통이 살아 숨쉬는 루시로구나!' 돌아가는 길에 이런 생각이 들고 말았다.

---

* 「잠언」 3장 12절.

레베단

친애하는 독자 여러분, 사냥하면서 얻을 수 있는 이점들 가운데 하나는 바로 끊임없이 한 장소에서 다른 장소로 옮겨 다닌다는 것인데, 이는 한가한 사람에게 특히 유쾌한 일이다. 사실 어떨 때는(특히 비가 오는 날이면) 시골길을 터덜터덜 헤매다가 '사람 손을 타지 않은' 미개간지에 들어서는 일이 그다지 즐겁지만은 않다. 마주치는 농부마다 불러세워 "어이, 친구, 모르돕카로 가려면 어떻게 해야 하나" 물어야 하고, 정작 모르돕카에 가서는 아둔해 보이는 아낙에게 큰 가도에 있는 여관까지 아직 멀었는지, 어떻게 가야 하는지 일일이 물어보아야 하며, 10베르스타쯤 가보면 여관은커녕 어느 지주의 영락한 마을인 후도부브노보 같은 데 와 있는데, 귀밑까지 오는 검붉은 진창에서 뒹굴며 자기들을 근심케 할 것이 오리라고는 조금도 예상치 못한 돼지떼를 공연히 놀라게 하는 일은 절대 즐겁지 않다. 살아 움직이는 듯 널뛰는 다리를 건너는 일도, 골짜기 아래로 내달리는 일도, 늪이 많은 하천을 건너 여울목으로 넘어가는 일도 그다지 즐겁지 않다. 푸른 바다처럼 펼쳐진 너른 길을 따라 며칠 밤을 달리거나—오, 제발 이런 일만큼은 일어나지 않기를—한쪽에는 22, 다른 한쪽에는 23이 적힌 알록달록한 이정표 앞에서 진흙을 뒤집어쓴 채 몇 시간이고 서 있는 일은 결단코 즐겁지 않다. 몇 주 동안 달걀에 우유에 그 맛있다는 호밀빵을 내리 먹는 일도 결코 즐겁지 않다…… 그러나 이 모든 불편과 불행은 다른 여러 이점과 만족으로 상쇄된다. 이쯤 해두고 본격적으로 이야기를 시작해보자.

위에서 이미 모든 것을 언급했으니 오 년 전쯤 내가 어쩌다가 장날이 한창일 때 레베단에 이르게 되었는지 독자 여러분에게 구구절절 말할 필요는 없겠다. 우리 사냥꾼이라는 족속은 화창한 아침, 가문 대대로 내려오는 영지를 떠나면서 바로 다음날 저녁까지는 돌아오겠다고 마음먹지만, 도요새들에게 총질을 멈추지 않고 조금 더, 조금 더 하며 멀리 가다보면 어느새 페초라강*의 은혜로운 강기슭에 이르기도 한다. 게다가 무릇 총과 개를 좋아하는 사람이라면 세상에서 가장 고결한 짐승인 말도 열정적으로 숭배한다. 그렇게 나는 레베단에 도착해 여관에 짐을 풀었고, 옷을 갈아입고 장터로 향했다. (키가 껑충하고 빼빼 마른 스무 살짜리 급사가 * * * 연대의 마필 보급 장교인 N. 공작 각하가 자기네 선술집에 머물고 계신다고, 다른 신사분들도 많이 모이셨다고, 저

* 우랄산맥 동쪽에서 네네츠 자치구를 흐르는 강으로, 오룔 지방에서 매우 멀고 이국적인 곳이다.

녁마다 집시들이 노래를 부르고 극장에서는 〈판 트바르돕스키〉* 공연이 한창이라고, 말의 가격이 꽤 괜찮은데다 좋은 말들이 나왔다고 콧소리 섞인 감미로운 고음으로 일찌감치 소식을 알려주었다.)

장터가 열린 광장에는 수레들이 끝없이 늘어서 있고, 수레들 뒤로 온갖 품종의 말들이 보였다. 경주마, 종마, 비튜크산**, 짐마차용, 역마차용, 평범한 농사용 말 등등. 살도 투실투실하고 온몸에 윤기가 흐르는 말들은 털 빛깔에 따라 분류되어 다양한 색상의 덮개를 걸친 채 수레 뒤 높은 가로대에 짧은 끈으로 묶여 있었고, 주인인 중개 상인들이 손에 쥐고 있는, 익히 아는 채찍을 두려운 눈으로 힐끔힐끔 쳐다봤다. 지주의 말들, 즉 100베르스타 혹은 200베르스타 너머 초원 지대에 사는 귀족들이 보낸 말들은 영 시원찮은 마부나 머리가 둔한 마구간지기들의 감시 아래 기다란 목을 흔들고 발을 구르고 지루함에 말뚝을 갉았다. 갈색 몸통에 갈기와 꼬리가 검은 뱟카산***들은 서로서로 꼭 붙어 있었다. 넓적한 궁둥이, 물결치는 모양의 꼬리, 털이 덥수룩한 발을 자랑하는, 커다란 반점이 있는 회색, 흑색, 적갈색 경주마들은 마치 사자와도 같이 위엄 있는 부동자세를 취했다. 말에 조예가 깊은 이들은 그 앞을 지날 때 예의라도 갖추듯 멈춰 섰다. 수레들 사이로 생겨난 길에는 다양한 신분, 나이, 외모의 사람들이 북적였다. 파란색 카

---

* 1828년 알렉세이 베르스톱스키가 작곡한 낭만주의 오페라. 레베단 장터는 집시 합창단으로도 유명했다.

** 보로네시스카야도 비튜크강에서 사육된 말 품종으로, 뼈대가 굵고 튼튼해 무거운 수레를 끄는 데 적합하다.

*** 북부 산림 지대인 뱟카 지방에서 나는 말로, 러시아가 원산인 열 개 품종 가운데 하나. 등에 '허리띠'라고 부르는 검은 줄이 있는 것이 특징이다.

프탄을 입고 운두 높은 모자를 쓴 중개 상인들은 영악한 눈으로 여기저기 살피거나 고객을 기다렸다. 퉁방울눈에 곱슬머리의 집시들은 탄산가스에라도 중독된 것처럼 앞뒤로 왔다갔다하며 말의 이빨을 들여다보거나 다리와 꼬리를 들어올려보고, 소리지르고 욕하고 중개 상인 노릇을 하며 제비뽑기를 하는가 하면, 제모를 쓰고 비버 털을 덧댄 군복 외투를 입은 마필 보급 장교 주변을 빙글빙글 돌았다. 다부진 체격의 어느 카자크는 목이 꼭 순록을 닮은 비쩍 마른 거세마 위로 뛰듯이 올라타 이 말을 '통짜로', 즉 안장과 굴레까지 함께 팔겠다고 외쳐댔다. 겨드랑이 밑이 다 해진 양가죽 외투를 입은 농부들은 필사적으로 군중을 뚫고 나가 수십 명씩 수레에 올라탔는데, 그 수레에는 일종의 '검증'을 거쳐야 하는 말이 매여 있었다. 그런가 하면 또 농부들은 광장 한쪽 어딘가에서 입담으로 요리조리 잘 빠져나가는 집시의 도움을 받아 녹초가 될 때까지 흥정해놓고는 각자가 원하는 값을 주장하면서 서로의 손바닥을 백 번이나 연달아 두드렸는데, 그러는 사이 그 논쟁의 대상인 볼품없는 말은 틀어진 멍석을 둘러쓴 채 이 모든 일에 자신은 관련이 없다는 듯 눈만 끔벅였다…… 사실 말은 자신을 채찍으로 때리는 사람이 누가 되든 아무 상관이 없기 때문이다! 염색한 콧수염에, 얼굴에 당당함이 만연하고 이마가 훤한 지주들은 콘페데랏카*를 쓰고 거친 모직으로 지은 외투를 한쪽 팔만 넣어 걸친 채 솜 넣은 모자와 녹색 장갑을 낀 배불뚝이 상인들과 허물없는 척 이야기를 나누었다. 여기저기 연대에서 온 장교들도 어슬렁거렸다. 독일 출신의 어느

* 타타르족에게서 전해진 모자로, 위쪽이 사각형이고 18~19세기에 폴란드 창기병을 대표하는 모자로 통했다.

키다리 흉갑 기병은 절름발이 중개 상인에게 이 붉은 말의 값으로 얼마를 받고 싶은지 차갑게 물었다. 열아홉 살이나 되었을까 싶은 금발의 경기병은 마른 근육질의 측대보 말에 곁마로 쓸 말을 세심하게 골랐다. 공작 깃털을 꽂은 운두 낮은 모자를 쓴 마부는 갈색 아르먀크를 입고 좁다란 녹색 허리띠에 가죽 벙어리장갑을 찔러넣은 채 삼두마차의 주마를 찾았다. 마부들은 저마다 말의 꼬리를 보기 좋게 땋았고 갈기를 촉촉하게 만들거나 신사 나리들에게 정중히 조언하기도 했다. 거래를 마친 이들은 각자 신분에 맞는 선술집이나 주점으로 달려가기 바빴다…… 무릎까지 튀는 진창 속에서 다들 부산 떨고 소리지르고 우글거리고 다투고 화해하고 욕하고 웃었다. 나는 브리치카*에 맬 괜찮은 말 세 필을 사고 싶었다. 지금 있는 말들이 슬슬 말을 듣지 않기 시작했기 때문이다. 두 마리는 찾았으나 마지막 한 마리를 영 고르지 못하고 있었다. 내가 굳이 이 자리에서 묘사하고 싶지 않은(아이네이아스는 과거의 비애를 떠올리는 것이 얼마나 불쾌한 일인지 일찍이 알고 있었다**) 식사를 마친 뒤 나는 매일 저녁 마필 보급 장교, 말 사육업자를 비롯해 타지 손님들이 모인다는 커피숍이라는 곳으로 갔다. 담배 연기의 납빛 파도에 침수된 당구실에는 스무 명가량 모여 있었다. 벤게르카와 회색 바지를 입은, 관자놀이까지 머리를 길게 기르고 콧수염에 포마드

---

* 말을 한 마리 혹은 두 마리만 매는 가벼운 승용마차.

** 베르길리우스의 『아이네이스』 2권 10~13행을 염두에 둔 것. "지는 별들은 잠자리에 들라고 권하고 있습니다./ 하지만 그대가 우리의 파멸을 그토록 알고 싶으시고 트로이야의/ 단말마의 고통을 대략이나마 듣고 싶으시다면,/ 비록 떠올리기만 해도 가슴이 떨리고 쓰라려 뒷걸음질치지만/ 시작해보겠습니다." 베르길리우스, 『아이네이스』, 천병희 옮김, 숲, 2004, 72쪽.

를 바른 지주들은 우아하고도 대담하게 주변을 응시했다. 카자킨*을 입은 귀족들도 있었는데, 목이 대단히 짧고 눈두덩이 두둑한 이들은 이곳에 있는 것이 괴로운 듯 숨을 쌕쌕거렸다. 상인들은 한편에 앉아, 우리 고장에서 말하듯 '수염을 곤두세우고' 있었다. 장교들은 서로 자유로이 이야기를 나눴다. 스물두 살의 젊은 N. 공작은 새빨간 비단 루바시카와 폭이 넓은 벨벳 아랍풍 바지를 입고 그 위에 걸친 프록코트의 앞섶을 활짝 열어젖힌 채 쾌활하면서도 어딘가 경멸감을 품은 얼굴로 당구실에 있었다. 그는 퇴역 육군 중위 빅토르 흘로파코프와 한 게임 즐기는 중이었다.

퇴역 중위 빅토르 흘로파코프는 마르고 작은 체격에 살갗이 가무잡잡하고 검은 머리, 갈색 눈동자, 뭉툭한 들창코를 지닌 서른 살쯤 된 사내로 선거며 장터며 성실히 찾아다닌다. 그는 걸음을 걸을 때도 살짝 뛰는 것 같고 둥근 손을 호방하게 휘저으며 모자는 항상 비뚜름히 얹은 채 회청색 옥양목으로 안감을 덧댄 군복의 소매를 걷고 다닌다. 흘로파코프 씨는 돈 많은 페테르부르크 한량의 입맛 맞추는 법을 기가 막히게 알며 그들과 담배 피우고, 술 마시고, 카드놀이를 하며 '너나들이'한다. 어째서 그들이 그를 마음에 들어하는지는 도무지 알 수 없다. 그는 똑똑한 사람도 아니고 그렇다고 재미있는 사람도 아니다. 광대로서도 함량 미달이다. 사실 다들 그를 친근한 척 아무렇지 않게, 마치 착하지만 맹한 애송이 다루듯 한다. 이삼 주쯤 그와 대충 어울려주고 나서는 그에게 인사조차 건네지 않고, 그 역시도 그들에게 인사하지 않

---

* 등에 주름이 있고 앞을 고리로 채우는 옷깃이 높은 반카프탄.

는다. 흘로파코프 중위의 특징이랄 것은 그가 일 년, 어떨 때는 이 년씩 하나의 문구만 주구장창 말한다는 것인데, 맥락에 맞을 때도 맞지 않을 때도 있는 그 문구는 사실 조금도 웃기지 않지만 어째선지 사람들을 웃기고야 만다. 팔 년 전쯤 그는 한 걸음 뗄 때마다 "존경해 마지않는 귀하에게 고개 숙여 감사드리옵니다"라는 말을 되풀이했는데, 당시 그의 벗바리들은 웃겨죽겠다며 "존경해 마지않는 귀하에게"를 계속 시켰다. 그러더니 나중에는 "아니올시다, 당신이 아무리 케스케세* 하셔봤자 소용없소, 그렇게 될 일이라 그렇게 된 거요"라는 꽤 복잡한 문구를 쓰기 시작했고 역시나 눈부신 성공을 거두었다. 이 년쯤 지나서는 우스운 경구를 새로 만들어내기도 했다. "부 화내지 마셰 파**, 양가죽으로 퀘맨 경건한 이여" 등등. 대단하지 않은가! 바로 이런 단순 소박한 몇 마디 때문에 사람들은 그에게 먹을 것, 마실 것을 내주고 옷까지 마련해주는 것이다. (그는 자기 재산은 이미 옛날 옛적에 말아먹었고 오로지 벗들이 주는 돈만으로 살아가고 있다.) 그에게 이것 말고는 호감 가는 구석이 하나도 없다는 것을 명심하시라. 그는 주코프 담배***를 파이프에 채워 하루에 백 번이나 피우고, 당구를 치면서는 오른발을 머리보다 높이 들어올리는가 하면 목표를 조준하면서 큐대를 미친듯이 휘두르기도 하는데, 사실 그런 훌륭한 자질들을 모두가 좋아할 수 있는 건

---

* 대체 이게 무슨 일인가(qu'est-ce que c'est)라는 뜻의 프랑스어를 러시아어로 잘못 음차한 것.

** '당신께서는 화내지 마십시오'라는 의미. 프랑스어 2인칭 대명사 vous, 동사 어미 ez, 부정표지 ne~ pas를 러시아어와 엉터리로 뒤섞어 만든 말.

*** 유명한 기업가이자 자선가인 바실리 주코프가 페테르부르크에 세운 담배 공장에서 만든 담배. 19세기 수십 년간 시대의 상징으로 통했다.

아니다. 게다가 얼마나 술고래인지…… 물론 루시에서 이 덕목으로 두각을 나타내기란 매우 어렵긴 하지만…… 아무튼 내가 보기에 그의 성공 비결은 아주 큰 수수께끼다…… 한 가지 힌트를 찾자면, 그는 매사 조심스럽고, 내부의 비밀을 밖에다 퍼뜨리지 않을 뿐 아니라 그 누구에 대해서도 나쁜 말을 하지 않는다……

'자,' 흘로파코프 앞에서 나는 생각했다. '오늘의 경구는 무엇이려나?'

공작이 흰 공을 쳤다.

"30에 러브." 폐병을 앓느라 눈 밑이 납빛이고 안색이 시커먼 계수원이 부르짖었다.

공작이 딱 소리를 내며 노란 공을 가장 먼 포켓에 넣었다.

"에구머니!" 구석에 놓인 위태위태한 외다리탁자 뒤에서 뚱뚱한 상인이 뱃구레를 울리며 감탄사를 내뱉었으나 갑자기 부끄러웠는지 가만히 있었다. 그러나 다행히 아무도 그의 소리를 듣지 못했다. 그는 안도의 한숨을 내쉬며 턱수염을 쓰다듬었다.

"36에 리틀 찬스!" 계수원이 콧소리로 외쳤다.

"어이, 어떤가, 친구?" 공작이 흘로파코프에게 물었다.

"어떠냐고? 이런 무뢰뢰뢰뢰배, 무뢰뢰뢰뢰배 같으니라고!"

공작은 웃겨서 폴짝폴짝 뛰었다.

"뭐, 뭐라고? 다시 해봐!"

"무뢰뢰뢰뢰배!" 퇴역 중위는 자못 만족스러워하며 되풀이했다.

'오, 저것이 오늘의 단어로구나!' 나는 생각했다.

공작이 빨간 공을 포켓에 넣었다.

"에이그! 이건 아니지, 공작, 이건 정말 아니야." 코가 매우 작은 금발의 애송이 장교가 충혈된 두 눈과 아기처럼 잠에 취한 얼굴을 하고 갑자기 중얼댔다. "게임을 그렇게 하면 안 돼…… 그러면…… 안 된다고!"

"그럼 어떻게 해야 하는데?" 공작이 어깨 너머로 그에게 물었다.

"그건 말이지…… 트리플렛으로…… 해야 했어."

"진짜?" 공작이 잇새로 웅얼거렸다.

"그건 그렇고, 공작, 저녁에 집시들한테 가지 않겠나?" 당황한 젊은이가 서둘러 받아쳤다. "스테시카가 노래한다던데…… 일류시카도……"

공작은 그에게 대답하지 않았다.

"무뢰뢰뢰뢰뢰배로군, 친구." 왼쪽 눈을 교활하게 찡그린 흘로파코프가 말했다.

공작이 껄껄 웃었다.

"39에 러브." 계수원이 큰 소리로 알렸다.

"러브라니…… 잘 봐라, 내가 저 노란 공만 어떻게……"

흘로파코프는 큐대를 팔에 걸고 현란하게 움직이더니 공을 겨냥하고 때렸다.

"이런, 무뢰배." 짜증난 그가 외쳤다.

공작이 다시 크게 웃었다.

"뭐라고? 다시 해봐, 응?"

그러나 흘로파코프는 자신의 유행어를 되풀이하고 싶지 않았다. 적당히 밀고 당길 필요가 있었기 때문이다.

"미스 큐로군요." 계수원이 한마디했다. "그렇다면 점수는…… 40에

리틀 찬스!"

"자, 여러분," 공작이 모인 사람 모두를 향해, 그러나 딱히 누구를 바라보지는 않으며 말했다. "다들 아시겠지만, 오늘 극장에서 베르젬비츠카야를 커튼콜해야 합니다."

"그럼요, 당연한 말씀, 꼭 그래야지요." 공작의 말에 화답할 수 있다는 기회에 놀라울 정도로 들뜬 신사 몇 명이 앞다투어 외쳤다. "베르젬비츠카야여야 하지요……"

"베르젬비츠카야는 대단한 배우입니다, 소프냐코바보다 훨씬 뛰어나요." 한쪽 구석에서 콧수염이 뾰족하고 안경을 쓴 꾀죄죄한 사내가 새된 목소리로 말했다. 가련한 남자여! 사실 그는 남몰래 소프냐코바를 흠모했으나 공작은 그에게 눈길 한번 주지 않았다.

"어이, 웨잇-어! 파이프를 가져와!" 큰 키에 얼굴이 반듯한데다 품위 있는 자태를 뽐내는, 따라서 타짜가 분명해 보이는 신사가 넥타이에 대고 외쳤다.

급사는 파이프를 가지러 달려갔고 마부 바클라가가 감히 여쭙는다고 공작 각하에게 보고했다.

"아! 맞네, 그에게 잠시 기다리라 하고 보드카를 좀 가져다주게."

"알겠습니다."

나중에 알게 되었는데, 바클라가*는 젊고 잘생기고 몹시 버릇없는 어느 마부의 별명이었다. 공작은 그를 좋아해서 말도 사주고 경주도 즐기며 그와 여러 밤을 지새웠다고 한다…… 희대의 한량이자 난봉꾼이었

* '술을 담는 휴대용 플라스크, 물병' 등을 뜻한다.

던 이 공작을 지금 다시 만난다면 사람들은 전혀 알아보지 못할 것이다…… 지금의 그는 향수를 듬뿍 뿌리고 몸에 딱 맞는 멋진 옷을 갖춰 입으며 자신감이 넘쳐흐른다! 지금의 그는 공무로 무척이나 바쁘다! 무엇보다도, 지금의 그는 얼마나 신중한지 모른다!

그런데 그때 담배 연기가 내 눈을 부식시키기 시작했다. 마지막으로 흘로파코프의 절규와 공작의 폭소를 들은 뒤 나는 객실로 향했고, 들어와보니 내 급사는 높은 등받이가 뒤로 휘어 있는 좁고 푹 꺼진 모직 소파에 이부자리를 벌써 마련해놓았다.

다음날, 나는 말들을 둘러보러 나갔고 이름난 중개 상인 시트니코프 쪽부터 시작했다. 쪽문을 열고 모래를 뿌려놓은 마당에 들어섰다. 활짝 열린 마구간 문 앞에는 이미 젊다고는 할 수 없는 키 크고 뚱뚱한 주인이 옷깃을 세워 끄트머리만 접은 토끼털 외투를 입고 서 있었다. 나를 보자 그는 태평스럽게 나를 맞이하러 움직였고 두 손으로는 머리 위의 모자를 쥔 채 길게 끌며 말했다.

"와주셔서 영광입니다. 말을 보시려고요?"

"그렇소, 말을 좀 보러 왔소."

"어떤 말을 찾으시는지 여쭤도 될까요?"

"뭐가 있는지 우선 보여주시오."

"얼마든지 보여드립지요."

우리는 마구간으로 들어갔다. 흰둥이 똥개 몇 마리가 건초 더미에서 튀어나와 꼬리를 흔들며 우리에게 다가왔다. 턱수염이 긴 늙은 숫염소는 뭐가 못마땅한지 저쪽으로 가버렸다. 아주 질겨 보이지만 더러운 양가죽 외투를 입은 마구간지기 셋이 말없이 우리에게 허리 굽혀 인사했다. 오른쪽과 왼쪽으로 늘어선, 일부러 높게 만든 축사의 칸마다 깨끗하게 씻고 단장도 마친 말들이 서른 필쯤 서 있었다. 대들보를 따라 비둘기들이 날아다니며 구구거렸다.

"나리, 어디다 쓸 생각이신가요? 타고 다니실 겁니까, 아니면 짐을 실으실 겁니까?" 시트니코프가 내게 물었다.

"타기도 하고 씨도 받으려 하오."

"알겠습니다, 알겠습니다, 그렇다면," 상인이 띄엄띄엄 말했다. "페탸, 여기 신사분에게 고르노스타이*를 보여드려라."

우리는 마당으로 나왔다.

"의자라도 내드릴까요?…… 괜찮으시겠습니까?…… 필요하면 말씀하십시오."

널빤지 위로 달려오는 말발굽소리와 채찍 휘두르는 소리가 들렸다. 얼굴이 얽고 가무잡잡한 마흔 살쯤 되어 보이는 하인이 늘씬한 잿빛 종마와 마구간에서 달려나왔고, 뒷다리로 서게 한 뒤 마당을 두 바퀴 정도 돌고는 말을 살펴보기에 적당한 장소로 솜씨 좋게 몰고 갔다. 고르노스타이는 몸을 쭉 펴더니 콧김을 뿜으며 투레질하고 주둥이를 돌려 우리를 곁눈질했다.

'길이 잘 들었구나.' 나는 생각했다.

"이제 놔주거라, 놔줘." 시트니코프가 말하고는 나에게 눈길을 돌렸다.

"어떠십니까?" 마침내 그가 나에게 물었다.

---

* '담비'라는 뜻.

"말 자체는 나쁘지 않은데 앞다리가 썩 믿음직스럽지 않군."

"아닙니다, 저 정도면 아주 훌륭한 다리입니다!" 시트니코프가 확신에 찬 목소리로 반박했다. "궁둥이를 한번…… 보십시오…… 페치카만 한 것이 누워 자도 될 정도지요."

"발목이 좀 긴 것 같은데."

"길다니요, 별말씀을 다 하십니다! 페탸, 좀 달려봐, 그래, 속보, 속보, 속보로…… 아예 달리지는 말고."

페탸가 고르노스타이와 다시 마당을 달렸다. 우리는 말이 없었다.

"음, 일단 녀석은 들여보내고," 시트니코프가 말했다. "소콜*을 데리고 나오거라."

딱정벌레처럼 새카만 소콜은 네덜란드 품종 종마로 지방이 없는 근육에 궁둥이가 조금 처진 것이 고르노스타이보다 조금 나아 보였다. 사냥꾼들이 흔히 하는 말에 따르면, 어떤 말들은 '사람을 휘갈기고 베어서 포로로 만드는데', 즉 달릴 때 앞다리를 오른쪽 왼쪽으로 허우적거리기만 할 뿐 앞으로는 잘 나아가지 않는데, 소콜이 이런 부류에 속했다. 중년배 상인들은 이런 말들을 아주 좋아한다. 달리는 모습이 발랄한 사환의 씩씩한 걸음걸이를 떠올리게 한다는 이유에서다. 식후에 이런 말 하나만 마차에 매고 산책에 나서면 참으로 좋다고들 한다. 이 말들은 정신이 아득할 정도로 과식한 마부, 가슴앓이로 고생하며 제 몸무게를 가누지 못하는 뚱뚱한 상인과 어깨에 하늘색 비단 망토를 두르고 머리에 연보라색 머릿수건을 쓴 연약한 그의 아내가 탄 조잡한 마차를

* '매'라는 뜻.

열과 성을 다해 끌면서도 고개를 둥글게 말고는 멋쟁이처럼 걷기 때문이다. 나는 소콜도 싫다고 했다. 시트니코프는 내게 몇 마리 더 보여주었다…… 마침내 보예이코프 품종* 잿빛 얼룩 종마가 마음에 들었다. 나는 만족감에 벅차 말의 목덜미를 토닥였다. 시트니코프는 그 즉시 무관심한 척했다.

"분명 잘 달리겠지요?" 내가 물었다. (속보로 달리는 준마에 대해서는 '뛴다'는 표현을 쓰지 않는다.)

"잘 달리고말고요." 상인이 태평스레 대답했다.

"좀더 봐도 되겠소?……"

"당연히 됩지요. 어이, 쿠자, 도고냐이**를 드로시키에 매어보게."

승마술의 명인인 쿠쟈가 한길에서 말을 몰아 우리 앞을 세 번 지나갔다. 말은 길에서 조금도 벗어나지 않고 잘 달렸고, 궁둥이를 쳐들지 않고도 발을 자유자재로 들어올렸으며 꼬리를 높이 치켜 '잡으면서도' 달릴 때 보폭이 꽤 컸다.

"얼마를 원하시오?"

시트니코프는 터무니없이 비싼 값을 불렀다. 우리는 길 한복판에서 곧장 흥정에 돌입했고, 그때 모퉁이에서 근사한 삼두마차가 굉음을 내며 훌륭한 솜씨로 날듯이 와서 시트니코프의 집 대문 앞에 위세 좋게 멈췄다. 세련된 사냥용 마차에는 N. 공작이 타고 있었다. 그의 옆에서 흘로파코프가 튀어나왔다. 말들을 다루고 있는 건 바클라가였는데…… 말 다루는 솜씨가 정말 멋졌다! 그 날강도 같은 자는 귀고리

---

* 오를롭스카야도 소재 드미트리 페트로비치 보예이코프 종마장에서 사육한 말.

** '추월하다'는 뜻의 동사 명령형.

사이로 말을 지나가게 하고도 남을 것 같았다! 곁마로 맨 생기 넘치는 두 구렁말은 눈도 검고 발도 검었는데, 몸집이 작아도 말 그대로 열기로 활활 타오르며 몸을 잔뜩 웅크리고 있었다. 휘파람이라도 불면 곧장 내달려 사라질 것 같았다! 마차의 채를 얹은, 다리가 화살 같은 흑갈색 주마는 백조처럼 고개를 쳐든 채 가슴을 앞으로 내밀고 이따금 대가리를 흔들며 눈을 가늘게 뜨는 것이 오만해 보였다…… 정말 멋졌다! 차르 이반 바실리예비치*도 저런 말들을 타고 부활절 축제에 행차하고 싶었으리라!

"각하! 어서 오십시오!" 시트니코프가 외쳤다.

공작이 마차에서 풀쩍 뛰어내렸다. 흘로파코프는 다른 쪽에서 느릿느릿 내렸다.

"여보게, 안녕하신가…… 말이 좀 있나?"

"각하가 오셨는데 말이 없을 수 있겠습니까! 자, 이쪽으로 드시지요…… 페탸, 파블린**을 데려오너라! 포흐발니***도 준비시키라 이르고. 저기, 나리는," 그가 내게 얼굴을 돌리며 말했다. "좀 이따 결정을 내리시는 게…… 폼카, 각하에게 의자를 갖다드려라."

나는 있는 줄도 몰랐던 특별 마구간에서 파블린을 데리고 나왔다. 힘 좋은 짙은 적갈색 말은 네 다리가 공중에서 날아다니는 듯했다. 시트니코프는 심지어 고개를 돌리고 실눈까지 떴다.

---

* 러시아 영토를 확장하고 차르(황제) 호칭을 공식적으로 처음 사용했으나 폭군으로 이름나 '뇌제'로 불린 이반 4세(1530~1584).

** '공작새'라는 뜻.

*** '칭찬할 만한, 기특한'이라는 뜻.

"우, 무뢰뢰배!" 흘로파코프가 탄성을 질렀다. "잼사."*

공작이 웃음을 터뜨렸다.

파블린을 멈추게 하는 일은 쉬운 일이 아니었다. 말이 오히려 마구 간지기를 끌며 마당을 돌아다녔다. 결국 벽 쪽으로 말을 몰아붙일 수밖에 없었다. 말은 콧김을 내뿜고 부들부들 떨며 온몸을 웅크렸고, 시트니코프는 말에게 채찍을 휘둘러 보이며 더 약을 올렸다.

"어딜 쳐다봐? 내 이놈을! 우!" 상인이 자기도 모르게 정신이 팔려 말의 자태를 바라보며 상냥한 협박의 말을 내뱉었다.

"얼마인가?" 공작이 물었다.

"각하께는 특별히 5천에 드리겠습니다."

"3천."

"안 됩니다, 각하, 좀 봐주시지요……"

"3천이라고 하신다, 이 무뢰뢰배야." 흘로파코프가 거들었다.

나는 그 거래가 어떻게 끝날지 기다리지 않고 자리를 떴다. 길 끄트머리를 지날 때였을까, 낡고 야트막한 회색 집 대문에 붙어 있는 커다란 종이가 눈에 들어왔다. 나팔 모양의 꼬리와 한없이 긴 목을 가진 말이 펜으로 그려져 있었고, 말의 발굽 아래 구식 필체로 다음과 같이 적혀 있었다.

탐보프 출신 귀족 아나스타세이 이바니치 체르노바이가 초원에서 운영하는 이름난 종마장에서 키운 온갖 털빛의 말을 레베단 장터로

* 나는 그게 좋다(J'aime ça)는 뜻의 프랑스어를 러시아어로 음차한 것.

출하하여 판매하고 있습니다. 체격이 훌륭한 이 말들은 마구에 완벽히 적응되었고 온순합니다. 구매자 여러분은 아나스타세이 이바니치에게 직접 문의하실 수 있습니다. 아나스타세이 이바니치가 출타 중일 경우 마부 나자르 쿠비시킨에게 문의 가능함. 구매자 여러분, 모쪼록 이 늙은이를 방문하시어 존경을 표해주시길 바랍니다!

나는 걸음을 멈췄다. 초원에서 이 이름난 종마장을 운영한다는 체르노바이 씨 말들을 한번 보고 싶어졌다.

그래서 쪽문을 밀고 들어가려 했으나 이 고장의 풍습과는 달리 문이 잠겨 있었다. 나는 문을 두드렸다.

"누구세요?…… 말 사러 오셨어요?" 앵앵거리는 여자 목소리가 들렸다.

"말 사러 왔소."

"나갑니다, 나리, 잠시만요."

쪽문이 열렸다. 쉰 살쯤 된 여자가 양가죽 외투 앞섶을 잠그지 않은 채 맨머리에 장화를 신고 나왔다.

"들어오세요, 훌륭하신 나리, 지금 당장 아나스타세이 이바니치에게 알리겠습니다…… 나자르, 나자르!"

"무슨 일이냐?" 마구간에서 일흔 살 노인의 목소리가 웅얼거렸다.

"말들을 준비해요, 손님이 오셨어요."

노파는 집으로 뛰어들어갔다.

"손님, 손님이라니," 나자르가 그녀에게 답이라도 하듯 투덜거렸다. "아직 꼬리도 다 못 씻겼는데."

'오, 아르카디아*!' 나는 갑자기 이런 생각이 들었다.

"안녕하신가, 귀족 양반, 어서 오시게." 등뒤에서 느릿느릿 말하는 아주 낭랑하고 듣기 좋은 목소리가 들렸다. 나는 뒤를 돌아보았다. 옷자락이 긴 푸른 외투를 입은 중키의 노인이 서 있었다. 머리칼은 새하얬고 아름다운 눈은 푸른색이었으며 친절한 미소를 머금고 있었다.

"말 사시려고? 암, 얼마든지 보시게…… 그보다 우선 집에 들어와서 차 한잔 하지 않으시겠소?"

나는 사양하고 감사를 표했다.

"음, 얼마든지 자네 편할 대로 하시게. 여보게, 나를 이해해주시게. 원체 옛날 사람이 되어놔서. (체르노바이 씨는 '오' 발음을 유난히 느긋하게 했다.) 보시다시피 아주 소박하다네…… 나자르, 어이, 나자르." 그가 목소리를 높이지 않으면서 느릿느릿 덧붙였다.

매부리코에 말뚝 모양의 수염을 기른 주름투성이 노인 나자르가 마구간 문턱에 나타났다.

"여보게, 그래 어떤 말을 찾으시는가?" 체르노바이 씨가 말을 이었다.

"너무 비싸지 않은 것으로 포장마차에 맬 것을 찾습니다."

"그렇구먼…… 그런 녀석들이 마침 있지, 있고말고…… 나자르, 나자르, 여기 나리에게 회색 거세마를 보여드려라, 그리고 거기 끄트머리에 있는, 머리에 흰 얼룩이 있는 밤색 암말도 내와봐라, 아니 그 녀석 말고, 크라숏카**가 낳은 다른 구렁말 있잖니?"

---

* 그리스 남부의 한 지역으로, 서양문학에서 목가적 낙원의 대명사로 통용된다.

** '예쁜이'라는 뜻.

나자르가 마구간으로 돌아갔다.

"고삐를 매단 채로 끌고 오너라!" 체르노바이 씨가 그의 뒤에 대고 외쳤다. "여보게, 나는," 그가 내 얼굴을 맑고 온화한 눈빛으로 바라보며 말했다. "장사치들하고는 다르다네, 그놈들은 아주 못된 놈들이야! 그놈들은 말한테 생강 뿌리며 소금이며 술지게미*며 별의별 알 수 없는 것들을 먹이거든!…… 나는 말이지, 보시다시피, 잔꾀를 안 부려, 우리 집 일은 손바닥 보듯 훤히 다 보인다네."

말들을 데리고 나왔다. 역시나 마음에 들지 않았다.

"음, 다시 데려가거라," 아나스타세이 이바니치가 말했다. "다른 말들도 보여다오."

다른 말들도 봤다. 마침내 나는 값이 덜 나가는 한 마리를 골랐다. 우리는 흥정을 시작했다. 체르노바이 씨는 열내지 않고 요목조목 따져가며 말했고, 아주 엄숙하게도 우리 주 하느님을 증인으로 모시는 바람에 나는 그 '늙은이에게 존경을 표하지' 않을 수 없었다. 선금을 치렀다.

"자, 그럼," 아나스타세이 이바니치가 말했다. "옛날 관습대로 말을 옷자락에서 옷자락으로 건네주겠네…… 자네는 말을 잘 샀다고 나에게 고마워하게 될 거야…… 아주 싱둥싱둥한 놈이거든! 잘 익은 호두알 같지…… 진짜 초원에서 기른 녀석이라네! 어떤 마구를 씌워도 잘 다닐 걸세."

그는 성호를 긋고 외투 옷자락을 자기 손에 얹더니 고삐를 쥐고 내게 말을 건네주었다.

* 말에게 술지게미와 소금을 먹이면 금방 살이 오른다.—원주

"잘 키우시게…… 차는 여전히 안 하시려나?"

"괜찮습니다, 정말 고맙습니다. 집에 갈 때가 되어서 말입니다."

"편하신 대로…… 우리 마부더러 자네를 따라 말을 끌고 가라 할까?"

"그래준다면 좋겠군요."

"암, 그러고말고…… 바실리, 어이 바실리, 나리와 함께 다녀오너라. 말을 끌고 가서 돈도 받아와. 그럼, 잘 가시게, 귀족 양반."

"안녕히 계십시오, 아나스타세이 이바니치."

그리하여 말을 끌고 집으로 왔다. 그런데 바로 다음날부터 말은 다리를 절었고, 너무 많이 타고 다녀 못쓰게 된 녀석임이 분명했다. 말은 마구를 매려 하면 뒷걸음질을 치고, 채찍으로 때리면 말을 안 듣고 뒷발질하며 드러누웠다. 나는 즉시 체르노바이 씨에게 가서 물었다.

"주인장 계시오?"

"계십니다."

"아니 어째서," 내가 말했다. "너무 부려서 쓰지도 못할 말을 파셨소?"

"쓰지 못할 말이라니?…… 당치도 않은 소리!"

"다리를 절기까지 합니다. 고집은 또 얼마나 센지."

"다리를 전다고? 나는 모르는 일이네, 자네 마부가 다치게 했을지도 모르지, 나는 하느님께 맹세코 정당하게……"

"아나스타세이 이바니치, 아무래도 말을 도로 물려야겠소."

"아니, 여보게, 화내지 말게나. 일단 마당을 떠났으면 다 끝난 일이야. 그전에 잘 살펴봤어야지."

상황을 깨달은 나는 운명에 굴복했고, 허허 웃고는 나왔다. 인생 수업의 대가로 그렇게 비싼 값을 치른 것 같진 않아 다행이었다.

이틀쯤 지나 나는 다른 곳으로 떠났고, 일주일 뒤 돌아오는 길에 다시 레베단에 들렀다. 커피숍에서는 예의 그 얼굴들이 보였고 N. 공작은 역시나 당구를 치고 있었다. 그런데 흘로파코프 씨는 통상적인 운명의 변전을 겪었다. 금발의 애송이 장교가 그를 대신하여 공작의 총애를 독차지한 것이다. 가련한 퇴역 중위는 내가 보는 앞에서 한번 더 자신의 문구를 작동해보려 했으나—예전처럼 재미를 불러일으킬지도 모르므로—공작은 웃기는커녕 얼굴을 찌푸렸고 어깨를 으쓱했다. 잔뜩 움츠러든 흘로파코프 씨는 고개를 숙이고 구석에 처박혀 말없이 파이프를 채웠다……

타티야나 보리소브나와 그 조카

친애하는 독자들이여, 어서 나의 손을 잡고 함께 길을 떠나자. 날씨가 더할 나위 없이 훌륭하니 말이다. 5월의 하늘이 온유하게 빛나고, 버드나무의 매끈한 어린잎들은 세수라도 한 듯 반짝인다. 너르고 평평한 길은 줄기가 불그스름한 잔풀로 온통 뒤덮였고, 양들은 얼씨구나 풀을 뜯는다. 오른쪽 왼쪽으로 길게 뻗은 언덕의 경사면을 따라 초록 호밀이 남실거린다. 그리고 그 위로는 작은 먹구름들의 그림자가 드문드문 얼룩이 되어 미끄러져간다. 저멀리 숲이 검고, 연못이 빛나고, 마을이 노랗게 보인다. 수백 마리 종달새떼가 하늘로 솟아올라 노래를 부르다가도 느닷없이 낙하해서는 흙덩이 사이에서 고개를 빼꼼 내민다. 떼까마귀들은 길 한복판에 버티고 서서 여러분을 빤히 쳐다보기도 하고, 땅바닥에 쭈그려앉아 여러분의 마차가 지나갈 수 있도록 길을 비켜주기도 하고, 두어 번 콩콩 뛰다가는 무거운 몸을 이끌고 저쪽으로 날아간다. 골짜기 너머 높은 곳에서는 농부가 밭을 갈고 있다. 짤막한 꼬리에 갈기가 헝클어진 점박이 수망아지는 휘청거리는 다리로 어미를 따라 뛰어간다. 가느다랗게 힝힝거리는 소리가 들린다. 이제 나와 여러분은 자작나무숲에 들어선다. 상쾌한 향기에 숨이 살짝 가빠진다. 어느새 마을 어귀가 나온다. 마부가 내리고 말들이 투레질한다. 곁마들은 뒤를 돌아보고 채를 맨 주마는 꼬리를 흔들며 멍에에 고개를 기댄다…… 끼익하고 커다란 대문이 열린다. 마부가 자리에 앉는다…… 가자! 우리 앞에 마을이 펼쳐진다. 다섯 집 정도 지났을까, 우리는 오른쪽으로 꺾어 저지로 내려갔다가 둑 위로 올라선다. 작은 연못 너머, 사과나무와 라일락의 둥근 우듬지 사이로 한때는 붉은색이었을, 굴뚝 두 개 달린 널빤지 지붕이 보인다. 마부는 울타리를 따라 왼쪽으로 마차를 몰다가 나이든 똥개 세 마리가 목이 쉬도록 날카롭게 짖어대는 것도 아랑곳하지 않고 활짝 열린 대문으로 들어간다. 그리고 마구간과 헛간을 지나 너른 마당을 한 바퀴 솜씨 좋게 돈 다음, 높은 문턱을 옆걸음질로 넘어 곳간으로 들어가던 가정부 노파에게 씩씩하게 인사하고서야 창가에 불 밝힌 시커먼 집의 현관 층계참에 마차를 세운다…… 자, 우리는 타티야나 보리소브나의 집에 왔다. 저기 그녀가 직접 통풍창을 열어 우리에게 고개를 끄덕여 보인다…… 안녕하십니까, 아주머니!

타티야나 보리소브나는 쉰 살쯤 된 부인으로, 툭 튀어나온 커다란 두 눈은 회색이고 코는 약간 뭉툭하며 뺨은 붉고 턱은 두 겹이다. 그 얼굴에는 상냥함과 친절함이 숨쉬고 있다. 한때는 남편이 있었지만 얼마 안 가 과부가 되었다. 타티야나 보리소브나는 참으로 대단한 여성이다.

그녀는 자신의 작은 영지 바깥으로 거의 나가지 않고 생활하며 이웃과도 잘 어울리지 않는다. 오로지 젊은이들만 좋아하여 손님으로 받는다. 찢어지게 가난한 지주의 딸로 태어나 아무런 교육을 받지 못했다. 그러니까 프랑스어를 모른다는 얘기다. 심지어 모스크바에 가본 적도 없다. 이 모든 결점에도 불구하고 그녀는 꾸밈없고 훌륭하게 처신하고, 자유롭게 느끼고 생각하며, 소지주 마님들이 흔히 앓는 병에도 거의 전염되지 않아서 그녀를 바라보노라면 정말이지 놀라지 않을 수가 없다…… 정말 그렇다. 일 년 내내 벽촌에만 사는 여성이 남의 험담도 하지 않고, 징징거리지도 않고, 무릎을 구부리며 인사한다든가 하며 지나치게 격식을 따지지도 않고, 쉬이 흥분하지도 않고, 갑갑해하지도 않고, 호기심에 호들갑떨지도 않는다는 건…… 기적과도 같은 일이다! 그녀는 평소 태피터로 지은 회색 옷을 입고 관자놀이께에 연보라색 리본이 달린 하얀 실내모를 쓰고 다닌다. 음식을 즐기지만 과할 정도는 아니다. 잼, 말린 과일, 절인 채소 만드는 일은 가정부에게 맡긴다. "그렇다면 그녀는 무엇을 하며 하루를 보낸단 말인가?" 여러분은 이렇게 물을 것이다…… "독서를 즐기는가?" 아니, 그녀는 독서를 즐기지 않는다. 말이 나왔으니 얘긴데, 세상에 출판되는 그 어떤 책도 그녀에게 간택되지 못할 것이다…… 손님이 없을 때 우리의 타티야나 보리소브나는, 겨울에는 자기 방 창가에 앉아 긴 양말을 뜰 것이고, 여름에는 정원에 나가 꽃을 심고 물을 주고 몇 시간씩 새끼고양이들과 놀며 비둘기들에게 먹이를 줄 것이다…… 집안일은 거의 하지 않는다. 그러나 손님이 오면, 그러니까 그녀가 언제나 호의를 베푸는 젊은 이웃 중 누군가가 오면, 그녀는 그를 앉혀 차를 실컷 마시게 하고, 그의 이야기를 들으며 웃고, 이따금 그의 뺨을 토닥일 테지만 정작 자신은 말을 거의 하지 않는다. 그가 불운을 맞았거나 비탄에 빠져 있으면 위로하면서 선량한 조언을 선사할 것이다. 얼마나 많은 이가 그녀에게 집안의 비밀을, 그것도 지극히 은밀한 이야기까지 털어놓고는 그녀의 품에 안겨 눈물을 흘렸는지 모른다! 그녀는 보통 손님 맞은편에 앉아 팔꿈치를 괸 채 말없이 깊은 공감을 보이며 그의 눈을 바라보고 너무나도 다정히 미소 짓기에 손님의 머릿속에는 자기도 모르게 다음과 같은 생각이 떠오른다. '당신은 정말 좋은 사람이에요, 타티야나 보리소브나! 내 마음속 모든 것을 얘기하겠어요.' 그녀의 크지 않으나 안락한 방들에 들어서면 누구나 기분이 좋아지고 따스함을 느낀다. 이렇게 말해도 좋다면, 그녀의 집에서는 언제나 날씨가 화창하다. 타티야나 보리소브나는 놀라울 정도로 훌륭한 부인이지만 사실 아무도 그녀에게 경탄하지는 않는다. 그녀의 건전한 생각, 원칙 있는 고집, 자유분방함, 다른 사람의 슬픔과 기쁨을 함께 느낄 줄 아는 뜨거운 마음. 한마디로 그녀의 모든 덕성은 그녀와 함께 태어났을 뿐 결코 어떤 노력이나 수고를 들여 얻은 것이 아니다…… 다른 모습의 그녀를 떠올리기란 불가능하다. 어쩌면 그래서 그녀에게는 딱히 고마움을 느끼지 않아도 되는지 모른다. 그녀는 특히 젊은이들이 놀고 장난치는 것을 흐뭇하게 바라본다. 그럴 때면 팔짱을 낀 채 고개를 뒤로 젖히고 앉아서는 실눈을 하고 미소를 짓다가 갑자기 한숨지으며 말한다. "아, 너희는 나의 아이들이야, 나의 귀염둥이들!……" 그러면 그녀에게 다가가 그 손을 쥐고 이렇게 말하고 싶어진다. "있잖아요, 타티야나 보리소브나, 당신은 자신이 얼마나 소중한 사람인지 모르세요. 당신은 너무나도 소박하고, 많이 배우지는 못했지만 정말 특별한 존재예요!" 그녀의 이름은 그 자체로 낯익고 반가운 무언가처럼 울려서 나도 모르게 소리 내어 부르고 싶어지고, 그럴 때면 정겨운 미소가 절로 떠오른다. 가령 나는 어딜 가든 농부들에게 자주 길을 묻게 된다. "여보게, 그라촙카로 가는 길이 어딘가" 하고 묻는다 치자. "아하, 나리, 우선 뱌조보예로 가신 다음, 거기서 타티야나 보리소브나 집 쪽으로 가십시오. 그리고 타티야나 보리소브나 집에서 가는 길은 아무나 붙잡더라도 알려줄 겁니다." 타티야나 보리소브나라는 이름을 말할 때면 농부는 어떤 이유에선지 고개를 독특하게 흔든다. 그녀는 재산 규모에 맞게 하인을 많이 두지 않았다. 본채, 세탁실, 창고, 부엌 등 모두 그녀의 가정부 아가피야가 관리하는데, 아가피야는 그 옛날 타티야나 보리소브나의 유모였으나 이제는 눈물이나 찔찔 짜고 이도 다 빠지고 없는, 선량하기 그지없는 존재다. 그 휘하에 안토놉카 사과*처럼 빰이 단단하고 푸르스름한 건강한 하녀 둘이 있다. 시종, 청지기, 식료품 저장실 담당 등의 직책은 일흔 살 먹은 하인 폴리카르프가 맡고 있는데, 그는 불가사의한 괴짜이자 다독가이며, 은퇴한 바이올리니스트이자 비오티** 추종자로서 나폴레옹, 아니 그의 말에 따르자면 보나파르티시카***의 사적인 원수이기도 하며 대단한 꾀꼬리 애호가다. 그는 항상 자기 방에서 꾀꼬리를 대여섯 마리 기른다. 이른봄이면 며칠이고 새장 옆을 지키며 첫 '절창'을 기다리고, 기다림이 결실을 보면 두 손으로 얼굴을 가

---

* 러시아 사과 품종으로, 껍질은 파랗고 과육은 옅은 노란색을 띠며, 시큼한 맛에 독특한 향이 난다.

** 이탈리아 출신의 바이올리니스트이자 작곡가(1755~1824).

*** 나폴레옹의 성인 '보나파르트'에 비칭 어미 '시카'를 붙인 표현.

린 채 신음을 내뱉는다. "오, 가슴이 미어진다, 오, 미어져!" 그러면서 꺼이꺼이 우는 것이다. 폴리카르프에게는 바샤라는 조수가 있는데, 그의 열두 살짜리 손자로 곱슬머리에 눈치가 매우 빠른 아이다. 폴리카르프는 이 아이를 끔찍이 사랑해서 아침부터 저녁까지 잔소리가 그치지 않는다. 그는 아이의 교육까지도 맡은 것이다. "바샤," 그가 말한다. "이렇게 말해보아라. 보나파르티시카는 날강도다."—"그럼 뭐 줄 거예요, 할아버지?"—"뭐 줄 거냐고?⋯⋯ 아무것도 안 주지⋯⋯ 아니, 너는 러시아 사람이 아니더냐?"—"나는 암차닌이죠. 암첸스크*에서 태어났으니까요."—"이런, 돌대가리 같으니라고! 그래, 암첸스크가 어디 있는 줄은 아느냐?"—"내가 어떻게 아나요?"—"암첸스크는 러시아에 있다, 이 밥통아!"—"그게 러시아에 있는데 어쩌라고요?"—"어쩌라고요? 돌아가신 미하일로 일라리오노비치 골레니셰프-쿠투조프 공작 각하가 하느님의 도움으로 러시아 국경에서 그 보나파르티시카 놈을 내쫓으셨단 말이다. 노래도 있지. 보나파르트는 양말대님도 잃어버려 춤출 정신이 아니라네⋯⋯ 알겠냐, 그렇게 너의 조국을 구하셨다 이 말씀이야."—"그게 나하고 뭔 상관이에요?"—"어이구, 이 밥통 같은 녀석아! 미하일로 일라리오노비치 공작 각하가 보나파르티시카를 쫓아내지 않으셨더라면 지금쯤 어떤 므슈 놈이 네 정수리를 몽둥이로 내리치고 있을 거다. 네놈한테 슬그머니 와서는 이렇게 말하겠지. 코만 부 포르테 부**?

---

* 민간에서는 도시 므첸스크를 '암첸스크'라 부르고 그 주민을 '암차닌'이라 부른다. 암차닌들은 한시도 가만있지 못한다. 싫어하는 사람한테 '집에 암차닌을 보내버리겠다'고 말하는 데는 다 까닭이 있다.—원주

** 건강이 어떠세요(comment vous portez-vous)라는 뜻의 프랑스어를 러시아어로 음차한 것.

그러고는 딱, 딱."—"그럼 나는 그 자식 배를 주먹으로 치면 되죠."—"그러면 그놈은 너한테, 봉주르, 봉주르, 베네 이시* 하고서는 요놈의 머리채를 확."—"그럼 나는 그놈의 다리를, 수수깡 같은 다리를 걷어찰 거예요."—"맞다, 그놈들은 다리가 수수깡처럼 길고 가늘지…… 음, 근데 그놈이 네 손을 묶으면 어떡할래?"—"나는 순순히 붙잡히지 않을 거예요. 마부 미헤이 아저씨한테 도와달라고 하면 되죠."—"아니, 바샤, 미헤이가 프랑스 놈이랑 상대가 된다고 보느냐?"—"안 될 게 뭐 있나요! 미헤이 아저씨가 얼마나 튼튼한데요!"—"그래, 너희는 프랑스 놈을 어떻게 할 거냐?"—"등짝을 아주 후려갈길 거예요, 철썩, 이렇게요!"—"그놈은 이렇게 꽥꽥댈 테지. 파르동, 파르동, 세부플레이**!"—"우리는 그놈한테 이렇게 말할 거예요. 세부플레이고 나발이고, 망할 프랑스 놈!……"—"어이구, 잘한다, 우리 바샤!…… 그리고 또 이렇게 외쳐라, 날강도 보나파르티시카!"—"그럴 테니 어서 설탕 주세요!"—"요놈이!……"

타티야나 보리소브나는 다른 여지주들과 거의 교류하지 않는다. 그들도 그녀를 방문하는 것을 썩 내켜하지 않고 그녀 역시 그들을 대접할 줄 모른다. 그녀는 그들이 시끄럽게 얘기하는 가운데 꾸벅꾸벅 졸다가 부르르 떨며 눈을 뜨려 애쓰지만, 다시 졸음에 빠져든다. 타티야나 보리소브나는 대체로 여자들을 좋아하지 않는다. 그녀의 벗 중에 점잖고 수더분한 젊은이가 하나 있는데, 그에게는 서른여덟 하고도 반년

---

* 이리 와보세요(venez ici)라는 뜻의 프랑스어를 러시아어로 음차한 것.

** 죄송합니다, 부디(pardon, s'il vous plaît)라는 뜻의 프랑스어를 러시아어로 잘못 음차한 것.

을 더 먹은 노처녀 누나가 있었다. 심성은 무척 고우나 어딘가 태도가 항상 긴장되고 부자연스러우며 지나치게 감정적인 여자였다. 동생은 그녀에게 이웃 여지주에 대해 자주 이야기했다. 어느 화창한 아침, 우리의 노처녀는 한마디 예고도 없이 말에 안장을 채우라 이르고 타티야나 보리소브나의 집으로 향했다. 기다란 드레스를 입고 풍성한 곱슬머리에 녹색 베일이 달린 모자를 쓴 그녀는 현관에 들어섰고, 그녀를 루살카로 착각해 얼이 빠진 바샤를 지나쳐 응접실로 서둘러 갔다. 타티야나 보리소브나는 깜짝 놀라 몸을 일으키려 했으나 다리가 말을 듣지 않았다. "타티야나 보리소브나," 손님이 애원하는 듯한 목소리로 말했다. "저의 과감한 행동을 용서하세요, 저는 당신의 벗 알렉세이 니콜라예비치 K* ** 의 누이랍니다. 동생에게서 당신 이야기를 무척이나 많이 들어서 당신과 인사를 나누고 싶어 이렇게 찾아왔습니다."—"와주셔서 영광입니다." 몹시 놀란 여주인이 우물쭈물 말했다. 손님은 모자를 벗어던지고는 곱슬머리를 한 번 흔들었고 타티야나 보리소브나 곁에 앉아 그녀의 손을 잡았다…… "당신이 바로," 그녀가 생각에 잠긴 듯한 목소리로 감격스러워하며 말을 꺼냈다. "그 선하고 맑고 고귀하고 거룩한 분이시군요! 소박하면서도 마음이 깊으신 분! 정말 기뻐, 이렇게 기쁠 수가! 우리는 서로를 좋아하고 아끼게 될 거예요! 이제야 마음놓을 수 있겠어요…… 이분을 바로 이런 모습으로 항상 머릿속에 그렸었는데." 그녀가 타티야나 보리소브나의 눈을 똑바로 바라보며 속삭이듯 덧붙였다. "마음씨 고우신 분, 예쁘신 분, 혹시 저에게 화가 나신 건 아니겠죠?"—"무슨 말씀이세요, 저는 너무 기쁘답니다…… 차 한잔 하실래요?" 손님은 만족과 겸손 어린 미소를 지었다. "*얼마나 진실하고 꾸*

밉없는 분인가," 그녀가 혼잣말하듯 독일어로 소곤거렸다. "사랑스러운 분, 당신을 껴안아보게 해주세요!"

노처녀는 타티야나 보리소브나의 집에 세 시간이나 앉아 있었고 한 순간도 입을 다물지 않았다. 노처녀는 자신의 새로운 지인에게 그녀의 고유한 의미를 설명하려 애썼다. 예견치 못한 손님이 떠나자마자 이 불쌍한 여지주는 바냐로 가서 보리수차 한 컵을 들이켠 뒤 침대에 드러누워버렸다. 그러나 다음날 노처녀가 또 찾아왔고, 이번에는 네 시간이나 죽치고 앉아 있더니 타티야나 보리소브나를 매일 방문하겠다는 약속을 하고 떠났다. 여기서 여러분은 그녀가 새로운 벗의 대단히 풍부한 본성을 남김없이 계발하고, 그녀의 표현에 따르자면, 완성하겠다고 마음먹었다는 것을 알아야 한다. 자칫하면 그녀는 타티야나 보리소브나를 초주검으로 만들었을 수도 있는데, 첫째, 두 주쯤 지나 그녀가 동생의 벗에게 '아주 제대로' 실망하지 않았더라면, 둘째, 그녀가 마침 이웃에 놀러온 대학생에게 홀딱 반해 곧장 정력적이고 격렬한 서신 교환에 돌입하지 않았더라면 분명 그랬을 것이다. 그에게 보내는 편지에서 그녀는 으레 그렇듯 그에게 거룩하고 아름다운 삶을 기원했고 '자신을 오롯이' 희생양으로 내놓겠다고 밝히며 자기는 단지 누이라는 호칭만을 원한다고 했다. 그런가 하면 자연을 묘사하는 데 몰두하고, 괴테, 실러, 베티나, 그리고 독일 철학에 대해 언급했으며, 그렇게 마침내 가엾은 젊은이를 암울한 절망으로 몰고 가버렸다. 그러나 젊음은 제 몫을 놓치지 않았다. 어느 화창한 아침, 그는 자신의 '누이이자 가장 좋은 벗'에 대한 격심한 증오와 함께 눈을 떴고, 흥분한 나머지 하마터면 시종을 구타할 뻔했으며, 한동안 숭고하고 사심 없는 사랑에 대한 암시를 느끼기라도 하면 누구에게라도 달려들어 물어뜯을 기세를 보였다…… 바로 그때부터 타티야나 보리소브나는 여지주들과 가까워지는 것을 더욱 철저히 피하기 시작했다.

오호통재로다! 지상의 모든 것은 덧없나니. 내가 선량한 여지주의 일신에 관해 여러분에게 이야기한 모든 것은 다 지나간 일이다. 그녀의 집에 군림하던 고요는 영원히 훼손되고 말았다. 그녀의 집에는 벌써 일 년 넘게 조카가 살고 있는데, 그는 페테르부르크에서 온 화가다. 사정은 이러했다.

팔 년 전쯤 타티야나 보리소브나의 집에는 열두 살쯤 된 소년이 살았다. 천애고아로서 그녀의 죽은 오빠가 남긴 아들이고 이름은 안드류샤다. 안드류샤는 커다랗고 밝고 촉촉한 눈, 작은 입, 반듯한 코, 아름답고 훤한 이마를 지녔다. 조용하고 사근사근한 목소리로 말하고 행실이 발랐으며, 손님들에게 애교를 떨어 귀여움을 독차지했을 뿐 아니라 고아만의 민감한 촉에 따라 고모의 손에 입을 맞추곤 했다. 누군가 그녀의 집에 방문하면 모습을 드러내기도 전에 벌써 아이는 그를 위해 안락의자를 내왔다. 장난꾸러기라는 말은 그와 거리가 멀었다. 시끄러운 소리를 내지도 않았다. 항상 자기 방 한쪽에 앉아 책을 읽었고, 너무도 조심성 있고 얌전해서 의자에 앉을 때도 등받이에 등을 기대지 않았다. 손님이 들어오면 우리의 안드류샤는 자리에서 일어나 예의바르게 미소 짓고 얼굴을 붉혔다. 손님이 나가면 다시 자리에 앉아 주머니에서 거울 달린 브러시를 꺼내 머리를 정돈했다. 그는 아주 어린 시절부터 그림에 큰 흥미를 느꼈다. 작은 종잇조각이라도 생기면 가정부 아가피야에게 가위를 달라고 해서 아주 똑바르게 정사각형을 오려내 테두리를 만든 다음 작업에 착수했다. 커다란 눈동자가 있는 한쪽 눈을 그리거나 그리스인의 코, 굴뚝에서 나사 모양의 연기가 나오는 집, 벤치를 닮은 개의 '얼굴', 비둘기 두 마리가 앉아 있는 어린나무 등을 그리고는 그 밑에 다음과 같이 서명했다. "안드레이 벨롭조로프 그림, 몇 월, 며칠, 몇 년, 말리예 브리키 마을." 그는 타티야나 보리소브나가 명명일을 맞이하기 두 주 전부터 열심히 작업했다. 그러고는 누구보다 먼저 고모에게 축하인사를 전하며 분홍색 리본으로 묶은 두루마리를 바쳤다. 그럴 때면 타티야나 보리소브나는 조카의 이마에 입을 맞추고 매듭을 풀었다. 두루마리가 펼쳐지고 호기심 많은 관객의 눈앞에 열주와 그 끝 한가운데에 제단이 있는, 과감하게 음영을 준 둥근 사원이 드러난다. 제단에는 불타오르는 심장 옆에 화환이 놓였고, 그 위로 구불구불한 족자 속에 분명한 필체로 다음과 같이 적혀 있다. "무한한 존경과 사랑을 표할 길 없는 조카가 은혜를 베푸시는 고모 타티야나 보리소브나 보그다노바께 깊은 애정의 징표로 드립니다." 타티야나 보리소브나는 한번 더 그에게 입을 맞추고 1루블을 건넸다. 그러나 그녀는 아이에게 큰 애착을 느끼지는 못했다. 안드류샤의 비굴한 태도가 마음에 들지 않았다. 그러는 사이 안드류샤는 성장했고 타티야나 보리소브나는 그의 미래에 대해 걱정했다. 그러던 중 기대도 않던 좋은 기회가 그녀를 곤란한 상황에서 벗어나게 해주었다……

그 기회란 이런 것이었다. 팔 년 전 어느 날, 표트르 미하일리치 베네볼렌스키 씨가 그녀를 찾아왔다. 6등 문관에 수훈자라고 했다. 베네볼렌스키 씨는 당시 인근 군대에서 근무했고 타티야나 보리소브나를 꾸준히 방문했다. 나중에는 페테르부르크로 이주해 정부 부처에 들어가 꽤 높은 자리까지 올랐는데, 공무로 자주 출장을 다니던 차에 오래전 지인을 떠올리게 되었고 공무에서 벗어나 이틀 정도 '고요한 전원의 품에서'* 쉬고자 그녀에게로 방향을 틀었다. 타티야나 보리소브나는 무척이나 반가워했고 베네볼렌스키 씨 역시 그러했다…… 그런데 이야기를 계속하기에 앞서 친애하는 독자 여러분에게 이 새로운 인물을 소개하겠다.

베네볼렌스키 씨는 짤막한 다리와 토실토실한 손을 가진, 중키에 통통한 사내로, 전체적으로 부드러운 인상을 주었다. 평소에 그는 품이 크고 대단히 깔끔한 프록코트, 툭 튀어나온 폭이 넓은 넥타이, 눈처럼 새하얀 셔츠를 차려입었고, 비단 조끼에는 금줄을 맸으며, 검지에는 보석 박힌 반지를 끼고 금발 가발을 쓰고 다녔다. 그는 설득력 있고 점잖게 말했고, 소리 내지 않고 걸었으며, 유쾌하게 웃고, 역시 유쾌하게 눈을 움직였으며, 역시나 유쾌하게 턱을 넥타이 안쪽으로 집어넣곤 했다. 대체로 그는 유쾌한 사람이었다. 하느님은 그에게 고운 마음씨까지 내려주셨다. 그는 쉽게 울고, 쉽게 감탄했다. 그뿐만 아니라 예술을 향한 조건 없는 열정으로 타올랐고, 그 열정은 진실로 무조건적이었는데, 왜냐하면 베네볼렌스키 씨는, 사실대로 말하자면, 예술에서 결단코 아무것도 이해하지 못했기 때문이다. 도대체 어떤 신비하고 기묘한 법칙이 작용했기에 그에게 이런 열정이 생겨났는지 실로 놀랍다. 사실 그는 현실적인, 심지어 지극히 평범한 사람이었던 것 같다…… 사실 우리 루시에는 그런 사람들이 꽤 많다.

* 푸시킨의 『예브게니 오네긴』 7장 2연의 일부를 인용한 것. "고요한 전원의 품에서/ 내 얼굴로 불어오는 봄바람/ 나는 얼마나 묵직한 감동으로/ 이 바람 즐기고 있는지!"

예술과 예술가에 대한 사랑은 이런 사람들에게 뭐라 설명할 수 없는 들쩍지근함을 부여한다. 그들과 알고 지내거나 대화하는 일은 아주 괴롭다. 그들은 그야말로 꿀을 듬뿍 바른 멍청이들이다. 예를 들어, 그들은 라파엘로를 라파엘로라고, 코레조를 코레조라고 부르는 법이 없다. 그들은 "신성한 산치오, 타의 추종을 불허하는 데 알레그리스"*라고 말하고, 반드시 '오'를 유난스럽게 발음한다. 그들은 또 집에서 훈련받아 제멋에 취한데다 잔꾀 부리는 데나 능한 모든 어중간한 재능을 가리켜 '게니우스genius'라고, 정확히 말하자면 '헤니우스'라고 부르며 한껏 띄운다. 이탈리아의 푸른 하늘, 남국의 레몬, 브렌타강**의 향긋한 열기는 그들의 세 치 혀를 떠날 줄 모른다. "오, 바냐, 바냐" 또는 "오, 사샤, 사샤." 그들은 감정에 도취되어 서로를 부르며 이렇게 말한다. "우리가 그 남국으로 갈 수만 있다면, 오, 남국으로…… 나와 너는 영혼만큼은 그리스인인 것을, 그것도 고대의 그리스인인 것을!" 이런 자들은 각종 전시회에 걸린 이러저러한 러시아 화가들 작품 앞에서 흔히 발견된다. (대체로 이 신사들은 지독한 애국주의자들이라는 점도 짚고 넘어가자.) 두 걸음쯤 나아가서는 고개를 뒤로 젖힌다든지, 다시 그림 앞으로 바싹 다가간다든지 하면서 그들의 눈은 기름기 낀 촉촉함으로 젖는다…… "오, 신이시여," 그들은 흥분하다못해 지친 목소리로 마침내 내뱉는다. "이 영혼, 이 영혼은 대관절 무엇이란 말인가! 오, 이것을 그린

* 산치오는 르네상스시대 이탈리아 화가 라파엘로(1483~1520)의 이름이고, 데 알레그리스는 라파엘로와 비슷한 시기에 활동한 화가 안토니오 알레그리 다 코레조(1489~1534)의 성에서 가져온 것이다.

** 베네치아에 흐르는 강.

심장은 어떤 심장이란 말인가! 얼마나 영혼을 쏟아부었기에! 어둠처럼 깔린 수많은 영혼이여!…… 어찌 이것을 궁리해내었을꼬! 거장의 솜씨로다!" 그러하니 그들의 응접실에 걸린 그림은 어떠하겠는가! 저녁마다 그들의 집에 들러 차를 마시고 그들의 말을 듣는 예술가들이란 어떤 자들이겠는가! 그들은 자기가 사는 방을 원근법에 맞춰 그린 그림, 즉 오른쪽 한편에 놓인 빗자루, 반지르르한 마룻바닥에 구르는 먼지, 창가 탁자에 올려놓은 노란 사모바르, 키파*를 쓰고 가운을 걸친 채 뺨에는 눈부신 하이라이트를 뽐내는 주인이 떡하니 자리잡은 그림을 갖다 바치는데, 대체 그런 그림이란 어떤 것이겠는가! 머리를 길게 기르고 열병에라도 걸린 듯 경멸조의 미소를 띤 꼴로 그들을 방문하는 뮤즈의 제자들이란 대체 어떤 자들이겠는가! 또 그들의 집에서 포르테피아노 앞에 앉아 꽥꽥 소리를 질러대는 연두색 뺨의 처자들이란 대체 어떤 자들이겠는가! 우리 루시에서는 이미 다음과 같은 것이 하나의 법칙이 되었기 때문이다. 무릇 인간은 하나의 예술에만 투신해서는 안 된다, 예술에 모든 것을 바쳐라. 그래서 이 예술애호가 신사들이 러시아문학, 특히 극문학을 크게 후원하고 있다는 사실은 조금도 놀랍지 않다…… '자코보 사나자르'** 유의 작품들은 바로 이들을 위해 쓰인 것이다. 인정받지 못한 재능이 대중과 벌이는 투쟁, 나아가 세계 전체와 벌이는 투쟁은 지금껏 수천 번 묘사되었어도 여전히 그들의 영혼을 밑바닥까지 뒤흔든다……

---

* 유대인 남성이 쓰는 둥근 모자로, 챙이 없고 정수리만 가리는 형태다.

** 네스토르 쿠콜니크(1809~1868)의 환상극 『자코보 사나자르』(1834). 과장된 낭만주의의 클리셰로 가득하다.

베네볼렌스키 씨가 도착한 다음날, 타티야나 보리소브나는 차를 마시면서 손님에게 그림을 보여드리라고 조카에게 일렀다. "조카분이 그림을 그립니까?" 적잖이 놀란 베네볼렌스키 씨는 이렇게 말하고서 관심을 보이며 안드류샤 쪽으로 얼굴을 돌렸다. "그럼요, 그림을 그린답니다." 타티야나 보리소브나가 말했다. "열정이 아주 대단해요! 선생님 없이 혼자서 그리는데도요."—"오, 보여주십시오, 어서 보여주세요." 베네볼렌스키 씨가 얼른 대꾸했다. 안드류샤는 발그레 미소 지으며 손님에게 공책을 건넸다. 베네볼렌스키 씨는 전문가의 품새로 한 장 한 장 넘기기 시작했다. "훌륭하군, 젊은이," 마침내 그가 한마디했다. "훌륭해, 아주 좋아." 그는 안드류샤의 머리를 쓰다듬었다. 안드류샤는 잽싸게 그의 손에 입을 맞추었다. "보십시오, 재능이 아주 대단합니다!…… 축하드립니다, 타티야나 보리소브나, 축하드려요."—"무슨 말씀이세요, 표트르 미하일리치, 여기서는 도저히 선생님을 모실 수가 있어야지요. 읍내에서 부르자니 비싸고요, 이웃에 사시는 아르타모노프 씨 댁에 화가가, 그것도 아주 훌륭한 화가가 있다고 하는데 그 댁 마님이 다른 집 사람들한테는 수업하지 말라고 했대요. 그러다가 취향을 버릴 수 있다나요."—"음," 베네볼렌스키 씨가 이렇게 소리를 내고는 생각에 잠겨 안드류샤를 힐끔 보았다. "그럼, 그 문제에 대해서 논의해봅시다." 그가 갑자기 덧붙이고는 손을 비볐다. 바로 그날 그는 타티야나 보리소브나에게 단둘이 얘기를 하자고 청했다. 그들은 방에 들어가 문을 닫았다. 반시간쯤 지나 안드류샤를 불렀다. 안드류샤가 들어갔다. 베네볼렌스키 씨는 얼굴이 약간 붉어진 채 창가에 서서 두 눈을 반짝이고 있었다. 타티야나 보리소브나는 한쪽에 앉아 눈물을 훔쳤다. "그래, 안드류샤." 마침내 그녀가 입을 열었다. "표트르 미하일리치께 감사인사를 드리렴. 너를 맡아주시겠다고 하신다, 페테르부르크로 데려가시겠대." 안드류샤는 그 자리에서 굳어버렸다. "솔직히 말해주게," 베네볼렌스키 씨가 위엄과 호의를 가득 담은 목소리로 말하기 시작했다. "화가가 되고 싶은가? 여보게 젊은이, 예술에 대한 성스러운 소명을 느끼고 있는가?"—"저는 화가가 되고 싶습니다, 표트르 미하일리치." 안드류샤가 떨리는 목소리로 대답했다. "그렇다면 나는 매우 기쁘네. 물론, 자네는," 베네볼렌스키 씨가 말을 이었다. "자네의 존경하는 고모님과 헤어지는 것이 무척 힘겨울 거야. 자네는 고모님에게 진심으로 감사드려야 해."—"저는 고모님을 너무도 사랑합니다." 안드류샤가 그의 말을 끊고는 눈을 깜박였다. "암, 당연히 그렇겠지. 자연스러운 일일 뿐 아니라 그래야 마땅한 일이기도 하지. 허나, 상상해보게, 시간이 지나면 얼마나 큰 기쁨을 가져다줄지…… 자네가 성공한다면 말이야……"—"나를 안아주렴, 안드류샤." 마음씨 고운 여지주가 웅얼거렸다. 안드류샤는 그녀의 목을 와락 끌어안았다. "자, 이제 너의 은인께 감사인사를 드리렴……" 안드류샤는 베네볼렌스키 씨의 배를 끌어안은 다음 까치발을 들어 어떻게든 그에게 손을 뻗었고, 물론 은인은 그의 손에 입을 맞춰주었으나 그렇다고 서두르지는 않았다…… 아이를 즐겁게 해주고 만족시키면서도, 뭐랄까, 그러면서 자기 자신도 즐거울 수 있다는 듯했다. 이틀 뒤 베네볼렌스키 씨는 자신의 새 피보호자를 데리고 떠났다.

안드류샤는 집을 떠나고 나서 첫 삼 년 동안은 자주 편지를 썼고, 가끔은 편지에 그림을 동봉하기도 했다. 베네볼렌스키 씨가 거기에 몇 마디 적어넣기도 했는데, 대체로 칭찬하는 말이었다. 그러다 편지는 점점 뜸해졌고, 마침내 연락이 완전히 끊기고 말았다. 꼬박 일 년 동안 조카는 아무 소식이 없었다. 타티야나 보리소브나는 안 그래도 불안해하던 차에 다음과 같이 적힌 쪽지를 받았다.

사랑하는 고모!

저의 보호자이신 표트르 미하일리치가 돌아가신 지 나흘이 지났어요. 중풍의 무서운 일격이 저에게서 마지막 버팀목을 앗아가버린 것이지요. 저는 이제 스물두 살이 되었고 지난 칠 년간 괄목할 성공을 거두었답니다. 저는 제 재능에 큰 기대를 걸고 있고 그것으로 살아갈 수 있을 것 같기도 해요. 제가 어려운 상황에 놓인 것은 아니지만, 여유가 되신다면, 우선 250루블을 지폐로 보내주시면 좋겠어요. 고모의 손에 입을 맞추며 저는 이만, 등등.

타티야나 보리소브나는 조카에게 250루블을 보냈다. 두 달 뒤 그는 또다시 돈을 부탁했다. 그녀는 마지막 남은 돈을 끌어모아 보냈다. 두 번째 돈을 보내고 여섯 주가 채 지나기 전, 그는 테르테레셰네바 공작부인의 초상화를 그리는 주문이 들어와 물감을 사야 한다며 세번째로 돈을 청했다. 타티야나 보리소브나는 거절했다. "그러시다면," 그는 그녀에게 이렇게 썼다. "저는 제 건강을 돌보기 위해 고모가 계신 시골로 내려가야겠어요." 그리고 정말로 그해 5월 안드류샤는 말리에 브리키로 돌아왔다.

타티야나 보리소브나는 단번에 그를 알아보지 못했다. 그의 편지에 따르자면 그는 병에 걸려 야윈 사내여야 했으나 눈앞에 나타난 젊은이는 떡 벌어진 어깨에 뚱뚱했고 얼굴은 넙데데한데다 붉었으며 곱슬곱슬한 머리칼에는 기름이 좔좔 흘렀다. 마르고 창백했던 안드류샤는 건장한 안드레이 이바노프 벨롭조로프로 변해 있었다. 외모만 변한 것이 아니었다. 예민하고 수줍음을 잘 타던 성격, 과거의 조심성과 산뜻함은 어디로 사라지고 아무도 신경쓰지 않는 대담함과 참아주기 어려운 경솔함이 보였다. 그는 좌우로 건들거리며 걸었고 고모와 하인들에게 말하는 태도도 건방졌다. 나는 예술가다, 자유로운 카자크*다, 우리를 알아 모셔라 하는 식이었다! 그러면서 며칠이나 붓을 쥐지도 않았다. 그러다 이른바 영감이라는 것이 찾아오면 술에 취하기라도 한 듯 불쾌하고, 거북하고, 시끄럽게 거드름을 피웠다. 두 뺨은 지저분한 홍조로 얼룩지고 눈은 흐리멍덩했다. 그럴 때면 자신의 재능과 성공에 대해, 그리고 자신은 발전하고 있으며 앞으로 나아가고 있다는 이야기를 늘어놓기 일쑤였다…… 사실 그의 재능은 그저 그런 초상화 따위나 간신히 그리는 수준에 지나지 않았다. 그는 무지하기 짝이 없었고 책 한 권 읽지 않았는데, 예술가에게 책이 무슨 소용이냐는 것이었다. 자연, 자유, 시. 이것이 바로 그를 이루는 삼요소였다. 곱슬머리를 흔들며 꾀꼬리처럼 지저귀고 주코프 담배를 연달아 빨아들여라! 러시아의 호연지기는 대단히 멋진 것이지만 아무에게나 어울리는 것은 아니라는 둥, 이류에다 재능도 없는 폴레자예프**들은 눈뜨고 봐줄 수가 없다는 둥. 그렇게

---

* 러시아 남부 변경에서 농사를 지으며 군무에 종사하던 사람들. 19세기 러시아 낭만주의자들은 이들을 자유로운 영혼의 대표자로 형상화했다.

** 서른세 살에 요절한 낭만주의 시인 알렉산드르 폴레자예프(1804~1838). 불온한 풍자시 「사시카」(1826)가 사회적 물의를 일으켰고, 그는 니콜라이 1세의 명령으로 보병 연대에 하사관으로 보내졌다.

우리의 안드레이 이바니치는 고모집에 아주 눌러앉아버렸다. 보아하니 공짜 밥이 천성에 맞는 모양이었다. 그는 손님들을 끔찍이도 지루하게 만들었다. 포르테피아노 앞에 앉아(타티야나 보리소브나의 집에는 포르테피아노가 있었다) 손가락 하나로 〈용감한 트로이카〉*를 뚱땅거리는가 하면, 대충 코드 몇 개만 잡아 건반을 마구 두드리기도 했다. 또한 바를라모프의 가곡들, 이를테면 〈외-로운 소나무〉나 〈아니오, 의사 양반, 내게 오지 마시오〉** 따위를 몇 시간씩 목이 찢어져라 부르기도 했는데, 그럴 때면 그의 눈두덩은 지방으로 차오르고 볼은 북처럼 번들거렸다…… 어떨 때는 느닷없이 "멈추어라, 격정이여……"*** 하고 고함을 지르는 바람에 타티야나 보리소브나는 소스라치게 놀라곤 했다.

"놀라지 않을 수 없는 일이에요." 언젠가 그녀가 내게 말한 적이 있다. "요새는 어째서 그렇게 지독한 노래들만 짓는 것일까요? 우리 때만 하더라도 그렇지 않았어요. 슬픈 노래들도 있기는 했지만 어쨌든 듣기에는 좋았거든요…… 가령,

내게 오라, 풀밭으로 오라,

---

* 시인 표도르 글린카(1786~1880)의 시에 미지의 작곡가가 곡을 붙인 〈용감한 트로이카가 질주한다〉.

** 〈외로운 소나무〉는 니콜라이 티토프(1800~1875)가 러시아 장군이자 문필가였던 미하일 오프로시모프(1797~1868)의 시에, 〈아니오, 의사 양반, 내게 오지 마시오〉는 표도르 글린카의 시에 작곡가 알렉산드르 바를라모프(1801~1848)가 곡을 붙인 노래다.

*** 네스토르 쿠콜티크의 가사에 미하일 글린카(1804~1857)가 곡을 붙인 로망스 〈의심〉(1838)의 첫 구절.

헛되이 그대 기다리는 풀밭으로 오라,
내게 오라, 풀밭으로 오라,
하염없이 눈물 흘리는 풀밭으로 오라……
오, 그대 나의 풀밭으로 올 때면,
이미 늦으리라, 사랑하는 벗이여!*

타티야나 보리소브나는 음흉한 미소를 지었다.

"나 괴롭나니, 나 괴롭나니." 옆방에서 조카가 한창 절창중이었다.

"그만하려무나, 안드류샤."

"그대와 헤어져 애끓는 이 영혼." 명가수는 지칠 줄 몰랐다.

타티야나 보리소브나가 고개를 저었다.

"오, 이놈의 예술가들!……"

그로부터 일 년이 지났다. 벨롭조로프는 지금껏 고모집에 살며 언제라도 페테르부르크로 가겠다며 벼르고 있다. 시골에서 그는 더 뚱뚱해졌다. 고모는—누가 생각할 수나 있었겠으랴—여전히 그를 끔찍이 사랑하고, 동네 처녀들은 그에게 홀딱 반하고 말았다……

그 많던 지인은 타티야나 보리소브나를 더이상 찾지 않았다.

---

* 1820년대 여러 노래 모음집에 수록된 작자 미상의 노래 가사 일부.

죽음

나의 이웃 가운데 젊은 지주이자 사냥 애호가인 사람이 있다. 어느 화창한 6월 아침, 나는 말을 타고 그에게 들러 함께 멧닭을 잡으러 가자고 제안했다. 그는 제안을 받아들였다. "우선," 그가 말했다. "주샤로 같이 가시죠, 저는 제 자잘한 영지들을 살펴봐야 합니다. 차플리기노도 둘러봐야 하고요. 제 참나무숲 아시죠? 인부들이 벌목하고 있거든요."—"그럽시다." 그는 말에 안장을 채우라 이르고는 멧돼지 머리 모양으로 장식한 청동 단추가 달린 녹색 프록코트를 걸쳤고, 소모사로 짠 사냥 자루, 은제 플라스크를 챙기더니 어깨에 신식 프랑스제 총을 멨다. 그는 만족감이 없지는 않은 듯 거울 앞에서 한 바퀴 빙그르르 돌았고, 마음씨는 고우나 머리칼이 없는 노처녀 사촌누이가 선물한 사냥개 에스페랑스를 불렀다. 우리는 출발했다. 나의 이웃은 마을 순경 아르히프도 데리고 갔다. 농부 출신에 뚱뚱하고 땅딸막한 순경은 얼굴이 네모났고 광대뼈는 태곳적부터 발달했던 게 틀림없어 보였다. 또 얼마 전에 고용한 관리인 고트리프 폰-데어-코크 씨도 데려갔는데, 발트 지방 출신으로 열아홉 살쯤 된 이 금발 젊은이는 처진 어깨에 비쩍 말랐고 목이 길며 시력이 몹시 안 좋았다. 나의 이웃은 영지를 소유하게 된 지 얼마 안 되었다. 그의 숙모, 즉 5등 문관의 부인 카르돈-카타예바로부터 물려받은 것인데, 대단히 뚱뚱했던 그녀는 침대에 누워서 잠시도 쉬지 않고 꽥꽥거리며 불평을 늘어놓았었다. 우리는 '자잘한' 영지들로 들어섰다. "여기 초지에서 잠깐 기다려주십시오." 아르달리온 미하일리치(나의 이웃)가 동행들에게 말했다. 독일인은 인사를 하고서 말에서 내려 요한나 쇼펜하우어의 소설*로 보이는 듯한 작은 책을 주머니에서 꺼내더니 덤불 아래 자리를 잡았다. 아르히프는 볕 아래 그대로 남아 꿈쩍도 하지 않았다. 우리는 덤불 있는 곳을 빙빙 돌았으나 새끼 새 한 마리 찾지 못했다. 아르달리온 미하일리치는 숲으로 가겠다고 말했다. 어째선지 나는 오늘 사냥이 별로일 것 같다는 생각을 하며 그를 따라나섰다. 우리는 초지로 돌아왔다. 독일인은 읽은 데를 표시하고 일어나 다시 주머니에 책을 넣었고, 조금만 건드려도 힝힝거리고 뒷발질을 하는, 꼬리를 짧게 자른 볼품없는 암말에 어딘지 고생스럽게 올랐다. 아르히프는 한 번 몸을 떨더니 단번에 양쪽 고삐를 쥐었고, 그가 발을 몇 번 놀리자 몹시 놀라고 짓눌린 말이 자리에서 움직였다. 우리는 출발

* 철학자 아르투어 쇼펜하우어의 어머니(1766~1838)로, 독일에서 여성으로서 최초로 본명으로 작품을 출간한 작가였다. 1830년부터 1831년까지 라이프치히와 프랑크푸르트에서 전24권으로 작품집이 출간되기도 했다.

했다.

아르달리온 미하일리치의 숲은 내가 어린 시절부터 잘 알던 곳이다. 내 프랑스인 가정교사 *므슈 데지레 플뢰리*, 바로 그 마음씨 고운 사람과(그런데 그가 저녁마다 내게 르루아의 명약*을 먹이는 바람에 나는 건강을 영영 해칠 뻔하기도 했다) 함께 차플리기노로 자주 산책 다녔기 때문이다. 이 숲은 이백에서 삼백 그루 되는 거대한 참나무와 물푸레나무로 이루어져 있다. 그 튼튼하고 쭉 뻗은 줄기들은 호두나무와 마가목의 금빛을 띠면서도 투명한 푸름을 배경으로 위풍당당한 검은빛을 뽐냈다. 또 이 나무들은 높이 솟아올라 청명한 쪽빛 하늘에 우아한 선을 그렸고, 다시 그 하늘에서 널찍하고 마디진 가지들을 천막 모양으로 늘어뜨렸다. 매, 비둘기조롱이, 황조롱이 등이 울어대며 미동도 없는 우듬지 위를 날아다녔고, 알록달록한 딱따구리는 두꺼운 나무껍질을 세차게 두드렸다. 갑자기 무성한 잎사귀 사이에서 꾀꼬리의 변화무쌍한 외침에 이어 검은지빠귀의 낭랑한 노랫소리가 울렸다. 그 아래 덤불에서는 울새, 검은머리방울새, 솔새 등이 재잘거리며 노래했다. 푸른머리되새는 오솔길 여기저기를 날렵하게 뛰어다녔다. 하얀 산토끼는 살금살금 '절룩이며' 숲의 가장자리로 파고들었다. 붉은 청설모는 이 나무에서 저 나무로 당차게 뛰어다니다 갑자기 꼬리를 머리 위로 들어 올린 채 풀썩 앉기도 했다. 높다란 개미집이 있는 풀밭에는 조각한 듯 아름다운 고사리의 잎사귀 그늘 밑으로 제비꽃이며 은방울꽃이 흐드러지게 피었고, 무당버섯, 주름버섯, 젖버섯, 그물버섯, 붉은광대버섯이

* 프랑스 의사 장자크 르루아가 처음 사용한 설사약.

자라고 있었다. 널찍한 관목들 사이 초지에는 산딸기가 붉었다…… 숲의 그늘이란 어찌나 고마운 것인지! 한창 더운 한낮에도 그늘에 들어서면 밤과 같다. 그 정적이며 향기며 서늘함이 정말 그렇다…… 나는 차플리기노에서 즐거운 한때를 보내곤 했기에, 고백하건대, 너무나도 잘 아는 그 숲으로 들어설 때 모종의 슬픔을 느꼈다. 1840년, 눈도 오지 않았던 그 끔찍한 겨울은 나의 오랜 벗들인 참나무와 물푸레나무에게 결코 자비를 베풀지 않았다. 마르고 헐벗은 나무들은 폐병 걸린 듯한 잎사귀를 군데군데 달고서 그들을 "대신하지 않고 밀어내버린"* 어린나무들 위로 높이 솟아 있었다……** 아래쪽에만 잎이 난 어떤 나무들은 마치 책망과 절망을 표현하듯 생명력을 잃은 채 다 꺾인 가지들을 위로 뻗어올렸다. 또 어떤 나무들은 예전처럼 풍성하다고는 할 수 없지만, 아직 꽤 짙은 잎사귀들 사이로 두껍고 마른, 죽은 가지들을 비죽 내밀었다. 껍질이 다 벗겨진 것도 있었고, 땅바닥에 시체처럼 쓰러져 썩어가는 것도 있었다. 누가 상상이나 했으랴, 차플리기노에서 그늘을 찾아볼 수 없다니! 죽어가는 나무들을 바라보며 이런 생각이 들었다. 너희는 얼마나 수치스럽고 서럽겠느냐?…… 그리고 문득 콜초프***

---

* 『예브게니 오네긴』 1장 19연의 다음 구절을 조금 변형해서 인용한 것. "그대들 여전한가? 다른 처녀들이/ 그대들 밀어내고 대신 들어서지는 않았는가?"

** 1840년 어마어마한 혹한이 들이닥쳤고 12월 말이 되도록 눈이 오지 않았다. 초록은 모두 말라 죽어버렸고 이 무자비한 겨울은 아름다운 참나무숲들 역시 파멸시켜버렸다. 그 숲들을 대신하기란 쉬운 일이 아니다. 땅의 생산력은 빈약해져갔다. 이른바 '금지된'(성상을 모시고 한 바퀴 돌았던) 황무지에는 예전의 품위 있는 나무들 대신 자작나무며 사시나무가 자라고 있다. 우리 나라에서는 대체로 숲을 다른 방식으로는 가꿀 줄 모르는 것이다.—원주

*** 알렉세이 콜초프(1809~1842)는 가축 상인 가정에서 태어나 노래 장르의 시에서 두

의 시가 떠올랐다.

그 고결한 음성,
그 오만한 위력,
그 제왕 같던 용기는
어디로 숨었는가?
그대의 푸른 힘
어디 있단 말인가?……

"아니, 아르달리온 미하일리치," 내가 말을 꺼냈다. "어째서 이 나무들을 다음해에 베어버리지 않았습니까? 이제는 예전 값의 십분의 일도 못 받을 텐데요."

그는 어깨만 으쓱할 뿐이었다.

"숙모님에게 여쭤보십시오, 상인들이 돈을 싸들고 와서 어지간히도 졸라댔었지요."

"*세상에! 맙소사!*" 폰-데어-*코크*가 발걸음을 뗄 때마다 독일어로 외쳤다. "너무 아캅쿠나! 너무 아카워!"

"뭐가 아깝다는 건가?" 나의 이웃이 미소 지으며 말했다.

"그러니카 너무 안타캅다고 말라려고 했습니다." (우리 나라 글자의 '엘'을 발음하는 법을 익힌 독일인들이 하나같이 그 발음을 유난히 강조한다는 것은 널리 알려진 사실이다).

각을 보인 시인으로, 러시아 시 역사상 최초로 농노의 내면을 그린 것으로 유명하다. 본문에 인용된 구절은 그의 시 「숲」(1837) 6연 전체와 15연 1행과 2행을 합친 것이다.

그는 특히 땅에 나동그라진 참나무들을 안타까워했다. 정말 그랬다. 제분소 주인은 얼마를 주고라도 그 나무를 샀을 것이다. 한편, 마을 순경 아르히프는 흔들림 없이 평정을 유지했고 조금도 슬퍼하지 않았다. 오히려 그는 자못 만족스러워하며 나무들을 뛰어넘고 채찍을 휘둘렀다.

우리가 벌목장에 들어서고 있던 때 나무 쓰러지는 소리에 이어 갑자기 비명과 말소리가 들렸고, 얼마 뒤 수풀에서 머리가 헝클어진 젊은 농부가 하얗게 질린 얼굴을 하고 우리 쪽으로 튀어나왔다.

"무슨 일인가? 어디로 그렇게 뛰어가는 건가?" 아르달리온 미하일리치가 그에게 물었다. 그는 곧장 멈춰 섰다.

"아, 아르달리온 미하일리치 나리, 큰일났습니다!"

"무슨 일이야?"

"나리, 막심이 나무에 깔렸습니다."

"아니 어떻게 그런 일이?…… 청부업자 막심 말인가?"

"청부업자 그 사람 맞습니다, 나리. 저희는 물푸레나무를 베었고 그 사람은 지켜보고 있었습죠…… 계속 서서 지켜보다가 물을 뜨겠다고 우물로 갔지요. 목이 마르다면서요. 갑자기 나무가 쩍 소리를 내더니 그 사람 위로 넘어졌습니다. 저희는 소리를 질렀지요, 뛰어, 뛰어, 뛰라고…… 그 사람도 한쪽으로 피하려 했지만 그만 앞으로 달려버렸습니다…… 겁을 집어먹었던 게지요. 나무 우듬지 쪽 가지가 그 사람을 덮쳤습니다. 어째서 그렇게 나무가 빨리 넘어가버렸는지 영문을 모르겠습니다…… 속이 썩었던 모양입니다."

"그래, 막심을 덮쳤다고?"

“그렇습니다, 나리.”

“죽었나?”

“아닙니다, 나리, 목숨은 구했습니다. 팔과 다리가 부러졌습죠. 그래서 셀리베르스티치 의원님을 모시러 가는 길입니다.”

아르달리온 미하일리치는 순경에게 말을 타고 마을로 가 셀리베르스티치를 데려오라 일렀고, 직접 빠르게 말을 달려 벌목장으로 향했다…… 나도 그를 따랐다.

우리는 땅바닥에 누워 있는 불쌍한 막심을 발견했다. 농부 열 명 정도가 그를 둘러싸고 있었다. 우리는 말에서 내렸다. 그는 거의 신음소리도 내지 않고 이따금 눈을 크게 떠 놀란 눈으로 주변을 둘러보며 파랗게 질린 입술을 깨물었다…… 턱이 떨리고 머리칼은 이마에 들러붙었으며 가슴은 부풀었다가 꺼지기를 불규칙적으로 반복했다. 죽어가고 있었던 것이다. 어린 보리수의 엷은 그림자가 그의 얼굴을 타고 미끄러졌다.

우리는 그에게로 몸을 굽혔다. 그가 아르달리온 미하일리치를 알아보았다.

“나리,” 그가 거의 들리지 않는 목소리로 말했다. “신부님을 모시러…… 사람을…… 보내주십시오…… 하느님이…… 벌을 내리신 겁니다…… 다리며 팔이며 다 부러졌습니다…… 오늘…… 일요일인데도…… 제가…… 녀석들을 내보내주지 않은 탓입니다.”

그는 말을 멈췄다. 호흡이 거칠어졌다.

“제 돈은…… 마누라…… 마누라에게 주십시오…… 갚을 것을 다 갚고 나서…… 여기 오니심이 압니다…… 제가 누구에게…… 무엇을 빛졌는지……"

"의원을 모셔오라 사람을 보냈네, 막심," 나의 이웃이 말했다. "자네는 죽지 않을 거야."

그는 눈을 뜨려 했고 간신히 눈썹과 눈꺼풀을 들었다.

"아닙니다, 저는 죽을 겁니다. 저기…… 저기 오고 있습니다, 저기, 저기요…… 친구들, 내가 잘못한 게 있으면 용서해주게……"

"하느님이 용서하실 거야, 막심 안드레이치," 농부들이 한목소리로 침울하게 말했고 모자를 벗었다. "자네도 우리를 용서해주게."

그는 갑자기 필사적으로 고개를 흔들었고 답답한지 가슴을 한 번 내밀고는 다시 늘어졌다.

"어찌됐든 여기서 이대로 죽게 해선 안 돼," 아르달리온 미하일리치가 외쳤다. "여보게들, 수레에서 멍석이라도 내오게, 그를 병원으로 데려가세."

두어 사람이 수레로 뛰어갔다.

"예핌한테서…… 그 시춥카에 사는……" 죽어가는 이가 더듬거렸다. "어제 말을 샀어…… 선금을 줬으니…… 내 말이야…… 마누라에게 그 말…… 역시……"

그를 멍석에 눕히려 했다…… 그는 총 맞은 새처럼 바들바들 떨다가 몸을 쭉 폈다.

"죽었군." 농부들이 웅얼거렸다.

우리는 말없이 말에 올라 그곳을 떠났다.

불쌍한 막심의 죽음을 본 나는 생각에 잠겼다. 러시아의 농부가 죽어가는 모습은 참으로 놀랍다! 삶의 마지막을 앞둔 그의 태도는 무심한 것도, 우둔한 것도 아니다. 그는 의식을 치르듯 죽는다. 차갑고 단순하게 죽는다.

몇 해 전 다른 이웃 마을에서 건조장에 난 불로 농부가 화상을 입은 적이 있다. (지나던 소시민이 반죽음이 된 그를 꺼내주지 않았더라면 그는 건조장에 그대로 갇혔을 것이다. 소시민은 물통에 들어갔다 나와서 그대로 내달려 불타는 처마 아래 문을 부수었다.) 나는 그의 오두막에 들렀다. 오두막 안은 어둡고 갑갑하고 연기가 자욱했다. 나는 환자가 어디 있는지 물었다. "저기 페치카에 누워 있습니다, 나리." 슬퍼하던 아낙이 말끝을 늘이며 대답했다. 다가가 보니 양가죽 외투를 덮은 농부가 힘겹게 숨쉬고 있었다. "좀 어떤가?" 환자는 움직거리며 자리에서 일어나려 했으나 온몸에 화상을 입은 채 죽어가고 있었다. "누워 있게, 누워 있어…… 그래, 좀 어떤가?"—"아주 안 좋습니다." 그가 말했다. "많이 아픈가?" 그는 말이 없었다. "혹시 필요한 건 없나?" 역시 말이 없었다. "차라도 좀 보내줄까?"—"괜찮습니다." 나는 물러나 긴 의자에 앉았다. 그렇게 십오 분, 삼십 분이 지나도록 앉아 있었고 오두막에는 무덤과도 같은 침묵이 흘렀다. 한구석에 놓인 성상 아래 탁자 너머에는 다섯 살짜리 소녀가 숨어서 빵을 먹고 있었다. 어머니가 이따금 조용히 하라고 꾸짖었다. 현관에 사람들이 왔다갔다하고, 문을 두드리고 이야기를 나눴다. 죽어가는 이의 형수가 양배추를 썰고 있었다. "어이, 악시냐!" 마침내 환자가 말했다. "응, 왜 그래요?"—"크바스 좀 줘요." 악시냐가 그에게 크바스를 주었다. 다시 침묵이 흘렀다. 내가 속삭이는 소리로 물었다. "성체는 모셨나?"—"모셨습니다." 그렇다면 모든 준비를 마친 셈이니 죽음을 기다리는 일만 남았다. 나는 끝까지 기다리지 못하고 오두막을 나왔다……

한번은 오랜 지인이자 열정이 대단한 사냥꾼인 준의사 카피톤이 일하는 크라스노고리예 마을의 병원에 들른 적이 있다.

병원은 지주의 별채를 개조해서 만든 것이었다. 여지주가 몸소 세웠다고 할 수 있는데, 말인즉슨 그녀는 파란 널빤지에 하얀색 글씨로 '크라스노고리예 병원'이라고 적어서 문 위에 걸게 했고, 카피톤에게는 환자들의 이름을 적도록 아름다운 앨범을 하사하였다. 이 앨범의 첫 장에는 은혜로운 여지주의 추종자이자 충복 가운데 한 사람이 프랑스어로 끼적인 글귀가 나온다.

즐거움이 깃든 아름다운 고장에
미美의 손으로 이 사원이 세워졌도다.
그대 주인들의 아량에 황홀해하라,
크라스노고리예의 선한 주민들이여!

또다른 신사는 그 밑에 다음과 같이 적어넣었다.

나 또한 자연을 사랑하노니!
이반 코빌랴트니코프

준의사는 자기 돈으로 침상들을 샀고 기도하는 마음으로 하느님의 백성을 치료하기 시작했다. 그 말고도 병원에는 두 사람이 더 있었다. 머리가 약간 돈 조각공 파벨과 찬모 역할을 하는 곰배팔이 아낙 멜리키트리사였다. 그들은 약을 짓기도 하고 약초를 말리거나 약초 액을 담그기도 했다. 머리가 돈 조각공은 항상 침울하고 말수가 적었다. 밤만 되면 그는 '아름다운 비너스에 관한' 노래를 불렀고, 지나가는 사람만 보면 이미 오래전에 죽은 처녀 말라냐와 결혼하게 해달라고 애원했다. 곰배팔이 아낙은 그를 두드려팼고 칠면조들이나 지키게 했다. 어느 날 나는 준의사 카피톤의 사무실에 앉아 있었다. 우리는 최근에 다녀온 사냥에 관해 이야기를 나누려던 참이었는데, 갑자기 방앗간에나 있을 법한 엄청나게 뚱뚱한 잿빛 말을 맨 수레가 마당에 들어섰다. 수레에는 얼룩덜룩한 색의 턱수염을 기른 다부진 체격의 농부가 새 아르먀크를 입고 앉아 있었다. "아, 바실리 드미트리치," 카피톤이 창문에서 몸을 내밀어 외쳤다. "어서 오시오…… 리봅신 마을의 방앗간 주인입니다." 그가 내게 속삭였다. 농부는 몸을 흔들더니 수레에서 내렸고 준의사의 방으로 들어와 눈으로 성상을 찾더니 성호를 그었다. "그래, 바실리 드미트리치, 어떻게 지내쇼?…… 어디 몸이 좋지 않은지 얼굴이 영 말이 아니오."—"그러게 말입니다, 카피톤 티모페이치, 썩 좋지 않아요."—"어디가 불편하시오?"—"여기, 여기가 아픕니다, 카피톤 티모페이치. 얼마 전에 읍내에서 맷돌을 샀더랬죠. 그래, 그것을 집으로 가져와 수레에서 내리는 데 너무 힘을 줬는지 뱃속에서 뭔가 끊어지는 소리가 나는 겁니다…… 그때부터 계속 몸이 좋지 않아요. 오늘은 유난히 더 안 좋습니다."—"음," 카피톤이 이렇게 소리 내고는 코담배를 맡았다. "탈장이오. 그리된 지 오래됐습니까?"—"네, 열흘째군요."—"열흘째라고요? (준의사는 잇새로 공기를 빨아들이고는 고개를 저었다.) 어디 한번 만져봅시다. 허허, 바실리 드미트리치," 그가 한참 후에 말을 이었다.

"거참 안됐소, 정말 참 안됐소, 상태가 아주 좋지 않아요. 이거 보통 큰 문제가 아니오. 병원에 남으시오. 내가 나름대로 최선을 다해보겠소. 장담할 순 없겠지만."—"그렇게 상태가 나쁘오?" 깜짝 놀란 방앗간 주인이 말했다. "그래요, 바실리 드미트리치, 아주 나빠요. 이틀이라도 빨리 왔더라면 좋았을 것을. 그럼 손쉽게 고쳤을 텐데. 그런데 이제는 염증이 생겨버렸고 좀 있으면 괴저가 일어날 거요."—"그럴 리가요, 카피톤 티모페이치."—"내 말이 틀림없소."—"세상에 그럴 리가! (준의사는 어깨를 으쓱했다.) 이따위 걸로 내가 죽는단 말이오?"—"내 말은 그렇다는 게 아니라…… 병원에 남으라는 거요." 농부는 한참을 생각하고 바닥을 한 번 바라보더니 우리를 쳐다보고 뒤통수를 긁적이고는 모자를 썼다. "어디 가시려고요, 바실리 드미트리치?"—"어디 가느냐고요? 당연히 집으로 가야죠, 그렇게 상태가 나쁘다면. 일을 처리해둬야죠."—"그러다가 정말 큰일납니다, 바실리 드미트리치, 제발 내 말을 들어요. 그 상태로 여기까지 온 게 신기할 지경이오. 여기 남으시오."—"아니오, 카피톤 티모페이치, 어차피 죽는다면 집에서 죽겠습니다. 여기서 죽게 되면 집에 무슨 일이 일어날지 모르잖소."—"바실리 드미트리치, 앞으로 어떻게 될지는 아직 몰라요…… 물론 상태가 위중하다는 건 말할 것도 없지만…… 그러니 여기 남아야 하는 거요." (농부는 고개를 저었다.) "아니, 카피톤 티모페이치, 난 여기 남지 않겠소…… 약이나 적어주시오."—"약만으로는 해결이 안 됩니다."—"남지 않겠다고 했소."—"허, 정 그렇다면야…… 나중에 내 원망이나 하지 마시오."

준의사는 앨범에서 한 장을 찢어 처방전을 적었고 무엇을 해야 하는지 알려주었다. 농부는 종이를 받아들고 카피톤에게 50코페이카를 주었고 방을 나와 수레에 올랐다. "그럼, 잘 계시오, 카피톤 티모페이치, 나를 나쁘게 생각 마시고 무슨 일 생기면 우리 고아들을 잊지 말아주시오……"—"아이고, 남으래도요, 바실리!" 농부는 고개만 젓고는 고삐로 말을 때려 마당을 벗어났다. 나는 밖으로 나와 그의 뒤를 바라보았다. 길은 지저분하고 울퉁불퉁했다. 방앗간 주인은 서두르지 않으며 조심히 갔고 솜씨 좋게 말을 몰면서 마주치는 사람들과 인사도 나눴다…… 그리고 나흘째 되던 날 그는 죽었다.

대체로 러시아 사람들이 죽음을 맞는 모습은 놀랍기 짝이 없다. 세상을 떠난 많은 이가 머릿속에 떠오른다. 그리고 너를 떠올린다, 오랜 벗이여, 학업도 채 마치지 못한, 아름답고 고결했던 사내 아베니르 소로코우모프! 폐병에 걸린 너의 파르스름한 얼굴이, 너의 성긴 아마색 머리칼이, 너의 온화한 미소가, 너의 열띤 눈빛이, 너의 기다란 사지가 눈앞에 보인다. 너의 조용하고 상냥한 목소리가 들린다. 너는 대러시아인 지주 구르 크루퍄니코프의 집에 살며 그의 아이들 포파와 죠자에게 러시아어 문법, 지리학, 역사를 가르쳤고 구르의 지독한 농담, 집사의 무례한 붙임성, 못된 소년들의 저속한 장난을 꾹 견디고, 언제나 씁쓸한 미소를 지은 채, 그러나 불평 한마디 없이 권태로운 여주인의 변덕스러운 요구를 다 들어주었다. 그러나 저녁식사를 마치고 마침내 모든 책임과 임무에서 벗어나 창가에 앉아 생각에 잠기며 파이프를 태우거나 너와 마찬가지로 집 없는 불운아인 측량기사가 읍내에서 가져다준 너덜너덜하고 손때 묻은 잡지를 넘기던 너는 얼마나 평온히 휴식을 취하고, 얼마나 온전히 저녁의 기쁨을 누렸던가! 너는 얼마나 시와 이야기들을 좋아하고, 얼마나 쉽게 눈물 흘렸으며, 얼마나 환하게 웃었던

가! 아이같이 순수한 너의 영혼이 사람들에게 파고들던 때의 그 사랑은 얼마나 진솔했으며, 선하고 아름다운 모든 이에게 베풀었던 그 연민은 얼마나 고결했던가! 사실을 말하지 않을 수 없겠다. 너는 뛰어나게 재치 있지도 않았고, 자연은 네게 기억력과 근면 성실함을 주지도 않았다. 대학에서도 너는 가장 공부 못하는 학생들 가운데 하나였고, 강의 시간에는 졸고 시험 시간에는 엄숙하게 침묵을 지키곤 했다. 그러나 그 누가 동지의 성공과 행운에 그토록 눈을 반짝이며 숨을 헐떡였던가? 오직 아베니르뿐이었다…… 벗들이 고귀한 사명을 지녔다는 것을 그 누가 맹목적으로 믿어주었고, 그 누가 벗들을 그토록 자랑스러워했으며, 그 누가 벗들을 지키는 데 그토록 맹렬했던가? 그 누가 질투심도, 이기심도 모른 채 사심 없이 자신을 희생했고, 그 누가 자신의 신발끈을 풀어줄 만한 자격조차 없는 자들*에게 기꺼이 고개를 숙였던가?…… 오로지 너, 오로지 우리의 선한 아베니르뿐이었다! 네가 '임시 가정교사' 일을 하러 떠나며 미어지는 가슴을 부여잡고 동지들과 작별 인사를 하던 때가 기억난다. 너는 불길한 예감에 몹시 괴로워했다…… 정말 그러했다. 시골에서는 일이 뜻대로 되지 않았다. 시골에는 네가 공손히 귀기울여 이야기를 들을 사람도 없었고, 놀라며 감탄할 사람도, 사랑할 사람도 없었다…… 초원의 토박이들과 교양 있는 지주들은 너를 그저 교사로만 여기며, 어떤 이들은 무례하게, 또 어떤 이들은 건성으로 너를 대했다. 더구나 너는 겉모습으로 사람을 사로잡지도 못했다. 수줍음 많고, 얼굴 붉히고, 진땀 흘리고, 말까지 더듬었다…… 시골의

* 「마가복음」 1장 7절의 일부를 조금 변형해서 인용한 것.

공기가 너의 건강을 회복시켜주지도 못했다. 너는 양초처럼 녹아만 갔다, 가여운 벗이여! 물론 너의 방은 정원 쪽으로 창문이 난 덕분에 귀룽나무며 사과나무며 보리수가 너의 책상, 잉크병, 책 위로 산뜻한 꽃들을 흩뿌려주곤 했다. 벽에는 시계를 보관하는 데 쓰는, 작고 파란 비단 쿠션이 걸려 있었는데, 금발에 푸른 눈을 한 선량하고 감상적인 독일인 여자 가정교사가 작별할 때 네게 선물한 것이다. 이따금 모스크바에서 오랜 벗이 너를 찾아와 다른 이들과 자신의 시를 읽어주면 너는 환희에 가득 차올랐다. 그러나 외로움, 교사라는 직분에서 비롯되는 견딜 수 없는 노예 상태, 자유의 불가능성, 끝없는 가을 겨울, 물러설 줄 모르는 질병은…… 가엾은, 우리의 가엾은 아베니르여!

나는 소로코우모프가 죽기 얼마 전 그를 방문했다. 그는 이미 거의 걷지도 못했다. 지주 구르 크루파니코프는 그를 집에서 내쫓지는 않았으나 더이상 봉급을 주지 않았고 죠쟈에게는 새로운 선생을 붙여주었다…… 그리고 포파는 사관학교로 보내버렸다. 아베니르는 창가에 놓인 오래된 볼테르식 안락의자에 앉아 있었다. 날씨는 정말 멋졌다. 빛좋은 가을하늘은 헐벗은 채 일렬로 늘어선 검붉은 보리수들 위로 기쁘고 푸르게 빛났다. 밝은 금빛의 마지막 잎사귀들은 이따금 바스락거리고 재잘댔다. 서리가 내린 대지가 땀을 흘리며 태양 아래 녹고 있었다. 그 붉고 비스듬한 광선은 창백한 풀들을 관통했다. 대기에서 타닥타닥 무언가 가볍게 갈라지는 소리가 들렸고, 정원에 있는 일꾼들의 말소리가 맑고 또렷이 울렸다. 아베니르는 오래된 부하라풍 가운*을 걸쳤다.

* 우즈베크 전통 본에 따라 재단된 가운으로, 천을 통으로 쓰며 어깨에 절단선이 없고 옷자락은 장식적이며 소매는 아래로 갈수록 좁다.

목에 두른 녹색 스카프는 끔찍이도 야윈 그의 얼굴에 죽음의 그림자를 드리웠다. 그는 나를 무척 반가워하며 손을 뻗어 악수하고 말을 시작하려다 기침을 했다. 나는 그가 안정을 취하도록 하고 바싹 붙어 앉았다…… 아베니르의 무릎에는 콜초프 시를 아주 깔끔하게 베껴 적은 공책이 놓여 있었다. 그는 미소 지으며 한 손으로 공책을 두드렸다. "이것이 진짜 시인이지." 그는 간신히 기침을 참으며 웅얼거렸고 거의 들리지도 않는 목소리로 시를 낭송하려 했다.

> 매의 두 날개
> 속절없이 묶였는가?
> 매가 날아갈 길
> 사방으로 막혔는가?*

나는 그를 말렸다. 의원이 해롭다며 그에게 말하는 것을 금했기 때문이다. 나는 그를 즐겁게 해주는 법을 알고 있었다. 소로코우모프는 이른바 학문의 길을 '좇은' 적은 없었지만 위대한 지성들이 도달한 경지에 대해 항상 호기심을 품어왔다. 그는 어느 모퉁이에서든 동료를 발견하면 꼬치꼬치 캐묻곤 했다. 동료가 하는 말을 듣고, 놀라고, 한마디 한마디 그대로 믿고는 나중에 그 말을 똑같이 반복했다. 그는 특히 독일 철학에 큰 흥미를 느꼈다. 나는 그에게 헤겔에 관해 이야기하기 시작했다(알다시피, 그 옛날 지나간 시절의 일이었다**). 아베니르는 맞장

---

* 콜초프의 시 「매의 상념」(1842)의 3연.

** "그 옛날 지나간 시절의 일이었다"는 푸시킨의 서사시 「루슬란과 류드밀라」의 첫번째

구치듯 고개를 끄덕였고, 눈썹을 치키며 미소 짓기도 하고 소곤거리는 목소리로 이렇게 말하기도 했다. "알겠네, 이해하겠어!…… 오! 좋아, 훌륭하군!……" 의지가지없이 내버려진 채 죽어가는 불운아가 보인 순진무구한 지식욕에 나는, 고백하건대, 눈물이 날 정도로 감격했다. 모든 폐병 환자들과는 정반대로 아베니르는 자신의 병에 대해 조금도 자기 자신을 기만하지 않았다는 점을 밝혀야겠다…… 그뿐이겠는가? 그는 한숨짓지도 않았고, 절망감에 무너져내리지도 않았고, 심지어 자신의 처지에 대해 한마디도 하지 않았다……

남은 힘을 그러모은 그가 모스크바, 동료들, 푸시킨, 극장, 러시아문학에 관한 이야기를 꺼냈다. 우리가 벌였던 술자리들, 우리 동아리에서 오간 격렬한 논쟁을 떠올렸고, 죽은 친구들 두서넛의 이름을 안타까워하며 입에 올렸다……

"다샤 기억해?" 그가 마지막으로 덧붙였다. "마음씨가 황금같이 고왔는데! 정말 고왔고말고! 다샤는 나를 진심으로 사랑해줬어!…… 지금은 어떻게 지내려나? 그 불쌍한 친구도 비쩍 마르고 연약해졌겠지?"

나는 병마와 싸우는 이를 실망시키고 싶지 않았다. 그의 다샤가 이제는 대단히 육중한 중년이 되어 상인인 콘다치코프 형제들과 어울리며 분을 바르고 연지를 찍고는 빽빽거리며 욕을 입에 달고 산다는 것을 그가 알 필요는 없었기 때문이다.

노래에 나오는 구절을 인용한 것이다. 1840년대 초반 러시아의 진보적 지성인들은 프랑스의 공상적 사회주의자들의 이론, 포이어바흐의 유물론적 철학에 관심을 가졌다. 1833년 대학에 입학한 투르게네프는 대학 시절 헤겔에 대한 관심을 이미 철지난 유행쯤으로 추억하고 있다.

그런데 기진맥진한 그의 얼굴을 보자 그를 이곳에서 데리고 나갈 수 없을까 하는 생각이 들었다. 치료할 가능성이 아직 있을지도 모른다…… 그러나 아베니르는 내가 제안을 끝마치지도 못하게 했다.

"아니야, 친구, 말은 고마워," 그가 말했다. "그런데 어디서 죽든 마찬가지야. 나는 겨울까지는 영 못 살지 싶어…… 공연히 다른 사람들 고생시킬 게 뭐 있나? 나는 이 집이 익숙하기도 하고. 물론, 여기 분들이……"

"못되게 굴겠지?" 내가 물었다.

"아니, 그렇지 않아. 그냥 목석같다고 할까. 어쨌든 나는 그분들에게 불만을 품어선 안 되지. 또 여긴 이웃들도 있어. 지주 카사트킨 씨에게는 딸이 하나 있는데, 아주 교양 있고 친절하고 착한 아가씨야…… 오만한 구석도 전혀 없고……"

소로코우모프는 다시 기침해댔다.

"이제 아무 바랄 게 없을 텐데," 그가 잠시 숨을 돌리고는 계속 말했다. "파이프라도 좀 태우게 해준다면…… 파이프 한 모금 빨지 않고서 이대로는 못 죽겠어!" 그가 능글스레 한 눈을 찡긋하며 덧붙였다. "그래도 감사한 일이야, 살 만큼 살았으니까. 좋은 사람들과도 알고 지내고……"

"가족들에게 편지라도 쓰지 그래." 내가 그의 말을 끊었다.

"가족들한테 편지를 쓰라고? 나를 조금도 도와주지 못할 텐데 뭘, 내가 죽으면 다들 알게 되겠지. 그러니 이런 얘기 해서 뭐하겠어…… 그보다 자네가 외국에서 본 것들에 대해서나 얘기해줘."

나는 이야기하기 시작했다. 그는 내 이야기에 흠뻑 빠져들었다. 저녁 무렵 나는 떠났고 열흘쯤 지나 크루퍄니코프 씨에게서 편지를 받았다.

친애하는 귀하께, 귀하의 벗이자 우리집에 체류했던 대학생 아베니르 소로코우모프 씨가 지난 4일 오후 두시에 영면하여 오늘 제가 비용을 부담해 영지의 교구 교회에서 장례식을 엄수했다는 소식을 알려드립니다. 그분은 귀하께 이 편지에 동봉된 책과 공책을 전해달라고 제게 부탁했습니다. 그분이 남긴 재산은 22루블 50코페이카로 기타 유품과 함께 귀속 절차에 따라 친지분들에게 전달될 예정입니다. 귀하의 벗은 온전한 정신 상태로, 또 이렇게 말해도 좋다면, 동일한 정도의 무감각한 태도를 보이면서, 심지어 우리 가족과 작별인사를 할 때도 그 어떤 유감을 표명하지 않았습니다. 제 아내 클레오파트라 알렉산드로브나도 귀하께 인사 올립니다. 귀하의 벗에게 닥친 죽음은 그녀의 신경에 영향을 미치지 아니할 수 없었고, 저에 대해 말하자면, 다행히도 건강을 유지하여

귀하께 충실히 봉사하는 영광을 누리는 바입니다.

G. 크루퍄니코프

그 밖에도 여러 가지 사례가 머릿속에 떠오르지만 전부 전할 수는 없을 듯하다. 한 가지만 더 얘기하고 마치도록 하겠다.

어느 늙은 여지주의 임종을 지킨 적이 있다. 신부는 그녀에게 임종기도를 읊어주었고, 그러던 중 갑자기 병자가 정말로 세상을 떠나가고 있다고 알리더니 서둘러 그녀에게 십자가를 주었다. 여지주는 불쾌하다는 듯 뒤로 물러났다. "뭘 그렇게 서두르세요, 신부님," 그녀가 굳어

가는 혀로 말했다. "안 늦어요……" 그녀는 다시 자리에 누워 한 손을 베개 밑으로 집어넣더니 마지막 날숨을 내쉬었다. 베개 밑에는 1루블짜리 동전이 놓여 있었다. 그녀는 임종 기도를 해준 신부에게 사례비를 주려던 것이다……

그렇다, 러시아 사람들이 죽음을 맞는 모습은 신기하기 짝이 없다!

노래꾼들

씩씩하고 당찬 성품으로 주변에서 스트리가니하*라는 별명으로 불린 여지주가(그녀의 진짜 이름은 알려진 바 없다) 한때 소유했으나 이제는 페테르부르크에 사는 독일인이 소유하게 된 작은 마을 콜로톱카는 헐벗은 언덕의 경사면에 위치하는데, 무시무시한 골짜기가 마을 가운데를 위에서 아래로 절단하는 형세다. 심연처럼 쩍 벌어진 채 여기저기 파이고 물에 씻겨나간 골짜기는 주요 도로를 따라 굽이치는데다 강보다도 더 심하게—강이라면 적어도 다리를 놓을 수는 있다—궁핍한 마을의 양쪽을 떨어뜨려놓고 있다. 깡마른 버드나무 몇 그루만 모래투성이 양쪽 사면을 따라 겁먹은 듯 가지를 드리운다. 구리처럼 누렇고

* 군대에 보내다(строгать)라는 뜻의 동사에 접미사를 붙여 만든 별명으로, 여지주의 불같은 성격을 나타낸다.

메마른 밑바닥에는 점토질의 거대하고 평평한 바위들이 뒹군다. 말할 것도 없이 스산한 풍경이지만 이 근방 사람들에게 콜로톱카로 가는 길은 잘 알려져 있고, 그들은 언제든지 기쁜 마음으로 이 길을 다닌다.

골짜기의 머리에 해당하는 부분, 즉 좁은 틈새가 시작되는 지점에서 몇 걸음 떨어진 곳에 네모난 오두막이 외따로 서 있다. 오두막의 지붕은 짚으로 이었고 굴뚝이 하나 있다. 밝은 눈동자처럼 뚫려 있는 유일한 창문은 골짜기 쪽으로 나 있는데, 겨울 저녁 안에서 불을 밝힌 이 창문은 혹한의 희미한 안개 속에서도 멀리까지 잘 보여서 길을 지나는 농부들에게는 반짝이는 북극성이나 마찬가지다. 오두막 문 위에는 파란색 널빤지가 걸려 있다. 이 오두막은 사실 주막으로 일명 '살방'*이라 불린다. 이 주막에서는 나라가 정한 가격보다 술을 더 싸게 파는 것도 아닌데 손님들은 주변 다른 술집들보다 이곳을 훨씬 뻔질나게 드나든다. 그 비결은 주막 주인 니콜라이 이바니치에게 있다.

니콜라이 이바니치는 곱슬머리에 얼굴이 발그레하고 늘씬한 총각이었으나 지금은 몹시 뚱뚱한 백발의 사내로 살이 두둑히 오른 얼굴에서는 영악하나 사람 좋아 보이는 작은 눈, 실주름이 자글자글한 기름진 이마가 눈에 띄고, 벌써 이십 년 넘게 콜로톱카에 살고 있다. 니콜라이 이바니치는 주막 주인 대다수가 그렇듯 몸이 민첩하고 머리가 빨리 돌아가는 사람이다. 딱히 그렇게 친절하지도 않고 말솜씨가 좋은 것도 아니나 손님을 끌어당겨 붙잡아두는 재능을 지녔고, 점액질** 기질을 지닌 그가 예민하지만 차분하고 상냥한 시선으로 지켜보는 매대 앞에 앉

---

* 사람들이 기꺼이 모이는, 지내기 좋은 모든 장소를 이렇게 부른다.—원주

** 히포크라테스가 분류한 네 가지 기질 중 하나로, 냉정하고 차분한 성향을 가리킨다.

아 있으면 누구라도 기분이 좋아진다. 그는 상식이 풍부해서 지주, 농부, 소시민 할 것 없이 모두의 생활을 꿰뚫고 있다. 손님이 어려운 일을 당하면 어리석지 않은 조언을 해줄 법도 하지만 천성이 조심스럽고 이기적이라 한쪽에 가만히 있다가 별다른 의도는 없다는 듯 멀리 에둘러 변죽만 울리면서도 손님들을—그것도 그가 좋아하는 단골손님들에게만—진리의 길로 이끈다. 그는 러시아 사람이 중요하게 생각하거나 흥미롭다고 여기는 것이라면 뭐든 잘 안다. 가령, 말, 가축, 숲, 벽돌, 그릇, 직물, 가죽, 노래, 춤 등이 그러하다. 손님이 없을 때면 그는 가느다란 두 다리를 몸뚱이 밑으로 접어넣은 채 오두막 문 앞에 자루처럼 앉아 지나가는 사람 모두와 정다운 말을 주고받는다. 산전수전 다 겪은 그는 '맑은 술'을 마시러 그의 주막에 들르던 하찮은 시골 귀족 수십 명을 먼저 저세상으로 보냈고, 근방 100베르스타에서 일어나는 모든 일을 알고 있으면서도 뭘 안다는 티를 조금이라도 드러내거나 떠들지 않았는데, 제아무리 촉이 예리한 경찰서장이 캐묻는다 해도 꿈쩍도 않을 인물이다. 그는 그저 시치미를 뚝 떼고 비실비실 웃으며 술잔을 매만지기만 할 것이다. 이웃들은 그런 그를 존경한다. 고위 문관이자 군에서 가장 신분이 높은 지주인 셰레페텐코는 그의 오두막을 지나칠 때마다 호의를 담아 인사를 건넨다. 그뿐만 아니라 니콜라이 이바니치는 영향력이 있는 사람이다. 그는 자신의 지인이 유명한 말 도둑에게 말을 도둑맞자 되돌려주라고 도둑을 구슬리기도 했고, 새 관리인을 거부하던 옆마을 농부들을 설득하기도 했다. 그런데 그가 정의에 대한 사랑이나 이웃을 도우려는 마음에서 이런 일들을 했다고 생각해서는 안 된다. 전혀 그렇지 않다! 그는 그저 이러저러한 방식으로 그의 평안을 깰 수 있는 모든 것에 미리 조처하려는 것뿐이다. 니콜라이 이바니치는 결혼도 했고 아이들도 있다. 그의 아내는 소시민 출신으로 당차고 코가 뾰족하고 눈치가 빠르며 최근에는 남편과 마찬가지로 몸이 좀 불었다. 그는 모든 일에서 그녀를 믿고 돈은 모두 그녀가 관리한다. 술주정뱅이들은 그녀를 두려워한다. 그녀가 돈은 별로 안 되면서 시끄럽기만 한 그런 치들을 좋아하지 않기 때문이다. 말수가 적고 침울한 자들이야말로 그녀의 마음에 쏙 들 수 있다. 니콜라이 이바니치의 아이들은 아직 어리다. 첫째부터 시작해 아이 몇은 죽었으나 남은 아이들이 부모를 쏙 빼닮았다. 이 건강한 아이들의 영리한 얼굴을 보고 있노라면 절로 기분이 좋아진다.

견딜 수 없이 더운 7월의 어느 날, 나는 나의 사냥개와 함께 느릿느릿 다리를 끌면서 콜로톱카 골짜기를 따라 살방 주막으로 향했다. 하늘에는 태양이 미쳐 날뛰듯 타오르고 있었다. 아주 끈덕지게 김을 내뿜으며 날을 구워댔고, 공기에는 더운 먼지가 한가득 섞여 있었다. 윤기가 반지르르 흐르는 떼까마귀와 큰까마귀는 콧구멍을 벌렁거리며 동정을 베풀어달라는 듯 하소연하는 눈길로 지나가는 사람들을 쳐다봤다. 오직 참새들만이 슬퍼하지 않았는데, 그저 깃털을 부풀리며 전보다 더 요란스럽게 지저귀기도 하고, 담장을 따라 늘어선 채 투덕거리기도 하고, 먼지 풀풀 날리는 길에서 사이좋게 날아오르기도 했으며 푸른 삼밭 위를 잿빛 구름처럼 떼로 날아다니기도 했다. 나는 너무 갈증이 나서 괴로울 지경이었다. 주변에 물 마실 곳이 없었다. 다른 초원 지대 마을들과 마찬가지로 콜로톱카에는 샘과 우물이 없어서 농부들은 그저 연못에서 걸쭉하고 더러운 물을 마신다…… 대체 누가 그 혐오스러운 여물

죽 같은 것을 물이라고 부르겠는가? 나는 니콜라이 이바니치에게 가서 맥주나 크바스 한잔을 청하고자 했다.

사실대로 말하자면, 그 어느 계절에도 콜로톱카는 눈을 즐겁게 하는 풍경을 선사하지 못한다. 그런데 빛나는 7월의 태양이 가차없이 세상 모든 것을 광선으로 들볶을 때면 유독 사람을 심란하게 한다. 반쯤 칠이 벗어진 검붉은 지붕, 바닥을 모르는 깊은 골짜기, 비쩍 마르고 모가지가 길쭉한 닭들만 체념한 채 배회하는 가운데 풀은 다 타고 먼지만 날리는 방목장, 사방에 엉겅퀴며 잡초며 쑥만 무성히 자란 저택의 잔해, 거위 털로 뒤덮인 채 한껏 달궈진 탓인지 시커멓게 변한 연못, 반쯤 말라붙은 진흙이 덕지덕지 붙은 연못 가장자리와 옆구리 터진 둑. 그 옆으로 남은 곳 없이 촘촘히 짓밟혀 재가 되다시피 한 땅에서 거의 숨도 못 쉬며 더위에 지쳐 재채기만 할 뿐인 양들. 이 양들은 애처로이 서로에게 더욱 파고들며 견디기 힘든 불볕더위도 언젠가는 지나가리라 기대하듯 쓸쓸히 인내심만을 발휘하여 최대한 고개를 낮춘다. 지친 다리를 이끌고 니콜라이 이바니치의 거처에 가까이 다가가면서 나는 여느 때처럼 아이들을 극도의 긴장과 멍한 관조의 상태에 이르도록 만들어버렸고, 개들에게 극심한 분노를 촉발했는데, 개들이 분노를 표출하며 짖는 소리가 어찌나 거칠고 난폭하던지 금방이라도 개들의 내장이 튀어나올 것 같았다. 그러다 개들은 기침하며 숨을 헐떡이기까지 했다. 바로 그때 주막 문턱에서 모자를 쓰지 않고 프리즈로 짠 외투에 푸른색 허리띠를 엉덩이쯤에 낮게 맨 키 큰 남자가 나타났다. 겉보기에 그는 하인 같았다. 숱 많은 회색 머리는 마르고 쭈글쭈글한 얼굴 위로 아무렇게나 솟구쳐 있었다. 그는 서둘러 두 손을 휘저으며 누군가를 불렀고, 그의 손동작은 그가 의도한 것보다 더 먼 곳에까지 닿는 모양이었다. 한잔 걸친 것이 분명했다.

"빨리 와봐, 어서!" 그가 무성한 눈썹을 애써 들어올리며 웅얼거렸다. "이리 오라니까, 모르가치*, 어서! 이 친구야, 동작이 왜 이리 굼떠. 이러면 안 되지, 친구. 다들 자네를 이렇게 기다리고 있는데, 엉금엉금 기어 나오는 꼴이라니…… 냉큼 와."

"어휴, 가네, 가." 떨리는 목소리가 들렸고 오두막 뒤쪽에서 오른편으로 땅딸막하고 뚱뚱한 절름발이 사내가 나타났다. 그는 꽤 멀끔한 나사 카프탄을 팔 한쪽에만 걸치고 있었다. 끝이 뾰족하고 운두가 높은 모자를 눈썹까지 푹 눌러써 그의 둥글고 토실토실한 얼굴에 능글맞으면서도 우스운 표정이 더해졌다. 그의 작고 노란 눈은 매우 빠르게 움직였고 얄팍한 입술에서는 새침하면서도 긴장된 미소가 떠날 줄 몰랐으며 길고 날카로운 코는 배의 방향키처럼 당돌하게 앞으로 튀어나와 있었다. "가네, 이 친구야," 그가 술집 방향으로 절뚝이며 계속 말했다. "왜 그렇게 불러대?…… 누가 나를 기다린다고?"

"내가 왜 네놈을 부르느냐고?" 프리즈 외투를 입은 사내가 비난조로 말했다. "어이, 모르가치, 이 괴짜 놈아, 주막에서 너를 그렇게 불러대는데도 왜 부르느냐니. 자네를 목이 빠져라 기다린단 말이야. 튀르크 사람 야시카**도 있고, 들짐승 나리도 있고, 지즈드라에서 온 청부업자도 있다고. 야시카가 청부업자랑 내기 한판 하려는 모양이야. 맥주 한 되

* '눈을 깜짝이다'라는 뜻의 모르가티(моргать)에서 만들어낸 사전에 없는 명사로, '눈깜짝이' 정도의 뜻.

** 야시카, 야샤는 야코프의 애칭이다.

도 걸었어. 노래를 더 잘하는 사람이 이기는 거지…… 알겠냐?"

"야시카가 노래한다고?" 모르가치라는 별명으로 불리는 사내가 생기를 띠며 말했다. "거짓말 아니지, 오발두이*?"

"나는 거짓말 같은 거 안 해." 오발두이가 위엄 있게 대답했다. "그러니 헛소리 말고 어서 와. 내기를 걸었으니 노래하지 않고는 못 배기지. 이 무당벌레처럼 속없는 놈아, 에잇, 이 사기꾼 같은 놈, 모르가치!"

"그래, 가자, 얼간아." 모르가치가 받아쳤다.

"그럼, 여기 나한테 뽀뽀해줘, 우리 착한 자기." 오발두이가 넓게 두 팔을 벌리며 지껄였다.

"어휴, 여편네같이 물러터진 놈." 모르가치가 그를 팔꿈치로 밀쳐내며 얕보듯 말했고 둘은 몸을 숙여 낮은 문으로 들어갔다.

그들의 대화는 내게 호기심을 불러일으켰다. 이 근방 명가수로 소문난 튀르크 사람 야시카에 대해서는 한두 번 들어본 게 아니기도 했고, 운좋게 그가 다른 명수와 겨루며 부르는 노래를 들을 기회가 생긴 것이다. 나는 걸음을 서둘러 술집에 들어갔다.

아마도 내 독자들 가운데 많은 이는 시골 주막을 들여다본 적이 없으리라. 허나 우리 사냥꾼 족속이 어딘들 못 가랴! 주막의 구조는 퍽 단순하다. 주막은 보통 어두컴컴한 현관과 땅을 반층 정도 파서 세운, 굴뚝 달린 오두막으로 이루어지는데, 이 오두막 공간을 칸막이로 절반씩 나눠 그 칸막이 너머로는 손님들이 들어갈 수 없게 한다. 아주 넓은 참나무 탁자 위로 지나가는 칸막이에는 커다란 창을 낸다. 이 탁자, 혹은

* '멍청하고 입만 나불거리는 사람'이라는 뜻.

매대 위에서 술을 판다. 다양한 크기의 봉인된 술병들이 창 맞은편 선반에 늘어서 있다. 손님들을 위해 마련된 오두막 앞쪽 공간에는 긴 의자, 빈 나무통 두서너 개, 구석에 놓을 수 있는 탁자가 놓인다. 시골 주막은 대체로 어두워서 통나무 벽에 걸린 루보크* 채색화가 보이지 않는데, 이런 그림들이 없는 오두막은 사실 매우 드물다.

살방 주막으로 들어서자 이미 많은 사람이 모여 있었다.

매대 뒤에는 으레 그렇듯 창문을 몸으로 거의 가린 니콜라이 이바니치가 알록달록한 옥양목 루바시카를 입고 투실투실한 뺨에 나른한 미소를 머금은 채 두껍고 새하얀 손으로 막 들어온 손님들, 즉 모르가치와 오발두이를 위해 술 두 잔을 따르고 있었다. 그의 뒤로 창가 한쪽 구석에 눈치 빠른 그의 아내가 보였다. 방 한가운데에는 스물세 살쯤 되었음직한 튀르크 사람 야시카가 마르고 가냘픈 몸에 푸른색 남경목면으로 지은 긴 카프탄을 걸치고 서 있었다. 그는 공장에 다니는 젊은이답게 시선이 당찼으나 건강이 좋아 보인다고는 할 수 없었다. 푹 꺼진 두 뺨, 커다랗고 불안정한 잿빛 눈, 가느다란 콧구멍이 벌름거리는 반듯한 코, 하얗고 평평한 이마, 뒤로 넘긴 밝은 아마색 곱슬머리, 커다랗지만 새빨갛고 표정이 풍부한 입술. 그의 얼굴 전체가 감수성이 예민하고 격정적인 존재임을 드러냈다. 그는 몹시 흥분해 있었다. 눈을 깜박이고, 숨소리가 고르지 않았으며, 열병에 걸린 듯 손을 떨었다. 사실 그는 앞에 나서서 말하거나 노래를 부르는 사람이라면 누구나 잘 아는 그 열병을 앓았다. 그의 옆에는 마흔 살쯤 먹은 어깨가 떡 벌어지고 광

* 러시아 민속 목판화로 지배 계급을 풍자하는 우화를 주제로 한 것이 많다.

대뼈도 널찍한 농부가 서 있었는데, 그 역시 평평한 이마, 타타르인의 찢어진 눈, 짧고 뭉툭한 코, 네모난 아래턱과 검고 윤기나지만 짐승 털처럼 빳빳한 머리칼을 지녔다. 납빛을 띤 거무스름한 얼굴, 무엇보다 그의 창백한 입술이 자아내는 표정은 차분하고도 상념에 빠진 듯한 느낌이 아니었더라면 험악해 보인다고도 할 수 있었다. 그는 거의 미동도 없이 황소가 굴레 밑을 바라보듯 느릿느릿 주변을 둘러볼 뿐이었다. 반질반질한 구리 단추가 달린 낡아빠진 프록코트 같은 것을 걸치고 있었고, 오래된 검은색 비단 스카프가 그의 굵은 목을 감쌌다. 일명 들짐승 나리로 불리는 자였다. 바로 그 맞은편 성상 아래에는 야시카의 적수, 즉 지즈드라에서 온 청부업자가 긴 의자에 걸터앉아 있었다. 그는 키가 크지 않고 몸집이 다부진 서른 살쯤 먹은 사내로 곱슬머리에 얼굴은 얽었고 뭉툭한 들창코, 생기 넘치는 갈색의 작은 눈, 성긴 턱수염을 지녔다. 그는 두 손을 엉덩이 밑에 깐 채 발랄한 눈으로 주변을 바라보기도 하고 태평스레 떠들기도 하고 테두리가 장식된 멋스러운 부츠를 신은 발을 쾅쾅 구르기도 했다. 얇은 회색 나사로 지은 그의 새 아르먀크에는 벨베틴 옷깃이 달려 있었는데, 목을 꽉 죌 정도로 단추를 채운 붉은 루바시카 가장자리와 선명한 대조를 이루었다. 문에서 오른쪽, 즉 반대편 구석에는 몸집이 작은 농부가 어깨에 커다란 구멍이 난, 다 해진 좁다란 스비타를 입고 탁자에 앉아 있었다. 햇빛은 먼지 앉은 들창의 유리 두 짝을 통과해 노르스름한 물줄기처럼 방안으로 밀려들어왔지만, 이 방에 늘 머무는 어둠을 이길 수는 없는 모양이었다. 모든 사물에는 얼룩과도 같은 희미한 빛의 자국이 남았다. 대신 방안은 아주 서늘해서 문턱을 넘자마자 그동안 짐짝처럼 어깨에 얹혀 있던 답답함과 더위가 나동그라졌다.

내가 들어서자—나는 충분히 눈치챌 수 있었다—니콜라이 이바니치의 손님 몇몇이 당혹스러워했다. 그러나 그가 잘 아는 사람처럼 내게 인사를 건네자 다들 평안을 되찾았고 더는 나를 신경쓰지 않았다. 나는 맥주 한 잔을 청하고서 다 떨어진 스비타를 입은 농부가 있는 구석에 자리를 잡았다.

"자, 그럼!" 오발두이가 한 잔을 단숨에 들이켰고 아무래도 손을 휘두르지 않고는 한마디도 할 수 없다는 듯 예의 이상한 손동작을 곁들이며 외쳤다. "뭘 더 기다리나? 시작할 거면 어서 시작하자고. 응? 야샤?……"

"슬슬 시작하게들." 니콜라이 이바니치가 맞장구치며 말했다.

"그럼, 시작하지," 청부업자가 자신감 넘치는 미소를 띠며 침착하게 말했다. "나는 준비가 됐네."

"나도 준비됐어." 야코프가 흥분하며 말했다.

"그럼, 시작하게, 친구들, 시작해." 모르가치가 빽빽거렸다.

다들 한목소리로 바라면서도 아무도 선뜻 시작하지 않았다. 청부업자는 심지어 긴 의자에서 몸을 일으키지도 않았고, 모두 무언가를 기다리는 기색이었다.

"시작하라니까!" 들짐승 나리가 음울하고 날카로운 목소리로 말했다.

야코프는 부르르 떨었다. 청부업자가 자리에서 일어나 허리띠를 잡아내리며 헛기침을 했다.

"누가 먼저 하지?" 그가 어딘지 약간은 변한 목소리로 들짐승 나리에게 물었고, 들짐승 나리는 통 넓은 아랍풍 바지 주머니에 두 팔을 팔꿈치까지 쑤셔넣고 두꺼운 두 다리를 넓게 벌린 채 방 한가운데에 꼼짝도 하지 않고 서 있었다.

"자네, 자네가 먼저 해, 청부업자," 오발두이가 재잘거렸다. "자네가 먼저 하라고."

들짐승 나리가 그를 흘끔 쳐다봤다. 오발두이는 들릴락 말락 뭐라고 앵앵거리더니 말문이 막힌 듯 마룻바닥을 바라보고는 어깨를 으쓱하고 입을 닫았다.

"제비를 뽑지." 들짐승 나리가 띄엄띄엄 말했다. "맥주 한 되를 일단 매대에 올려놓고."

니콜라이 이바니치는 몸을 숙이더니 낑낑대며 바닥에서 맥주 한 되를 들어올려 탁자에 놓았다.

들짐승 나리가 야코프를 한 번 보더니 말했다. "어서!"

야코프가 주머니를 뒤져 반 코페이카짜리 동전을 꺼내더니 꽉 깨물어 잇자국을 남겼다. 청부업자는 카프탄 자락에서 새 가죽 지갑을 꺼내 서두르지 않으며 끈을 풀고 손에 잔돈을 한가득 털더니 반 코페이카짜리 동전 새것을 골라냈다. 오발두이가 챙이 닳고 처진 모자를 갖다대자 야코프와 청부업자는 저마다 동전을 집어넣었다.

"자네가 골라." 들짐승 나리가 모르가치에게 말했다.

모르가치는 흡족하다는 듯 싱긋 웃더니 모자를 두 손으로 받아들고 마구 뒤흔들었다.

순간 깊은 정적이 흘렀다. 동전 두 닢이 맞부딪치며 희미하게 짤랑거렸다. 나는 주위를 유심히 바라보았다. 모두의 얼굴이 기대감으로 잔뜩 긴장되었다. 들짐승 나리는 눈을 가늘게 떴다. 해진 스비타를 입은 내 옆의 농부마저 호기심에 목을 앞으로 길게 뺐다. 모르가치가 모자에 손을 집어넣어 청부업자의 동전을 꺼냈다. 모두 숨을 내쉬었다. 야코프는 얼굴을 붉혔고 청부업자는 손으로 머리칼을 쓰다듬었다.

"거봐, 내가 말했지." 오발두이가 고함을 질렀다. "내가 너부터 할 거라고 말했지."

"자, 자, '깍깍대지'* 말고!" 들짐승 나리가 하찮다는 듯 한마디했다. "시작해." 그가 청부업자에게 고개를 끄덕이며 말했다.

"어떤 노래를 불러볼까나?" 청부업자가 서서히 달아오르며 물었다.

"네가 부르고 싶은 대로," 모르가치가 대답했다. "생각나는 대로 불러봐."

"암, 부르고 싶은 걸 불러야지." 니콜라이 이바니치가 여유롭게 팔짱을 끼며 덧붙였다. "누가 정해놓은 것도 아니니까. 자네가 부르고 싶은 걸 불러. 단, 멋들어지게 불러야 해. 그럼 우리가 잘 듣고 양심껏 판단을 내리지."

"당연하지, 양심껏." 오발두이가 받아치고는 빈 컵의 테두리를 핥았다.

"친구들, 잠깐 목 좀 고르겠네." 청부업자가 손가락으로 카프탄 옷깃을 매만지며 말했다.

"이봐, 쓸데없는 짓 말고 어서 시작해!" 들짐승 나리가 소란을 정리하고 고개를 숙였다.

---

* 매들은 깜짝 놀랐을 때 깍깍대는 소리를 낸다.—원주

청부업자는 조금 더 생각하는 듯하더니 고개를 흔들고서 앞으로 나왔다. 야코프가 그를 잡아먹을 듯 쳐다보았다……

그런데 노래 겨루기를 본격적으로 묘사하기에 앞서 내 이야기의 등장인물들에 대해 몇 마디쯤 해두는 것도 쓸데없지 않겠다. 그 가운데 몇 사람의 신상은 내가 그들을 살방에서 만났을 때 이미 알고 있었고, 다른 이들에 대해서는 나중에 좀더 알아보았다.

오발두이부터 시작해보자. 이 사람의 진짜 이름은 옙그라프 이바노프였다. 그러나 아무도 그를 오발두이라는 별명 말고 다른 이름으로 부르지 않았고, 그도 자기 자신을 자랑스레 이 별명으로 불렀다. 그에게 정말 잘 어울렸기 때문이다. 실제로 이 별명은 잘난 데 없이 늘 부산스럽기만 한 그에게 더없이 잘 어울렸다. 그는 한때 하인으로 일했던 허랑방탕한 독신자로서 그를 고용했던 주인들도 이미 오래전 두 손 두 발 다 들며 포기하는 바람에 그 어떤 직책도 없이, 그렇기에 봉급 한푼 받지 못하면서 허구한 날 남이 사주는 술을 마시며 지냈다. 그에게는 아무런 까닭도 없이 술과 차를 사주는 지인들이 상당히 많은데, 그가 사람들을 즐겁게 해주기는커녕 오히려 어리석은 소리를 지껄이거나 지긋지긋하게 사람한테 달라붙고 열병에 걸린 듯 미쳐 날뛰며 연신 어색하게 껄껄 웃어대기 때문이다. 그는 노래 부를 줄도, 춤출 줄도 몰랐다. 태어날 때부터 영리한 말은 고사하고 제대로 된 말 한마디도 해본 적이 없다. 늘 '주저리주저리' 지껄이고 되는대로 거짓말을 주워섬기는 것이 영락없는 오발두이다! 그런데도 근방 40베르스타에서 어느 술자리든 그의 겅중거리는 몸뚱이가 손님들 사이를 휘젓고 다니지 않으면 안 되었는데, 다들 그에게 익숙해진 나머지 그의 존재를 피할 수 없는 악으로 여기며 견뎠기 때문이다. 말할 것도 없이 다들 그를 경멸적으로 대했고, 그의 터무니없는 열정을 잠재울 줄 아는 사람은 들짐승 나리뿐이었다.

모르가치는 오발두이와 조금도 닮지 않았다. 그 역시 모르가치라는 별명이 잘 어울렸고, 그가 다른 사람보다 유난히 더 눈을 깜박이는 것이 아닌데도 그러했다. 러시아 사람들이 별명 짓기의 달인이라는 건 잘 알려져 있다. 이 사람의 과거를 좀더 자세히 조사하려고 무척이나 애써보았으나 내가 보기에—다른 많은 사람이 보기에도 그렇겠지만—그의 인생사에는, 애서가들이 말하듯, 미지의 깊은 어둠에 가려진 수상쩍은 부분과 얼룩들이 있다. 나는 한때 그가 아이 없는 늙은 귀부인의 마부로 일했다는 것, 그에게 맡긴 삼두마차를 끌고 도망쳤다는 것, 꼬박 일 년 동안 그렇게 사라졌었다는 것, 그러나 방랑생활은 아무런 득도 없고 고단할 뿐임을 확신한 듯 제 발로 돌아왔다는 것, 그것도 절름발이가 되어서는 마님의 발아래 몸을 던지며 용서를 구했다는 것, 그리고 이후 몇 년간 모범적인 행실로 자신이 저지른 죄를 무마하며 얼마간 호의를 얻더니 결국에는 마님의 전적인 신뢰를 받아 집사 자리에 올랐다는 것, 마님이 돌아가신 뒤로는 어찌된 일인지 면천을 받아 소시민으로 등록되었다는 것, 그후로 이웃에게서 원두밭을 빌려 부를 쌓게 되었고 지금은 배 두드리며 산다는 것만을 간신히 알아냈다. 이 사람은 경험이 풍부하고 정신이 제대로 박힌 자로서 악하거나 선하다기보다는 셈이 빠른 자다. 닳고 닳은 가락지빵처럼 노련해서 사람들을 활용할 줄 안다. 그는 조심성이 많은 동시에 진취적인 것이 여우와 같다. 늙은 여편네처럼 수다스러우나 말실수하는 법이 없고, 누구든지 속내를 터놓게 만든다. 여느 능구렁이들과 달리 일부러 얼뜨기인 척하지도 않는데, 그는 어떤 체하는 것을 어려워했기 때문이다. 나는 그의 작고 교활한 '볼구녕'*보다 더 통찰력 있고 영리한 눈은 본 적이 없다. 그의 눈은 무언가를 그냥 보는 법이 없다. 항상 요리조리 살펴보고 가만히 훔쳐본다. 모르가치는 가끔 몇 주씩이나 어떤 일, 가령 단순한 사업 같은 것을 곰곰이 생각하다가 어느 순간 대단히 용감한 결정을 내린다. 옆에서 보면 아무리 그라 해도 얼마 안 가 말아먹겠다 싶지만…… 어느 순간 보면 모든 일이 기름을 친 듯 술술 풀려 있다. 행복한 사내이고, 자신의 행복을 의심하지 않으며, 여러 징조를 믿는다. 그는 대체로 매우 미신적이다. 사람들은 그를 좋아하지 않는데, 그 역시 다른 사람의 일에 조금도 관심을 보이지 않기 때문이다. 그러나 다들 그를 존경하기는 한다. 그의 가족은 끔찍이도 사랑하는 아들내미 하나가 전부로 그런 아버지 밑에서 자랐으니 분명 뭐가 되도 될 것이다. "새끼 모르가치가 아비를 쏙 빼닮았군." 노인네들은 여름날 토담에 앉아 이야기를 나누며 그의 아들을 이렇게 품평하곤 한다. 다들 이 말이 무엇을 뜻하는지 알고 있어서 아무도 한마디 얹으려 하지 않는다.

튀르크 사람 야코프와 청부업자에 대해서는 길게 이러쿵저러쿵할 것이 없다. 실제로 튀르키예에서 포로로 끌려온 여자한테서 태어나 튀르크 사람이라는 별명으로 불리는 야코프는 천성이 말 그대로 예술가이나 상인의 제지 공장에서 물 푸는 일을 한다. 청부업자의 운명에 관해 말하자면, 솔직히 아는 바가 없고, 그는 그저 재치 있고 발랄한 도시

---

* 오룔 지방 사람들은 눈을 '볼구녕'이라 부르고 입을 '먹구녕'이라 부른다.—원주

의 소시민으로 보인다. 한편, 들짐승 나리에 대해서는 몇 마디 자세히 이야기해야겠다.

그를 처음 보면 거칠고 격렬하고 저항할 수 없는 어떤 힘을 곧바로 느끼게 된다. 우리 고장 말로 하면, '강골'에 매우 투박하게 생겼고, 무적의 건강함이 느껴졌다. 그런데 이상하게도 곰을 닮은 그의 풍채에는 독특한 우아함이 없지 않았고, 그것은 아마도 자신의 힘을 차분히 확신하는 태도에서 비롯되어 보였다. 이 헤라클레스를 처음 보았을 때, 나는 그가 어떤 계층에 속하는지 알기 어려웠다. 하인이나 소시민으로 보이지 않았고, 퇴직 후 가난해진 사무원, 혹은 영락한 소지주 귀족으로 사냥개지기나 싸움꾼이 된 사람으로 보이지도 않았다. 그는 말 그대로 그 자신이었다. 그가 어쩌다 우리 군으로 흘러들게 됐는지는 아무도 몰랐다. 오두막농민 출신으로 어느 관청에서 근무했다는 얘기도 있었다. 그러나 아무도 정확히 알지 못했다. 하긴 그에게 직접 물어보지 않고 어떻게 알아내겠냐마는 그보다 말없고 침울한 사람은 없었다. 그것뿐만 아니라 아무도 그가 무슨 일을 하며 사는지 확실히 말하지 못했다. 그는 어떤 수공업에 종사하지도 않았고, 어느 집에 일하러 다니지도 않았고, 누군가와 알고 지내지도 않았지만, 항상 돈이 있었다. 물론 금액은 많지 않았다 해도 말이다. 그는 몸가짐이 얌전하다기보다—그에게 얌전한 면은 조금도 없었다—조용했다. 주변에 아무도 보이지 않는다는 듯이, 아무도 필요하지 않다는 듯이 살았다. 들짐승 나리는(이것은 그의 별명이었고, 본명은 페레블레소프였다) 근방에서 큰 영향력을 행사했다. 그는 누군가에게 무엇을 하라고 명령할 권리를 지니지 않았고 그 자신이 사람들에게 자기 말을 들어야 한다고 요구하지도 않았지만,

누구나 기꺼이 그의 말을 따랐다. 그가 무슨 말만 하면 다들 복종했다. 이렇듯 힘은 언제나 자기 몫을 받아내는 법이다. 그는 술을 거의 마시지 않았고 여자들과 어울리지도 않았으나 노래만큼은 대단히 좋아했다. 이 사람에게는 수수께끼 같은 구석이 한둘이 아니다. 어떤 거대한 힘이 그 안에 깃들어 있고 그 힘이 들고일어나 자유롭게 풀려나기만 하면 자기 자신은 물론 닥치는 대로 파괴하고야 말리라는 걸 그도 알고 있는 것처럼 보인다. 만약 그의 일생에서 그런 힘의 폭발이 한 번도 일어나지 않았다고 말한다면, 그 파멸에서 간신히 벗어나며 단련된 그가 고슴도치도 쥘 수 있는 무쇠 장갑으로 자기 자신을 완고하게 제어하고 있지 않다고 말한다면 어불성설이다. 선천적인 사나운 본성과 역시 선천적인 고귀함이 그의 내면에 섞여 있다는 사실이 특히 놀라웠는데, 이러한 혼합은 그 누구에게서도 보지 못한 것이었다.

마침내 청부업자가 앞으로 나와 눈을 반쯤 감고 높은 음역의 가성으로 노래 부르기 시작했다. 그의 목소리는 약간 탁하기는 했으나 듣기 좋고 감미로웠다. 그는 목소리를 팽이처럼 가지고 놀며 이리저리 돌려댔고 쉴새없이 위에서 아래로 목소리를 꺾었다. 그런가 하면 특히 공들여 뽑아내는 높은 음역으로 다시 돌아가기도 하고, 어느새 잔잔해졌다가 갑자기 씩씩하고 격정 넘치는 목소리로 이전의 가락을 집어올리기도 했다. 그의 변화무쌍한 창법은 매우 대담하고, 매우 즐거웠다. 노래를 잘 아는 사람이라면 큰 만족을 느꼈을 것이고, 독일인이라면 분개했을 것이다. 이것이야말로 러시아식 *테노레 디 그라치아, 테노르 레제**

* '가볍고 우아한 음색의 테너'를 가리키는 이탈리아어와 프랑스어.

이리라. 그는 즐거운 춤곡을 불렀고, 무수한 장식적 기교들 가운데 내가 파악한 바에 따르면, 온갖 자음과 감탄사가 추가된 가사는 다음과 같았다.

젊고 어여쁜 아가씨야, 나는 땅을 일군다네,
땅뙈기는 작아도
젊고 어여쁜 아가씨야, 나는 씨를 뿌린다네,
너에게 줄 빨간 꽃.*

그는 계속 노래했고 다들 매우 집중하며 들었다. 그는 노래에 조예가 깊은 사람들 앞에 서 있다는 것을 느끼고 있는 듯했는데, 왜냐하면 흔히들 말하듯이 그가 살가죽에서 기어나오듯이 심혈을 기울이고 있었기 때문이다. 실제로 우리 고장 사람들은 다들 노래에 일가견이 있고, 특히 오를롭스카야 가도에 있는 세르기옙스코예 마을**은 러시아 땅 전체에서 듣기 좋고 조화로운 가락으로 이름난 곳으로, 이는 결코 허명이 아니다. 청부업자는 청중에게 그다지 강한 공감을 불러일으키지 못한 채 한참을 노래했다. 청중이 그를 따라 부르고 응원해주지 않는 것이 아쉬웠다. 그러나 그는 대단히 성공적으로 한 선율에서 다른 선율로 넘어갔다. 그러자 들짐승 나리까지 미소를 지었고, 오발두이는

---

* 1770년 시인 미하일 출코프(1744~1792)가 최초로 채록하여 출판한, 널리 알려진 서정적 민요로 후렴구는 춤곡 느낌을 준다.

** 현재는 도시로 승격된 플랍스크를 가리킨다. 툴스카야도에 속했고 툴라에서 오룔로 가는 길에 위치했다.

참지 못하고 만족감에 환호성을 질렀다. 다들 전율했다. 오발두이와 모르가치가 조용히 그의 선창을 받기도 하고 따라 부르기도 하며 외쳤다. "잘한다!…… 휘몰아쳐야지, 이 망할 놈!…… 몰아쳐, 쭉 뽑아내라고, 배암같이! 더, 더 뽑아내! 더 애타게 말이다, 이 수캐 놈아!…… 헤롯 같은 놈, 네 영혼을 팔아라!" 등등. 니콜라이 이바니치는 매대 뒤에서 장단 맞추듯 고개를 좌우로 흔들고 있었다. 마침내 오발두이는 발을 구르고, 종종걸음치고, 어깨를 들썩이기 시작했고, 야코프는 두 눈이 벌건 석탄처럼 달아올라 종잇장처럼 바들바들 떨었고 심란한 듯 실실거렸다. 들짐승 나리만이 얼굴에 아무런 변화가 없었고 자리에서 꼼짝도 하지 않았다. 입술의 모양새는 여전히 경멸감을 띠었으나 청부업자에게 박혀 있는 그의 시선은 어딘가 부드러워졌다. 모두가 만족스러워하는 기색을 보이자 신이 난 청부업자는 온 힘을 다해 소리를 뱅글뱅글 돌리기 시작했다. 어찌나 멋지게 가락을 나선형으로 감던지, 어찌나 맛깔나게 혀끝을 북처럼 두드리던지, 또 어찌나 목구멍을 격렬히 가지고 놀던지. 결국 그는 기진맥진하여 새하얗게 질린 채 뜨거운 땀에 젖었고, 갑자기 전신을 뒤로 홱 젖히더니 마지막으로 절규하고는 사그라들었다. 맹렬한 외침이 한덩어리로 터져나오며 그에게 화답했다. 오발두이가 그의 목으로 달려들어 뼈가 굵은 기다란 두 팔로 그의 목을 격하게 감싸안았는데 거의 질식시킬 정도였다. 니콜라이 이바니치의 기름진 얼굴에도 화색이 돌았고 그는 마치 젊어지기라도 한 듯했다. 야코프는 미친 사람처럼 소리질렀다. "멋지다, 정말 멋져!" 심지어 해진 스비타를 입고 내 옆에 있던 농부도 격정을 참지 못해 주먹으로 탁자를 내리쳤다. "아! 좋다, 제기랄, 너무 좋아!" 그리고 한쪽으로 강단 있게 침을 뱉었다.

"이봐, 친구, 흥이 대단해!" 녹초가 된 청부업자를 품에서 풀어주지 않으며 오발두이가 외쳤다. "대단한 흥이야, 말해 뭐해! 자네가 이겼어, 자네가 이겼다고! 축하하네, 맥주 한 되는 자네 거야! 야시카는 자네 따라오려면 멀었어…… 아주 멀었다고…… 내 말 믿어도 좋아!" (그러고는 청부업자를 다시 자기 가슴팍으로 끌어당겼다.)

"그 사람 좀 놔줘, 놔주라고, 지긋지긋한 여편네 같으니……" 모르가치가 짜증내며 말했다. "좀 앉게 하란 말이야, 아주 녹초가 됐잖아…… 머저리도 저런 머저리가 없네! 꼭 바냐에서 자작나무 잎사귀 달라붙듯 착 달라붙어 있구먼!"

"그래, 앉아, 앉아, 나는 그 사람 건강을 위해 한잔해야겠어." 오발두이가 말하고 매대로 다가갔다. "이건 자네가 사는 거야, 친구." 그가 청부업자에게 얼굴을 돌리며 덧붙였다.

청부업자가 고개를 끄덕이고는 긴 의자에 앉았고, 모자에서 수건을 꺼내 얼굴을 닦았다. 오발두이는 서두르며 게걸스레 한 잔 들이켰고, 주당들의 습관대로 캬 소리를 내며 무언가 슬프고 걱정스러운 낯빛을 띠었다.

"노래를 참 잘하는구먼, 친구, 참 잘해." 니콜라이 이바니치가 상냥하게 말했다. "이제 자네 차례야, 야샤. 잘해봐, 너무 기죽지 말고. 누가 이길지 두고 보자고…… 청부업자가 정말 멋지게 부르긴 했어, 맹세코 멋지게 불렀어."

"기가 막히게 잘 부르네." 니콜라이 이바니치의 아내가 말하고 미소 지으며 야코프를 바라보았다.

"기가 막히게 잘 불러, 하!" 내 옆에 앉은 농부가 낮은 목소리로 따라 말했다.

"오호라, 대문 뒤로 숨기 좋아하는 폴레하* 놈이로구나!" 갑자기 오발두이가 고함을 지르더니 어깨에 구멍이 난 농부에게 다가갔고, 손가락으로 그를 찌르며 폴짝폴짝 뛰고 껄껄거리며 웃어댔다. "폴레하! 폴레하! 하, 바데, 모라**, 맨날 대문 뒤로 숨는 놈들! 어떻게 여길 다 납시었나, 대문 뒤로 숨지 않고?" 그가 자지러지게 웃으며 외쳤다.

불쌍한 농부는 당황해서 얼른 자리를 피하려고 일어났으나 갑자기 들짐승 나리의 청동 같은 목소리가 울렸다.

"어떤 막돼먹은 짐승 자식이 짖어대는 거냐?" 그가 이를 악물며 말했다.

"아니 나는 그냥," 오발두이가 웅얼거렸다. "나는 아무 짓도…… 그저……"

"음, 그럼 닥쳐!" 들짐승 나리가 받아쳤다. "야코프, 시작해!"

야코프가 한 손으로 목을 매만졌다.

"저기, 친구, 그러니까…… 어떤 걸…… 음…… 그러니까 어떤 걸 불러야 할지……"

"어이, 괜찮아, 겁먹지 마. 부끄러워하긴! 뭘 꾸물대나?…… 하느님

* 볼홉스키군과 지즈드린스키군의 경계에서 시작되는 기다란 산림 지대, 즉 남쪽 폴레시예(Полесье)에 사는 주민을 일컬어 폴레하(полеха)라고 부른다. 그들은 생활방식, 풍속, 언어 측면에서 독특한 점이 많아 다른 지방 사람들과 구별된다. 그 의뭉스럽고 인색한 품성 때문에 그들을 '대문 뒤로 숨는 사람(заворотень)'이라 부른다.—원주

** 폴레하들은 거의 모든 단어에 '하!' '바데!' 같은 감탄사를 덧붙인다. 그리고 '몰아라' 대신 '모라'라고 말한다.—원주

이 시키시는 대로 불러봐."

들짐승 나리가 노래가 시작되기를 기다리며 고개를 숙였다.

야코프는 아무 말 없이 있더니 주변을 둘러보고 한 손으로 얼굴을 가렸다. 모두 그에게서 눈을 떼지 않았고, 누구보다 청부업자가 그랬다. 그의 얼굴에는 평소에 보이던 성공한 자의 자신만만함과 당당함 사이로 어쩔 수 없는, 가벼운 불안감이 엿보였다. 그는 벽에 기댄 채 아까처럼 두 손을 엉덩이 밑에 깔고 앉았으나 이제는 다리를 흔들지 않았다. 드디어 야코프가 얼굴에서 손을 치웠다. 그의 얼굴은 죽은 사람처럼 창백했고 축 처진 속눈썹 사이로 두 눈은 거의 빛이 보이지 않았다. 그는 깊은 한숨을 내쉬고는 노래를 시작했다…… 처음에는 목소리가 잘 들리지 않았고, 고르지 않은데다 가슴에서 나오는 소리 같지도 않았다. 오히려 어디 먼 데서 온 소리가 우연히 방안으로 흘러든 듯했다. 파르르 떨리며 울리는 이 소리는 모두에게 기묘한 방식으로 작용했다. 우리는 서로를 흘깃 바라보았고 니콜라이 이바니치의 아내는 자세를 똑바로 편 채 굳어버렸다. 첫소리에 이어 아주 다른, 더욱 견고하고 완만한, 그러나 여전히 떨리는 소리가 들렸는데, 마치 굵은 손가락이 느닷없이 튕기자 빠르게 사그라지는 진동을 최후의 순간까지 견디는 현絃 같았다. 두번째 소리에 이어 세번째 소리가 들리고, 이내 구슬픈 노래가 조금씩 달아오르고 부풀어오르며 흘러갔다. "들판으로 뻗은 길이 이 길뿐이겠느냐."* 그는 계속 노래했고, 우리는 달콤함과 섬뜩함을 동시에 느꼈다. 고백하자면, 나는 그런 목소리를 들어본 적이 거의

* 길게 소리를 빼며 부르는 사랑 노래 〈길〉의 한 구절. 1830년대부터 노래 모음집에 수록되었고 큰 인기를 끌었다.

없었다. 어딘가 약간 부서지고 금이 간 듯한 소리였다. 처음에는 심지어 병적인 느낌도 있었다. 그러나 그 목소리에는 꾸미지 않은 깊은 정열, 젊음, 힘, 쾌감, 그리고 매혹적이고도 태평스러운, 그러면서도 애끓는 슬픔이 담겨 있었다. 그 목소리에는 러시아의 뜨겁고 진실한 영혼이 소리 내며 숨쉬었고, 그렇기에 듣는 이의 심장을 움켜쥐었다. 러시아 사람의 심장에 걸린 현들을 움켜쥐었다. 노래는 점점 자라나 사방으로 넘쳐흘렀다. 야코프 역시 노래에 도취한 듯했다. 그는 이제 쭈뼛거리지 않았고, 자신이 느끼는 행복감에 온몸을 내맡겼다. 목소리도 바들바들 떨리지 않았다. 듣는 이의 영혼 속으로 화살처럼 뚫고 들어오는 정열의 내적 진동, 알아차리기 힘든 진동을 자연스레 타며 계속해서 강해지고 단단해지고 넓어졌다. 어느 저녁 썰물 무렵, 저멀리 굉음을 내며 묵직하게 웅성거리던 바다 옆에 펼쳐진 드넓은 모래밭에서 커다랗고 하얀 갈매기 한 마리를 보았던 때가 기억난다. 갈매기는 비단결 같은 가슴팍을 노을의 붉은빛에 드러낸 채 미동 없이 앉아 그토록 잘 아는 바다를 향해, 낮게 내려온 적자색 태양을 향해 이따금 기다란 날개를 천천히 펼쳐 보일 뿐이었다. 야코프의 노래를 들으면서 나는 이 갈매기를 떠올렸다. 그는 자신의 적수도, 듣고 있는 우리도 완전히 잊었고, 용감하게 파도를 가르며 헤엄치는 사람처럼 우리의 침묵과 진지한 공감 위에 두둥실 들려 있었다. 그는 계속 노래했고, 그 모든 음정은 무한히 먼 곳으로 떠나며 우리 앞에 펼쳐지는 초원, 어디서 많이 본 듯한 초원처럼 정답고 아득한 무언가를 우리에게 안겨줬다. 내 심장 속에서 눈물이 끓어 두 눈으로 솟구치는 것이 느껴졌다. 애써 참고 있으나 도리 없이 먹먹하게 터져나오는 울음소리가 갑자기 들렸고 나는 소스라치게 놀랐다…… 뒤를 돌아보았다. 주인장의 아내가 창문에 가슴을 기댄 채 울었다. 야코프는 그녀에게 재빨리 시선을 던지더니 이전보다 더 낭랑하게, 더 달콤하게 노래했다. 니콜라이 이바니치가 고개를 숙였고, 모르가치는 뒤로 돌아섰다. 감상적인 기분에 젖은 오발두이는 멍청히 입을 벌린 채 서 있었다. 초라한 농부는 구석에서 희미한 한탄 소리와 함께 고개를 저으며 흐느껴 울고 있었다. 들짐승 나리의 강철 같은 얼굴에도 길게 드리운 눈썹 아래로 무거운 눈물방울이 천천히 흘렀다. 청부업자는 꾹 쥔 주먹을 이마에 갖다댄 채 꼼짝도 하지 않았다…… 야코프가 갑자기 신비스러울 정도로 가녀린 고음으로 노래를 마치지 않았더라면, 목소리가 사람에게서 떨어져나오듯 노래가 끝나지 않았더라면 모든 이의 가슴앓이가 어떻게 끝나게 되었을지 나로서는 모르겠다. 아무도 소리지르지 않았고, 감히 움직이지도 못했다. 다들 그가 노래를 더 하지나 않을지 기다렸다. 그러나 그는 두 눈을 떴고, 우리의 침묵에 깜짝 놀랐다는 듯 의아한 눈빛으로 주변을 둘러보고는 자신이 이겼다는 것을 알아차렸다……

"야샤." 들짐승 나리가 그의 어깨에 손을 얹으며 말을 하려다가 뚝 멈췄다.

우리는 온몸이 마비된 채 서 있었다. 청부업자가 조용히 일어나 야코프에게 다가갔다. "네가…… 너의 그…… 네가 이겼어." 그는 힘겹게 이 말을 내뱉고 밖으로 뛰쳐나갔다.

그의 빠르고 단호한 움직임에 주술에 걸린 상태가 깨졌다. 다들 갑자기 요란스레, 기쁘게 말하기 시작했다. 오발두이는 폴짝폴짝 뛰고 재잘거리며 풍차가 날개를 돌리듯 두 팔을 휘저었다. 모르가치는 절뚝절

뚝 야코프에게 다가가 입을 맞추었다. 니콜라이 이바니치는 자리에서 일어나 맥주 한 되를 더 대접하겠다고 위엄 있게 선포했다. 들짐승 나리는 사람 좋게 히죽거렸는데, 그의 얼굴에서 보리라고는 도무지 기대할 수 없던 웃음이었다. 초라한 농부는 자신만의 구석에서 양쪽 옷소매로 눈이며 뺨이며 코며 턱수염을 훔치면서 연신 곱씹었다. "정말 좋다, 정말이지 너무 좋다, 내가 아무리 개자식이라지만, 너무너무 좋다!" 니콜라이 이바니치의 아내는 얼굴이 새빨개져서는 잽싸게 일어나 어딘가로 사라졌다. 야코프는 자신이 거둔 승리를 아이처럼 한껏 즐겼다. 그의 얼굴은 몰라볼 정도로 변해 있었다. 특히 두 눈은 행복감으로 반짝였다. 사람들이 그를 매대로 몰고 갔다. 그는 눈물이 멈추지 않는 초라한 농부를 매대로 오라고 했고, 주인장의 아들을 보내 청부업자를 데려오라 했으나 청부업자는 결국 찾을 수 없었다. 그렇게 잔치가 시작되었다. "더 불러줘, 저녁이 될 때까지 계속 노래해줘!" 오발두이가 두 손을 높이 올리며 되풀이했다.

나는 야코프를 한번 더 바라보고 밖으로 나왔다. 그곳에 남아 있고 싶지 않았다. 내가 받은 인상을 해칠까봐 두려웠다. 그러나 더위는 여전히 견디기 어려웠다. 더위는 땅 위에 두껍고 무거운 막처럼 걸려 있었다. 짙푸른 하늘에 아주 엷은, 거의 검은색에 가까운 먼지 사이로 밝은 잔불이 맴도는 듯했다. 모든 것이 말이 없었다. 무력한 자연의 깊은 침묵 속에는 무언가 가망 없고 짓눌린 것이 있었다. 나는 건초를 쌓아둔 헛간에 이르러 막 베었으나 벌써 말라버린 풀 위에 누웠다. 한참 동안 잠이 오지 않았다. 매혹적인 야코프의 목소리가 오랫동안 귓가에 울렸다…… 마침내 열기와 피곤이 제 목적을 달성했고 나는 죽은 사람처럼 잠에 빠져들었다. 내가 깨었을 때는 이미 어두웠다. 주변에 널브러진 풀은 강한 냄새를 풍겼고 아주 조금 누긋해졌다. 이엉이 절반쯤 날아간 지붕의 가느다란 뼈대 사이로 창백한 별들이 희미하게 반짝였다. 나는 밖으로 나갔다. 노을은 빛을 잃은 지 이미 오래고 지평선에 그 마지막 흔적이 보일락 말락 했다. 얼마 전까지 데워졌던 대기의 온기가 신선한 밤공기의 틈새에서 느껴졌고, 가슴은 여전히 차가운 바람을 갈망했다. 바람은 없었고, 먹구름도 없었다. 하늘은 여전히 맑고 투명하고 어두웠으며, 수없이 많은, 그러나 거의 보이지는 않는 별들로 조용히 반짝였다. 마을에는 불빛이 번쩍였다. 멀지 않은 곳에 있는, 환히 불밝힌 주막에서 막연한 불협화음이 시끄럽게 들렸고, 그 속에서 야코프의 목소리도 들리는 듯했다. 왁자지껄한 웃음소리가 때때로 터져나왔다. 나는 들창에 다가가 유리에 얼굴을 갖다댔다. 화려하고 생기 넘치나 유쾌하지 않은 광경이 보였다. 하나도 빠짐없이 취해 있었다. 야코프부터 시작해 하나도 빠짐없이. 그는 가슴팍을 드러낸 채 긴 의자에 앉아 목쉰 소리로 거리의 춤곡을 흥얼대면서 기타줄을 느릿느릿 뚱기고 있었다. 젖어서 뭉쳐진 머리칼이 무서울 정도로 창백해진 얼굴에 흘러내렸다. 주막 한가운데에서는 완전히 '나사가 풀려버린' 오발두이가 카프탄도 벗어던진 채 회색 아르먀크를 입은 농부 앞에서 폴짝대며 춤을 췄다. 몸집이 작은 농부도 지친 두 발을 힘겹게 구르고 비비면서 엉킨 턱수염 사이로 멍하게 웃었고 이따금 한 손을 휘젓는 모습이 마치 이렇게 말하는 것 같았다. "될 대로 되라지!" 세상 무엇도 그의 얼굴보다 우스울 수 없었다. 그가 아무리 애써 눈썹을 들어올리려 해도 무거워진 눈꺼풀은 어디 있는지 알아챌 수 없는, 흐리멍덩하지만 지극히 달콤한 두 눈 위에 얹혀 말을 듣지 않았다. 그는 한바탕 마시고 취한 사람이 종국에 이르는 사랑스러운 상태가 될 것이고 그를 지나치는 누구라도 얼굴을 들여다보며 한마디씩 할 것이다. "멋지군, 친구, 아주 멋져!" 가재처럼 얼굴이 새빨개진 모르가치는 콧구멍을 벌룩거리며 한구석에서 독살스럽게 웃어댔다. 진정한 주막 주인답게 니콜라이 이바니치 홀로 예의 그 냉정을 잃지 않았다. 주막 안에는 새로운 얼굴들도 많이 모여 있었으나 들짐승 나리는 보이지 않았다.

나는 발길을 돌려 콜로톱카가 위치한 언덕을 빠르게 내려갔다. 언덕 밑자락에 넓은 평원이 펼쳐졌다. 저녁 안개의 몽롱한 파도에 잠긴 평원은 더욱 아득했고 어두워진 하늘과 하나가 된 듯했다. 골짜기로 난 길을 큰 보폭으로 내려가는데 갑자기 평원 어디선가 소년의 낭랑한 목소리가 들렸다. "안트롭카! 안트롭카-아-아!……" 그는 마지막 음절을 아주 오랫동안 길게 늘이며 끈질기게, 눈물날 정도로 절박하게 외쳤다.

그는 잠시 잠잠하더니 다시 외치기 시작했다. 그 목소리가 움직임 없는, 얕게 잠든 대기를 타고 울려퍼졌다. 그가 안트롭카라는 이름을 최소 서른 번 외쳤을 때였을까, 갑자기 들판 반대편에서, 마치 세상 반대편에서 외치는 것 같은 대답이 간신히 들려왔다.

"왜-애-애-애-애?"

소년이 반가우면서도 성이 난 목소리로 곧장 외쳤다.

"이리 와, 이 레시 같은 놈아-아-아!"

"왜 그러는 데-에-에-에?" 그가 한참 후에 대답했다.

"아버지가 너 혼 좀 나야겠다고 하셔-어-어-어." 첫번째 목소리가 서둘러 외쳤다.

두번째 목소리는 응답하지 않았고, 소년은 다시 안트롭카를 부르기 시작했다. 그의 외침은 점점 드물어지고 희미해졌으나 날이 아주 어두워지고 내가 숲의 끝자락에 이를 때까지 들렸다. 내 마을을 둘러싸고 있는 그 숲은 콜로톱카에서 4베르스타나 떨어져 있었다……

"안트롭카-아-아!" 밤의 그림자로 가득찬 대기 속에 여전히 그의 외침이 들려왔다.

표트르 페트로비치 카라타예프

오 년 전쯤 어느 가을날, 모스크바에서 툴라로 가던 중 말이 부족해 거의 하루를 역참에서 머물러야 했다. 사냥터에서 돌아오던 나는 부주의하게도 타고 왔던 삼두마차를 먼저 보냈던 것이다. 역참지기는 늙고 시무룩한 사내로, 머리칼은 코 바로 앞까지 내려오고 잠에 취한 듯한 작은 눈을 지니고 있었다. 그는 나의 모든 불평과 요청에 투덜대며 무뚝뚝하게 대답했고 자신의 직책을 저주라도 하듯 성을 내며 문을 쾅 닫고서 현관 층계참으로 나가 마부들에게 욕을 퍼부었다. 그들은 몇 푸드나 되는 굴레를 든 채 진흙탕을 어슬렁거리거나 머리를 긁적이며 하품이나 쩍쩍 하면서 긴 의자에 앉아 상관의 노기어린 고함에는 조금도 신경쓰지 않았다. 나는 이미 차를 석 잔이나 마시고 여러 차례 잠을 청해봤지만 허사여서 창문과 벽에 있는 낙서를 모조리 읽고야 말았다.

지루해 죽을 지경이었다. 희망 따윈 가지지 않는다는 차가운 시선으로 내 타란타스*의 살짝 들려진 수레채를 바라보던 찰나, 작은 종이 울렸고 지칠 대로 지친 말 세 필이 끄는 크지 않은 수레가 층계참 앞에 섰다. 도착한 사내는 수레에서 폴싹 뛰어내렸고 "어서 말을 내놔!" 하고 외치더니 역참 안으로 들어왔다. 그가 말수 없는 역참지기의 대답을 이곳의 누구나와 마찬가지로 이상하다는 표정으로 듣는 동안, 나는 지루해 죽을 지경인 사람의 게걸스러운 호기심으로 내 새로운 동지를 머리끝부터 발끝까지 훑어보았다. 겉보기에 나이는 서른쯤 되어 보였다. 천연두는 황동의 기분 나쁜 광택을 띤 그의 누리끼리하고 메마른 얼굴에 씻을 수 없는 흔적을 남겨놓았다. 푸른빛을 띠는 검고 긴 머리칼은 뒤로는 고리 모양으로 옷깃에 드리웠고, 앞으로는 남자다운 관자놀이에 곱실거렸다. 크지 않지만 부어오른 눈은 앞을 바라보고 있을 뿐 별다른 특징은 없었다. 윗입술에 수염이 몇 가닥 튀어나온 것이 눈에 띄었다. 말을 파는 장터에 자주 들르는 허랑방탕한 지주들처럼 알록달록하고 때에 전 아르할루크**를 입은 그는 색 바랜 연보라색 비단 넥타이에 구리 단추가 달린 조끼를 걸치고 아래로 갈수록 통이 거대하게 넓어지는 회색 바지를 입었는데, 그 밑으로 닦지 않은 부츠 앞코가 보일락 말락 했다. 그에게서 담배 냄새와 보드카 냄새가 강하게 풍겼다. 통통하고 붉은 손가락은 아르할루크 소맷자락에 거의 가려져 있었으나 손가락에 주렁주렁 낀 툴라산産 은반지가 언뜻언뜻 보였다. 루시에서도 수

* 세로축이 길고, 지붕이 있거나 없는 장거리 여행용 사륜마차.

** 줄무늬가 있는 비단 또는 면으로 지은 짧은 카프탄으로, 몸에 달라붙고 옷깃이 높다. 튀르키예 및 캅카스 지역에서 유래되었고 19세기 초반 러시아 예술가들이 즐겨 입었다.

십 수백 명쯤 볼 수 있는 인물이었다. 솔직히 말하자면, 그런 자들과 어울려봤자 즐거울 건 하나도 없다. 나는 새로 도착한 사내를 선입견을 가지고 바라보긴 했으나 낙천적이고 선하며 열정적인 그의 표정만큼은 어딘가 비범하다고 인정하지 않을 수 없었다.

"여기 이분은 벌써 한 시간도 넘게 기다리고 계십니다." 역참지기가 나를 가리키며 말했다.

'한 시간도 넘게!' 그 악당은 나를 비웃는 것이 틀림없었다.

"저분은 말이 아주 절실하지 않으신가보지." 새로 온 사내가 답했다.

"그야 저희로선 모르지요." 역참지기가 시무룩하게 말했다.

"그래서 정말 안 된다는 건가? 말이 하나도 없단 거야?"

"도리가 없습니다. 말이 한 필도 없습니다."

"음, 그렇다면 사모바르 좀 앉히라 이르게. 기다려야지, 별수 있나."

새로 온 사내는 긴 의자에 앉아 테 없는 모자를 탁자 위로 던져놓고 머리를 쓰다듬었다.

"혹시 선생은 차를 드셨는지요?" 그가 내게 물었다.

"마셨습니다."

"얘기나 나눌 겸 한 잔 더 하지 않으시겠습니까?"

나는 좋다고 했다. 붉고 뚱뚱한 모양의 사모바르가 네번째로 탁자에 등장했다. 나는 럼 한 병을 꺼냈다. 과연 나의 추측대로 이 말벗은 작은 영지를 가진 귀족이었다. 그리고 이름은 표트르 페트로비치 카라타예프였다.

우리는 대화를 나누기 시작했다. 사람 좋은 그는 이곳에 온 지 채 반 시간도 지나지 않아 속을 터놓고 살아온 이야기를 들려주었다.

"저는 모스크바로 가는 길입니다." 그가 차를 네 잔째 비우고서 말했다. "시골에서는 이제 할일도 없고 해서요."

"어째서 없다는 겁니까?"

"그렇게 됐습니다. 영지 경영도 말아먹었고, 고백하자면 저 때문에 농부들도 파산해버렸죠. 때가 안 좋았습니다, 흉작에다 아시다시피 불행이 겹쳤습니다…… 그랬지요, 게다가," 그가 침울하게 한쪽을 바라보며 덧붙였다. "저는 지주로서 자격이 없습니다!"

"어째서요?"

"세상에," 그가 내 말을 끊었다. "주인이 그따위면 되겠습니까! 보시다시피," 그가 고개를 한쪽으로 비뚜름히 하고 파이프를 빨며 계속 말했다. "선생은 저를 보면서 이러이러한 자일 거라고 넘겨짚으셨겠죠…… 저는, 솔직히 말씀드리면, 교육도 중등교육밖에 받지 못했습니다. 집안에 돈이 충분하지 않았거든요. 죄송합니다, 제가 원체 뭘 숨기지 못하는 성격이라, 그래서 결국……"

그는 말을 끝내지 않고 손을 내저었다. 나는 그가 잘못 생각한 것이라는 둥, 우리의 만남이 무척이나 반갑다는 둥 이런저런 말로 그를 안심시켰고, 영지 경영에 높은 수준의 교육이 꼭 필요하지는 않다고 지적했다.

"동의합니다," 그가 대답했다. "선생의 말씀에 동의합니다. 그래도 어쨌든 무언가 특별한 기질이 필요하겠지요! 어떤 자는 농부를 보리수 속껍질 벗기듯 뜯어 먹어도 아무렇지 않습니다! 그런데 저는…… 그런데 선생은 피테르에서 오셨나요, 아니면 모스크바에서 오셨나요?"

"페테르부르크에서 왔습니다."

그는 콧구멍으로 기다란 연기를 한참 내뿜었다.

"저는 모스크바에 가면 관청에서 근무할 생각입니다."

"어디서 근무할 계획이신지요?"

"모르겠습니다, 되는대로 구해야죠. 사실 저는 관청에서 일하는 것이 겁납니다. 어떤 책임을 떠맡는 것이니까요. 평생 시골에서 살면서, 아시다시피, 그냥 길이 그렇게 들어버렸습니다…… 게다가 할일도 없습니다…… 먹고는 살아야 하고요! 오, 먹고사는 일이란!"

"그래도 수도에 사시게 되겠군요."

"수도라…… 음, 모르겠습니다, 그 수도란 곳이 좋은 게 뭘지. 두고 봐야죠, 좋은 게 있을지도 모르니까요…… 이제 시골에는 좋은 게 하나도 없습니다."

"정말 시골에서 전혀 사실 수 없게 된 겁니까?"

그가 한숨을 내쉬었다.

"그럴 수 없게 되었습니다. 이제 그 시골 마을은 제 영지가 아닌 것이나 마찬가지입니다."

"무슨 말씀이신지?"

"사람 좋은 이웃이 하나 있는데, 이제 그 사람 땅입니다…… 어음으로……"

가여운 표트르 페트로비치는 손으로 얼굴을 쓰다듬고는 잠시 생각에 잠겼다가 고개를 흔들었다.

"이제 어쩌겠습니까!…… 말이 나왔으니 하는 말이지만," 그가 잠시 침묵한 뒤 덧붙였다. "누구도 탓할 수 없습니다, 다 제가 못난 탓이지요. 그렇게 건방을 떨어댔으니 말입니다!…… 제기랄, 지금도 쥐뿔도 없으면서 건방 떠는 걸 좋아하지요!"

"마을에서 즐겁게 사신 모양이지요?" 내가 그에게 물었다.

"선생, 제게는," 그가 내 눈을 똑바로 바라보며 띄엄띄엄 말했다. "사냥개 스무 활*이 있었습니다, 정말이지 그렇게 멋진 개들은 흔치 않습니다. (그는 마지막 말을 노래 부르듯 길게 늘여 발음했다.) 회색 산토끼를 보면 흔들며 가지고 놀기 바빴고, 붉은 짐승들**을 보면 아주 독사가 따로 없었죠. 보르조이들도 저의 큰 자랑거리였습니다. 다 지난 일인데 뭐하러 거짓말을 하겠습니까. 저는 또 총으로도 사냥을 즐겼습니다. 콘테스카라는 개가 있었는데, 사냥감을 찾으면 꼿꼿이 미동도 하지 않는 자세가 아주 비범했고 짐승이 남긴 흔적뿐만 아니라 멀리 있는 짐승의 냄새로 사냥감을 찾아냈습니다. 늪에 가서 제가 '장전!'이라 말한다고 칩시다. 그런데 그놈은 어째선지 짐승을 찾지 않습니다. 그럴 때면 개 열두 마리를 풀어서 찾아봐도 한 마리도 못 찾습니다! 그런데 일단 한번 찾아 나서기만 하면 그 자리에서 죽어도 기쁘다는 듯이 열심히 찾는 겁니다! 또 집안에서는 어찌나 점잖았는지요. 왼손으로 빵을 주면서 '유대인 놈이 먹었던 거야' 하면 받지 않고, 오른손으로 주면서 '아씨가 드셨던 거야' 하고 말하면 얼른 받아서 꿀꺽 삼킵니다. 그 녀석한테 새끼가 태어난 적이 있는데, 아주 멋진 강아지였습니다. 모스크바에도 데려가고 싶었어요. 그런데 친구가 총과 함께 이 강아지를 달라고 하면서 말하더군요. '이봐, 모스크바에서는 그따

---

* 당시에는 사냥개 두 마리를 짧은 사슬에 함께 묶어서 데리고 다녔는데, 이 사슬을 활(смычок)이라 불렀다.

** 곰, 큰 사슴, 담비 등 사냥꾼들이 가치를 높이 치는 사냥감을 가리킨다.

위에 관심도 없어. 거기는 사정이 아주 다르다고.' 그래서 그 친구한테 강아지도 총도 다 줘버렸습니다. 그렇게 제 모든 것은 이제 시골에 남겨진 셈이지요."

"모스크바에서도 사냥은 할 수 있을 텐데요."

"아닙니다, 이제 와서 뭘 또 하겠습니까? 저는 제 몸 하나 건사하지 못해서 이 꼴이 된 거라 이제는 꾹 참아야 합니다. 그건 그렇고, 모스크바에서 사는 것은 어떻습니까, 비싸겠지요?"

"아니, 그렇게 비싸진 않습니다."

"그렇게 비싸지 않다고요?…… 말씀해주십시오, 모스크바에도 집시들이 살겠지요?"

"어떤 집시들 말입니까?"

"장터를 돌아다니는 집시들 말입니다."

"그럼요, 모스크바에도 있지요……"

"그럼, 됐습니다. 저는 집시를 끔찍이도 좋아하거든요……"

표트르 페트로비치의 눈이 즐겁고 기운차게 반짝였다. 그런데 그가 갑자기 긴 의자에서 몸을 돌려 앉더니 깊은 생각에 빠진 듯 고개를 숙이고 내게 빈 컵을 내밀었다.

"선생, 럼 한 잔 주십시오." 그가 말했다.

"차가 다 떨어졌습니다만."

"괜찮습니다, 차 없이 마시렵니다…… 휴!"

카라타예프가 두 손에 턱을 괴더니 탁자 위에 팔꿈치를 올렸다. 나는 말없이 그를 가만히 바라보며 예의 그 감정이 풍부한 감탄사, 그리고 한바탕 마시고 취한 사람이 아낌없이 흘리곤 하는 눈물을 기대했으나 그가 고개를 들었을 때 나는, 고백하건대, 깊은 슬픔에 잠긴 그의 표정에 깜짝 놀랐다.

"무슨 일입니까?"

"아무 일도 아닙니다…… 옛날 일이 생각나서요. 가히 일화라 할 만한 일이었지요…… 선생에게 이야기해드리고 싶지만 귀찮게 할까봐 망설여집니다……"

"얼마든지 해주시오!"

"그러시다면," 그가 한숨을 내쉬며 말을 이었다. "살다보면 별의별 일이 다 있지요…… 가령 저만 해도 그렇고요. 정 원하신다면 이야기해드리겠습니다. 어떠실지 모르겠습니다만……"

"어서 이야기해주시오, 친애하는 표트르 페트로비치."

"아무리 그래도…… 아시다시피," 그가 말했다. "이 얘기를 해도 될지 모르겠습니다……"

"이런, 그만 미적대시오, 친애하는 표트르 페트로비치."

"음, 해도 되려나. 아무튼 제게 일어난 일입니다. 저는 시골 마을에 살고 있었죠…… 어느 날 갑자기 어떤 처자가 눈에 들어온 겁니다, 오, 어떤 아가씨였냐면…… 미인에 똑똑하고 정말 착했답니다! 이름은 마트료나였어요. 그런데 그녀는 출신이 별로였지요, 그러니까 눈치채셨겠지만, 농노였습니다, 그냥 보통 농노 말입니다. 게다가 제 영지가 아니라 다른 사람 영지에 속한 농노였어요. 이게 바로 큰 불행이었습니다. 음, 아무튼 저는 그 여자에게 반해버렸고, 네, 정말 기적 같은 일화 같습니다만, 그녀도 저를 좋아했습니다. 그래서 마트료나가 저를 조르기 시작했죠. 자기를 주인마님에게서 사달라고요. 저도 이미 그렇게 할까 생각하던 참이었죠…… 그런데 그 여자의 주인은 부유한데다 아주 지독스러운 노파였습니다. 제 영지에서 15베르스타 정도 떨어진 곳에 살았고요. 음, 흔히들 말하는 어느 화창한 날, 저는 드로시키에 말 세 필을 매라 일렀습니다. 저는 수레채를 씌우는 가운데 말로는 측대보말을 몰고 다녔죠, 아주 비범하고 거친 녀석인데, 이름이 람푸르도스였습니다. 평소보다 더 잘 차려입고서 마트료나의 주인에게 갔습니다. 도착해서 보니 저택이 어마어마하고 별채에 정원까지 있더군요…… 마트료나가 잠깐 저와 얘기하고 싶었는지 길모퉁이에서 기다리고 있었는데, 저를 보더니 그저 손에 입을 맞추고는 사라져버렸습니다. 저는 현관방에 들어서서 물었습니다. '주인마님 댁에 계신가?……' 키 큰 하인이 말하더군요. '어느 분이 오셨다고 전할까요?' 제가 말했습니다. '지주 카라타예프가 의논할 일이 있어서 왔다고 전해주게.' 하인은 안으로 들어갔고 저는 기다리면서 일이 어떻게 될지 생각해봤습니다. 저 여우 같은 할멈이 엄청난 값을 부르겠지, 그 많은 돈으로 뭐하려나 몰라. 아마 500루블 정도는 부를 테지. 그러던 차에 마침내 하인이 돌아와 말했습니다. '이리 오십시오.' 저는 하인을 따라 응접실로 들어갔습니다. 안락의자에 몸집이 작고 노리끼리한 노파가 앉아 눈을 끔벅이고 있었어요. '무슨 일이십니까?' 우선 만나뵙게 되어 반갑다는 인사를 올려야겠다고 생각했습니다. '착각하신 모양인데, 저는 이곳 주인이 아니라 그녀의 친척입니다…… 무슨 일이신지요?' 저는 곧바로 주인마님과 얘기를 나눠야 한다고 그녀에게 말했습니다. '마리야 일리니치나는 오늘 손님을 맞지 못하십니다. 좀 편찮으셔서요…… 무슨 일인데 그러십니까?' 어쩔 수 없이 저는 제 상황을 설명해야겠다고 생각했지요. 노파는 제 얘기를 귀기울여 들었습니다. '마트료나요? 어떤 마트료나 말씀입니까?'—'마트료나 표도로바입니다, 쿨리크의 딸이지요.'—'표도르 쿨리크의 딸이라…… 그 아이를 어떻게 아십니까?'—'우연히 알게 되었습니다.'—'나리의 뜻을 그 아이도 압니까?'—'알고 있습니다.' 노파는 잠시 말이 없었습니다. '내 이 몹쓸 것을!……' 저는 솔직히 깜짝 놀랐습니다. '무슨 말씀이십니까, 진정하십시오!…… 저는 그 아이를 받는 대가로 돈을 원하시는 만큼 드릴 작정입니다.' 그 늙다리가 무척 열을 내더군요. '아주 놀라운 일을 꾸미셨군, 당신이 주는 돈이 우리에게 퍽도 필요하겠네!…… 내 이년을 당장…… 아주 버르장머리를 고쳐놔야지.' 노파는 화가 나서 기침까지 해댔습니다. '우리집에 있는 게 안 좋다던가요?…… 아, 이런 요괴 같은 년을 봤나, 주여, 저의 죄를 용서하소서!' 솔직히 저도 성을 내고 말았습니다. '불쌍한 처자를 두고 어째서 그렇게 으르렁대시는 겁니까? 뭘 잘못했다고요?' 노파가 성호를 그었습니다. '오 주여, 예수그리스도여! 아니 내 농노도 내 맘대로 못한답니까?'—'그 여자가 당신 것은 아니잖소!'—'그래, 마리야 일리니치나가 더 잘 아시겠죠. 여보세요, 나리, 이건 당신 일이 아니에요. 내 당장 마트료나 년에게 주인이 누구인지 알려줘야겠습니다.' 솔직히 말씀드리자면, 저는 이 저주받을 노파에게 당장이라도 달려들 뻔했습니다만, 마트료나를 생각하자 손이 절로 내려갔지요. 어찌나 겁이 나던지 지금 와서 다시 말하기도 두렵습니다. 저는 노파에게 애원하기 시작했습니다. '얼마가 됐든 드리겠습니다.'—'어째서 그 아이를 원하시는 거죠?'—'사랑에 빠져서 그렇습니다. 부인, 제 입장이 되어보십시오…… 당신 손에 입을 맞추게 해주십시오.'

그렇게 저는 깡패 같은 여편네 손에 입을 다 맞추었습니다! '음,' 그 마녀가 웅얼거리더군요. '마리야 일리니치나께 말씀드려보지요. 뭐라고 하실지 기다려봅시다. 이틀 뒤에 다시 와주십시오.' 저는 크게 불안해하며 집으로 갔습니다. 저는 일을 제대로 처리하지 못했다고, 괜히 속내를 내보였다고 별의별 생각을 했지만 다 뒤늦은 후회였지요. 이틀 뒤 저는 그 댁에 다시 갔습니다. 이번에는 서재로 저를 데려가더군요. 꽃이 어마어마하게 많고 대단히 정갈한 곳이었는데, 그 댁 마님은 머리를 젖혀 쿠션에 기댄 채 아주 희한하게 장식된 안락의자에 앉아 있었습니다. 그 친척이라는 여자도 있었고, 하얀색에 가까운 금발에 입이 비뚤어진 부인도 있었습니다. 녹색 옷을 입고 있었는데 마님 말동무로 보였습니다. 노파가 콧소리를 내며 말했습니다. '앉으시지요.' 저는 앉았습니다. 그리고 노파는 제게 나이가 몇인지, 어디서 근무했는지, 무슨 일을 하려 하는지 꼬치꼬치 캐물었고, 그 태도는 위에서 내려다보듯 거만했지요. 저는 상세하게 대답했습니다. 노파가 탁자에서 손수건을 집더니 자기 얼굴에 부채질하며 말했습니다…… '카테리나 카르포브나께서 뜻을 전하셨습니다. 그런데 제게는 원칙이 하나 있지요. 내 사람을 다른 집 하인으로 보내지 않는다는 겁니다. 점잖은 일도 아닌데다 고귀한 집안에 도움 되는 일도 아니지요. 그저 무질서입니다. 제가 이미 지시를 내려두었으니 더는 근심하실 것 없습니다.'—'근심이라니요, 무슨 말씀이십니까…… 혹시 마트료나 표도로바가 필요하십니까?'—'아니요, 필요하지 않습니다.'—'그럼 어째서 제게 양보하지 않으십니까?'—'내키지가 않으니까요, 내키지 않는다 그뿐입니다. 이미 조처해두었고 그 아이는 초원에 있는 마을로 내려갈 겁니다.' 저는 벼락을 맞은 듯했습니다. 노파가 녹색 옷을 입은 부인에게 프랑스어로 두어 마디 하자 그녀는 나갔습니다. '저는 엄격한 원칙이 있는 아녀자로, 건강이 별로 좋지 않습니다. 근심거리가 있으면 잘 견디질 못하지요. 당신은 아직 젊으시고 저는 살 만큼 산 사람이니 조언을 드려도 결례는 아니겠습니다. 어디에서든 자리를 잡고 적당한 배필을 찾아 결혼하시는 게 좋지 않겠습니까. 부유한 신부는 드문 법이나 가난해도 품성이 어진 처자는 얼마든지 찾을 수 있으니까요.' 있잖습니까, 노파를 아무리 뚫어지게 쳐다봐도 저는 그녀가 웅얼거리는 말을 한마디도 못 알아듣겠더군요. 결혼에 대해서 뭐라뭐라 말하는데 제 귀에는 초원에 있는 마을이라는 말만 윙윙거리는 겁니다. 결혼이라니!…… 빌어먹을……"

한창 이야기하던 그가 갑자기 멈추고 나를 바라보았다.

"선생은 결혼하셨는지요?"

"안 했습니다."

"그렇다면 어떤 일이 일어났을지 잘 아시겠군요. 저는 그만 참지 못하고 말했습니다. '친애하는 부인, 무슨 헛소리를 하시는 겁니까? 여기서 결혼 얘기가 왜 나옵니까? 저는 한 가지만 알고 싶습니다, 그래서 당신의 하녀 마트료나를 제게 양보하실 겁니까, 안 하실 겁니까?' 노파는 탄식하며 앓는 소리를 하더군요. '아, 이자가 어찌 나를 이리 괴롭히느냐! 아, 당장 나가라 해라! 아!……' 친척 여자가 그녀 곁으로 번개같이 다가가더니 제게 고함을 질렀습니다. 노파는 계속 끙끙거렸고요. '내가 무슨 짓을 했길래 이래?…… 내가 내 집에서 주인 행세도 못한단 말이냐? 아, 아!' 저는 모자를 움켜쥐고 미친 사람처럼 뛰쳐나오고 말왔습니다."

"아마도," 그가 이야기를 계속했다. "선생은 미천한 출신의 처자에게 지나치게 집착한 저를 비난하시겠지요. 저도 변명할 생각은 없습니다…… 어쩌겠습니까, 그렇게 된 것을요!…… 믿기실지 모르겠지만, 낮이고 밤이고 저는 전전긍긍 어쩔 줄 몰랐습니다…… 얼마나 고통스러웠는지! 이런 생각도 들었습니다, 어째서 불쌍한 처자를 내 손으로 파멸시켰는가! 그녀가 거친 천으로 짠 반카프탄을 걸치고 거위 따위나 몬다고 상상하면, 주인마님 명을 따르느라 온갖 푸대접을 받고 역청 바른 장화를 신은 촌장이나 농부에게 상욕을 듣는다고 상상하니 식은땀이 줄줄 흘렀습니다. 음, 결국 견디지 못하고 저는 그녀를 어느 마을로 보냈는지 알아보았고 말을 타고 달려갔습니다. 다음날 저녁 무렵에야 도착했지요. 아무도 제가 그런 기행을 벌일 줄 몰랐는지 저와 관련해서 어떤 지시도 내려지지 않은 상황이었습니다. 저는 이웃사람인 것처럼 곧장 촌장에게 갔습니다. 마당에 들어서니 마트료나가 손에 턱을 괸 채 현관 층계참에 앉아 있었습니다. 그녀가 소리지르려 했지만 제가 제지하고 뒷마당과 들판을 가리켰습니다. 오두막에 들어가 촌장과 시시껄렁한 얘기를 나누며 거짓말을 한보따리 늘어놓고서 적당한 때를 틈타 마트료나에게 나왔습니다. 불쌍한 그녀는 제 목에 매달려 떨어질 줄 몰랐습니다. 내 귀여운 비둘기는 얼굴에 핏기도 없고 야위었더군요. 저는, 있잖습니까, 이렇게 말했습니다. '괜찮아, 마트료나, 이제 괜찮아, 울지 마.' 그러는 제 눈에서 눈물이 흐르고 또 흘렀지요…… 음, 그러다 결국 부끄러워진 저는 그녀에게 말했습니다. '마트료나, 운다고 슬픔이 해결되지는 않아. 말하자면, 결단력 있게 행동해야 해. 같이 도망치자. 지금으로선 그게 필요한 행동이야.' 마트료나는 그 자리에서 굳어버리더군요…… '어떻게 그래요! 제가 사라지면 저를 잡아먹으려 들 거예요.'—'에이 바보, 누가 너를 찾기나 할 줄 알아?'—'꼭 찾아낼 거예요, 찾고말고요. 표트르 페트로비치, 고맙습니다. 제게 주신 사랑은 평생 잊지 않을게요, 이젠 저를 그냥 놔두세요. 다 제 운명인걸요.'—'아, 마트료나, 마트료나, 나는 너를 용기 있는 아가씨라고 생각했는데.' 사실 그녀는 대단히 용기 있는 처자였지요…… 영혼은 황금같이 아름다웠고요! '어째서 여기 남겠다는 거야! 어떻게 되든 이보다 나쁠 순 없어. 아니, 말해봐, 설마 벌써 촌장한테 주먹질당한 거야?' 마트료나는 화를 버럭 냈고 입술을 떨었어요. '저 때문에 우리 가족이 힘들어질 거예요.'—'그래, 너에게는 가족이 있지…… 설마 어디 유배라도 보낸다는 건가?'—'보내고 말 거예요, 오빠는 분명히 보낼 거예요.'—'아버지는?'—'아버지는 안 보낼 거예요. 마을에서 제일가는 재단사니까요.'—'그런데 이 일로 너희 오빠가 영영 신세를 망치게 되지는 않을 거야.' 믿기실지 모르겠지만, 저는 가까스로 그녀를 설득했습니다. 그녀는 제가 이 일로 곤란해지게 될 거라고도 말했지요…… '그건 내가 알아서 할게……' 저는 결국 그녀를 데리고 떠났습니다. 바로 그때가 아니라 적당한 때를 기다렸죠. 한밤중이었고, 수레를 가져와 그녀를 태워 떠났습니다."

"정말로 그녀를 데리고 떠났소?"

"정말입니다…… 음, 그녀는 제가 사는 곳에 머물게 되었습니다. 제가 사는 집은 크지도 않고 하인도 얼마 없습니다. 게다가 우리집 하인들은 정말로 저를 존경했습니다. 그 어떤 물질적 대가를 준다 해도 저를 팔아넘길 사람들이 아니었죠. 그렇게 저는 두 발 뻗고 자게 되었죠. 마트료누시카*도 푹 쉬니 살이 올랐고요. 저는 그녀를 더욱 사랑하게 되었습니다…… 얼마나 멋진 아가씨였는지 모릅니다! 도대체 어디서 이렇게 귀한 사람이 나타났던 걸까요? 노래며 춤이며 기타 연주며 못하는 것이 없었습니다…… 이웃들한테도 그녀를 보여주지 않았지요, 여기저기 떠들고 다닐까봐요! 저에게 판텔레이 고르노스타예프라는 아주 막역한 친구가 있는데, 혹시 그 친구를 아십니까? 그 친구가 그녀를 정말 무척이나 좋아했습니다. 귀부인에게 하듯 그녀 손에 입을 맞추기도 했고요. 솔직히 말씀드리면, 저와 고르노스타예프는 아주 달랐습니다. 그는 교육도 많이 받은데다 푸시킨도 전부 읽었거든요. 그가 이야기하면 저와 마트료나는 황홀해서 입을 헤벌리고 듣곤 했지요. 그는 그녀에게 글쓰기를 가르쳤을 정도로 괴짜였습니다! 저는 그녀에게 도지사 부인보다 더 멋진 옷을 해 입혔고 진홍색 벨벳에 모피 테두리가 달린 외투도 맞춰주었지요…… 그 외투가 얼마나 그녀에게 잘 어울렸는지 모릅니다! 모스크바의 마담이 신식 유행에 따라 지은 것인데, 허리가 잘록하게 들어갔죠. 마트료나가 얼마나 신기하고 놀라운 아가씨였는지 모릅니다! 생각에 잠길 때면 몇 시간씩 한곳에 앉아서 바닥만 내려다보고 눈썹 하나 까딱하지 않았습니다. 그러면 저도 곁에 앉아서 그녀를 바라보았는데, 마치 처음 보는 것처럼 아무리 봐도 싫증이 나지 않았습니다…… 그녀가 미소 지을 때면 제 심장은 누가 간지럽히기라도 하듯 와들와들 떨렸습니다. 그러다가도 그녀는 갑자기 웃고 장난치

* 마트료나의 애칭.

고 춤을 췄지요. 또 저를 어찌나 뜨겁게 꼭 안아주었는지 정신이 아찔할 정도였습니다. 아침부터 저녁까지 저는 한 가지 생각만 했지요. 어떻게 하면 그녀를 기쁘게 할 수 있을까? 믿으실지 모르겠지만, 저는 오로지 제 영혼이나 다름없는 그녀가 기뻐하고, 기뻐서 얼굴이 새빨개지는 모습을 보기 위해 그녀에게 선물을 주었습니다. 제가 선물한 새 옷을 입고 제게 다가와 입맞춤하기만 기대하며 선물을 했단 말입니다. 그녀의 아버지 쿨리크가 어떻게 냄새를 맡았는지는 모르겠습니다만, 딸을 찾아와서는 저희를 보고 꺼이꺼이 우는 겁니다…… 분명 기뻐서 울었던 거겠지요, 어떻게 생각하십니까? 저희는 쿨리크에게 온갖 선물을 안겨줬지요. 사랑스러운 비둘기 같은 그녀는 작별인사를 할 때 아버지에게 5루블짜리 지폐를 주었습니다. 그러자 그 아버지가 갑자기 그녀 발치에 주저앉아 고마워하더군요, 아주 희한한 사람이었습니다! 결국 우리는 다섯 달을 같이 살았고, 저는 평생 그녀 곁에서 그렇게 살고 싶었습니다. 그런데 제 운명은 참으로 고약했습니다!"

표트르 페트로비치가 이야기를 멈췄다.

"무슨 일이 일어난 겁니까?" 내가 깊은 관심을 보이며 물었다.

그는 손을 내저었다.

"모든 것이 산산조각나고 말았습니다. 제 손으로 그녀를 파멸시켰습니다. 마트료누시카는 썰매타기를 엄청나게 좋아해서 직접 몰기도 했지요. 제가 사준 외투를 걸치고 자수를 놓은 토르조크*산産 벙어리장갑을 끼고는 즐거워서 큰 소리로 외치기도 했습니다. 저희는 항상 저녁

* 현재 트베르스카야주의 도시로, 10세기부터 이어져온 금실 자수 공예로 유명하다.

에 썰매를 탔는데, 아시다시피 아무와도 마주치지 않기 위해서였죠. 그날은 날씨가 아주 근사했습니다. 쨍하게 추운데다 맑고 바람도 없었고요…… 저희는 당연히 썰매를 타러 갔죠. 마트료나가 고삐를 쥐었습니다. 그런데 그녀가 이상한 데로 썰매를 모는 겁니다. 설마 주인마님이 있는 쿠쿠옙카로 가려는 건가, 싶었지요. 그런데 정말 쿠쿠옙카로 가는 것이었습니다. 제가 말했죠. '미쳤군, 도대체 어디로 가는 거야?' 그녀는 어깨 너머로 저를 힐끔 바라보더니 미소 짓더군요. 그러면서, 어디 한번 좀 뻐겨볼까요 하는 겁니다. 저도 이런 생각이 들더군요, 에잇! 모 아니면 도다!…… 주인마님 댁을 지나치며 달린다니, 무척 신나는 일 아니겠습니까? 정말 신나겠지요, 선생도 그러셨을 테죠? 그렇게 우리는 계속 달렸습니다. 제 측대보말은 헤엄치듯 달렸고, 곁마들은, 정말입니다만, 돌풍처럼 나아가더군요. 그러더니 어느새 쿠쿠옙카의 교회가 보이는 겁니다. 그런데 맙소사, 저 앞에 낡은 녹색 썰매가 기어오고 있는 게 아니겠습니까, 하인이 썰매 위로 툭 튀어나와 보이고요…… 주인마님, 바로 마님이 달려오고 있었습니다! 저는 잔뜩 겁에 질렸는데, 마트료나는 고삐로 말들을 내려치더니 그 썰매를 향해 질주했어요! 머릿속에 그려지실 테지만, 그쪽 마부는 분명 저희를 보았습니다. 맞은편에서 쏜살같이 달려오던 그 알히메레스라는 자가 저희를 피하려고 고삐를 너무 급하게 잡는 바람에 썰매가 눈구덩이 속으로 처박히고 말았습니다. 유리창이 깨졌고 주인마님은 비명을 질렀지요. '아, 악, 악! 아, 아, 악!' 마님의 말동무인 처녀도 빽빽 울어댔고요. '잡아, 저놈들을 잡아!' 저희는 젖 먹던 힘을 다해 달렸습니다. 그렇게 썰매를 몰아대면서도 이런 생각이 들더군요. 큰일났다, 괜히 쿠쿠옙카로 몰게 했구

나. 어떻게 됐을 것 같습니까? 마님은 마트료나와 저를 모두 알아보았고, 결국 그 늙다리가 저를 고소했습니다. 도망쳤던 자신의 하녀가 귀족 카라타예프의 집에 살고 있다고 고소장에 쓴 겁니다. 당국에 감사인사를 하는 것도 잊지 않았고요. 창문을 내다보니 군 경찰서장이 제게 오고 있더군요. 그는 스테판 세르게이치 쿠좁킨이라고, 제가 잘 알고, 아주 좋은 사람이었죠. 그러니까 사실은 질 나쁜 사람이라는 말입니다. 그가 와서 표트르 페트로비치, 이러이러한데, 아니 어떻게 그러그러한 짓을 하시었소 운운하더군요…… 협의가 중한데다 이 경우에는 법도 명명백백하다는 둥 말입니다. 제가 그에게 말했습니다. '음, 이 일에 대해서는 차차 얘기 나누기로 하고, 오시느라 시장하실 텐데 우선 뭘 좀 드시겠습니까?' 그가 그러겠다고 하며 이렇게 말했죠. '재판이 열릴 수밖에 없겠소, 표트르 페트로비치, 짐작하고 계셨겠소만.'—'재판이야 당연하죠,' 제가 말했습니다. '그야 물론…… 그런데, 서장님 댁에 까마귀처럼 새카만 말이 한 필 있다고 하던데요, 혹시 저의 람푸르도스하고 바꾸지 않으시겠습니까?…… 그건 그렇고, 마트료나 표도로바라고 하는 하녀는 지금 우리집에 없습니다.'—'흠,' 그가 말했습니다. '표트르 페트로비치, 그 하녀는 분명 당신 집에 있소, 우리가 스위스에 사는 것도 아니잖소…… 물론 람푸르도스와 내 말은 충분히 교환할 수 있고말고요, 지금이라도 가져갈 수 있지요.' 그렇게 일단 저는 수를 써서 그를 돌려보내긴 했습니다. 그런데 이 늙은 마님이 전보다 더 난리를 피우는 겁니다. 1만 루블이 든대도 고소를 무르지 않겠다고요. 있잖습니까, 사실은 말이죠, 나중에 알게 된 사실입니다만, 그녀는 처음 저를 봤을 때 그 녹색 옷을 입은 처녀와 결혼시켜야겠다 생각했다고 합니다.

그래서 이 일에 더 격노했던 것이고요. 귀부인 마님들이 무슨 꿍꿍이인들 못 꾸미겠습니까!…… 아마도 사는 게 지루해서 그렇겠지요. 일이 아주 불리하게 돌아갔습니다. 저는 돈을 아끼지 않고 마트료나를 숨겨주었지만, 사정은 더 고약해졌습니다! 사방에서 저를 못살게 구는 바람에 정신이 나갈 지경이었지요. 큰 빚도 지고 건강도 잃고요…… 밤에 침대에 누워 있는데 이런 생각이 들기까지 했습니다. '주여, 제가 무슨 죄를 저질렀기에 이 고난을 겪어야 합니까? 그녀를 사랑하지 않을 수는 없고, 도대체 저는 어떡해야 합니까?…… 그럴 수 없습니다, 결단코!' 그런데 갑자기 마트료나가 제 방에 들어왔습니다. 그때 저는 그녀를 집에서 2베르스타 떨어진 마을에 숨겨놓았었는데 말입니다. 저는 놀라서 자지러질 뻔했죠. '어떻게 된 거야? 거기서 누가 너를 찾아내기라도 한 거야?'—'아니요, 표트르 페트로비치,' 그녀가 말했습니다. '부브노보에서는 아무도 저를 괴롭히지 못해요. 과연 이런 생활이 오래갈 수 있을까요? 제 심장은 이제 너덜너덜해졌어요, 표트르 페트로비치. 내 사랑, 당신이 너무 가여워요. 당신의 손길을 평생 잊지 못할 거예요, 표트르 페트로비치. 저는 오늘 작별인사를 하러 왔어요.'—'아니 왜 그래, 정신 나간 사람처럼?…… 작별이라니? 작별이라니 그게 무슨 소리야?'—'그게…… 제 발로 가서 용서를 구하려고 해요.'—'미쳤어, 나는 너를 다락방에라도 가둘 거야…… 나를 파멸시키려고 작정한 거야?' 그녀는 아무 말 없이 바닥만 내려다보고 있었죠. '어서 말해봐, 말해보라고!'—'더는 당신을 힘들게 하고 싶지 않아요, 표트르 페트로비치.' 무슨 얘기를 해도 소용이 없었습니다…… '이 바보야, 너도 알잖아, 내 맘을 알잖아, 정말 미…… 미쳤어……'"

그리고 표트르 페트로비치는 애처롭게 울었다.

"어떻게 생각하십니까?" 그는 주먹으로 탁자를 내리치고 눈썹을 힘겹게 찌푸리며 말을 이었으나 달아오른 뺨 위로 여전히 눈물이 흘렀다. "그녀는 그렇게 가서 순순히 자신을 내주었습니다……"

"말이 준비되었습니다!" 역참지기가 방에 들어오며 당당하게 외쳤다.

우리 둘은 자리에서 일어났다.

"그리고 마트료나는 어떻게 되었습니까?" 내가 물었다.

카라타예프는 손을 내저었다.

카라타예프와 만나고 일 년쯤 지난 어느 날, 나는 모스크바에 들르게 되었다. 마침 식사 전이기도 해서 오호트니 랴트 뒤에 있는 카페를 방문했는데, 진정한 모스크바 스타일의 카페였다. 당구장에서는 담배 연기의 파도 사이로 벌게진 얼굴들, 콧수염, 다 밀고 정수리만 남겨 틀어올린 머리*, 철 지난 벤게르카, 최신 유행으로 떠오른 슬라브식 복장이 눈에 띄었다. 빼빼 마른 노인들은 검소한 프록코트를 입고 러시아 신문을 읽고 있었다. 쟁반을 든 급사들은 녹색 카펫 위를 사뿐사뿐 걸으며 날쌔게 홀을 누볐다. 상인들은 고통스러울 정도로 긴장된 표정을 한 채 차를 홀짝거렸다. 갑자기 당구장에서 한 남자가 나왔는데, 봉두난발을 하고 있었고 다리도 풀린 듯했다. 그가 주머니에 두 손을 꽂은 채 고개를 늘어뜨리고 멍하니 주변을 둘러보았다.

* '도가머리'라는 뜻으로 호홀(xoxoл)이라 불리던 이 머리 모양은 자포로지예 카자크들 사이에서 성숙한 전사의 상징으로 여겨졌다.

"아니, 아니, 이게 누구시오! 표트르 페트로비치!…… 어떻게 지내셨소?"

표트르 페트로비치는 내 목에 거의 몸을 던지다시피 달려들더니 비틀거리며 나를 작은 별실로 데려갔다.

"여기 앉으시죠," 그가 다정하게 나를 안락의자에 앉히며 말했다. "아무래도 여기가 편하실 겁니다. 어이, 맥주! 아니, 샴페인으로 줘! 음, 정말이지, 다시 만나게 될 줄은 꿈에도 몰랐습니다…… 오신 지 오래되었습니까? 오래 계실 계획인가요? 이렇게 다시 만난 것도, 말하자면 인연 아니겠습니까……"

"그러게 말입니다, 기억하시는군요……"

"기억하고말고요, 어떻게 잊겠습니까," 그가 급하게 내 말을 막았다. "다 지난 일…… 과거의 일이라 해도요……"

"그래, 이곳에서 어떻게 지내십니까, 친애하는 표트르 페트로비치?"

"보시다시피 이렇게 지냅니다. 역시 모스크바가 살기 좋더군요, 사람들도 마음이 따뜻하고요. 이곳에서 드디어 안정을 찾았습니다."

그는 한숨을 내쉬고 두 눈을 천장으로 들어올렸다.

"관청에서 근무하십니까?"

"아닙니다, 아직 근무하고 있진 않습니다만 곧 일할 곳을 찾게 될 겁니다. 그런데 근무가 다 뭐랍니까? 사람이 중요하지요. 이곳에서 좋은 사람들을 많이 사귀게 됐습니다!……"

급사가 검은 쟁반에 샴페인 한 병을 받쳐들고 왔다.

"이 친구만 해도 사람이 참 착하죠…… 안 그런가, 바샤, 너도 착한 사람이지? 너의 건강을 위하여!"

급사는 잠시 서 있다가 예의바르게 고개를 젓고는 미소 지으며 나갔다.

"네, 이곳 사람들은 참 착합니다," 표트르 페트로비치가 말을 이었다. "진짜 감정과 영혼을 지니고 있습니다…… 원하신다면 소개해드릴까요? 아주 멋진 친구들입니다…… 다들 선생을 반가워할 겁니다. 어디 보자…… 보브로프는 죽었습니다, 참 슬픈 일이에요."

"보브로프가 누굽니까?"

"세르게이 보브로프. 멋진 사내였습니다. 무식쟁이에다 초원에서 온 촌놈인 저를 잘 챙겨주었지요. 그리고 판텔레이 고르노스타예프도 죽었습니다. 죄다 죽어버렸습니다, 전부!"

"그후로 계속 모스크바에서 사시었소? 고향 마을에는 다녀오셨나요?"

"고향 마을이라…… 그 고향 마을은 팔아버렸습니다."

"팔았다니요?"

"경매로 말입니다…… 선생이 사주셨더라면 좋았을 텐데!"

"이제 어떻게 지내실 계획입니까, 표트르 페트로비치?"

"굶어죽기야 하겠습니까! 돈은 없어도 친구들은 있을 테니까요. 돈이 다 뭡니까? 먼지에 지나지 않습니다! 황금도 다 먼지입니다!"

그는 미간을 찌푸리고는 주머니에 손을 넣어 뒤적이더니 손바닥에 15코페이카짜리 동전 두 닢과 10코페이카짜리 하나를 올려 내게 들이밀었다.

"이게 뭡니까? 다 먼지란 말입니다! (동전들이 바닥에 떨어졌다.) 선생은 폴레자예프를 읽어보셨습니까?"

"읽어보았지요."

"모찰로프가 연기한 〈햄릿〉 보신 적 있습니까?"*

"아니, 아직 못 봤습니다."

"보지 못하셨다, 보지 못하셨다…… (카라타예프의 얼굴이 창백해졌고, 두 눈은 불안하게 이리저리 움직였다. 그는 뒤로 홱 돌았다. 그의 입술에 가벼운 경련이 일었다.) 아, 모찰로프, 모찰로프여! '삶을 끝낸다는 것은 잠드는 것,'" 그가 음침한 목소리로 말했다.

그뿐이다! 잠이야말로
슬픔이며 수천 가지 충격을, 산 자들의 운명을
끝장내나니…… 그러한 결말이야말로
뜨겁게 열망해야 하나니! 죽음이 곧 잠이로다……**

"잠, 잠이로다!" 그가 여러 번 중얼거렸다.

"말씀해주시지요." 내가 말을 꺼냈다. 그러나 그는 흥분하여 계속 말했다.

그 누가 견디겠는가, 시대의 채찍과 조롱을,

---

* 카라타예프의 말에서는 1830년대 말 러시아 인텔리겐치아 사이에서 퍼진 반정부적 분위기가 감지된다. 여기서 폴레자예프의 작품은 금서였던 시 「사시카」를 가리킨다.

** 『햄릿』 3막 1장의 일부로, 번역가 안드레이 크로네베르크(1814~1855)가 1844년 하리코프에서 출간한 번역본에서 인용되었다. 이 작품이 쓰일 당시의 최신본인데, 모찰로프가 출연한 〈햄릿〉은 1837년 니콜라이 폴레보이(1796~1846)의 번역본으로 이루어졌으므로 역사적으로는 부정확한 내용이다.

법의 무력함과 압제자의 억압을,
오만한 자의 모욕과 버림받은 사랑을,
경멸받아 마땅한 자들이 공덕에 보이는 경멸을,
단도의 일격 하나면 우리에게 평안을
선사할 수 있는데…… 오, 기억해다오,
너의 성스러운 기도 가운데 나의 모든 죄를!

그리고 그는 탁자에 고개를 떨어뜨렸다. 그는 아무 말이나 더듬으며 지껄였다.

“한 달 후에!” 그가 새로운 힘이 솟는지 다시 입을 열었다.

참으로 짧고도 빨리 흘러간 한 달!
내 아버지의 불쌍한 유해를
울며불며 따라갈 때
신었던 신발이 닳지도 않았구나!
오, 하늘이여! 지력이 없고 말할 줄 모르는 짐승도
그보다는 오래 슬퍼했으리라!*

그는 샴페인 잔을 입술에 갖다댔으나 들이켜지는 않고 계속 말했다.

헤카베를 위해서라고?

---

* 『햄릿』 1막 2장의 일부.

그가 헤카베에게 무엇이고, 그녀는 그에게 무엇이기에
그가 그녀를 위해 울어야 하는가?……
그러나 나는…… 비천하고 소심한 노예다,
나는 겁쟁이다! 누가 나를 악당이라고 부를 텐가?
누가 내게, 너는 거짓말하고 있어, 라고 말할 텐가?
나는 모욕을 기꺼이 견디겠다…… 그렇다!
나는 배짱이 비둘기만하다, 나는 쓸개도 없다,
굴욕도 내게는 쓰지 않다……*

카라타예프는 잔을 떨어뜨리고 머리를 감싸쥐었다. 나는 그의 마음을 알 것 같았다.

"음, 그렇습니다," 그가 마침내 입을 열었다. "옛일을 떠올리는 자는 눈 한쪽을**…… 정말 안 그렇습니까? (그가 히죽히죽 웃었다.) 당신의 건강을 위하여!"

"모스크바에 계속 계실 겁니까?" 내가 물었다.

"모스크바에서 죽을 겁니다!"

"카라타예프!" 옆방에서 목소리가 들렸다. "카라타예프, 어디 있나? 이리 좀 와봐, 이 사람아!"

"저를 부르는군요," 그가 자리에서 겨우 일어나며 말했다. "안녕히 가십시오. 짬이 나면 저에게 들러주시고요, 저는 * * * 골목에 삽니다."

---

* 『햄릿』 2막 2장의 일부.

** "옛일을 떠올리는 자는 눈 한쪽을, 옛일을 잊는 자는 눈 두 쪽을 뽑아라"라는 러시아 속담이 있다.

그러나 다음날 예기치 못한 사정으로 나는 모스크바를 떠나야 했고 표트르 페트로비치 카라타예프를 다시 보지 못했다.

밀회

9월 중순의 어느 가을날, 나는 자작나무숲에 앉아 있었다. 아침나절부터 가랑비가 내렸고 간간이 해가 따스하게 빛났다. 변덕스러운 날씨였다. 하늘은 포슬포슬한 흰구름에 감싸여 있다가도 갑자기 구름이 성기면서 퍽 산뜻해졌고, 구름 사이로 보이는 맑고 온화한 쪽빛은 아름다운 눈동자 같았다. 나는 앉아서 주변을 둘러보며 가만히 귀를 기울였다. 머리 위로 잎사귀들이 사각거렸다. 그 소리만 들어도 계절을 알 수 있었다. 즐겁게 웃는 봄의 떨림도 아니고, 한참 동안 속삭이는 여름의 말소리도 아니고, 소심하고 차가운 늦가을의 중얼거림도 아니었다. 이 소리는 잠에 취해 들릴락 말락 내뱉는 실없는 수다였다. 연약한 바람이 우듬지를 스쳐갔다. 해가 맑게 빛나거나 구름에 가려질 때마다 비에 젖은 숲의 내부는 끊임없이 변했다. 배시시 미소를 짓듯 사위가 갑자기 밝아지기도 했다. 그럴 때면 그다지 빽빽하게 심기지 않은 자작나무의 가는 줄기들이 돌연 하얀 비단같이 부드러운 광택을 띠었고, 땅에 누운 잔가지들은 알록달록해지며 순도 높은 금처럼 타올랐다. 또 키 크고 곱슬곱슬한 고사리의 아름다운 줄기는 농익은 포도 색을 닮은 가을의 빛으로 단장한 채 빛줄기 사이로 무한히 서로 얽히고설켰다. 느닷없이 모든 것이 다시 푸르스름해졌다. 선명하던 빛깔은 순간 사그라졌고 여전히 하얀 자작나무들, 차가운 겨울 햇빛도 미처 건드리지 못한 금방 내린 눈처럼, 광택 없이 그저 하얗기만 한 자작나무들은 여전히 제자리에 서 있었다. 가랑비가 숲에 씨를 뿌리며 능청맞게 속삭이기 시작했다. 자작나무 잎은 군데군데 창백해진 곳이 보이지만 여전히 푸르렀다. 아주 새빨갛거나 아주 노란 금빛을 띤 어린 잎사귀들도 있었는데, 반짝이는 빗줄기가 씻어낸 잔가지들의 촘촘한 그물 사이로 햇빛이 미끄러져 얼룩질 때, 그 빛에 잎사귀들이 어찌나 선명히 타올랐던지 그 장면은 여러분도 꼭 보았어야 한다. 새 한 마리 지저귀지 않았다. 다들 어딘가에 자리잡고 침묵을 지키고 있었다. 이따금 누군가를 놀리는 듯한 박새의 울음소리가 강철 종처럼 울릴 뿐이었다. 이 자작나무숲에서 걸음을 멈추기 전, 나는 사냥개와 함께 높이 자란 사시나무숲을 가로질렀다. 고백하건대, 나는 사시나무를 별로 좋아하지 않는다. 그 파리한 연보랏빛 줄기, 그리고 가능한 한 높이 솟아 부채처럼 공중에 펼쳐져 파르르 떨리는 그 회색과 녹색 섞인 금속성의 이파리가 싫다. 기다란 줄기에 거북하게 달라붙은 단정치 못한 둥근 잎들이 무한정 건들대는 모습도 싫다. 여름 저녁 나지막한 덤불들 사이에 홀로 우뚝 솟아올라 저무는 붉은 태양에 맞닿은 채 뿌리부터 우듬지까지 노랗고 검붉은 빛에 적셔져 반짝이고 떨릴 때, 아니면 바람 부는 맑은 날 파란 하늘에 요란히 펼쳐져 재잘거릴 때, 그리고 잎사귀 하나하나가 줄기에서 떨어져나와 먼 곳으로 달아나고 싶어할 때만 사시나무는 아름답다. 그러나 대체로 나는 이 나무를 좋아하지 않았고, 사시나무숲에서는 휴식을 취하고 싶지 않았기에 이렇게 자작나무숲까지 와서 어느 한 그루 아래 둥지를 튼 것이다. 이 나무는 가지가 땅 바로 위에서부터 야트막하게 자라나서 비로부터 나를 지켜줄 수 있었고, 그 덕에 주변 풍경을 실컷 즐긴 나는 사냥꾼들이나 알 법한 잔잔하고 부드러운 잠에 빠져들 수 있었다.

내가 얼마나 잤는지는 모르겠으나 눈을 떴을 때 숲의 내부는 햇빛으로 가득했고 기쁘게 떠드는 잎사귀들 사이로 선명하고 푸른 하늘이 불꽃을 튀기듯 사방에서 반짝였다. 사나운 바람에게 시달리던 구름은 어딘가로 숨었다. 날씨가 청명해진 덕분에 공기에서는 고유의 건조하면서도 서늘한 기운이 느껴졌는데, 이런 공기는 늘 심장을 씩씩한 감각으로 가득 채우고 악천후에 찾아올 고요하고 쾌청한 저녁을 예고한다. 나는 자리에서 일어나 다시 나의 운을 시험해보려 했으나 내 눈길은 움직이지 않는 어느 인간의 형상에 머물렀다. 자세히 들여다보았다. 그것은 젊은 농촌 처자였다. 생각에 잠긴 듯 고개를 숙이고 두 손을 무릎에 얹은 그녀는 내가 있는 곳에서 스무 걸음 떨어진 곳에 앉아 있었다. 반쯤 편 한 손에는 아무렇게나 모은 들꽃 한 단이 놓여 있었고 그녀가 숨을 쉴 때마다 격자무늬 치마 위로 조용히 미끄러져내렸다. 목과 손목까지 단추를 채운 깨끗하고 흰 루바시카는 짧고 부드럽게 주름지며 그녀의 몸을 감쌌다. 알이 굵은 노란색 목걸이는 두 번 목에 감겨 가슴에 늘어뜨려져 있었다. 그녀는 참 예뻤다. 아름다운 잿빛의 숱 많은 금발은 상아처럼 새하얀 이마 바로 위에 맨 좁다랗고 새빨간 머리띠 아래로 세심하게 빗질되어 두 개의 반원으로 갈라져 있었다. 얼굴의 나머지 부분은 금빛으로 아주 약간 그을었는데, 여린 피부만이 띨 수 있는 색이었다. 나는 그녀의 눈은 볼 수 없었는데, 그녀가 계속 눈을 들어올리지 않았기 때문이다. 그러나 눈 위에 높이 달린 가는 눈썹과 기다란 속눈썹은 볼 수 있었다. 눈썹은 촉촉이 젖어 있고 살짝 창백해진 입술까지 흐르다 만 눈물이 한쪽 뺨에 말라붙어 햇빛에 반짝였다. 그녀의 두상은 정말 사랑스러웠다. 약간은 통통하고 둥그렇다 할 수 있는 코도 두상의 아름다움을 해치지 않았다. 나는 특히 그녀의 표정이 너무나 맘에 들었다. 소박하고 온순한 얼굴은 슬퍼 보이는 동시에 그 슬픔을 앞에 두고 아이처럼 어쩔 줄 몰라하는 당혹감으로 가득차 있었다. 그녀는 누구를 기다리는 것 같았다. 숲에서 무언가 우두둑거리는 소리만 나도 고개 들어 뒤를 돌아보았다. 투명한 그늘 아래 그녀의 커다랗고 밝고 사슴처럼 겁 많은 눈이 빠르게 번뜩였다. 그녀는 아득한 소리가 난 곳에서 크게 뜬 두 눈을 떼지 않으며 유심히 소리를 듣더니 이내 한숨짓고는 고개를 가만히 앞으로 돌려 더 낮게 숙이고 천천히 꽃들을 고르기 시작했다. 그녀의 눈꺼풀이 새빨개졌고 입술은 서럽게 떨렸다. 눈물이 다시 짙은 속눈썹 아래를 흘러 한쪽 뺨에서 멈추며 반짝였다. 그렇게 꽤 많은 시간이 흘렀다. 불쌍한 처자는 아무런 움직임이 없었다. 이따금 쓸쓸히 손을 움직거리고 가만히 귀기울일 뿐이었다…… 다시 숲에서 뭔가 부스럭거리자 그녀는 움찔했다. 소리는 그치지 않고 점점 더 분명해지고 가까워지더니 마침내 당당하고 날쌘 발소리로 변했다. 그녀가 몸을 쭉 편 걸 보니, 잔뜩 겁을 먹은 모양이었다. 신중한 시선이 떨리며 기대감에 이글거렸다. 나무들 사이로 남자의 형상이 빠르게 어른거렸다. 그녀가 유심히 바라보더니 갑자기 얼굴을 붉혔고, 기쁘고 행복하게 미소 지었다. 당장이라도 자리에서 일어날 태세였으나 곧장 다시 고개를 숙였다. 얼굴이 창백해진 채 어쩔 줄 몰라했다. 드디어 발소리의 주인공이 곁에 다가와 우뚝 서자 그녀는 와들와들 떨며, 거의 애원하는 시선으로 그를 올려다볼 뿐이었다.

나는 호기심에 이끌려 나만의 매복지에서 그 남자를 살펴보았다. 솔직히 말하자면, 그는 내게 그다지 유쾌한 인상을 주지 못했다. 어느 모로 보나 젊고 부유한 주인을 모시는 버릇 나쁜 시종에 불과했다. 입고 있는 옷은 멋부리기를 좋아하나 신경쓰지 않은 듯 편하게 꾸미기 좋아한다는 것을 보여주었다. 청동색 반외투를 목까지 단추를 채워 입었는데, 주인에게 물려 입은 것이 분명해 보였고, 끝이 연보라색인 분홍 넥타이를 매고, 금몰이 둘린 챙 없는 검은 벨벳 모자는 눈썹까지 내려오게 푹 눌러쓰고 있었다. 하얀 루바시카의 둥근 옷깃은 그의 귀를 사정없이 짓눌러 두 뺨이 베일 것처럼 보였고, 잔뜩 풀을 먹인 소매는 터키석 물망초가 달린 금반지와 은반지를 주렁주렁 단, 붉고 굽은 손가락까지 닿아 손 전체를 가리다시피 했다. 발그레하니 생기 넘치면서도 오만해 보이는 그의 얼굴은, 적어도 나의 관찰에 따르자면 언제나 남자들을 당혹스럽게 하는 얼굴, 그러나 유감스럽게도 여자들을 무척 사로잡는 얼굴에 속했다. 그는 모든 것을 경멸하는 듯한 표정, 사는 게 지겹다는 듯한 표정을 자신의 투박한 외모에 덧입히려 애썼다. 또 우윳빛 회색 눈을, 그러잖아도 작은 눈을 연신 주름지게 찌푸렸고, 입꼬리를 내리며 억지로 하품 짓는가 하면 쾌남처럼 지진 불그레한 관자놀이께 머리칼을 세상 거리낄 것 없다는 듯 배배 꼬기도 했는데, 호방한 척하는 솜씨가 그다지 맵시 있지 않았고, 통통한 윗입술에 삐쭉 튀어나온 노란 털을 이따금 잡아당기기도 했다. 한마디로 억지 건방 떠는 본새가 눈뜨고 볼 수 없었다. 그는 자신을 기다리는 농촌 처자가 보이자 다시 거드럭거리기 시작했다. 건들건들 느린 걸음으로 그녀에게 다가서서 어깨를 으쓱하고는 두 손을 외투 주머니에 찔러넣었고 불쌍한 여자에게는 그 도도하고 무심한 눈길조차 거의 주지 않은 채 땅바닥에 앉았다.

"뭐야," 그가 계속 딴 데를 바라보며 하품을 하고 다리를 건들건들하며 말했다. "여기 오래 있었어?"

처자는 곧바로 대답할 수 없었다.

"오래 있었어요, 빅토르 알렉산드리치." 그녀가 마침내 거의 들리지 않는 소리로 말했다.

"아! (그는 모자를 벗고는 눈썹 바로 위에서부터 시작되는, 단단히 지진 숱 많은 머리칼을 거만하게 쓰다듬고는 품위 있는 눈빛으로 주변을 둘러보고 그 귀하디귀한 머리에 다시 모자를 썼다.) 깜빡 잊고 있었지 뭐야. 게다가 비까지 오니 말이지! (그는 또 하품을 했다.) 일이 얼마나 많은지 몰라. 하나하나 다 챙겨놓지 않으면 나리가 또 욕을 퍼부으시니까. 우리는 내일 떠나거든……"

"내일요?" 젊은 처자가 이렇게 말하고는 잔뜩 겁먹은 눈으로 그를 뚫어져라 바라보았다.

"응, 내일…… 워, 워, 워, 제발," 그녀가 온몸을 떨며 조용히 고개를 숙이자 그가 짜증난다는 듯 서둘러 말했다. "부탁이야, 아쿨리나, 제발 울지 좀 마. 너도 알다시피, 나는 우는 게 끔찍이도 싫어. (그는 뭉툭한 코를 주름이 잡히도록 찡그렸다.) 자꾸 그러면 나 간다…… 무슨 바보 같은 짓이야, 질질 짜기나 하고!"

"아, 안 그럴게요, 안 울게요." 아쿨리나가 애써 눈물을 삼키며 황급히 말했다. "진짜 내일 떠나요?" 그녀가 잠시 말을 않다가 덧붙였다. "앞으로 다시 만날 수 있겠죠, 빅토르 알렉산드리치?"

"그럼, 만나고말고! 내년이 아니라면 그후에라도. 나리가 페테르부르크에 있는 관청에 들어가고 싶어하시는 것 같아." 그가 심드렁하게 콧소리를 내며 말을 이었다. "어쩌면 외국으로 가실 것 같기도 하고."

"나를 잊으면 안 돼요, 빅토르 알렉산드리치." 아쿨리나가 구슬프게 말했다.

"안 잊지 그럼, 왜 잊겠어? 나는 너를 잊지 않아. 그러니 바보 같은 짓 하지 말고 야무지게 살아야 해, 아버지 말씀 잘 듣고…… 나는 너를 안 잊어, 잊지 않-아." (그가 태평스레 기지개를 켜더니 또 하품했다.)

"정말 잊지 말아요, 빅토르 알렉산드리치," 그녀가 간절한 목소리로 말했다. "나는 당신을 너무 사랑해요, 그래서 당신을 위해서라면 뭐든 할 수 있어요…… 나한테 아버지 말씀 잘 들으라고 했는데, 빅토르 알렉산드리치…… 아버지 말씀을 듣는 것만큼은……"

"그게 왜?" (그는 벌러덩 누워 머리 뒤로 깍지를 낀 채 이 말을 뱃속에서 끌어내듯 뱉었다.)

"어떻게 그래요, 빅토르 알렉산드리치, 당신도 잘 알잖아요……"

그녀가 말을 멈췄다. 빅토르는 쇠로 만든 시곗줄을 만지작거렸다.

"아쿨리나, 이 바보 아가씨야," 마침내 그가 입을 열었다. "그러니 멍청한 소리 말라는 거야. 나는 항상 네가 잘되길 바라, 알겠어? 물론 너는 아주 멍청하지도 않고, 말하자면 아주 촌뜨기도 아니긴 하지. 너희 어머니도 완전 촌사람은 아니셨잖아. 그래도 어쨌든 너는 배운 게 없으니까 남이 하는 말을 잘 들어야 한다 이거야."

"그래도 두려운걸요, 빅토르 알렉산드리치."

"또 무슨 헛소리야, 귀여운 아가씨야. 두렵긴 뭐가 두려워! 이건 뭐지," 그가 그녀 옆으로 바싹 붙으며 덧붙였다. "꽃인가?"

"꽃이에요," 아쿨리나가 풀이 죽어 대답했다. "탄지꽃 좀 꺾었어요," 그녀가 약간 생기를 되찾으며 말을 계속했다. "송아지한테 먹이면 좋아요. 이건 도깨비바늘인데 연주창에 잘 듣고요. 이것도 봐요, 정말 예쁜 꽃이죠! 이렇게 신기하게 생긴 꽃은 태어나서 처음 봐요. 이건 물망초고, 이건 제비꽃…… 아, 이건 당신 주려고 꺾은 건데," 그녀가 노란 탄지꽃 밑에서 가느다란 풀로 묶은 새파란 수레국화 다발을 꺼내며 덧붙였다. "갖고 싶지 않아요?"

빅토르는 귀찮다는 듯 손을 뻗어 꽃다발을 받고는 시큰둥하게 냄새를 맡았고, 중요한 생각에 빠진 양 위를 쳐다보며 손가락 몇 개로 꽃다발을 빙글빙글 돌렸다. 아쿨리나는 그런 그를 가만히 바라보았다…… 그녀의 서글픈 눈길에는 모든 걸 다 바칠 수 있다는 그윽한 마음, 언제나 경외하겠다는 순종적 자세, 그리고 사랑이 담겨 있었다. 그녀는 그가 두려워 감히 울지도 못했고, 작별하는 지금 마지막으로 그를 마음껏 바라보며 황홀해했다. 한편 술탄처럼 벌러덩 누운 그는 너그러이 봐주겠다는 거만한 마음으로 그녀의 흠모를 그럭저럭 견디고 있었다. 솔직히 나는 적개심을 품고 그의 불그레한 얼굴을 요모조모 뜯어봤는데, 일부러 꾸며낸 경멸과 무관심 사이로 자신에게 만족하다못해 도취에 이른 자기애가 엿보였기 때문이다. 그 순간 아쿨리나는 정말 아름다워 보였다. 그녀의 영혼은 그 앞에서 순진하고 간절한 모습으로 자신을 열어 보였고, 사랑을 보내며 그의 마음에 들려 애썼다. 그러나 그는…… 그는 수레국화를 풀밭에 떨어뜨리고는 주머니에서 청동 테가 둘린 둥그런 유릿조각을 꺼내 눈에 끼우려 했다. 그러나 볼때기로도 모자라 코를 들어올리고 눈썹을 찌푸리는 등 아무리 용을 써도 유리는 계속 빠져 손에 떨어졌다.

"그게 뭐예요?" 눈이 휘둥그레진 아쿨리나가 물었다.

"오페라글라스라고 하는 거야." 그가 젠체하며 말했다.

"뭐에 쓰는 건데요?"

"더 잘 보려고 쓰는 거지."

"어디 나도 한번 볼래요."

빅토르는 얼굴을 한 번 찌푸리고는 그녀에게 유릿조각을 건넸다.

"깨지지 않게 조심해."

"걱정 마요, 안 깰게요. (그녀는 조심스레 유릿조각을 눈에 갖다댔다.) 아무것도 안 보여요." 그녀가 천진난만하게 말했다.

"눈을 이렇게, 가늘게 떠야지." 그가 못마땅한 스승의 말투로 말했다. (그녀는 유릿조각을 갖다댄 쪽 눈을 찡그렸다.) "아니, 다른 쪽 눈, 이 멍청아! 다른 쪽 눈이라고!" 빅토르는 버럭 소리를 지르고는 그녀가 실수를 바로잡을 기회도 주지 않은 채 오페라글라스를 뺏어갔다.

아쿨리나는 얼굴이 새빨개졌고, 실실 웃으면서 몸을 뒤로 돌렸다.

"아무래도 우리 같은 사람들한테는 안 맞나봐요." 그녀가 말했다.

"말해 뭐해!"

불쌍한 처자는 잠시 말이 없더니 깊은 한숨을 내쉬었다.

"아, 빅토르 알렉산드리치, 당신 없이 어떻게 살죠!" 그녀가 갑자기 말했다.

빅토르는 오페라글라스를 옷자락으로 문지르고 다시 주머니에 넣었다.

"그야 뭐," 그가 마침내 입을 열었다. "처음에는 힘들겠지, 물론. (그가 아랫사람을 너그럽게 대하듯 그녀의 어깨를 토닥였다. 그러자 그녀가 슬그머니 어깨에서 그의 손을 내리더니 수줍게 그 손에 입을 맞췄다.) 음, 그래, 그래, 너는 진짜 착한 여자야." 그가 흡족한 듯 미소 짓고는 계속 말했다. "그런데 어쩌겠어? 너도 생각해봐! 나와 주인 나리는 여기 남아 있을 수 없어. 곧 겨울이 될 테고, 시골에서 겨울을 나는 건—너도 잘 알 테지만—아주 끔찍하잖아. 페테르부르크가 훨씬 낫다고! 그곳이 얼마나 멋진지 너 같은 바보는 꿈에서도 못 볼 거야. 저택이며 거리며 얼마나 으리으리한지 몰라, 또 사교개*며 문화며 아주 입이 쩍 벌어지지!…… (그의 이야기에 푹 빠져든 아쿨리나는 아이처럼 입술을 살짝 벌렸다.) 그런데," 그가 다른 쪽으로 돌아누우며 덧붙였다. "내가 왜 너한테 이런 얘기를 늘어놓는 걸까? 어차피 알아듣지도 못할 텐데."

"왜요, 빅토르 알렉산드리치? 나도 알아들었어요, 다 알아들었다고요."

"어라, 대단한걸!"

---

* '사교계'를 뜻하는 옵셰숫보(общество)를 옵체숫보(обчество)라고 틀리게 발음한 것.

아쿨리나는 고개를 숙였다.

"예전에는 나하고 얘기할 때 이렇지 않았어요, 빅토르 알렉산드리치." 그녀가 눈을 내리깐 채 말했다.

"예전에?…… 예전이라니! 요것 봐라!…… 예전이라니!" 그가 성이 난 듯 한마디했다.

그들은 다시 침묵했다.

"아무튼 이제 가봐야 해." 빅토르가 말하고는 팔꿈치로 땅을 짚고 일어나려 했다.

"잠깐만요, 잠깐만 기다려줘요." 아쿨리나가 애원하는 목소리로 말했다.

"뭘 기다리는데?…… 작별인사 다 했잖아."

빅토르는 다시 누워 휘파람을 불기 시작했다. 아쿨리나는 여전히 그에게서 눈을 떼지 못했다. 그녀가 점점 더 흥분하고 있는 것이 내 눈에도 보였다. 입술이 씰룩거리고 파리한 두 뺨은 살짝 붉어졌다……

"빅토르 알렉산드리치," 마침내 그녀가 띄엄띄엄 말하기 시작했다. "당신 나빠요…… 정말 나빠요, 빅토르 알렉산드리치, 정말, 정말!"

"내가 뭐가 나쁘다는 거야?" 그가 눈썹을 찌푸리며 물었고 고개를 살짝 들어 그녀 쪽으로 향했다.

"나빠요, 빅토르 알렉산드리치. 나한테 작별인사로 따뜻한 말 한마디는 해줄 수 있는 거잖아요. 단 한 마디라도, 이 불쌍한 고아한테 말이에요……"

"내가 너한테 뭐라고 해야 하는데?"

"몰라요. 당신이 더 잘 알겠죠, 빅토르 알렉산드리치. 이렇게 훌쩍 떠나면서, 한마디라도 해준다면…… 내가 왜 이런 대접을 받아야 하죠?"

"너 진짜 이상하구나! 내가 뭘 할 수 있는데?"

"딱 말 한마디……"

"뭐야, 왜 똑같은 말로 계속 고집부리는 건데." 그가 짜증난다는 듯이 내뱉고 일어섰다.

"화내지 마요, 빅토르 알렉산드리치." 그녀가 간신히 눈물을 참으며 급하게 덧붙였다.

"나 화 안 내, 그냥 네가 계속 바보같이…… 원하는 게 뭐야? 내가 너하고 결혼할 수도 없는 노릇이잖아? 안 그래? 나더러 어쩌라는 거야? 응?" (그는 대답을 기다리기라도 하듯 그녀에게서 고개를 돌리지 않고 손가락을 펼쳤다.)

"나는 아무것도…… 아무것도 바라지 않아요." 그녀가 떨리는 손을 선뜻 그에게 내밀지 못하는 듯 더듬거리며 말했다. "그저 작별인사로 한마디만 해주면……"

그녀의 얼굴에 눈물이 주르륵 흘렀다.

"하, 또 울고 난리네," 빅토르가 눈까지 내려오게 모자 뒤를 푹 누르며 차갑게 말했다.

"나는 바라는 거 없어요." 그녀가 두 손으로 얼굴을 가리고 흐느껴 울며 계속 말했다. "근데 식구들이 나를 어떻게 하겠어요? 가련한 내 처지는 어떻게 되겠어요? 이 불쌍한 고아를 사랑하지도 않는 사람한테 시집보내겠죠…… 불쌍한 내 신세!"

"아주 노래를 해라, 노래를 해," 제자리에서 뭉그적거리며 빅토르가 낮은 목소리로 투덜댔다. "한마디만 해준다면, 한마디만…… 그래, 아쿨리나, 나는……"

애끓는 울음이 터져나오는 바람에 그녀는 말을 마치지 못했다. 그녀는 풀밭에 고개를 박고 서럽게, 아주 서럽게 울었다…… 온몸이 경련을 일으키듯 떨렸고, 뒤통수가 들썩였다…… 오랫동안 꾹 누르고 있던 슬픔이 마침내 급류처럼 터져나온 것이다. 빅토르는 팔짱을 낀 채 그녀 옆에 잠시 서 있다가 몸을 홱 돌려 성큼성큼 어디론가 가버렸다.

얼마쯤 지났을까…… 잠잠해진 그녀는 고개를 들더니 벌떡 일어나 주변을 둘러보고 손을 탈탈 털었다. 그를 좇아 뛰어가려 했지만 다리가 휘청거려 계속 주저앉고 말았다…… 보다못한 나는 그녀에게 달려가려 했다. 그런데 그녀는 나를 돌아보기도 전에 어디서 힘이 솟았는지 가냘픈 고함을 지르더니 벌떡 일어나 나무들 뒤로 사라졌다, 땅에 흩어진 꽃들을 남겨두고.

나는 그 자리에 서서 수레국화 다발을 챙겼고 그길로 숲에서 들판으로 나왔다. 생기 없이 맑기만 한 하늘에 해가 낮게 떠 있었고, 빛줄기 역시 창백하고 차가웠다. 햇빛은 밝지 않았고, 묽어진 채 사방에 고르게 흐를 뿐이었다. 저녁이 오기까지는 반시간도 남지 않았고 노을은 간신히 타올랐다. 이따금 바람이 수확을 마친 메마르고 누런 밭을 지나 내가 있는 쪽으로 홱홱 불어왔다. 으스러진 작은 잎사귀들은 메마른 밭 앞에서 부리나케 솟아오르더니 길을 지나, 또 길을 건너 숲 가장자리를 따라 질주했다. 들판을 바라보며 벽처럼 서 있는 숲은 온몸을 떨며 자잘한 광채들로 또렷이 반짝였지만 이미 밝은 빛은 없었다. 불그스름한 풀밭에도, 들풀의 가느다란 줄기에도, 널브러진 지푸라기에도 가을날답게 수많은 거미줄이 번쩍이고 요동쳤다. 나는 걸음을 멈췄다…… 마음이 슬퍼졌다. 여전히 생기 있지만 기쁨은 없는, 시들어가는 자연의 미소 사이로 머지않아 찾아올 겨울의 스산한 공포가 언뜻언뜻 보이는 것 같았다. 머리 위 높은 곳에는 조심성 많은 큰까마귀가 육중한 몸으로 바람을 날카롭게 가르며 날아다녔고 고개를 돌려 나를 곁눈질하더니 다시 솟아올라 띄엄띄엄 울며 숲으로 날아 사라졌다. 엄청난 수의 비둘기떼가 건조장에서 몰려와 돌연 기둥을 이루며 뱅뱅 돌더니 부산스레 들판으로 흩어졌다. 가을의 징후였다! 누군가 말을 타고 헐벗은 언덕 너머로 달려간다, 빈 수레를 우당탕 울리며……

나는 집으로 돌아왔다. 그러나 불쌍한 아쿨리나의 모습이 내 머릿속에서 한참이나 떠나지 않았고 이미 시든 지 오래인 그녀의 수레국화는 아직 내가 간직하고 있다……

시그롭스키군의 햄릿

여기저기 사냥을 다니던 중 하루는 부유한 지주이자 사냥꾼인 알렉산드르 미하일리치 G＊＊＊의 식사 초대를 받게 되었다. 내가 머물던 작은 마을에서 그의 마을까지는 5베르스타밖에 되지 않았다. 연미복을 입고—나는 사냥을 떠날 때도 항상 연미복을 챙겨 가라고 누구에게나 권한다—알렉산드르 미하일리치의 집으로 향했다. 만찬은 여섯시 시작이었다. 나는 다섯시에 도착했고 그곳에는 벌써 제복과 사복을 비롯해 특정하기 어려운 편한 복장을 입은 귀족들이 많이 모여 있었다. 주인은 나를 반갑게 맞아주고는 곧장 하인방으로 달려갔다. 그는 어느 고관대작을 기다리고 있었고 심지어 약간 흥분한 듯했는데, 사교계에서 그가 차지하는 독자적인 지위와 재산 규모에 비추어보아 이해하기 어려운 일이었다. 알렉산드르 미하일리치는 결혼한 적이 없고 여자를 좋아하지도 않았다. 그가 어울리는 사람들은 모두 독신이었다. 대단히 부유한 그는 선조들로부터 물려받은 저택을 매우 훌륭하게 확장하고 꾸몄으며, 매년 모스크바에서 1만 5천 루블에 달하는 술을 주문하는 등 대체로 주변에서 엄청난 존경을 받았다. 그러한 까닭에 알렉산드르 미하일리치는 오래전 제대한 뒤로는 딱히 어떤 영예로운 자리도 추구하지 않았다…… 그런데 어찌하여 그는 존귀한 손님의 방문을 그토록 고대하면서 축하 만찬 당일, 이른아침부터 흥분을 감추지 못했던 것일까? 그 까닭은 나와 면식 있는 어느 변호사가 사례의 뜻이 담긴 뇌물은 기꺼이 취하느냐고 질문받을 때마다 하는 말마따나 여전히 미지의 암흑에 덮여 있다.

주인과 인사를 마친 나는 방들을 돌아다니기 시작했다. 거의 모든 손님이 전혀 모르는 사람들이었다. 그 가운데 스무 명 정도는 카드놀이를 하고 있었다. 이 프레페랑스 애호가들 중에는 고결하지만 어딘가 궁색한 얼굴을 한 군인 두 명, 좁다란 넥타이를 높게 매고 염색한 콧수염, 그러니까 결단력 있지만 지극히 사상이 온건한 사람들에게서 종종 보일 법한 콧수염을 늘어뜨린 문관 몇 명(사상이 온건한 이 인물들은 대단히 중요한 일을 하고 있다는 듯 패를 고르면서도 고개를 돌리지 않고 다가오는 사람들을 힐끗 곁눈질하는 재주를 지녔다), 그리고 배는 둥그렇고 통통한 손은 땀으로 축축하며 짧은 두 다리를 얌전히 제자리에서 움직이지 않는 군청 소속 관리 대여섯 명이 있었다(이 신사들은 부드러운 목소리로 말하면서 여기저기로 온화한 미소를 보냈고, 카드를 셔츠 프런트 바로 앞에 꼭 쥐기도 했고, 으뜸 패를 내놓으면서도 탁자를 두드리지 않고 탁자에 깔린 녹색 나사천 위에 카드를 아무렇게나 던졌으며,

판돈을 따서 거둘 때도 가볍게 삐걱거리는 소리, 즉 대단히 사려깊고 정중한 소리를 낼 뿐이었다). 다른 귀족들은 소파에 앉아 있거나, 문가나 창가에 무리지어 있었다. 한쪽 구석에 우두커니 서 있는, 그리 젊지도 않고 외모가 여성스러운 한 지주는 갑자기 몸을 떨어대기도 하고 얼굴을 붉히기도 하며 뭔가 혼란스러운 듯 시계에 달린 인장을 배 위에서 뱅글뱅글 돌렸는데, 아무도 그를 신경쓰지 않았다. 그런가 하면 모스크바 장인조합의 영원한 거장으로 이름난 외국인 재단사 피르스 클류힌이 만든 격자무늬 바지를 입고 둥그스름한 프록코트를 걸친 한 무리의 신사들은 그 기름지고 벗어진 뒤통수를 쾌활하고 자유분방하게 이쪽저쪽 돌려대며 유달리 격의 없는 태도로 토론하고 있었다. 금발에 근시이고 스무 살쯤 된 젊은이는 머리끝부터 발끝까지 검은색 옷을 입고 위축된 기색이 역력한데도 신랄한 냉소를 얼굴에서 거두지 않았다……

이 모든 것이 조금 지겨워지기 시작했을 무렵, 보이니친이라는 자가 내 옆으로 왔다. 그는 학업을 마치지 못한 젊은이로, 알렉산드르 미하일리치의 집에서 모종의 자격으로 지내고 있었다…… 어떤 자격인지는 콕 집어 말하기 어렵다. 그는 사격에 능했고, 개를 조련할 줄 알았다. 나는 그를 모스크바에서부터 알았다. 그는 모든 시험에서 '멍하니 서 있기 놀이'를 즐기던 젊은이들, 즉 교수의 질문에 한마디도 대답하지 않던 학생들 가운데 하나였다. 보다 우아한 표현으로 이 젊은 신사들을 일컬어 바켄바르디스트, 즉 구레나룻주의자라고 불렀다. (눈치챘겠지만 아주 오래전 얘기다.)* 상황은 다음과 같았으리라. 가령 교수

* 니콜라이 1세가 관리들에게 내린 턱수염 콧수염 금지령은 대학생에게도 적용되었고, 이 작품이 쓰일 당시 구레나룻은 대학생들 사이에서 이미 유행이 지난 지 오래였다.

가 보이니친을 호명했다고 치자. 그때까지 온몸에 땀을 흘린 채 느릿느릿, 그러나 멍한 시선으로 주변을 둘러보며 꼼짝도 않고 똑바로 걸상에 앉아 있던 보이니친은 벌떡 일어나 제복 단추를 끝까지 채우고 엿걸음 치며 시험관의 책상 쪽으로 나간다. "문제를 뽑게." 교수가 그에게 유쾌하게 말한다. 보이니친은 손을 뻗어 떨리는 손가락으로 문제가 적힌 제비 다발을 만지작거린다. "그렇게 문제를 일부러 골라내선 안 되네." 다른 학과에서 차출되어 사실상 제삼자이나 갑자기 이 불쌍한 구레나룻 주의자가 끔찍이도 싫어진 성마른 노교수가 부들부들 떠는 목소리로 주의를 준다. 보이니친은 주어진 숙명에 굴복하여 문제 하나를 뽑고 번호를 보여준 다음, 먼저 문제를 뽑은 학생이 답변하는 동안 창가에 가 앉는다. 창가에서 보이니친은 아까처럼 느릿느릿 주변을 둘러볼 때를 빼고는 문제에서 눈을 떼지 못하고 팔과 다리를 꿈쩍이지도 않는다. 마침내 앞의 학생이 답변을 마치자 교수들이 말한다. "훌륭해, 가도 좋네" 또는 "훌륭해, 아주 훌륭해" 등 학생의 능력에 따라 다를 것이다. 이제 보이니친을 호명한다. 보이니친은 자리에서 일어나 뚜벅뚜벅 책상 앞으로 나아간다. "문제를 읽어보게." 교수들이 말한다. 보이니친은 두 손으로 문제를 들어 코앞에 바싹 대고 느릿느릿 읽고, 또 느릿느릿 두 손을 내린다. "좋아, 답변하도록." 몸을 뒤로 젖힌 채 팔짱을 낀 교수가 태평하게 말한다. 무덤과도 같은 침묵이 흐른다. "무슨 일 있나?" 보이니친은 침묵한다. 제삼자 노교수는 슬슬 짜증이 난다. "뭐라도 말해보게!" 우리의 보이니친은 넋이 나간 듯 말이 없다. 학우들 모두의 호기심어린 시선이 그를 향하는 가운데 바싹 깎은 그의 뒤통수는 미동도 없이 유난히 툭 튀어나와 보인다. 제삼자 노교수의 눈은 당장이라도 튀어나올 듯하다. 그는 보이니친이 꼴 보기 싫어 어쩔 줄 모른다. "거참 이상하군," 다른 시험관이 말한다. "무슨 일인가, 어째서 벙어리처럼 서 있는 건가? 답을 모르겠나? 그러면 그렇다고 얘기하게."—"다른 문제를 뽑게 해주십시오." 비운의 사내가 웅얼거린다. 교수들은 눈짓을 주고받는다. "음, 그렇게 하게." 주임 시험관이 손을 내저으며 대답한다. 보이니친은 다시 문제를 뽑고, 다시 창가로 가고, 다시 책상 앞으로 나오고, 다시 죽은 듯 침묵한다. 제삼자 노교수는 그를 산 채로 잡아먹을 기세다. 결국 그는 나가라는 말과 함께 0점을 받는다. 여러분은 어떻게 생각하시는가, 이제 그가 자리를 뜰 것 같은가? 천만의 말씀! 그는 자기 자리로 돌아와 아까처럼 꼼짝도 않은 채 시험이 끝날 때까지 앉아 있고, 시험이 끝나면 자리를 뜨면서 외친다. "휴, 진땀 뺐네! 더럽게 힘들군!" 그리고 하루종일 모스크바를 돌아다니면서 때때로 머리칼을 부여잡고 기구한 운명을 저주한다. 물론 책 따위는 거들떠보지도 않고, 다음날 아침 똑같은 일이 반복된다.

바로 이 보이니친이라는 위인이 내 옆으로 온 것이다. 우리는 모스크바에 대해, 사냥에 대해 이야기를 나눴다.

"혹시 괜찮으시다면," 그가 갑자기 내게 속삭인다. "이 고장 제일가는 재담꾼을 소개해드릴까요?"

"그렇게 해주시지요."

보이니친은 나를 어느 키 작은 남자에게로 데려갔는데, 그는 정수리에만 남긴 머리칼을 높이 빗어올리고, 콧수염을 기르고, 갈색 연미복에 알록달록한 넥타이를 매고 있었다. 다소 신경질적으로 보이면서도 경쾌한 그의 얼굴에는 말 그대로 영리함과 짓궂음이 숨쉬고 있었다. 변화무쌍하고 신랄한 그의 미소는 입술을 일그러뜨렸고, 들쭉날쭉한 속눈썹 아래 가늘게 뜬 검은 눈은 대범한 눈빛을 쏘았다. 그의 옆에 풍채가 시원시원하고 성미는 부드럽고 감미로워 보이는 외눈박이 지주가 서 있었는데, 그야말로 사하르-메도비치*였다. 그는 키 작은 사내의 재치가 끝나기도 전에 앞질러 웃었고 어찌나 흡족해하던지 금방이라도 녹아내릴 듯했다. 보이니친은 표트르 페트로비치 루피힌이라는 재담꾼에게 나를 소개했다. 우리는 통성명하고서 으레 처음 만났을 때 하는 인사말을 나눴다.

"선생에게 제 친구를 소개하겠습니다." 루피힌이 갑자기 감미로워 보이는 지주의 손을 잡고 날카로운 목소리로 말했다. "피하지 마세요, 키릴라 셀리파니치," 그가 덧붙였다. "누가 물기라도 한답니까. 자," 당황한 키릴라 셀리파니치는 배가 땅에 떨어지기라도 한 듯 어색하게 허리 굽혀 인사했고, 그러는 사이 루피힌이 말을 이었다. "자, 소개합니다, 이분은 그야말로 최고의 귀족이올시다. 나이 오십이 되도록 최상의 건강을 유지했으나 어느 날 갑자기 눈을 고쳐야겠다고 마음먹더니 그만 애꾸눈을 만들고 말았죠. 그때부터 영지의 농노들도 손수 자기처럼 성공적으로 치료해주고 있으며…… 그야 물론 농노들도 그에 걸맞은 헌신을 보여주면서……"

"이 무슨." 키릴라 셀리파니치가 웅얼대더니 웃음을 터뜨렸다.

"말을 끝까지 하시지요, 친구여, 자, 끝까지 하세요." 루피힌이 말했다. "누가 압니까, 당신을 판사로 선출할지도 모르지요. 아니, 꼭 그럴

---

* 설탕을 뜻하는 사하르(сахар)와 꿀을 뜻하는 묘트(мёд)를 합쳐 성격이 부드럽고 감상적인 사람을 가리킨다.

겁니다, 두고 보십시오. 사실 뭐, 당신 대신에 배심원들이 머리를 굴리는 것은 당연지사겠지만요. 그래도 혹시 모르니 남의 생각이라 하더라도 대신 소리 내어 말할 줄은 알아야 할 겁니다. 도지사가 갑자기 찾아와 어째서 판사가 말을 더듬느냐고 물을 수도 있잖습니까? 그러면 다들 이렇게 말하겠죠. 풍을 맞았습니다, 그러면 또 도지사는, 피를 뽑아주게, 그러겠죠. 당신의 지위에 비추어보아 그런 일은 영 점잖지 못합니다."

감미로워 보이는 지주는 웃겨서 데굴데굴 구를 지경이었다.

"아주 자지러지는군요." 키릴라 셀리파니치의 물결치는 배를 짓궂게 바라보며 루피힌이 말을 이었다. "하긴 웃으면 안 된다는 법도 없겠지요?" 그가 내게 얼굴을 돌리며 덧붙였다. "배부르고 건강하고, 아이는 없고 농부들은 저당잡혀 있고—그가 손수 그들을 치료해준답니다—그 아내는 머리가 좀 둔하지요. (키릴라 셀리파니치는 못 들은 척 몸을 한쪽으로 틀었으나 여전히 깔깔거리고 있었다.) 나도 웃습니다, 우리 마누라는 측량기사랑 도망쳤거든요. (그가 허연 이를 드러냈다.) 아, 모르셨습니까? 저런! 이것저것 챙겨서는 내뺐지요, 나한테 편지 한 장 남기고 말입니다. 그녀 왈, 사랑하는 표트르 페트로비치, 용서해줘. 나는 사랑의 열정에 휩싸였어, 그러니 내 심장의 벗과 함께 떠날게…… 맙소사! 우리처럼 초원에 사는 촌뜨기들은 있는 얘기 없는 얘기 다 털어놓는답니다. 그건 그렇고 저와 잠깐 저쪽으로 가시지요…… 장차 판사 나리가 되실 분 옆에 서 있기가 영……"

그가 내 손을 잡아끌었고, 우리는 창가로 갔다.

"저는 이 근방에서 재담가로 이름을 날리고 있습니다만," 그가 여러

이야기를 나누던 중에 이렇게 말했다. "이 명성을 믿지 마십시오. 저는 그저 악에 받친 사람이라 소리 내어 욕하는 것뿐입니다. 그 덕분에 제 멋대로 굴 수 있지요. 제가 예의 차릴 일이 뭐 있겠습니까, 안 그렇습니까? 저는 누가 뭐라 해도 신경쓰지 않습니다, 얻어내려 하는 것도 없고요. 저는 그저 악의가 넘칠 뿐입니다, 어쩌겠습니까? 악의 넘치는 사람에게 지혜 따위는 필요 없습니다. 이렇게 사는 것이 얼마나 상쾌한데요, 믿지 않으시겠지만…… 음, 이 댁 주인만 봐도 알 수 있지 않습니까! 어째서 그는 저렇게 동분서주하고 시계를 보고 미소 짓고 땀 흘리고 근엄한 척하고, 또 어째서 우리를 이렇게 굶겨 죽이는 걸까요? 바로 전설에나 나오실 그분, 고관대작이 납시기 때문이지요! 저, 저 또 뛰어가는 꼴을 보십시오, 다리까지 절룩거리는군요, 저기 보십시오."

그리고 루피힌은 새된 소리로 웃었다.

"이곳에 한 가지 슬픈 일이 있다면, 귀부인이 없다는 점입니다." 그가 깊은 한숨을 내쉬고 말을 이었다. "독신자들의 만찬이라, 다른 형식이었다면 우리 같은 족속한테 고물이라도 떨어질 텐데요. 저기 보십시오, 저기요." 그가 돌연 외쳤다. "코젤스키 공작이 오고 있습니다. 턱수염을 기르고 노란 장갑을 낀 키 큰 남자 말입니다. 외국물 좀 먹은 티가 나는군요…… 항상 저렇게 늦게 나타나지요. 솔직히 멍청하기로 따지자면 상인의 말 두 마리 몫을 혼자서 다 할 정도입니다. 우리 같은 족속하고 말을 섞을 때 얼마나 너그럽고 허물없는 척하는지 보십시오, 우리네 배곯은 어미며 딸내미들 인사치레에 얼마나 관대하게 미소 지어 보이는지!…… 이 고장에 눌러앉지 않고 들락날락하는 주제에 이따금 재치라는 것을 부리기도 합니다, 그 재치라는 것이 또 얼마나 대단한지! 무딘

칼로 밧줄을 써는 격입니다. 그래서 저자는 저를 조금도 견디지 못하지요…… 가서 인사라도 올려야겠습니다."

루피힌이 달려가 공작을 맞이했다.

"저기 제 불구대천의 원수가 오는군요." 그가 갑자기 내게로 돌아오더니 말했다. "얼굴이 검붉고 두상에 뻣뻣한 털이 곤두선 통통한 작자 보이십니까? 모자를 움켜쥐고 벽을 따라 기어들어오며 늑대처럼 사방을 두리번거리는 자 말입니다. 저는 저자에게 1천 루블 하는 말을 고작 100루블에 팔았더랬죠. 그러니 그 말 못하는 짐승에게는 저를 경멸할 온당한 권리가 있습니다. 그건 그렇고, 저자는 분별력이라고는 조금도 없어서, 특히 아침에 차를 마시고 나서나 식사를 마치고 나서 그에게 안녕하십니까 하고 인사하면 뭐요? 이따위 대답을 한답니다. 저기 또 고위 문관 나리가 오는군요." 루피힌이 말을 이었다. "퇴직한 고관이긴 한데 쫄딱 망한 고관이지요. 저 사람에게는 사탕무를 정제해서 낳은 딸과 연주창에 걸린 공장이 있습니다…… 어이쿠, 죄송합니다, 말을 잘못했네요…… 뭐, 다 알아들으셨겠지요. 아! 건축기사도 이곳에 오다니! 독일인인데 콧수염만 길렀지 자기 할일은 모르는 놈입니다, 희한하기 짝이 없지요!…… 하긴, 일 따위 알아 뭐하겠습니까, 뇌물이나 받으면서 대대로 나라의 동량이신 귀족 나리들에게 기둥이며 들보며 힘닿는 대로 많이만 세워드리면 그만이지요!"*

루피힌은 다시 깔깔거리고 웃었다…… 그런데 갑자기 온 집안이 들썩였다. 고관대작이 도착한 것이다. 주인은 잽싸게 현관으로 달려나

---

* 집안 대대로 귀족인 사람을 가리켜 '기둥과 같은 귀족(столбовой дворянин)'이라고 하는데, '기둥'이라는 단어를 활용해 말장난한 것이다.

갔다. 충실한 가신 몇 명과 열정 넘치는 손님들도 그를 따라 달려갔다…… 시끌벅적하던 말소리는 부드럽고 유쾌한 어조로 바뀌어 따스한 봄날 꿀벌들이 자기 고향집에 모여 윙윙거리는 듯했다. 다만 잠시도 가만히 못 있는 말벌 루피힌과, 최고의 수벌 코젤스키는 목소리를 낮추지 않았다…… 마침내 여왕벌이 등장했다. 고관대작이 납시었다. 모든 이의 마음이 그에게로 쏠렸고, 앉아 있던 이들은 몸뚱이를 일으켰다. 심지어 루피힌에게서 말을 싼값에 샀던 지주까지도, 바로 그 지주까지도 아래턱을 가슴 쪽으로 끌어당겼다. 고관대작은 더할 나위 없이 품위 있게 행동했다. 인사하듯 고개를 끄덕이며 격려의 말을 했고, 그의 말 한마디 한마디는 코로 길게 뽑아내는 모음 a로 시작되었다. 또한 그는 닥치는 대로 잡아먹겠다는 듯한 분노의 눈길로 코젤스키 공작의 턱수염을 노려봤고 공장과 딸 말고는 남은 것 없이 파산해버린 고위 문관에게는 왼손 검지 하나를 내주었다. 몇 분이 흐르는 동안 고관대작은 자신이 이런 자리에 오게 되어 대단히 기쁘다는 것, 그리고 만찬에 결코 늦지 않았다는 것을 두 번이나 강조했고, 사교계 인사들은 이 거물을 앞세우고 식당으로 향했다.

고관대작을 고위 문관과 도의 귀족단장 사이의 상석으로 어찌나 정성스레 모셨는지, 이 귀족단장의 자유분방하고 품격 있는 표정이 빳빳하게 풀을 먹인 셔츠 프런트, 품이 넉넉한 조끼, 프랑스제 담배가 든 둥근 담뱃갑과 어찌나 잘 어울렸는지, 얼마나 주인이 동분서주하며 수선을 떨고 음식을 권하고 고관대작의 등뒤로 지나치면서도 미소를 잊지 않았는지, 또 학생처럼 구석에 서서는 수프 접시며 소고기 조각을 어찌나 날쌔게 가로챘는지, 게다가 청지기가 내온 길이가 1아르신 반이나 되고 입에 꽃다발을 물린 생선이 어찌나 멋졌는지, 제복을 갖춰 입은 근엄한 하인들이 말라가 포도주며 드라이 마데이라 포도주를 귀족 한 사람 한 사람에게 따라주는데 그 표정이 어찌나 시무룩했는지, 그리고 거의 모든 귀족, 특히 나이든 이들은 원치 않으나 의무감에서 어쩔 수 없다는 듯 잔이 비기가 무섭게 얼마나 연거푸 마셔댔는지, 드디어 샴페인병을 퐁 따고는 만수무강을 기원하는 건배사를 외쳤는데 어찌나 장관이었는지 독자 여러분에게 미주알고주알 이야기할 필요가 있을까. 여러분이 너무나도 잘 알고 있을 장면들이리라. 그러나 전원이 기쁘게 침묵하는 가운데 고관대작이 직접 이야기한 일화는 특기할 만하다고 생각된다. 누군가, 아마도 파산한 고위 문관이었다고 생각되는데, 그 누군가는 최신 문학 동향을 꿰뚫고 있는 까닭에 여인들의 영향력 전반에 대해, 특히 젊은이들에게 끼치는 영향력에 대해 뭐라고 몇 마디 하게 되었다. "맞습니다, 맞아요," 고관대작이 맞장구쳤다. "정말 그렇소. 어쨌든 젊은이들은 엄격하게 복종시켜야 하오. 안 그러면 치마만 봐도 정신이 나갈 테니까." (아이처럼 즐거워하는 미소가 모든 이의 얼굴에 떠올랐다. 심지어 어느 지주의 눈빛은 감사인사까지 하고 있었다.) "왜냐허면 젊은이들은 대체로 어리석기 때문이지." (고관대작은 근엄해 보이려는 듯 엉뚱한 음절을 강조했다.) "우리 아들 이반만 봐도," 그가 계속 말했다. "그 바보 같은 놈이 스무살이 되자 별안간 이렇게 말하는 거요. '아버지, 장가보내주세요.' 내가 말했소. '바보 같은 녀석, 근무부터 해……' 그랬더니, 휴, 낙담해서 우는 것 아니겠소…… 어디까지나 나는…… 그 뭡니까……" (고관대작은 '뭡니까'라는 단어를 입술보다는 배를 활용해 발음했다. 그는 잠시 침묵하더니 옆에 앉은 고위 문관을 위엄 있게 바라봤고 사람이 과연 그럴 수 있을까 싶을 정도로 눈썹을 높이 치켜올렸다. 고위 문관은 유쾌하게 고개를 비스듬히 숙였고 고관대작을 향해 한쪽 눈을 대단히 빠르게 깜박였다.) "어떻게 됐을 것 같소." 그가 다시 말을 꺼냈다. "이제는 그 녀석이 내게 편지에 이렇게 쓴다오. 아버지, 이 천둥벌거숭이를 일깨워주셔서 고맙습니다…… 무릇 자식 교육은 이렇게 하는 겁니다." 손님들은 일제히 이 이야기꾼에게 전적으로 동의한다는 뜻을 내비쳤고 기쁨과 교훈을 동시에 얻었다는 듯 다시 생기를 띠었다. 만찬이 끝나고 사교계 인사 일동은 자리에서 일어나 더 왁자지껄한 소란, 그러나 어쨌든 예의범절에 어긋나지 않으면서도 지금과 같은 경우에는 허용되는 소란이 벌어지는 응접실로 옮겨갔다…… 그리고 카드를 돌리기 시작했다.

그러는 사이 저녁이 되었고 나는 마부에게 다음날 아침 다섯시에 마차를 준비하라 이르고 방으로 갔다. 그런데 그날 나는 특기할 만한 사람을 한 명 더 알게 될 운명이었던 것 같다.

손님이 워낙 많이 온 바람에 다들 방을 혼자 쓸 수 없었다. 알렉산드르 미하일리치의 청지기는 녹색 벽지를 바른, 조금은 습한 작은 방으로 나를 안내했고, 그 방에는 거의 옷을 입고 있지 않은 다른 손님이 이미 있었다. 그는 나를 보자 서둘러 이불 밑으로 들어가 코 바로 아래까지 가렸고, 푹신푹신한 깃털 매트리스 위에서 조금 꼼지락거리더니 이내 잠잠해졌다. 그리고 면으로 만든 나이트캡의 둥근 가장자리 아래로 눈을 빛내며 내다보았다. 나는 다른 침대로 가서(방에 침대가 두 개였다) 옷을 벗고 눅눅한 시트 위에 누웠다. 나의 이웃은 침대에서 몸을 뒤척였다…… 나는 그에게 잘 자라고 인사했다.

삼십 분쯤 흘렀던 것 같다. 아무리 애를 써도 잠이 오지 않았다. 쓸데없고 흐릿한 생각들이 끝없이 이어졌고, 이 생각들의 행렬은 수차의 두레박처럼 끈질기고 단조로웠다.

"아직 안 주무시나봅니다?" 나의 이웃이 말했다.

"네, 보시다시피," 내가 대답했다. "선생도 잠이 오지 않는 모양입니다?"

"저는 항상 못 잡니다."

"어째서 그렇습니까?"

"그냥 그렇습니다. 잠이 들긴 하지만 어떻게 잠들었는지는 모르지요. 계속 누워 있다보면 그냥 잠이 드는 식입니다."

"어째서 잠이 오기도 전에 침대에 누우시는 겁니까?"

"그렇게라도 안 한다면 뭘 해야 한답니까?"

나는 내 이웃의 질문에 답하지 않았다.

"놀라운 일이군요," 그가 잠시 침묵하더니 말을 이었다. "어떻게 된 일인지 이곳에는 벼룩이 없습니다. 여기가 아니라면 도대체 어디에 있을 수 있을까요?"

"꼭 벼룩을 가여워하시는 것 같습니다." 내가 말했다.

"아니요, 가여워하는 건 아닙니다. 그저 모든 일에 일관성이 있는 것을 좋아합니다."

'어라,' 나는 생각했다. '사용하는 단어가 보통이 아닌데.'

나의 이웃은 다시 말이 없었다.

"저랑 내기 하나 하실래요?" 그가 돌연 꽤 큰 목소리로 말했다.

"무엇에 대해서요?"

나는 나의 이웃이 흥미로워졌다.

"음…… 무엇으로 할까요? 이걸로 하죠. 저는 당신이 저를 바보로 생각하신다고 확신합니다."

"무슨 말씀을." 내가 놀라서 웅얼거렸다.

"저를 초원의 촌뜨기, 무식쟁이라고 생각하시죠…… 인정하십시오……"

"애석하게도 저는 당신이 어떤 분인지 잘 모릅니다." 내가 반박했다. "어떻게 그런 결론을 내리셨는지……"

"어떻게라뇨! 당신 목소리만 들어도 알 수 있습니다. 당신은 제 말에 무척 건성으로 답하시니까요…… 저는 당신이 생각하시는 그렇고 그런 사람이 아닙니다……"

"한말씀드리자면……"

"아닙니다, 제가 당신에게 한말씀드리지요. 첫째, 저는 프랑스어를 당신보다 못하지 않고, 독일어는 심지어 훨씬 잘합니다. 둘째, 저는 삼 년을 외국에서 보냈습니다. 베를린에서만 여덟 달 살았지요. 친애하는 신사 양반, 저는 헤겔을 연구했고, 괴테는 암송할 정도로 잘 압니다. 게다가 저는 독일인 교수의 딸과 오랫동안 사랑하는 사이였고 귀국해서는 머리칼이 다 빠지고 없는 폐병 걸린 숙녀와 결혼했지요. 인격만큼은 정말 뛰어난 여성이었습니다. 이렇게 놓고 보니, 저는 당신과 같은 밭에서 자란 열매인 셈입니다. 저는 당신이 생각하는 그런 촌뜨기가 아니며…… 저 역시 반성에 투신했던바, 제 안에 무매개적인 거라곤 아무것도 없습니다."

나는 고개를 들어 이 괴짜를 더욱 주의깊게 바라보았다. 희미한 등불 아래 그의 모습이 어렴풋이 보였다.

"지금 당신은 저를 바라보고 계십니다." 그가 나이트캡을 고쳐 쓰며 계속 말했다. "그리고 스스로 물으시겠죠. 어째서 나는 오늘 이자가 만찬장에 있었다는 걸 몰랐을까? 제가 그 까닭을 말씀드리죠. 왜냐하면 저는 목소리를 높이지 않기 때문입니다. 또 왜냐하면 저는 다른 사람들 뒤로 숨고 항상 문 뒤에 서며 아무와도 대화하지 않기 때문입니다. 왜냐하면 쟁반을 들고 저를 지나쳐갈 때 청지기는 미리 팔꿈치를 제 가슴 높이로 들어올리기 때문입니다…… 어째서 이 모든 일이 일어나느냐고요? 이유는 두 가지입니다. 첫째, 저는 가난하기 때문이고, 둘째 저는 모든 것을 체념하고 받아들였기 때문입니다…… 솔직히 말해주십시오, 제가 있는지도 모르셨지요?"

"안타깝게도 정말 그랬습니다……"

"그거 보십시오, 그러셨을 겁니다," 그가 내 말을 끊었다. "그러실 줄 알았습니다."

그는 몸을 조금 일으켜 팔짱을 꼈다. 그가 쓴 나이트캡의 기다란 그림자가 벽에서 구부러져 천장까지 닿았다.

"인정하시지요," 그가 갑자기 나를 힐끔 쳐다보더니 덧붙였다. "당신 눈에는 제가 대단한 괴짜, 그러니까 사람들이 말하는 기인, 아니면 그보다 더 못한 존재로 보일 겁니다. 혹시 제가 괴짜 흉내를 내고 있다고 생각하시나요?"

"다시 한번 말씀드리지만 저는 당신을 잘 모릅니다……"

그가 순간 고개를 푹 숙였다.

"어쩌다 저는 전혀 일면식도 없는 당신과 이렇게 느닷없이 신이 나서 이야기하고 있는 걸까요, 맙소사, 신만 아실 일이겠습니다! (그는 한숨을 내쉬었다.) 우리의 영혼이 친연성을 띠기 때문도 아닐 테고요! 당신이나 저나 둘 다 점잖은 사람들입니다, 즉 이기주의자란 말입니다. 당신은 저에게, 저는 당신에게 조금도 볼일이 없습니다. 안 그렇습니까? 그런데 우리 둘 다 잠들지 못하고 있지요…… 사실 수다 떨지 못할 이유도 없겠지요? 매우 드물게 일어나는 일이긴 합니다만 저는 지금 무척 고양되어 있습니다. 보시다시피 저는 부끄럼이 많습니다, 제가 지방 사람인데다 공직에 있지도 않고 가난뱅이여서가 아니라 오히려 저는 대단히도 자기 자신을 사랑하는 인간이기 때문이지요. 그러나 이따금 우호적인 상황이나 뜻밖의 사건에서 영향을 받으면, 물론 이런 상황이나 사건을 저는 정의할 수도, 예견할 수도 없지만, 지금과 마찬가지로 부끄럼이란 것이 완전히 사라져버립니다. 지금의 저라면 달라이 라마와도 얼굴을 맞대고 코담배 좀 맡게 해달라고 부탁하겠습니다. 그런데 혹시 주무시고 싶은 건 아닌가요?"

"그 반대입니다." 내가 서둘러 반박했다. "오히려 당신과 대화하는 것이 매우 유쾌합니다."

"제가 당신을 즐겁게 해드리고 있다는 말씀이군요…… 그렇다면 다행입니다…… 결국 이렇게 말씀드릴 수 있겠습니다, 이 근방에서 사람들은 저를 대단히 독창적인 기인으로 우러러봅니다, 그러니까 이런저런 잡소리를 하다가 우연하게도 제 이름을 혀에 올리게 된 사람들이 그렇지요. '아무도 내 운명에 마음쓰지 않는구나.'* 그들은 저를 모욕

* 미하일 레르몬토프의 시 「유언」(1840)의 일부.

할 궁리만 하고 있지요…… 맙소사! 그들이 이 사실을 알았더라면…… 저는 오히려 제 안에 기이한 것이라곤 아무것도 없어서 죽을 지경인데 말입니다, 가령 지금 당신과 나누는 대화와 같은 불건전한 기행 같은 건 제외하고요. 그러나 사실 이런 기행 따위는 한푼의 값어치도 없습니다. 가장 값싸고 저열한 종류의 기행이니까요."

그가 얼굴을 내 쪽으로 돌려 두 팔을 휘저었다.

"친애하는 신사 양반!" 그가 외쳤다. "저는 오직 기인들만이 지구상에 살 가치가 있다고 생각합니다. 오직 그들만이 살아갈 권리를 지닙니다. *나의 잔은 크지 않으나 나는 나의 잔으로 마시겠노라*,* 누군가 이렇게 말한 적 있지요. 이것 보십시오," 그가 낮은 목소리로 덧붙였다. "제가 얼마나 순수한 프랑스어를 구사합니까. 머리가 아무리 크고 많은 것을 담을 수 있다 한들, 모든 것을 이해하고 많은 것을 알고 시대의 흐름을 뒤쫓는다 한들, 자신의 것, 독자적인 것, 자기 고유의 것이 하나도 없다면 무슨 소용이겠습니까! 그저 세상의 진부한 말을 담는 창고 하나가 늘어날 뿐인데 그리해서 대체 어떤 즐거움을 얻을 수 있겠습니까? 아닙니다, 바보가 되더라도 자신의 방식대로 살아야 하는 겁니다! 자신만의 냄새, 자기 고유의 냄새, 바로 이겁니다! 냄새에 관한 저의 요구가 뭔가 거창하다고는 생각하지 마십시오…… 전혀 그렇지 않습니다! 저와 같은 기인들은 무한정 많습니다. 어딜 둘러보아도 기인은 존재합니다. 살아 있는 사람은 모두 기인입니다, 저는 거기에 끼지 못합니다!"

---

* 알프레드 드 뮈세(1810~1857)의 운문극 『술잔과 입술』(1832)에서 인용함.

"그건 그렇고," 그가 잠시 침묵하더니 계속 말했다. "젊은 시절 제가 얼마나 큰 기대를 품고 살았는지 모르실 겁니다! 외국으로 떠나기 전, 그리고 귀국 직후 한동안 저 자신을 얼마나 높이 평가했는지 모르실 겁니다! 음, 외국에서는 언제나 귀를 쫑긋 세우고, 다른 사람 모르게 홀로 돌아다녔지요. 뭐든 다 안다고 생각하는 우리 같은 족속이 으레 그렇듯이요, 하지만 종국에 가서는 하나도 모른다는 게 들통나곤 하죠!"

"기인, 기인!" 그가 비난하듯 고개를 저으며 말했다. "사람들은 저를 기인이라고 부릅니다…… 그런데 사실 당신 앞에 있는 이 충직한 종보다 덜 기이하고 덜 독창적인 사람도 세상에 없을 겁니다. 저는 다른 이들을 모방해서 태어난 것뿐이니까요…… 정말 그렇습니다! 저는 제가 연구한 여러 저작을 모방하며 살고 있습니다, 그것도 매우 열심히요. 학업에 정진했고, 사랑에 빠졌고, 마침내 결혼까지 했지만, 그것을 어디까지나 자신의 바람이 아니라는 듯, 도리도 아니고 교훈도 아닌 것을 수행한다는 듯이 했습니다, 그것이 무엇이었는지 누가 알겠습니까마는!"

그는 머리에서 나이트캡을 벗어 침대에 내던졌다.

"제가 살아온 이야기를 듣고 싶지 않으십니까?" 그가 띄엄띄엄 말하며 내게 물었다. "아니면 제 인생의 몇 가지 특징을 이야기하는 게 나으려나요?"

"부디 들려주십시오."

"차라리 제가 결혼한 이야기를 해드리는 게 낫겠습니다. 사실 결혼이란 인생의 중대사이고 모든 인간의 시금석이니까요. 거울처럼 결혼은 모든 것을 비춥니다…… 이런, 이 비유는 끔찍이도 진부하군요……

잠시 코담배 좀 맡겠습니다."

그는 베개 밑에서 담뱃갑을 꺼내 뚜껑을 열고는 그 속을 휘저으며 다시 말하기 시작했다.

"친애하는 신사 양반, 제 입장이 되어 생각해보십시오…… 부디 직접 생각해보시고 꼭 말씀해주십시오, 헤겔의 『법철학 강요』*에서 제가 대체 어떤, 어떤 이득을 얻을 수 있었겠습니까? 이 『법철학 강요』와 러시아의 삶 사이에 대체 무슨 공통점이 있겠습니까? 꼭 『법철학 강요』가 아니더라도 독일 철학 전체를 어떻게 우리의 일상에 적용할 수 있겠습니까…… 차라리 학문을 적용한다고 말해볼까요?"

그는 침대에서 폴짝 뛰고는 목소리를 낮추어 중얼거렸는데, 악의가 차오르는 듯 이를 악물었다.

"바로 그거지, 바로 그거야!…… 그렇다면 어째서 너는 외국으로 기어나갔느냐? 어째서 집에 가만히 앉아 있지 않았고 너를 둘러싼 삶을 제자리에서 연구하지 않았느냐? 너는 그 삶이 필요로 하는 것을, 그 미래를 깨닫게 되었을 것이고, 말하자면 네 소명에 대해서도 분명하게 알게 되었을 텐데…… 그러나 한말씀드리자면," 그가 사뭇 다른 목소리로 자신을 정당화하듯 소심하게 말을 이었다. "그 어떤 영리한 사람도 책으로 쓰지 못한 것을 우리 같은 족속이 무슨 수로 연구한답니까! 저는 바로 그것, 즉 러시아의 삶이라는 것에서 가르침을 얻게 되었더라면 정말 기뻤을 테지만, 사랑해 마지않는 러시아의 삶은 아무 말이 없습니다. '나를 이해해보아라.' 이렇게 말하는 듯합니다. 하지만 저는 그럴

* 헤겔의 주요 저작(1817)으로, 1830년대 모스크바의 철학 서클들에서 인기를 끌며 연구되었다.

능력이 안 됩니다. 제게 논리적 귀결을 주십시오, 결론을 제시해주십시오…… '결론이라고?' 사람들은 말합니다. '옜다, 결론이다. 우리 모스크바 사람들 말을 들어보아라, 그들의 말소리는 꾀꼬리 같지 않더냐?' 그런데 문제는 그들이 사람의 말을 하는 것이 아니라 쿠르스크의 꾀꼬리처럼 휘파람이나 불고 있다는 겁니다……* 그래서 저는 생각을 거듭한 끝에 어찌됐든 학문은 하나이고 진리도 하나라는 결론에 이르렀고 그렇게 이교도들이 사는 곳으로 훌쩍 떠났지요…… 어쩌겠습니까! 젊음과 긍지가 들끓었는 걸요. 정말이지 나이가 들기도 전에 배에 기름을 두르고 싶진 않았거든요, 다들 그렇게 사는 것도 좋다고 말하지만요. 맞습니다, 사실 애초에 자연이 고깃덩이를 주지 않은 자는 제 몸뚱이에서 기름은 구경도 할 수 없는 법이지요!"

"그러고 보니," 그가 잠시 생각하더니 덧붙였다. "제가 어떻게 결혼하게 되었는지 말씀드리겠다고 했었군요. 잘 들어보십시오. 첫째, 제 아내가 더는 이 세상 사람이 아님을 밝혀두어야겠습니다, 둘째…… 그리고 둘째, 우선 저의 젊은 시절에 대해 말씀드려야 할 것 같습니다. 안 그러면 한마디도 이해하지 못하실 테니까요…… 정말 주무시고 싶지 않습니까?"

"아니요, 졸리지 않소."

"좋습니다. 잘 들어보십시오…… 바로 옆방에서 칸타그류힌 씨가 품위를 내팽개친 듯 코를 골고 계시군요! 저는 그다지 부유하지 못한 부

* "우리 모스크바 사람들"이라는 말로 슬라브주의자들을 가리키면서 이들이 추상적인 철학 연구에 몰두하고 민중의 살아 있는 말과 거리가 먼 인위적인 언어로 토론했다는 뜻이다.

모님에게서 태어났습니다. 분명히 부모님이라고 말씀드리겠습니다, 왜냐하면 전설이 말하는바, 제게는 어머니 말고도 아버지가 있었기 때문입니다. 저는 아버지를 기억하지 못합니다. 사람들이 말하길 제 아버지는 아둔한 편이었고, 큰 코와 주근깨가 있는 빨강 머리였고, 한쪽 코로만 코담배를 맡았다고 합니다. 어머니 침실에 아버지의 초상화가 걸려 있었는데, 액자 속 아버지는 검은 옷깃이 귀까지 닿는 붉은 제복을 입은 지독히도 못생긴 남자였습니다. 저는 매를 맞을 때면 아버지의 초상화 앞을 지나쳐 끌려갔는데 그때마다 어머니는 아버지를 가리키며 항상 이렇게 말씀하셨죠. '아버지가 살아 계셨다면 더 호되게 혼났을 거야.' 그 말이 저의 용기를 얼마나 북돋웠는지 상상도 못하실 겁니다. 저는 형제자매가 없습니다. 사실대로 말하자면, 영국병*을 앓아 목덜미가 굽은, 아무짝에도 쓸모없는 남동생이 있었지만, 끙끙 앓다가 금방 죽어버렸습니다…… 도대체 어째서 영국병이란 것이 쿠르스카야도의 시그롭스키군까지 기어든 것일까요? 하지만 그게 중요한 건 아니지요. 어머니가 저를 직접 교육하셨는데, 초원지대 여지주로서 쏟을 수 있는 모든 열과 성을 다하셨지요. 제가 탄생한 바로 그 장엄한 날부터 열여섯 살이 될 때까지 말입니다…… 제 이야기를 잘 따라오고 계십니까?"

"그럼요, 계속하십시오."

"음, 좋습니다. 그렇게 제가 열여섯 살이 되자 어머니는 조금도 지체하지 않고 곧바로 제 프랑스어 교사였던, 네진의 그리스 마을** 출신

---

* 러시아에서 구루병을 일컫던 옛말.

** 러시아어로 '네진(Нежин)', 우크라이나어로 '니진(Ніжин)'이라고 불리는 도시는 현재 우크라이나 체르니히우주에 위치한다. 1675년 그리스 상인들이 이곳에 식민지를 세웠

독일인 필리포비치를 내보내셨습니다. 그리고 저를 모스크바로 데려가 대학에 등록시키셨지요. 그리고 검사보이자 시그롭스키군 밖에서도 유명인사로 통했던 제 친삼촌 콜툰-바부라 씨에게 저를 맡기고는 전능하신 분께 영혼을 의탁하셨습니다. 친삼촌인 검사보 콜툰-바부라 씨는 그런 상황에서 언제나 그렇듯 제 재산을 아주 탈탈 털어먹었습니다…… 어쨌든 그게 중요한 건 아니지요. 저는 대학에 너끈히 입학했습니다—저를 낳아주신 어머니에게 그 공을 돌려드려야 마땅하지요—그것도 준비가 아주 잘된 상태로요. 그러나 저는 제게 독창적인 기인으로서의 특성이 부족하다는 것을 금방 눈치챘습니다. 저의 어린 시절은 다른 젊은이들의 어린 시절과 조금도 다를 게 없었으니까요. 저는 다른 이들과 마찬가지로 깃털 이불에 감싸인 듯 멍청하고 나약하게 자랐고, 아주 어려서부터 온갖 시를 암송했고, 몽상에 잘 잠기는 기질 탓에 의기소침하기 일쑤였습니다…… 무엇에 대한 몽상이었냐고요? 네, 아름다움에 대한 몽상이었죠…… 그 밖에도 여러 가지가 있습니다만. 대학에서도 저는 다른 길을 가지 않았습니다. 바로 서클에 들어갔거든요. 그때는 지금과는 아주 달랐지요…… 혹시 서클이 뭔지 아십니까? 실러가 어디선가 이렇게 말했던 것이 기억납니다.

사자를 깨우는 것은 위험하다,
호랑이의 이빨은 무시무시하다,
그러나 그 무엇보다 무서운 것은

고, 이후 활발히 상업 활동을 하며 교회, 법원, 학교 등 여러 기관을 세웠다.

광기에 사로잡힌 인간이로다![*]

그는 분명 다른 것을 말하고자 했을 테지요. 그는 바로 이렇게 말하고 싶었을 겁니다. *그것은 바로 모스크바라는 도시에 있는 '서클'이로다!*

"그런데 서클의 무엇이 그렇게 무섭다고 보시는 겁니까?" 내가 물었다.

나의 이웃은 나이트캡을 덥석 줍더니 코까지 푹 눌러썼다.

"무엇이 그리 무섭냐고요?" 그가 고함을 질렀다. "바로 이겁니다. 서클은 곧 모든 독자적인 발전의 절멸을 뜻합니다. 서클, 그것은 친교, 여성, 삶을 대신하는 끔찍한 대체물입니다. 서클, 그것은…… 오, 잠시만요, 서클이 무엇인지 분명히 말씀드리지요! 서클, 그것은 함께 모여서 게으르고 나른하게 생활하는 것에 지나지 않으나 다들 여기에 뭔가 이성적인 활동의 의미와 외양을 부여하지요. 서클은 대화를 논증으로 대체하고, 무익한 수다를 익숙한 것으로 만들며, 고립된 채 할 수 있는 유익한 작업으로부터 사람을 멀리 떨어뜨려놓을 뿐만 아니라 문학이라는 옴을 옮겨 마침내 사람에게서 영혼의 생기와 순결한 힘을 앗아갑니다. 서클, 그것은 형제애와 우정이라는 이름 아래 도사린 비열과 권태요, 개방과 참여라는 구실 아래 얽힌 오해와 궤변입니다. 서클의 모든 동지는 다른 동지의 내면에 씻지도 않은 더러운 손가락을 어느 때라도 곧장 집어넣을 수 있는 권리를 지니기 때문에 깨끗하고 온전한 영혼을 지닌 자는 아무도 없게 됩니다. 서클에서는 속은 비었으나 말

* 프리드리히 실러의 시 「종의 노래」(1799)의 일부를 부정확하게 인용함.

을 번지르르하게 잘하는 사람, 자기만 사랑하는 척척박사, 애늙은이 따위를 숭배하고, 재능은 없으나 '숨겨진' 사상을 지녔다는 시인 나부랭이의 책을 손에서 놓지 않습니다. 서클에서는 새파란 애송이들, 갓 열일곱 살 된 아이들이 여성에 대해, 사랑에 대해 징글맞게 난해한 말을 떠들어대고, 막상 여성 앞에 서면 한마디도 못하거나 책과 이야기하듯 말합니다. 그러니 그들이 떠들어대는 말이 어떤 수준이겠습니까! 또 서클에서는 잔꾀만 남은 능변만 득세합니다. 서클의 동지들은 하나같이 서로를 감시하는데 여느 경찰 못지않습니다…… 오 서클이여! 너는 서클이 아니다. 너는 훌륭한 인간을 여럿 파멸시킨 마魔의 원이로구나!"

"글쎄요, 너무 과장하시는 것 같은데요." 내가 그의 말을 끊었다.

나의 이웃은 말없이 나를 바라보았다.

"그럴지도 모르지요, 신만은 저를 알아주시겠지만. 사실 우리 같은 족속에게는 단 하나의 즐거움, 즉 과장하는 즐거움밖에 남지 않았거든요. 어쨌든 저는 그렇게 모스크바에서 사 년을 살았습니다. 친애하는 신사 양반, 그 시절이 얼마나 무섭게 휙 지나갔는지 묘사할 길이 없군요. 떠올리기만 해도 슬프고 화가 나니까요. 아침에 눈을 뜨면 산에서 썰매를 타고 내려오는 것 같았습니다…… 그러다보면 어느새 도착점에 와 있고, 그러면 벌써 저녁입니다. 졸린 얼굴의 하인이 건네주는 프록코트를 걸치고는 비틀거리며 친구 집으로 가서 파이프를 빨고 묽은 차도 몇 잔씩 마시면서 독일 철학이니, 사랑이니, 정신의 영원한 태양이니 까마득한 얘기들을 늘어놓습니다. 그런데 여기서도 저는 지조가 독특하고 독자적인 사람들을 만난 적이 있습니다. 그들이 아무리 자신의 영혼을 꺾고 활 모양으로 구부려도 그들의 본성은 아랑곳하지 않고 자기 권능을 드러냈거든요. 불쌍하게도 저 하나만 부드러운 밀랍을 만지듯 자기 자신을 빚고 있었고 저의 초라한 본성은 조금도 저항하지 않았습니다! 그러는 사이 저는 스물한 살이 되었지요. 저는 제가 받은 유산, 아니 정확히 말하자면 그 유산에서 감사하게도 저의 후견인이 제게 남긴 알량한 일부를 소유하게 되었고, 하인 출신으로 면천된 바실리 쿠드랴셰프라는 자에게 모든 영지의 경영을 위임하고서 외국으로, 즉 베를린으로 떠났습니다. 말씀드린 바와 같이 저는 외국에서 삼 년을 지냈습니다. 어땠냐고요? 외국에서도 저는 여전히 독창적이지 못한 존재였지요. 첫째, 제가 유럽, 그리고 유럽의 생활이라는 것에 대해 조금도 배우지 못했음은 새삼 말씀드릴 필요도 없겠습니다. 저는 독일 교수들의 강의를 듣고 독일 책들을 그 탄생지에서 탐독했습니다⋯⋯ 외국에 가서 생긴 차이라고는 이게 전부지요. 저는 수도승이라도 된 듯 고립된 생활을 이어갔습니다. 그리고 저처럼 앎에 대한 갈망으로 매우 우울해져 있는, 그러나 이해력도 떨어지고 말주변도 없는 퇴역 중위 몇 명과 어울리는 정도였습니다. 또 펜자와 다른 곡창 지대에서 온 우둔한 가족 몇몇과도 알고 지냈습니다. 카페를 전전하며 잡지를 읽었고, 저녁이면 극장에 다녔습니다. 토박이들과는 거의 교제하지 않았습니다. 그들과 이야기를 나누면 어쩌선지 항상 압박감을 느껴서 집에도 거의 초대하지 않았죠. 아주 치근대는 유대인 출신 애송이 두서넛은 예외였는데, 그들은 돈을 빌려달라며 곧잘 제게 달려오곤 했습니다. *러시아 사람*은 대체로 남을 잘 믿으니까요. 그러던 중 기이한 우연의 장난으로 제가 수업을 듣던 어느 교수의 집을 방문하게 되었습니다. 사실은 이렇게 된 것이죠. 저는 수업에 등록하기 위해 그 교수를 찾아갔고 그 교수는 갑자기 저를 저녁식사에 초대해야겠다는 생각이 든 모양이었습니다. 교수에게는 스물일곱 살 남짓한 딸이 둘 있었는데, 키는 땅딸막했지만—어쩔 수 없는 사실이었습니다—코가 정말 아름다웠고, 곱슬머리, 연푸른색 눈, 손톱이 새하얀 손도 참 예뻤지요. 한 사람은 린헨, 다른 한 사람은 민헨이었습니다. 저는 그렇게 그 교수의 집에 드나들게 되었습니다. 그 교수가 멍청하다기보다 나사가 하나 빠진 듯한 사람이라는 걸 꼭 말씀드려야겠군요. 강단에서는 아주 논리 있게 말하지만, 집에서는 안경을 이마에 걸치고는 'r'와 'l'을 구분하지 못하며 말했지요. 어쨌든 대단히 박식한 사람이었습니다…… 그리고 어떤 일이 일어났을까요? 어느 날 갑자기 저는 린헨에게 반한 느낌을 받았습니다, 그리고 그런 상태가 여섯 달 내내 계속되었고요. 사실 저는 그녀와 얘기를 많이 나누지 못했습니다. 그저 바라보고만 있을 때가 많았죠. 그래도 그녀에게 여러 감동적인 글을 소리 내어 읽어주면서 그녀의 손을 슬며시 잡기도 했고, 저녁이 되면 그녀와 나란히 앉아 달을 간절히 바라보거나 아니면 그냥 밤하늘을 올려다보았지요. 게다가 그녀는 커피를 정말 잘 끓였습니다!…… 뭘 더 바랄 수 있겠습니까? 그런데 딱 한 가지가 항상 저를 당황케 했습니다. 말할 수 없이 지극한 행복의 순간만 되면 저는 어째선지 숟가락만 쪽쪽 빠는 듯 극심한 허기를 느꼈고 위장에서 우울하고 차가운 경련이 지나갔습니다. 결국 저는 그 크나큰 행복을 견디지 못하고 도망쳤습니다. 그후로 꼬박 이 년 동안 계속 외국을 떠돌아다녔습니다. 이탈리아로 갔는데, 로마에서는 〈변용〉 앞에 가만히 서 있었고 피렌체에서는 〈비너스〉* 앞에 똑같은 모양으로 서 있었지요. 그러다보면 악의가 저를 덮치듯 느닷없이 과장된 환희감에 빠졌습니다. 그래서 저녁마다 시를 쓰고 일기를 썼습니다. 한마디로 여기서도 저는 남들 하는 대로 행동했던 것입니다. 그런 저를 기인이라고 부르다니 기인이 되기란 참 쉬운 것 같군요. 저는 사실 그림이나 조각을 잘 모릅니다…… 이 사실을 속시원히 말해버리면 좋았을 텐데…… 아니요, 어떻게 그럴 수 있겠습니까! 그래서 박물관 안내인을 고용한다, 프레스코 벽화를 보러 다닌다, 난리였지요……"

그는 다시 고개를 숙이고 나이트캡을 벗어던졌다.

"결국 저는 고향으로 돌아왔습니다." 그가 지친 목소리로 말을 이었다. "모스크바에 도착했지요. 모스크바에서 저는 놀라운 변화를 겪었습니다. 외국에서는 침묵을 지키던 때가 더 많았는데 갑자기 이곳에서는 뜻밖에도 활기차게 말하게 되면서 어떻게 된 일인지 저 자신에 대해 오만해졌던 겁니다. 저를 거의 천재처럼 우러러보는 너그러운 사람들도 나타났습니다. 귀부인들은 깊은 공감을 보이며 저의 잡소리에 귀를 기울여주었습니다. 그러나 저는 명예의 정점에서 계속 머무르는 법을 몰랐습니다. 어느 화창한 아침, 저에 대한 비방이 생겨났고(누가 그 비방을 퍼뜨리고 다녔는지는 지금도 모릅니다. 아마도 육체만 남성인 어느 노처녀였을 테죠. 그런 노처녀들은 모스크바에 수없이 많습니다) 그 비방은 딸기 넝쿨처럼 가지와 촉수를 뻗치며 나아갔습니다. 저는 그 넝쿨에 휘감겼고 벗어나려고, 자꾸만 들러붙는 실을 끊으려고 몸부림

* 바티칸미술관에 소장된 라파엘로의 그림 〈그리스도의 변용〉(1518~1520)과 피렌체 우피치박물관에 있는 작자 미상의 조각상 〈메디치가의 비너스〉를 가리킨다.

쳤으나 소용없었습니다…… 그래서 저는 떠났습니다. 그러나 새로운 곳에서도 저는 추태를 몰고 다니는 사람으로 통했습니다. 두드러기가 가라앉기를 기다리듯 이 재앙이 끝나기만을 가만히 기다렸더라면 그 너그러운 사람들도 다시 두 팔 벌려 저를 안아주었을 것이고, 그 귀부인들도 제 말을 들으며 다시 미소 지었을 겁니다…… 모든 불행은 바로 제가 독특한 인간이 아니라는 데서 비롯되었습니다. 예측하셨겠지만, 제 안에서 양심이 깨어났습니다. 저는 뭐라고 떠드는 것이, 쉴새없이 지껄이는 것이, 어제는 아르바트에서 오늘은 트루바에서 내일은 십체프-브라제크에서 매번 똑같은 말을 떠벌리고 다니는 것이 부끄러워졌습니다…… 그런데 혹시 누가 요청하기라도 한다면? 이쪽 분야의 진짜 무사들을 보십시오. 그들에게는 이따위 걱정은 문젯거리도 안 됩니다. 반대로 그들에게 필요한 건 오직 뻔뻔함뿐입니다. 어떤 자는 이십 년 동안이나 혀로 일하며 늘 똑같은 소리를 하죠…… 자신감이란 무엇이고 자기애란 무엇일까요! 저에게도 그 자기애란 것이 존재했었고, 사실 지금도 완전히 사라지지 않았습니다…… 다시 말씀드리지만, 저는 독창적인 사람이 아닌데다 길을 가다 중간에 멈춰버렸기 때문에 저의 인생은 더욱 고약합니다. 자연은 제게 자기애를 훨씬 더 많이 주든가 아니면 아예 주지 말았어야 합니다. 저도 처음에는 고생깨나 했습니다. 게다가 외국으로 여행 다니느라 재산도 탕진했지요. 그렇다고 아직 젊지만 몸이 젤리처럼 연약한 상인의 딸과는 결혼하고 싶지 않았습니다. 그래서 고향 시골 마을로 내빼버렸지요. 그런데 제가 보기에," 나의 이웃은 다시 나를 힐끔 쳐다보더니 덧붙였다. "전원생활의 첫인상이라든지 자연의 아름다움, 고독한 생활의 고요한 매혹 같은 이야기는 침묵에 맡겨둬도 될 듯합니다……"

"해주십시오, 듣고 싶습니다." 내가 반박했다.

"더구나," 그가 말을 이었다. "다 헛소리뿐이라서요, 최소한 저와 관계된 것은 말입니다. 저는 집에 묶인 강아지처럼 시골에서 지루해했습니다, 물론 시골로 돌아가던 봄날, 눈에 익은 자작나무숲을 처음 지나가면서 머리가 빙글빙글 돌고 심장은 막연하고 달콤한 기대감으로 두근거린 적이 있지만요. 그러나 이런 막연한 기대감은, 잘 아시다시피, 결코 실현되는 법이 없습니다, 오히려 반대로 조금도 기대하지 않던 다른 일들이 실현되곤 하지요. 가령 가축의 폐사라든가 소작료 체납, 공매 등등이 그렇습니다. 저는 마름 야코프의 도움으로 하루하루 이런저런 일들을 헤쳐나갔는데, 이 야코프라는 자는 관리인을 경질하고 새로 뽑은 사람이었습니다. 나중에 알고 보니 관리인 못지않은 날강도인데다 타르를 칠한 장화 냄새로 저의 생존을 위협할 정도였죠. 그러던 어느 날 저는 퇴역한 육군 대령의 부인과 두 딸이 있는 이웃 가족을 떠올리고는 드로시키에 말을 매라 이르고 그들에게 갔습니다. 저는 그날을 영원히 기억할 것입니다. 그날로부터 여섯 달 후에 저는 육군 대령 부인의 둘째 딸과 결혼했기 때문입니다!……"

그는 고개를 늘어뜨리고 두 팔을 하늘로 뻗었다.

"그러는 사이에," 그가 격정적으로 이야기를 이어나갔다. "당신에게 세상을 떠난 그녀에 대해 좋지 않은 인상을 불어넣고 싶지 않습니다. 결코 그래선 안 되죠! 그녀는 가장 고결하고 선한 존재였습니다, 사랑이 넘치고 어떤 희생도 감수할 줄 아는 존재였습니다. 사실 우리끼리 있으니 하는 말입니다만 만약 그녀를 잃는 불행이 제게 일어나지 않았더라면, 아마도 제가 오늘 이렇게 당신과 이야기 나누는 일은 없었을 겁니다. 왜냐하면 우리집 과실수 헛간*에는 아직 대들보가 멀쩡히 있는데, 제가 거기에 목매달려고 시도한 것이 한두 번이 아니거든요!"

"어떤 종의 배는," 그가 잠시 침묵하더니 다시 말하기 시작했다. "흔히들 말하듯 맛이 제대로 들려면 지하실에 좀 파묻어두기도 해야 합니다. 세상을 떠난 저의 아내 역시 바로 그러한 자연의 산물에 속했다고 할 수 있습니다. 지금에야 저는 그녀의 진가를 깨닫고 있습니다. 가령 결혼 전 그녀와 함께했던 저녁들을 떠올리면 슬퍼지기는커녕 오히려 눈물을 흘릴 정도로 감격스러워집니다. 그녀의 식구들은 그다지 부유하지 않았습니다. 그들이 사는 집은 매우 오래된 목조주택이었지만 안락했고, 내버려진 정원과 풀이 마구 자란 마당 사이 작은 언덕에 있었죠. 언덕 아래로는 강이 흘렀지만 무성한 초목에 가려 거의 보이지 않았습니다. 커다란 테라스가 집에서 정원 쪽으로 나 있었고, 테라스 앞에는 장미 넝쿨로 뒤덮인 직사각형 모양의 화단이 있었죠. 화단의 끄트머리마다 아카시아가 두 그루씩 자랐는데, 고인이 된 주인이 나무들이 어렸을 때 나사 모양으로 꼬아놓았다고 합니다. 조금 더 가면 산딸기 덤불이 관리가 안 된 채 헝클어져 있는 곳이 있었고, 거기에는 내부를 꽤 예쁘게 꾸며놓은 정자가 있습니다. 그런데 바깥은 너무 낡고 금방이라도 쓰러질 것 같아 바라보고 있노라면 기분이 섬뜩해질 정도였습니다. 테라스에서 유리문을 열면 응접실로 이어졌습니다. 바로 이 응접실에서는 여러 사물이 관찰자의 호기심 많은 시선을 끌었지요. 귀퉁이마

* 과실수가 심겨 있는 헛간으로 여름에는 벽과 천장을 제거하고, 겨울에는 판자를 덧대서 나무를 보호한다.

다 타일로 장식한 페치카, 오른쪽에 놓인 불쾌한 소리를 내는 피아노, 그 위에 어수선하게 널브러진 악보들, 희끄무레한 무늬가 수놓인 빛바랜 푸른색 능직을 씌운 소파, 둥근 탁자, 예카테리나 여제 시절의 도자기와 유리구슬 장난감이 진열된 장식장 두 개, 비둘기를 가슴에 품고서 눈을 치켜뜬 금발의 젊은 여자를 그린 유명한 초상화,* 탁자에 올려둔 신선한 장미 몇 송이가 꽂힌 꽃병…… 보십시오, 제가 아주 자세히도 묘사했군요. 바로 그 응접실에서, 그 테라스에서 제 사랑의 모든 희비극이 상연되었던 것입니다. 저의 이웃인 그녀의 어머니는 항상 악의로 가득찬 듯 거친 목소리를 냈고, 항상 사람을 불편하게 만드는 괴팍하고 역겨운 여자였습니다. 두 딸 중 베라는 작은 군에 사는 평범한 귀족 아가씨들과 다를 바가 없었고, 다른 딸은 소피야였는데, 저는 바로 이 소피야와 사랑에 빠졌습니다. 자매가 침실로 같이 쓰는 작은 방에는 소박한 목조 침대 두 개, 노란 앨범 여러 개, 목서초, 연필로 서툴게 그린 벗들의 초상화(그 가운데 유난히 정력적인 표정과 그보다 더욱 정력적인 필치로 서명한 어느 신사의 초상화가 눈에 띄었는데, 그 역시 한창 청춘일 때는 무한한 기대감에 부풀어 있었으나 우리 모두와 마찬가지로 아무것도 아닌 자로 끝장나고 말았지요), 괴테와 실러의 흉상, 독일어 서적 몇 권, 말라비틀어진 화환, 그리고 기념으로 간직하는 몇 가지 물건이 있었습니다. 그런데 저는 이 방에 몇 번 들어가지 못했고 그때마다 내키지도 않았죠. 어찌된 일인지 그 방에만 들어가면 숨이 막혔습니다. 정말 이상한 일이었습니다! 제가 소피야를 등지고 앉아 있을 때면,

* 장바티스트 그뢰즈(1725~1805)의 그림. 감미롭고 감상적인 모습의 두상과 상반신을 그린 연작으로 유명했고, 인물의 가슴에 새들이 앉아 있는 작품들도 있다.

특히 저녁 무렵 테라스에서 그녀에 대해 생각하거나 몽상할 때면 그녀가 어느 때보다도 더 좋아졌거든요. 그럴 때면 저는 노을을, 나무들을, 이미 빛을 받지 못하나 여전히 장밋빛 하늘과 대조되는 푸르고 가녀린 잎사귀들을 바라보았습니다. 응접실에서는 소피야가 피아노 앞에 앉아 자기가 좋아하는 베토벤의 어느 지극히 사색적인 프레이즈를 쉬지 않고 연주했고요. 성질 고약한 노파는 소파에 앉아 평온하게 코를 골았지요. 붉은 빛줄기를 흠뻑 받은 식당에서는 베라가 차를 준비하느라 수선을 떨었고, 사모바르도 무언가 기쁘다는 듯 진기하게 쉭쉭 소리를 냈습니다. 프레츨이 명랑한 소리를 내며 부러졌고, 찻숟가락은 낭랑하게 찻잔을 두드렸지요. 온종일 지독하게도 지저귀던 카나리아는 돌연 잠잠해져서 질문이라도 하듯 이따금 조잘거렸고, 투명하고 가벼운 구름은 지나가며 비를 몇 방울 뿌렸습니다…… 저는 그 가운데 가만히 앉아 모든 소리를 듣고 또 들으며 물끄러미 앞을 바라봤습니다. 그러면 심장이 확장되면서 나는 사랑에 빠졌구나 하는 생각이 다시 드는 겁니다. 바로 그런 저녁의 영향으로 저는 노파에게 딸을 달라고 청했고 두 달 뒤 우리는 결혼했습니다. 저는 그녀를 사랑하는 것 같았습니다…… 지금 와서 돌이켜보면 솔직히 제가 소피야를 사랑했는지 잘 모르겠습니다, 이제는 알 때도 되었는데 말이죠. 그녀는 선하고 지혜롭고 과묵하며 따뜻한 마음을 지닌 존재였습니다. 그런데 시골에서 오래 산 탓인지, 아니면 다른 이유 때문인지 그녀의 영혼 밑바닥에는(영혼에 밑바닥이란 것이 있다면) 상처가 숨겨져 있었습니다, 아니 더 정확히 표현하자면, 무엇으로도 치유될 수 없는 상처가 피를 뚝뚝 흘리고 있었고, 그녀도 저도 그 상처를 뭐라 불러야 할지 몰랐습니다. 물론 이 상처의 존재에 대해서는 결혼식을 치르고 나서야 알게 되었죠. 그녀를 낫게 하려고 안 해본 것이 없습니다만, 아무것도 도움이 되지 않았습니다! 어린 시절에 저는 방울새를 키운 적 있는데, 하루는 고양이가 새를 앞발로 짓누르고 있더군요. 깜짝 놀라 구출해서 치료도 해주었으나 결국 방울새는 회복하지 못했습니다. 축 처져 시름시름 앓고 노래도 부르지 못했습니다…… 어느 밤, 열린 새장 문으로 쥐 한 마리가 기어들어 새의 코를 무는 바람에 방울새는 결국 죽고 말았지요. 어떤 고양이가 제 아내를 앞발로 짓누르고 있었는지는 모르겠습니다만, 그녀는 꼭 그 불쌍한 방울새처럼 축 처져 시름시름 앓았습니다. 때때로 그녀는 푸드덕 날아올라 신선한 공기를 마시며 노닐고 싶어하는 것 같았습니다, 빛나는 해를 바라보며 자유롭게요. 그러려고 시도하는 것처럼 보이다가도 이내 다시 웅크리며 드러누웠습니다. 그녀는 저를 정말 사랑했습니다. 자기는 더 바랄 게 없다고 몇 번이나 저를 안심시키려 했는지 모릅니다—이런 젠장!—그러면서도 그녀의 눈은 빛을 잃어갔고요. 저는 그녀에게 과거에 무슨 일이 있었던 것이 아닌지 궁금해졌습니다. 그래서 여기저기 알아보았지만 아무 일도 없었습니다. 한번 생각해보십시오, 생각과 행동이 독특한 기인이라면 그저 어깨를 으쓱하고, 아니면 한숨 두어 번 내쉬고는 자기 식대로 살았을 겁니다. 그런데 독특한 구석이라고는 하나도 없는 존재인 저는 대들보에 눈이 가더란 말입니다. 아내는 노처녀들이나 지닐 법한 온갖 인습에 젖은 나머지—베토벤, 밤산책, 목서초, 친구들과의 서신 교환, 앨범 꾸미기 등등—다른 모든 종류의 생활 방식, 특히 한 가정의 여주인으로 사는 삶에는 전혀 익숙해지지 못했습니다. 게다가 결혼한 여자가 알 수 없는 우수에 젖어 저녁만 되면 "새벽놀 아래 그녀를 깨우지 말라"* 하며 노래를 부르니 이 얼마나 우스운 일입니까.

어쨌든 그렇게 삼 년 동안 우리는 더없는 행복을 맛보며 살았습니다. 사 년째 되던 해 소피야는 첫아이를 낳다가 죽고 말았고요. 그런데 이상하게도 그녀가 제게 딸이나 아들을, 지상에 새로운 거주자를 선사하지 못하리라는 것을 일찍이 느꼈습니다. 그녀를 묻을 때가 기억납니다. 봄이었지요. 우리 교구 교회는 크지 않고 오래된데다 제단 앞 성화벽은 시커멓게 변하고 벽은 헐벗고 벽돌을 깐 바닥은 군데군데 깨져 있습니다. 관을 들여와 임금의 문**이 있는 정중앙에 내려놓고는 색 바랜 덮개를 씌운 다음 주변에 촛대 세 개를 세우더군요. 예배가 시작되었습니다. 한줌도 안 되는 머리칼을 땋아내린 노쇠한 교회지기는 녹색 허리띠를 느슨하게 두른 채 독서대 앞에서 비통한 목소리로 웅얼거렸습니다. 역시 늙은이에 앞을 잘 못 보는 듯한 사제는 노란색 무늬가 들어간 연보라색 제의를 입고 선량한 얼굴로 자기가 읊을 부분뿐만 아니라 보제가 할 부분까지 함께 읊으며 예배를 집전했습니다. 활짝 열린 창문이 가득찰 정도로 무성한 자작나무들이 가지를 축축 늘어뜨렸고, 어리고 발랄한 잎사귀들은 살랑거리며 조잘댔습니다. 마당에서는 풀 냄새가 실려왔고요. 밀랍초의 붉은 불꽃은 봄날의 밝은 빛에 창백해 보였습니다. 참새들은 교회가 무너져라 짹짹거렸고, 이따금 교회 안으로

* 아파나시 페트(1820~1892)의 시에 알렉산드르 바를라모프가 곡을 붙인 로망스의 첫 구절.

** '성화벽'은 정교회 성당에서 회중석과 지성소를 구분하는 벽으로 성화로 가득하고, '임금의 문'은 성화벽 가운데에 있는, 사제가 지성소를 드나들 때 사용하는 문이다.

날아든 제비가 둥근 천장 아래서 낭랑하게 외치는 소리가 들렸습니다. 햇볕의 금빛 먼지 속에서 고인을 위해 진심으로 기도를 올리는, 몇 안 되는 농부들의 아마색 머리가 빠르게 내려갔다가 올라오기를 반복했습니다. 향로 구멍에서 푸르스름하고 가느다란 물줄기처럼 연기가 흘러나왔습니다. 저는 아내의 죽은 얼굴을 바라보았습니다…… 맙소사! 죽음, 죽음마저도 그녀를 자유롭게 해주지 못했고, 그녀의 상처를 치유해주지 못한 것이었습니다. 예의 그 병적이고 잔뜩 겁먹은, 그 아무 말 없는 표정이 보였습니다. 관 속에서도 불편한 모양이었습니다…… 마음이 너무나도 씁쓸해지며 제 안에서 피가 요동쳤습니다. 선하디선한 존재였던 그녀에게는 죽은 것이 차라리 잘된 일이었습니다!"

그의 두 뺨은 시뻘게졌고 눈은 빛을 잃었다.

"마침내," 그가 다시 말을 꺼냈다. "아내의 죽음 이후 사로잡혔던 깊은 우울에서 벗어난 저는 무슨 일이든 해보자 마음먹게 되었습니다. 도청 소재지에서 공직을 시작했으나 관청의 거대한 사무실에 앉아 있으면 머리가 아파 견딜 수 없는 지경이 되었고 눈도 잘 보이지 않았습니다. 그 밖에 여러 이유도 생겨났지요…… 결국 저는 퇴직했습니다. 모스크바에 다녀오고 싶었으나 첫째, 돈이 부족했고, 둘째…… 이미 말씀드렸다시피 모든 것을 체념하고 받아들인 상태였습니다. 이 체념의 감정은 저에게 갑자기 찾아온 것이기도 하고 그렇지 않기도 합니다. 마음속으로는 이미 오래전 체념했으나 머리로는 아직 굽히고 싶지 않기도 했습니다. 저는 시골 생활과 불행 탓에 제 감정과 생각이 겸허해졌다고 대충 여겨버렸습니다…… 한편으로는, 거의 모든 이웃이, 노소를 불문하고 저를 거칠거나 경솔하게 대했을 뿐만 아니라 제 의견을 끝까지 듣지도 않았으며 더이상 '선생'이라는 존칭도 사용하지 않는다는 것을 이미 오래전부터 눈치채고 있었습니다. 사실 처음에 그들은 저의 학식과 외국 여행, 그 밖에 제가 누리는 교양의 혜택에 겁을 먹은 듯했습니다. 이것을 말씀드리는 것을 잊었군요, 결혼하고 일 년 동안 저는 지루함에서 벗어나고자 문학에 투신하려 생각했고 잡지사에 원고를 보낸 적도 있습니다, 제 기억이 맞는다면 단편소설일 겁니다. 그러나 얼마 뒤 저는 편집자로부터 정중한 편지를 받았고, 그 편지에는 제가 지성 있는 사람인 것은 부인할 수 없으나 재능이 부족하고, 문학에서는 오로지 재능만이 필요하다고 적혀 있었습니다. 그뿐만 아니라 모스크바에서 온 어느 선량한 젊은이가 도지사의 저택에서 열린 파티에서 다른 이야기를 하던 중 저를 두고 정력이 다한데다 내용도 없는 인간이라고 평했다는 것이 제 귀에 들어왔습니다. 그러나 반쯤은 스스로 택한 미혹의 상태가 좀더 이어졌습니다. 즉, 저 스스로 '빰따귀를 올려붙이고' 싶지는 않았던 겁니다. 이런 일도 있었지요. 하루는 경찰서장이 제 영지에 있는 다리가 무너진 일에 제 관심을 끌어볼 요량으로 저를 찾아왔습니다. 그런데 사실 저에게는 그 다리를 수리할 비용이 한푼도 없었습니다. 이 아량 있는 질서의 수호자는 발리크* 한 점에 보드카 한 잔을 마시며 아버지다운 태도로 저의 부주의함을 꾸짖었고, 어쨌든 자기가 제 입장이라면 농부들을 시켜 다리에 거름이라도 덮어 쓸 거라고 충고하더니 파이프를 피우면서 얼마 안 남은 선거 이야기를 꺼내는 겁니다. 당시 오르바사노프라는 자가 도 귀족단장이라는 명예로운 직

* 붉은살생선의 등 부분을 소금에 절여 말린 안주.

함을 얻고자 했는데, 목소리만 컸지 속이 텅 빈데다 뇌물이나 받아먹는 자였습니다. 게다가 그자는 부유한 것도, 명망 있는 것도 아니어서 남들보다 두드러진 구석이 없었죠. 저는 그에 관한 제 의견을, 그것도 아주 너무 무심코 말해버렸습니다. 실은 오르바사노프 씨를 깔보고 있었거든요. 경찰서장은 저를 바라보더니 어깨를 다정하게 토닥이고는 사람 좋은 어조로 말했습니다. '어허, 바실리 바실리치, 당신이나 나나 그런 사람들에 대해서 왈가왈부할 수 없지요, 어디 우리 같은 자들이 감히?…… 귀뚜라미도 누울 자리를 아는 법인데.'—'아니 실례합니다만,' 제가 불쾌해하며 말했습니다. '대체 저와 오르바사노프 씨 사이에 무슨 차이가 있단 말씀입니까?' 경찰서장이 입에서 파이프를 빼고 두 눈을 크게 부라리더니 키득댔습니다. '거참 재밌는 사람이로군.' 그가 눈물이 날 정도로 웃으며 말했습니다. '아주 희한한 농담을 다 하는군…… 하! 아주 우스운 사람이야!' 그러고는 떠날 때까지 팔꿈치로 제 옆구리를 찌르거나 반말을 하면서 계속 저를 놀리기만 하더군요. 그는 마침내 떠났습니다. 제 인내의 잔은 한 방울만 더하면 바로 넘칠 듯했습니다. 저는 방안을 몇 번이나 왔다갔다하고는 거울 앞에 서서 당황해 어쩔 줄 모르는 얼굴을 한참 바라봤고, 혀를 느릿느릿 쑥 내밀어보기도 하고 쓴웃음을 지으며 고개를 흔들기도 했습니다. 제 눈에서 마침내 막이 걷히고 말았습니다. 저는 제가 텅텅 비었고, 보잘것없으며, 쓸데없는데다 독특하지도 못한 인간이라는 것을 분명히, 거울에 비친 제 얼굴보다 더 분명히 보게 되었던 겁니다!"

이야기하던 그가 잠시 침묵했다.

"볼테르의 어느 비극에," 그가 침울한 목소리로 말을 이었다. "어떤 귀족이 불행의 극단에 이르렀다며 기뻐하는 장면이 있습니다.* 제 운명에 비극적인 데라곤 하나도 없지만, 사실 그와 유사한 것은 맛본 적이 있습니다. 저는 차가운 절망이 주는 독살스러운 환희를 알게 되었지요. 아침 내내 서두르지 않고 침대에 누운 채 제가 태어난 날과 시간을 저주하는 일이 얼마나 감미로운지 경험했습니다. 저는 단번에 체념할 수 없었던 것입니다. 조금만 생각해보면 아시겠지만, 정말 그랬습니다. 돈이 없으니 지긋지긋한 시골에 처박혀 있을 수밖에 없었고, 영지 경영도, 공직도, 문학도, 그 무엇도 맘대로 되지 않았습니다. 저는 다른 지주들을 피했고 책은 꼴도 보기 싫어졌습니다. 물처럼 맹하고 토실토실한 여자들, 병적으로 예민한 여자들, 곱슬곱슬한 머리칼을 흔들며 열병에 걸린 듯 혀 꼬부라진 소리로 '삶'이라는 말만 되풀이하는 여자들에게 저는, 그러니까 쓸데없이 지껄이고 열광에 빠지는 일을 그만둔 이후의 저는 아무런 흥미도 일으키지 못했습니다. 그렇다고 완전히 혼자가 될 줄도 몰랐고, 그건 가능하지도 않았지요…… 그래서 제가 어떻게 했을 것 같습니까? 저는 이웃들의 집을 전전하기 시작했습니다. 자기 자신에 대한 경멸에 도취라도 한 듯 저는 일부러 자잘한 굴욕에 저 자신을 내맡겼습니다. 사람들은 저를 식탁에서 모욕하기도 했고, 차갑게 홀대하기도 했고, 마침내 제가 있는지 없는지 신경도 안 쓰게 되었습니다. 공통의 대화에 저를 끼워주지 않았고, 저는 구석에 선 채 가장 바보 같은 소리를 하는 떠버리의 말에 일부러 맞장구를 쳤지요. 제가 모스크바에서 지내던 시절이었다면 그런 자는 황홀경에 빠져 제 발의 때와 제

* 비극이 아니라 볼테르의 소설 『캉디드 혹은 낙관주의』(1759)를 가리키는 것으로 보인다.

외투의 옷자락에 입을 맞추었을 텐데 말입니다…… 저는 아이러니가 주는 쓰디쓴 만족감에 허우적거리고 있다는 생각조차 자신에게 허용하지 않았습니다…… 세상에, 외톨이가 되어 즐기는 아이러니라니요! 저는 몇 년 동안 그렇게 행동했고 지금껏 그러고 있습니다……"

"별 거지같은 소리 다 듣겠네." 옆방에서 잠에 취한 칸타그류힌 씨가 투덜댔다. "대체 어떤 바보 같은 놈이 이 밤에 떠들어대는 거야?"

이야기하던 사내는 잽싸게 이불 속으로 뛰어들었고 소심하게 눈만 빼꼼히 내놓고 내게 손가락으로 위협하는 시늉을 했다.

"쉿…… 쉿……" 그가 소곤거렸고, 칸타그류힌 씨 목소리가 나는 쪽으로 사죄하고 허리 굽히는 시늉을 하며 공손하게 말했다. "알겠습니다, 알겠습니다, 죄송합니다…… 저분이 주무시고 싶어하시잖습니까, 저분은 주무셔야 한다고요." 그가 다시 소곤거리는 목소리로 말했다. "내일 또 식사를 흡족하게 하기 위해서라도 저분은 원기를 회복하셔야 합니다. 우리는 저분의 잠을 방해할 권리가 없어요. 그래서 제가 계속 당신에게 말했잖습니까. 주무시고 싶지 않냐고요. 그럼 평안한 밤 보내십시오."

그는 열병에 걸린 사람처럼 재빠르게 돌아눕고 머리를 베개 속에 파묻었다.

"이것 하나만 알려주시죠," 내가 물었다. "이름이 어떻게 되시는지……"

그가 세차게 고개를 들었다.

"제발 부탁이니," 그가 내 말을 끊었다. "누구에게도 제 이름은 묻지 말아주십시오. 저는 당신에게 그저 이름 모를 존재, 운명에 의해 불구가 된 바실리 바실리예비치로 남겠습니다. 게다가 전 독특한 기인도 아니니 따로 이름을 가질 자격도 없지요…… 그래도 굳이 제게 어떤 별명을 붙이셔야겠다면, 이렇게 부르십시오…… 시그롭스키군의 햄릿이라고. 군 전체에 저 같은 햄릿들이 수두룩할 겁니다. 아직 다른 햄릿들을 보지 못하셨을 수도 있겠지만…… 그럼 이만."

그는 다시 깃털 이불에 몸을 파묻었고, 다음날 아침 하인이 와서 나를 깨웠을 때, 그는 이미 없었다. 동트기 전에 떠난 것이었다.

체르톱하노프와 네도퓨스킨

어느 더운 여름날, 나는 수레를 타고 사냥터에서 돌아가던 중이었다. 내 옆에 앉은 예르몰라이는 꾸벅꾸벅 졸음과 사투를 벌이고 있었다. 우리 발치에서 깊이 잠든 개들은 마치 죽어서 나동그라진 듯 수레가 덜컹댈 때마다 풀썩 튀어올랐다. 마부는 이따금 채찍으로 말들에게서 등에를 쫓았다. 하얀 먼지가 엷은 구름처럼 수레 뒤에서 피어올랐다. 우리는 덤불 속으로 들어갔다. 길이 갈수록 울퉁불퉁해지고 바퀴는 잔가지에 계속 걸렸다. 예르몰라이가 부르르 떨더니 주변을 둘러보았다…… "잠깐!" 그가 말했다. "이 근처에 분명 멧닭이 있을 텐데. 내려가보시죠." 수레가 멈추었고 우리는 편평한 덤불로, 즉 오룔 지방 말로 일명 '광장'이라 부르는 곳으로 들어갔다. 나의 사냥개가 새끼 새들을 발견했다. 나는 총을 한 발 쏘았고 다시 장전하려는데 갑자기 뒤에서 우지끈하는 큰 소리가 들리더니 말을 탄 누군가가 덤불을 손으로 헤치며 다가왔다. "저어기 도대체," 그가 거만한 목소리로 말했다. "무슨 권리로 여기서 사아냥을 하는 거요, 죈경하는 나리?" 미지의 사내가 대단히 빠른 속도로, 띄엄띄엄 콧소리를 내며 말했다. 나는 그의 얼굴을 바라보았다. 태어나서 그런 얼굴은 처음 보는 것 같았다. 친애하는 독자 여러분, 빨갛고 뾰족한 들창코에 기다란 콧수염은 붉은색인데 머리는 금발인 왜소한 체구의 사내를 머릿속에 그려보시라. 뾰족한 끝에 검붉은색 나사 천조각을 덧댄 페르시아풍 모자가 눈썹까지 그의 이마를 가리고 있었다. 몸뚱이에는 가슴팍에 검은 벨벳 탄약 주머니가 달리고 봉제선마다 장식한 은몰이 빛바랜, 노란색 낡은 아르할루크를 걸치고 있었다. 어깨에는 뿔피리가 걸려 있고 허리춤에는 단도가 불쑥 튀어나왔다. 비실비실한 매부리코의 붉은 말은 정신이 혼미한 듯 그의 밑에서 허우적거렸다. 빼빼 마르고 다리가 굽은 보르조이 두 마리는 말의 다리 밑에서 제자리를 맴돌았다. 얼굴, 시선, 목소리, 움직임 하나하나까지, 이 낯선 사내의 모든 것에는 광기어린 대담함과 어디서도 보지 못한 터무니없는 오만함이 숨쉬고 있었다. 유리처럼 투명한 푸른색 눈은 술에 취한 사람처럼 여기저기 산만하게 쳐다보기도 하고 흘겨보기도 했다. 고개를 뒤로 젖히는가 하면 뺨을 한껏 부풀리고, 콧김을 킁킁 내뿜는가 하면 온몸을 푸드덕 떠는 모습이 넘치는 품위를 주체하지 못하는 칠면조와도 같았다. 그가 질문을 되풀이했다.

"이곳에서 사격이 금지된 줄 몰랐소." 내가 대답했다.

"존경하는 나리, 당신은 지금," 그가 계속 말했다. "제 땅 위에 계십니다."

"죄송합니다, 지금 떠나겠소."

"그런데 저어기," 그가 말을 받았다. "제가 이야기 나누고 있는 분은 귀족이신지요?"

나는 이름을 밝혔다.

"그렇다면 얼마든지 사냥하셔도 좋습니다. 저 역시 귀족인 만큼 기꺼이 다른 귀족분에게 봉사하겠습니다…… 저는 판텔레이 체르-톱-하노프라고 합니다."

그는 몸을 숙이고 고함을 지르더니 말의 목을 채찍으로 후려쳤다. 말은 머리를 흔들고는 뒷발로 섰고 한쪽으로 돌진하려다 개의 앞발을 밟고 말았다. 개는 찢어질 듯이 비명을 질렀다. 체르톱하노프는 버럭 화를 내며 씩씩거리더니 말의 두 귀 사이 대갈통을 주먹으로 때리고 번개보다 빠르게 뛰어내렸다. 그는 개의 앞발을 살펴보고는 상처에 침을 뱉었고, 개에게 낑낑대지 말라며 옆구리를 툭 차더니 말의 갈기를 잡고 등자에 한쪽 발을 걸었다. 말은 주둥이를 쳐들고 꼬리를 세우고 옆걸음질치며 덤불로 뛰어갔다. 그는 한쪽 발로 깡충깡충 뛰며 말에게 끌려갔으나 이내 안장에 착석했다. 격노한 듯 그는 채찍을 휘두르고 뿔피리를 불고 질주했다. 체르톱하노프의 갑작스러운 출현에 깜짝 놀란 내가 정신을 차리기도 전에 갑자기 덤불에서 마흔 살쯤 되어 보이는 뚱뚱한 사내가 아무런 소리도 내지 않고 작고 새카만 말을 타고 나타났다. 그는 말을 멈추고 머리에서 챙 없는 녹색 가죽 모자를 벗더니 가늘고 부드러운 목소리로 붉은 말을 탄 남자를 보지 못했느냐고 물었다. 나는 보았다고 대답했다.

"어느 쪽으로 갔습니까?" 그가 모자를 벗은 채 아까 같은 목소리로 물었다.

"저쪽으로 갔습니다."

"정말 고맙소."

그는 입술로 쩝쩝거리는 소리를 내고 말의 양 옆구리를 발로 찬 뒤 속보로 달가닥달가닥 내가 가리킨 방향으로 달려갔다. 나는 그의 뿔 모양의 모자가 가지들 사이로 사라질 때까지 그의 뒤를 바라보았다. 이 새로운 미지의 사내는 조금 전 마주쳤던 사내와 겉모습이 조금도 닮지 않았다. 공처럼 통통하고 둥근 얼굴에는 수줍음, 선한 마음씨, 온유하고 겸손한 품성이 드러났다. 파란 힘줄들이 얼룩덜룩한, 역시 통통하고 둥근 코는 그가 호색가라는 것을 보여주었다. 앞 머리칼은 한 올도 남지 않았고 뒤쪽에만 아마색 머리칼 몇 올이 삐죽 튀어나와 있었다. 사초莎草처럼 쭉 째진 눈은 상냥하게 깜박였고, 붉고 생기 넘치는 입술에서는 달콤한 미소가 가시지 않았다. 그는 청동 단추가 달린 프록코트를 옷깃을 바짝 세워 입었는데, 꽤 낡았지만 깔끔했다. 나사로 지은 바지 밑단이 말려올라가 장화의 노란 가장자리 장식 위로 투실한 종아리가 보였다.

"저자는 누군가?" 내가 예르몰라이에게 물었다.

"저 사람 말씀입니까? 티혼 이바니치 네도퓨스킨입니다. 체르톱하노프의 집에서 살죠."

"형편이 안 좋은 모양이지?"

"넉넉하지는 않지요. 사실 체르톱하노프도 빈털터리지만요."

"그러면 어떻게 해서 저자가 그의 집에서 살게 된 건가?"

"아주 친한 친구니까요. 친구 없이는 아무데도 가지 않습니다……

한마디로, 말이 발굽으로 뛰어가는 곳에 가재는 집게발 들고 뛰어간다, 입죠……”

우리는 덤불에서 나왔다. 갑자기 사냥개 두 마리가 컹컹대기 시작했고 커다란 산토끼가 언덕의 귀리밭을 따라 내달렸다. 숲 가장자리에서 보르조이 사냥개 몇 마리가 튀어나와 토끼를 쫓아 질주했고 개들 뒤로는 체르톱하노프가 달렸다. 그는 고함을 지르지도 않았고, 제대로 사냥감을 뒤쫓지도 개들에게 “잡아!”라고 외치지도 못했다. 그가 괴로워하며 숨을 헐떡였다. 벌어진 입에서는 이따금 아무 의미 없는 소리가 튀어나왔다. 눈을 부라린 채 애꿎은 말만 미친듯이 채찍으로 휘갈기며 달렸다. 보르조이들이 드디어 토끼를 ‘따라잡았다’…… 토끼는 잠깐 주저앉더니 뒤로 몸을 홱 돌려 예르몰라이를 지나쳐 덤불로 돌진했다…… 보르조이들도 달려갔다. “뛰-어, 뛰-이-어!” 잠잠해졌던 사냥꾼이 말이 서투른 사람처럼 힘겹게 더듬었다. “친구, 조심해!” 예르몰라이가 총을 쐈다…… 상처 입은 토끼가 메말라 매끈해진 풀밭 위로 팽이처럼 굴렀고, 위로 한 번 폴짝 뛰더니 사냥개 이빨에 걸려든 채 애처롭게 울었다. 다른 사냥개들이 곧장 덮쳤다.

체르톱하노프는 공중제비에 능한 비둘기처럼 말에서 뛰어내려 단도를 손에 쥐고 큰 보폭으로 개들에게 달려가서는 사납게 욕을 하며 개들이 갈가리 찢어놓은 토끼를 빼냈다. 그리고 잔뜩 얼굴을 찌푸리며 토끼 목구멍에 칼자루가 들어갈 정도로 단도를 찔러넣었다…… 그러고는 껄껄 웃었다. 티혼 이바니치가 숲의 빈터에 나타났다. “껄-껄-껄-껄-껄-껄-껄-껄!” 체르톱하노프가 다시 시끄럽게 웃었다. “껄-껄-껄-껄.” 그의 동지가 조용히 따라 했다.

"여름에는 사냥하면 안 되는 법이지요." 내가 온통 짓밟힌 귀리밭을 가리키며 말했다.

"내 밭이오." 체르톱하노프가 거의 숨도 못 쉬며 대답했다.

그는 토끼의 네 발을 자르고 몸뚱이를 안장 뒤에 묶더니 발은 개들에게 던져주었다.

"이보게 친구, 사냥꾼의 법도에 따라 자네가 쏜 한 발은 갚겠네." 그가 예르몰라이에게 말했다. "존경하는 나리," 그가 예의 단속적이고 날카로운 목소리로 말했다. "당신에게도 감사드리오."

그가 말에 올라탔다.

"저어기…… 금세 잊어버렸습니다만…… 성함이?"

나는 다시 이름을 말했다.

"만나서 정말 반갑습니다. 언제 한번 우리집에 들러주십시오…… 티혼 이바니치, 폼카 놈은 어디 있나?" 그가 화를 내며 계속 말했다. "그놈 없이 토끼를 잡았잖아."

"오다가 말이 넘어졌네." 티혼 이바니치가 미소 지으며 대답했다.

"말이 넘어졌다고? 오르바산*이 넘어져? 이런 젠장!…… 지금 어디 있는데?"

"저기 숲 뒤쪽에."

체르톱하노프는 채찍으로 말의 주둥이를 내리치고 날쌔게 달려갔

* 집안 동물들에게 문학작품 속 주인공들의 이름을 붙여주고 있다. 오르바산은 볼테르의 비극 『탕크레드』에 등장하는 인물로, 시인 니콜라이 그네디치(1784~1833)가 1816년 이 작품을 러시아어로 옮겼고, 유명한 비극 배우 바실리 카라티긴(1802~1853)의 연기와 로시니의 오페라 덕택에 당시 러시아에서 큰 인기를 얻었다.

다. 티혼 이바니치는 내게 두 번 고개를 숙이고는—한 번은 자기 몫의 인사로, 또 한번은 친구를 대신하여—다시 속보로 말을 몰아 덤불로 들어갔다.

이 두 시골 신사는 내게 강한 호기심을 불러일으켰다…… 무엇이 이토록 다른 두 존재를 끊을 수 없는 우정의 굴레로 묶어둔 걸까? 나는 여기저기 알아보았다. 그리고 다음과 같은 사실을 알게 되었다.

판텔레이 예레메이치 체르톱하노프는 이 근방에서 대단히 위험하고 광기 있는 사람으로, 대단한 거드름쟁이에 제일가는 쌈닭으로 유명했다. 한때 그는 짧게나마 군복무를 했고 '불미스러운 사건으로' 인해 입대할 때의 계급 그대로, 즉 준위로 제대했고, 그래서 그와 관련해 '닭은 새도 아니다'*라는 식의 의견이 널리 퍼져 있었다. 그는 한때 부유했던 유서 깊은 가문 출신으로, 그의 선조들은 초원 지대 방식대로 화려하게 살았는데, 즉 부른 손님 안 부른 손님 가리지 않고 맞아들여 살찌워 잡아먹을 가축처럼 배불리 먹이는 건 예사요, 남의 마부들에게도 삼두마차 끄는 말들 먹이라며 귀리를 두 되 넘게 내주고, 악사며 가수며 광대며 사냥개를 집에 두는가 하면, 잔칫날에는 농부들에게 포도주와 맥주를 대접하는데다 겨울이면 육중한 자기네 콜리마가**를 타고 모스크바에 다녀오기도 했으나 몇 달씩 돈 한푼 없이 집에 틀어박혀 마을에서 나는 것만 먹고살기도 했다. 씀씀이가 그러하니 판텔레이 예레메이

---

* 준위는 위관 계급에서 가장 낮은 계급으로, "닭은 새가 아니고 준위는 장교가 아니다"라는 우스갯소리가 유행했다.

** 바퀴 네 개, 지붕이 있는 육중한 여행용 마차로, 16~17세기 모스크바에서 대귀족들이 탔다.

치의 아버지는 이미 영락한 상태로 영지를 물려받게 되었다. 그런 상황에서도 그는 나름대로 평생을 '신나게' 살았고 죽으면서는 유일한 상속자인 판텔레이에게 저당잡힌 마을 베소노보만 물려주었다. 이 마을에는 남자 농노 서른다섯 명, 여자 농노 일흔여섯 명에 아이가 열네 명, 그리고 콜롭로도바라는 척박하고 개간하기 힘든 땅 사분의 일 데샤티나가 있었으나, 이 모든 재산이 고인의 소유임을 입증하는 문서는 존재하지 않았다. 고인은 아주 기묘한 방식으로 파산했는데, 소위 '경제적 회계'라는 방식이 그를 파멸로 이끈 것이었다. 그의 생각에 따르면, 귀족은 상인, 도시민을 비롯해 그와 비슷한, 이른바 '날강도들'에게 의존해서는 안 되었다. 그는 거의 모든 수공업 공방들을 자기 영지에서 직접 운영했다. "그렇게 하는 것이 더 점잖기도 하고 싸게 먹히지." 고인은 이렇게 말하곤 했다. "이게 바로 경제적 회계라는 것이다!" 그는 죽을 때까지도 자신에게 파멸을 몰고 온 이념과 결별하지 않았다. 바로 그 이념이 그를 파산시킨 것인데도 말이다. 아주 즐거운 일도 있었다! 어떤 변덕스러운 생각이 떠오르면 그는 절대로 물리치지 않았다. 이런 저런 공상을 하던 중, 하루는 직접 거대한 가족용 마차를 설계하여 만들었는데, 온 마을에서 차출한 말들과 그 소유주들이 마음을 합쳐 마차를 움직이게 했으나 마차는 결국 첫번째 비탈에서 고꾸라져 부서지고 말았다. 예레메이 루키치(판텔레이의 부친은 예레메이 루키치라 불렸다)는 당혹스러워하기는커녕 오히려 그 비탈에 기념비를 세우라 명했다. 또 한번은 교회를 짓겠다고 마음먹었는데, 물론 건축기사의 도움 따위는 받지 않겠다고 생각했다. 벽돌을 굽기 위해 숲 하나를 통째로 태웠고, 도청에서 짓는 대성당이라도 되는 듯 거대한 기단을 쌓고 그 위에 벽을 세웠다. 그리고 둥근 지붕을 올리는데 그 과정에서 지붕이 떨어졌다. 다시 지붕을 올렸으나 또 무너져내렸다. 세번째로 지붕을 올렸고, 세번째로 무너지고 말았다. 우리의 예레메이 루키치는 문뜩 이런 생각이 들었다. 도무지 일이 안 풀린다…… 어느 저주받을 작자가 주술을 걸어서 그런 것이다…… 갑자기 그는 마을에 사는 모든 늙은 아낙을 매질하라고 명했다. 아낙들을 매질해도 둥근 지붕은 올라가지 않았다. 또 한번은 농부들의 오두막을 새로운 설계에 따라 짓겠다고 나섰는데, 역시 경제적 회계에 따라 이루어질 예정이었다. 농가 세 채를 삼각형 모양으로 배치하고 그 가운데에 알록달록하게 색칠한 새장과 깃발이 달린 장대를 세웠다. 그는 하루도 빠짐없이 새로운 계획을 세웠다. 우엉으로 수프를 끓이기도 하고, 하인들에게 테 없는 모자를 만들어주겠다며 말들의 꼬리털을 자르기도 하고, 엉겅퀴로 아마를 대체하겠다고 큰소리치는가 하면, 돼지들에게 버섯을 먹이기도 했다…… 어느 날 그는 〈모스크바 통보〉에서 하리코프의 지주 흐랴크-흐루표르스키가 도덕성이 농노의 일상에 가져오는 이익에 관해 쓴 논문을 읽었고, 바로 다음날 모든 농노에게 당장 하리코프 지주의 논문을 달달 외우라는 지시를 내렸다. 농노들은 논문을 다 외웠고, 주인 나리는 그들이 그 내용을 이해했는지 물었다. 집사가 그들을 대신해 대답하길, 어찌 이해 못하겠느냐고 했다! 바로 그즈음 그는 또 질서 유지와 경제적 회계를 실천하기 위해 모든 하인에게 번호를 매기게 하고 각자 옷깃에 번호를 바느질하라고 명했다. 그리고 누구든 주인 나리와 마주치면 "몇 번입니다!"라고 외쳤고, 주인 나리는 상냥하게 "좋아 가보게!" 하고 대답했다.

그러나 질서와 경제적 회계에도 불구하고 예레메이 루키치는 점점 곤란한 상황으로 빠져들었다. 처음에는 작은 마을들을 저당잡히더니 나중에는 매각할 수밖에 없는 처지에 이르렀다. 마지막 남은 증조부의 보금자리였던, 다 짓지 못한 교회가 있는 마을은 국가에 의해 강제 매각되었는데, 다행히도 그 매각은 예레메이 루키치가 살아 있을 때가 아니라—그는 그 충격을 견디지 못했으리라—죽고 두 주 뒤에 이루어졌다. 그는 운좋게도 자기 집, 자기 침대에서 하인들에게 둘러싸여 주치의가 입회한 가운데 임종할 수 있었다. 그러나 불쌍한 판텔레이에게는 달랑 베소노보 하나만 주어졌다.

판텔레이는 군에서 복무하던 때, 위에서 언급한 바로 그 '불미스러운 사건'의 경과가 절정에 달했을 때 아버지의 병을 알게 되었다. 그가 갓 열아홉 살이 되었을 때였다. 아주 어린 시절부터 부모의 집을 떠난 적이 없던 그는 지극히 선량하지만 너무나도 아둔한 어머니 바실리사 바실리예브나의 지도를 받으며 응석받이 도련님으로 자랐다. 그녀는 홀로 아들의 교육을 담당했다. 자신만의 경제적 계획에 빠져 있던 예레메이 루키치는 그럴 여유가 없었다. 사실, 딱 한 번 아들이 글자 '르치'*를 '아르치'로 말했다고 벌한 적이 있긴 하나 이는 하필 그날 그가 가장 아끼는 개가 나무에 부딪혀 죽어서 아무도 모르는 깊은 슬픔에 빠져 있었던 탓이었다. 그런데 판튜샤**의 교육과 관련하여 바실리사 바실리예브나가 공들인 것이라고는 엄청나게 괴로워하며 마음 졸인 것이 전부다. 그녀는 얼굴에 진땀을 흘릴 정도로 수소문한 끝에 알자스 출신에 사병으로 군을 제대한 비어코프라는 자를 가정교사로 들였고, 죽는

* 키릴 문자 'P'를 고대슬라브어와 교회슬라브어에서는 '르치'라고 불렀다.

** 판텔레이의 애칭.

날까지 그의 앞에만 서면 나뭇잎처럼 바들바들 떨었는데, 그것은 그가 일을 관두면 나는 끝장이다! 하고 생각했기 때문이다. 정말 어떡하지? 어디서 다른 선생을 구한담? 이웃집에서 이자를 얼마나 힘들게 빼 왔는데! 비어코프도 두뇌 회전이 빠른 사람이라 곧장 자신의 예외적 지위를 활용하기 시작했고, 곤드레만드레 취하도록 술을 마시고 아침부터 저녁까지 퍼 자기 일쑤였다. 이른바 '교과 과정'을 마치고 판텔레이는 군복무를 시작했다. 그때 바실리사 바실리예브나는 이미 이 세상 사람이 아니었다. 그녀는 중대한 사건이 일어나기 반년 전에 충격을 받아 사망했다. 그녀의 꿈에 하얀 옷을 입은 사람이 곰을 타고 나타났던 것이다. 예레메이 루키치 역시 얼마 뒤 자신의 반쪽을 뒤따랐다.

판텔레이는 그의 건강이 좋지 못하다는 소식을 받자마자 고향으로 달려왔으나 부친은 이미 살아 있지 않았다. 자신이 부유한 상속자인 줄 알았는데 졸지에 가난뱅이가 되었다는 것을 알게 된 효심 깊은 아들이 얼마나 큰 충격을 받았겠는가! 그렇게 가파른 운명의 변전을 견딜 수 있는 사람은 그리 많지 않을 것이다. 판텔레이는 거칠고 잔혹해졌다. 변덕스럽고 성마르긴 했지만 정직하고 아량 있고 선하던 그는 거드름쟁이에 쌈닭이 되었고, 이웃들과 어울리기를 그만두었으며—그는 부유한 자 앞에서는 수치를 느꼈고, 가난한 자는 경멸했다—모든 사람과, 심지어 권세 있는 사람들에게도 전례 없이 뻔뻔하게 구는 것이 꼭 '나는 뼈대 있는 가문 출신이다'라고 말하는 듯했다. 한번은 모자를 벗지 않은 채 그의 방에 들어온 경찰서장에게 총을 쏠 뻔한 적도 있다. 물론 당국도 그가 제멋대로 굴도록 놔두지만은 않았고 때에 따라서는 적절히 존재감을 드러냈다. 그러나 어쨌든 다들 그를 두려워했는데, 왜냐하면 그는 대단한 다혈질이어서 한두 마디 나누다보면 벌써 칼을 들고 싸우려 들었기 때문이다. 상대가 조금이라도 자기 말을 반박하면 체르톱하노프의 눈은 불안정해지기 시작했고 말은 툭툭 끊어졌다…… "아바-바-바-바-바," 그는 더듬었다. "천불이 나서 죽겠다!"…… 그리고 절망에 빠져 벽이라도 기어오를 태세가 되곤 했다! 그래도 그는 더러운 일에는 조금도 손을 대지 않는 깨끗한 사람이었다. 바로 그런 까닭에 아무도 그를 방문하지 않았다…… 이 모든 점에도 불구하고 그의 영혼은 선했고, 심지어 나름의 방식으로 관대했다. 남의 일이어도 불의라든가 억압은 그냥 넘어가지 않았다. 산처럼 우뚝 서서 영지의 농부들을 지켰다. "뭐라고?" 그는 화가 나서 자기 머리를 쿵쿵 두드리며 말하곤 했다. "우리 사람을 건드렸다고, 우리 사람을? 그놈들을 가만둔다면 나는 체르톱하노프가 아니다……"

티혼 이바니치 네도퓨스킨은 판텔레이 예레메이치와 마찬가지로 출신을 자랑하기 어려웠다. 그의 아버지는 원래 오두막농민이었는데 사십 년 공직 생활 끝에 귀족이 되었다. 아버지 네도퓨스킨 씨는 불행이 끊이지 않고 일어나는 부류에 속했는데, 그런 이들에게 불행은 지칠 줄 모르고 찾아오고 혹시 그들에게 개인적 원한이라도 있나 싶을 정도다. 꼬박 육십 년의 세월 동안, 즉 태어나는 날부터 죽는 날까지 불행했던 이 사내는 언제나 작은 인간*들을 괴롭히는 온갖 궁핍과 질병, 재난과 싸워야 했다. 그는 물고기가 얼음장을 두드리듯 항상 고군분투했고, 맘

* 사회적 지위가 낮고 출신이 미천하며 특별한 재능이 없는 인물을 가리키는 말로, 1820~1830년대 러시아문학에서 등장한 전형이다. 대표적으로 고골의 소설 「외투」에 등장하는 아카키 아카키예비치를 꼽을 수 있다.

껏 먹지도 자지도 못했고, 허리가 굽을 정도로 인사하고 다녔으며, 동분서주하면서도 낙담과 번뇌에 시달렸고, 코페이카 한푼에도 벌벌 떨었고, 공무에서도 '무고하게' 고통받던 끝에 자기 자신은 물론 자식들이 일용할 양식 한줌 구하지 못한 채 다락방도 지하실도 아닌 곳에서 죽고 말았다. 운명이 그를 산토끼 몰듯 궁지로 몰아낸 것이다. 그는 착하고 정직한 사람이었으나 뇌물을 받기도 했는데—그것도 '직위에 따라'*—대략 10코페이카에서 2루블 정도에 지나지 않았다. 네도퓨스킨에게는 폐병을 앓는 빼빼 마른 아내가 있었고, 아이들도 있었다. 다행히도 아이들은 티혼과 딸 미트로도라를 제외하고 모두 금방 죽어버렸고, 미트로도라는 여러 슬프고 웃긴 파란만장한 사건들 끝에 퇴직한 검사보에게 시집갔는데 '멋쟁이 장사꾼'이라는 별명으로 통했다. 아버지 네도퓨스킨 씨는 생전에 티혼을 어느 사무국에 정원 외로 애써 취직시켜놓았으나 아버지가 죽자 티혼은 곧장 직장을 그만두었다. 끝없는 근심, 고통스럽게 싸우며 극복해야 하는 추위와 굶주림, 언제나 우울해하는 어머니, 분주히 일해도 남는 것은 절망뿐인 아버지, 들들 볶아대는 집주인과 가게 주인들. 끊이지 않는 일상의 온갖 슬픔은 티혼에게 딱히 뭐라 설명하기 어려운 소심함을 발달시켰다. 그는 상관을 보기만 해도 사냥꾼에게 잡힌 새처럼 바들바들 떨며 그 자리에서 굳어버렸다. 그는 공직을 떠났다. 무심한 자연, 조롱도 즐길 줄 아는 자연은 사람들에게 여러 소질과 성향을 심어주는데, 이때 그들의 사회적 지위나 재산은 전혀 고려하지 않는다. 자연은 섬세한 배려와 사랑을 담아 가난한 관리

---

* 고골의 희곡 『검찰관』 1막 4장의 대사를 인용한 것.

의 아들인 티혼에게서 예민하고 게으른, 부드럽고 감수성이 풍부한 존재, 쾌락에 특히나 이끌리며 극도로 민감한 후각과 미각을 타고난 존재를 빚어냈다…… 그런 존재를 빚은 뒤 철저히 마무리까지 하고서는 자신의 작품이 시큼한 양배추와 상한 생선을 먹고 자라도록 내버려두었다. 그렇게 이 작품은 성장했고, 흔히 말하듯 '삶'을 살 때가 되었다. 그리고 장난이 시작되었다. 물러설 줄 모르며 아버지 네도퓨스킨을 괴롭히던 운명은 아들에게도 달라붙었다. 그리고 운명은 아들의 맛을 보더니 더 많은 것을 원하기에 이르렀다. 그러나 티혼의 경우 운명은 다른 식으로 행동했다. 그를 괴롭히기보다 가지고 노는 쪽을 택한 것이다. 운명은 절대 그를 극단적인 절망으로 내몰지도 않았고, 굶주림의 수치스러운 고통을 겪게 하지도 않았으나 굴욕스럽고 우스운 직책에서 또 다른 직책으로 옮겨다니며 벨리키-우스튜크에서 차레보-콕샤이스크*에 이르기까지 러시아 방방곡곡을 방랑하게 했다. 운명은 그를 어느 담즙질의 성마른 자선사업가 귀부인의 '마조르돔'**으로 만들었는가 하면, 어느 부유한 구두쇠 상인의 식객이 되게 했고, 또 머리를 영국식으로 자른 퉁방울눈의 지주가 운영하는 영지 사무소의 책임자 자리에 앉혔는가 하면, 사냥개 애호가의 집에서 반쯤은 청지기로, 반쯤은 광대로 살게 하기도 했다…… 한마디로 운명은 불쌍한 티혼에게 예속적 존재라는 씁쓸하고 유독한 음료를 한 방울씩, 그리고 한 방울도 남김없이

---

* 벨리키-우스튜크는 볼로곳츠카야주의 도시로 러시아에서 가장 오래된 도시들 가운데 하나이고, 차레보-콕샤이스크는 현재 마리엘공화국의 수도로 오룔 지방에서 매우 먼 곳들이다.

** 수석집사(major domus)라는 뜻의 라틴어를 러시아어식으로 변형해서 부른 것.

마시게 한 것이었다. 한평생 그는 한가한 귀족들이 부리는 지독한 변덕, 그리고 그들의 나른하고 악랄한 권태를 위해 복무했던 것이다…… 그는 실컷 웃고 즐기는 손님들 무리에게 시달리다가 마침내 '편히 쉬시게'라는 말과 함께 방으로 돌아와 홀로 수치심에 불타며 절망의 차가운 눈물을 흘렸고, 다음날 당장 몰래 도망쳐 도시에서 자신의 운을 시험해보자고, 하다못해 사무보조 자리라도 구하거나 아니면 그냥 길바닥에서 굶어죽어버리자 다짐했던 적이 한두 번이 아니었다. 그러나 첫째, 신은 그에게 그럴 힘을 주지 않았고, 둘째, 소심함이 그를 사로잡았고, 마지막으로 셋째, 도대체 어디서 일자리를 구할 것이며, 누구에게 부탁한단 말인가? "절대 일을 주지 않을 거야." 불행한 사내는 침대에서 뒤척이며 쓸쓸히 중얼거리곤 했다. "안 주고말고!" 그렇게 다음날이 되면 그는 다시 멜빵을 질끈 조이는 것이었다. 살뜰한 자연이 어릿광대의 직업에 필수적인 소질과 재능을 그에게는 조금도 주지 않은 탓에 그의 처지는 더욱 괴로웠다. 가령 그는 곰가죽을 뒤집어쓰고 쓰러질 때까지 춤출 줄도 몰랐고, 바로 옆에서 분노의 채찍을 휘둘러도 농담을 뱉거나 아양을 부릴 만큼 능청맞지도 못했다. 그래서 영하 20도의 추위에 알몸으로 쫓겨나 감기에 걸린 적도 있었다. 또 그의 위장은 잉크나 다른 쓰레기들을 섞은 포도주도, 잘게 썰어 식초에 버무린 광대버섯이나 무당버섯도 소화하지 못했다. 그의 마지막 은인들 가운데 한 사람, 즉 갑자기 부유해진 어느 징세청부업자가 얼근하게 취해 기분이 좋은 나머지 유언장에 다음과 같이 적어넣을 생각을 하지 않았다면 티혼에게 어떤 일이 일어났을지 아무도 모른다. "나는 상속을 제외한 합법적 방식으로 직접 취득한 베셀렌데옙카 마을과 그 부속 용지의 영구

세습 소유권을 죠자(즉 티혼을 가리킨다) 네도퓨스킨에게 양도한다." 그리고 며칠 뒤 그 은인은 철갑상어 수프를 먹다가 중풍을 맞아 죽고 말았다. 큰 소란이 일었고, 법원 관리들이 쳐들어와 절차에 따라 모든 재산을 봉인했다. 친척들이 모여들었고, 그들이 유언장을 개봉하여 읽더니 네도퓨스킨을 불렀다. 네도퓨스킨이 나타났다. 이 자리에 모인 사람들 대다수는 티혼 이바니치가 은인의 생전에 어떤 직책을 맡았었는지 알고 있었다. 그가 등장하자 귀청이 터질 듯한 탄성과 조롱 섞인 축하인사가 터져나왔다. "지주님이시다, 이분이 바로 새 지주 나리시다!" 다른 상속자들이 외쳤다. "그러니까 이분이," 어릿광대이자 재담꾼으로 이름난 한 사람이 말했다. "여기 이분이 바로, 뭐랄까…… 그러니까 진짜…… 그…… 그걸 뭐라고 부르나…… 그…… 상속자시로구나." 다들 폭소를 터뜨렸다. 네도퓨스킨은 한참이나 자신의 행운을 믿으려 하지 않았다. 유언장을 보여주자 그는 얼굴을 붉히고 실눈을 뜨더니 두 손을 내저으며 꺼이꺼이 울었다. 좌중의 껄껄거리던 웃음소리가 한데 섞여 둔탁한 함성으로 변했다. 베셀렌데옙카 마을에는 농노가 고작 스물둘밖에 되지 않아 그다지 아까워하는 사람은 없었다. 그러니 이 좋은 기회에 웃고 즐거워하지 않을 까닭이 있겠는가? 페테르부르크에서 온 상속자만은 예외였는데, 그는 그리스인의 코에 품위 있는 표정을 지닌 오만한 사내로 이름은 로스티슬라프 아다미치 시토펠이었다. 그는 참지 못하고 네도퓨스킨에게 슬쩍 다가가 어깨 너머로 그를 거만하게 바라보았다. "친애하는 신사 양반, 내가 아는 바에 따르면 당신은," 그가 경멸조로 거리낌없이 말했다. "존경하는 페오도르 페오도리치 댁에서 그분의 기분을 좋게 해드리는 충복의 직책을 맡으셨던 것으로 알고 있소만?" 페테르부르크에서 온 신사는 견디기 힘들 정도로 깨끗하고 당차고 정확한 말투로 말했다. 어안이 벙벙한데다 잔뜩 들뜬 네도퓨스킨은 이 미지의 신사가 하는 말을 잘 알아듣지 못했으나 다른 이들은 모두 잠잠해졌다. 재담꾼이 거만하게 씩 웃었다. 시토펠 씨는 손을 비비더니 질문을 되풀이했다. 깜짝 놀란 네도퓨스킨은 눈을 들고 입을 헤벌렸다. 로스티슬라프 아다미치가 표독스럽게 얼굴을 찌푸렸다.

"축하하오, 친애하는 신사 양반, 축하합니다," 그가 계속 말했다. "물론 그런 식으로 일용할 양식을 버-는 데 모두가 동의할 수 있는 것은 아니겠소만 라틴어로 말하자면 *저마다 취향이 있는 법*이니까…… 그렇지 않소?"

뒷줄에 있던 누군가가 경탄과 환희의 비명을 빠르게, 그러나 예의에 어긋나지 않게 내질렀다.

"말씀해주시겠소," 시토펠 씨가 좌중의 미소에 심히 고무되어 말했다. "당신은 특히 어떤 재능을 지녔기에 이런 행운을 손에 넣으셨소? 아니, 부끄러워하지 말고 얘기해보시오. 여기 모인 이들은 모두, 프랑스어로 말하자면 *우리 사람*들이니까. 그렇지 않습니까, 여러분, 여기 모인 분들은 모두 *우리 사람*들이지요?"

로스티슬라프 아다미치로부터 뜻밖의 질문을 받은 상속자는 유감스럽게도 프랑스어를 몰랐고, 그래서 동의한다는 뜻으로 끙 하는 소리만 낼 수 있을 뿐이었다. 그 대신에 다른 상속자가, 이마에 누런 반점이 있는 젊은이가 서둘러 프랑스어를 섞으며 대답했다. "위*, 위, 당연한 말씀

---

* 그렇다(oui)라는 뜻의 프랑스어를 러시아어로 음차한 것.

입니다."

"이를테면," 시토펠 씨가 다시 말을 꺼냈다. "물구나무서기로 걷기 같은 재주에 능하신 건지?"

네도퓨스킨은 슬픔에 잠긴 눈으로 주변을 둘러보았으나 모두의 얼굴은 악의를 담아 비웃고, 모두의 눈은 만족감으로 어느새 촉촉해져 있었다.

"아니면 혹시 수탉처럼 노래를 잘하시나?"

사방에서 폭소가 터져나왔고 이내 기대감에 잦아들었다.

"그것도 아니라면 코끝으로……"

"그만하쇼!" 갑자기 날카롭고 우렁찬 목소리가 로스티슬라프 아다미치의 말을 끊었다. "불쌍한 사람을 그렇게 괴롭히다니 부끄러운 줄 아쇼!"

모두 뒤를 돌아보았다. 문가에 체르톱하노프가 서 있었다. 그 역시 고인이 된 징세청부업자의 구촌 조카 자격으로 친족회의 초대장을 받았다. 다만 유언장을 읽는 동안 그는 언제나 그랬듯 오만한 태도로 다른 이들과 떨어져 있었다.

"그만하쇼." 그가 오만하게 고개를 뒤로 젖히며 되풀이했다.

시토펠 씨는 잽싸게 몸을 돌렸고, 옷차림이 꾀죄죄한데다 여러모로 볼품없는 남자를 발견하고는 옆에 있던 이에게 낮은 목소리로 물었다(신중해서 나쁠 건 없으니까).

"저자는 누굽니까?"

"체르톱하노프라고 별 볼 일 없는 인사입니다." 그가 귀에 대고 대답했다.

로스티슬라프 아다미치는 거만한 태도를 취했다.

"당신이 지휘관이라도 되시오?" 그가 콧소리로 말하고는 눈을 찌푸렸다. "실례하오만, 어디서 날아든 새이신지요?"

체르톱하노프는 불꽃에 화약이 튀듯 버럭 화를 냈다. 격노한 나머지 숨도 잘 쉬어지지 않았다.

"느-느-느-느," 그가 목이 졸리기라도 한 듯 쉭쉭대는 소리를 내다가 갑자기 쩌렁쩌렁하게 말했다. "내가 누구냐고? 내가 누구냐고? 판텔레이 체르톱하노프, 유서 깊은 귀족 집안의 후계자다, 나의 5대조 할아버지는 차르를 위해 봉직하셨다, 너는 누구냐?"

로스티슬라프 아다미치는 창백해져서는 뒷걸음쳤다. 상대가 이렇게 세게 나오리라고는 예상치 못했기 때문이다.

"그래 나는 이렇게 대단한 새다, 아주 대단한 새란 말이다……오, 오, 오!……"

체르톱하노프가 앞으로 달려들었다. 시토펠은 식겁하여 뒤로 껑충 물러섰고, 손님들은 화가 나서 씩씩거리고 있는 지주 쪽으로 몰려갔다.

"결투다, 결투, 손수건을 사이에 두고 당장 결투하자!"* 판텔레이가 길길이 날뛰며 외쳤다. "아니면 나한테도, 저분한테도 용서를 구해라……"

"어서 용서를 구하시오, 용서를 구해요." 시토펠 주변에 있던 상속자들이 불안해하며 웅얼거렸다. "저놈은 이만저만 미친놈이 아니란 말이

* '손수건을 사이에 둔 결투'는 결투자들이 대각선으로 펼친 손수건의 모서리를 각자 왼손으로 잡은 채 서로 등지고 서 있다가 신호가 떨어지면 뒤로 돌아 총을 쏘는 것이다. 두 사람 모두 죽는 일이 흔했다.

오, 당장이라도 칼로 벨 거요."

"죄송합니다, 죄송합니다, 몰라뵙고 그랬습니다." 시토펠이 더듬으며 말했다. "몰라뵙고……"

"저분한테도 용서를 구해!" 판텔레이가 조금도 물러서지 않으며 외쳤다.

"당신에게도 죄송하다는 말씀 올립니다." 로스티슬라프 아다미치가 열병에 걸린 듯 바들바들 떨고 있는 네도퓨스킨에게 말했다.

체르톱하노프는 화를 가라앉히고 티혼 이바니치에게 가더니 그의 손을 잡고 주변을 뻔뻔하게 둘러보았다. 그리고 합법적으로 베셀렌데옙카 마을을 취득한 새로운 소유주와 함께 누구의 시선에도 아랑곳하지 않고 깊은 침묵 속에서 당당히 걸어나갔다.

그날부터 그들은 서로 떨어지지 않았다. (베셀렌데옙카 마을은 베소노보에서 8베르스타밖에 떨어지지 않았다.) 네도퓨스킨이 품었던 무한한 감사의 마음은 비굴할 정도의 경외심으로 바뀌었다. 연약하고 부드러운, 그렇다고 결점이 없지는 않은 티혼은 두려움을 모르고 사리사욕도 챙기지 않는 판텔레이에게 완전히 복종했다. '그게 어디 쉬운 일인가!' 그는 이따금 혼자 생각했다. '도지사와 이야기하면서 눈을 그렇게 똑바로 바라보는 게…… 근데 이 사람은 진짜 눈 하나 깜빡이지 않았잖아!'

그는 당혹감에 가까울 정도로, 정신의 힘이 기진맥진해질 정도로 판텔레이에 대해 경탄했고, 그를 비범하고 똑똑하고 많이 배운 사람으로 여겼다. 사실 체르톱하노프가 받은 교육이 아무리 보잘것없는 것이었다 하더라도 티혼에 비하면 대단히 눈부시다고 할 수 있었다. 체르톱하노프는 러시아어 책은 읽은 것이 별로 없고, 프랑스어를 알아듣는 실력은 아주 형편없었는데, 언젠가 스위스에서 온 가정교사가 "*므슈, 프랑스어를 하십니까?*"라고 묻자 그는 "제 모릅니다"라고 답하고는 잠시 생각하더니 이렇게 덧붙였을 정도였다. "파."* 그래도 어쨌든 그는 볼테르라는 대단히 신랄한 작가가 한때 세상에 존재했다는 것, 프랑스인들은 영국인들과 징글징글하게 싸웠다는 것, 그리고 프로이센의 프리드리히대왕이 전장에서 두각을 나타냈다는 것쯤은 알고 있었다. 러시아 작가 중에서는 데르자빈을 존경했고, 마를린스키를 사랑했으며 가장 훌륭한 수캐에게 아말라트-베크**라는 별명을 지어주기도 했다……

두 친구와 처음 마주치고 며칠이 흘렀다. 나는 판텔레이 예레메이치의 베소노보 마을로 향했다. 저멀리 그의 작은 집이 보였다. 이 집은 마을에서 반 베르스타 정도 떨어진 헐벗은 곳에, 이른바 '바람받이'에 위치해 사방에서 잘 보였고, 그 모습이 꼭 밭 한가운데를 나는 매와 같았다. 체르톱하노프의 저택은 크기가 서로 다른 네 개의 낡은 귀틀집으로 이루어졌는데, 각각 별채, 마구간, 헛간, 바냐로 쓰였다. 귀틀집들은 저마다 멀찍이 떨어져 홀로 서 있고, 주변에 울타리도 대문도 보이지 않았다. 나의 마부는 반쯤 썩은 채 막혀 있는 우물 옆에 드로시키를 세우고는 당혹스러워하는 기색을 비쳤다. 헛간 근처에서는 비쩍 마르고 털

---

* 프랑스어와 러시아어를 섞어 말하고 있다. '제'는 프랑스어 '나(je)'를 러시아어로 음차한 것이고, 'ne'와 함께 '~이 아니다'라는 뜻을 구성하는 부사 파(pas)를 엉터리 문장에 덧붙인 것이다.

** '마를린스키'라는 필명을 썼던 알렉산드르 베스투제프(1797~1837)가 쓴 동명 소설에 나오는 주인공으로, 캅카스를 배경으로 하는 전형적인 낭만주의 인물 형상을 지니고 있다.

이 덥수룩한 보르조이 너덧 마리가 골골거리는 말을 괴롭히고 있었고, 이 말이 그 오르바산인가 싶었다. 강아지 한 마리가 피로 물든 주둥이를 쳐들고 다급하게 짖어대더니 이내 살점도 없는 갈비뼈를 물어뜯는데 열중했다. 말 옆에는 열일곱 살쯤 되어 보이는 통통하고 노란 얼굴에 사환처럼 옷을 입은 소년이 맨발로 서 있었다. 그는 자신에게 맡겨진 개들을 우쭐한 눈빛으로 바라보았고, 그중 제일 드센 것들을 이따금 채찍질했다.

"주인 나리 집에 계시나?" 내가 물었다.

"누가 알겠습니까!" 소년이 대답했다. "한번 문을 두드려보시죠."

나는 드로시키에서 내려 별채의 현관 층계참으로 갔다.

체르톱하노프 씨가 사는 곳은 대단히 서글픈 인상을 주었다. 들보는 시커멓게 변해 '올챙이배'처럼 튀어나왔고, 굴뚝은 다 쓰러져갔으며, 건물의 모서리는 여기저기 썩어 기우뚱했고, 칙칙한 비둘기색 작은 들창들은 내려앉은 어수선한 지붕에 덮인 채 뭐라 말할 수 없을 정도로 시무룩하게 밖을 내다보고 있었다. 방탕하게 살다 나이만 먹은 노파들 눈이 딱 그렇다. 나는 문을 두드렸으나 아무도 대꾸하지 않았다. 그런데 문 뒤에서 아주 또렷한 발음의 말소리가 들렸다.

"아즈, 부키, 베디. 이런 바보 같으니," 새된 목소리가 말했다. "아즈, 부키, 베디, 글라골…… 그게 아니라니까! 글라골, 도브로, 예스티!* 예스티!…… 어이구, 이 바보!"

나는 한번 더 문을 두드렸다.

---

* 키릴 문자 А(아), Б(베), В(베), Г(게), Д(데), Е(예)를 고대슬라브어와 교회슬라브어식으로 읽은 것.

새된 목소리가 외쳤다.

"누구야, 들어와……"

나는 텅 빈 작은 현관방에 들어섰고 활짝 열린 문으로 체르톱하노프가 보였다. 기름때 묻은 부하라풍 가운에 통 넓은 아랍풍 바지를 입고 머리에 붉은 키파를 쓴 그가 의자에 앉아 한 손으로는 어린 푸들의 주둥이를 꼭 쥐고, 다른 손으로는 그 콧등에 빵조각을 올려놓고 있었다.

"아!" 그가 자리에서 꼼짝도 하지 않고 위엄 있게 말했다. "방문해주셔서 정말 기쁩니다. 여기 앉으시지요. 저는 이렇게 벤조르와 실랑이하느라…… 티혼 이바니치," 그가 목소리를 높여 덧붙였다. "이리로 와봐. 손님이 오셨어."

"지금 가, 잠깐," 옆방에서 티혼 이바니치가 대답했다. "마샤, 넥타이 좀 줘."

체르톱하노프는 다시 벤조르에게 눈길을 돌려 빵조각을 콧등 위에 올렸다. 나는 주변을 둘러보았다. 방에는 길이가 다른 열세 개 다리 탓에 기우뚱거리는 분리형 탁자, 짚으로 짠 푹 꺼진 의자 네 개 말고는 가구랄 게 없었다. 아주 오래전에 희게 칠했을 벽에는 별 모양의 얼룩들이 생겨난데다 여기저기 칠이 벗어져 있었다. 커다란 마호가니 틀에 넣은 거울이 두 창문 사이에 걸려 있었는데, 그마저도 깨지고 유리는 뿌옜다. 구석마다 긴 담뱃대와 총이 즐비했고, 천장에는 두껍고 시커먼 거미줄이 늘어져 있었다.

"아즈, 부키, 베디, 글라골, 도브로," 체르톱하노프가 천천히 발음하다가 갑자기 성을 내며 고함질렀다. "예스티! 예스티! 예스티!…… 이런 멍청한 짐승 같으니라고!…… 예스티라니까!……"

그러나 박복한 푸들은 바들바들 떨기만 할 뿐 입을 열 엄두를 못 냈다. 그저 괴로운 듯 꼬리를 바싹 아래로 말고 가만히 앉아 있었다. 주둥이를 샐쭉대며 시무룩하게 눈을 깜박이고 찡그리는 모습이 꼭 '맘대로 하세요!'라고 말하는 듯했다.

"자, 먹어! 어서!" 지주는 지치지도 않는지 되풀이했다.

"너무 겁을 주셨군요." 내가 한마디했다.

"이런, 저리 꺼져!"

그는 푸들을 발로 툭 찼다. 불쌍한 짐승은 조용히 일어나 콧등에 올려져 있던 빵은 내팽개쳐버리고 심히 모욕적이라는 듯한 모습으로 까치발 걷듯 현관방으로 나갔다. 집에 찾아온 처음 보는 사람 앞에서 이런 창피를 당했으니 그럴 만도 했다.

다른 방으로 통하는 문이 조심스레 끼익 열렸고 네도퓨스킨 씨가 들어와 미소 지으며 유쾌하게 인사했다.

나도 자리에서 일어나 인사했다.

"편히 계십시오, 편히 계십시오." 그가 더듬거리며 말했다.

우리는 자리에 앉았다. 체르톱하노프는 옆방으로 갔다.

"우리 고장에 온 지 오래되셨습니까?" 네도퓨스킨 씨가 예의를 갖춰 손가락을 모아 입을 막고 기침하더니 부드러운 목소리로 말을 꺼냈다.

"벌써 두 달째군요."

"오호 그렇군요."

우리는 침묵했다.

"요새 날씨가 참 좋습니다." 네도퓨스킨이 말을 이었고, 마치 내 덕에 날씨가 화창하다는 듯 감사의 눈으로 나를 바라보았다. "곡식이 아주 잘 여물어갑니다."

나는 동의하는 뜻으로 고개를 끄덕였다. 우리는 다시 말이 없었다.

"판텔레이 예레메이치는 어제 산토끼를 두 마리나 잡았지요." 대화에 활기를 불어넣으려는 듯 네도퓨스킨이 다소 애쓰며 말을 꺼냈다.

"네, 그것도 꽤 큰 녀석들을 잡았습니다."

"체르톱하노프 씨 개들이 꽤 훌륭한 모양이지요?"

"아주 대단한 놈들입니다!" 네도퓨스킨이 흡족해하며 말을 받았다. "도를 통틀어 제일가는 놈들이지요. (그가 내 쪽으로 가까이 왔다.) 암요! 판텔레이 예레메이치는 바로 그런 사람입니다! 뭘 해야겠다 싶으면, 뭘 마음먹기만 하면 무슨 일이든 곧장 준비되고 척척 이루어지지요. 또 판텔레이 예레메이치로 말씀드릴 것 같으면……"

체르톱하노프가 방에 들어왔다. 네도퓨스킨은 싱긋 웃고 입을 다물고는 그를 눈으로 가리켰는데, 마치 '어떤 사람인지 직접 보시지요'라는 듯했다. 우리는 사냥에 관해 이야기하기 시작했다.

"우리 패거리를 보여드릴까요?" 체르톱하노프가 내게 묻더니 대답도 기다리지 않고 카르프를 불렀다.

녹색 남경목면으로 지어 푸른색 옷깃과 제복에서나 볼 법한 단추를 단 카프탄을 입은 튼튼한 청년이 들어왔다.

"폼카에게 일러라," 체르톱하노프가 무뚝뚝하게 말했다. "아말라트와 사이가를 데려오라고, 채비 잘해서, 알겠나?"

카르프가 벙긋 미소 짓고는 알아들을 수 없는 소리를 내고 나갔다. 머리도 빗고 옷에 단추도 잘 채운데다 장화도 갖춰 신은 폼카가 개들과 함께 나타났다. 나는 예의상 이 멍청한 짐승들을 감탄하며 바라보았다. (보르조이들은 하나같이 지독히도 멍청하다.) 체르톱하노프가 아말라트의 콧구멍에 침을 퉤 뱉었으나 수캐는 이 행동이 영 마음에 들지 않는 모양이었다. 네도퓨스킨 역시 뒤쪽에서 아말라트를 쓰다듬었다. 우리는 다시 이런저런 얘기를 했다. 체르톱하노프는 태도가 조금씩 누그러지더니 완전히 부드러워졌고 괄괄하게 굴지도, 콧방귀를 뀌지도 않았다. 그의 표정도 변해 있었다. 그는 나와 네도퓨스킨을 번갈아 바라보았다……

"어이!" 그가 갑자기 외쳤다. "거기 왜 그렇게 혼자 앉아 있나? 마샤! 마샤! 이리 와봐."

옆방에서 누군가 부스럭거렸으나 대답은 없었다.

"마-아-샤," 체르톱하노프가 어르듯 되풀이했다. "이리 오렴. 괜찮아, 겁낼 것 없어."

문이 조용히 열렸고, 스무 살쯤 된 여인이 보였다. 키가 크고 늘씬하며 얼굴은 집시처럼 가무잡잡한데다 눈은 노란빛을 띤 갈색이고 땋은 머리는 타르처럼 새카맸다. 커다랗고 흰 이가 도톰한 빨간 입술 아래서 빛났다. 하얀 옷을 입고 있었다. 목 부근에 금으로 된 옷핀을 꽂아 고정한 푸른색 숄은 가녀리고 반듯한 두 팔을 절반 정도 가렸다. 그녀는 야만족 여인처럼 부끄러운 듯 쭈뼛거리며 두 걸음 내디디더니 그대로 서서 눈을 내리깔았다.

"소개해드리겠습니다," 판텔레이 예레메이치가 말했다. "아내는 아니지만, 아내라고 할 수 있는 사람입니다."

마샤는 살짝 얼굴을 붉히고 당황한 듯 미소 지었다. 나는 그녀에게 허리 숙여 인사했다. 나는 그녀가 정말 마음에 들었다. 독수리 코같이 섬세한 코, 살짝 투명한 듯 시원하게 뚫린 콧구멍, 이마 높이 달린 눈썹의 대담한 윤곽, 창백하고 살짝 오목한 두 뺨. 그녀의 이목구비에서 자유분방한 정열과 무사태평한 기개가 느껴졌다. 넓은 목덜미를 따라 두 갈래로 땋아내린 머리가 아래서 반짝이고 있었다. 뜨거운 피와 힘의 징후였다.

그녀는 창가로 가서 앉았다. 나는 그녀를 더 당혹스럽게 하고 싶지 않아 체르톱하노프와 이야기를 나누었다. 마샤는 가볍게 고개를 돌려 나를 흘끔흘끔 잽싸게, 그러나 어색하게 훔쳐봤다. 그 시선은 뱀의 혀처럼 번쩍였다. 네도퓨스킨이 그녀 곁에 앉아 귀에 대고 속삭였다. 그녀가 다시 방긋 웃었다. 그러자 코에 주름이 살짝 잡히고 윗입술이 들리면서 고양이 같기도 하고 사자 같기도 한 표정을 띠었다……

'오, 너는 말 그대로 "나를 건드리지 마세요"로구나.' 나도 나대로 그녀의 탄력 있는 몸, 푹 꺼진 가슴, 어딘가 각이 졌으나 날랜 몸짓을 훔쳐보며 생각했다.

"저기, 마샤," 체르톱하노프가 물었다. "손님에게 뭐라도 좀 드려야 하지 않을까, 응?"

"집에 잼이 있어요." 그녀가 대답했다.

"그럼 잼을 좀 내와, 보드카도. 아, 그리고 마샤," 그가 그녀의 뒤에 대고 외쳤다. "기타도 부탁해."

"기타는 뭐하시게요? 나 노래 안 부를 건데."

"왜?"

"그냥 부르고 싶지 않아요."

"에이, 무슨 소리야, 부르고 싶어할 거면서……"

"뭐라고요?" 마샤가 재빨리 눈썹을 찌푸리며 물었다.

"손님이 혹시 청하신다면." 체르톱하노프가 적잖이 당황하며 말을 마쳤다.

"아!"

그녀는 잼과 보드카를 들고 돌아와 다시 창가에 앉았다. 그녀의 이마에 주름이 보였다. 두 눈썹이 말벌의 더듬이처럼 올라갔다 내려갔다…… 독자 여러분은 말벌의 얼굴이 얼마나 못되게 생겼는지 아시는가? 그나저나, 곧 뇌우가 퍼붓겠다는 생각이 들었다. 대화는 순조롭지 못했다. 네도퓨스킨은 아예 말이 없어져서는 긴장한 듯 미소만 지었다. 체르톱하노프는 버럭 성을 내며 얼굴을 붉히기도 하고 눈을 부릅뜨기도 했다. 나는 벌써 떠날 궁리를 하고 있었다…… 마샤가 갑자기 일어나더니 단숨에 창문을 열고 고개를 내밀고는 성난 목소리로 지나가던 아낙을 불렀다. "악시냐!" 아낙은 움찔했고, 뒤로 돌려다가 그만 미끄러져 둔탁한 소리를 내며 자빠지고 말았다. 마샤는 몸을 젖히며 쩌렁쩌렁하게 웃어댔다. 체르톱하노프도 웃었고, 네도퓨스킨은 더없이 즐거운 듯 빽빽거리며 웃었다. 우리는 부르르 떨며 기운을 차렸다. 뇌우가 웃음을 터뜨리듯 번개를 한 번 치고는 사라졌다…… 공기가 깨끗해졌다.

반시간쯤 지난 뒤 우리의 모습은 아무도 알아보지 못했을 것이다. 우리는 아이들처럼 떠들고 장난쳤다. 누구보다도 마샤가 가장 까불었고, 체르톱하노프는 그녀를 잡아먹을 듯한 눈빛을 했다. 그녀의 얼굴은 새하얘졌고, 콧구멍은 더 넓어졌고, 시선은 확 타오르다가 바로 어두워졌다. 야만족 여인은 매우 신이 나 있었다. 네도퓨스킨은 수컷 오리가 암컷을 따라다니듯 뚱뚱하고 짤막한 다리로 그녀 뒤를 뒤뚱거리며 따라다녔다. 심지어 벤조르도 현관방의 궤짝 아래서 기어나와 문지방에 서서 우리를 바라봤고 갑자기 폴짝폴짝 뛰며 짖어댔다. 마샤는 옆방으로 파닥거리며 날아가서는 기타를 가져왔고, 어깨에서 숄을 벗어 던지더니 잽싸게 자리잡고 앉아 고개를 높이 들고 집시 노래를 부르기 시작했다. 그녀의 목소리는 살짝 금이 간 유리 종처럼 낭랑하면서도 떨림이 있었고, 갑자기 확 타오르다가 잠잠해지기를 반복했다…… 유쾌해지기도 하고 소름이 돋기도 했다. "아아, 마음에 불을 질러다오, 제발 말해다오!……" 체르톱하노프가 춤을 추기 시작했다. 네도퓨스킨은 발을 구르며 박자에 맞춰 종종걸음을 쳤다. 마샤의 움직임은 불붙은 자작나무 같았다. 가녀린 손가락이 당차게 기타 위를 내달렸고, 가무잡잡한 얼굴은 두 줄로 건 호박 목걸이 위로 천천히 떠올랐다. 돌연 그녀가 노래를 뚝 멈추고는 기진맥진한 듯 늘어져 귀찮다는 듯 기타줄을 튕기면 체르톱하노프는 춤을 그치고 어깨만 움찔거리며 제자리에서 뭉그적거렸고, 네도퓨스킨은 도자기 중국인 인형처럼 고개를 까딱거렸다. 그러다 그녀가 다시 미친 사람처럼 소리를 뽑아내며 상체를 쭉 펴 가슴을 내밀었고, 체르톱하노프는 다시 땅에 주저앉았다가 천장에 닿을 듯 풀썩 뛰어올라 팽이처럼 돌면서 고함을 질렀다. "더 빠르게-에!"……

"빠르게, 빠르게, 빠르게, 빠르게!" 네도퓨스킨이 날쌘 어조로 그의 말을 받았다.

그날 나는 늦은 저녁이 되어서야 베소노보를 떠났다……

체르톱하노프의 최후

1

내가 판텔레이 예레메이치를 방문한 뒤 두 해가 흘렀고 재앙이, 말 그대로 재앙이 그를 덮치기 시작했다. 온갖 불쾌한 일, 실패와 불행은 그전에도 있었지만 그는 그다지 신경쓰지 않았고 예전처럼 '당당히 군림했다'. 일격을 가한 첫번째 재앙이 그의 마음을 가장 아프게 했다. 마샤와 헤어진 것이다.

그녀가 그토록 정든 그의 집을 떠난 까닭이 무엇인지 콕 집어 말하기는 어렵다. 죽는 날까지 체르톱하노프는 마샤가 어느 젊은 이웃 때문에 변심했다고 굳게 믿었는데, 그 이웃은 퇴역한 창기병 대위로 야프라는 별명으로 불렸다. 판텔레이 예레메이치의 말에 따르면 그는 쉼없이 콧수염을 뱅뱅 꼬았고, 지나칠 정도로 포마드를 처발랐으며, 유난히 티나게 '흠' 소리를 내며 빈정대는 자였다. 그러나 무엇보다도 마샤의 핏줄에 흐르는 방랑하는 집시의 피가 영향을 끼쳤다고 생각해야 하리라. 이유가 무엇이었든 간에, 어느 화창한 여름 저녁 마샤는 낡은 천에 짐을 싸서는 체르톱하노프의 집을 떠났다.

그러기 사흘 전부터 그녀는 상처 입은 여우처럼 벽에 바싹 붙어 구석에서 웅크리고만 있었고—뭐라고 한마디라도 해주면 좋으련만—눈만 이리저리 굴리며 깊은 생각에 잠겼다가 눈썹을 번쩍 들어올리기도 하고 슬며시 하얀 이를 드러내다가도 온몸을 감싸듯 두 팔을 마구 움직였다. 예전에도 그러한 '심기'를 보일 때가 있었지만 그렇게 오래간 적은 없었다. 체르톱하노프는 그것을 잘 알고 있었고, 그래서 딱히 걱정하지 않고 그녀를 건드리지도 않았다. 그러나 마지막 남은 사냥개 두 마리가 '고꾸라졌다'는 사냥개지기의 말을 듣고서 사육장을 둘러보고 돌아오던 길에 하녀와 마주쳤고, 하녀가 그에게 이렇게 말했다. 마리야 아킨피예브나가 인사 전하시더라고, 잘 지내라 하시더라고, 이제 영영 돌아오지 않을 거라 하시더라고. 체르톱하노프는 제자리에서 두 바퀴 정도 돌고 목쉰 소리로 울부짖더니 그 즉시 도망자를 쫓아 나섰고, 권총도 잊지 않고 챙겼다.

그는 집에서 2베르스타쯤 떨어진 자작나무숲 근처, 군의 소도시로 가는 큰길에서 그녀를 따라잡았다. 해가 지평선 위로 낮게 떠 있다가 갑자기 적자색으로 타올랐다. 나무도, 풀도, 땅도 검붉게 타올랐다.

"야프에게 가는 거지! 야프에게!" 체르톱하노프는 마샤가 보이자마자 울부짖었다. "야프에게!" 그는 계속 넘어질 뻔하면서도 달려가며 되풀이했다.

마샤가 걸음을 멈추고 그에게 얼굴을 돌렸다. 빛을 등지고 서 있는 그녀는 시커먼 나무에 조각된 듯 온통 검게 보였다. 눈의 흰자위만 은빛 아몬드처럼 도드라져 보였고 눈 자체는, 동공은 더욱 어두웠다.

그녀는 보따리를 한쪽에 내던지고는 팔짱을 꼈다.

"이 몹쓸 것, 야프한테 도망가는 거지!" 체르톱하노프는 같은 말을 반복했고, 그녀의 어깨를 움켜쥐려 했으나 그녀와 눈이 마주치자 망연자실하여 제자리에 굳어버렸다.

"야프 씨에게 가는 게 아니에요, 판텔레이 예레메이치," 마샤가 조용하고 침착하게 대답했다. "그냥 당신하고는 더이상 살 수 없어요."

"왜 못 사는데? 뭣 때문에? 내가 너한테 무슨 잘못을 했는데?"

마샤는 고개를 저었다.

"저한테 잘못하신 것 없어요, 판텔레이 예레메이치, 그냥 당신 집에서 사는 게 우울해졌어요…… 지난 일들은 고맙게 생각해요, 하지만 이제는 그렇게 못 살겠어요, 도저히 안 되겠어요."

체르톱하노프는 매우 놀랐다. 그는 심지어 손바닥으로 자기 허벅지를 치고 풀쩍 뛰어오르기까지 했다.

"왜 그런 건데? 지금까지 잘만 살았잖아, 만족스럽게 아무 일 없이 잘살았잖아, 그런데 갑자기 우울해졌다니! 떠나겠다니! 도대체 어째서 이렇게 짐까지 다 챙겨서 머릿수건 둘러쓰고 도망치느냔 말이야. 다들 귀부인 못지않게 잘해줬잖아……"

"그런 건 조금도 원치 않아요." 마샤가 그의 말을 끊었다.

"어째서 그렇지? 집시 사기꾼에서 귀부인이 됐는데, 그래도 원치 않는다고? 어떻게 원치 않을 수 있지, 근본 없는 주제에? 정말 믿으라고 하는 소리야? 당연히 딴 놈이랑 눈이 맞았을 수밖에, 그렇고말고!"

그가 다시 식식거렸다.

"다른 사람이랑 바람피운다는 생각은 지금도 하지 않고 예전에도 하지 않았어요," 마샤가 노래하는 듯한 가녀린 목소리로 말했다. "내가 말했잖아요. 우울해졌다고요."

"마샤!" 체르톱하노프가 고함을 지르고는 주먹으로 자기 가슴을 쳤다. "이제 그만해, 제발, 나를 이렇게 힘들게 하다니…… 제발 그만! 제발 부탁이야! 제발 티샤*가 뭐라고 할지만 생각해봐, 그 녀석이 불쌍하지도 않아!"

"티혼 이바노비치에게 인사 전해주세요, 그리고 이렇게 말해주세요……"

체르톱하노프가 두 손을 내저었다.

"아니야, 너는 거짓말하는 거야, 너는 못 떠나! 너의 그 야프는 아무리 기다려도 너를 못 볼 거야!"

"야프 씨는." 마샤가 입을 열려 했다……

"야프 씨-이는 무슨," 체르톱하노프가 그녀의 말꼬리를 잡았다. "그 놈이야말로 진짜 사기꾼에 구두쇠야, 그놈 낯짝을 봐, 꼭 원숭이 같잖아!"

체르톱하노프는 꼬박 반시간 동안 마샤와 실랑이했다. 그는 그녀에게 바싹 다가가기도 하고 뒤로 풀쩍 물러나기도 하고, 윽박지르다가 코가 땅에 닿도록 허리를 숙이고, 울고, 욕했다……

"못 살겠다고요," 마샤가 되풀이했다. "너무 우울해…… 지겨워 죽겠

* 티혼의 애칭.

어요." 그녀는 무관심한 표정을 지었고 체르톱하노프는 그 표정이 어찌나 졸려 보이던지 무슨 이상한 약을 먹은 게 아니냐고 묻기까지 했다.

"우울해요." 그녀가 열 번도 넘게 되풀이했다.

"어휴, 이걸 어떻게 죽일까?" 그가 돌연 고함을 지르더니 주머니에서 권총을 꺼내들었다.

마샤가 미소 지었다. 그녀의 얼굴에 생기가 돌았다.

"이제 어떻게 할래요? 죽여요, 판텔레이 예레메이치. 당신 뜻대로 죽여요. 그래도 당신한테 돌아가지는 않을 테니."

"돌아오지 않겠다고?" 체르톱하노프가 공이치기를 뒤로 당겼다.

"안 돌아가요, 내 사랑. 살아서는 안 돌아가요. 정말이에요."

체르톱하노프가 갑자기 그녀의 손에 권총을 쥐여주고는 땅에 털썩 주저앉았다.

"그럼, 네가 나를 죽여! 너 없이는 살고 싶지도 않아. 네가 나를 싫어하니 나도 모든 게 싫어."

마샤가 몸을 숙여 보따리를 집어들고 총구를 체르톱하노프에게서 돌린 채 권총을 풀밭에 올려놓고 그에게 다가갔다.

"아아, 내 사랑, 왜 스스로 죽으려고 해? 우리 집시 자매들을 몰라서 그래? 우리 기질이며 관습이 그렇잖아. 뭐가 됐든 이별하게 만드는 우울함이 찾아들면 뭔가가 영혼을 아주아주 먼 곳으로 불러내니까, 그러니 여기 어떻게 남아 있겠어? 당신의 마샤를 기억해, 다른 여자친구는 찾지 말고, 나도 당신을 잊지 않을 거야, 당신은 나의 날쌘 매니까. 나랑 당신이랑 사는 건 끝났어!"

"나는 너를 사랑했어, 마샤," 체르톱하노프가 얼굴을 감싼 손가락들 사이로 웅얼거렸다……

"나도 당신을 사랑했어요, 나의 소중한 친구 판텔레이 예레메이치!"

"나는 너를 사랑했어, 정말 미칠 듯이 사랑했어, 그래서 더욱 이해가 안 가, 잘 지내던 네가 갑자기 나를 버리고 세상을 떠돌겠다고 떠난다니, 그래, 내가 가난뱅이가 아니라면 네가 나를 버리지 않겠지!"

이 말에 마샤는 그저 빙긋 웃기만 했다.

"언제는 나보고 돈에 욕심이 없는 사람이라고 하더니!" 그녀가 이렇게 말하고는 체르톱하노프의 어깨를 툭 쳤다.

그는 벌떡 일어섰다.

"그래도 얼마라도 좀 줄게, 받아, 한푼도 없이 어떡하겠다는 거야? 차라리 날 죽여! 진심이야, 나를 그냥 죽여줘!"

마샤는 다시 고개를 저었다.

"당신을 죽이라고? 그러면 나는 시베리아로 유형을 가게 되겠지, 그렇지, 내 사랑?"

체르톱하노프는 부르르 떨었다.

"너 고작 징역 사는 게 무서워서……"

그는 다시 풀밭에 드러누웠다.

마샤는 말없이 그 위에 서 있었다.

"당신이 가여워, 판텔레이 예레메이치," 그녀가 한숨을 내쉬며 말했다. "좋은 사람인데…… 그래도 어쩔 수 없어. 안녕!"

그녀는 몸을 돌려 두 걸음쯤 내디뎠다. 이미 밤이 찾아왔고 사방에 희미한 그림자가 떠다녔다. 체르톱하노프가 날쌔게 일어나 뒤에서 마샤의 두 팔꿈치를 붙잡았다.

"이렇게 떠나는 거야, 이 뱀아? 야프한테!"

"안녕!" 마샤가 날카로운 목소리로 의미심장하게 되풀이하더니 그에게서 벗어나 길을 나섰다.

체르톱하노프는 그녀의 뒤를 바라보다가 권총이 놓인 곳으로 뛰어가 손에 쥐고는 겨냥해 쏘았다…… 그러나 공이치기의 용수철을 쥐기 직전 그가 손을 위로 쳐드는 바람에 총알은 그녀의 머리 위로 윙 날아가버렸다. 그녀는 걸어가면서 어깨 너머로 그를 돌아보았고, 그를 약올리기라도 하듯 비척거리며 멀리 사라졌다.

그는 두 손으로 얼굴을 덮은 채 달렸다……

그러나 쉰 걸음도 못 가 돌연 말뚝처럼 멈춰 섰다. 귀에 익은, 너무도 귀에 익은 목소리가 바람에 실려왔다. 마샤가 노래를 부르는 것이었다. "청춘은 아름다워."* 그녀는 계속 노래했고 소리 하나하나가 저녁의 대기 속으로 퍼졌다. 애처롭고 무더웠다. 체르톱하노프는 그녀가 사라진 쪽으로 귀를 갖다댔다. 소리는 점점 멀어지고 있었다. 그러다 잦아들며 거의 들리지 않게 되었지만, 그래도 여전히 뜨겁게 흘렀다……

'아주 나를 놀리는구나.' 체르톱하노프는 이런 생각이 들었으나 곧장 신음했다. '오, 아니야! 나와 영원히 헤어지고 있는 거야.' 그리고 눈물을 주르륵 흘렸다.

다음날 그는 야프 씨의 처소에 나타났다. 진정한 사교계 인사로서 야프는 호젓한 시골 생활에 마음을 주지 않고 군의 읍내에, 그 자신이 말

* 모스크바 집시들의 공연 레퍼토리로 유명했던 노래로, 알렉산드르 구릴료프(1803~1858)가 니콜라이 콘신(1793~1859)의 시에 곡을 붙였다.

하듯, '귀부인들 가까운 곳에' 자리를 잡았다. 체르톱하노프는 야프를 만날 수 없었다. 시종의 말에 따르면 그는 전날 밤 모스크바로 떠난 모양이었다.

"그렇게 된 거로군!" 체르톱하노프가 분노에 차서 외쳤다. "둘이 미리 짜고서 함께 도망친 거야…… 어디 두고 보자!"

그는 시종의 만류에도 불구하고 젊은 창기병 대위의 서재로 들어갔다. 서재에는 창기병 제복 차림의 집주인을 그린 유화가 소파 위에 걸려 있었다. "꼬리 없는 원숭이 자식이 여기 있구나!" 그는 으르렁거리며 소파 위로 뛰어올랐고, 팽팽히 당겨진 캔버스를 주먹으로 쳐서 커다란 구멍을 뚫어놓았다.

"너의 한량 주인에게 알려라." 그가 시종에게 말했다. "귀족 체르톱하노프가 이 자리에 없는 그놈의 추악한 낯짝 대신 그림 속 낯짝을 손봤다고. 그놈이 나를 만나는 기쁨을 누리고 싶다면, 찾아오라고 전해라. 귀족 체르톱하노프를 어디서 찾을지는 그놈이 잘 알 것이다. 아니면 내가 그놈을 직접 찾아내겠다! 바다 밑바닥을 뒤져서라도 비열한 원숭이 놈을 찾아낼 테다!"

이렇게 말하고 체르톱하노프는 소파에서 뛰어내려 위풍당당하게 자리를 떴다.

그러나 창기병 대위 야프는 그에게서 어떤 기쁨도 요구하지 않았고—심지어 야프는 그와 우연히 마주치지도 않았다—체르톱하노프도 굳이 그를 찾아 나서지 않았기 때문에 둘 사이에는 아무 일도 일어나지 않았다. 그 일이 있었던 후로 마샤만 아무 소식 없이 사라져버렸다. 체르톱하노프는 술을 입에 대기 시작했으나 이내 '정신을 차렸다'.

그러나 바로 이때 두번째 재앙이 그를 덮쳤다.

2

두번째 재앙은 그의 막역한 벗 티혼 이바노비치 네도퓨스킨이 세상을 뜬 일이었다. 죽기 이 년 전쯤부터 건강이 그에게서 등을 돌리기 시작했다. 그는 숨이 차서 힘들어했고, 계속 꾸벅꾸벅 졸고 깨어서도 금방 정신을 차리지 못했다. 군에서 온 의사는 그의 몸에서 '작은 쇼크들'이 몇 차례 일어났을 뿐이라고 안심시켰다. 마샤가 떠나기 전 사흘 동안, 그러니까 그녀가 '우울해지기 시작한' 그 사흘 동안 네도퓨스킨은 자기 영지 베셀렌데옙카에 계속 누워 있었다. 독한 감기에 걸린 것이었다. 그래서 마샤의 행동은 그에게 더욱 예상치 못한 일이 되었다. 체르톱하노프보다 더 깊은 충격을 받았을 정도였다. 천성이 온순하고 소심한 그는 친구를 마음속 깊이 연민하고 병적일 정도로 당황스러워했을 뿐 별로 내색하지 않았으나…… 그의 마음속에서는 모든 것이 파열하고 무너져내렸다. "그녀는 내 안에서 영혼을 끄집어내버렸어." 그는 자신이 좋아하는 작은 방수포 소파에 앉아 깍지를 낀 채 엄지손가락을 마주 대고 빙빙 돌리며 이렇게 소곤거렸다. 심지어 체르톱하노프가 정신을 차렸을 때도 네도퓨스킨은 그러지 못했다. 계속 '어딘가 마음이 허전하다'고 느꼈다. "바로 여기가," 그는 위보다 조금 높이 가슴 한가운데를 가리키며 말하곤 했다. 그의 그런 상태는 겨울까지 이어졌다. 첫서리가 내린 날부터 숨이 찬 것은 나아졌으나 작은 쇼크가 아니라 확실한 뇌졸중이 그를 덮쳤다. 바로 의식을 잃지는 않았다. 아직 체르톱하노프를 알아보았고, "아니, 티샤, 어떻게 내 허락도 없이 나를 놔두고 떠나려는 거야, 이건 마샤보다 더하면 더하지 덜하지 않잖아!"라고 절망적으로 외치는 친구에게 굳은 혀로 이렇게 대답했다. "나는 파……아……세이 예……예……예이치, 항……상 나 당신 말……잘……들." 그러나 그는 미처 의사도 보지 못한 채 바로 그날 죽고 말았다. 의사는 완전히 식지 않은 그의 몸을 보고는 지상 모든 것의 덧없음을 슬프게 의식하며 '보드카 한 잔과 발리크'를 청할 뿐이었다. 티혼 이바노비치는 모두가 예상했듯 자신의 영지를 존경해 마지않는 은인이자 든든한 보호자 '판텔레이 예레메이치 체르톱하노프'에게 준다는 유언을 남겼다. 그러나 이 영지는 존경해 마지않는 은인에게 큰 이익을 가져오지 못했는데, 왜냐하면 이 영지는 곧 공매로 팔렸고, 그 매각금의 일부는 체르톱하노프가 벗의 유해 위에 세우겠다고 마음먹은 묘석과 조각상을(그의 몸속에 살아 숨쉬는 아버지의 핏줄이 반응했던 모양이다) 마련하는 데 쓰였기 때문이다. 그가 모스크바에서 주문한 이 조각상은 기도하는 천사의 모습을 띠어야 했으나, 그가 소개받은 중개업자가 지방에는 조각을 잘 아는 사람이 드물 거라 생각해 천사 대신 여신 플로라를 보냈다. 예카테리나 여제 시절에 만들어졌으나 버려진 모스크바 교외의 어느 정원을 오랜 세월 동안 장식했던 이 플로라는 통통하고 작은 손, 풍성하게 물결치는 머리 타래, 벌거벗은 가슴을 장식하는 장미꽃 사슬, 구부정한 자세 등 로코코풍으로 꾸며진 세련된 작품으로 업자가 운좋게도 공짜로 구한 것이었다. 그리하여 신화 속 여신은 지금까지도 한쪽 다리를 우아하게 살짝 든 채 티혼 이바노비치의 무덤

위에 서 있으며, 무덤 주변을 거니는 송아지와 암양, 즉 우리 시골 묘지의 변함없는 방문객들을 진정한 퐁파두르* 시대풍으로 한 눈을 찡그린 채 그윽하게 바라보고 있다.

3

충실한 친구를 잃은 체르톱하노프는 다시 술을 입에 대기 시작했고, 이번에는 정도가 심각했다. 하는 일마다 뜻대로 되지 않았다. 사냥을 나가도 시원치 않았고, 마지막 남은 돈도 사라져버렸고, 마지막 남은 사람들도 다 도망가고 없었다. 판텔레이 예레메이치에게 완전한 고독이 닥쳐왔다. 속에 담아둔 말을 터놓는 것은 고사하고 한두 마디 섞을 사람도 없었다. 그러나 자존심만은 줄어들 줄 몰랐다. 오히려 반대였다. 상황이 나빠질수록 그는 더 거만해지고, 더 건방져지고, 더 도도해졌다. 마침내 그는 아예 사람들과 어울리지 않게 되었다. 그에게는 단 하나의 위안, 단 하나의 기쁨이 남았다. 그 기쁨은 그가 말레크-아델**이라고 부르는 돈 품종의 아름다운 잿빛 털을 지닌 아주 멋진 승마용 말이었는데, 실로 훌륭한 짐승이었다.

그가 이 말을 얻은 사정은 다음과 같다.

어느 날 말을 타고 이웃 마을을 지나던 체르톱하노프는 술집 옆에서

---

* 프랑스 루이 15세의 측실 후작부인으로, 로코코 문화의 상징적 존재였다.

** 프랑스 작가 소피 코탱(1770~1807)의 소설 『마틸드, 또는 십자군 원정의 회상』(1805)의 주인공으로, 십자군과 용감히 싸운 이슬람군 지도자다.

농부들의 고함과 군중의 비명을 듣게 되었다. 군중이 모인 곳 한가운데서 억센 손들이 연거푸 올라갔다 내려갔다 했다.

"무슨 일인가?" 그가 오두막 문가에 서 있던 늙은 아낙에게 예의 그 명령조로 물었다.

꾸벅꾸벅 조는 듯 상인방에 기댄 아낙은 술집 쪽을 바라보고 있었다. 옥양목 루바시카를 입고 헐벗은 가슴팍에 삼나무 십자가를 건 허연 금발 소년이 두 다리를 짝 벌린 채 주먹을 쥐고 그녀의 짚신 두 짝 사이에 앉아 있었다. 그 옆에서는 병아리 한 마리가 나무처럼 딱딱해진 호밀빵의 껍질을 쪼았다.

"그러게 말입니다, 나리," 노파가 대답했다. 그리고 몸을 숙여 주름지고 시커먼 손을 소년의 머리 위에 얹었다. "마을 젊은이들이 유대인 놈 하나를 두들겨패는 것 같습니다."

"유대인을? 무슨 유대인 말인가?"

"글쎄요, 나리. 마을에 유대인 하나가 나타났는데 어디서 굴러먹다 온 놈인지 아무도 모릅니다요. 바샤, 엄마에게 가거라, 요 못된 녀석, 어서!"

아낙은 병아리를 놀라게 해 쫓아냈고, 바샤는 여전히 그녀의 파뇨바 자락을 꼭 쥐었다.

"아주 흠씬 두들겨패네요, 나리."

"왜 그러는 건가? 뭘 잘못해서?"

"저도 모르죠, 나리. 다 이유가 있겠지요. 근데 맞아도 싸지 않습니까? 저놈이 말입니다, 나리, 그리스도를 십자가에 못박았잖습니까!"

체르톱하노프는 이랴 외치며 말 목덜미에 채찍질을 하고 사람들 모인 곳으로 달려갔다. 그리고 군중 속으로 파고들어 오른쪽 왼쪽 사정없이 농부들을 채찍으로 후려치고는 띄엄띄엄 말했다.

"독……단이다! 이건…… 독……단이야! 법이 처벌해야지 개인……들이 이래선 안 돼! 법! 법대로 해야 한다!! 버……어……업!!!"

순식간에 군중이 사방으로 흩어졌다. 술집 문 앞 땅바닥에는 남경목면으로 지은 카프탄을 입은 비쩍 마르고 가무잡잡한 존재가, 봉두난발을 하고 초주검이 된 존재가 드러누워 있었다…… 파리한 얼굴, 초점 없는 눈, 벌어진 입…… 어떻게 된 걸까? 겁먹은 나머지 숨을 죽이고 있는 건가, 아니면 진짜 죽은 건가?

"너희는 뭣 때문에 유대인을 죽인 것이냐?" 체르톱하노프가 위협적으로 채찍을 휘두르며 우레처럼 외쳤다.

군중이 뭐라 대답하며 잘 들리지 않는 소리로 웅성댔다. 농부 하나는 어깨를 주물럭거릴 뿐이었고, 다른 농부는 옆구리에 손을 얹었고, 또다른 농부는 코를 만지작거렸다.

"아주 쌈닭이구먼!" 뒤쪽에서 누군가 말했다.

"채찍을 들고 말이지! 그렇게 누가 못 싸워!" 다른 목소리가 말했다.

"유대인을 뭣 때문에 죽인 것이냐? 내가 묻고 있잖아, 이 막돼먹은 아시아 놈들아!" 체르톱하노프가 되풀이했다.

그런데 땅바닥에 누워 있던 존재가 날쌔게 벌떡 두 발로 서더니 체르톱하노프 뒤로 내빼서는 그의 안장을 잡고 덜덜 떨었다.

화기애애한 웃음이 군중 사이에서 터져나왔다.

"멀쩡히 살아 있네!" 다시 뒤쪽에서 누군가 말했다. "고양이 같은 놈!"

"가카, 저를 구해주십시오!" 그러는 사이 불행한 유대인이 가슴팍을 체르톱하노프의 한쪽 다리에 꽉 갖다대면서 웅얼거렸다. "저놈들이 저를 죽이고 말 겁니다, 가카!"

"저자들이 왜 너를 때린 것이냐?" 체르톱하노프가 물었다.

"맹세코 저도 모르겠습니다! 저놈들의 가축이 죽기 시작했는데…… 그게 제 탓이라는 겁니다…… 저는 결코……"

"그래, 나중에 따지기로 하자!" 체르톱하노프가 그의 말을 끊었다. "일단 안장을 쥐고 나를 따라와라. 이놈들!" 그가 군중 쪽으로 몸을 돌리고 말했다. "내가 누군지 아느냐? 나는 베소노보 마을의 지주 판텔레이 체르톱하노프다, 원한다면 얼마든지 나와 이 유대인을 고소해라!"

"고소를 왜 합니까요?" 잿빛 턱수염의 점잖은 농부 하나가 절을 올리며 말했는데, 영락없는 그 옛날 가부장의 모습이었다. (그런데 그도 남들에게 뒤질세라 유대인을 두들겨팼다.) "저희는 말입니다, 판텔레이 예레메이치 나리, 나리가 얼마나 자비로우신지 잘 알고 있습니다. 나리가 자비롭게도 저희를 직접 일깨워주셔서 다들 만족하고 있습니다!"

"고소가 웬 말입니까!" 다른 사람들이 거들고 나섰다. "그래도 저 이교도 놈한테 받아낼 건 받아내야겠습니다! 도망가도록 가만 놔두지 않을 겁니다! 들판의 토끼 같은 저놈을 끝까지……"

체르톱하노프는 콧수염을 꼬다가 콧김을 내뿜고는 언젠가 티혼 네도퓨스킨을 구해주었던 것처럼 박해자들로부터 구해낸 유대인을 데리고 터덜터덜 마을로 돌아왔다.

4

며칠 뒤 체르톱하노프의 집에 유일하게 멀쩡히 남아 있던 심부름꾼 소년이 그에게 어떤 말 탄 사람이 찾아와서는 얘기를 나누고 싶어한다고 전했다. 체르톱하노프는 현관 층계참으로 나갔고, 낯이 익은 그 유대인이 훌륭한 돈 품종 말을 타고 마당 한가운데에 보란듯이 서 있는 것을 보았다. 유대인은 모자를 머리에 쓰지 않고 겨드랑이 밑에 껴두었으며, 발은 등자가 아니라 등자의 가죽끈에 걸쳤다. 너덜너덜한 그의 카프탄 자락이 안장 양쪽에 드리워져 있었다. 체르톱하노프를 보자 그는 입술을 오므려 소리를 내고 팔꿈치를 빠르게 움직이더니 두 발을 나풀거렸다. 그러나 체르톱하노프는 그의 인사에 응하지 않았을 뿐 아니라 심지어 크게 화가 났다. 갑자기 열이 확 뻗친 것이다. 이 더러운 유대인 놈이 감히 저렇게 훌륭한 말을 타고 있다니…… 얼마나 버르장머리가 없는가!

"어이, 에티오피아인 면상을 한 놈아!" 그가 외쳤다. "진흙탕에 처박히고 싶지 않으면 당장 내려와!"

유대인은 곧바로 말 등을 따라 자루처럼 안장에서 쓱 미끄러지더니 한 손으로 고삐를 쥔 채 싱긋 웃고 허리를 굽히며 체르톱하노프에게 다가왔다.

"무슨 일이냐?" 판텔레이 예레메이치가 근엄하게 물었다.

"가카, 말이 어떤지 좀 보시겠어요?" 연신 허리를 굽히며 유대인이 말했다.

"음……그래…… 좋은 말이다. 어디서 구했나? 분명 훔친 거겠지?"

"그럴 리 이껬습니까, 가카! 저는 정지칸 유대인입니다, 절대 훔치지 않았습니다, 우리 가카를 위해서 구해온 것입니다, 정말입니다요! 얼마나 애를 썼는지 모릅니다! 말이 아주 멋지지요! 돈 지방을 다 뒤져도 이런 말은 못 차즐 겁니다. 보십시오, 가카, 대단한 말입니다! 자 이쪼그로 와보세요! 워워…… 워워…… 한 바퀴 돌고 여프로 섯! 안장을 벼껴보겠습니다. 대단하지요! 어떠십니까, 가카?"

"좋은 말이야," 체르톱하노프가 짐짓 관심 없는 척하며 되풀이했지만, 사실 심장이 벌떡였다. 그는 이른바 '말고기'에 대한 열정이 어마어마한 애호가였고 나름대로 일가견이 있었다.

"자, 가카, 한번 쓰다듬어보시지요! 여기 모글 쓰다듬어보세요, 히히히! 이렇게요."

체르톱하노프는 마지못해서 한다는 듯 말의 목에 손을 얹어 두어 번 토닥이고는 손가락으로 뒷덜미에서부터 등까지 훑어내려 콩팥 아래 특정 부분에 이르자 애호가답게 그 부분을 지그시 눌렀다. 말은 곧장 등뼈를 구부렸고 체르톱하노프를 오만한 검은 눈으로 힐끗 쳐다보더니 푸르르하며 앞발을 바꿔 디뎠다.

유대인이 웃으며 가볍게 손뼉을 쳤다.

"주인을 알아봅니다, 가카, 주인을 알아봐요!"

"별소리를 다 하는군." 체르톱하노프가 성가셔하며 말을 막았다. "네 놈한테서 이 말을 사려고 해도…… 돈이 없다, 선물이라고는 유대인은 커녕 하느님한테서도 받아본 일이 없고 말이다!"

"제가 감히 어떠케 선물을 드린답니까, 당치 않지요!" 유대인이 외쳤다. "가카, 이 말을 사시고…… 돈은 천천히 주시지요."

체르톱하노프는 잠시 생각에 잠겼다.

"얼마를 받으려는 게지?" 마침내 그가 잇새로 말했다.

유대인은 어깨를 으쓱했다.

"제가 쓴 만큼만 주시지요. 200루블입니다."

말은 이 금액보다 두 배, 아니 세 배나 더 값어치가 있었다.

체르톱하노프는 옆으로 돌아서서 대차게 하품을 했다.

"그래 돈은…… 언제?" 그가 유대인을 보지도 않고 눈썹을 한껏 찌푸린 채 물었다.

"가카 편하실 때 주십쇼."

체르톱하노프는 고개를 뒤로 젖혔으나 눈은 들어올리지 않았다.

"그건 답이 아니다. 이 헤롯의 족속아, 똑똑히 말해라! 내가 네놈한테 빚을 지라는 말이냐?"

"그렇다면," 유대인이 서두르며 말했다. "여섯 달 뒤…… 어떠십니까?"

체르톱하노프는 아무 답도 하지 않았다.

유대인은 그의 눈빛을 살폈다.

"어떠십니까? 말을 마구간에 들일까요?"

"안장은 필요 없다," 그가 띄엄띄엄 말했다. "안장은 가져가, 알겠나?"

"그럼요, 여부가 있겠습니까, 가져갑지요." 신이 난 유대인은 이렇게 웅얼거리고는 안장을 어깨에 척 걸쳤다.

"돈은," 체르톱하노프가 이어서 말했다. "여섯 달 뒤에 주겠다. 200이 아니라 250으로. 왈가왈부하지 마라! 250이다, 끝! 나를 따라오도록."

체르톱하노프는 여전히 눈을 들 엄두가 나지 않았다. 그의 자존심이 이토록 심하게 상한 적은 없었다. '선물로 가져온 게 분명해,' 그는 이런 생각이 들었다. '고마워서 가져온 게야!' 그는 이 유대인을 와락 껴안아주고 싶기도 하고, 흠씬 두들겨패고 싶기도 했다……

"가카," 유대인이 활기찬 모습으로 이를 드러내며 말했다. "러시아식대로 옷자락에서 옷자락으로 넘겨드려야겠습니다만……"

"별 희한한 생각을 다 하는구나! 유대인 주제에…… 러시아식이라니! 어이! 거기 누가 있나? 말을 받아서 마구간으로 끌고 가거라. 귀리도 좀 주고. 곧 내가 가서 보겠다. 그리고 그 녀석의 이름은 말레크-아델로 하겠다!"

체르톱하노프는 현관 층계참으로 오르려 했지만, 갑작스레 뒤축을 울리며 몸을 돌려 유대인에게 달려갔고, 그의 손을 꽉 쥐었다. 그는 허리를 굽히며 입술을 내밀었으나 체르톱하노프는 뒤로 풀쩍 뛰더니 나지막한 소리로 말했다. "아무한테도 말하지 마라!" 그리고 문 뒤로 사라졌다.

5

바로 그날부터 말레크-아델은 체르톱하노프의 주된 활동, 삶의 주된 근심이자 기쁨이 되었다. 그는 마샤를 사랑했던 것보다 이 말을 더 사랑했고, 네도퓨스킨을 아꼈던 것보다 이 말을 더 아꼈다. 정말 그럴 만했다! 말은 타오르는 불과 같고, 화약과 같고, 점잖기가 대귀족 같았다! 지칠 줄 모르고, 끈기 있고, 어느 곳으로 몰아대도 투정 부리는 법이 없었다. 말을 먹이는 데도 얼마 들지 않았다. 심지어 먹을 게 없으면 발아래 흙이라도 갉아먹을 정도였다. 평보로 갈 때면 꼭 두 팔에 안겨 가는 것 같았고, 속보로 갈 때면 잔잔한 물결에 일렁이는 느낌이었으며, 질주할 때면 바람도 따라잡지 못할 것이었다! 이 말은 숨이 통하는 구멍이 많아 숨을 헐떡이지도 않았다. 다리는 또 어찌나 강철 같았는지, 어디 걸려 넘어진 적도 결코 없었다! 구덩이 혹은 울타리를 뛰어넘는 것은 일도 아니었다! 게다가 또 어찌나 영리했는지! 이리 오라고 부르면 고개를 치켜들고는 냉큼 달려오고, 멈추라 이르고 잠시 어디라도 다녀올 때면 말은 제자리에서 꼼짝도 하지 않았다. 다시 돌아오면 말은 힝힝거리며 꼭 이렇게 말하는 것 같았다. "저 여기 있습니다." 그리고 이 말은 두려워하는 게 없었다. 한밤중에나 눈보라가 몰아칠 때나 늘 길을 찾아냈고 무슨 일이 있어도 다른 사람한테는 등을 내주지 않았는데, 누가 올라타려 하기라도 하면 이빨로 물어댈 태세였다! 개가 달려들려 하면 앞발로 개 이마를 툭 쳤다! 그러고도 개가 살아 있다면 다행이었다. 자존심이 무척 센 말이어서 채찍은 그냥 멋으로 휘둘러야지 말을 휘갈기기라도 하면 큰일이 났다! 주저리주저리 늘어놓아봤자 무슨 소용이랴. 말이 아니라 보물이었다!

체르톱하노프가 자신의 말레크-아델을 묘사할 때면 자기도 모르게 능변이 튀어나왔다! 그가 얼마나 이 말을 귀하게 돌보고 귀여워했는지 모른다! 은빛, 그것도 낡은 은이 아니라 새 은의 빛깔이 도는 털에는 짙은 윤기가 흘렀다. 손으로 털을 쓰다듬어보면 꼭 벨벳 같았다! 안장이며 안장깔개, 굴레 등 모든 마구가 워낙 잘 손질되어 있어서 그저 연필을 쥐고 그림을 그리기만 하면 될 정도였다! 체르톱하노프는—말해 뭐하겠는가?—손수 애마의 털을 땋아주었고, 갈기와 꼬리를 맥주로 씻겨주었으며, 심지어 발굽에도 기름칠을 수차례나 해주었다……

그는 말레크-아델을 타고 이웃들의 들판이나 저택을 지나치곤 했는데—물론 여전히 그들과 어울리지는 않았다—그럴 때는 이렇게 말하는 듯했다…… 멀리서라도 감상해라, 이 바보들아! 어디서 사냥이 한판 벌어졌다든지, 아니면 부유한 나리가 사냥터로 납신다는 얘기를 듣기라도 하면 그는 곧장 그곳으로 달려갔다. 그리고 멀리 지평선에서 자기 말의 아름다움과 민첩함으로 관객들을 놀라게 하면서도 아무도 가까이 오지 못하게 했다. 한번은 어떤 사냥꾼이 일행을 다 데리고 그를 뒤쫓아왔는데, 자신이 쫓는 자가 체르톱하노프라는 것을 알아채고는 전속력으로 달리며 젖 먹던 힘을 다해 외쳤다. "어이, 이봐! 뭐든 줄 테니 말을 넘기게! 수천도 아깝지 않겠어! 마누라든 자식이든 다 줄 수 있어! 뭐든 가져가게!"

체르톱하노프는 갑자기 말레크-아델을 멈춰 세웠다. 사냥꾼이 쏜살같이 달려왔다.

"이보시게!" 그가 외쳤다. "말해보게, 무엇을 원하나? 말만 하시게!"

"네놈이 왕이라 해도," 체르톱하노프가 간격을 두며 말했다. (그는 태어나서 지금껏 셰익스피어에 대해 한 번도 들어보지 못했다.) "나의 말을 요구하며 네놈의 왕국을 준다 해도 나는 받지 않을 것이다!"* 이렇게 말하고는 껄껄 웃고 말레크-아델을 뒷발로 세워 팽이처럼 공중에서 빙그르르 돌게 하고는 타가닥타가닥 전진했다! 그렇게 그는 수확이

---

* 셰익스피어의 『리처드 3세』 5막 4장의 "말! 말을 다오! 말을 준다면 내 왕국을 주겠노라!(a horse! a horse! my kingdom for a horse!)" 구절을 변형한 것.

끝난 들판에서 반짝반짝 빛을 발했다. 그러자 사냥꾼은(일설에 따르면 대단히 부유한 공작이었다 한다) 모자를 땅바닥에 내팽개치고는 풀썩 드러누워 모자에 얼굴을 파묻었다! 그렇게 반시간이나 드러누워 있었다.

그러니 체르톱하노프가 어찌 말을 아끼지 않았겠는가? 바로 그 말 덕분에 그는 모든 이웃에게 자신의 확고한 우월함을, 마지막 우월함을 드러낼 수 있지 않았겠는가?

6

그러는 사이 시간이 흘러 지불 기한이 가까워졌고 체르톱하노프에게는 250루블은커녕 50루블도 없었다. 무엇을 해야 하나, 무엇이 도움이 되려나? '그래!' 그가 마침내 결론을 내렸다. '유대인이 너그럽게 나오지 않으면, 돈을 기다릴 수 없다고 하면, 집과 땅을 줘버리자. 그리고 나는 말을 타고 눈길 닿는 대로 떠나자! 굶어죽는 한이 있어도 말레크-아델은 내줄 수 없어!' 그의 근심은 점점 커졌고 온갖 방법을 궁리해보았다. 그러나 운명이란 것이—처음이자 마지막으로—그를 가엽게 여기며 미소를 지어주었다. 체르톱하노프는 이름도 모르는 촌수 먼 어느 숙모가 2천 루블을, 즉 그가 보기에는 막대한 유산을 남긴 것이다! 그는 이 돈을, 말하자면 아주 적당한 때에 받았다. 유대인이 오기 하루 전날 받은 것이다. 체르톱하노프는 정신이 나갈 정도로 기뻤고, 보드카는 생각나지 않았다. 말레크-아델이 그의 집에 들어온 그날부터 그는 술을 한 방울도 입에 대지 않았다. 그는 마구간으로 달려가 소중한 벗의 주둥이 양쪽에, 그러니까 피부가 매우 부드러운 콧구멍 위쪽에 마구 입을 맞췄다. "앞으로 우린 절대 헤어지지 않을 거야!" 그가 말레크-아델의 잘 빗질된 갈기 아래 목덜미를 두드리며 외쳤다. 집으로 돌아온 그는 250루블을 세어 봉투에 넣고 봉인했다. 그리고 벌러덩 드러누워 파이프담배를 피우며 나머지 돈을 어떻게 할까 머릿속으로 그려보았다. 어떤 개들을 살까? 그래, 순종 코스트로마*로, 그것도 꼭 붉은 점박이들로 사자! 심지어 그는 페르피시카와 이야기를 나누다가 그에게 봉제선마다 노란 끈으로 장식한 새 카자킨을 사주마 약속까지 하고 최상의 기분으로 잠자리에 들었다.

그런데 꿈자리가 뒤숭숭했다. 사냥에 나갔는데 말레크-아델이 아니라 낙타처럼 생긴 이상한 동물을 타고 있다. 그리고 눈처럼 아주 새하얀, 새하얀 여우가 그에게 달려온다…… 채찍을 휘두르려 하지만, 채찍을 휘둘러 개들에게 여우를 쫓으라고 하고 싶지만, 그의 손에는 채찍 대신 수세미가 들려 있고, 여우가 그의 앞으로 달려와 혀를 날름거리며 약올린다. 그는 낙타에서 뛰어내리려 하지만 여기저기 걸리고 결국 바닥으로 떨어진다…… 그리고 헌병의 손아귀로 곧장 떨어지는데, 헌병은 그를 총독에게 데려가고 총독의 얼굴에서 그는 야프를 알아본다……

체르톱하노프는 꿈에서 깨어났다. 방안은 어두웠고 수탉들이 이제 막 두번째로 울었다……

---

* 비글처럼 귀가 처지고 반점이 있는 사냥개 품종.

먼 곳 어디선가 말이 울부짖었다.

체르톱하노프는 고개를 들었다…… 아주 희미한 말의 울음소리가 한번 더 들렸다.

'말레크-아델이 우는 소리다!' 이런 생각이 들었다…… '분명 말레크-아델이 우는 소리야! 그런데 어째서 저렇게 멀리서 들리는 걸까? 맙소사…… 그럴 리 없어……'

체르톱하노프는 갑자기 온몸이 서늘해졌다. 침대에서 훌쩍 내려와 더듬거리며 장화와 옷을 찾았고, 옷을 입고는 머리맡에 있던 마구간 열쇠를 챙겨 마당으로 뛰어나갔다.

7

마구간은 마당 끝에 있었고, 한쪽 벽은 들판에 면해 있었다. 체르톱하노프는 곧바로 열쇠를 자물쇠에 꽂지 못했고—손이 덜덜 떨렸다—곧바로 열쇠를 돌릴 수도 없었다…… 그는 숨죽인 채 가만히 서 있었다. 혹시 무언가 문 뒤에서 움직일지도 몰랐다! "말레시카! 말레츠!*" 그는 나지막이 외쳤다. 죽음과도 같은 정적! 체르톱하노프는 자기도 모르게 열쇠를 돌렸고, 문이 끼익 열렸다…… 다시 보니 문은 잠겨 있지도 않았다. 문턱을 넘고 다시 말을 불렀고, 이번에는 이름 전체를 불렀다. "말레크-아델!" 그러나 그의 충직한 동지는 응답하지 않았고 쥐

* 말레크의 애칭들.

한 마리만 지푸라기 더미에서 바스락거렸다. 그제야 체르톱하노프는 말레크-아델이 있던, 마장 세 칸 가운데 한 칸으로 뛰어들었다. 사방에 칠흑 같은 어둠이 깔려 있었지만, 그는 단번에 그 칸으로 뛰어들었다…… 비어 있다! 체르톱하노프는 머리가 어찔해졌다. 두개골 바로 위에서 종이 울린 듯했다. 뭐라 말하고 싶었지만 식식거리는 소리만 나올 뿐이었고, 상하좌우 손으로 더듬으며 숨을 헐떡였다. 무릎이 꽥꽥 꺾이는 다리를 끌고 다른 칸으로 들어갔다가 나왔다…… 짚이 거의 천장까지 쌓여 있는 세번째 칸으로 들어갔고 한쪽 벽에, 또다른 쪽 벽에 부딪혀 나동그라지며 다리가 고개 뒤로 젖혀졌다. 몸을 일으킨 그는 돌연 반쯤 열린 문을 지나 마당으로 달려나갔다……

"도둑이다! 페르피시카! 페르피시카! 도둑이 들었다!" 그가 상욕을 퍼부으며 울부짖었다.

심부름꾼 페르피시카는 루바시카만 걸친 채 자다가 헛간에서 굴러나왔다……

두 사람은—주인과 그의 유일한 하인—술에 취한 듯 마당 한복판에서 맞부딪쳤다. 탄산가스에 중독된 사람들처럼 그들은 서로의 앞에서 뱅글뱅글 돌기만 했다. 주인도 무슨 일이 일어났는지 뭐라 말하지 못했고, 하인도 자기가 뭘 해야 하는지 알지 못했다. "큰일이다! 큰일!" 체르톱하노프가 중얼거렸다. "큰일이다! 큰일!" 심부름꾼도 그를 따라 말했다. "등불! 등불을 가져와! 불! 불!" 마침내 숨죽이고 있던 체르톱하노프의 가슴에서 말이 터져나왔다. 페르피시카가 집안으로 뛰어들어갔다.

그러나 등불을 밝히기도, 불을 구하기도 쉽지 않았다. 당시 루시에는 유황성냥이 귀했기 때문이다. 부엌에서 마지막 숯불이 꺼진 지 오래였고, 부싯깃과 부싯돌은 금방 찾을 수 없었고 불이 잘 붙여지지도 않았다. 체르톱하노프가 이를 바득바득 갈며 멍한 페르피시카의 손에서 부싯깃과 부싯돌을 빼앗아 직접 불을 붙였다. 불똥이 사방에 흩어졌고, 저주와 신음은 더 넓게 흩어졌다. 그러나 네 개의 부푼 뺨과 두 입술이 아무리 마음을 모아 애를 써도 부싯깃에 불이 붙지 않거나 불이 붙어도 금방 꺼져버렸다! 오 분도 더 지났을까, 마침내 깨진 등불 바닥에 달라붙어 있던 수지초 토막에 불이 붙었고, 체르톱하노프는 페르피시카를 대동하고 마구간으로 돌진해 머리 위로 등불을 들고 사방을 둘러보았다……

텅 비어 있었다!

그는 마당으로 뛰어나와 사방을 헤매며 찾아보았으나 말은 어디에도 없었다! 판텔레이 예레메이치의 저택을 둘러싼 바자울은 이미 오래전 못쓰게 된데다 여기저기 기울어지거나 땅에 주저앉았다…… 마구간 바로 옆 바자울이 1아르신 정도 쓰러져 있었다. 페르피시카가 체르톱하노프에게 이곳을 가리켰다.

"나리! 여기를 보십쇼, 오늘만 해도 없었던 겁니다. 말뚝이 땅에서 튀어나와 있어요. 누가 뽑은 게 분명합니다."

체르톱하노프가 등불을 들고 달려와 땅을 불빛으로 훑었다……

"발굽, 발굽이 분명해, 여기 편자 자국이 있잖아, 얼마 안 된 자국이야!" 그가 알아들을 수 없을 정도로 빠르게 말했다. "여기로 말을 끌고 간 거야, 여기, 여기!"

눈 깜짝할 사이 그는 바자울을 뛰어넘으며 외쳤다. "말레크-아델!

말레크-아델!" 그리고 곧장 들판으로 달려나갔다.

페르피시카는 어쩔 줄 몰라하며 바자울 옆에 남았다. 등불에서 퍼진 빛의 원이 달도 별도 없는 밤의 짙은 어둠에 집어삼켜져 이내 그의 시야에서 사라졌다.

체르톱하노프의 절망적인 외침만 점점 더 희미하게 들려왔다……

8

그가 집으로 돌아왔을 때는 이미 새벽놀이 번져 있었다. 그의 몰골은 사람 꼴이 아니었다. 옷은 온통 흙투성이에 낯빛이 거칠고 무서웠으며 두 눈은 침울하고 멍했다. 그는 목쉰 소리로 나지막이 페르피시카를 물리쳤고 방에 들어가 문을 걸어 잠갔다. 녹초가 되어 두 발로 서 있기도 힘들었으나 침대에 눕지 않고 문가에 있는 의자에 앉아 두 손으로 머리를 감쌌다.

"도둑맞았다!…… 도둑맞았어!"

그런데 도둑은 어떻게 그 한밤중에 잠긴 마구간을 열고 말레크-아델을 훔칠 수 있었을까? 그것도 대낮에는 낯선 사람을 근처에도 오지 못하게 하는 말레크-아델을 어떻게 그렇게 아무 소리도 없이 훔쳐낼 수 있었을까? 또 개가 한 마리도 짖지 않았다는 것은 어떻게 설명해야 할까? 물론 다 해봤자 두 마리, 그것도 강아지 두 마리여서 배고픔과 추위를 피해 땅을 파고 기어들어갔을 테지만, 아무리 그래도!

'말레크-아델 없이 이제 어쩐다?' 체르톱하노프는 이런 생각이 들었다. '마지막 남은 기쁨도 사라졌다. 죽을 때가 된 것이다. 마침 돈도 생겼으니 다른 말을 살까? 그런데 그렇게 훌륭한 말을 어디서 구한단 말인가?'

"판텔레이 예레메이치! 판텔레이 예레메이치!" 문 뒤에서 몹시 조심스러워하는 목소리가 들렸다.

체르톱하노프는 벌떡 일어섰다.

"누구냐?" 그가 다른 사람 같은 목소리로 외쳤다.

"나리의 심부름꾼 페르피시카입니다."

"무슨 일이냐? 말을 찾았느냐, 아니면 제 발로 돌아왔느냐?"

"아닙니다요, 판텔레이 예레메이치. 그 말을 판 유대인이……"

"그놈이 어쨌다고?"

"그자가 왔습니다."

"호-호-호-호-호!" 체르톱하노프가 으르렁거렸다. 그리고 단숨에 문을 활짝 열었다. "그놈을 이리로 끌고 와라, 어서! 어서!"

자신을 구해준 '은인'이 폐인에 가까운 모습으로 나타나자 페르피시카 등뒤에 서 있던 유대인은 줄행랑치려 했으나 체르톱하노프가 두 번 풀쩍 뛰어 호랑이처럼 그를 덮쳤고 목을 움켜쥐었다.

"오라! 돈을 받으러 왔구나! 돈을!" 그가 목쉰 소리로 말했는데, 마치 그가 목을 조르는 것이 아니라 누가 그를 목 조르는 듯한 소리였다. "밤에는 도둑질하더니, 낮에는 돈을 받으러 왔느냐?"

"살려주십시오, 가……카……" 유대인이 신음했다.

"당장 말해, 내 말 어디 있지? 어디다 숨긴 게냐? 누구에게 팔았어? 어서 말해, 말하라고 당장!"

유대인은 벌써 신음도 내지 못할 지경이었다. 창백해진 그의 얼굴에서는 공포감마저 사라졌다. 두 팔이 축 처져 대롱대롱 매달려 있었다. 체르톱하노프가 격노해서 흔들어대는 그의 몸뚱이는 갈대처럼 앞뒤로 흔들렸다.

"돈을 주겠다, 네놈한테 돈을 주겠어, 한 푼도 깎지 않고 다 주겠단 말이다." 체르톱하노프가 외쳤다. "네놈이 당장 말하지 않는다면 비실비실한 병아리처럼 목 졸라 죽일 테다……"

"벌써 죽이셨습니다, 나리." 심부름꾼 페르피시카가 태연하게 말했다.

그제야 체르톱하노프는 정신이 들었다.

그가 유대인의 목을 손에서 놓자 유대인은 바닥에 철퍼덕 쓰러졌다. 체르톱하노프는 그를 끌어다 긴 의자에 앉히고 목구멍에 보드카 한 잔을 털어넣어 의식이 돌아오게 했다. 정신을 차린 유대인에게 체르톱하노프는 자초지종을 설명했다.

유대인은 말레크-아델이 도난당한 것을 전혀 모르는 것으로 밝혀졌다. 하긴 그가 '존경해 마지않는 판텔레이 예레메이치께' 바친 말을 다시 훔칠 까닭이 있겠는가?

체르톱하노프는 그를 데리고 마구간으로 갔다.

두 사람은 마장, 말구유, 문의 자물쇠를 살펴보고, 건초와 짚 더미를 한참 들춰보고는 마당으로 나왔다. 체르톱하노프는 유대인에게 바자울 근처 말발굽자국을 보여주었고, 갑자기 자기 넓적다리를 '탁' 쳤다.

"잠깐!" 그가 외쳤다. "그 말을 어디서 샀지?"

"말로아르한겔스키군 베르호센스카야 장터에서 샀습니다." 유대인이 대답했다.

"누구한테서?"
"카자크한테 샀습죠."
"잠깐! 그 카자크는 젊은 자인가 나이든 자인가?"
"점잖은 중년이었습니다."
"어떤 자였지? 외모는 어땠고? 교활한 사기꾼이었겠지?"
"분명 사기꾼이었을 겁니다, 가카."
"그래, 그 사기꾼 놈이 자네한테 뭐라 말했나, 말을 오랫동안 소유했다던가?"
"오래전에 샀다는 걸로 기억합니다."
"음, 그놈 말곤 훔칠 자가 없을 거야. 네놈도 그렇게 생각할 테지, 이리 와봐…… 근데 네놈은 이름이 뭐냐?"
유대인이 움찔하더니 새까맣고 작은 눈으로 체르톱하노프를 바라보았다.
"제 이름 말씀입니까?"
"그래, 너를 뭐라 부르냔 말이다."
"모셸 레이바라고 합니다."
"그래, 나의 친구 레이바, 너는 영리하니까 한번 생각해봐라. 옛 주인이 아니라면 말레크-아델이 순순히 따라갔겠느냐! 바로 그가 말에 안장을 얹고 재갈을 물리고, 마의를 벗겨놓은 거다, 저기 건초 위에 널브러져 있잖느냐!…… 제집에서 하듯 말이다! 전 주인이 아니었다면 말레크-아델이 짓밟았을 거야! 한바탕 소동이 벌어지고 온 마을을 뒤집어놨겠지! 너도 그렇게 생각하지?"
"그렇고말고요, 가카……"

"그렇다면 무엇보다 그 카자크를 당장 찾아야 한다!"

"그런데 그 사람을 무슨 수로 찾는답니까, 가카? 저는 그 사람을 딱 한 번 봤을 뿐입니다. 어디에 있을까요, 이름은 뭘까요? 아이고, 참, 이를 어째!" 유대인은 비통하다는 듯 길게 기른 옆머리를 흔들며 덧붙였다.

"레이바!" 체르톱하노프가 갑자기 외쳤다. "레이바, 나를 좀 봐! 보다시피 나는 판단력을 잃었어, 제정신이 아니라고!…… 네가 나를 도와주지 않는다면 나는 내 손으로 목숨을 끊고 말 거야!"

"제가 어떠케 도울 수……"

"나와 함께 그 도둑을 찾자!"

"어디로 간단 말씀입니까?"

"모든 장터, 모든 큰길과 작은길, 모든 말 도둑, 모든 도시와 시골, 마을을 찾아다니며 샅샅이 뒤져야지! 돈 걱정은 하지 마, 내가 상속받은 것이 있으니까! 마지막 한푼까지 털어서라도 나의 친구를 되찾을 거야! 그 카자크 악당 놈은 우리의 손아귀에서 벗어나지 못할 게다! 그놈 가는 곳마다 우리가 있을 테니까! 그놈이 땅 밑으로 기어들면 우리도 땅속으로 들어가는 거다! 그놈이 악마한테 간다면 우리는 사탄을 찾아가는 거다!"

"뭣하러 사탄한테 갑니까," 유대인이 말했다. "사탄은 없어도 됩니다요."

"레이바!" 체르톱하노프가 말을 받았다. "레이바, 너는 유대인인데다 너의 신앙은 부정한 것이지만, 영혼만큼은 어떤 그리스도인보다 훌륭하다! 부디 나를 불쌍히 여겨다오! 나 혼자서는 갈 수 없어, 혼자서는 일을 해치우지 못할 게다. 나는 성미가 급하지만 너는 머리가 좋잖느냐! 너희 족속은 따로 배우지 않아도 모든 걸 이해하지 않느냐! 네가 의심할지도 모르겠구나, 저자는 어디서 돈이 났지 하고 말이다. 내 방으로 가자, 돈을 보여주마. 돈을 받아라, 그리고 내 목에 걸린 십자가를 받아라, 대신에 말레크-아델을 되찾게 해다오, 제발 되찾아다오!"

체르톱하노프는 열병에라도 걸린 듯 부들부들 떨었다. 우박 같은 땀이 얼굴에서 뚝뚝 떨어지고 눈물과 뒤섞이며 콧수염 속으로 사라졌다. 그는 레이바의 손을 잡고, 애원하고, 거의 입을 맞추다시피 했다…… 그는 광란에 빠져들었다. 유대인은 할일이 있어 집을 떠날 수 없다며 그를 설득하고 거절하려 했지만…… 부질없었다! 체르톱하노프는 아무 말도 들으려 하지 않았다. 불쌍한 레이바는 어쩔 수 없이 동의하고 말았다.

다음날 체르톱하노프는 레이바와 함께 농부들의 수레를 타고 베소노보를 떠났다. 유대인은 약간 당황한 기색으로 한 손으로는 수레의 난간을 잡았고, 연약한 몸뚱이가 흔들리는 좌석 위에서 통통 튀어올랐다. 그는 다른 한 손에 신문지로 둘둘 만 지폐 다발이 들어 있는 안주머니를 꼭 쥐었다. 체르톱하노프는 신상처럼 앉아서 주변을 둘러보며 가슴이 들썩일 정도로 크게 숨을 쉬었고, 허리춤에는 단도가 튀어나와 있었다.

"음, 이 도적놈아, 조심하는 게 좋을 거다!" 수레가 큰길로 나오자 그가 중얼거렸다.

집은 심부름꾼 페르피시카와 불쌍히 여겨 집에 데리고 있었던 귀먹은 늙은 식모에게 맡겼다.

"꼭 말레크-아델을 타고 돌아오마." 그가 그들에게 작별인사하며 외쳤다. "말을 찾지 못하면 절대로 돌아오지 않을 거다!"

"그때 할멈은 나한테 시집오면 되겠네!" 식모의 옆구리를 팔꿈치로 찌르며 페르피시카가 농담했다. "주인 나리를 다시 보지 못할 것 같아, 아니면 기다리다 지쳐 죽을지도 모르지!"

9

일 년이 흘렀다…… 꼬박 일 년이었다. 판텔레이 예레메이치에 대한 소식은 전혀 없었다. 식모는 죽었고, 페르피시카는 집을 버리고 도시로 떠날까 생각했는데, 이발사 밑에서 수습생으로 사는 그의 사촌이 자꾸 그를 꾀었기 때문이다. 그러던 차에 주인 나리가 돌아온다는 소문이 퍼졌다! 교구 보제가 판텔레이 예레메이치에게서 편지를 받았는데, 그는 베소노보에 곧 도착할 예정이고 돌아오는 자신을 제대로 맞을 수 있도록 하인에게 일러달라고 부탁했다. 페르피시카는 이 전언을 집에 먼지라도 좀 털어놓으라는 뜻으로 이해했고, 그다지 믿을 만하지 않은 소식으로 여겼다. 그런데 며칠 뒤 보제의 말이 사실이었음을 믿게 되었다. 판텔레이 예레메이치, 바로 그가 말레크-아델을 타고 저택 마당에 등장한 것이다.

페르피시카는 주인 나리에게 달려가 등자를 쥐고 그가 말에서 내리는 것을 도우려 했다. 그러나 그는 혼자 풀쩍 뛰어내리더니 의기양양한 눈빛으로 주변을 둘러보고는 큰 소리로 외쳤다. "내 꼭 말레크-아델을 찾아내겠다고 말하지 않았나. 적들과 운명에 보란듯이 그를 찾고야 말았도다!" 페르피시카는 그의 손 쪽으로 다가갔으나 체르톱하노프는 하인의 정성에 관심이 없었다. 고삐를 당겨 말레크-아델을 끌고는 성큼성큼 마구간으로 향했다. 페르피시카는 주인을 유심히 지켜보았고 순간 두려운 마음이 들었다. '세상에, 일 년 새 많이도 야위고 늙으셨구나. 얼굴도 엄격하고 험악하게 변하셨어!' 판텔레이 예레메이치는 어쨌든 원하는 것을 다시 얻었으니 기뻐하는 것이 마땅했다. 물론 그는 기뻐하고 있었다…… 그런데 어째선지 페르피시카는 두려운 마음이 들었고 심지어 섬뜩할 정도였다. 체르톱하노프가 말을 예전의 마장에 집어넣고 궁둥이를 토닥거리며 말했다. "음, 드디어 다시 집에 돌아왔구나! 조심해야 한다!……" 바로 그날 그는 땅이 없어서 세금을 안 내도 되는 어느 농부를 수위로 고용했고, 자신은 다시 방에 틀어박혀 예전과 같이 생활했다……

그러나 아주 예전과 같지는 않았다…… 이에 대해서는 뒤에서 이야기하겠다.

집으로 돌아온 다음날 판텔레이 예레메이치는 페르피시카를 방으로 불렀고, 다른 대화 상대가 있는 것도 아니라서 그에게—물론 위엄을 잃지 않으면서 낮은 목소리로—어떻게 말레크-아델을 찾았는지 이야기했다. 이야기하는 동안 체르톱하노프는 얼굴을 창 쪽으로 돌리고 기다란 파이프를 빨았다. 페르피시카는 뒷짐을 진 채 문가에 서서 주인의 뒤통수를 공손하게 바라보며 판텔레이 예레메이치가 수많은 시도와 방랑 끝에 마침내 롬니의 장터에, 그것도 유약한 천성 탓에 고생을 견디지 못하고 도망쳐버린 유대인 레이바 없이 홀로 도착한 이야기를 들었다. 롬니에 온 지 닷새째 되던 날 그는 떠날 생각을 하며 수레들 대열을 마지막으로 둘러보았는데, 돌연 말 세 필 가운데 여물 주머니에 묶여 있는 말이 눈에 띄었고, 다시 보니 말레크-아델이었다! 그가 말을 알아보자 말레크-아델도 그를 알아보고는 뛰어나가려고 울부짖으며 발굽으로 땅을 파기 시작했다.

"그런데 말레크-아델은 카자크한테 있는 게 아니었어." 체르톱하노프가 여전히 고개를 돌리지 않은 채 낮은 목소리로 말을 이었다. "집시 중개상이 데리고 있었거든. 당연히 곧장 나는 이 말은 내 말이라고 주장하면서 힘을 써서라도 되찾으려 했지. 그런데 이 짐승 같은 집시 놈이 끓는 물에 데기라도 한 듯 광장이 떠나가라 고래고래 소리를 지르는 거야. 맹세코 자기는 다른 집시에게서 말을 샀고 증인을 내세울 수도 있다면서…… 결국 나는 침을 퉤 뱉고 그놈에게 값을 치렀다. 악마에게나 잡혀가라지! 나는 어쨌든 나의 친구를 되찾고 마음의 평안을 얻는 게 중요했으니까. 또 한번은 카라첩스키군에서 이런 일이 있었지. 유대인 레이바가 하는 말로 하자면, 내가 카자크 하나를 착각해서, 그러니까 그자를 도둑으로 착각해서 면상을 짓이겨놓았어. 그런데 알고 보니 그 카자크는 사제의 아들이었고 그 망할 놈이 나한테서 120루블이나 뜯어갔지. 뭐, 돈이야 다시 모으면 되지만 중요한 건 말레크-아델이 다시 나한테 있다는 거니까! 나는 이제 행복하다, 그리고 앞으로도 맘 편히 살 수 있을 거야. 그런데 포르피리*, 혹시라도 모르니 미리 말해두는데, 이 근방에서 카자크를 보게 되면 이러고저러고 할 것 없이 즉시

* '페르피시카'는 포르피리의 애칭이다.

달려와서 내게 총을 줘라, 그러면 나머지는 내가 알아서 할 테니까!"

판텔레이 예레메이치는 페르피시카에게 이렇게 말했다. 그의 입은 이렇게 말했지만, 그의 마음은 말과 달리 평안하지 못했다.

아! 애석하게도 그는 자신이 데려온 말이 진짜 말레크-아델인지 마음속 깊이 확신하지 못하고 있었던 것이다.

10

판텔레이 예레메이치에게 힘겨운 시기가 닥쳤다. 그는 마음의 평화를 누리지 못했다. 물론 좋은 날도 가끔 있었다. 그런 날이면 그의 마음속에 생겨난 의심이 부질없어 보였다. 그는 파리처럼 끈덕지게 달라붙는 이 헛된 생각을 몰아내려 애썼고 자기 자신을 비웃어보기도 했다. 반면에 나쁜 날도 있었다. 아주 고집스러운 그 생각이 지하실에 사는 쥐처럼 슬그머니 기어들어 그의 마음을 갉아먹었다. 그는 누구한테 말도 못하고 끙끙 앓았다. 체르톱하노프는 말레크-아델을 찾았던 그 기념비적인 날만큼은 지복의 기쁨을 느꼈다…… 그러나 다음날 아침, 그가 여관의 나지막한 처마밑에서 천신만고 끝에 되찾은 획득물에, 밤새 그 곁을 지킨 획득물에 안장을 씌우려던 그때, 처음으로 무언가가 그를 콕콕 찔렀다…… 그는 고개를 저었으나, 이미 씨앗은 뿌려진 뒤였다. 집으로 돌아오는 여행길에서는(일주일 정도 걸렸다) 의심이 고개를 드는 일이 드물었다. 그 의심은 베소노보에 돌아오자마자, 예전의 말레크-아델이 살던 곳에 들어서자마자 더 강해지고 분명해졌다……

집으로 돌아올 때는 평보로 걷는 말 위에서 흔들흔들 주변이나 돌아보고 짧은 파이프를 빨며 아무 생각도 하지 않았다. 자기 자신에 대해서만 이렇게 생각했을 뿐이었다. '체르톱하노프 가문 사람이라면 원하는 걸 반드시 손에 넣고 말지! 어디 감히 우리를 가지고 놀려고!' 그리고 빙긋 미소 지었다. 그런데 집에 도착하면서부터 일이 다르게 흘러갔다. 물론 그는 걱정스러운 마음을 혼자서만 간직하고 있었다. 그의 자기애는 마음속 불안을 드러내는 일을 절대 용납하지 않을 것이었다. 누구든 새로운 말레크-아델이 어째 예전의 그 녀석이 아닌 것 같다고 운만 띄워도 그자를 '두 동강 낼' 태세였다. 그는 어쩔 수 없이 만나야 했던 몇몇 사람에게서 '획득물이 무사한 데 대해' 축하인사를 받았다. 그러나 그는 구태여 그런 인사를 기대하지도 않았고, 오히려 사람들과 마주치는 것을 전보다 훨씬 더 꺼렸다. 불길한 징조였다! 이렇게 말해도 좋다면, 그는 거의 항상 말레크-아델을 시험했다. 들판으로 멀리 말을 타고 나가 능력을 시험해보기도 하고, 마구간에 몰래 들어가 문을 잠근 뒤 말의 대가리 바로 앞에 서서 눈을 바라보며 속삭이기도 했다. '너 정말 맞느냐? 정말 너냐? 너 맞느냔 말이다……' 아니면 아무 말 없이 말을 몇 시간씩이고 뚫어져라 쳐다봤다. 그러다가 "맞아! 바로 그 녀석이야! 그렇고말고!" 하며 기뻐서 중얼거리는가 하면 아무래도 의심스럽다는 듯 당혹스러워했다.

사실 체르톱하노프는 이 말레크-아델과 그 말레크-아델의 겉모습 차이에는 그다지 신경쓰지 않았다…… 그 차이는 얼마 되지도 않았다. 그 녀석은 꼬리와 갈기가 더 물결치듯 아름다웠고, 귀는 더 뾰족했고, 발목이 더 짧았으며 눈은 더 반짝였었다. 그러나 이러한 차이들은 그냥 그렇게 보이는 것일 수도 있었다. 체르톱하노프의 마음을 뒤숭숭하게 만든 것은 품성의 차이였다. 그 녀석은 습관도 다르고 행동거지도 달랐다. 예를 들어 그 말레크-아델은 언제나 주변을 두리번거렸고, 체르톱하노프가 마구간에 들어오면 가볍게 힝힝거렸다. 한편 이 녀석은 아무 일 없다는 듯이 건초를 질겅질겅 씹거나 고개를 떨군 채 꾸벅꾸벅 졸기만 했다. 두 녀석 모두 주인이 안장에서 내리면 제자리에서 움직이지 않았다. 그러나 그 녀석은 부르면 곧장 목소리가 난 쪽으로 걸어왔던 반면, 이 녀석은 그루터기처럼 계속 서 있었다. 달리는 것은 똑같이 빠르지만 그 녀석은 더 높게 멀리 뛰었다. 한편 이 녀석은 평보로는 막힘없이 걸었으나 속보로 뛸 때는 비틀거렸고 때때로 편자들이 '엉켰는데', 즉 뒷발의 편자가 앞발의 편자에 부딪치는 것이었다. 그놈이었으면 결코 그런 부끄러운 짓은 안 했을 것이다. 체르톱하노프가 보기에 이 녀석은 연신 귀를 움찔거리는 것이 아주 멍청해 보이지만, 그 녀석은 반대로 귀 한쪽을 뒤로 젖힌 채 자세를 유지하며 주인을 관찰하곤 했다! 그 녀석은 주변이 더러우면 곧장 뒷발로 마장의 벽을 두드렸으나, 이 녀석은 오물이 배때기에 닿을 지경이어도 아무렇지 않았다. 그 녀석은 가령 맞바람이 불어오는 곳에 세워놓으면 이내 양쪽 폐를 부풀리며 크게 숨을 내쉬고 몸을 떨었지만, 이 녀석은 콧김만 내뿜었다. 비가 오고 습한 날이면 그 녀석은 힘들어했지만, 이 녀석은 아무렇지도 않았다…… 아무튼 이놈은 무뎠다, 훨씬 무뎠다! 그놈처럼 산뜻한 구석이 있기는커녕 어찌나 뻣뻣한지 말도 잘 듣지 않았으니 무슨 얘기를 더 하랴! 그 말은 사랑스러웠으나 이 말은……

체르톱하노프를 이따금 덮치는 이런 생각들은 씁쓸함만 남겼다. 그래도 말을 전속력으로 몰아 이제 막 개간한 들판을 달리거나, 움푹 팬 골짜기 바닥으로 뛰어들었다가 다시 가파른 비탈로 오를 때면, 그의 심장은 환희감에 멎는 듯했고 입에서 함성이 터져나왔다. 그럴 때 그는 자기 아래 있는 녀석이 의심의 여지 없이 진짜 말레크-아델이라고 생각했는데, 그 어느 말이 이 녀석처럼 잘 달릴 수 있단 말인가?

그러나 이때도 불행과 재앙을 피할 수는 없었다. 말레크-아델을 찾기 위해 떠난 장기간의 여행 탓에 체르톱하노프는 많은 돈을 써야 했다. 코스트로마 개에 대해서는 꿈도 꿀 수 없었고 예전처럼 말을 타고 홀로 근방을 돌아다닐 뿐이었다. 어느 아침 체르톱하노프는 베소노보에서 5베르스타 떨어진 곳에서 그 공작의 사냥 일행, 즉 그들 앞에서 그가 일 년 반쯤 전에 씩씩하게 말을 내달렸던 일행을 마주쳤다. 그때처럼 이날도 똑같은 상황이 펼쳐졌는데, 이랑 아래 토끼가 나타나 사냥개들 눈앞에서 비탈길을 따라 줄행랑을 쳤다! "잡아라, 저놈을 잡아라!" 사냥꾼들이 질주했고, 체르톱하노프도 내달렸다. 다만 그들과 나란히 달리지 않고 꼭 그때처럼 이백 걸음쯤 떨어진 곳에서 멀찍이 달렸다. 물에 씻겨 움푹 팬 구덩이가 비스듬히 비탈길을 베어냈고 구덩이 사면은 점점 좁아지면서 높아지더니 체르톱하노프의 진로를 가로막았다. 그가 뛰어넘어야 하는 곳, 그러니까 일 년 반 전에는 분명 뛰어넘었던 그곳은 너비가 여덟 걸음 정도, 깊이가 2사젠쯤 되었다. 승리를 예감하며, 경이롭게 되풀이될 승리를 예감하며 체르톱하노프는 기세 좋게 웃고는 채찍을 휘둘렀고—사냥꾼들도 질주하면서 이 용감한 기수에게서 눈을 떼지 못했다—그의 말은 쏜살같이 날았다. 이제 구덩이가 코앞이었다. 자, 자, 그때처럼 단숨에!……

그러나 말레크-아델은 우뚝 멈춰 서더니 왼쪽으로 몸을 꺾어 낭떠러지 가장자리를 따라 내달렸고 체르톱하노프가 아무리 말의 고개를 구덩이 쪽으로 돌리려 해도 허사였다.

말이 겁을 먹은 것이다, 자기 자신을 믿지 못한 것이다!

수치와 분노로 타오른 체르톱하노프는 거의 울다시피 하며 고삐를 손에서 놔버리고 사냥꾼들을 피해 곧장 앞으로, 언덕으로 말을 몰았다. 그들이 비웃는 소리를 듣지 않기 위해, 그들의 저주스러운 눈에서 얼른 벗어나기 위해!

옆구리에 채찍자국이 선명한 말레크-아델은 입에 비누 같은 거품을 문 채 집으로 달려갔고, 체르톱하노프는 곧장 방으로 들어가 문을 걸어 잠갔다.

'이 녀석은 그 녀석이 아니다, 나의 그 친구가 아니야! 그 녀석이었다면 목이 부러지는 한이 있어도 나를 배신하지 않았을 것이다!'

11

최종적으로 다음의 사건이 일어나 그는 이른바 '궁지에 몰리고 말았다'. 하루는 그가 말레크-아델을 타고 사제들이 사는 마을 뒤쪽을 지나고 있었는데, 그 마을이 에워싼 교회 교구에 베소노보 마을도 속해 있었다. 그는 파파하*를 눈까지 푹 눌러쓰고 구부정한 자세로 안장 머

* 캅카스와 중앙아시아 지역에서 주로 쓰던 챙 없고 운두 높은 털모자.

리에 두 손을 늘어뜨린 채 느릿느릿 나아갔다. 기쁘지 않고 착잡했다. 그때 갑자기 누군가 그를 불렀다.

그는 말을 멈춰 세우고 고개를 들었는데, 전에 자신과 편지를 주고받았던 보제가 보였다. 제단에서 시중드는 이자는 꽁지머리를 땋은 붉은 머리 위에 붉은 트레우흐*를 쓰고 누르스름한 남경목면 카프탄을 걸치고 허리보다 훨씬 아래쪽에 새파란 천조각을 동여맨 차림으로 자신의 '소박한 난가리'를 살펴보러 나왔다가 판텔레이 예레메이치를 발견하고는 그에게 예를 표하고 뭐라도 내놓게 자선을 구하는 것이 도리라 생각한 모양이었다. 잘 알려져 있듯, 성직에 있는 사람치고 그러한 꿍꿍이 없이 속세의 사람과 말을 섞는 일은 없다.

그런데 체르톱하노프는 보제를 신경쓸 여유가 없었다. 그는 보제의 인사에 거의 답도 하지 않고 잇새로 몇 마디 웅얼거리고는 채찍을 휘둘렀다……

"정말 훌륭한 말이군요!" 보제가 서둘러 덧붙였다. "아주 기품이 넘쳐흐릅니다. 또한 나리는 진정 사자처럼 지혜로운 분이 틀림없으십니다!" 보제는 청산유수 같은 말솜씨로 유명했고, 이것 때문에 사제로부터 미움을 샀는데, 왜냐하면 사제는 말의 은사를 조금도 받지 못한데다 보드카조차 그의 굳은 혀를 부드럽게 만들지 못했기 때문이다. "그건 그렇고, 나리는 악인들의 간계에 짐승을 잃으셨으나," 보제가 계속 말했다. "조금도 슬퍼하지 않고 오히려 신의 섭리에 몸을 맡긴 채 다른 짐승을, 조금도 못하지 않은 짐승을, 아니 더 나은 짐승을 얻으셨습니

* 머리 양옆과 뒤를 덮는 덮개가 달린 방한용 모자.

다…… 그러니……"

"뭔 헛소리를 지껄이는 게냐?" 체르톱하노프가 음울한 목소리로 그의 말을 끊었다. "다른 말이라니? 이놈이 바로 그놈이다, 말레크-아델이란 말이다…… 나는 그놈을 찾고야 말았다. 헛소리를 지껄이는구나……"

"아이고! 아이고! 아이고!" 보제가 우물쭈물하는 듯이 띄엄띄엄 소리를 냈고, 손가락을 놀려 턱수염을 매만지면서 반짝이고 탐욕스러운 눈으로 체르톱하노프를 바라보았다. "어찌 그렇습니까, 나리? 돌이켜보면 나리는 작년 포크로프* 지나고 이 주쯤 됐을 때 말을 도둑맞으셨고, 이제 벌써 11월도 끝나갑니다."

"그게 어떻다는 게냐?"

보제는 계속 손가락을 놀려 턱수염을 매만졌다.

"말인즉슨, 그때로부터 한 해 하고도 더 시간이 흘렀고, 나리의 말은 사과알만한 흰 반점들이 있는 잿빛이었습니다. 지금 말도 그렇지요, 아니 그보다 더 짙은 잿빛입니다. 한데 어째서 그러한가요? 잿빛 말은 한 해가 지나면 털빛이 옅어지는 법입니다."

체르톱하노프는 전율했다…… 꼭 누군가 곰사냥에나 쓰는 커다란 창을 그의 심장에 꽂은 듯했다. 정말로 말의 잿빛 털은 때에 따라 변한다! 어떻게 그처럼 간단한 생각이 여태껏 머릿속에 떠오르지 않았던 걸까?

"이 저주받은 꽁지머리야! 썩 꺼져라!" 그는 버럭 소리를 지르고는

---

* '첫눈이 대지를 덮는다'는 뜻의 포크리바티(покрывать)에서 유래한 말로, 동슬라브 민속 축일이며 정교회에서는 성모가호대축일로 10월 14일에 기념한다.

실성한 듯 눈을 부릅뜬 채, 아연실색한 보제의 시야에서 순식간에 사라져버렸다.

"아! 다 끝장이다!"

비로소 모든 것이 정말 끝나고, 모든 것이 터져버리고, 마지막 카드마저 죽임을 당했다! 모든 것이 한마디에 와르르 무너져내렸다. '열어지는 법입니다!'

잿빛 말들은 털빛이 옅어진다!

달려라, 달려, 이 저주받을 놈아! 결코 그 한마디 말에서 벗어날 수 없을 것이다!

체르톱하노프는 집으로 달려가 다시 문을 걸어 잠갔다.

12

이 볼품없고 야윈 말은 말레크-아델이 아니다, 이 말과 말레크-아델 사이에는 아무런 공통점이 없다, 조금이라도 분별 있는 자라면 첫눈에 이 녀석이 그 녀석이 아니란 걸 알아챘을 것이다, 그는, 판텔레이 체르톱하노프는 가장 비열한 수법으로 속아넘어갔다—아니! 그는 일부러, 의도적으로 자기 자신을 속이고 눈앞에 안개를 피워놓았다—이 모든 사실에는 한 치의 의심도 없다! 체르톱하노프는 우리에 갇힌 짐승처럼 방안을 왔다갔다했고, 한쪽 벽에 이르면 발뒤꿈치로 몸을 돌려 다시 똑같이 걸었다. 그는 견딜 수 없을 만큼 자존심에 상처를 입었다. 그러나 그를 괴롭게 한 것은 상처 입은 자존심에서 오는 아픔뿐만이 아니었다. 절망이 그를 휩쌌고, 악의가 그의 목을 졸랐으며, 복수에 대한 갈망이 타올랐다. 그런데 누구를 향해? 누구에게 복수한단 말인가? 유대인, 야프, 마샤, 보제, 카자크 도둑, 모든 이웃, 세상 전체, 마침내 자기 자신에게? 정신이 혼란스러워졌다. 마지막 카드가 죽임을 당했다! (그는 이 비유가 마음에 들었다.) 그리고 그는 다시 세상 사람들 가운데 가장 보잘것없는 자, 가장 경멸스러운 자, 모두의 웃음거리, 딸랑이를 든 어릿광대, 구제불능의 천치, 비웃음거리가 되었다, 그것도 보제 따위에게!!…… 그는 이 괘씸한 꽁지머리가 잿빛 말에 대해, 멍청한 나리에 대해 이러쿵저러쿵하는 모습을 떠올려보기도 하고 머릿속으로 그려보기도 했다…… 오 저주스러워라!!…… 체르톱하노프는 치밀어오르는 울분을 잠재우려 애썼지만 소용없었다. 이…… 말이 비록 말레크-아델은 아니나 어쨌든…… 훌륭하고 오랫동안 그에게 쓸모 있을 거라고 스스로 설득하려 애썼지만 헛수고였다. 그는 곧장 격노하며 이 생각을 내쫓았는데, 이 생각은 그 말레크-아델, 안 그래도 그가 용서를 구해야 할 말레크-아델을 또 한번 모욕하는 것이었기 때문이다…… 말해 뭐하랴! 이 늙고 야윈 말을 그는 장님처럼, 등신처럼 바로 그 녀석, 말레크-아델과 견주었단 말이다! 이 비쩍 마른 말이 그에게 봉사했던 것을 생각해보라…… 과연 그는 이 말에게 다시 질주할 수 있는 영광을 베풀 것인가? 결코 아니다! 절대로 그럴 리 없다!! 타타르 놈에게 줘버릴 테다, 개들에게나 먹이로 던져줄 테다! 이 말은 아무짝에도 쓸모가 없다…… 그렇다! 그러는 편이 천배 만배 낫다!

체르톱하노프는 두 시간쯤 방안을 서성였다.

"페르피시카!" 그가 갑자기 명령을 내렸다. "지금 당장 주막에 가서 보드카 한 말 받아오너라! 알겠느냐? 한 말을, 어서! 보드카를 당장 여기 탁자 위로 대령하거라."

보드카는 곧장 판텔레이 예레메이치의 탁자에 올려졌고, 그는 술을 마시기 시작했다.

13

그때의 체르톱하노프를 보았더라면, 그가 우울하고 분노에 찬 표정으로 한 잔 한 잔 비워내는 모습을 보았더라면 누구라도 절로 공포를 느꼈으리라. 밤이 찾아왔다. 수지초가 탁자 위에서 희미하게 타고 있었다. 체르톱하노프는 방 한구석에서 다른 구석으로 방랑하는 일도 그만두었다. 얼굴이 시뻘게진 채 의자에 앉아 있는 그는 흐리멍덩한 눈을 바닥으로 내리깔기도 하고 어두운 창밖을 간절히 바라보기도 했다. 벌떡 일어나 보드카를 따라 마시고는 다시 의자에 앉고, 다시 한 지점을 응시하며 꼼짝도 하지 않았다. 숨소리가 빨라졌고 얼굴은 여전히 붉었다. 그의 내면에 어떤 결심이, 처음에는 그 자신도 당황스러워했으나 조금씩 익숙해지는 어떤 결심이 무르익어가는 듯했다. 하나의 생각이 조금도 물러서지 않고 점점 더 가까이 다가왔고, 하나의 형상이 눈앞에 더욱 선명하게 그려졌다. 한편 가슴속에서는 지독한 취기가 달구는 압박감 아래 악의와 짜증이 잔인한 감정으로 바뀌어 있었고, 불길한 웃음이 입술에 나타나곤 했다……

"음, 때가 되었군!" 그가 지루함을 토로하는 듯한 사무적인 어조로 말했다. "속이 시원해질 거야!"

그는 보드카 마지막 잔을 들이켜고는 침대 위에 두었던 권총을 쥐었다. 그는 마샤를 향해 쐈았던 그 권총을 장전했고 '만약을 대비해' 탄약통 몇 개를 주머니에 넣고 마구간으로 갔다.

그가 문을 열려고 하자 수위가 달려나왔고, 그는 고함을 질렀다. "나다! 안 보여? 어서 가봐!" 수위는 한쪽으로 물러섰다. "어서 자러 가라니까!" 체르톱하노프가 그에게 다시 소리질렀다. "네놈이 지킬 건 이제 없다! 희대의 불가사의, 대단한 보물이라도 있나보군!" 그는 마구간으로 들어갔다. 말레크-아델…… 가짜 말레크-아델은 깔개 위에 누워 있었다. 체르톱하노프는 한쪽 발로 말을 툭 치며 말했다. "일어나, 이 머저리야!" 그러고는 구유에 묶어두었던 고삐를 풀고 마의를 벗겨 땅바닥에 내팽개쳤다. 그는 마장 안에서 순종적인 말의 몸뚱이를 난폭하게 돌리더니 마당으로 데리고 나왔고, 마당에서 들판으로 데려갔다. 영문을 모르는 수위는 깜짝 놀라며 주인 나리가 재갈도 물리지 않은 말을 이 깊은 밤에 어디로 데리고 나가는지 어리둥절한 표정이었다. 당연히 주인 나리에게 무슨 일인지 물어볼 엄두도 내지 못한 채 그는 주인이 근처 숲으로 향하는 길모퉁이에서 사라질 때까지 그저 바라만 볼 뿐이었다.

14

체르톱하노프는 멈추지도 않고 주변을 둘러보지도 않고 성큼성큼 걸어나갔다. 말레크-아델은—일이 끝날 때까지는 이렇게 부르도록 하자—그를 따라 고분고분 걸어갔다. 밤은 꽤 밝았고, 체르톱하노프는 저 앞에서 온통 검은 얼룩처럼 보이는 톱니 같은 숲의 윤곽을 분간할 수 있었다. 밤의 한기가 덮쳤고, 그 때문에 아까 마신 보드카의 취기가 더 돌 수도 있었겠으나…… 사실 그는 다른 취기, 더 강한 취기에 휩싸여 있었다. 머리가 무거워졌고, 피는 으르렁거리며 그의 목과 귀에서 고동쳤다. 그러나 그는 묵묵히 걸어갔고, 어디로 가고 있는지 알고 있었다.

그는 말레크-아델을 죽이기로 한 것이다. 온종일 오직 이것만을 생각했고…… 마침내 결정을 내렸다!

그는 침착하다기보다는 자신만만하게, 돌이킬 수 없다는 듯, 의무의 감정에 굴복한 사람이 걸어가듯 일을 치르러 갔다. 그에게는 이따위 '짓'은 매우 '간단해' 보였다. 이 참칭자를 죽이고 나면 세상 '모든' 것을 청산하고—어리석음의 대가로 자기 자신도 벌할 것이었다. 그렇게 되면 자신의 진정한 친구 앞에서 죄를 씻고 온 세상에(체르톱하노프는 언제나 '온 세상'이 신경쓰였다) 자신을 만만히 보아서는 안 된다고 증명할 수 있을 터였다…… 가장 중요한 것은 참칭자와 더불어 자기 자신도 끝장내는 것이었다. 더 살아 뭐하겠는가? 어떻게 이 모든 생각이 그의 머릿속에 생겨났는지, 어째서 그리도 간단해 보였는지 그 까닭을 설명하기란 아주 불가능한 것은 아니나 쉬운 일도 아니다. 그는 모욕을 느낀데다 주변에 사람의 정을 나눌 만한 이 하나 없이 외로웠으며 돈도 한푼 없었다. 게다가 술을 마셔 피까지 끓어오른 만큼 그는 착란에 가까운 상태였다. 광기에 사로잡힌 사람들이 저지르는 가장 불합리한 짓거리에도 나름의 논리, 심지어 권리마저 있다는 데는 의심의 여지가 없다. 무슨 일이 일어난다 해도 체르톱하노프는 자신이 지닌 그 권리를 전적으로 확신하고 있었다. 그는 동요하지 않았고, 죄인에게 내려진 선고를 집행하려고 서둘렀다. 이 죄인이라는 말로 대체 누구를 가리키는 것인지 분명한 답을 스스로 내놓지 못한 채…… 사실 그는 자신이 하려는 일에 대해 충분히 숙고하지 않았다. '끝내야 한다, 끝내야 한다.' 이것이 그가 자신에게 그저 맹목적으로, 엄숙하게 반복하는 말 전부였다. '끝내야 한다!'

죄없는 죄인은 속보로 고분고분 그의 뒤를 따랐다…… 그러나 체르톱하노프의 가슴에 연민이란 없었다.

15

그가 말을 끌고 가던 숲에서 멀지 않은 곳에 절반이 참나무 관목으로 뒤덮인 크지 않은 골짜기가 있었다. 체르톱하노프는 그곳으로 내려갔다…… 말레크-아델이 발을 헛디뎌 그를 덮칠 뻔했다.

"이 저주받을 놈이 나를 짓눌러 죽이려는구나!" 체르톱하노프가 고함을 질렀고 정당방위라도 하듯 주머니에서 권총을 꺼내들었다. 이제 그는 악의가 아니라 독특한 무감각의 상태, 범죄를 저지르기 직전에 인간이 느낀다는 상태를 경험하고 있었다. 그런데 그는 자신의 목소리에 깜짝 놀랐다. 시커먼 나뭇가지들이 이룬 차양 아래, 초목이 무성한 축축하고 퀴퀴한 골짜기에서 울려퍼진 그의 목소리가 몹시 사납게 들렸기 때문이다! 게다가 그의 고함에 응답이라도 하듯 어떤 커다란 새가 그의 머리 위에 있는 나무 꼭대기에서 갑자기 푸드덕거렸다…… 체르톱하노프는 부르르 떨었다. 그는 자신이 치르려는 일의 목격자를 잠에서 깨운 셈이었다. 그것도 어디에서? 이 황량한 곳, 살아 있는 존재는 그 무엇도 마주쳐서는 안 되는 곳에서……

"어서 가, 이 악마야, 어디로든 꺼져!" 그가 말레크-아델의 고삐를 놓으며 잇새로 내뱉었고, 권총 개머리로 말의 어깨를 후려쳤다. 말레크-아델은 재빨리 뒤로 돌더니 골짜기를 벗어나 기어올라갔고…… 냅다 달렸다. 그러나 얼마 지나지 않아 말발굽소리는 들리지 않았다. 갑자기 불어온 바람이 청각을 방해하고 모든 소리를 덮어버렸다.

체르톱하노프도 천천히 골짜기를 올라와 숲의 가장자리에 이르렀고 비척비척 집으로 걸어갔다. 그는 자신이 한심스러웠다. 그가 머릿속에서, 가슴속에서 느끼고 있던 무게가 온 사지로 퍼졌다. 마치 누가 그를 모욕하고, 그의 전리품과 식량을 강탈하기라도 한 듯 그는 극심한 분노, 우울, 불만, 허기를 느끼며 걸었다……

자살 계획을 저지당해본 사람이라면 그런 느낌을 알 것이다.

갑자기 무언가 뒤에서 그의 어깨를 툭 쳤다. 그는 뒤를 돌아보았다…… 말레크-아델이 길 한복판에 서 있었다. 주인을 뒤따라온 말이 주둥이로 그를 건드린 것이었다…… 자신의 존재를 알린 것이었다……

"아!" 체르톱하노프가 외쳤다. "제 발로 죽으러 왔구나! 옜다!"

눈 깜짝할 새 그는 권총을 꺼내 공이치기를 당겼고 총구를 말레크-아델의 이마에 갖다대고 쏘았다……

가엾은 말은 옆으로 철퍼덕 넘어졌고, 뒷발로 일어나 열 걸음쯤 내달리더니 갑자기 둔중한 소리를 내며 쓰러졌다. 땅바닥에서 발작적으로 발버둥치며 씩씩거렸다……

체르톱하노프는 두 손으로 귀를 감싸고 달렸다. 자꾸만 무릎이 접혔다. 취기, 적의, 어리석은 자만심. 모든 것이 한순간에 날아가버렸다. 수치와 추태만 남았다. 그리고 이번에는 꼭 자신의 목숨을 끊겠다는 의식, 조금도 의심할 수 없는 의식이 남아 있었다.

16

여섯 주가 흐르고 심부름꾼 페르피시카는 군 경찰서장이 말을 타고 베소노보의 저택을 지나는 것을 보고는 그를 불러세우는 것이 도리라 생각했다.

"무슨 일이냐?" 질서의 수호자가 물었다.

"각하, 부디 저희 집에 들러주십시오." 심부름꾼이 허리 숙여 절하며 답했다. "아무래도 판텔레이 예레메이치가 돌아가시려고 작정하신 것 같습니다. 너무 겁이 납니다."

"뭐라고? 돌아가려 한다니?" 경찰서장이 되물었다.

"정말 그렇습니다요. 처음에는 하루가 멀다고 보드카를 드시더니 이제는 아예 침대에서 나올 생각을 안 하십니다. 그 바람에 몹시 야위셨습니다. 게다가 사리 판단을 못하시는 것 같기도 합니다. 말도 전혀 안 하십니다."

경찰서장이 마차에서 내렸다.

"그래, 사제를 모셔오긴 했나? 나리가 고백성사를 하셨는가? 성체는 모셨나?"

"아직 하나도 못했습니다요."

경찰서장이 얼굴을 찌푸렸다.

"이 친구야, 어쩌려고 그래? 그러면 못쓰는 법이야, 응? 아니면 정말 하나도 모르는 건가, 이게 …… 얼마나 큰 죄인 줄, 응?"

"저는 엊그제도, 어제도 나리에게 여쭤봤습죠." 잔뜩 겁먹은 심부름꾼이 말했다. "제가, 판텔레이 예레메이치, 신부님을 모셔올까요? 하고 여쭈니 '이 바보야, 닥쳐라. 남의 일에 끼어들지 마라' 하시는 겁니다. 오늘도 말씀을 올리니, 저를 가만히 쳐다보기만 하고 콧수염을 움찔거리셨어요."

"보드카를 많이 드셨는가?" 경찰서장이 물었다.

"몹시 많이 드셨죠! 각하, 부디 저희 나리 방으로 가서 한번 봐주십시오."

"그래, 가보자!" 경찰서장이 웅얼거렸고 페르피시카의 뒤를 따랐다.

놀라운 광경이 그를 기다리고 있었다.

축축하고 어두운 뒷방에 볼품없는 침대가 놓였고, 그 위에는 마의를 이불 삼아, 털이 북슬북슬한 부르카를 베개 삼아 체르톱하노프가 누워 있었다. 그의 얼굴은 이미 창백한 정도를 넘어 죽은 사람처럼 노리끼리

한 녹색을 띠었고, 번들번들한 눈꺼풀 아래 퀭한 두 눈, 헝클어진 콧수염 위로 뾰족하게 솟은, 그러나 아직 불그스름한 코가 보였다. 그는 탄약통을 가슴에 품은 채 결코 벗는 법 없는 아르할루크를 걸치고 체르케스*풍으로 통이 넓은 푸른색 바지를 입고 있었다. 끄트머리가 검붉은 파파하가 눈썹까지 내려와 이마를 가렸다. 체르톱하노프는 한 손에는 사냥용 채찍을, 다른 손에는 자수를 놓은 쌈지, 즉 마샤의 마지막 선물을 쥐고 있었다. 침대 옆 탁자에는 빈병이 세워져 있고, 머리맡에는 벽에 핀으로 고정한 수채화 두 점이 보였다. 애써 파악해보자면, 하나는 기타를 든 뚱뚱한 사내 그림인데, 네도퓨스킨 같았다. 다른 하나는 질주하는 기수를 묘사하고 있었다…… 말은 아이들이 벽이나 담장에 그리는 동화 속 짐승들을 닮았다. 그러나 정성스레 음영을 넣은 얼룩무늬 털, 기수의 가슴에 걸린 탄약통, 그가 신은 장화의 뾰족한 코, 거대한 콧수염 등은 의심의 여지가 없었다. 말레크-아델을 타고 있는 판텔레이 예레메이치를 그린 것이었으리라.

깜짝 놀란 경찰서장은 어떤 조처를 해야 할지 막막했다. 죽음과도 같은 정적이 방안을 지배했다. '이미 죽은 거나 다름없다.' 그는 이렇게 생각하고는 목소리를 높여 말했다. "판텔레이 예레메이치! 여보쇼, 판텔레이 예레메이치!"

그때 범상치 않은 일이 일어났다. 체르톱하노프의 눈이 천천히 열렸고, 빛을 잃은 눈동자가 처음에는 오른쪽에서 왼쪽으로, 또 왼쪽에서 오른쪽으로 움직이더니 방문자에게 멈춰 그를 바라보았다…… 그 흐

* 캅카스산맥 북쪽의 흑해 연안.

릿한 흰자 속에서 무언가 반짝였고, 시선과 비슷한 것이 나타났다. 파랗게 질린 입술이 조금씩 벌어졌고, 목쉰 소리가, 꼭 무덤에서 울리는 듯한 목소리가 들렸다.

"유서 깊은 귀족 가문 출신 판텔레이 체르톱하노프가 죽어가고 있는데, 누가 그를 방해할쏘냐? 그는 아무에게도 필요하지 않고, 그는 아무것도 요구하지 않는다…… 그러니 사람들아, 그를 가만 놔두어라! 가거라!"

채찍을 쥔 손이 위로 올라가려 했으나…… 헛수고였다! 입술이 다시 달라붙고 눈이 닫혔다. 그리고 체르톱하노프는 장화 밑창을 한데로 모으고는 딱딱한 침대 위에 몸을 쭉 펴고 누워 미동도 하지 않았다.

"돌아가시면 알려주게." 경찰서장이 방을 나서면서 페르피시카에게 귓속말로 말했다. "내가 보기에 지금이라도 신부님을 모셔오는 게 좋겠어. 그래도 격식을 갖춰서 도유식*을 해야 하니까."

페르피시카는 바로 그날 신부를 데려왔다. 그리고 다음날 그는 경찰서장에게 소식을 전해야 했다. 판텔레이 예레메이치가 그날 밤 세상을 떠났다고.

그를 묻던 날에는 두 사람이 그의 관을 배웅했다. 심부름꾼 페르피시카와 모셀 레이바였다. 체르톱하노프 사망 소식이 모종의 경로를 통해 유대인에게도 전해졌고, 그는 은인에 대한 마지막 도리를 잊지 않았다.

* 종부성사 때 죽음을 앞둔 사람의 몸에 기름을 바르는 의식.

산송장

오랜 세월 인내한 내 핏줄의 땅이여—
그대, 러시아 백성의 땅이여!*

표도르 튜체프

프랑스에 이런 속담이 있다. "마른 낚시꾼과 젖은 사냥꾼만큼 초라한 것은 없다." 낚시에 흥미를 느껴보지 못한 나로서는 청명한 날에 낚시꾼이 어떤 기분을 느끼는지, 궂은 날 고기를 많이 잡을 수 있어 얻는 즐거움이 옷 젖는 불쾌함보다 얼마나 더 큰지 알 길이 없다. 그러나 사냥꾼에게 비는 그야말로 재앙이다. 언젠가 나와 예르몰라이는 벨료프스키군으로 멧닭 사냥을 떠났다가 바로 그런 재앙을 맞닥뜨리고 말았다. 아침놀이 한창일 때부터 내리기 시작한 비는 그칠 줄 몰랐다. 비를 피하려고 우리는 별짓을 다 해보았다! 고무로 된 우의를 머리 꼭대기까지 뒤집어쓰기도 했고, 빗방울을 덜 맞겠다고 나무 밑으로 기어들기도

* 튜체프(1803~1873)의 시 「이 가난한 마을들…」(1857)의 일부.

했다…… 물이 침투하지 못한다는 우의는 총을 쏘는 데 방해가 되는 것은 물론 뻔뻔스럽게도 물이 스며들었고, 나무 밑은 처음에는 빗방울을 막아주지만 나중에 잎사귀가 머금었던 물기가 쏟아져내리면 나뭇가지 하나하나는 빗물 홈통처럼 우리에게 물을 끼얹고 차가운 물줄기가 넥타이 밑으로 파고들어 등뼈를 따라 흘러내렸다…… 예르몰라이의 말마따나 최악 중의 최악이었다.

"안 되겠습니다, 표트르 페트로비치," 그가 마침내 외쳤다. "이래서는 안 되겠습니다!…… 오늘 사냥은 글렀습니다. 개들은 콧등이 다 젖었고, 총도 말을 안 듣습니다…… 어휴! 오늘은 텄어요!"

"어떡해야 할까?" 내가 물었다.

"이렇게 하시죠. 알렉세옙카로 가십시다. 아마 모르실 텐데 그런 마을이 있습니다, 나리 어머님 소유고요. 여기서 8베르스타만 가면 됩니다. 거기서 자고, 내일……"

"여기로 돌아오자고?"

"아니요, 여기가 아니라…… 알렉세옙카 너머에 아는 곳이 있습니다…… 여기보다는 멧닭이 훨씬 많을 겁니다!"

나는 나의 충직한 동행에게 어째서 나를 곧바로 그곳으로 데려가지 않았냐고 따지고 싶지는 않았다. 바로 그날 우리는 내 어머니 소유인 마을에 도착했는데, 솔직히 나는 그때까지 이 마을의 존재를 어렴풋하게도 알지 못했다. 이 마을에는 몹시 낡았지만 아무도 살지 않아 깨끗한 별채가 있었다. 나는 그 별채에서 썩 평안한 밤을 보낼 수 있었다.

다음날 나는 꽤 일찍 일어났다. 해는 방금 떴고, 하늘에 구름 한 점 없었다. 주변의 모든 것이 생기어린 아침햇살과 어제 내린 소나기 덕분에 두 배로 밝게 빛났다. 타라타이카*에 말을 매는 동안 나는 한때 과수원이었으나 이제는 황폐해진, 향기롭고 촉촉한 초목으로 별채를 둘러싸고 있는 작은 정원을 산책했다. 아, 맑은 하늘 아래 낭랑한 목소리로 은구슬을 흩뿌리는 종달새들이 지저귀는 곳에 있으니 얼마나 좋던지! 종달새들은 날개에 이슬방울을 싣고 나는 모양인지 노랫소리마저 이슬에 젖은 듯했다. 나는 모자까지 벗고 기쁘게 가슴 한가득 공기를 들이마셨다…… 바자울 바로 옆 깊지 않은 골짜기 비탈에 양봉장이 보였다. 좁은 오솔길이 키 큰 잡풀과 엉겅퀴가 이루는 벽들 사이로 뱀처럼 구불구불 이어졌고, 풀들 위로는 어디서 온 것인지 잎끝이 날카로운 삼줄기들이 높이 솟아 있었다.

나는 이 오솔길을 따라 양봉장으로 갔다. 양봉장 옆에는 '암샤니크'라고 불리는, 나뭇가지로 엮은 작은 창고가 있었는데, 겨울철에 벌집을 넣어두는 곳이다. 나는 반쯤 열린 문 안쪽을 들여다보았다. 어둡고 조용하고 건조했다. 박하와 멜리사 향기가 났다. 한쪽 구석에는 판자가 깔렸고 그 위에 뭔가 작은 물체가 담요에 덮여 있었다…… 나는 그냥 지나치려 했다……

"나리, 나리! 표트르 페트로비치!" 늪의 사초가 살랑대는 것처럼 목쉰 소리가 희미하고 천천히 말했다.

나는 걸음을 멈췄다.

"표트르 페트로비치! 들어와주세요, 부탁드려요!" 그 목소리가 다시 말했다. 목소리는 아까 내가 슬쩍 봤던 판자가 있는 구석에서 들려오고

* 바퀴가 두 개 달린 경승용마차로, 좌석 위쪽 부분이 뒤로 젖혀져 있다.

있었다.

나는 가까이 다가갔고, 깜짝 놀라 선 채로 굳었다. 눈앞에는 살아 있는 사람이 누워 있었다. 대체 누구일까?

얼굴은 바싹 메말랐고 전체가 청동색을 띤 것이 흡사 고대의 기법으로 그린 성화 같았다. 좁다란 코는 칼날 같고, 입술은 거의 보이지 않았으며 오직 이와 눈만 하얗게 빛났고, 머릿수건 밑으로 삐져나온 성기고 누런 머리칼이 이마 위로 늘어져 있었다. 아래턱 근처 담요가 주름진 곳에 역시 청동색을 띤 작은 두 손의 손가락들이 느릿느릿 움직이고 있었다. 나는 자세히 들여다보았다. 얼굴은 추하기는커녕 아름다웠으나, 뭔가 섬뜩하고 기이했다. 이 얼굴이 더 섬뜩해 보인 것은 금속 같은 두 뺨에 있는 힘껏 미소를 지으려 하나 영 활짝 웃을 수 없었기 때문이다.

"저를 알아보시겠어요, 나리?" 그 목소리가 다시 웅얼거렸다. 거의 꼼짝도 못하는 입술에서 증발하듯 새어나오는 소리였다. "하긴 알아보실 턱이 없지요! 저, 루케리야예요…… 기억나세요, 스파스코예에 있는 어머니 댁에서 원무를 췄던…… 합창에서 선창도 했는데, 기억나세요?"

"루케리야!" 나는 외쳤다. "네가 루케리야라고? 그럴 리가?"

"네, 나리, 저예요. 그 루케리야예요."

나는 말문이 막혔고 죽은 사람의 눈 같으나 여전히 빛나는 눈으로 나를 뚫어져라 보는 시커멓고 미동도 없는 얼굴을 몹시 놀라며 바라보았다. 어떻게 이런 일이 다 있을까? 이 미라가 루케리야라니, 우리집 하인들 가운데 제일가는 미인이었고, 큰 키에 풍만한 몸매, 하얗고 혈색 좋은 살결, 잘 웃고 춤도 잘 추고 노래도 잘하던 그 루케리야라니! 루케리야, 재주 많았던 루케리야, 마을 청년들이 졸졸 따라다녔고, 열여섯 살 소년이었던 나도 남몰래 애태우던 그 루케리야라니!

"용서하게, 루케리야," 내가 마침내 입을 열었다. "대체 어떻게 된 일이야?"

"엄청난 불행이 닥쳐왔죠! 괜찮으시다면, 나리, 제 불행에 등을 돌리지 말아주세요, 저기 작은 통 위에 앉으시죠, 좀더 가까이, 안 그러면 제 목소리가 들리지 않을 거예요…… 듣다시피 제 목소리가 엄청 우렁차졌잖아요!…… 아, 이렇게 뵙다니 너무도 기쁩니다! 그런데 알렉세옙카에는 어쩐 일로 오셨어요?"

루케리야는 조용하고 희미하게, 그러나 쉬지 않고 말했다.

"사냥꾼 예르몰라이가 이리로 데려왔어. 그건 그렇고, 얘기해주게……"

"제 불행에 대해서요? 해드리고말고요, 나리. 아주 오래전에 일어난 일이에요, 육칠 년 됐으려나. 바실리 폴랴코프와 막 약혼했던 때였어요, 나리 어머니 댁 식료품 저장실에서 일하던 늘씬한 곱슬머리 남자요, 기억하시죠? 하긴 그때 나리는 시골에 안 계셨죠, 모스크바에 공부하러 가셨으니까요. 저와 바실리는 서로를 무척 사랑했어요. 그는 항상 제 머릿속에서 떠나질 않았죠. 그 일은 봄에 일어났어요. 어느 밤이었는데…… 곧 있으면 동이 틀 때였죠…… 그런데 잠이 오지 않는 거예요. 정원에서 꾀꼬리가 어찌나 달콤하게 노래하던지!…… 저는 참지 못하고 자리에서 일어나 그 노랫소리를 더 들으러 현관 층계참으로 나갔어요. 꾀꼬리는 계속 노래했고요…… 갑자기 누가 바샤의 목소리로 저를 나직이 부르는 것 같았어요. '루샤!……' 저는 그쪽을 돌아봤고, 그런데 잠결에 그만 발을 헛디뎌 계단에서 땅바닥으로 꽈당 구르고 말았지요! 크게 다친 것 같진 않아서 곧장 일어나 방으로 돌아왔어요. 다만 몸 안쪽에서, 뱃속에서 뭔가 끊어진 것 같더군요…… 저 잠깐 숨 좀 돌릴게요…… 잠시만요…… 나리."

루케리야는 말을 멈췄고 나는 놀란 눈으로 그녀를 바라보았다. 특히 놀라웠던 것은 그녀가 탄식하지도 않고, 한숨짓지도 않으면서, 운명에 대해 불평하거나 연민을 구하지도 않으면서 거의 신나 보일 정도로 자기 이야기를 한다는 것이었다.

"바로 그때부터," 루케리야는 계속했다. "몸이 마르고 약해지기 시작했어요. 살갗이 검게 변했고 걷는 것도 힘들어지더니 다리를 맘대로 움직이지 못해 서는 것도, 앉는 것도 할 수 없게 되었죠. 계속 누워 있고만 싶어졌고요. 뭘 마시고 싶지도, 먹고 싶지도 않았어요. 그렇게 갈수록 나빠지기만 했어요. 나리 어머님이 호의를 베푸셔서 의사들에게 진찰받게 해주셨고 병원에도 보내주셨지요. 하지만 조금도 나아지지 않았어요. 의사들은 하나같이 무슨 병인지 모르겠다고 했고요. 안 해본 치료가 없답니다. 달군 쇠로 등을 지져보기도 하고, 얼음장을 쪼개고 들어가 앉아 있어보기도 하고. 그래도 소용없었어요. 결국 온몸이 굳어버렸죠…… 주인댁 분들도 더 치료할 방도가 없다고 판단하셨고, 집안에 몸이 불편한 사람을 둘 수도 없고 해서…… 음, 이렇게 저를 여기로 보내셨죠, 이 마을에 제 친척들이 살거든요. 그래서 보시는 대로 이렇게 살고 있답니다."

루케리야가 다시 말을 멈추고 미소를 지으려 애썼다.

"아무리 그래도 이건 너무 끔찍해, 이런 데서!" 내가 외쳤다…… 그리고 뭐라 덧붙일지 몰라 물었다. "바실리 폴랴코프는 어떻게 됐어?" 지독히 어리석은 질문이었다.

루케리야는 슬며시 시선을 돌렸다.

"폴랴코프요? 한동안 슬퍼하더니, 글린노예 마을 출신 여자와 결혼했지요. 글린노예 아시죠? 여기서 멀지 않은 곳이죠. 그 여자 이름은 아그라페나예요. 그 사람은 저를 무척 사랑했지만, 젊은 사람이 계속 혼자 살 순 없잖아요. 제가 어떻게 그 사람 짝이 될 수 있겠어요? 아주 착하고 예쁜 색시를 찾았죠, 아이들도 생겼고요. 옆 마을 지주댁에서 집사로 살고 있대요. 나리 어머님이 신분증명서와 함께 내보내주셨고, 다행히도 잘살고 있는 모양이에요."

"그럼 계속 이렇게 누워서 지낸 건가?" 내가 다시 물었다.

"그럼요, 나리, 일곱 해가 됐네요. 여름이면 여기 나뭇가지로 엮은 오두막에서 지내고, 날이 추워지면 바냐 옆에 자리를 마련해주니까 거기에 누워 있죠."

"누가 보살펴주지? 들여다보는 사람은 있고?"

"이곳에도 착한 분들이 있어요. 그분들이 저를 혼자 내버려두지 않으세요. 저를 돌보는 데는 손이 많이 가지 않기도 하고요. 음식도 거의 먹지 않고, 물도 이 한 컵이면 충분해요. 이 컵에는 항상 깨끗한 샘물이 담겨 있답니다. 한쪽 손은 아직 쓸 수 있어서 컵에 손을 뻗기만 하면 돼요. 음, 그리고 고아 여자아이가 하나 있는데, 이따금 저를 보러 와줘요, 정말 고마운 아이죠. 아까도 다녀갔어요…… 마주치지 않으셨나요? 살결이 하얗고 아주 예쁜 아이예요. 그 아이가 꽃을 꺾어다주기도 해요.

저는 꽃을 참 좋아하거든요. 여긴 정원에서 키우는 꽃은 없어요, 있긴 했는데 다 시들어 죽었죠. 하지만 들에 피는 꽃들도 정말 예뻐요, 향은 오히려 정원의 꽃보다 낫고요. 은방울꽃만 해도…… 얼마나 예쁜지 몰라요!"

"가엾은 루케리야, 지루하거나 무섭지는 않아?"

"별수 있나요? 거짓말하고 싶진 않아요, 처음에는 무척 괴로웠죠. 그래도 차츰 익숙해져서 이제는 견딜 만해요. 정말 괜찮아요. 저보다 더 힘든 사람들도 있는 걸요."

"어째서 그렇지?"

"어떤 사람은 비바람 피할 곳도 없으니까요! 또 어떤 사람은 앞이 안 보이거나 귀가 들리지 않죠! 그런데 저는 다행히 눈도 잘 보이고 귀도 잘 들려요. 두더지가 땅굴 파는 소리까지 들리거든요. 온갖 냄새도, 아주 희미한 냄새도 맡을 수 있고요! 들판에 메밀꽃이 피거나 정원에 보리수꽃이 피면 누가 말해주지 않아도 저는 그 향기를 가장 먼저 맡을 수 있어요. 그쪽에서 바람이 조금 불어주기만 하면 말이죠. 괜히 하느님에게 투정 부려서 화나시게 할 까닭이 있을까요? 저보다 못한 사람이 얼마나 많은데. 이것만 해도 그렇죠. 건강한 사람은 죄를 짓기 쉽지만, 저한테서는 모든 죄가 제 발로 떠났답니다. 며칠 전에 알렉세이 신부님이 성체를 주러 와서는 이렇게 말씀하시는 거예요. '루케리야는 고백성사 안 해도 되겠어. 몸이 불편한 처지에 죄를 지을 수 있겠나?' 하지만 저는 이렇게 말씀드렸어요. '신부님, 마음으로 짓는 죄는 어떡해요?' 그러자 신부님이 '음, 그건 그리 큰 죄는 아닐 거야' 하고는 웃으시더군요."

"맞는 얘기예요, 사실 저도 마음속으로 큰 죄를 짓는 건 아니거든요." 루케리야가 계속 말했다. "생각하지 않는 데 익숙해져서 그래요. 특히 옛날 일은 떠올리지 않으려고 해요. 그러면 시간이 무척 빨리 간답니다."

고백하건대, 나는 정말 놀랐다.

"루케리야, 이렇게 늘 혼자 있는데, 어떻게 머릿속에 생각이 떠오르지 않도록 막을 수 있지? 아니면 계속 잠을 자는 건가?"

"아이, 아니에요, 나리! 계속 잠만 잘 수도 없어요. 아주 큰 고통은 아니어도 여기 뱃속이며 뼈마디가 계속 쑤셔서 제대로 잠을 이룰 수 없거든요. 그럴 때면…… 이렇게 혼자 누워서 아무 생각도 하지 않아요. 다만 내가 살아 있고 숨쉬고 있다는 것, 여기 바로 내가 있다는 것만 느끼는 거죠. 그리고 가만히 무언가를 바라보거나 소리를 들어요. 양봉장에는 꿀벌이 윙윙거리고 비둘기가 지붕 위에 앉아 구구구 울죠. 암탉은 병아리들을 데리고 빵부스러기를 쪼아먹으러 제게 들르고, 참새며 나비가 날아들면 정말 기분이 좋아요. 재작년에는 제비들이 저기 구석에 둥지를 틀고 새끼까지 여러 마리 낳았지요. 얼마나 재밌었는지 몰라요! 한 마리가 둥지에 날아와 새끼들을 먹이고는 다시 날아가죠. 가만 지켜보면, 다른 제비가 또 날아와요. 때로는 안으로 들어오지 않고 열린 문 앞을 지나쳐 가는데 그러면 새끼들이 부리를 벌리고 짹짹대는 거예요…… 저는 작년에도 제비들을 기다렸는데, 사람들 하는 말이 마을 사냥꾼이 총으로 쏴서 죽였다는 것 같아요. 그런 새들을 잡아서 뭘 하려는 걸까요? 제비는 딱정벌레보다도 크지 않은데…… 당신들은, 사냥꾼들은 정말 못됐어요!"

“나는 제비는 쏘지 않아.” 나는 허둥지둥 말했다.

“한번은,” 루케리야가 다시 말을 시작했다. “아주 우스운 일이 있었어요! 토끼가 뛰어들어온 거예요! 개들한테 쫓기고 있었는지 곧장 문으로 굴러들더라고요!…… 저와 가까운 곳에 자리잡더니 한참을 앉아 있더군요, 계속 콧구멍을 벌름거리고 수염을 움찔거리는 것이 꼭 장교 같았어요! 그리고 저를 쳐다봤어요. 제가 무서운 사람이 아니라는 걸 알아챘던 모양이에요. 그러더니 일어나서 문 쪽으로 깡충깡충 뛰어가 문지방에서 주변을 살펴보고는 곧장 사라졌지요! 어찌나 우습던지!”

루케리야는 나를 바라보았다…… ‘재미있지 않으세요?’라고 말하는 것처럼. 나는 그녀를 만족시키기 위해 살짝 웃었다. 그녀는 메마른 입술을 깨물었다.

“음, 아무래도 겨울이면 더 안 좋아져요. 어두우니까요. 촛불을 켜자니 아깝기도 하고, 또 그게 다 무슨 소용이겠어요? 저는 그나마 글을 좀 알고, 예전부터 책 읽는 걸 좋아했죠, 하지만 이제 와서 무슨 책을 읽겠어요? 여기 책이 한 권도 없기도 하지만, 있더라도 책을 들 수나 있어야 하지 않겠어요? 알렉세이 신부님이 심심풀이로 보라고 달력을 가져다줬지만 별로 도움이 되지 않는다는 걸 알고는 다시 가져가셨어요. 하지만 어두워도 귀를 기울이면 여러 가지 소리가 들리지요. 귀뚜라미가 귀뚤귀뚤 운다든지 어디선가 쥐가 뭘 갉아먹는다든지. 그럴 때면 생각하지 않는다는 게 참 좋답니다!”

“아니면 기도문을 외워요.” 루케리야가 잠시 쉬고는 다시 말을 이었다. “기도문을 많이 알지는 못해요. 하느님을 너무 싫증나게 해드리면 안 되잖아요? 또 제가 하느님에게 무슨 부탁을 드릴 수 있겠어요? 제게 무엇이 필요한지 저보다 더 잘 아실 텐데요. 하느님이 제게 이런 십자가를 주셨다는 건, 저를 사랑하신다는 뜻이에요. 우리는 이걸 깨달아야 하죠. 하늘에 계신 우리 아버지, 성모송, 슬퍼하는 모든 자를 위한 기도를 외우고는 다시 누워서 아무 생각도 하지 않아요. 그렇게 하루가 무사히 간답니다!"

이 분쯤 흘렀다. 나는 침묵을 깨뜨리지 않았고 의자 대신 앉은 좁은 통 위에서 꼼짝도 하지 않았다. 내 앞에 누워 있는, 살아 숨쉬는 불행한 존재의 가혹한 돌 같은 경직성이 내게도 전해졌다. 나도 몸이 굳는 듯했다.

"저기, 루케리야," 내가 마침내 입을 열었다. "저기 말이지, 이렇게 하면 어떨까 싶어. 내가 너를 병원에, 시내에 있는 좋은 병원에다 입원시키고 싶은데, 어때? 어쩌면 병을 고칠 수도 있잖아? 어쨌든 이렇게 혼자 있지는 않을 거고……"

루케리야의 눈썹이 살짝 움직였다.

"오, 아니에요, 나리," 그녀가 근심어린 목소리로 소곤소곤 말했다. "저를 병원으로 데려가지 마세요, 가만 내버려두세요. 거기서 저는 더 괴롭기만 할 거예요. 새삼 병을 고쳐 뭐하겠어요!…… 한번은 의사가 와서 저를 진찰하고 싶다고 한 적 있어요. 그때도 제가 부탁했어요. '제발 부탁이니 저를 가만 내버려두세요.' 웬걸요! 저를 이리저리 돌리고 팔과 다리를 주물렀다 구부렸다 하더니 이렇게 말하더군요. '나는 연구를 위해 이러고 있는 걸세. 나는 학자로서 의학의 발전에 이바지해야 하니 말이야. 자네는 내가 하는 대로 가만히 있게, 나는 연구 업적으로 훈장까지 목에 건 몸이야. 바보 같은 자네들을 위해 평생 애쓰고 있다고.' 제 몸을 여기저기 쥐어뜯고 제 병명을 대고는—몹시 어려운 말이었어요—떠나버렸어요. 그러고 나서 일주일 동안이나 뼈마디가 쑤시고 아팠지요. 나리는 제가 혼자라고, 항상 혼자 있다고 말씀하시지요. 그렇지 않아요, 항상 그런 건 아니에요. 사람들이 다녀가요. 저는 얌전히 누워서 아무도 귀찮게 안 해요. 마을 처녀들이 놀러와 수다를 떨기도 하고, 순례하는 여자가 들러 예루살렘이며 키예프며 성스러운 도시들에 관해 이야기해주기도 해요. 그리고 저는 혼자 있는 게 두렵지 않아요. 오히려 이게 더 좋아요, 정말이에요!…… 나리, 저를 이대로 두세요, 병원에 데려가지 말아주세요…… 말씀은 감사해요, 나리는 정말 좋은 분이에요, 하지만 저를 가만 내버려두세요."

"그래, 원하는 대로 해야지, 루케리야. 나는 다만 네게 도움이 될까 해서……"

"나리, 저를 위해 그러신다는 건 잘 알아요. 하지만 나리, 누가 남을 도울 수 있을까요? 누가 남의 마음속에 들어갈 수 있나요? 사람은 스스로 자신을 도울 수밖에 없어요! 나리가 믿으실지 모르겠지만, 이렇게 혼자 누워 있을 때면 가끔…… 세상에 저 말고는 아무도 없다는 생각이 들어요. 오직 나 홀로 살아 있다는 기분요! 그리고 어떤 생각이 번뜩 떠오르는데……그것도 아주 놀라운 생각이에요."

"어떤 생각인데, 루케리야?"

"나리, 뭔가 말로 할 수 없는 생각이에요. 뭐라 설명할 수가 없어요. 그리고 나중에는 잊어버리게 되고요. 생각이 먹구름처럼 와서 비를 흠씬 뿌리고 나면 아주 상쾌하고 기분이 좋아지는데 무슨 일이 일어났는지 도무지 모르겠거든요! 옆에 사람들이 있으면 그런 일이 일어나지 않을 것 같고, 제 불행 말고는 아무것도 느끼지 못할 것 같다는 생각이 들 뿐이에요."

루케리야는 힘겹게 한숨을 내쉬었다. 그녀의 가슴은 다른 사지와 마찬가지로 그녀 마음대로 움직이지 않았다.

"나리, 나리를 이렇게 가만히 보고 있으니까," 그녀가 다시 말을 꺼냈다. "저를 무척 안쓰러워하시는 것 같네요. 저를 그렇게 안쓰러워하지 말아주세요, 정말요! 자, 제가 이야기 하나 해드릴게요. 저는 요즘에도 가끔…… 나리도 제가 한창때 얼마나 명랑했는지 기억하시죠? 아주 당찼죠!…… 그거 아세요? 저는 지금도 노래를 부른답니다."

"노래를 부른다고?…… 네가?"

"네, 노래요, 옛날 노래나 원무를 출 때 부르는 노래, 접시로 점칠 때 부르는 노래, 크리스마스 주간에 부르는 노래, 무슨 노래든 다 불러요! 예전부터 노래를 많이 알았고 지금도 잊지 않았거든요. 그래도 춤곡은 부르지 않아요. 지금 같은 처지에는 아무래도 어울리지 않으니까요."

"노래는 어떻게 불러…… 혼자서 속으로?"

"속으로도 부르고 소리 내어서도 불러요. 크게는 못 부르지만 남이 알아들을 수는 있어요. 저를 도와주러 오는 고아 여자아이가 있다고 말씀드렸잖아요. 그 아이가 꽤 영특해요. 그래서 아이에게 노래를 가르쳐 주었지요. 그애가 글쎄 노래를 벌써 네 곡이나 배웠어요. 안 믿기시죠? 잠깐만요, 지금 한번 불러볼게요……"

루케리야는 용기를 내며 마음을 가다듬었다…… 반쯤 죽은 듯한 존재가 노래하겠다고 하니 나도 모르게 덜컥 겁이 났다. 그러나 내가 뭐라고 말하기도 전에 겨우 들릴 만큼 희미한 소리가 단조롭게, 그러나 깨끗하고 정확하게 들려왔다…… 그 소리에 이어 두번째, 세번째 소리가 이어졌다. 루케리야는 〈풀밭에서〉*를 불렀다. 그녀는 시선을 한곳에 고정한 채 돌처럼 굳은 표정 그대로 노래했다. 한줄기 연기처럼 가녀리고 떨리지만 강단 있는 목소리는 너무나도 감동적이었고, 그녀는 온 영혼을 토해내려 하는 듯했다…… 이제 나는 두려움을 느끼지 않았다. 이루 말할 수 없는 안쓰러움이 가슴을 죄었다.

"아, 더 못하겠어요!" 그녀가 갑자기 말했다. "기운이 달리네요…… 나리를 뵈니 하도 반가워서."

그녀는 눈을 감았다.

나는 그녀의 작고 차가운 손가락 위에 내 손을 얹었다…… 그녀가 나를 올려다보았고 금빛 속눈썹이 드리운 그녀의 어두운 눈꺼풀은 고대의 조각상처럼 다시 닫혔다. 얼마 뒤 두 눈이 어둠 속에서 빛났다…… 눈물이 두 눈을 적셨다.

나는 계속 꼼짝도 하지 않았다.

"바보같이!" 루케리야가 힘이 어디서 났는지 갑자기 말하고는 두 눈을 크게 깜빡이며 눈물을 떨치려 애썼다. "부끄럽지도 않나? 내가 왜 이러지? 오랫동안 이런 적이 없었는데…… 지난봄에 바샤 폴랴코프가 다녀간 뒤로는 안 이랬는데…… 그 사람이 저랑 앉아서 얘기 나누는 동안은 아무렇지도 않았는데 가고 난 뒤 혼자 엉엉 울었거든요! 눈물은 어디서 이렇게 솟는 걸까요! 우리 여자들은 원래 툭하면 눈물을 흘리지요. 나리," 루케리야가 덧붙였다. "혹시 손수건 가지고 계시면……

---

* "풀밭에서 노닐었네, 푸른 풀밭에서 슬픔을 삼켰네"라는 가사로 시작되는 러시아 민요.

꺼리지 않으신다면 제 눈 좀 닦아주세요."

나는 얼른 그녀의 부탁대로 해주고 손수건은 그녀에게 주었다. 그녀는 처음에는 사양했다…… 이런 선물이 자신에게 무슨 소용이겠냐는 것이었다. 손수건은 아주 소박하지만 깨끗하고 희었다. 그러다가 결국 그녀는 연약한 손가락으로 손수건을 쥐었고 다시 놓지 않았다. 우리가 있는 곳의 어둠에 익숙해진 나는 이제 그녀의 윤곽을 또렷이 볼 수 있었고, 심지어 청동 같은 그녀의 얼굴에 배어나오는 옅은 홍조도 알아차릴 수 있었고, 이 얼굴에서—적어도 내게는 보이는 것 같았다—지난날의 아름다움까지 발견할 수 있었다.

"나리, 제게 잠은 잘 자느냐고 물으셨죠?" 루케리야가 다시 말을 시작했다. "물론 잠을 자는 일은 매우 드물지만, 잠이 들 때면 매번 꿈을 꿔요, 그것도 아주 좋은 꿈을요! 꿈에서 저는 병든 몸이 아니에요. 언제나 꿈속에서는 건강하고 젊어요…… 다만 슬프게도 잠에서 깨어나 시원하게 몸을 쭉 뻗으려고 하면 쇠사슬에 묶인 것처럼 움직일 수 없죠. 한번은 진짜 멋진 꿈을 꿨어요! 얘기해드릴까요? 자, 들어보세요. 꿈에서 저는 들판에 서 있었고, 사람 키만큼 자란, 금빛으로 잘 익은 호밀이 사방에 깔려 있었어요!…… 그리고 제 곁에는 털이 붉은 사나운 개가 한 마리 있었는데, 계속 저를 물려고 하는 거예요. 그리고 제 손에는 낫이, 그것도 보통 낫이 아니라 초승달처럼 생긴 낫이 쥐어져 있고요. 전 그 달 같은 낫으로 호밀을 남김없이 베어야 했던 모양이에요. 근데 날이 더워 나른한데다 초승달에 눈이 부시기도 해서 게으름을 부리고 싶어졌어요. 주변에 꽃송이가 아주 커다란 수레국화가 흐드러지게 피었고요! 그리고 한 송이 한 송이 전부 저를 향해 고개를 돌리고 있었어요.

이 수레국화를 좀 꺾어야겠다고 생각했죠. 바샤가 오기로 되어 있었거든요. 그래서 저는 화환을 만들어야겠다고 생각했고 호밀을 벨 시간은 아직 충분했어요. 수레국화를 꺾기 시작하는데 꽃들이 손가락 사이로 녹아 없어지는 거예요, 무슨 수를 써도 소용없었죠! 도저히 화환을 만들지 못하겠더라고요. 그런데 갑자기 누가 제 쪽으로 와서는, 아주 가까이서 부르는 듯한 소리가 들렸어요. 루샤! 루샤!…… 아이고, 큰일났다 싶었죠, 일을 제때 못 끝냈으니까요! 어쨌든 상관없다 싶어 머리에 수레국화 대신 이 초승달을 써야겠다고 생각했어요. 코코시니크처럼 달을 머리에다 쓰니까 제 온몸이 환히 빛나면서 사방의 들을 다 비추는 거예요. 그때 호밀 이삭들 끄트머리를 따라 누군가 제게 빠르게 달려오는데, 바샤가 아니라 그리스도였어요! 그 사람이 그리스도였다는 걸 제가 어떻게 알았는지는 모르겠군요—보통 그리스도를 그런 모습으로는 그리지 않으니까요—그래도 바로 그분이었어요! 수염이 없고 키가 훤칠한 젊은 그분이 새하얀 옷을 입고—허리띠는 금으로 만든 것이었고요—제게 손을 뻗으며 이렇게 말씀하셨죠. '두려워하지 마라, 나의 단장한 신부야, 내 뒤를 따라오너라, 나는 하늘나라에서 원무를 이끌고 낙원의 노래를 부를 것이다.' 저는 그분의 손을 꽉 잡았어요! 저를 물려던 개는 제 발을 잡았고…… 우리는 하늘로 올랐어요! 그분이 앞에 가시고…… 그분의 날개가 하늘 전체에 펼쳐졌는데, 갈매기 날개처럼 아주 기다랬어요. 저는 그분 뒤에 있었고요! 그 개는 저한테서 떨어져야만 했어요. 바로 그때 저는 깨달았어요, 이 개는 저의 병이고 하늘나라에 이 병이 있을 자리는 없을 거라고."

루케리야는 잠시 말을 멈췄다.

"그리고 이런 꿈도 꿨어요." 그녀가 다시 이야기를 시작했다. "어쩌면 허깨비를 본 것이었을 수도 있지만요. 저도 잘 모르겠네요. 제가 나무로 엮은 이 오두막에 누워 있는데 돌아가신 아버지와 어머니가 저를 찾아와 허리 숙여 절을 하더니 아무 말도 안 하시는 거예요. 그래서 제가 물었죠. '아버지, 어머니, 어째서 제게 절을 하세요?' 그러자 두 분이 '네가 세상에서 고난을 많이 겪은 까닭에 너는 너 자신의 영혼을 구했을 뿐 아니라 우리의 짐도 덜어주었단다. 그 덕분에 저세상에서 우리는 지내기가 더 좋아졌구나. 너는 네 죄는 진즉에 다 털어냈고, 지금은 우리의 죄까지 씻어주고 있는 거란다' 하시더라고요. 그리고 부모님은 제게 또 절을 하셨고, 이내 사라지셨죠. 고백성사 때 신부님에게도 말씀드렸어요. 그랬더니 신부님이 이건 허깨비가 아니라고, 허깨비는 성직에 있는 사람한테만 나타나는 법이라고 하시더군요."

"또 어떤 꿈을 꾸었냐면요," 루케리야가 계속했다. "제가 큰길가의 버드나무 아래 앉아 있는 게 보였어요. 손에는 잘 다듬은 지팡이를 쥐고 어깨에는 봇짐을 둘러메고 머리는 머릿수건으로 잘 싸맸죠. 영락없는 순례객이었어요! 어디 먼 곳으로 성지순례를 떠나는 길이었나봐요. 다른 순례객들이 제 옆을 계속 지나갔고요. 그들은 억지로 끌려가는 듯 말없이 한 방향으로 가더군요. 다들 얼굴이 슬프고 서로가 비슷비슷해 보였어요. 그들 가운데 어떤 여자가 서성거리고 있었는데, 키가 다른 이들보다 머리 하나는 더 컸고 옷도 괴상한 것이 우리 러시아 옷이 아닌 것 같았죠. 얼굴도 이상했어요, 재계를 지내는 사람처럼 엄격한 얼굴이었죠. 모두 그녀를 피하는 것 같았고요. 별안간 그녀가 몸을 돌려 저한테 오는 거예요. 제 앞에 서서는 저를 바라봤어요. 커다란 눈은 매의 눈처럼 노랗고 아주 밝았어요. 제가 물었죠. '누구세요?' 그녀가 말했어요. '나는 너의 죽음이다.' 저는 깜짝 놀라기는커녕 오히려 너무 기뻤어요, 성호까지 그었고요! 저의 죽음이라고 하는 그녀가 제게 말했어요. '루케리야, 네가 참 안쓰럽다만, 지금은 너를 데려가지 못해. 안녕!' 세상에! 저는 얼마나 슬펐는지 몰라요!······ 그래서 제가 말했어요. '저를 데려가주세요, 아주머니, 제발 데려가줘요!' 그러자 저의 죽음이 뒤로 돌아 무슨 말을 했는데······ 언제 데리러 오겠다고 말하는 것 같았지만 분명히 알아들을 순 없었어요······ 페트롭키*가 지나면이라고 했던가······ 그리고 저는 잠에서 깼어요······ 그렇게 희한한 꿈들을 다 꿨답니다!"

루케리야는 시선을 위로 향하더니······ 생각에 잠겼다······

"다만 참 괴로운 것은 어떨 때는 일주일 내내 잠을 못 잔다는 거예요. 작년에 한 마님이 지나가시다가 저를 보시고는 불면증에 좋다는 약을 한 병 주시더군요. 한 번에 열 방울씩 먹으라고 하셨어요. 정말 큰 도움이 되어서 푹 잘 수 있었어요. 그런데 그 약도 다 떨어지고 말았네요······ 혹시 그 약이 무슨 약인지, 어떻게 구할 수 있는지 아시나요?"

지나가던 부인이 준 약은 아편인 것 같았다. 나는 그 약을 한 병 구해주겠다고 약속했고, 그녀의 인내심이 대단하다고 또 한번 말하고 말았다.

"아유, 나리!" 그녀는 부정했다. "무슨 말씀이세요? 인내심이라니요? 기둥 위의 성자 시메온 정도는 되어야 대단하다 할 수 있죠. 삼십 년 동

* 정교회에서 7월 12일 베드로축일 전에 지키는 재계 기간.

안이나 기둥 위에 서 계셨으니까요. 또 어떤 하느님의 종은 자신을 땅 속에 가슴까지 파묻게 했고, 개미들이 그의 얼굴을 뜯어먹었지요…… 성서를 많이 읽은 어느 분이 해준 이야기도 있어요. 한 나라가 있었는데, 하갈 사람들에게 정복당해서 백성들이 모두 죽임을 당하고 고난을 겪었대요. 그런데 아무리 애를 써도 노예 신세에서 벗어날 수 없는 거예요. 그러던 어느 날 성스러운 처녀가 사람들에게 나타났어요. 그녀는 손에 커다란 검을 쥐고 2푸드나 되는 방패로 몸을 가린 채 하갈 사람들을 쳐서 바다 밖으로 쫓아내버렸대요. 그들을 쫓아내고선 이렇게 말했죠. '이제 너희는 나를 불태워라, 내가 나의 백성들을 구할 수만 있다면 불에 타죽겠다고 약속했으니.' 하갈 사람들은 그녀를 잡아다가 불에 태웠고, 그때부터 백성들은 영원히 자유로워졌다고 해요! 이것이야말로 고행이지요! 제가 겪는 건 아무것도 아니에요!"

나는 잔 다르크의 전설이 이 먼 곳에 전해져 어떤 모습을 띠게 되었는지 깜짝 놀랐고, 잠시 말을 않다가 루케리야에게 나이가 어떻게 되느냐고 물었다.

"스물여덟이에요…… 아홉이려나…… 아무튼 서른은 아닐 거예요. 그런데 나이 같은 걸 세어서 뭐하겠어요! 재밌는 얘기 또하나 해드릴게요……"

루케리야는 갑자기 쌕쌕거리며 기침하고 신음을 토했다……

"말을 너무 많이 했어." 내가 말했다. "몸에 해로워."

"맞아요," 그녀가 간신히 들리는 목소리로 말했다. "오늘 얘기는 이걸로 마쳐야겠어요. 하지만 괜찮아요! 나리가 가시면 저는 다시 실컷 입을 닫고 있을 수 있으니까요. 그래도 기분이 나아졌네요……"

나는 그녀와 작별인사를 나누며 꼭 약을 구해 보내주겠다고 거듭 약속했고, 필요한 게 없는지 다시 한번 잘 생각해서 말해보라고 했다.

"아무것도 없어요. 이대로 만족해요, 하느님에게 감사해요." 그녀는 있는 힘을 다해 간신히, 그러나 감동적인 목소리로 말했다. "모두 건강하시길 빌게요! 나리, 혹시 나리 어머님에게 말씀드려주실 수 있을까요, 이곳 농민들이 너무 가난하다고요, 그래서 소작료를 조금이라도 가볍게 해주신다면 좋겠다고요! 땅이 넉넉하지 않아 거두는 게 적거든요…… 그렇게 해주시면 다들 마님과 나리를 위해 기도할 거예요…… 저는 정말 바라는 게 없어요. 이대로 만족합니다."

나는 루케리아에게 부탁을 꼭 들어주겠다고 약속하고 벌써 문가에 이르던 참이었다…… 그녀가 나를 다시 불렀다.

"기억하시죠, 나리," 그녀가 이렇게 말했고, 그녀의 눈과 입술에는 신비로운 무언가가 반짝였다. "제 땋은 머리가 어땠는지 기억하시죠? 무릎에 닿을 만큼 길었죠! 오랫동안 선뜻 맘을 못 먹겠더라고요…… 참 예쁜 머리였는데!…… 하지만 빗지도 못하는 걸 어쩌겠어요? 이런 몸으로!…… 그래서 그냥 잘라버렸어요…… 네…… 어머나, 죄송해요, 나리! 이제 더는 안 되겠어요……"

그날 나는 사냥을 나가기 전 마을 순경과 루케리아에 관해 이야기를 나눴다. 그에게서 나는 마을 사람들이 그녀를 '산송장'이라 부른다는 것을 알게 되었다. 그는 그녀 때문에 불편한 일은 전혀 일어나지 않는다고, 또 그녀도 한탄이나 불평을 늘어놓지 않는다고 말했다. "딱히 원하는 것도 없고, 그저 모든 걸 감사하게 생각하죠. 아주 조용하고 얌전한 사람이에요. 다만 죗값으로 하느님이 큰 벌을 내리셨을 뿐." 순경은 이렇게 결론지었다. "그래도 저희는 그 일에 대해 이러쿵저러쿵하지 않습니다. 그녀의 죄를 따지다니요, 아닙니다, 저희는 그러지 못합니다. 그저 그녀를 가만 놔둘 뿐입니다!"

몇 주 뒤 나는 루케리야가 세상을 떠났다는 소식을 들었다. 죽음은 결국 그녀에게 오고 말았다…… '페트롭키가 지나고.' 그녀는 세상을 떠나던 날 내내 종소리를 들었다고 한다. 알렉세옙카에서 교회까지는 5베르스타가 넘었고 그날은 일요일도 아니었다. 그리고 루케리야는 종소리가 교회가 아니라 '저 위에서' 들려온다고 말했다 한다. 차마 하늘에서 내려온다고는 말할 수 없었나보다.

덜거덕덜거덕!

"그게 말입니다," 예르몰라이가 오두막으로 들어오며 말했다. 나는 꽤 성공적이었지만 고단했던 멧닭 사냥의 피로를 풀고자 식사를 마치고 여행용 침대에 막 누운 참이었다. 7월 중순경이었고 몹시 무더웠다. "그게 말입니다, 산탄이 다 떨어졌습니다."

나는 침대에서 벌떡 일어났다.

"산탄이 다 떨어졌다니! 어떻게 그럴 수가! 우리가 마을에서 떠날 때 30푼트*나 챙겨오지 않았나! 자루에 가득했는데!"

"맞습니다, 그것도 아주 큰 자루였습죠. 두 주는 족히 쓸 줄 알았습니다. 근데 누가 알겠습니까! 자루에 터진 데가 있었는지도 모르죠, 아

* 파운드에 해당하는 러시아의 무게 단위로, 1푼트는 약 400그램이다.

무튼 지금으로서는 산탄이 없습니다…… 열 발 정도밖에 안 남았습니다."

"이를 어쩐단 말인가? 가장 훌륭한 사냥터를 코앞에 남겨두고. 내일 새끼 여섯 마리쯤은 거뜬히 잡을 텐데……"

"저를 툴라로 보내주십시오. 여기서 멀지 않습니다. 기껏해야 45베르스타지요. 분부만 내리시면 잽싸게 날아가서 산탄을 1푸드는 가져오겠습니다."

"언제 가려고 하나?"

"당장이라도요. 꾸물거려봤자 뭐하겠습니까? 그런데 말을 좀 구해주셔야겠습니다."

"말을 어째서 또 구한단 말인가! 우리 말들은 어쩌고?"

"우리 말들로는 못 갑니다. 채를 쓰는 주마 녀석이 다리를 절어서요…… 상태가 심합니다."

"언제부터 그랬나?"

"며칠 됐습니다, 마부가 편자를 박는다고 데려갔었거든요. 물론 편자야 박았습니다. 근데 대장장이 솜씨가 형편없었던 모양입니다. 지금은 잘 걷지도 못합니다. 앞발이 문제입니다. 꼭 개처럼…… 앞발을 들고 있습니다."

"뭐라고? 적어도 지금은 편자를 빼줬겠지?"

"아닙니다, 빼지 않았습니다. 지금이라도 편자를 빼줘야겠군요. 아무래도 못이 살에 박힌 모양입니다."

나는 마부를 불러오라 일렀다. 예르몰라이의 말은 사실이었다. 주마는 정말 걷지도 못했다. 나는 즉시 편자를 빼고 말의 발을 축축한 진흙

위에 올려두라고 지시했다.

"어떻게 할까요? 툴라로 다녀올 말을 구해볼까요?" 예르몰라이가 계속 졸랐다.

"이런 벽촌에서 말을 구할 수나 있겠나?" 나는 짜증이 나서 버럭 소리를 질렀다……

우리가 머물던 마을은 세상의 눈에 띄지 않는 오지 중 오지였고, 그 주민들은 하나같이 헐벗었다. 우리는 오두막도 어렵사리 구했는데, 굴뚝이 있는 집은 아니었지만 그래도 꽤 널찍했다.

"구하고말고요," 예르몰라이가 평소처럼 태연하게 대답했다. "나리가 이곳 마을에 대해 지당한 말씀을 하셨습니다만, 이런 곳에서도 한때 똑똑하고 부유한 농부가 살았습죠! 말을 아홉 필이나 가지고 있었습니다. 그 사람은 죽었지만, 큰아들이 일을 좌지우지하고 있습니다. 아주 멍청하기 짝이 없는 자인데, 그래도 아직 아버지 재산을 다 들어먹진 않았습죠. 그 아들놈한테서 말을 구할 수 있을 겁니다. 분부만 내리시면, 그를 데려오겠습니다. 듣자 하니 그자의 형제들이 약삭빠른 모양입니다만…… 어쨌든 큰아들이 대장이지요."

"어째서 그런가?"

"뭐라 해도 큰아들이니까요! 나보다 어린 것들은 내 말을 들어라! 이런 식이지요." 예르몰라이는 그 동생들을 싸잡아 아주 심하게, 입에 담을 수 없을 정도로 혹평을 쏟았다. "우선 그자를 데려오겠습니다. 어수룩한 자입니다. 어떻게든 얘기가 되지 않겠습니까?"

예르몰라이가 '어수룩한' 사람을 데리러 간 사이 나는 차라리 내가 직접 툴라에 다녀오는 것이 낫지 않을까 생각했다. 첫째, 지금까지의 경험으로 보아 나는 예르몰라이가 썩 미덥지 못했다. 한번은 장을 봐오라고 도시로 보냈는데, 하루 만에 임무를 완수하겠다며 약속까지 하고 간 그는 일주일 내내 소식도 없이 사라졌고 내가 준 돈을 몽땅 술 마시는 데 쓰는 바람에 갈 때는 경주용 드로시키를 타고 갔으나 올 때는 걸어서 집에 돌아왔다. 둘째, 나는 툴라에 아는 중개상이 있었다. 나는 다리를 저는 주마를 대신할 말을 그자에게서 살 수 있겠다 싶었다.

'그게 좋겠다!' 나는 생각했다. '내가 직접 다녀오자. 타란타스도 꽤 편안하고 하니 가다가 길에서 자도 되겠지.'

"데려왔습니다!" 십오 분쯤 지나 예르몰라이가 오두막으로 우당탕 들어오며 외쳤다. 그를 따라 키 큰 농부가 들어왔는데, 하얀 루바시카에 파란색 바지를 입고 짚신을 신은 그는 희다 싶을 정도의 금발에 눈이 침침한 듯했고, 쐐기 모양의 붉은 턱수염, 길고 통통한 코, 헤벌린 입이 눈에 띄었다. 그는 정말로 '어수룩해' 보였다.

"자, 나리," 예르몰라이가 말했다. "이 사람에게 말이 있답니다, 이 사람도 좋다고 하고요."

"그니까, 그, 제가……" 농부가 목쉰 소리로 말을 꺼냈고, 말을 더듬으며 성긴 머리칼을 흔들기도 하고 손에 들고 있던 모자의 테를 손가락으로 매만지기도 했다. "제가, 그니까……"

"자네 이름이 뭔가?" 내가 물었다.

농부는 눈을 내리깔았고, 마치 생각에 잠긴 듯했다.

"제 이름 말씀입니까요?"

"그래, 자네 이름이 뭔가?"

"그저 저를—필로페이라고 부르시면 되겠습니다요."

"음, 그렇군, 필로페이, 듣자 하니 자네한테 말이 있다던데. 내게 세필을 가져다주게, 내 타란타스에 맬까 해. 타란타스가 가벼워서 괜찮을 거야. 그리고 나를 툴라로 데려다주게. 마침 오늘밤 달도 밝고 서늘하니 먼길 가기 좋겠어. 이 지역 길은 어떤가?"

"길이요? 길은 아무 문제 없습니다. 큰길까지 20베르스타밖에 안 됩니다. 다만 한 곳이…… 썩 좋지 않습니다. 그래도 큰 문제는 없습니다."

"어느 곳이 썩 좋지 않단 말인가?"

"개울을 건너야 해서 그렇습니다."

"아니, 나리가 직접 툴라에 가시게요?" 예르몰라이가 깜짝 놀라 물었다.

"그래, 직접 가려고 하네."

"음!" 나의 충직한 하인이 이렇게 소리를 내고는 고개를 흔들었다. "으-으-음!" 그는 다시 소리를 내고는 침을 뱉고 나가버렸다.

툴라로 가는 여행은 이제 그에게 아무 매력도 주지 않는 모양이었다. 그에게 이 여행은 아무 의미도, 흥미도 없는 일이 되어버렸다.

"자네 길은 잘 아나?" 내가 필로페이에게 말했다.

"잘 알다마다요! 다만 나리의 뜻을 따르지는 못하겠습니다…… 게다가 이렇게 갑작스레……"

알고 보니 예르몰라이는 필로페이를 고용하면서 바보인 그는 돈만 받으면 된다고 호언장담했던 것이었다…… 돈만 받으면 끝이라고! 필로페이는 바보일지언정—예르몰라이의 말에 따르자면 그렇다—이 말 한마디로는 만족하지 않았다. 그는 내게 지폐로 50루블이라는 거액을 요구했다. 나는 그에게 10루블을 제안했고, 사실 이 금액은 지나치게 적긴 했다. 우리는 흥정에 들어갔다. 필로페이는 고집을 부리다가 나중에야 뜻을 굽히기 시작했는데, 그러면서도 아주 빽빽하게 굴었다. 잠깐 들어온 예르몰라이가 "이 바보는("자네는 그 단어가 그렇게 마음에 드나!" 하고 필로페이가 나지막이 한마디했다), 이 바보는 돈을 셀 줄 모릅니다" 하며 나를 설득했고, 이십 년 전쯤 내 어머니가 두 개의 큰길이 모이는 목좋은 곳에 세운 여관이 완전히 망한 것은 여관 경영을 맡은 늙은 하인이 제대로 셈을 할 줄 몰라 돈 가치를 개수대로 쳤기 때문이라는 사실을 적시에 상기시켰다. 가령, 그 늙은 하인은 5코페이카짜리 동전 여섯 닢 대신 25코페이카짜리 은전을 하나 주면서도 욕을 마구 퍼부었다.

"어이, 자네는 필로페이, 어쩔 수 없는 필로페이*로군!" 마침내 예르몰라이가 고함을 질렀고 나가면서 화를 내며 문을 쾅 닫았다.

필로페이는 필로페이라고 불리는 것이 썩 기분좋은 일은 아니라는 것, 정당하게 따지자면 세례 때 제대로 사례를 받지 못했다며 분풀이하듯 그따위 이름을 지어준 사제를 탓해야 하나 어쨌든 그런 이름을 가지기만 해도 비난받을 수 있다는 것을 알고 있다는 듯 아무런 대꾸도 하지 않았다.

어쨌든 우리는 드디어 20루블로 합의를 봤다. 그는 말을 데리러 갔고 한 시간 뒤 직접 고르라며 다섯 필을 끌고 왔다. 갈기와 꼬리가 엉

* 부정적이고 지나치게 서민적인 이름으로, '어딘가 모자라고 아무짝에도 쓸모없는 사람'이라는 이미지를 준다.

켜 있고 배가 커다랗고 팽팽한 것이 북 같긴 했지만 말들은 제법 훌륭했다. 필로페이의 형제 두 명도 함께 왔는데, 그와 조금도 닮지 않았다. 키가 작고 눈이 새까만데다 코가 뾰족해서 말 그대로 '약삭빠른' 인상을 주었고, 한순간도 쉬지 않고 빠르게 떠들었지만—예르몰라이 말마따나 '나불나불댔다'—큰형에게는 고분고분했다.

그들은 처마밑에 있던 타란타스를 끌고 오더니 한 시간 반 정도 타란타스와 말과 씨름했다. 멍에와 수레채를 연결하는 밧줄을 늘어뜨리는가 하면 그 밧줄을 아주 단단히 묶기도 했다! 두 형제는 '잿빛 점박이'를 주마로 매고 싶어했고, '이놈이 비탈길에서 잘 굴러간다는' 까닭에서였다. 그러나 결정은 필로페이가 했다. 털북숭이 녀석으로! 그렇게 털북숭이를 주마로 매게 되었다.

타란타스에 건초를 넉넉히 깔고, 좌석 밑에는 다리를 저는 주마의 멍에를 구겨넣었는데, 툴라에서 새로 산 말에게 씌우게 될지도 모르기 때문이었다…… 필로페이는 집으로 잽싸게 달려가서는 아버지에게서 물려받은 발라온*을 걸치고, 그레치네비크**를 쓰고는 타르칠한 가죽장화를 신은 채 돌아왔고, 위풍당당하게 마부석에 올랐다. 나는 시계를 한 번 보고 자리에 앉았다. 열시 십오분이었다. 예르몰라이는 나와 인사도 하지 않으려 했고, 애꿎게 발렛카만 족쳤다. 필로페이가 고삐를 당기고 아주 가느다란 소리로 외쳤다. "가자, 귀여운 것들아!" 그의 형제들이 양쪽에서 폴짝 뛰며 곁마들 배를 찰싹찰싹 때렸다. 마침내 타란타스가 움직였고 대문에서 길로 나갔다. 털북숭이가 자기 집 마당 쪽으

* 아마포나 방수포로 넉넉하게 지은 러시아 농민의 상의.

** 18~19세기에 러시아 농민이 썼던 주로 갈색이고 원통형에 운두가 높은 여름용 모자.

로 달려가려 하자 필로페이가 몇 번의 채찍질로 정신 차리게 했고, 그렇게 우리는 벌써 마을을 벗어나 무성한 호두나무 관목들 사이 꽤 평평한 길을 따라 굴러갔다.

조용하고 멋진, 여행하기에 딱 좋은 밤이었다. 바람은 사각사각 관목을 휘젓기도 하고 나뭇가지를 흔들기도 하더니 아주 잠잠해졌다. 하늘에는 미동도 없는 은빛 구름들이 군데군데 보였다. 달은 높이 떠서 주변을 환하게 밝혔다. 나는 건초 위에 몸을 뻗고 누워 졸기 시작했다…… 그러다가 '썩 좋지 않은 곳'을 떠올리고는 움찔했다.

"저기, 필로페이, 여울까지는 먼가?"

"여울까지 말씀입니까? 8베르스타쯤 가야 합니다."

'8베르스타라,' 나는 생각했다. '한 시간 좀 안 걸리겠군. 잠깐 눈붙일 수 있겠어.'

"여보게, 필로페이, 자네 길은 잘 알지?" 내가 다시 물었다.

"길을 어찌 모르겠습니까요? 처음 가는 길도 아닌뎁쇼……"

그가 뭐라고 몇 마디 덧붙였으나 이미 그의 말은 들리지 않았고…… 나는 잠이 들었다.

흔히 있는 일이지만, 나를 깨운 것은 딱 한 시간만 자고 일어나야겠다는 나의 의지가 아니라 희미하게 들리기는 하나 바로 귀 아래에서 들려오는, 철석거리고 꾸르륵거리는 이상한 소리였다. 나는 고개를 들었다……

아니, 이게 무슨 일인가? 나는 아까와 마찬가지로 타란타스에 누워 있는데 타란타스 주변에, 그리고 마차 가장자리에서 반 아르신 떨어진 곳에 달빛을 받은 수면이 찰랑이며 선명한 잔물결로 떨리고 있는 것이 아닌가. 나는 앞을 바라보았다. 마부석에는 고개를 푹 숙인 채 우상처럼 구부정하게 앉아 있는 필로페이가 보였고, 더 멀리 졸졸 흐르는 물 위로는 멍에의 곡선과 말들의 머리와 등짝이 눈에 들어왔다. 모든 것은 움직이지도 않고 소리를 내지도 않았다. 마치 마법에 걸린 왕국, 꿈, 그것도 동화 속 꿈나라에 있는 듯했다…… 도대체 무슨 일일까? 나는 타란타스 뒷좌석에서 더 뒤쪽을 바라보았다…… 우리는 강 한가운데 있었다…… 기슭은 서른 걸음이나 떨어진 곳에 보였다!

"필로페이!" 내가 외쳤다.

"왜 그러십니까?" 그가 대꾸했다.

"왜라니? 세상에! 우리가 어디 있는 건가?"

"강 속에 있습니다."

"강 속에 있다는 건 나도 알아. 우리 이러다가 물에 빠져 죽겠네. 이런 식으로 강을 건넌다는 건가? 응? 자네 잠들었나, 필로페이! 대답 좀 해보게!"

"작은 실수가 있었습죠," 나의 마부가 말했다. "길을 잘못 들었어요, 그래도 조금 기다리기만 하면 됩니다."

"기다리기만 하면 된다니! 대체 뭘 기다린다는 거야?"

"저 털북숭이가 주변을 둘러볼 겁니다. 녀석이 꼼지락거리는 대로 가기만 하면 됩니다."

나는 건초 더미 위에서 몸을 반쯤 일으켰다. 주마의 머리는 물위에서 꿈쩍도 하지 않았다. 밝은 달빛 아래 귀 하나가 앞으로 뒤로 살짝살짝 움직이는 것만 보였다.

"자네의 털북숭이도 자고 있는데!"

"아닙니다," 필로페이가 대답했다. "녀석은 지금 물냄새를 맡는 겁니다."

다시 모든 것이 잠잠해졌고, 아까처럼 물이 철썩거리는 소리만 희미하게 들렸다. 나도 멍해졌다.

달빛, 밤, 강, 그리고 물에 잠긴 우리……

"저 목쉰 소리는 뭐지?" 내가 필로페이에게 물었다.

"저거요? 갈대밭에 사는 새끼오리들입니다…… 뱀일 수도 있고요."

갑자기 주마가 머리를 흔들더니 귀를 쫑긋 세웠고, 콧김을 내뿜고는 꿈틀거렸다.

"가자-가자-가-자아!" 돌연 필로페이가 목청껏 소리를 질렀고 몸을 일으켜 채찍을 휘둘렀다. 순간 타란타스가 제자리에서 덜컹하고 움직이더니 강의 물결을 가로지르며 앞으로 나아갔다. 바동거리고 울렁대며 나아갔다…… 처음에는 우리가 밑으로 가라앉고 있다고, 깊은 곳으로 가라앉고 있다는 생각이 들었으나 두세 번 곤두박질과 반동이 반복되고 나니 물살이 금세 낮아진 것 같았다…… 물살이 점점 더 낮아지더니 타란타스가 물살 위로 떠올랐고, 그러자 벌써 바퀴며 말들의 꼬리가 드러났다. 말들은 세차고 커다란 물보라를 일으키며 둔탁한 달빛 속에서 여러 갈래의 다이아몬드—아니, 다이아몬드가 아니라—사파이어 빛줄기를 사방에 흩뿌리고는, 기쁜 마음으로 힘을 합쳐 우리를 모래강변으로 끌어냈다. 그리고 반짝반짝 빛나는 젖은 다리를 리듬도 무시한 채 내디디며 길을 따라 언덕으로 향했다.

'이제,' 내 머릿속에 이런 생각이 떠올랐다. '필로페이가 뭐라고 말하려나? 제 말이 맞았습죠! 아니면 그와 비슷한 말을 하겠지?' 그러나 그는 아무 말이 없었다. 그래서 나도 그의 부주의를 탓할 필요는 없겠다 싶어 다시 건초 더미에 누워 잠을 청했다.

그러나 나는 잠들지 못했는데—사냥으로 지치지 않아서가 아니라, 내가 겪은 불안이 잠을 내쫓아서가 아니라—우리 앞에 참으로 아름다운 장소들이 펼쳐졌기 때문이다. 작은 웅덩이, 호수, 개울, 버드나무가 무성한 기슭이 여기저기 들어찬 광활하고 탁 트인 초원, 눈 녹은 물이 흐르고 풀이 훤칠하게 자란 초원, 그야말로 러시아다운 이 초원은 러시아 사람이라면 누구나 좋아하는 곳이었고, 우리 고대의 빌리나*에 나오는 영웅호걸들이 하얀 백조와 잿빛 오리를 잡으러 다니던 그런 곳과 닮았다. 말발굽과 수레로 잘 다져진 길은 노르스름한 리본처럼 휘어졌고, 말들은 사뿐히 달렸으며, 나는 황홀경에 빠져 눈도 감지 못했다. 이 모든 것은 다정한 달빛 아래 부드럽고 가지런히 흘러갔다. 필로페이, 그마저 감동한 모양이었다.

"이 초원은 우리 고장에서 스뱌토예고리옙스키예초원이라고 불립니다." 그가 내게 말했다. "그리고 그 뒤로는 벨리코크냐제스키예초원이 이어지지요. 온 라세야**를 뒤져도 이런 초원들은 없을 겁니다…… 정말 멋지지 않습니까!" 주마가 콧김을 내뿜고 부르르 떨었다…… "주님이 함께하시길!……" 필로페이가 소리 낮춰 점잖게 말했다. "정말 멋지지 않습니까!" 그가 되풀이하고는 한숨을 내쉬었고, 길게 소리를 끌며

---

* 고대 러시아의 영웅 서사시.

** 민중이 러시아, 즉 '라시야(Россия)'를 편하게 부르던 이름.

목을 가다듬었다. "곧 풀베기가 시작될 텐데, 이 많은 풀을 다 베려면 일이 크겠습니다! 강기슭 바로 밑에 고기가 얼마나 많은지 모릅니다. 이만한 잉어들이요!" 그가 노래를 부르듯이 덧붙였다. "한마디로 살맛 난다 이겁니다."

그가 갑자기 한 손을 쳐들었다.

"어라! 저기 좀 보십쇼! 호수 위에요…… 저거 왜가리 아닙니까? 세상에, 왜가리가 밤에 고기를 잡던가? 아이고! 왜가리가 아니라 나뭇가지구나. 잘못 봤습니다! 달빛이 조화를 부립니다."

그렇게 우리는 달리고 또 달렸다…… 마침내 초원이 끝나가고, 작은 숲이며 개간한 들판이 보였다. 한쪽에 비켜선 작은 마을에서 불빛 두세 개가 깜박였고, 큰길까지는 이제 5베르스타밖에 남지 않았다. 나는 잠이 들었다.

다시 한번 내 의지에 반해 잠에서 깼다. 이번에는 필로페이의 목소리가 나를 깨웠다.

"나리…… 나리!"

나는 몸을 일으켰다. 타란타스는 큰길 한복판 평평한 곳에 서 있었다. 필로페이가 마부석에서 몸을 돌려 얼굴을 내 쪽으로 내밀고 눈을 크게 뜨고서(그의 눈이 그렇게 큰 줄 몰랐던 나는 깜짝 놀랐다) 의미심장하고 비밀스럽게 속삭였다.

"덜거덕!…… 덜거덕!"

"무슨 말을 하는 겐가?"

"뭔가 덜거덕거린단 말입니다! 몸을 기울여 잘 들어보십시오. 들리시죠?"

나는 타란타스에서 고개를 빼 숨을 잠시 멈춰보았고, 그러자 정말로 우리 뒤 먼 곳에서 바퀴 구르는 듯한 소리가 띄엄띄엄 희미하게 들렸다.

"들리시죠?" 필로페이가 되풀이했다.

"들리네," 내가 대답했다. "승용마차가 가는 것 같군."

"그 소리가 아닙니다…… 이겁니다! 자…… 방울소리…… 휘파람 소리…… 들리십니까? 모자를 벗어보시지요…… 더 잘 들릴 겁니다."

나는 모자를 벗고 귀를 기울였다.

"음, 그래…… 그런 것 같군. 근데 이게 무슨 소릴까?"

필로페이가 고개를 말들 쪽으로 돌렸다.

"수레 구르는 소립니다…… 짐은 싣지 않았고요, 바퀴에는 징을 박았죠." 그가 말하고는 고삐를 당겼다. "이건 말입니다, 나리, 나쁜 놈들이 오고 있는 겁니다, 실제로 여기 툴라 근방에는 못된 짓을 하는 놈들이…… 많거든요."

"그게 무슨 헛소리인가! 자네는 어째서 저자들이 꼭 나쁜 놈들일 거라고 생각하나?"

"제 말이 맞습니다. 방울을 달았다면 말이죠…… 게다가 빈 수레이고…… 대체 누구겠습니까?"

"그나저나 툴라까지는 아직 멀었나?"

"아직 15베르스타 정도 남았습니다만, 이쪽에는 사람 사는 집이 하나도 없습니다."

"음, 그럼 꾸물거릴 것 없이 서둘러 가세나."

필로페이는 채찍을 휘둘렀고 타란타스는 다시 굴러갔다.

필로페이의 말에 믿음이 가지는 않았으나 어쨌든 나는 잠들지 못했다. 그의 말이 사실이라면 어떡하지? 불쾌한 기분이 내 안에서 꿈틀댔다. 나는 타란타스 안에서 일어나 앉아—그때까지는 계속 누워 있었다—사방을 둘러보았다. 내가 잠든 사이 옅은 안개가 몰려들었는데, 땅이 아니라 하늘에 깔렸다. 안개가 높이 떠 있었고, 그 사이로 달이 연기 속에 걸린 듯 희끄무레한 얼룩처럼 보였다. 주변은 온통 평평하고 쓸쓸했다. 들판, 계속 들판, 군데군데 덤불, 골짜기, 그리고 또 들판, 그것도 잡초가 드문드문 난 휴경지들. 텅 비었다…… 죽어 있다! 제발 어디선가 메추라기라도 울어준다면.

우리는 반시간쯤 더 달렸다. 필로페이는 이따금 채찍을 휘두르고 입술로 소리를 냈으나, 그도 나도 말 한마디 하지 않았다. 그렇게 우리는 작은 언덕으로 올랐다…… 필로페이가 말 세 필을 멈추고는 말했다.

"덜거덕…… 또 덜거덕거립니다, 나리!"

나는 다시 타란타스에서 고개를 내밀었으나 수레바퀴 구르는 소리, 사람들이 부는 휘파람소리, 방울 짤랑이는 소리, 심지어 말발굽소리가 아직 멀기는 하나 너무도 선명히 내 귀에까지 들려왔기에 마차 차양 아래서도 들릴 것이었다. 노랫소리와 웃음소리까지 들려왔다. 분명 바람이 그쪽에서 불어오고 있다 해도 족히 1베르스타, 어쩌면 2베르스타 거리에 있는 미지의 여행자들이 우리에게 다가오고 있다는 것은 의심할 수 없었다.

나와 필로페이는 서로를 바라보았다. 그는 모자를 뒤통수에서 이마 쪽으로 당겨쓸 뿐 곧장 고삐 위로 몸을 숙인 채 말들을 후려쳤다. 말들은 질주하려 하지만 오래 달리지 못했고 다시 속보로 달렸다. 필로페이는 계속 채찍질을 해댔다. 어서 달아나야만 했다!

처음에는 필로페이의 의심을 수긍하지 못했던 내가 어째서 이번에는 나쁜 놈들이 우리를 쫓고 있다고 확신하게 되었는지 나도 알 수가 없었다…… 새로운 소리를 더 들은 것도 아니었다. 예의 그 방울소리, 짐을 싣지 않은 수레가 덜거덕거리는 소리, 그 휘파람소리, 그리고 그 희미한 아우성…… 그러나 나는 이제 의심하지 않았다. 필로페이가 잘못 들었을 리 없다!

다시 이십 분이 흘렀다…… 그 이십 분 동안 우리 마차가 구르는 둔탁한 소리 말고도 또하나의 덜거덕거리는 소리와 또하나의 둔탁한 소리가 들렸다……

"멈춰보게, 필로페이," 내가 말했다. "어차피 마찬가지네. 살면서 한 번은 죽으니!"

필로페이가 겁을 먹은 듯 워워 외쳤다. 말들은 잠시 쉴 틈이 생겨서 기쁜 듯 곧바로 멈췄다.

아이고, 아버지! 방울들이 바로 우리 등뒤에서 으르렁거렸고, 수레는 우당탕 굴러갔으며, 수레에 탄 사람들은 휘파람 불고 고함지르고 노래했고, 말들은 콧김을 내뿜으며 발굽으로 땅을 두드렸다……

우리는 따라잡혔다!

"끝이-다-아." 필로페이가 낮은 목소리로 띄엄띄엄 말했고, 주저하며 입술로 소리를 내고는 말들을 재촉했다. 바로 그 순간 무언가 갑자기 우지끈 뜯어져 부딪치는 듯하더니, 홀쭉한 말 세 필이 끄는 거대하고 넓적한 수레가 거친 돌풍처럼 우리를 앞질러갔고 이내 평보로 길을 막아섰다.

"강도들이 쓰는 수법입니다." 필로페이가 속삭였다.

고백하건대, 나는 심장이 멎는 줄 알았다…… 나는 잔뜩 긴장하여 안개 사이로 달빛이 어슴푸레 비치는 곳을 쳐다보았다. 우리 앞 수레에는 루바시카를 입고 아르먀크 앞섶을 풀어헤친 사내 여섯이 앉은 것도 선 것도 아닌 자세로 자리잡고 있었다. 둘은 모자를 쓰고 있지 않았다. 장화 신은 커다란 발들이 수레 난간에 걸쳐 덜렁거렸고, 팔들이 쳐들렸다가 괜스레 툭 떨어졌다…… 몸뚱이들이 들썩였다…… 술에 취한 사람들이 분명했다. 어떤 이들은 있는 소리 없는 소리로 고함을 질렀고, 어떤 이는 대단히 날카롭고 깨끗하게 휘파람을 불었으며, 또 어떤 이는 욕을 퍼부었다. 마부석에는 반외투를 입은 거구가 앉아 수레를 몰고 있었다. 그들은 우리를 신경쓰지 않는 듯 평보로 갔다.

별수 있겠는가? 우리도 그들을 따라 평보로 갔다…… 어쩔 수 없이.

우리는 그렇게 사분의 일 베르스타를 갔다. 마음이 조마조마해 고통스러울 지경이었다…… 벗어나야 한다, 막아내야 한다…… 그런데 어떻게! 저쪽은 여섯 명이고, 내게는 막대기 하나 없다! 산탄이고 뭐고 그냥 돌아갈까? 그러나 그들은 곧장 우리를 따라잡을 것이다. 나는 주콥스키의 시구가 떠올랐다(카멘스키 원수가 살해당하는 대목이다).

도적의 야비한 도끼날이……*

* 바실리 주콥스키의 시 「육군원수 카멘스키 백작의 죽음에 부쳐」(1809)에 나오는 구절. 미하일 카멘스키 백작(1738~1809)은 1806년 나폴레옹의 침입에 맞서 싸우기를 거부하고 자신의 영지에 머무르다가 그의 학대를 견디지 못한 농노의 도끼에 죽었다.

아니면 더러운 밧줄로 목이 졸리고…… 도랑에 내던져져…… 올가미에 걸린 토끼처럼 깩깩거리며 발버둥치리라……

아, 끔찍하다!

그들은 계속 평보로 가며 우리에게 주의를 돌리지 않았다.

"필로페이," 내가 소곤거렸다. "살짝 오른쪽으로 슬그머니 지나가 보게."

필로페이가 시험삼아 슬쩍 오른쪽으로 말을 몰았다…… 그런데 저들도 곧장 오른쪽으로 몰았다…… 지나쳐 가는 것이 불가능했다.

필로페이가 다시 시도했다. 이번에는 왼쪽으로 몰았다…… 이번에도 저들은 우리가 수레를 지나쳐 가도록 놔두지 않았다. 심지어 깔깔 웃어댔다. 놓아주지 않겠다는 뜻이었다.

"강도들이 틀림없습니다." 필로페이가 어깨 너머로 속삭였다.

"저들이 원하는 게 뭔가?" 나도 속삭이며 물었다.

"저 앞에 작은 골짜기가 있는데 개울 위로 다리가 있습니다…… 우리를 거기서 해치려는 겁니다! 놈들이 항상 쓰는 수법이지요…… 다리 옆에서요. 나리, 꼼짝없이 당하게 생겼습니다!" 그가 한숨지으며 덧붙였다. "살려주지 않을 겁니다. 저놈들한테는 흔적을 남기지 않는 게 중요하니까요. 나리, 한 가지가 마음에 걸립니다, 이 말 세 마리가 사라지면, 동생 녀석들은 이제 말이 한 마리도 없게 됩니다."

어떻게 그런 순간에도 필로페이가 말에 대해 걱정할 수 있는지 깜짝 놀랄 법도 했으나, 고백하건대, 나는 그게 문제가 아니었다…… '정말 우리를 죽일까?' 나는 하나만 생각했다. '무엇 때문에? 살려만 준다면 가진 것을 전부 주리라.'

다리가 가까워지자 더욱 또렷이 보였다.

갑자기 우우 함성이 들리더니 삼두마차가 우리 앞에 우뚝 솟아올랐고, 다리 있는 데까지 달리더니 길 한쪽에 말뚝 박은 듯 멈춰 섰다. 심장이 툭 떨어지는 것 같았다.

"오, 이보게, 필로페이," 내가 말했다. "자네와 함께 죽게 되었군. 내가 자네를 죽게 만들었으니 나를 용서해주게."

"나리, 이게 어째서 나리 탓입니까! 팔자는 피하지 못합니다! 음, 털북숭이야, 나의 충실한 애마야," 필로페이가 주마에게 말했다. "가자, 친구야! 마지막으로 우리를 섬겨다오! 이러나저러나 마찬가지겠구나…… 주여, 은총을 베푸소서!"

그리고 그는 삼두마차를 속보로 몰았다.

우리는 다리가 있는 곳에, 그 꿈쩍도 않는 위협적인 수레에 가까워졌다…… 수레는 일부러 그러는 듯 잠잠했다. 아무 소리도 내지 않았다! 꼬치고기나 매와 같은 맹수들은 먹잇감에 가까이 다가갈 때 꼭 그렇게 잠잠해진다. 우리는 수레와 나란히 있게 되었다…… 갑자기 반외투를 입은 거구가 훌쩍 뛰어내리더니 곧장 우리에게 왔다!

그는 필로페이에게 아무 말도 하지 않았으나 필로페이는 고삐를 팽팽히 당겼다…… 타란타스가 섰다.

거구의 사내는 문짝에 두 손을 얹더니 북슬북슬한 머리를 숙이고 이를 하얗게 드러내며 조용하고 고른 목소리로 말했다. 직공들이 쓰는 말투였다.

"존경하옵는 나리, 저희는 혼인 잔치에서 한판 재밌게 놀다가 마을로 돌아가는 길입니다. 친구 녀석 하나를 장가보냈습죠, 잠자리까지 봐줬습니다. 새파랗게 젊은데다 혈기가 왕성해 다들 거나하게 마셨습죠, 다만 해장술 할 돈이 없습니다. 혹시 은혜를 베푸셔서, 저희 각자에게 보드카 반병씩 돌아가도록 몇 푼 보태주실는지요? 나리의 건강을 위해 건배하고, 나리를 항상 기억하겠습니다. 원치 않으신다면야 어쩔 수 없고요. 노여워하지 마시길 바랍니다!"

'이게 무슨 일인가?' 나는 이런 생각이 들었다…… '비웃는 건가?…… 놀리는 건가?'

거구의 사내는 계속 고개를 숙인 채 서 있었다. 바로 그 순간 달이 안개를 헤집고 나타나 그의 얼굴을 비추었다. 그의 얼굴은 웃고 있었다, 눈에도 입술에도 웃음이 서려 있었다. 그 얼굴에서 위협하는 기색은 볼 수 없었다…… 다만 긴장을 늦추지는 않는 듯했다…… 그리고 이가 참 희고 컸다……

"기꺼이 주지…… 받게……" 나는 재빨리 말했고, 주머니에 있는 지갑에서 1루블짜리 은전 두 닢을 꺼냈다. 당시만 해도 루시에서는 은전이 통용되고 있었다. "여기, 충분할지 모르겠네만."

"대단히 고맙습니다!" 거구가 군대식으로 우렁차게 외쳤고, 두툼한 손가락으로 내게서 눈 깜짝할 새 낚아채 갔다, 지갑 통째로가 아니라 딱 2루블만. "대단히 고맙습니다!" 그가 뒤로 돌자 머리칼이 흔들렸고, 그는 수레로 달려갔다.

"얘들아!" 그가 소리질렀다. "길을 가시는 나리가 우리에게 2루블을 하사하셨다!" 다들 갑자기 웃음을 터뜨렸다…… 거구의 사내는 마부석에 올라탔다……

"안녕히 가십시오!"

그게 우리가 본 그들의 모습 전부였다! 말들이 힘차게 움직이자 수레는 언덕으로 우당탕 올라갔다. 그리고 땅과 하늘을 구분하는 어두운 윤곽선 위에서 한번 더 반짝하더니 언덕 위로 넘어가 사라졌다.

이제 덜거덕거리는 소리도, 왁자지껄한 함성도, 방울소리도 들리지 않았다……

죽음과 같은 정적이 찾아왔다.

나와 필로페이는 한동안 정신을 차리지 못했다.

"이런 광대를 봤나!" 마침내 그가 입을 열었고, 모자를 벗더니 성호를 그었다. "광대가 틀림없습니다." 그가 덧붙이고는 내게로 고개를 돌렸는데, 얼굴 가득 희색이 돌았다. "좋은 사람일 겁니다, 암요. 가자-가자-가자, 귀여운 것들아! 저기서 돌아라! 너희는 멀쩡할 것이다! 우리 모두 멀쩡할 것이다! 사실 그 녀석이 우리를 못 지나가게 한 것은 말들을 몰고 있어서였을 겁니다. 광대 녀석 같으니! 가자-가자-가자-가자아! 하느님이 함께하신다!"

나는 아무 말 하지 않았지만, 사실 나도 기분이 좋았다. '우리 모두 멀쩡할 것이다!' 나는 속으로 되풀이하고 건초 위에 드러누웠다. '돈 몇 푼으로 잘 해결됐군!'

심지어 나는 주콥스키의 시구를 떠올린 것이 약간 부끄럽기도 했다.

갑자기 이런 생각이 떠올랐다.

"필로페이!"

"무슨 일이십니까?"

"자네 결혼했나?"

"했습죠."

"아이들도 있나?"

"있습니다요."

"그런데 어떻게 아이들 생각을 안 했나? 말들은 안타까워하면서, 아내와 아이들 걱정은 안 되던가?"

"걱정할 게 뭐 있습니까? 마누라하고 아이들은 도적놈들 손아귀에 들지 않았잖습니까. 머릿속에는 항상 마누라, 아이들 생각뿐이지요, 지금도 그렇고요…… 암요." 필로페이는 잠시 침묵했다. "어쩌면…… 마누라하고 아이들을 보아 하느님이 나리와 저를 굽어살피셨을지도 모르지요."

"그자들이 강도떼가 아니었다면?"

"어찌 알겠습니까? 남의 속을 들어가볼 수나 있겠습니까? 남의 속은—아시다시피—알 수 없는 법이지요. 아무튼 하느님과 함께하면 항상 좋습니다. 아니…… 저는 제 가족을 항상…… 가자-가자-가자, 귀여운 것들아, 하느님이 함께하신다!"

우리가 툴라에 가까워졌을 때는 거의 날이 밝았다. 나는 반쯤 잠이 든 채 멍하니 누워 있었다.

"나리," 느닷없이 필로페이가 내게 말했다. "저길 좀 보십쇼, 저들이 주막 근처에 서 있습니다…… 저들의 수레고요."

나는 고개를 들었다…… 정말 그들이었다. 그들의 수레, 그들의 말이었다. 갑자기 주점의 문가에서 반외투를 입은 눈에 익은 거구가 나타났다.

"나리!" 그가 모자를 흔들며 외쳤다. "나리가 주신 돈으로 마시고 있습니다! 어이, 마부." 그가 필로페이에게 고개를 흔들며 덧붙였다. "아까는 오금이 다 저렸지, 그치?"

"꽤 재밌는 사람이군요." 필로페이가 주점에서 20사젠 정도 멀어지자 말했다.

드디어 우리는 툴라에 도착했다. 나는 산탄을 사고, 차와 포도주도 사고, 중개상에게서 말도 받았다. 정오가 되어 우리는 다시 길을 나섰다. 우리가 수레 덜거덕거리는 소리를 처음 들었던 곳을 지나가게 되자 툴라에서 한잔 걸치고 수다쟁이가 된 필로페이는—그는 심지어 내게 옛날이야기까지 들려주었다—문제의 그곳에서 갑자기 웃음을 터뜨렸다.

"기억하십니까, 나리, 제가 이렇게 말했었지요. 덜거덕…… 덜거덕, 덜거덕!"

그는 몇 번 세차게 손을 휘저었다…… 그는 이 말이 퍽 재밌는 모양이었다.

그날 저녁 우리는 그의 마을로 돌아왔다.

나는 우리에게 일어난 일을 예르몰라이에게 들려주었다. 그는 술을 마시지 않아선지 아무런 공감도 보이지 않고 동의하거나 힐난하는 듯 흠흠 할 뿐이었고, 내 생각에는 그 자신도 흠흠 하는 소리가 무엇을 뜻하는지 모르는 것 같았다. 그런데 이틀이 지났을까, 그는 나와 필로페이가 툴라로 가고 있던 바로 그날 밤, 바로 그 길에서, 한 상인이 도적들에게 털리고 죽임까지 당했다는 소식을 만족스러운 낯빛으로 내게 전했다. 나는 그의 말을 믿지 않으려 했으나 결국 믿을 수밖에 없게 되었다. 수사 현장으로 말을 달리던 경찰서장이 내게 이 소식이 사실이라고 확인해준 것이다. 우리의 그 혈기왕성한 젊은이들은 진짜로 '혼인 잔치'에서 돌아오던 길이었을까? 또 거구의 광대가 말했듯 그들이 잠자리까지 봐줬다는 '친구 녀석'은 사실 그 상인이 아니었을까? 나는 필로페이의 마을에서 닷새 정도 더 머물렀다. 그리고 그를 마주칠 때마다 이렇게 말했다. "응? 덜거덕덜거덕?"

"재밌는 사람이었습죠." 그는 매번 이렇게 대답하고는 껄껄 웃었다.

숲과 초원

……점점 더 그는 그곳으로 돌아가고
싶었다, 정겨운 시골, 어두운 정원으로,
커다란 보리수 아래 그늘이 짙고
은방울꽃 처녀처럼 향기로운 곳,
둥근 버드나무들 강둑에 줄지어
물위로 휘영청 몸을 수그리는 곳,
실팍한 참나무가 기름진 밭 굽어보며 자라고,
삼이며 엉겅퀴 내음 진동하는 그곳……
그곳, 그곳으로, 광활한 들판으로,
대지가 벨벳처럼 검게 빛나는 곳,
눈을 두는 곳마다 호밀밭이

부드러운 파도처럼 고요히 넘실대는 곳.
무겁고 노란 햇빛이 떨어진다,
투명하고 하얗고 둥근 구름에서.
그곳은 정말 좋다……………
(소각해버린 서사시 중에서)

아마도 독자 여러분은 나의 수기가 이제 지겨워졌을 것이다. 여기에 인쇄된 분량만으로 이야기를 마치겠다고 약속하며 독자 여러분을 서둘러 안심시키는 바이다. 그러나 독자와 작별하는 지금, 사냥에 대해 몇 마디 하지 않을 수 없다.

총을 둘러메고 개를 대동하며 나서는 사냥은 그 자체로, 또 지난 시절 입버릇처럼 말했듯 *대자적*으로 즐거운 일이다. 사냥꾼으로 태어나지 않았더라도 당신은 어쨌든 자연을 사랑할 것이다. 따라서 당신은 우리 사냥꾼 족속을 부러워하지 않을 수 없다…… 마지막으로 들어보시라.

* * *

가령, 당신은 봄날 동이 트기 전에 길을 떠나는 기쁨을 아는가? 현관 층계참으로 나간다…… 어두운 잿빛 하늘에는 별들이 눈을 깜박인다. 습기를 머금은 바람이 이따금 가벼운 파도처럼 불어온다. 새침한, 그리고 알아들을 수 없는 밤의 속삭임이 들린다. 그늘에 잠긴 나무들이 희미하게 웅성인다. 수레에 양탄자를 깔고 두 다리는 사모바르를 담은 상자 속에 넣는다. 결마들은 몸을 웅크리고 투레질하고 멋을 부리듯 또각또각 발을 바꿔 디딘다. 막 잠에서 깬 하얀 거위 한 쌍이 말없이 느릿느릿 길을 건넌다. 바자울 뒤 정원에서는 파수꾼이 태평스레 코를 골고 있다. 소리 하나하나가 굳은 공기 속에 멈춰 선 듯, 제자리에 서서는 흘러갈 줄 모른다. 당신은 수레에 자리를 잡고, 말들은 일제히 앞으로 나아가고, 수레가 육중한 소리를 낸다…… 그렇게 떠난다. 교회를 지나, 언덕에서 오른쪽으로, 강둑을 건너 계속 간다…… 연못은 이제야 간신히 김을 뿜으려 한다. 날은 약간 차고, 얼굴을 외투 깃에 파묻게 된다. 졸음이 쏟아진다. 말들이 웅덩이를 밟고 지나며 철벅철벅 명랑한 소리를 내고, 마부는 휘파람을 분다. 그렇게 4베르스타쯤 간다…… 하늘 끄트머리가 붉어진다. 갈까마귀가 자작나무에서 깨어나 거북살스럽게 날아다닌다. 참새는 시커먼 낟가리 주변에서 지저귄다. 대기가 밝아지고 길은 더 잘 보인다. 하늘은 맑고 구름은 희고 들판은 푸르다. 오두막마다 관솔이 빨갛게 타오르고 대문 저편에서 잠에 취한 목소리들이 들린다. 그러는 사이 새벽놀이 타오른다. 벌써 황금빛 선 여러 개가 하늘을 가로질러 뻗어 있고 골짜기에는 김이 몽글몽글 피어오른다. 종달새들이 낭랑한 목소리로 노래하고 첫새벽의 바람이 분다. 그리고 적자색 태양이 가만히 떠오른다. 빛이 물줄기처럼 쏟아져 흐르고, 당신의 심장은 새처럼 푸드덕 날갯짓한다. 상쾌하고, 기쁘고, 사랑스럽다! 먼 곳까지 사방이 보인다. 저기 숲 뒤로 마을이 하나 나오고, 더 가면 하얀 교회가 있는 마을이 하나 더 나오고, 언덕 위에는 자그마한 자작나무숲이 있다. 바로 그 뒤에 당신이 가고자 하는 늪이 있다…… 가자, 말들아, 어서 가자! 성큼성큼 속보로 가자!…… 이제 3베르스타밖에 남지 않았다. 해가 빠르게 떠오르고 하늘은 맑다…… 아주 멋진 날씨다. 마을을 떠난 가축떼가 죽 늘어서서 당신을 맞이한다. 당신은 언덕을 오른다…… 얼마나 멋진 풍경인가! 안개 사이로 희미하게 푸른 강은 10베르스타 정도 굽이쳐 흐른다. 강 뒤로 물이 풍부한 푸른 초지가 펼쳐져 있고, 초지 뒤로는 완만한 언덕이 나온다. 저멀리 댕기물떼새들이 깩깩 소리지르며 늪 위를 날아다닌다. 대기 속에 쏟아진 촉촉한 섬광 사이로 먼 곳이 선명히 드러난다…… 여름이 아닌 까닭이다. 가슴은 얼마나 거리낌없이 숨을 내쉬는가, 팔다리는 얼마나 기운차게 움직이는가, 봄의 신선한 숨결에 휩싸인 인간은 얼마나 단단해지는가!……

7월, 여름날의 아침은 또 어떠한지! 사냥꾼이 아니라면 그 누가 새벽녘 덤불 사이를 헤매는 기쁨을 맛보겠는가? 이슬을 머금어 새하얘진 풀밭 위에 당신의 발자국이 푸른 윤곽으로 누워 있다. 젖은 덤불을 헤치면 한껏 쌓인 밤의 열띤 냄새가 훅 풍긴다. 공기는 쑥의 신선한 쓴맛과 메밀꽃, '토끼풀'의 꿀을 잔뜩 머금고 있다. 저멀리 참나무숲이 벽처럼 우뚝 서 있고 햇빛을 받아 붉게 빛난다. 아직은 상쾌하지만 조금씩 밀려드는 열기가 벌써 느껴진다. 바람이 온갖 향기를 넘칠 정도로 몰고 와 머리가 다 어지럽다. 수풀은 끝없이 이어진다…… 멀리 어디선가 호밀은 노랗게 익어가고 메밀은 좁다란 띠 모양으로 붉어져간다. 우지끈 수레 소리가 들린다. 농부가 걷는 속도로 마차를 몰고 와 미리 말을 그늘에 매둔다…… 당신은 그와 인사를 나누고 길을 계속 간다. 당신 뒤에서 서걱서걱 낫을 휘두르는 소리가 들린다. 해는 점점 더 높이 떠오르고 풀이 빠르게 마른다. 벌써 날이 더워졌다. 한 시간, 두 시간. 시간이 흐른다…… 하늘의 가장자리가 어두워진다. 미동도 없는 공기는 따끔따끔한 더위에 불타오른다.

"여보시오, 여기 물 좀 마실 곳이 있겠소?" 당신은 풀을 베는 이에게 묻는다.

"저기 골짜기에 샘이 있습니다."

끈질긴 풀들과 뒤엉킨 호두나무의 무성한 가지를 헤치며 당신은 골짜기 아래로 내려간다. 절벽 바로 밑에 정말로 샘이 숨어 있다. 참나무는 물갈퀴 모양의 가지를 탐욕스레 물위로 뻗었다. 커다란 은빛 거품이 얄팍하고 벨벳 같은 이끼로 덮인 바닥에서 꿀렁거리며 솟아오른다. 당신은 당장 땅에 엎드려 물을 실컷 마신다. 게으름이 덮쳐 꼼짝도 하기 싫다. 그늘 밑에서 당신은 강렬한 향의 습기를 들이마신다. 기분이 참 좋다. 맞은편에는 관목들이 누렇게 시들기라도 할 듯 태양에 달궈지고 있다. 그런데 이게 무슨 일이지? 느닷없이 바람이 세차게 불어온다. 주변의 공기가 부들부들 떤다. 천둥이 치려나? 당신은 골짜기에서 나온다…… 저기 지평선 위에 그어진 납빛 띠는 대체 무엇일까? 더위가 더 기승을 부리려나? 아니면 먹구름이 몰려오려나?…… 그때 갑자기 번개가 희미하게 번쩍인다…… 어허, 뇌우로군! 햇빛은 아직 밝다. 사냥을 좀더 할 수 있겠다 싶다. 그런데 먹구름은 계속 자라나고, 구름의 앞쪽 끄트머리는 소매처럼 뻗어나와 아치 모양으로 구부러진다. 풀이며 관목이며 주변이 갑자기 어두워진다…… 서두르자! 저기 건초를 쌓아둔 헛간이 보이는 것 같다…… 어서! 당신은 간신히 뛰어가 안으로 들어선다…… 비가 다 무엇이냐? 번개가 다 무엇이란 말이냐? 짚을 이은 지붕의 틈새에서 물 몇 방울이 향긋한 건초 더미 위로 떨어졌다…… 그러나 해가 다시 노닐기 시작한다. 뇌우는 지나갔고, 당신은 밖으로 나온다. 세상에, 어찌나 모든 것이 즐겁게 반짝이는지. 공기는 어찌나 신선하고 촉촉하며, 또 어찌나 향긋한 딸기와 버섯 내음이 나는지!……

그러나 이제 저녁이 찾아온다. 노을은 불이라도 난 듯 활활 타올라 하늘의 절반을 덮었다. 해가 저문다. 가까운 곳의 공기는 어째선지 유리처럼 유난히 투명하다. 저멀리 따스해 보이는 부드러운 열기가 가라앉는다. 붉은빛이 이슬과 함께 숲의 빈터에 떨어지는데, 빈터는 묽은 황금의 흐름에 적셔진 지 얼마 되지 않았다. 나무들, 덤불들, 높다란 건초 더미에서 기다란 그림자가 달려나온다…… 해가 넘어간다. 별 하나가 불을 켜고 화염이 남실대는 일몰의 바다 한복판에서 파르르 떤다…… 해는 창백하고 하늘은 푸르러진다. 그림자는 하나둘씩 사라지고 대기에 어둠이 차오른다. 집으로 향할 때다, 마을로, 당신이 밤을 보낼 오두막으로 돌아갈 때다. 당신은 기진맥진했으나 어깨에 총을 둘러메고 빠른 걸음으로 나아간다…… 그러는 사이 밤이 된다. 스무 걸음 밖은 보이지 않는다. 어둠 속에서 개들은 하얀 윤곽으로만 겨우 보인다. 저기 시커먼 덤불 위로 하늘의 가장자리가 어렴풋이 밝다…… 무슨 일이지? 불이 났나?…… 아니, 달이 떠오르는 중이다. 저 아래 오른쪽에 마을의 불빛 여러 개가 깜박인다…… 마침내 오두막이 나타난다. 들창 너머로 새하얀 식탁보를 깐 탁자, 타오르는 촛불, 저녁식사가 보인다……

아니면 경주용 드로시키에 말을 매라 이르고 들꿩을 잡으러 숲으로 떠나보자. 키 큰 호밀이 이루는 벽을 양쪽에 두고 좁은 오솔길을 따라 달릴 때면 참으로 즐겁다. 이삭들이 슬그머니 당신의 얼굴을 때리고, 수레국화는 바짓가랑이에 매달린다. 사방에서 메추라기들이 울어대고 게으른 말은 속보로 달린다. 이제 숲이다. 그늘과 정적. 늘씬한 사시나무가 당신을 굽어보며 높은 곳에서 재잘거린다. 기다랗게 늘어진 자작나무 가지는 살랑대지도 않는다. 힘센 참나무는 아름다운 보리수 곁에 전사처럼 서 있다. 당신은 그림자가 어룽거리는 푸른 오솔길을 따라 말을 달린다. 커다랗고 누런 파리들이 꼼짝하지 않고 금빛 공중에 매달려 있다가 갑자기 흩어져 날아간다. 먹파리들은 그늘에서는 빛나고 햇볕에서는 시커메지면서 기둥 모양으로 뱅글뱅글 돈다. 새들이 평화로이 노래한다. 꼬까울새의 금빛 목소리가 천진난만하고 수다스럽다. 이 목소리는 은방울꽃 향기와 무척이나 어울린다. 더 깊이, 더 깊숙이 숲으로 들어가보자…… 숲의 모든 소리가 잦아든다…… 뭐라 설명하기 어려운 정적이 마음에 새겨진다. 주변 모든 것이 잠들어 고요하다. 그러나 바람이 한번 불면 내리치며 부서지는 파도처럼 나무들의 우듬지가 요동친다. 작년에 시들지 않았던 적갈색 이파리 사이로 키 큰 풀들이 자란다. 버섯들은 저마다 모자를 눌러쓰고 띄엄띄엄 서 있다. 그 순간 산토끼가 달려가고 개는 쩌렁쩌렁하게 짖으며 그 뒤를 쫓는다……

멧도요들이 날아드는 늦가을의 숲도 얼마나 훌륭한지 모른다! 멧도요들은 깊은 숲속에 머물지 않기에 숲의 가장자리를 따라 찾아야 한다. 바람이 없다, 해도, 빛도, 그림자도, 움직임도, 소리도 없다. 부드러운 대기에는 포도주 향기와 유사한 가을의 내음이 흘러넘친다. 헐벗은 적갈색 나뭇가지 사이로 움직임 없는 하늘이 평온하게 빛난다. 발밑 축축한 땅은 탄력 있고, 웃자라 메마른 풀은 흔들림이 없다. 창백한 풀밭 위로 기다란 실들이 번쩍인다. 가슴은 편안히 숨을 내쉬나 마음에는 이상한 불안감이 엄습한다. 숲의 가장자리를 걸으며 개가 가는 쪽을 눈으로 좇는데, 사랑스러운 모습들, 죽은 자와 산 자의 사랑스러운 얼굴들이 떠오르고, 아주 오래전 망각 속에 잠들었던 인상들이 느닷없이 깨어난다. 상상력이 활개를 치며 새처럼 유유히 날아간다. 모든 것이 눈앞에 나타나 선명히 움직인다. 심장은 돌연 파르르 떨다가 요동치며 세차게 앞으로 달려나가기도 하고, 돌아올 길 없이 추억에 잠길 것이다. 삶 전체가 족자처럼 가볍고 빠르게 펼쳐진다. 사람은 나름의 과거, 나름의 감정과 힘, 나름의 영혼을 지니고 있다. 아무것도 그를 방해하지 못한다, 태양도, 바람도, 소리도……

약간 쌀쌀한 듯한, 그러나 아침이면 쨍하고 추운 맑은 가을날, 동화 속 나무처럼 온통 금빛인 자작나무가 창백하고 푸른 하늘에 아름답게 그려지는 날, 낮게 뜬 해가 무언가를 데우지는 못해도 여름의 태양보다 더 선명하게 빛나는 날, 벌거벗은 채 서 있는 것이 오히려 즐겁고 가뿐하다는 듯 작은 사시나무숲이 나뭇가지마다 빛나는 날, 서리가 골짜기의 밑바닥에서 하얗게 반짝이지만 여전히 상쾌한 바람이 뒹구는 낙엽들을 가만히 흔들고 몰아대는 날. 푸른 물결이 강을 따라 기쁘게 흐르고 여기저기 흩어진 거위들과 오리들을 박자감 있게 물살 위로 끌어올리는 날. 저멀리 버드나무에 반쯤 가려진 물레방아가 덜커덩거리고 밝은 대기 속에서 알록달록한 비둘기들이 그 위를 빠른 속도로 맴

돈다……

사냥꾼들은 좋아하지 않으나 안개 낀 여름날도 좋다. 그런 날에는 총을 쏘아서는 안 된다. 당신의 발치에서 파드닥 날아오른 새가 꿈쩍도 않는 희끄무레한 안개 속으로 곧장 사라지는 탓이다. 그러나 이 얼마나 고요한가, 말할 수 없이 얼마나 고요한가! 만물은 잠에서 깨어나도 침묵한다. 당신이 나무를 스쳐지나가도 나무는 움직임이 없고 여전히 정적 속에 머문다. 대기에 고르게 깔린 희미한 김 사이로 기다란 띠 하나가 검게 보인다. 당신은 그 띠를 가까운 데 있는 숲으로 여긴다. 다가가보면 숲은 높다란 두둑에 자란 쑥으로 변한다. 당신의 머리 위로, 온통 안개가 당신을 에워싸고 있다…… 그러나 바람이 살짝 불기라도 하면 창백하고 푸른 하늘 한 조각이 뿜어져나오는 듯한 성긴 김 사이로 언뜻 보이고, 황금처럼 노란 햇살이 갑자기 쳐들어와 기다란 물줄기처럼 흐르기 시작하며 들판을 가격하고 숲과 충돌한다. 다시 사위가 어두워진다. 이러한 투쟁은 한동안 계속된다. 그러나 마침내 빛이 승리를 거두고 데워진 안개의 마지막 파도가 식탁보처럼 말렸다가 다시 펼쳐지기도 하고, 휘말려 올라갔다가 부드럽게 빛나며 깊은 창공 속으로 사라지는 그런 날은 정말 청명하고 이루 말할 수 없을 정도로 장엄하다……

그러나 당신은 먼 곳으로, 초원으로 길을 나선다. 시골길을 따라 10베르스타 정도 가니 드디어 큰길이 나온다. 끝없이 늘어선 짐마차들을 지나, 처마밑에서 사모바르가 쉭쉭대는 여관들을 지나, 활짝 열린

한 마을에서 다른 마을로, 아득한 들판을 가로질러, 푸른 삼밭을 따라 당신은 한참을 가고 또 간다. 이 버드나무에서 저 버드나무로 까치들이 날아다닌다. 기다란 쇠스랑을 쥔 아낙들이 들판을 어슬렁거린다. 낡은 남경목면 카프탄을 입고 어깨에 보따리를 둘러멘 행인이 피곤한 다리를 끌며 터벅터벅 걷는다. 키는 크나 녹초가 된 말 여섯 필이 끄는 지주의 육중한 마차가 맞은편에서 나타난다. 창밖으로 쿠션의 모서리가 삐져나왔고, 하인석에 깔아둔 가마니에는 진흙이 눈썹까지 튄 하인이 외투를 걸친 채 밧줄을 꼭 쥐고 비스듬히 앉아 있다. 나무로 지은 비뚜름하고 작은 집들, 끝없이 이어진 담장, 사람이 살지 않는 상인들의 석조가옥, 깊은 골짜기 위에 세운 오래된 다리가 있는 군의 소도시가 나온다…… 멀리, 더 멀리 가보자!…… 초원이 나타난다. 언덕에서 바라보면 얼마나 멋진 풍경이 펼쳐지는가! 둥글고 낮은 언덕들, 꼭대기까지 개간해 씨를 뿌린 언덕들이 폭이 너른 파도처럼 출렁인다. 덤불이 무성한 골짜기가 그 파도들 사이로 굽이친다. 작은 숲들이 직사각형 모양의 섬처럼 흩어져 있다. 한 마을에서 다른 마을로 좁다란 드로시키들이 질주한다. 교회들이 하얗게 빛나고, 둑으로 네 곳의 흐름을 막은 개울이 버드나무숲 사이로 반짝인다. 저멀리 들판에 느시*들이 한 줄로 늘어선 것이 불쑥 보인다. 오래된 지주의 저택이 행랑채, 과수원, 헛간을 거느리며 작은 연못가에 안락하게 자리잡고 있다. 그러나 당신은 멀리, 더 멀리 간다. 언덕들은 갈수록 작아지고, 나무들도 보이지 않는다. 드디어 초원이 나온다, 망망하고 아득한 초원!

* 느싯과에 속한 대형 새로, 등에는 적갈색에 흑색 가로띠 무늬가 있고, 배는 하얀색을 띤다.

겨울날에는 토끼들을 쫓아 높이 쌓인 눈더미를 헤매고, 차갑고 매서운 공기를 들이마시며, 눈을 부시게 하는 부드러운 눈의 자잘한 반사광에 자기도 모르게 얼굴을 찡그리고, 불그스름한 숲 위로 펼쳐진 하늘의 초록빛을 감상하기도 한다!…… 한편, 주변 모든 것이 빛나면서 무너지고, 녹은 눈의 두툼한 아지랑이 사이로 데워진 흙냄새가 풍기는 첫봄의 날들, 눈이 녹은 곳에는 비스듬히 내리쬐는 햇볕 아래 종달새들이 순진하게 노래하고, 물줄기가 즐겁게 소란 부리고 아우성치며 골짜기에서 골짜기로 소용돌이치는 첫봄의 날들도 있다.

그러나 이야기를 마칠 때가 되었다. 봄 얘기가 나왔으니 말인데, 봄에는 작별하기가 쉽다. 행복한 이들도 봄에는 멀리 떠나고 싶어하기 때문이다…… 안녕히, 나의 독자들이여, 언제나 좋은 일만 있기를.

행복한 이들도 멀리 떠나고 싶어한다

1852년 8월, 『사냥꾼의 수기』가 단행본으로 출간되었다. 서지사항은 다음과 같다. '이반 세르게예비치 투르게네프, 『사냥꾼의 수기』, 블라디미르 르보프·바실리 봇킨·니콜라이 켓체르 편집, 모스크바: 대학출판부, 1852, 628쪽.' 이후 러시아에서만 백스무 번 넘게 출간되고, 초판 이듬해부터 프랑스어, 독일어, 영어, 덴마크어 등으로 옮겨진 이 인기작의 저자는 가택 연금중이었다. 같은 해 2월 사망한 니콜라이 고골에게 바치는 추도문을 썼다는 이유로 4월에 체포되었고 5월에는 영지 스파스코예-루토비노보로 보내져 그곳을 벗어날 수 없었기 때문이다.

그러나 사실 투르게네프는 체제에 위협이 될 만한 구절을 쓰지 않았다. "고골이 죽었다! 어떤 러시아의 영혼이 이 두 단어에 전율하지 않을 수 있으랴?"라는 문장으로 시작되는 글은 "그의 유해에 평안을, 그의 삶에 영원한 기억을, 그의 이름에 영원한 영광을!"이라는 말로 끝난다. 그런데도 그는 어느새 국가 안위를 뒤흔들 작가로서 경찰의 감시를 받게 되었고, 모스크바에서 나온 자신의 첫 책이 사람들을 만나는 광경을 보지 못한 채 머나먼 오룔도의 영지에 갇혀 있었다.

농노 해방 투사라는 이름값

사실 이 에피소드에서 투르게네프는 크게 잘못하지 않았다. 다만 당시 정부가 "위대한 풍자 작가" 고골을 "조국을 비난하는 자로 경멸하고 증오"했고, 페테르부르크 검열위원회 의장 미하일 무신-푸시킨은 고골에게 "어떤 식으로든 애도를 표하지 못하게 했을"* 뿐이다. 투르게네프는 페테르부르크가 아니라 모스크바에서 추도문을 발표하는 것은 불법이 아니리라 생각하고 모스크바 검열위원회에 보내 게재 허가를 받았다. 〈모스크바 통보〉에 글이 게재되자마자 니콜라이 1세는 이때다 한 듯 투르게네프를 당장 체포하라 명령했고, 경찰서에 한 달간 구금한 뒤 영지로 유배 보내버렸다.

물론 투르게네프는 유배생활 동안 불행하지 않았다. 친구들과 사냥을 실컷 즐겼고, 사냥개 디아나는 새끼들을 낳았다. 규칙적이고 여유로운 일상을 보내며 독서도 마음껏 했다. 영지 주변 이웃들뿐만 아니라 먼 수도에서 그를 만나려고 일부러 시골을 찾은 방문객들도 맞이

* 레너드 샤피로, 『투르게네프. 아름다운 서정을 노래한 작가』, 최동규 옮김, 책세상, 2002, 142쪽.

했다. 그가 쓴 희극의 제목을 빌리자면, 유배형이 해제된 1853년 11월 23일까지 그야말로 '시골에서의 일 년 반'이었다. 그렇다고 일 년 반 내내 시골에만 있었던 것도 아니다. 사랑하는 폴린 비아르도를 만나려고 3월 말 열흘 정도 몰래 모스크바에 다녀오기도 했기 때문이다.

1853년 12월, 투르게네프는 수도로 돌아올 수 있었지만, 사람들은 당국의 감시를 받는 작가가 쓴 『사냥꾼의 수기』에 대해 이야기하지 않았다. 무신-푸시킨은 이 책을 좋아하는 것 자체가 범법행위라며 으르렁거렸고, 아무도 책에 대한 평론을 내놓지 못했다. 어쩌다보니 고골 추도문 때문에 반체제인사로 찍히게 된 것처럼 어느새 첫 책 때문에 그는 농노 해방을 위한 투사가 되어 있었기 때문이다. 그리고 이러한 이미지는 백오십 년이 지난 오늘날까지 이어져오고 있다. 심지어 프랑스 문필가 에드몽 아부는 그가 죽었을 때, 끊어진 쇠사슬로 장식된 대좌를 그에게 바치자고 제안하기도 했다.* 수백 년에 걸친 인간에 의한 인간의 억압을 끊어냈다는 것이다.

그런 까닭에 알렉산드르 2세가 1861년 농노 해방령을 반포한 데 투르게네프의 『사냥꾼의 수기』가 큰 역할을 했다는 후문은 공공연한 사실로 받아들여졌고, 1883년, 법률가이자 역사가인 막심 코발렙스키는 다음과 같이 말한다. "아직도 몇몇 영국인, 프랑스인은 투르게네프가 『사냥꾼의 수기』를 썼기 때문에 농노가 해방되었다는 생각을 떨치지 못하고 있다."** 투르게네프도 이 '농노 해방 투사'라는 명성이 싫지 않

* Гроссман Л.П. Ранний жанр Тургенева//Он же. Собрание сочинений: В 5 т. Т. 3. М., 1928. С. 42.

** Ковалевский М.М. Воспоминания об И.С. Тургеневе//И.С. Тургенев в

았는지 자신이 젊은 시절 농노제라는 사악한 적과 싸우는 데 투신하겠다는 맹약을 한 적이 있다고 훗날 밝히며 이 전설을 더욱 진실처럼 만들었다.*

그는 『사냥꾼의 수기』에 수록될 첫 단편 「호리와 칼리니치」를 쓰게 된 경위를 다음과 같이 밝힌다. "나는 (…) 이미 1846년 말, 문학을 그만두려고 했습니다. 나의 친구 벨린스키의 부탁에 따라 막 창간된 잡지를 위해 첫 수기를 썼을 뿐이지요."** 즉, 투르게네프는 농노제 문제에 관심을 두긴 했어도 이 작품을 써서 농노 해방에 힘써야겠다는 의도는 없었다. 그야말로 어쩌다보니 친구를 위해 첫 작품을 썼고, 다른 작품을 더 써서 연작으로 묶어야겠다는 생각을 한 것이다.

알렉산드르 2세가 정말로 『사냥꾼의 수기』를 읽고 농노를 해방해야겠다 마음먹었는지, 영국인들과 프랑스인들의 믿음처럼 이 작품이 곧바로 농노 해방을 가져온 것인지 확인할 길은 없다. 또 그 진위와 역학관계를 증명한다 해도 의미가 없을 것이다. 투르게네프가 자신에게 주어진 명성을 내치지 않고 '농노 해방 투사'라는 이름값을 톡톡히 한 것만큼은 사실이기 때문이다. 그의 연보를 훑어보면 문학기금을 마련하는 행사에서, 고학생들을 위한 자선행사에서 여러 차례 연작에 수록된 작품들을 낭독했다. 특히 농노제의 비극을 그린 「마름」 「산딸기샘」 「비류크」 등을 읽었다.

воспоминаниях современников: В 2 т. Т. 2. М., 1983. С. 138.

* Гроссман Л.П. Ранний жанр Тургенева. С. 43.

** Письма I. Т. 5. С. 431. цит. по: Громов В.А. Судьба "Записок охотника"//И.С. Тургенев. Записки охотника. М., 1991. С. 538.

이로써 투르게네프는 일개 문학작품이 사회 변화에 '끼쳤다고들 말하는' 영향력을 사후적으로 더욱 공고히 했다. 자칫하면 끊어지기 쉬운 문학과 사회의 관계를 주기적으로 묶는 일에 '투사'로서의 명성을 십분 활용했던 것이다. '문학이 사회를 바꿨다' '사회가 문학을 낳았다'라는 일면적인 담론을 주장하기보다 둘의 엮임 자체를 공공연한 퍼포먼스로 드러낸 그의 영악함이 빛나는 대목이다.

그럼에도 투르게네프는 어디까지나 '작가'이자 '예술가'다. 심지어 한창 『사냥꾼의 수기』 집필에 몰두하던 1849년 여름, 그는 비아르도에게 다음과 같이 쓴다. "나는 정치적 파토스den politischen Pathos를 지니지 않으려 합니다." 그런 점에서 투르게네프가 사실상 농노제를 고발하기 위해 연작을 쓴 것이 아니라 각각의 단편에서 발생하는 구성적 문제를 해결하기 위해 농노 문제를 선택했다는 비평가 레오니트 그로스만의 주장은 귀기울일 만하다.

그로스만에 따르면, 투르게네프는 1852년 단행본에 실릴 단편들을 작업하면서 썩 만족스러워하지 않았다. 왜냐하면 주인공의 이름을 내세우는 여러 단편의 제목에서도 알 수 있듯(「호리와 칼리니치」 「예르몰라이와 방앗간 여주인」 「오두막농민 옵샤니코프」 「표트르 페트로비치 카라타예프」 등) 인물을 초상화처럼 정적으로 그리는 것이 독자를 지루하게 만들 것 같았기 때문이다. 물론 「시골 의사」 「나의 이웃 라딜로프」 「밀회」와 같은 애정 드라마가 있긴 했지만, 이것만으로는 연작 전체에 역동성을 불어넣기에 역부족이었다.

그래서 투르게네프는 극적 효과를 위해 농노 문제를 활용했고, 이는 성공적이었다.* 그로스만은 구체적인 예를 들고 있지 않으나 두 가지

사례를 살펴보자. 「산딸기샘」은 사냥을 하던 화자가 평화로운 강가에서 낚시를 즐기는 두 노인과 우연히 마주치는 이야기다. 투만과 블라스의 외모가 묘사되고 등장인물들은 이런저런 사소한 이야기를 나눈다. 이 고요한 장면에 극적인 특성을 부여하는 것은 바로 블라스의 아들이 비극적으로 죽게 된 사정과 그가 남긴 밀린 소작료 이야기다. 농노 문제와 관련된 모티프가 삽입되지 않았더라면 이 단편은 농촌 풍경을 그리는 목가로 남았을 것이다.

'너벅배'를 타고 사냥을 실컷 즐기다가 '침몰'한 이야기 「리고프」는 어떤가? 사실 이 단편에서는 서사를 이끌어야 할 유의미한 대화는 별로 나오지 않는다. 오리를 많이 잡고야 말겠다는 집념, 갑작스레 튀어나온 '전직' 하인 블라디미르의 화술, 총을 맞고 소란스럽게 수면 위로 떨어지는 오리들, '너벅배'에 어느새 물이 차서 연못에 빠져버린 네 사람 등. 그야말로 유머러스한 모험소설의 미니어처라 할 수 있다. 그런데 씁쓸함이 남는다. 바로 농노로 살며 여러 주인을 모셨고 그때마다 자기 뜻과는 상관없이 마부가 되었다가, 요리사가 되었다가, '코피셴크(커피 심부름꾼)'가 되었다가, '아흐툐르(배우)'가 되기도 하는 수초크의 이야기 때문이다. 역시 수초크의 인생극장이 없었더라면 이 이야기는 '리고프'라는 묘한 공간에서 펼쳐진 모험담에 지나지 않았을 것이다.

그 밖에 「마름」 「사무소」 「표트르 페트로비치 카라타예프」 등의 이야기에서도 극적 반전은 항상 농노 문제와 관련해서 일어난다. 또한 그

* Гроссман Л.П. Ранний жанр Тургенева. С. 58-60.

로스만은 농노 주제가 순전히 구성적 과제 때문에 선택되었다는 주장을 뒷받침하기 위해 단편들이 집필된 시기에 주목하는데, 꽤 설득력 있다. 즉 인물의 정적인 묘사와 농노 문제가 결합한 단편들은 '신출내기' 투르게네프가 쓴 것이고, 「체르톱하노프의 최후」 「산송장」 「덜거덕덜거덕!」처럼 농노제 모티프는 보이지 않고 흥미로운 줄거리 자체가 강점인 작품은 삼십 년 뒤, 즉 여러 장편을 써낸 '거장' 투르게네프가 썼다는 것이다.* 그래서 이 작품들이 포함된 완전체 『사냥꾼의 수기』는 수정을 거듭해 1870년대 중반에야 세상에 나온다.

그렇다고 농노 주제가 단순히 이야기의 형식적 구성에만 복무했다고 말할 수는 없다. 스물다섯 편의 이야기에서 잊을 만하면 등장해 극적 장면을 끌어내는 이 모티프는 어쨌든 투르게네프의 솜씨를 통해 사람들 인식 속에 자리잡았고, 당국마저 긴장하게 만들었으니 말이다. '젊은' 투르게네프는 농노제라는 문제 덕분에 예술적으로 이득을 보고, 사회는 그 주제가 낳은 예술적 긴장으로 눈을 뜨게 되었으니 행복한 결말이라 할 수 있다. 작가는 잠시 답답한 시골에 처박혔어야 했을지라도.

풍속사로서의 소설

그러나 '초상화' 같은 작품들, '단편소설'이라기보다 '수기'에 가까운

* Гроссман Л.П. Ранний жанр Тургенева. С. 60.

작품들도 소중하다. 그중에서도 「크라시바야 메차의 카시얀」이 그렇다. "검은 곱슬머리를 버섯 머리처럼 널찍하게 얹은" 이 인물은 연작을 통틀어 가장 베일에 싸여 있다. '시그롭스키군의 햄릿'은 이름과 성이 알려지지 않았어도 그의 입을 통해 생애가 고스란히 밝혀진다. 하지만 카시얀은 그렇지 않다. 물고기는 피가 살아 있지 않아 아무것도 못 느낀다는 둥, 꾀꼬리를 잡아 사람들에게 선물을 준다는 둥 알 수 없는 이야기들만 늘어놓는다. 그러는 와중에 그의 '사생활'이 노출될 뻔한 장면이 있는데 바로 다음이다. 화자가 카시얀과 꼭 닮은 안누시카를 만나는 장면이다.

"자네 딸인가, 카시얀?" 내가 물었다. (안누시카가 얼굴을 살짝 붉혔다.)

"아니, 친척이야." 카시얀이 짐짓 태연한 척하며 말했다. "그럼, 안누시카, 이제 가보려무나." 그가 곧장 덧붙였다. "이제 가보렴. 길 조심하고……"

"아이를 어째서 걸어가게 놔두는가?" 내가 그의 말을 가로챘다. "우리가 수레로 태워다주면 될 텐데……"

(…)

"어째서 노인장은 아이를 그렇게 빨리 보내셨는가?" 내가 물었다. "내가 버섯이라도 좀 사줄까 했는데……"

"나리는 원하실 때 언제든 집에서 살 수 있잖습니까." 그가 처음으로 내게 존댓말을 하며 대답했다.

이 장면에서 화자의 말에 맞장구치지 않을 사람이 있을까? 아무리 소녀가 튼튼하고 발이 빠르다 해도 마을로 가는 길에 수레를 태워다주는 것이 그렇게 어려운 일일까? 그러나 카시얀은 관련된 대화를 급히 피하려 하고, 화자가 다시 그 이야기를 꺼내자, 정색하며 존댓말까지 한다. 수수께끼 같은 이 대목은 사실상 "피야말로 가장 거룩한 것"이라는, "집에만 틀어박혀 있는 게 무슨 소용"이냐는 그의 종교적 믿음과 밀접히 연관되어 있다.

투르게네프의 작품에서 러시아 고유 종교분파들의 흔적을 추적한 문예학자 니콜라이 브롯츠키에 따르면, 카시얀은 '베구니бегуны'라고 불리는 종파의 교도다.* '방랑자' '도주자'를 뜻하는 이 종파는 17세기에 자생적으로 생겨나 사제 제도와 세속의 삶을 거부하고 정처 없이 떠돌며 자연과 더불어 살 것을 가르쳤다. 직업을 갖는 것도, 가족을 꾸리는 것도 부정한 일이었다.

그래도 누군가를 만나 일시적으로 사랑을 나누고 아이가 태어나는 일만은 막을 수 없어서 이런 말이 생겨나기도 했다. "아내는 악마가 주는 것이요, 처녀는 신이 주시는 것이라. 아내와 사는 것은 죄요, 처녀와 사는 것은 죄가 아니니라." 즉 제도적 혼인으로 맺어지는 관계가 아니라 자유롭게 만나고 헤어지는, 구속 없는 연애만이 신의 뜻에 따라 의롭게 사는 것이었다. 1850년, 정부에서 종교분파를 조사할 때 기록했던 어느 베구니파 늙은 여자 교도와의 대화가 이를 잘 보여준다.

---

* Бродский Н.Л. И.С. Тургенев и русские сектанты. М., 1922. С. 3-25.

"부칭이 어떻게 되시오?"

"모릅니다."

"어떻게 그렇소?"

"나는 처녀, 그러니까 방랑하는 처녀한테서 태어났으니까 그렇죠."

"당신도 처녀요?"

"처녀고말고요…… 그저 숲에서 방랑자들과 사랑을 나누긴 했지만요."*

카시얀의 이야기로 돌아가보면, 안누시카는 카시얀이 조금 더 젊었을 적 숲에서 만난 다른 베구니파 여성과 사랑을 나눠 낳은 딸이다. 특별한 줄거리가 없는 「크라시바야 메차의 카시얀」에서 가장 긴장을 불러일으키는 장면은 바로 이 대목이다. 가족을 만들지 않고 방랑하는 것이 종교적 신념이자 생활방식인 카시얀은 자의든 타의든 딸을 근처에 두고 있고, 그러면서도 자기 딸을 '딸이라' 부르지 못한다. 과연 모든 베구니파 교도가 교의를 철저히 지키며 살았을까? 교의를 따르는 삶에서 갈등을 겪지는 않았을까? 투르게네프는 이 괴이한 인물에게서 종교적 삶과 평범한 일상 사이의 긴장을 포착하며 당시의 풍속을 전한다. 그리고 풍속은 단순한 묘사의 차원을 넘어 극적인 효과를 가져온다.

이와 유사한 경우는 그야말로 줄거리랄 것도 별로 없이 그저 보고 들은 이야기를 옮긴 「죽음」에서도 관찰된다. 1848년 〈동시대인〉 제2호에 게재된 이 단편은 그 전해 같은 잡지 제9호에 실린 특집 기사 '현대

* Вестник Европы. 1873. I. С. 292-293. цит. по: Бродский Н.Л. И.С. Тургенев и русские сектанты. С. 20.

단평Совеременные заметки'과 관련이 깊다. 이 기사는 러시아의 사망률 통계 분석과 다음의 논평으로 이루어져 있다.

> 주먹이나 몽둥이의 도움을 빌리지 않고, 자신의 적을 잔잔한 불 위에서 구워대며, (…) 머리핀으로 일 분마다 멈추지 않고 찌르는 것이다. (…) 그렇게 희생양은 바싹바싹 마르고 시들며 죽어간다.*

기사의 이 구절은 화자의 친구 아베니르 소로코우모프의 죽음을 묘사하는 장면과 매우 유사하다.

> 대체로 러시아 사람들이 죽음을 맞는 모습은 놀랍기 짝이 없다. (…) 시골에서는 일이 뜻대로 되지 않았다. 시골에는 네가 공손히 귀 기울여 이야기를 들을 사람도 없었고, 놀라며 감탄할 사람도, 사랑할 사람도 없었다…… (…) 지주들은 너를 그저 교사로만 여기며, 어떤 이들은 무례하게, 또 어떤 이들은 건성으로 너를 대했다. (…) 시골의 공기가 너의 건강을 회복시켜주지도 못했다. 너는 양초처럼 녹아만 갔다, 가여운 벗이여!

그리고 화자는 소로코우모프의 죽음과 '현대 단평'의 기사에 딱 들어맞는 콜초프의 시를 떠올린다. "매의 두 날개/ 속절없이 묶였는가?/ 매가 날아갈 길/ 사방으로 막혔는가?"

---

* Современник. 1847. No. 9. С. 87. цит. по: Громов В.А. Судьба "Записок охотника". С. 542.

아무렇지 않고 자유로워 보이는 카시얀의 일상에 숨겨진 갈등은, 또 러시아 가정교사를 덮치는 죽음의 과정은 인물의 초상화라는 형식과 더불어 소설이 어떻게 사회와 풍속을 탐구할 수 있는지 보여준다. 이로써 투르게네프는 '농노 해방 투사'의 이미지를 넘어 풍속사가로서의 소설가, 혹은 인류학자로서의 소설가에 육박하게 된다.

무! 호박! 암말! 순무! 아낙! 카샤! 카샤!

한편 투르게네프가 시인으로 데뷔해 작가로서의 여정을 산문시로 마감했다는 사실을 잊어서는 안 된다. 『사냥꾼의 수기』 역시 산문이지만 중간중간 서정시, 노래 등이 삽입되어 있고, 산문의 리듬을 연구하는 학자에 따르면 그의 문장은 심장박동의 박자에 가장 가깝다. 이와 관련해 아주 흥미로운 일화가 있다. 런던에서 있었던 일이다. 벗들과 함께 숨막힐 듯한 분위기의 고급 클럽에 앉아 있던 투르게네프는 갑자기 탁자를 주먹으로 힘껏 두드리며 미친 사람처럼 외쳤다.

"레디카! 티크바! 코빌라! 레파! 바바! 카샤! 카샤!"

순서대로 '무' '호박' '암말' '순무' '아낙' '카샤'를 뜻하는 이 외침은 순간 투르게네프에게 승리감과 청량감을 가져다주었다고 한다. 괴상한 이 말들을 언어학자 로만 야콥슨은 명사의 종류에 따른 문장 내 배치, 음소의 배열, 단어의 반복 등을 따지며 분석하고 다음과 같은 결론을 내린다. 즉, 러시아 아방가르드의 대부 벨리미르 흘레브니코프가 지시체를 갖지 않는 언어라고 내세운 초이성어заумный язык보다 그 자족성이 못하지 않은 이 기하학적 외침은 투르게네프 언어의 근본이다.* 이 일화에 투르게네프 본인은 이렇게 첨언하며 기이한 단어의 나열과 러시아적 특징을 연결 짓는다. "이곳은 너무 숨막히는군! 러시아 말로 나 자신을 좀 달래야겠어!"

『사냥꾼의 수기』에도 이 정도까지는 아니지만 일상적 언어 규범을 넘어서는 소리가 등장한다. 「예르몰라이와 방앗간 여주인」에서 꾀꼬리 노랫소리를 묘사하는 대목이라든지, 「마름」에서 수완 좋은 마름이 엉터리 철자법으로 적은 문구라든지("이추크사는 천팔백사십연 시필로 푸카 마으레 새어져따"), 「노래꾼들」에서 농민이 하는 말이라든지("폴레하! 폴레하! 하, 바데, 모라") 주인공들이 노래를 부르거나 먼 곳에 있는 서로를 부르는 소리가 그렇다. 언어 혹은 문자라는 매체를 투명하게 벼려 소설 속 장면을 실제 상황처럼 만든다는 리얼리즘의 원칙이 무색하게 그가 전하는 이 소리들은 갑자기 소설 밖으로 튀어나온다. 그래서 읽는 사람은 자기도 모르게 따라 읽어보게 된다. 혀에 탄력을 주는 이 재밌는 소리들은 '아까끼 아까끼예비치' '소스끼' '목끼' '팝시카히' 등 황당무계한 이름들을 「외투」에서 선보였던 고골에 대한 오마주는 아니었을까.

또 투르게네프는 곳곳에 각주를 달며 오룔 지방 사투리를 있는 그대로 전한다. 이 지방에서는 표준어에서 '꼭대기'를 뜻하는 말 '베르흐верх'

* Якобсон Р.О. Заумный Тургенев // Он же. Работы по поэтике. М., 1987. С. 250-251.

로 골짜기를 가리키기도 하고, 눈을 '볼구녕', 입을 '먹구녕'이라고 부른다. 매우 직관적인 말들, 덮어놓고 오르막길을 준비하다가는 내리막길에서 구르게 만들 흥미로운 말들이다.

조금 갑작스럽기는 하지만, 이 오룔 지방 사투리와 '덜거덕덜거덕!'이라는 제목의 번역어에 대해 몇 마디 해야 할 듯하다. 이는 투르게네프의 외침을 따라 "움파리! 모랭이! 살방! 볼구녕! 너벅배! 덜거덕덜거덕!"이라 요약될 수 있는데, 우리나라 팔도의 사투리 또는 오룔 지방 사투리의 논리를 따라 만든 신조어거나 의성어다. 우선 '움파리'는 '우묵하게 들어가 물이 괸 곳'을 뜻하는 순우리말이고, '모랭이'는 '모퉁이'를 뜻하는 강원, 경남, 충청 지방 방언이며, '살방'은 '사랑방'을 뜻하는 경북 지방 방언이다. 한편 '볼구녕'과 '너벅배'는 원주의 설명에 따라 적절하게 사투리의 느낌을 주고자 만든 말이다. 마지막으로 단편 「덜거덕덜거덕!」의 원제는 무언가를 두드리는 움직임을 뜻하는 동사로 이루어진 무인칭 구문 '스투칫стучит'이다. 모쪼록 러시아어의 청량감이 우리말의 체로 걸러져서도 느껴지길 바란다.

『사냥꾼의 수기』는 주요 단편을 추려 옮긴, 고故 박형규 선생님의 번역본으로 처음 읽었다. 한동안 이 작품에 대해 잊고 살다가 모스크바에서 유학하며 어느 선생님의 조언에 전작을 러시아어로 읽어보게 되었다. (현재 투병중인 그분의 밝고 맑은 모습을 보면 루케리야가 떠오른다.) 그런데 작품에 푹 빠져 읽는 동안 나도 모르게 말투가 전염되었는지 러시아 친구는 내가 19세기 사람처럼 말한다고 놀리기도 했다. 사실 지금도 러시아의 블린 체인점에 가면 주문을 받으며 손님에게 '나리' '마님'이라고 말한다.

유난히 더웠던 여름, 에어컨은커녕 후배가 주고 간 탁상용 선풍기로 버티던 그때, 이 작품의 마지막 구절을 읽게 되었다. "봄에는 작별하기가 쉽다. 행복한 이들도 봄에는 멀리 떠나고 싶어하기 때문이다……" 지독히도 더운 모스크바를 떠나고 싶어서였는지 유난히 봄이 그리웠고 이 구절이 마음에 남았다. 돌이켜보니, 경찰의 감시 아래, 그러나 행복감을 품고 모스크바로 몰래 떠났던 투르게네프처럼, 생활의 압박 속에서도 이 책을 읽으며 자못 행복해진 바람에 훌쩍 떠나고 싶어졌던 것일지도 모르겠다.

이종현

1818년 10월 28일(신력으로 11월 9일) 러시아 오룔에서 세르게이 투르게네프와 바르바라 루토비노바 부부 사이에 둘째아들로 출생.

1827년 가족이 모스크바로 이사하며 기숙학교에 입학.

1833년 자비로 모스크바대학교 철학부 문학과에 입학.

1834년 가족이 페테르부르크로 이사하며 페테르부르크대학교 철학부 문학과로 옮김. 아버지 사망.

1837년 엔겔가르트홀에서 열린 콘서트에서 푸시킨을 봄. 푸시킨의 장례식에 참석. 페테르부르크대학교 졸업.

1838년 〈동시대인〉 제1호에 시 「저녁Вечер」 발표. 배를 타고 베를린으로 유학을 떠남. 베를린대학교에서 헤겔 철학 공부. 티모페이 그라놉스키의 소개로 니콜라이 스탄케비치를 만남.

1839년 집안 영지 스파스코예-루토비노보에서 화재 발생. 러시아로 돌아와 스파스코예-루토비노보에서 잠시 머묾. 샤홉스카야 공작부인의 야회와 가면무도회에서 미하일 레르몬토프를 만남.

1840년 이탈리아 여행. 스탄케비치와 교유함. 이탈리아 노비에서 스탄케비치 사망. 미하일 바쿠닌을 만남.

1841년 베를린대학교에서 학업을 마치고 귀국. 프랴무히노를 방문하고 바쿠닌의 여동생 타티야나와 교제함.

1842년 어머니 소유의 농노 아브도티야와의 사이에서 딸 폴리나 태어남. 페테르부르크대학교에서 석사학위 취득을 위해 철학과 라틴문학 시험 응시.

1843년 비사리온 벨린스키를 만남. 포에마(서사시) 『파라샤Параша』가

단행본으로 출간됨. 내무성에 취직. 로시니의 오페라 〈세비야의 이발사〉 공연을 위해 페테르부르크에 온 스페인계 프랑스 성악가 폴린 비아르도를 만남.

1844년 벨린스키와 절친한 사이가 됨. 니콜라이 네크라소프와 교유함.

1845년 내무성에서 사직. 비아르도의 가족과 프랑스에 감. 러시아에 돌아옴. 도스토옙스키와 교유함.

1846년 어머니의 가문인 루토비노프 집안에 내려오는 전설을 바탕으로 쓴 중편 『세 초상화Три портрета』와 포에마 「지주Помещик」가 실린 『페테르부르크 문집』이 출간됨. 투르게네프 외에 알렉산드르 게르첸, 블라디미르 오도옙스키, 벨린스키 등의 글과, 도스토옙스키의 데뷔작인 중편 『가난한 사람들Бедные люди』이 실린 이 문집은 센세이션을 불러일으키며 자연파 형성에 큰 역할을 함.

1847년 〈동시대인〉 제1호에 단편 「호리와 칼리니치Хорь и Калиныч」 발표. 나중에 『사냥꾼의 수기Записки охотника』에 수록되는 단편들을 〈동시대인〉에 꾸준히 발표. 벨린스키와 독일 잘츠브룬에서 휴양.

1848년 파리에서 혁명을 목격. 페테르부르크에서 벨린스키 사망. 이 소식에 『사냥꾼의 수기』 수익금을 벨린스키 가족을 위해 쓰겠다고 네크라소프에게 제안. 게르첸과 막역한 사이로 지냄.

1849년 1840년대 모스크바 대학생 서클을 풍자한 단편 「시그롭스키군의 햄릿Гамлет Щигровского уезда」 발표.

1850년 희극 『시골에서의 한 달Месяц в деревне』과 단편 「잉여인간의 일기Дневник лишнего человека」 집필. 파리에서 러시아로 돌아옴. 모스크바에서 어머니 사망.

1851년 모스크바에서 고골을 방문. 고골이 「검찰관Ревизор」을 낭독하는 모임에 참석.

1852년 고골의 사망 소식을 들음. 그의 사망을 추도하는 글을 썼다는 이유로 체포됨. 한 달 구금된 후 스파스코예-루토비노보로 보내져 경찰 감시 아래 유배생활을 함. 〈동시대인〉에 발표했던 수기와 단편을 연작으로 모은 『사냥꾼의 수기』 단행본으로 출간. 니콜라이 1세 지시로 이 책의 출간을 허락한 검열관 블라디미르 르보프 공작이 해직됨.

1853년 비아르도를 만나기 위해 모스크바로 열흘간 비밀 여행. 유배생활 종료. 〈동시대인〉 편집부가 그의 페테르부르크 귀환을 축하하는 만찬 개최.

1854년 농노 게라심과 강아지 무무의 비극을 그린 단편 「무무Муму」 발표. 『사냥꾼의 수기』 프랑스어판 출간. 가을에 네크라소프와 스파스코예-루토비노보에서 사냥.

1855년 〈동시대인〉 제1호에 희곡 『시골에서의 한 달』 발표. 모스크바대학교 설립 기념일 행사 참석. 그라놉스키의 장례식 참석. 〈동시대인〉 모임에서 장편 『루딘Рудин』 낭독. 톨스토이가 세바스토폴에서 돌아와 페테르부르크에 있는 투르게네프의 아파트에서 지냄.

1856년 〈동시대인〉에 『루딘』 발표. 투르게네프, 톨스토이, 니콜라이 오스트롭스키, 드미트리 그리고로비치는 〈동시대인〉 동인으로만 활동하겠다고 약속하는 '의무 협약'을 발행인 네크라소프, 파나예프와 체결. 프랑스로 떠남. 이반 안넨코프 주선으로 첫번째 전집 『1844년부터 1856년까지 발표된 이반 세르게예비치 투르게네프의 중단편. 전3부』 출간.

1857년 비아르도와 절연. 작가이자 평론가 바실리 봇킨과 파리에서 로마로 떠남.

1858년 라인강을 배경으로 불행한 사랑을 그린 단편 「아샤Ася」 발표. 러시아로 돌아옴.

1859년 〈동시대인〉에 장편 『귀족의 둥지Дворянское гнездо』 발표. 문학기금회 창립 회원이 됨. 런던에서 게르첸을 만남. 페테르부르크에 돌아와 스파스코예-루토비노보로 감. 장편 『전야Накануне』 집필.

1860년 미하일 캇코프가 발행한 〈러시아 통보〉 제1호와 제2호에 『전야』 발표. 네크라소프와 불화를 겪고 〈동시대인〉 편집부 사퇴. 자서전적 중편 『첫사랑Первая любовь』 발표. 문학기금 마련을 위한 강연회에서 '햄릿과 돈키호테' 주제로 강연. 이반 곤차로프와의 표절 시비로 재판 출석. 곤차로프와 절교. 해외로 떠남. 런던에서 게르첸을 만남. 와이트섬에서 해수욕을 즐기던 중 장편 『아버지와 아들Отцы и дети』의 등장인물들을 구상. 러시아학술원 러시아어문학 분과회의에서 회원 만장일치로 통신회원으로 선출됨.

1861년 파리에서 농노 해방 선언 소식을 전보로 받음. 러시아로 돌아옴. 시인 아파나시 페트의 영지 스테파놉카에서 딸 폴리네트의 양육 문제로 톨스토이와 언쟁을 벌이다 결투 직전까지 이름. 『아버지와 아들』 탈고. 파리로 감.

1862년 〈러시아 통보〉 2월호에 『아버지와 아들』 발표. 런던에서 바쿠닌, 게르첸과 만나 러시아 사회의 미래에 대해 논쟁. 바쿠닌의 부탁으로 그의 아내가 시베리아에서 트베리도道로 이주할 수 있도록 청원해줌. 페테르부르크에 도착. 파리로 감. 〈북방의 꿀벌〉에 자신이 〈동시대인〉 편집부와의 협업을 거부하는 까닭에 대해 기고.

1863년 런던 망명자들과의 관계를 의심한 러시아 원로원으로부터 소환장을 받음. 황제의 허락을 받아 서면으로 답변함. 귀스타브 플로베르를 만남. 비아르도 가족을 따라 독일의 휴양지 바덴바덴에 정착.

1864년 원로원의 공식 출석 요청에 페테르부르크로 감. 바덴바덴으로 돌아옴.

1865년 딸 폴리네트가 프랑스인과 결혼.

1866년 곤차로프가 바덴바덴으로 찾아옴.

1867년 망명 혁명가들을 신랄하게 그린 장편 『연기Дым』 원고를 들고 페테르부르크로 감. 〈러시아 통보〉 제3호에 『연기』 발표. 바덴바덴에서 신과 러시아에 대한 문제로 도스토옙스키와 언쟁.

1868년 〈유럽 통보〉 제1호에 어머니가 남긴 편지를 바탕으로 쓴 단편 「여단장Бригадир」 발표.

1869년 〈유럽 통보〉에 에세이 「벨린스키의 추억Воспоминания о Белинском」 발표.

1870년 단편 「초원의 리어왕Степной король Лир」 발표. 바덴바덴에서 게르첸의 사망 소식을 들음. 보불전쟁이 시작되자 비아르도 가족과 바덴바덴을 떠나 영국으로 이주. 앨저넌 찰스 스윈번, 조지 엘리엇 등을 만남.

1871년 페테르부르크에 도착. 예술사가 블라디미르 스타소프를 만남. 클럽에서 단편 「마름Бурмистр」 낭독. 비아르도 가족과 파리로 이주.

1872년 사랑 때문에 타락했던 과거를 회상하는 중년 남자를 그린 중편 『봄 물결Вешние воды』 발표.

1873년 비아르도 가족과 파리 근교 부지발에 있는 빌라 '야센'을 빌림.

1874년 단편 「덜거덕덜거덕!Стучит!」 발표. 사마라 지역 기근 희생자들을 위해 출간된 문집 『추렴』에 단편 「산송장Живые мощи」 발표. '5인의 만찬'(투르게네프, 에드몽 공쿠르, 알퐁스 도데, 에밀 졸라, 플로베르)을 시작함.

1875년 바실리 주콥스키의 아들에게서 푸시킨의 인장 반지를 선물로 받음. 우크라이나 민족시인 타라스 셰우첸코에 대한 회상록 집필.

1877년 농민운동에 뛰어든 대학생의 비극을 그린 장편 『미개척지Новь』를 〈유럽 통보〉 1월호와 2월호에 발표.

1878년 네크라소프의 사망 소식을 들음. 톨스토이에게서 화해의 편지를 받고 "우정을 회복할 준비는 얼마든지 되어 있다"고 답장. 파리에서 열린 국제작가회의에서 부의장으로 선출됨. 톨스토이의 영지

야스나야 폴랴나 방문.

1879년 형 니콜라이의 사망 소식을 듣고 러시아로 돌아옴. 모스크바에서 열린 러시아 문학애호가협회 모임에 참석해 연설. 문학기금 마련을 위한 모임에서 단편 「비류크Бирюк」 낭독.

1879년 영국 옥스퍼드대학교에서 명예 법학박사학위를 받음. 헨리 제임스가 투르게네프를 위한 만찬 주최.

1880년 페테르부르크에서 열린 농노 해방 기념 만찬에 참석. 문학기금 마련을 위한 모임에서 단편 「산딸기샘Малиновая вода」 낭독. 플로베르의 사망 소식을 들음. 이듬해 플로베르를 추모하는 단편 「승리하는 사랑의 노래Песнь торжествующей любви」 발표. 모스크바에서 열린 푸시킨 동상 제막식에 도스토옙스키 등과 참석해 연설.

1881년 스파스코예에 머묾. 이때가 러시아에서 보낸 마지막이 됨. 톨스토이, 그리고로비치 등이 스파스코예 방문.

1882년 척추암 발병. 헨리 제임스가 방문. 「산문시Senilia. Стихотворения в прозе」를 유럽통보에 발표.

1883년 톨스토이에게 문학으로 돌아오라고 애원하는 편지를 보냄. 비아도르에게 단편 「끝Конец」을 구술. 8월 22일(신력으로 9월 3일), 부지발에서 비아르도가 임종을 지키는 가운데 사망. 9월 19일, 페테르부르크로 시신이 운구되기 전 파리 북역에서 송별식 거행. 9월 27일, 벨린스키 곁에 묻히고 싶다는 그의 유언에 따라 페테르부르크 볼콥스코예 묘지에 안장됨.

문학동네 세계문학전집 발간에 부쳐

세계문학은 국민문학 혹은 지역문학을 떠나 존재하는 문학이 아니지만 그것들의 총합도 아니다. 세계문학이라는 용어에는 그 나름의 언어와 전통을 갖고 있는 국민문학이나 지역문학의 존재를 인정하면서 그것을 넘어서는 문학의 보편적 질서에 대한 관념이 새겨져 있다. 그 용어를 처음 고안한 19세기 유럽인들은 유럽문학을 중심으로 그 질서를 구축했지만 풍부한 국민문학의 전통을 가지고 있는 현대의 문학 강국들은 나름의 방식으로 세계문학을 이해하면서 정전(正典)의 목록을 작성하고 또 수정한다.

한국에서도 세계문학 관념은 우리 사회와 문화의 변화 속에서 거듭 수정돼왔다. 어느 시기에는 제국 일본의 교양주의를 반영한 세계문학 관념이, 어느 시기에는 제3세계 민족주의에 동조한 세계문학 관념이 출현했고, 그러한 관념을 실천한 전집물이 출판됐다. 21세기 한국에 새로운 세계문학전집이 필요하다는 것은 명백하다. 우리의 지성과 감성의 기준에 부합하는 세계문학을 다시 구상할 때가 되었다.

문학동네 세계문학전집은 범세계적으로 통용되는 고전에 대한 상식을 존중하면서도 지난 반세기 동안 해외 주요 언어권에서 창작과 연구의 진전에 따라 일어난 정전의 변동을 고려하여 편성되었다. 그래서 불멸의 명작은 물론 동시대 세계의 중요한 정치·문화적 실천에 영감을 준 새로운 작품들을 두루 포함시켰다.

창립 이후 지금까지 한국문학 및 번역문학 출판에서 가장 전문적이고 생산적인 그룹을 대표해온 문학동네가 그간 축적한 문학 출판 경험을 바탕으로 새로운 세계문학전집을 펴낸다. 인류가 무지와 몽매의 어둠 속을 방황하면서도 끝내 길을 잃지 않은 것은 세계문학사의 하늘에 떠 있는 빛나는 별들이 길잡이가 되어주었기 때문이다. 우리가 자부심과 사명감 속에서 그리게 될 이 새로운 별자리가 독자들의 관심과 애정에 힘입어 우리 모두의 뿌듯한 자산이 되기를 소망한다.

문학동네 세계문학전집 편집위원

민은경, 박유하, 변현태, 송병선, 이재룡, 홍길표, 남진우, 황종연

세계문학전집 243
사냥꾼의 수기

초판 인쇄 2024년 2월 20일
초판 발행 2024년 2월 28일

지은이 이반 투르게네프 | 옮긴이 이종현

책임편집 김혜정 | 편집 김미혜 오동규
디자인 김하얀 최미영 | 저작권 박지영 형소진 최은진 서연주 오서영
마케팅 정민호 서지화 한민아 이민경 안남영 왕지경 정경주 김수인 김혜원 김하연 김예진
브랜딩 함유지 함근아 고보미 박민재 김희숙 박다솔 조다현 정승민 배진성
제작 강신은 김동욱 이순호 | 제작처 영신사

펴낸곳 (주)문학동네 | 펴낸이 김소영
출판등록 1993년 10월 22일 제2003-000045호
주소 10881 경기도 파주시 회동길 210
전자우편 editor@munhak.com | 대표전화 031)955-8888 | 팩스 031)955-8855
문의전화 031)955-1927(마케팅), 031)955-1904(편집)
문학동네카페 http://cafe.naver.com/mhdn
인스타그램 @munhakdongne | 트위터 @munhakdongne
북클럽문학동네 http://bookclubmunhak.com

ISBN 978-89-546-9895-5 04890
978-89-546-0901-2 (세트)

1, 2, 3 안나 카레니나 레프 톨스토이 | 박형규 옮김
4 판탈레온과 특별봉사대 마리오 바르가스 요사 | 송병선 옮김
5 황금 물고기 J. M. G. 르 클레지오 | 최수철 옮김
6 템페스트 윌리엄 셰익스피어 | 이경식 옮김
7 위대한 개츠비 F. 스콧 피츠제럴드 | 김영하 옮김
8 아름다운 애너벨 리 싸늘하게 죽다 오에 겐자부로 | 박유하 옮김
9, 10 파우스트 요한 볼프강 폰 괴테 | 이인웅 옮김
11 가면의 고백 미시마 유키오 | 양윤옥 옮김
12 킴 러디어드 키플링 | 하창수 옮김
13 나귀 가죽 오노레 드 발자크 | 이철의 옮김
14 피아노 치는 여자 엘프리데 옐리네크 | 이병애 옮김
15 1984 조지 오웰 | 김기혁 옮김
16 벤야멘타 하인학교 - 야콥 폰 군텐 이야기 로베르트 발저 | 홍길표 옮김
17, 18 적과 흑 스탕달 | 이규식 옮김
19, 20 휴먼 스테인 필립 로스 | 박범수 옮김
21 체스 이야기·낯선 여인의 편지 슈테판 츠바이크 | 김연수 옮김
22 왼손잡이 니콜라이 레스코프 | 이상훈 옮김
23 소송 프란츠 카프카 | 권혁준 옮김
24 마크롤 가비에로의 모험 알바로 무티스 | 송병선 옮김
25 파계 시마자키 도손 | 노영희 옮김
26 내 생명 앗아가주오 앙헬레스 마스트레타 | 강성식 옮김
27 여명 시도니가브리엘 콜레트 | 송기정 옮김
28 한때 흑인이었던 남자의 자서전 제임스 웰든 존슨 | 천승걸 옮김
29 슬픈 짐승 모니카 마론 | 김미선 옮김
30 피로 물든 방 앤절라 카터 | 이귀우 옮김
31 숨그네 헤르타 뮐러 | 박경희 옮김
32 우리 시대의 영웅 미하일 레르몬토프 | 김연경 옮김
33, 34 실낙원 존 밀턴 | 조신권 옮김
35 복낙원 존 밀턴 | 조신권 옮김
36 포로기 오오카 쇼헤이 | 허호 옮김
37 동물농장·파리와 런던의 따라지 인생 조지 오웰 | 김기혁 옮김
38 루이 랑베르 오노레 드 발자크 | 송기정 옮김
39 코틀로반 안드레이 플라토노프 | 김철균 옮김
40 어두운 상점들의 거리 파트릭 모디아노 | 김화영 옮김
41 순교자 김은국 | 도정일 옮김
42 젊은 베르테르의 슬픔 요한 볼프강 폰 괴테 | 안장혁 옮김
43 더블린 사람들 제임스 조이스 | 진선주 옮김
44 설득 제인 오스틴 | 원영선, 전신화 옮김
45 인공호흡 리카르도 피글리아 | 엄지영 옮김
46 정글북 러디어드 키플링 | 손향숙 옮김
47 외로운 남자 외젠 이오네스코 | 이재룡 옮김
48 에피 브리스트 테오도어 폰타네 | 한미희 옮김
49 둔황 이노우에 야스시 | 임용택 옮김
50 미크로메가스·캉디드 혹은 낙관주의 볼테르 | 이병애 옮김

51, 52 염소의 축제 마리오 바르가스 요사 | 송병선 옮김
53 고야산 스님·초롱불 노래 이즈미 교카 | 임태균 옮김
54 다니엘서 E. L. 닥터로 | 정상준 옮김
55 이날을 위한 우산 빌헬름 게나치노 | 박교진 옮김
56 톰 소여의 모험 마크 트웨인 | 강미경 옮김
57 카사노바의 귀향·꿈의 노벨레 아르투어 슈니츨러 | 모명숙 옮김
58 바보들을 위한 학교 사샤 소콜로프 | 권정임 옮김
59 어느 어릿광대의 견해 하인리히 뵐 | 신동도 옮김
60 웃는 늑대 쓰시마 유코 | 김훈아 옮김
61 팔코너 존 치버 | 박영원 옮김
62 한눈팔기 나쓰메 소세키 | 조영석 옮김
63, 64 톰 아저씨의 오두막 해리엇 비처 스토 | 이종인 옮김
65 아버지와 아들 이반 투르게네프 | 이항재 옮김
66 베니스의 상인 윌리엄 셰익스피어 | 이경식 옮김
67 해부학자 페데리코 안다아시 | 조구호 옮김
68 긴 이별을 위한 짧은 편지 페터 한트케 | 안장혁 옮김
69 호텔 뒤락 애니타 브루크너 | 김정 옮김
70 잔해 쥘리앵 그린 | 김종우 옮김
71 절망 블라디미르 나보코프 | 최종술 옮김
72 더버빌가의 테스 토머스 하디 | 유명숙 옮김
73 감상소설 미하일 조셴코 | 백용식 옮김
74 빙하와 어둠의 공포 크리스토프 란스마이어 | 진일상 옮김
75 쓰가루·석별·옛날이야기 다자이 오사무 | 서재곤 옮김
76 이인 알베르 카뮈 | 이기언 옮김
77 달려라, 토끼 존 업다이크 | 정영목 옮김
78 몰락하는 자 토마스 베른하르트 | 박인원 옮김
79, 80 한밤의 아이들 살만 루슈디 | 김진준 옮김
81 죽은 군대의 장군 이스마일 카다레 | 이창실 옮김
82 페레이라가 주장하다 안토니오 타부키 | 이승수 옮김
83, 84 목로주점 에밀 졸라 | 박명숙 옮김
85 아베 일족 모리 오가이 | 권태민 옮김
86 폭풍의 언덕 에밀리 브론테 | 김정아 옮김
87, 88 늦여름 아달베르트 슈티프터 | 박종대 옮김
89 클레브 공작부인 라파예트 부인 | 류재화 옮김
90 P세대 빅토르 펠레빈 | 박혜경 옮김
91 노인과 바다 어니스트 헤밍웨이 | 이인규 옮김
92 물방울 메도루마 슌 | 유은경 옮김
93 도깨비불 피에르 드리외라로셸 | 이재룡 옮김
94 프랑켄슈타인 메리 셸리 | 김선형 옮김
95 래그타임 E. L. 닥터로 | 최용준 옮김
96 캔터빌의 유령 오스카 와일드 | 김미나 옮김
97 만(卍)·시게모토 소장의 어머니 다니자키 준이치로 | 김춘미, 이호철 옮김
98 맨해튼 트랜스퍼 존 더스패서스 | 박경희 옮김
99 단순한 열정 아니 에르노 | 최정수 옮김

100 열세 걸음 모옌 | 임홍빈 옮김
101 데미안 헤르만 헤세 | 안인희 옮김
102 수레바퀴 아래서 헤르만 헤세 | 한미희 옮김
103 소리와 분노 윌리엄 포크너 | 공진호 옮김
104 곰 윌리엄 포크너 | 민은영 옮김
105 롤리타 블라디미르 나보코프 | 김진준 옮김
106, 107 부활 레프 톨스토이 | 박형규 옮김
108, 109 모래그릇 마쓰모토 세이초 | 이병진 옮김
110 은둔자 막심 고리키 | 이강은 옮김
111 불타버린 지도 아베 고보 | 이영미 옮김
112 말라볼리아가의 사람들 조반니 베르가 | 김운찬 옮김
113 디어 라이프 앨리스 먼로 | 정연희 옮김
114 돈 카를로스 프리드리히 실러 | 안인희 옮김
115 인간 짐승 에밀 졸라 | 이철의 옮김
116 빌러비드 토니 모리슨 | 최인자 옮김
117, 118 미국의 목가 필립 로스 | 정영목 옮김
119 대성당 레이먼드 카버 | 김연수 옮김
120 나나 에밀 졸라 | 김치수 옮김
121, 122 제르미날 에밀 졸라 | 박명숙 옮김
123 현기증. 감정들 W. G. 제발트 | 배수아 옮김
124 강 동쪽의 기담 나가이 가후 | 정병호 옮김
125 붉은 밤의 도시들 윌리엄 버로스 | 박인찬 옮김
126 수고양이 무어의 인생관 E. T. A. 호프만 | 박은경 옮김
127 맘브루 R. H. 모레노 두란 | 송병선 옮김
128 익사 오에 겐자부로 | 박유하 옮김
129 땅의 혜택 크누트 함순 | 안미란 옮김
130 불안의 책 페르난두 페소아 | 오진영 옮김
131, 132 사랑과 어둠의 이야기 아모스 오즈 | 최창모 옮김
133 페스트 알베르 카뮈 | 유호식 옮김
134 다마세누 몬테이루의 잃어버린 머리 안토니오 타부키 | 이현경 옮김
135 작은 것들의 신 아룬다티 로이 | 박찬원 옮김
136 시스터 캐리 시어도어 드라이저 | 송은주 옮김
137 고독한 산책자의 몽상 장자크 루소 | 문경자 옮김
138 용의자의 야간열차 다와다 요코 | 이영미 옮김
139 세기아의 고백 알프레드 드 뮈세 | 김미성 옮김
140 햄릿 윌리엄 셰익스피어 | 이경식 옮김
141 카산드라 크리스타 볼프 | 한미희 옮김
142 이 글을 읽는 사람에게 영원한 저주를 마누엘 푸익 | 송병선 옮김
143 마음 나쓰메 소세키 | 유은경 옮김
144 바다 존 밴빌 | 정영목 옮김
145, 146, 147, 148 전쟁과 평화 레프 톨스토이 | 박형규 옮김
149 세 가지 이야기 귀스타브 플로베르 | 고봉만 옮김
150 제5도살장 커트 보니것 | 정영목 옮김
151 알렉시·은총의 일격 마르그리트 유르스나르 | 윤진 옮김

152 말라 온다 알베르토 푸겟 | 엄지영 옮김
153 아르세니예프의 인생 이반 부닌 | 이항재 옮김
154 오만과 편견 제인 오스틴 | 류경희 옮김
155 돈 에밀 졸라 | 유기환 옮김
156 젊은 예술가의 초상 제임스 조이스 | 진선주 옮김
157, 158, 159 카라마조프가의 형제들 표도르 도스토옙스키 | 김희숙 옮김
160 진 브로디 선생의 전성기 뮤리얼 스파크 | 서정은 옮김
161 13인당 이야기 오노레 드 발자크 | 송기정 옮김
162 하지 무라트 레프 톨스토이 | 박형규 옮김
163 희망 앙드레 말로 | 김웅권 옮김
164 임멘 호수·백마의 기사·프시케 테오도어 슈토름 | 배정희 옮김
165 밤은 부드러워라 F. 스콧 피츠제럴드 | 정영목 옮김
166 야간비행 앙투안 드 생텍쥐페리 | 용경식 옮김
167 나이트우드 주나 반스 | 이예원 옮김
168 소년들 앙리 드 몽테를랑 | 유정애 옮김
169, 170 독립기념일 리처드 포드 | 박영원 옮김
171, 172 닥터 지바고 보리스 파스테르나크 | 박형규 옮김
173 싯다르타 헤르만 헤세 | 권혁준 옮김
174 야만인을 기다리며 J. M. 쿳시 | 왕은철 옮김
175 철학편지 볼테르 | 이봉지 옮김
176 거지 소녀 앨리스 먼로 | 민은영 옮김
177 창백한 불꽃 블라디미르 나보코프 | 김윤하 옮김
178 슈틸러 막스 프리슈 | 김인순 옮김
179 시핑 뉴스 애니 프루 | 민승남 옮김
180 이 세상의 왕국 알레호 카르펜티에르 | 조구호 옮김
181 철의 시대 J. M. 쿳시 | 왕은철 옮김
182 카시지 조이스 캐럴 오츠 | 공경희 옮김
183, 184 모비 딕 허먼 멜빌 | 황유원 옮김
185 솔로몬의 노래 토니 모리슨 | 김선형 옮김
186 무기여 잘 있거라 어니스트 헤밍웨이 | 권진아 옮김
187 컬러 퍼플 앨리스 워커 | 고정아 옮김
188, 189 죄와 벌 표도르 도스토옙스키 | 이문영 옮김
190 사랑 광기 그리고 죽음의 이야기 오라시오 키로가 | 엄지영 옮김
191 빅 슬립 레이먼드 챈들러 | 김진준 옮김
192 시간은 밤 류드밀라 페트루솁스카야 | 김혜란 옮김
193 타타르인의 사막 디노 부차티 | 한리나 옮김
194 고양이와 쥐 귄터 그라스 | 박경희 옮김
195 펠리시아의 여정 윌리엄 트레버 | 박찬원 옮김
196 마이클 K의 삶과 시대 J. M. 쿳시 | 왕은철 옮김
197, 198 오스카와 루신다 피터 케리 | 김시현 옮김
199 패싱 넬라 라슨 | 박경희 옮김
200 마담 보바리 귀스타브 플로베르 | 김남주 옮김
201 패주 에밀 졸라 | 유기환 옮김
202 도시와 개들 마리오 바르가스 요사 | 송병선 옮김

203 루시 저메이카 킨케이드 | 정소영 옮김
204 대지 에밀 졸라 | 조성애 옮김
205, 206 백치 표도르 도스토옙스키 | 김희숙 옮김
207 백야 표도르 도스토옙스키 | 박은정 옮김
208 순수의 시대 이디스 워턴 | 손영미 옮김
209 단순한 이야기 엘리자베스 인치볼드 | 이혜수 옮김
210 바닷가에서 압둘라자크 구르나 | 황유원 옮김
211 낙원 압둘라자크 구르나 | 왕은철 옮김
212 피라미드 이스마일 카다레 | 이창실 옮김
213 애니 존 저메이카 킨케이드 | 정소영 옮김
214 지고 말 것을 가와바타 야스나리 | 박혜성 옮김
215 부서진 사월 이스마일 카다레 | 유정희 옮김
216 사람은 무엇으로 사는가 레프 톨스토이 | 이항재 옮김
217, 218 악마의 시 살만 루슈디 | 김진준 옮김
219 오늘을 잡아라 솔 벨로 | 김진준 옮김
220 배반 압둘라자크 구르나 | 황가한 옮김
221 어두운 밤 나는 적막한 집을 나섰다 페터 한트케 | 윤시향 옮김
222 무어의 마지막 한숨 살만 루슈디 | 김진준 옮김
223 속죄 이언 매큐언 | 한정아 옮김
224 암스테르담 이언 매큐언 | 박경희 옮김
225, 226, 227 특성 없는 남자 로베르트 무질 | 박종대 옮김
228 앨프리드와 에밀리 도리스 레싱 | 민은영 옮김
229 북과 남 엘리자베스 개스켈 | 민승남 옮김
230 마지막 이야기들 윌리엄 트레버 | 민승남 옮김
231 벤저민 프랭클린 자서전 벤저민 프랭클린 | 이종인 옮김
232 만년양식집 오에 겐자부로 | 박유하 옮김
233 이상한 나라의 앨리스 루이스 캐럴 | 존 테니얼 그림 | 김희진 옮김
234 소네치카 · 스페이드의 여왕 류드밀라 울리츠카야 | 박종소 옮김
235 메데야와 그녀의 아이들 류드밀라 울리츠카야 | 최종술 옮김
236 실종자 프란츠 카프카 | 이재황 옮김
237 진 알랭 로브그리예 | 성귀수 옮김
238 말테의 수기 라이너 마리아 릴케 | 홍사현 옮김
239, 240 율리시스 제임스 조이스 | 이종일 옮김
241 지도와 영토 미셸 우엘벡 | 장소미 옮김
242 사막 J. M. G. 르 클레지오 | 홍상희 옮김
243 사냥꾼의 수기 이반 투르게네프 | 이종현 옮김
244 험볼트의 선물 솔 벨로 | 전수용 옮김

● 문학동네 세계문학전집은 계속 출간됩니다